COLLECTION
FOLIO CLASSIQUE

# Proust-Monde

## Quand les écrivains étrangers lisent Proust

*Textes choisis, présentés et commentés par Blanche Cerquiglini, Antoine Ginésy, Étienne Sauthier, Guillaume Lefer et Nicolas Bailly*

Gallimard

# AVANT-PROPOS

« Il était mort. Mort à jamais ? Qui peut le dire ? »

La mort de l'écrivain Bergotte
dans *La Prisonnière*.

*Un siècle après sa mort, Proust n'a jamais été autant lu, aussi commenté. Mais aussi autant traduit. Il est temps de comprendre pourquoi. Pour cela, nous avons choisi de décentrer notre regard. Mondialiser Proust, cet auteur qui semble si français, telle est l'ambition de cette anthologie, qui porte sur les réceptions étrangères de son œuvre. La notion de transfert culturel est le concept historique qui nous a guidés. En quoi les écrivains étrangers ont-ils un point de vue particulier, différent de celui des auteurs français ? Leurs conditions de lecture, leur contexte de référence ne sont pas les mêmes que ceux d'un Français. Dans cette expérience de lecture se joue pour eux un évident déracinement. Lire Proust est un exercice de traduction, au sens le plus fort du terme : il s'agit de déplacer l'œuvre, du contexte culturel de l'auteur vers le contexte culturel du lecteur, de la création vers la réception. Adapter Proust à un environnement géographique et linguistique totalement nouveau. Nous montrons avec cette anthologie à quel point ce déracinement, loin d'être une réduction de l'autre au même, est un déracinement créateur : il produit de nouveaux regards sur l'œuvre proustienne, de nouvelles interprétations, de nouvelles interrogations, de nouveaux bonheurs de lecture.*

*Réceptions étrangères : mais comment entendons-nous le terme d'« étranger » ? Question sensible, s'il en est ! Nous avons pris un parti clair : est considéré comme étranger tout auteur qui n'est pas de nationalité française. Ce qui compte ici n'est donc pas tant la langue maternelle (nous avons retenu des auteurs francophones, ou des auteurs qui ont lu Proust en français), mais bien le contexte de réception de Proust, les conditions culturelles de sa lecture. Figure ainsi Milan Kundera, tchèque naturalisé français, parce qu'il a découvert Proust dans son pays d'origine ; mais nous n'avons pas retenu Brassaï, hongrois naturalisé français, pourtant auteur d'un essai consacré à Proust (*Marcel Proust sous l'emprise de la photographie*), car il l'a découvert en France.*

*Les auteurs ici réunis évoquent leur découverte de Proust, leurs émotions de lecture, leurs analyses de l'œuvre, leur goût mais aussi leurs incompréhensions. Loin d'être un panégyrique, ce volume tient compte de ceux qui n'aiment pas Proust, et même de ceux qui en ont dédaigné la lecture. Nous avons essentiellement retenu des textes d'écrivains plutôt que de critiques littéraires ou d'universitaires, c'est-à-dire des auteurs qui ont pu incorporer l'œuvre proustienne à la leur. Il ne s'agit pas d'un recueil de spécialistes, mais d'amateurs éclairés. Les extraits d'essais littéraires sont majoritaires ; mais sont aussi présents des extraits de romans qui réécrivent des scènes proustiennes dans un univers étranger (l'épisode des « réveils » sert de modèle au Cubain Alejo Carpentier, tandis que Kateb Yacine transpose le drame du lien mère-fils en contexte algérien). Notre méthodologie étant l'histoire de la réception et la sociologie de la lecture, et non pas une étude de littérature comparée, nous n'avons retenu que des écrivains faisant explicitement référence à Proust comme source d'inspiration (et non des textes qui nous semblaient faire écho à Proust). De même, pour figurer dans ce volume, les textes devaient évoquer Proust de manière substantielle. Combien d'auteurs sont ici absents, qui pourtant se sont beaucoup inspirés de Proust mais sans expliciter leur filiation, d'Italo Calvino à Jack Kerouac*[1].

*

*Que découvre-t-on en lisant ce recueil ? On touche du doigt l'universalité de Proust. On comprend pourquoi il fait partie de notre bibliothèque mondiale. Par les témoignages multiples ici recueillis, on comprend ce que chacun, tout autour du globe, peut trouver dans son œuvre. « Proust-Monde » renvoie ainsi autant à la «* Weltlitteratur *», « littérature-monde », développée par Goethe, qu'au « Tout-Monde » d'Édouard Glissant. Ils sont peu nombreux les auteurs qui pourraient faire l'objet d'un tel recueil de réceptions mondiales : on compte assurément Shakespeare et Dante (et bien sûr, dans un autre genre, la Bible) ; Molière ou Rimbaud peut-être. Proust est sans aucun*

1. « J'ai lu toute la *Recherche du temps perdu* de Marcel Proust, et j'ai décidé de faire exactement ce qu'il a fait, mais vite », affirme Kerouac dans un entretien radio. « Proust aimait écrire dans son lit, moi sur la route. » « Mon œuvre comprend un grand livre, comme celui de Proust, sauf que mes souvenirs sont écrits à la hâte, au lieu de l'être après coup, dans un lit de malade. » Ce goût pour la vitesse ainsi qu'une vaste ambition autobiographique ont fait surnommer Kerouac le « *running Proust* »... Voir notamment Elyane Dezon-Jones, *Proust et l'Amérique. La fiction américaine à la recherche du « Temps perdu »*, Nizet, 1982.

*doute l'écrivain le plus récent à fédérer autant de lecteurs. S'il est à l'évidence un auteur classique, c'est parce que beaucoup l'ont lu (et plus nombreux encore sont ceux qui veulent le lire) et que beaucoup ont ressenti le besoin de partager et de commenter leur lecture. « Bonheur de Proust : d'une lecture à l'autre, on ne saute jamais les mêmes passages », écrivait Roland Barthes. La boutade a du vrai ! Le découpage possible de la* Recherche *en épisodes est propice à une relecture, à tous les âges de la vie. Au fil de ces relectures, l'auteur ne cesse de dire ce qu'il a à nous dire : telle est la définition du classique selon Italo Calvino. On ne trouve jamais tout à fait ce qu'on était venu y chercher. C'est précisément ce à quoi, par leur « regard éloigné », nous invitent les écrivains étrangers.*

*À l'issue de la lecture des plus de 80 textes reproduits dans les pages qui suivent, on est surpris de constater que, d'une analyse à l'autre, les auteurs ne se répètent pas. Preuve de la richesse de l'œuvre ! On est heureux de constater que les scènes qui nous plaisent le plus ont été repérées par ceux qui ont lu la* Recherche *dès les années 1920. Se crée ainsi, sous nos yeux, une communauté mondiale de lecteurs de Proust. La « proustophilie » (voire « proustomanie ») assure à l'auteur célébrité et pérennité, tout en permettant sa diffusion auprès du grand public. L'imbrication de la vie et de l'œuvre de Marcel, les conditions particulières de la rédaction de la* Recherche, *dans une forme de mystérieux retrait du monde, créent une mythologie de l'écrivain, condition indispensable de sa notoriété mondiale.*

*Lire ou ne pas lire Proust ? Cette question nous a beaucoup intrigués. « Je n'aime pas Marcel Proust, et pendant de nombreuses années je l'ai caché. Plus maintenant », assume Mario Vargas Llosa, tandis que le philosophe roumain Benjamin Fondane affirmait : « Je me refuse encore à aimer Proust : mais je le lis avec joie. » Qui n'a pas lu Proust ? Et qui ose le dire ? L'Américain Philip Roth, par exemple, a toujours affirmé sa difficulté à le lire (« Mon Proust à moi c'est Céline », rétorquait-il). Pourtant, son œuvre autobiographique, portée par son narrateur-personnage Nathan Zuckermann, a des allures tout à fait proustiennes. Peut-être exprimait-il inconsciemment le refus de se placer sous l'écrasant patronage du romancier français. À l'inverse, plusieurs auteurs récipiendaires du prix Nobel de littérature font référence à Proust dans leur discours (sont ici réunis dix auteurs prix Nobel) : signe que Proust est véritablement un classique universel, auquel tout écrivain doit, un jour ou l'autre, se mesurer.*

*À la fin du* Temps retrouvé, *Proust écrit cette phrase si souvent citée : « chaque lecteur est, quand il lit, le propre lecteur de soi-même*[1] *». Il me semble que la lecture de ce volume nous permet d'aller plus loin encore. Grâce à ces textes, nous ne nous trouvons pas nous-mêmes : nous nous retrouvons en l'autre. Ce lecteur, ce frère... L'originalité de cette anthologie* Proust-Monde *réside ici : dans le partage de cette expérience esthétique et existentielle qu'est la lecture de Proust – en tous temps, en tous lieux, en toutes langues. Nous découvrons que d'autres que nous, si éloignés soient-ils dans l'espace et dans le temps, nous comprennent aussi bien que nous-mêmes. Car, proches et lointains, nous partageons les mêmes expériences décrites par Proust. Nous pouvons ainsi compléter les propos de l'auteur, qui voit dans le livre « une espèce d'instrument d'optique [que l'écrivain] offre au lecteur*

1. *Le Temps retrouvé*, Folio classique, 1990, p. 217.

*afin de lui permettre de discerner ce que sans ce livre il n'eût peut-être pas vu en soi-même. La reconnaissance en soi-même, par le lecteur, de ce que dit le livre, est la preuve de la vérité de celui-ci*[1] ». *Désormais la reconnaissance par les autres, par les écrivains étrangers, de ce que dit l'œuvre proustienne est la preuve de son universalité.*

*

*Ce projet est né de la redécouverte d'un texte de Stefan Zweig, « La tragique destinée de Marcel Proust » (paru en 1925), qui, pour la première fois, questionne la double identité de Proust. Le romancier autrichien se demande comment un jeune rentier, amateur des mondanités parisiennes et auteur de nouvelles assez classiques (*Les Plaisirs et les Jours*), a pu devenir l'auteur du chef-d'œuvre d'analyse psychologique et de maîtrise stylistique qu'est la* Recherche. *C'est ce magnifique article qui nous a donné l'envie de constituer cette anthologie.*

*Les textes réunis dans ce volume portent essentiellement sur les sept tomes d'*À la recherche du temps perdu, *sans toutefois oublier la correspondance de Proust ni l'ensemble des textes du « Proust avant Proust », comme l'appelait Bernard de Fallois, redécouvreur du premier Proust, celui des* Plaisirs et les Jours, *du* Contre Sainte-Beuve *et du* Jean Santeuil. *Dans nos commentaires, nous employons souvent indifféremment les expressions « Proust » et « la* Recherche », *réduisant commodément, mais abusivement, l'un à l'autre.*

*On a laissé aux auteurs leur manière de faire référence aux titres, même quand celle-ci est fautive (*Le

1. *Ibid.*, p. 217-218.

Côté de chez Swann, Du côté de Guermantes...*). Dans nos textes de présentation, nous employons le terme « Narrateur » avec une capitale, selon l'usage critique en vigueur, pour désigner cette entité proustienne mêlant narrateur, personnage et auteur.*

*Les mots en italique suivis d'un astérisque sont en français dans le texte original. Les notes de bas de page sont des auteurs eux-mêmes.*

*Les citations de la* Recherche *renvoient à l'édition Folio classique.*

*Cette anthologie regroupe 83 textes ; près d'un quart (20) sont traduits en français pour la première fois. Notre ambition était en effet de rendre accessibles des textes rares, souvent méconnus du public francophone. Aux analyses d'écrivains s'ajoutent des entretiens avec des traducteurs. Chaque texte est présenté et annoté. De nombreux renvois d'un auteur à un autre sont signalés.*

*

*Toute grande entreprise est une aventure collective. Cette anthologie est le fruit du travail, passionné et acharné, de cinq jeunes chercheurs et éditeurs : Antoine Ginésy (A. G.), Étienne Sauthier (É. S.), Guillaume Lefer (G. L.), Nicolas Bailly (N. B.) et moi-même (Bl. C.).*

*Ce volume doit beaucoup à ceux qui, dès le premier jour, ont cru en lui, et à tous ceux qui, par leurs généreux conseils, leurs traductions inédites, leur soutien, nous ont aidés à le réaliser. Que soient ici chaleureusement remerciés : Jean-Yves Tadié, Jacques Letertre et toute l'équipe de la Société des Hôtels littéraires, Denis Mollat et toute l'équipe de la librairie Mollat à Bordeaux, Jean-François Roseau (pour la traduction et la présentation du texte de Stefan Zweig), Albert*

*Bensoussan (pour la traduction du texte de Mario Vargas Llosa), Mikaël Gómez Guthart (pour la traduction et l'annotation des textes d'Alejo Carpentier, Adolfo Bioy Casares et Alfonso Reyes), Fillipe Mauro (pour la traduction et l'annotation du texte d'Antonio Candido), Luc Fraisse (pour la reprise des extraits du roman du Suédois Algot Ruhe), Jérôme Bastianelli (pour la reprise d'articles parus dans le* Bulletin de la Société des amis de Marcel Proust et des amis de Combray*), Nicolas Ragonneau (pour la reprise de sa traduction du texte de Natalia Ginzburg et de ses entretiens avec les traducteurs de Proust dans plusieurs autres langues, ainsi que la publication du précieux graphique synthétique, p. 22-23), Thierry Hoquet (pour les conseils sur Yukio Mishima), Alice Kaplan (pour la suggestion des textes d'Edmund Wilson et Lydia Davis), Philippe Jaworski (pour les remarques sur Philip Roth), ainsi que Rosa Freire d'Aguiar et Jürgen Ritte, traducteurs de Proust en portugais du Brésil et en allemand, pour le temps qu'ils nous ont accordé lors de nos entretiens inédits. Merci enfin à l'artiste Christelle Téa qui a réalisé l'illustration de couverture, aux collègues des différents services de la maison Gallimard, qui se sont particulièrement investis dans ce projet, et à tous ceux – éditeurs, traducteurs, auteurs, ayants droit – qui nous ont autorisés à reproduire les pages qui suivent.*

*Longue vie à cette internationale proustienne ! Puisse cette Babel littéraire donner envie à ceux qui n'ont pas encore lu Proust de le découvrir. Aux autres, de le redécouvrir. Et à tous, de lire les œuvres des autrices et auteurs ici réunis.*

BLANCHE CERQUIGLINI
Responsable éditoriale
Folio classique

# PROUST-MONDE

*Traduire Proust*

*« Les beaux livres sont écrits dans une sorte de langue étrangère », écrit Proust dans le* Contre Sainte-Beuve. *Comment réduire cette altérité ? Comment importer l'œuvre de Proust dans sa propre langue sans en dénaturer la beauté ? Donner à entendre la voix du romancier français (langue « source ») sans perdre la singularité de la langue « cible » ? Se confronter à cette altérité radicale est un défi lancé aux traducteurs du monde entier. La complexité de la phrase proustienne, si souvent soulignée par les lecteurs, est redoublée dans la traduction. Car toute traduction implique une compréhension profonde de l'œuvre. Une traduction est avant tout une lecture, personnelle et critique. Prêtant sa voix à l'auteur, le traducteur s'en fait le porte-parole. Il le fait exister dans d'autres langues que la sienne.*

*Peu avant sa mort, Proust connut deux traductions de ses premiers romans : en langue espagnole (*Du côté de chez Swann *en 1920 et* À l'ombre des jeunes filles en fleurs *en 1922, par Pedro Salinas, voir p. 25) et en langue anglaise (*Du côté de chez Swann *en 1922 par Scott Moncrieff, voir p. 30). La traduction n'est pas le seul critère pour juger de sa notoriété de son vivant, car de nombreux lecteurs* *le lurent en français. Mais c'est assurément l'un des critères essentiels pour juger de la démocratisation de son œuvre. Après la publication complète de la* Recherche *en 1927, les traductions devaient se multiplier, pour ne plus cesser. Proust n'était plus réservé à une élite intellectuelle, francophile et francophone. Il était voué à devenir l'écrivain mondial qu'il est aujourd'hui.*

*Désormais, aux quatre coins du monde, les librairies proposent des traductions de la* Recherche. *Du nord au sud, d'Orient en Occident, on compte peu de citoyens qui ne puissent lire Proust dans leur propre langue. Par la traduction, Proust est présent dans des pays où il n'est jamais allé, dans des pays auxquels il n'a peut-être jamais rêvé (la Chine ?), dont il n'aurait pas même soupçonné l'existence (Haïti) ou qui n'étaient pour lui que des mondes de fiction (les pays arabes). Lui qui ne parlait correctement aucune langue étrangère (sa traduction de Ruskin doit beaucoup à sa mère) est maintenant traduit dans toutes les langues. Quel plus bel hommage rendre à un artiste que cette extraordinaire diffusion, véritable extension géographique de son œuvre* * *?*

*Signe supplémentaire de notoriété : la* Recherche *fait l'objet de plusieurs retraductions dans une même langue. C'est dire qu'on n'en a jamais fini avec son style, jamais fini avec la compréhension de son œuvre. Proust est ainsi consacré comme un classique : un auteur auquel on revient toujours – plusieurs fois dans une vie, dans plusieurs versions linguistiques*

* Le *Bulletin de la Société des amis de Marcel Proust et des amis de Combray* (disponible en ligne) est une mine inépuisable, dans laquelle on trouvera notamment des articles sur « La réception littéraire de Marcel Proust en Pologne », « Traduire en russe *À la recherche du temps perdu* », « La réception de Proust en Corée », « Marcel Proust et la Roumanie ».

*différentes. Double reconnaissance : son œuvre lui survit dans le temps et dans l'espace.*

*Lire Proust, traduire Proust : un défi toujours renouvelé, dont témoignent les traducteurs du monde entier.*

Bl. C.

# LES TRADUCTIONS

## de la *Recherche*

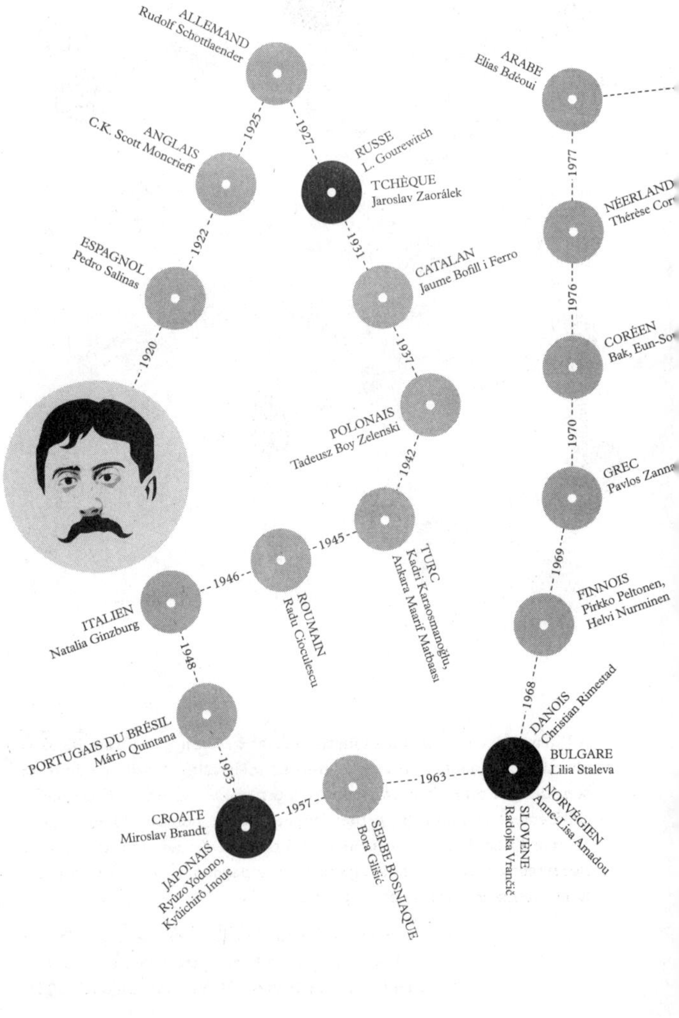

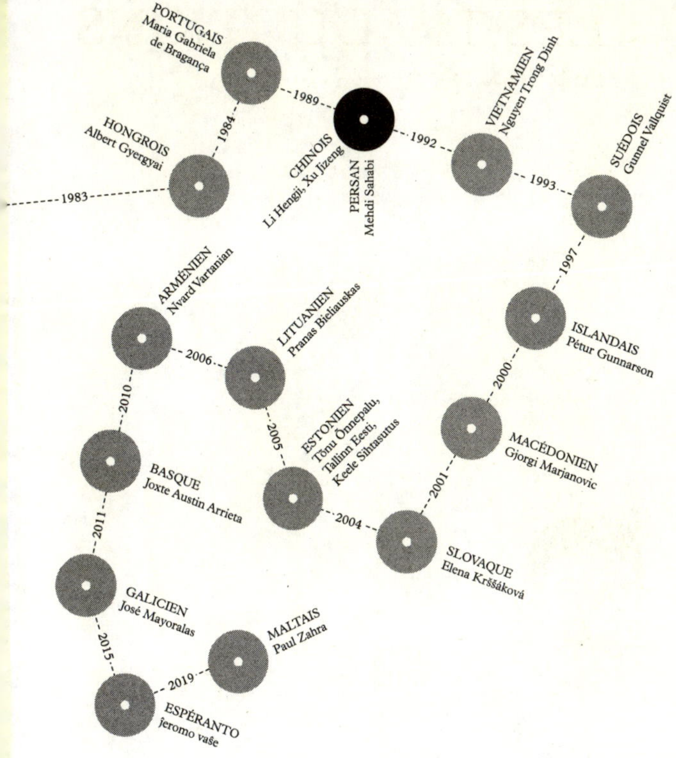


**À l'instar des plus grands classiques**, la *Recherche* a été traduite dans plus de 35 langues, mais pas toujours en intégralité : le volume de texte considérable rend l'entreprise longue, difficile et onéreuse. C'est particulièrement vrai pour les petites langues (par le nombre de locuteurs), comme l'islandais ou l'arménien. À l'inverse, certains domaines sont richement dotés, comme le japonais, avec pas moins de quatre traductions intégrales depuis l'après-guerre.

© Nicolas Ragonneau, *Le Proustographe. Proust et « À la recherche du temps perdu » en infographie*, mise en images de Nicolas Beaujouan, Denöel, 2021.

## PEDRO SALINAS

Premier traducteur en espagnol

# « Pour une pause dans la *Recherche du temps perdu* entreprise par M. Proust » (1921)

*Membre de la génération de 27, mouvement littéraire espagnol d'avant-garde dont Federico García Lorca est l'un des plus importants représentants, et qui s'achève à l'entrée dans la guerre d'Espagne, Pedro Salinas (1891-1951) a une formation universitaire en bonne partie européenne et extra-espagnole. Ainsi est-il, bien avant d'entamer sa carrière littéraire, lecteur d'espagnol à la Sorbonne de 1914 à 1917, années où il réalise son doctorat en lettres. En 1918, il obtient une chaire de langue et littérature espagnole à l'Université de Séville, avant de partir de 1922 à 1926 enseigner à Cambridge (années où il publie ses premiers poèmes) puis de connaître une carrière internationale, notamment aux États-Unis.*

*Sa découverte de Proust et sa traduction de* Du côté de chez Swann *(*Por el lado de Swann*), parue en 1920 chez l'éditeur Calpe à Madrid, datent de cette période sévillane, de même que l'article qu'il publie en 1921 dans la revue* Indice *(Madrid) et sa traduction d'*À l'ombre des jeunes filles en fleurs *(*À la sombra de las muchachas en flor*), parue en 1922 chez le même éditeur. La traduction du premier volume a été souhaitée par José Ortega y Gasset qui dirigeait alors la maison Calpe, à un moment où Proust intéresse fortement une partie de l'élite littéraire espagnole très liée à Paris*. Si Pedro Salinas partage la vision assez*

* Voir Ilena Antici, « Traduire et créer, l'expérience proustienne

*traditionnelle de Proust comme créateur d'un monde, il est intéressant de voir que cette vision est ici portée sur la scène d'un théâtre, avec un Proust en magicien « remontant ses manches pour bien montrer qu'il n'y a pas de truc » et sortant de son chapeau le village de l'enfance du Narrateur.*

*En 1926, quand Salinas publie* Vispera del gozo *(*Veille du plaisir*), un recueil de récits (non traduits en français) qui connut un important succès aux États-Unis et en Italie, il est rapidement accusé de plagiat par rapport à Proust. Ses détracteurs** *lui reprochent notamment un passage de sa nouvelle* Livia Schubert, incompleta*, où l'amoureux s'arrête à la frontière du corps de son amante endormie, comme le Narrateur de* La Prisonnière *face à Albertine endormie. Cette polémique décourage pour longtemps Salinas de s'adonner à la prose.*

*Autour de 1926-1927, on observe en Espagne un désintérêt pour Proust, lié à une condamnation morale de la présence du thème de l'homosexualité mais aussi à la difficulté d'écrire après Proust, et à la nécessité de préserver une originalité littéraire nationale, dont l'accusation de plagiat envers Salinas est un dangereux symptôme. Celui-ci interrompt sa traduction de Proust et ne participera que très partiellement à la traduction, en 1931, toujours pour Calpe, du* Côté de Guermantes *(*El Mundo de Guermantes*), réalisée principalement par José Maria Quiroga Plá. La guerre d'Espagne et la censure viennent interrompre cette entreprise de traduction, qui ne sera reprise qu'à partir de 1946, et de l'autre côté de l'Atlantique. Entre 1946 et 1947, l'éditeur Santiago Rueda de Buenos Aires reprend en effet les traductions de Salinas et Plá et leur adjoint les*

---

de Pedro Salinas », Société française de littérature générale et comparée, Actes et volumes collectifs, XXXVII$^{e}$ congrès de la SFLGC, 2011, https://sflgc.org/acte/ilena-antici-traduire-et-creer-lexperience-proustienne-de-pedro-salinas/

* Parmi lesquels Ernesto Giménez Caballero (1899-1988), écrivain, intellectuel et diplomate espagnol. Importante figure de l'avant-garde culturelle des années 1920, il est l'un des introducteurs de la pensée fasciste en Espagne.

*traductions des quatre derniers tomes par le poète argentin Marcelo Menasché**.

É. S.

Aujourd'hui il m'a été donné d'assister à un spectacle singulier. Tout le théâtre était éclairé, prêt à la représentation mais sans aucun autre spectateur que moi. J'étais entré là pour traîner dans le coin, sans savoir ce qui m'était proposé. Et quand le rideau s'est levé, un homme vêtu d'un frac est apparu sur scène, les cheveux noirs bien plaqués et brillants, il avait l'air aussi las que rebelle. Il a fait une profonde révérence – sans doute pour moi seul – et, à son signal, au fond de la scène, s'est levé un autre rideau, et sont apparus, en vaste demi-cercle, assis sur des chaises, de nombreux personnages de différents milieux et âges, aux vêtements et aux conditions divers. L'homme au frac, une liste à la main, appelle d'une voix autoritaire : « Françoise, Tante Léonie ! » Et voilà que se lèvent de leur chaise la patronne et sa domestique, l'une avec sa pepsine et son rosaire, l'autre avec sa coiffe et son parler provincial. Au milieu de tous ces gens figure un tableau représentant une femme aux pommettes saillantes et au regard mélancolique ; l'écriteau à côté du tableau indique en lettres dorées « Botticelli ». Et lorsque l'homme fait se lever de nombreux personnages, l'un d'eux attire fortement l'attention ; je ne sais si c'est par ses cheveux roux ou par son élégance de port (il

* Sur cette question, voir Thomas Barège, « Un ping-pong transatlantique : les traductions de Proust en espagnol », Société française de littérature générale et comparée, Actes et volumes collectifs, XXXVIIe congrès de la SFLGC, 2011, https://sflgc.org/acte/thomas-barege-un-ping-pong-transatlantique-les-traductions-de-proust-en-espagnol/

répond au nom de Swann) ; il regarde au loin la toile et prononce non pas un nom d'ascendance olympienne ou de lignée florentine mais un nom d'une sonorité suspecte et moderne : « Odette de Crécy ». Alors la créature peinte et divine frissonne, prend vie et pose le pied au sol ; des mains invisibles changent sa tunique blanche et bordée de fleurs d'or pour la toilette d'une élégante Parisienne de 1880 et, tandis que les anges attristés de la peinture répandent inutilement des guirlandes et des coquillages, elle offre sa main au baiser de l'homme aux cheveux roux, et ils s'en vont bras dessus, bras dessous... Et ainsi, avec ces personnages, le monsieur en frac compose d'exquis tableaux. Les figurants sont si immobiles et bien placés que, par moments, la scène prend la sereine et noble irréalité du vécu, la réalité sûre de la fiction. Mais voici qu'une toux échappe à Françoise et que Swann met une fleur à sa boutonnière, deux choses qui, par leur insignifiance, démontrent la vérité de la vie entière. L'homme au frac va et vient, il fouille dans son chapeau et, après avoir retroussé ses manches, pour que l'on voie bien qu'il ne triche pas, il en tire une petite ville sympathique, dominée par une église aux vitraux polychromes. Voilà Combray, ses maisons et les pièces de ses maisons, et voilà qu'il tire de son chapeau sans fond un chemin qui chemine au bord d'une rivière. Et tous les personnages se taisent pour voir un petit garçon se promener en admirant silencieusement les nymphéas.

— Mais alors, est-ce qu'ils parlent ? me demanderez-vous.

— Non, ils ne disent rien.

— Mais alors, le spectacle sera ennuyeux. Voir, voir... Et que reste-t-il à l'oreille ?

Voilà ce qui lui reste : dès qu'un tableau est constitué, chaque acteur à sa place, tous retenus dans la toile de l'immobilité, l'homme au frac sort d'un coffret noir un violon dont les cordes ne sont pas comme les autres : elles sont de celles que les romanciers appellent de délicates fibres du cœur humain. Et en s'installant sur un côté de la scène, l'homme au frac, d'un geste sobre, commence à tirer de son violon des sons étranges, inouïs et familiers, et de cette caisse de bois sortent les jours de la vie passée, chacun avec sa sonorité propre, intime et particulière. Il joue, il joue inlassablement, tant et si bien que, parfois, un personnage du tableau se fatigue et, sans que l'homme au frac le remarque, retourne lentement à sa chaise. Et il semble que tout soit effacé et que la scène demeure vide. On ne voit rien. Juste le délicieux fil du violon, capricieux, fantaisiste, tourbillonnant, mais qui dévoile à coup sûr le secret du labyrinthe. Et voilà, c'est que Monsieur Proust s'adonne à son plaisir favori : Monsieur Proust, artiste de renommée mondiale, parcourt le monde avec son Stradivarius des passions ; il a inventé un nouvel exercice. Monsieur Proust est le virtuose de la psychologie.

*Traduction inédite de l'espagnol par Étienne Sauthier.*

*Para un descanso en « La Recherche du temps perdu »*
*emprendida por M. Proust,*
*Indice,* n° 2, Madrid, 1921.

JEAN FRASER

# Témoignage de l'arrière-petite-nièce de Scott Moncrieff, le premier traducteur de Proust en anglais (2020)

*Né en Écosse, Charles Kenneth Scott Moncrieff (1889-1930) apprend très tôt le français grâce à une gouvernante belge. Il fait des études de droit et de littérature anglo-saxonne, et commence à écrire des nouvelles. Officier dans l'infanterie britannique (régiment des Scottish Borderers), il se bat dans le nord de la France dès 1914. Une grave blessure lors de la bataille d'Arras en avril 1917 le laisse boiteux. Ses trois ans de guerre et son héroïsme dans les tranchées lui valent la Military Cross. Après la guerre, il est affecté au ministère de la Guerre à Londres. Il écrit dans des revues littéraires, intègre la rédaction du* Times, *fréquente les jeunes romanciers britanniques des années 1920 et vit difficilement son homosexualité. En 1919, il traduit* La Chanson de Roland. *Suivront les romans de Stendhal,* Le Satiricon *de Pétrone ou encore des pièces de Pirandello. En 1923, il s'installe en Italie pour des raisons de santé, et meurt à Rome en 1930, alors qu'il corrigeait les épreuves de sa traduction d'*Albertine disparue.

*Traduire la* Recherche *occupe les neuf dernières années de sa vie.* Swann's Way *(*Du côté de chez Swann*) paraît le 19 septembre 1922 chez Chatto & Windus à Londres. Suivront :* Within a Budding Grove *(1924) (*À l'ombre des jeunes filles en fleurs*),* The Guermantes Way *(1925) (*Le Côté de Guermantes*),* Cities of the Plain *(1928) (*Sodome et Gomorrhe*),* The Captive *(1929) (*La Prisonnière*),* The Sweet Cheat Gone *(1930) (*Albertine disparue*). Il n'aura* *pas le temps de traduire le septième et dernier tome**. Remembrance of Things Past, *le titre qu'il choisit pour traduire* À la recherche du temps perdu, *est une citation d'un sonnet de Shakespeare :* « When to the sessions of sweet silent thought / I summon up remembrance of things past » *(sonnet 30). Proust se retrouve ainsi projeté au cœur de la grande histoire littéraire anglaise.*

*Proust a connu* Swann's Way, *paru deux mois avant sa mort. Il s'est d'abord inquiété de confier son œuvre à un traducteur qu'il ne connaît pas. « Un éditeur en donnant le droit de traduire un livre ne donne pas celui de le déformer », écrit-il à Gaston Gallimard***. *« Je tiens à mon œuvre que je ne laisserai pas des Anglais démolir », affirme-t-il à Sydney Schiff le 14 septembre 1922. À la parution, il écrit à Scott Moncrieff, le 10 octobre 1922, pour le remercier de sa traduction, mais en soulignant quelques inexactitudes et en s'étonnant du choix du titre.*

*Jusqu'en 1981, et la révision de la traduction par Terence Kilmartin (tenant compte de la mise à jour du texte de la* Recherche *dans la Pléiade), c'est à travers les mots de Scott Moncrieff que les anglophones ont lu la* Recherche.

Bl. C.

* Qui sera traduit, chez le même éditeur, en 1932, par Sydney Schiff (sous le pseudonyme de Stephen Hudson), admirateur absolu de Proust, qui lui envoie des lettres frisant l'obsession. Souhaitant se substituer à Moncrieff, Schiff entreprend de le dénigrer aux yeux de Proust. « Sa première impression des compétences de Moncrieff est donc filtrée à travers les préjugés de Schiff », note Adam Watt (dans son article « "Un dialogue de sourds" : Proust et ses premiers traducteurs britanniques (Scott Moncrieff, Schiff) », *Fabula*, colloque Proust : dialogues critiques, 2013). La traduction de Schiff du *Temps retrouvé* (*Time Regained*) sera jugée mauvaise et connaîtra un succès limité. Elle sera remplacée dans les années 1960 par une traduction d'Andreas Mayor (qui tient compte des corrections dans le texte effectuées dans la Pléiade).

** Correspondance Gaston Gallimard / Marcel Proust, Gallimard, 1989, p. 609.

> Il y a dans notre existence des points temporels
> Qui conservent, avec une distincte prééminence,
> Une revivifiante vertu…
>
> William WORDSWORTH, *Le Prélude*, Livre XII

Proust savait cela, qu'il ait lu ou non ce vers de Wordsworth. Ruskin, lui, l'avait certainement lu et ainsi s'infiltra-t-il à travers les lourds sédiments de la pensée, jusqu'à l'œuvre de Proust alors qu'il traduisait Ruskin. Et de là, dans l'esprit tendre et sensible d'un enfant de cinq ans, Charles Scott Moncrieff, bataillant avec sa gouvernante belge et écoutant sa mère férue de littérature lui lire Ruskin.

Charles le traducteur est né dans le Stirlingshire, en Écosse, en 1889, année de l'achèvement de la tour Eiffel. Mais il baigna durant toute son enfance dans la poésie et la littérature, qu'il pratiqua très tôt.

Mon amour pour Proust me vient de ce traducteur, qui était aussi mon arrière-grand-oncle. Famille et généalogie sont importantes pour Proust du fait de leur lien avec la mémoire et son pouvoir de guérison. Charles s'est lancé dans son grand projet de traduction peu après avoir fait l'expérience de la Première Guerre mondiale. Il en est revenu blessé de corps et d'âme et la guérison de son esprit a commencé avec Proust. Il lui fallut ralentir et l'analyse que fait Proust du temps et de la mémoire l'a aidé à réajuster ses pensées troublées. Se *remémorer* (*remember*) est l'inverse de se *défaire* de ses souvenirs (*dismember*) et, à la suite de ses expériences sur les champs de bataille, Charles avait désespérément besoin de *remembrement* (*re-member*).

Proust est le compagnon idéal pour ceux qui choisissent l'isolement ou souffrent de la grippe, comme l'écrit Charles en 1925 dans une lettre à son éditeur à propos des volumes qu'il était en train de traduire : « On a besoin d'être alité pour les absorber tous ; en fait, il pourrait y avoir une édition spéciale avec une croix rouge sur la couverture et une pochette contenant thermomètres, seringues, etc., à l'intérieur. »

Proust passa beaucoup de temps dans son lit durant sa vie, et son livre nous aide à ralentir, à analyser, à faire le point sur notre vie et peut-être sur notre mort. Si nous pouvons trouver ces « points temporels » dans nos souvenirs et en garder la « revivifiante vertu », nous pouvons mieux nettoyer notre âme qu'avec n'importe quel gel hydroalcoolique pour nos mains.

*Bulletin Marcel Proust*, n° 70, Hors-Série
« Proust pour la première fois. 70 souvenirs de lecture »,
2020.

## LYDIA DAVIS

Traductrice en anglais (États-Unis)
de *Du côté de chez Swann*

# « Lire Proust pour la première fois »
# (2013)

*Née en 1947 dans le Massachusetts, Lydia Davis, écrivaine et nouvelliste, a traduit* Du côté de chez Swann *en 2002. Elle a fait partie d'un collectif de traducteurs anglo-saxons, coordonné par Christopher Prendergast*[*]*, originaires de Grande-Bretagne, des États-Unis et d'Australie, pour un grand projet, débuté en 1995 et achevé en 2002, de retraduction d'*À la recherche du temps perdu pour Penguin. *Elle a traduit d'autres œuvres de grands auteurs français, telles que* Madame Bovary. *La qualité de ses traductions est reconnue autant que celle de ses fictions. Son œuvre littéraire gagne en notoriété aux États-Unis à partir des années 2000, notamment avec* Samuel Johnson Is Indignant, *jusqu'à lui faire obtenir le Man Booker International Prize en 2013.*

*Dans son recueil* Essays Two[**]*, Lydia Davis revient sur sa manière de traduire Proust, et notamment sur les coulisses éditoriales de cette entreprise. Dans cet article*[***]*, elle*

* Professeur émérite de littérature française à l'Université de Cambridge, auteur de plusieurs essais littéraires dont, sur Proust, *Mirages and Mad Beliefs. Proust the Skeptic* (Princeton University Press, 2013) et *Living and Dying with Marcel Proust* (Europa Compass, 2022).

** Qui fait suite à *Essays One*, publié en 2019, série de textes théoriques sur la littérature, l'art et la lecture.

*** Cet article a d'abord été publié par les services culturels de l'ambassade de France aux États-Unis lors du festival « 2013 :

*raconte sa première découverte de l'œuvre. Sa lecture est atypique, par la manière dont elle aborde la littérature. Il ne s'agit pas simplement du regard de la traductrice, mettant en relief les difficultés à traduire certains mots, certaines tournures propres à la langue française. Il s'agit du point de vue d'une lectrice et d'une écrivaine qui reconnaît que Proust l'a aidée à trouver sa voie dans l'écriture, pour saisir avec le plus de justesse possible les idées et les êtres. Davis voit en Proust ce qu'Hemingway a plus tard réalisé : une littérature où chacun des mots est pesé avec le plus grand soin.*

N. B.

Je me souviens approximativement, mais pas exactement, du moment où j'ai lu pour la première fois Proust. Je vivais alors en France. J'avais probablement dans les vingt-quatre ou vingt-cinq ans. J'avais acheté les deux tomes de couleur crème du premier volume d'*À la recherche du temps perdu* publiés chez Gallimard[1] : *Du côté de chez Swann*. J'ai toujours cette édition et, des années plus tard, je connais exactement le nombre de pages que j'ai lues parce que je continue à faire la même chose dès que je lis un livre dans une langue que je ne connais pas suffisamment, ou pas autant que je le voudrais : j'écrivais méthodiquement, avec un crayon bien aiguisé, en haut et parfois en bas de la page, les traductions anglaises des termes que je ne connaissais pas ou dont je n'étais pas sûre.

Je sais exactement quand j'ai arrêté de lire ce livre – je suis navrée de le dire : aux deux tiers du parcours. Mais c'est inhérent à ma manière de lire, encore et toujours, pour beaucoup des livres qui,

---

A Year with Proust » organisé à l'occasion du centenaire de la publication de *Du côté de chez Swann*.

pour moi, sont les plus intéressants et les plus signifiants. Par exemple, quand j'ai découvert pour la première fois Beckett – je l'ai découvert en lisant *Malone meurt* –, j'ai été captivée et fascinée par son œuvre et pourtant je n'ai pas fini ce livre. Ce qui retient mon attention, dans ces cas-là, c'est la forme, la technique, la manière de construire une œuvre de fiction plus que l'impact engendré par ce livre, dont je ressentirais les effets seulement après en avoir lu la fin.

Je me repasse en revue également quels mots de Proust je ne connaissais pas ou dont je n'étais pas sûre à l'époque. Certains me sont maintenant familiers : *assouvir, effroi, atterré**. Mais j'ai bien plus de mal avec d'autres : *fourbe, charmille, stercoraire** (que je transformais malencontreusement en « *stercorceous, stercoval*[1] »).

C'est à partir de ces deux tomes que j'ai commencé ma traduction du livre en anglais, vingt-cinq ans après. Une édition plus complète en français était sortie[2] et après, durant le projet, je me suis débarrassé de ma vieille édition et j'ai continué à travailler avec la nouvelle édition. Mais au début, je travaillais surtout avec les vieux volumes pour des raisons à la fois sentimentales et esthétiques. J'adorais revenir à ces pages, telle la jeune étudiante que j'étais alors, comme si je travaillais à ses côtés ; ces volumes de petit format, légers, joliment composés avec ce blanc crème et ce papier épais – je ne sais pas si c'était du papier de chiffon ou non, mais je voyais des variations de couleurs et de matériaux dans sa texture –, et une encre d'un noir profond et très lisible, sont un plaisir à lire et à tenir en main.

Je n'avais pas terminé ce livre avant d'avoir commencé ma traduction, ni recommencé du début et lu tout en une fois, et c'était une habitude ou une pratique durable de ne pas lire les livres avant de les traduire. Alors les deux premiers tiers me paraissaient éloignés, certainement enterrés dans les tréfonds de ma mémoire, et le dernier tiers était nouveau pour moi.

Il est difficile de déterminer la manière dont ma première lecture de Proust m'a influencée en tant que jeune écrivaine. J'étais clairement assez intéressée pour lire les deux tiers du livre sans abandonner. De plus, j'avais et je garde encore cette particularité d'absorber plutôt rapidement et complètement cette « leçon d'écriture[1] » offerte par n'importe quel écrivain que je lis : la leçon sur la forme, la structure, le phrasé, le choix des mots, la sensibilité, en somme tout ce que nous pouvons apprendre d'un autre écrivain. J'ai possiblement appris de Proust qu'il n'y a presque aucune limite à la manière, extensible et profonde, dont chacun peut explorer une perception, une émotion, aussi fugaces soient-ils. (Cette leçon m'a suivie et s'est renforcée quand j'ai commencé à traduire, peu de temps après, Maurice Blanchot.) Je dois avoir appris à être très patiente quand j'écris, tout particulièrement pour trouver la bonne expression correspondant à une pensée fine. Je dois avoir appris que même si l'intrigue a un rôle à jouer dans un roman, cela ne doit pas être le premier rôle, et le roman est en fait presque toujours plus intéressant quand l'intrigue ne joue pas le premier rôle. (À peu près à la même époque je lisais des romans policiers américains traduits en français pour améliorer ma compréhension de cette langue ; j'avais donc sous les yeux des contre-exemples de romans dont l'intrigue joue le premier rôle.) Et il y a une dernière chose que j'ai apprise, qui est, paradoxalement, l'importance d'une économie de mots, de la recherche de l'expression naturelle pour qualifier une pensée sans pour autant courir après les termes exacts dans la phrase même. Bien évidemment, je dis « paradoxalement » car on pourrait ne pas associer l'économie de mots avec la taille stupéfiante des sept tomes d'*À la recherche du temps perdu*, et même de *Du côté de chez Swann*, comme de nombreuses phrases du roman. Mais, même si Proust était très prolifique, il était aussi, et toujours, dans l'économie de mots, n'en disant pas plus que nécessaire pour exprimer pleinement sa pensée.

*Traduction inédite de l'anglais par Nicolas Bailly.*

# MANUEL BANDEIRA
# CARLOS DRUMMOND DE ANDRADE
# MÁRIO QUINTANA

## Premiers traducteurs en portugais du Brésil

*Manuel Bandeira (1886-1968), Carlos Drummond de Andrade (1902-1987) et Mário Quintana (1906-1994) ont tous trois la particularité d'être poètes et d'avoir été traducteurs de Proust en portugais du Brésil, dans l'édition de la Livraria do Globo, publiée à Porte Alegre de 1948 à 1957**. *Ils ont également en commun d'avoir eu un premier contact difficile avec la* Recherche, *au tournant des années 1930, et d'avoir rendu compte de cette expérience.*

*Manuel Bandeira est issu d'une famille de Recife, qui s'installe dans son enfance à Rio de Janeiro. La tuberculose le contraint à interrompre ses études d'ingénieur entamées à São Paulo, et il passe dès lors de nombreuses périodes en sanatorium. En 1912-1913, lors d'un séjour au sanatorium de Clavadel, à Davos, dans le canton suisse des Grisons, il se lie avec Paul Eugène Grindel, le futur Paul Éluard, qui plus tard lui donnera accès à l'avant-garde artistique*

* *Na Procura do Tempo Perdido* : Mário Quintana en a traduit les quatre premiers tomes (*No Caminho de Swann*, 1948 ; *A Sombra das Raparigas em Flor*, 1951 ; *O Caminho de Guermantes*, 1953 ; *Sodoma e Gomorra*, 1954) ; Manuel Bandeira, *La Prisonnière* (*A Prisoneira*, 1954) ; Carlos Drummond de Andrade, *Albertine disparue* (*A Fugitiva*, 1956). *Le Temps retrouvé* (*O Tempo Redescoberto*, 1957) fut traduit par Lúcia Miguel Pereira, critique littéraire, qui contribua à faire connaître Proust dans la presse brésilienne, notamment en le comparant à Machado de Assis (1839-1908), figure majeure de la littérature brésilienne.

*parisienne*[*]*. De retour au Brésil en 1922, il ne participe pas à la semaine d'art moderne (le coup d'envoi du courant artistique moderniste au Brésil), mais un de ses poèmes y est lu. Durant les années 1920, il tente à deux reprises de lire* À l'ombre des jeunes filles en fleurs, *sans succès*[**] *; c'est en 1930 qu'il achève la lecture de la* Recherche *entière, commencée au premier tome. Il explique que ce qui l'avait d'abord rebuté était le style de Proust (le « style qui se traîne le plus de toute l'histoire de la littérature »), jugé « compact » et « irrespirable ». Si, dans son article de 1930 comme dans sa correspondance, il reconnaît les qualités littéraires de Proust et l'importance de la* Recherche, *il n'en trouve toujours pas moins le style difficile d'accès.*

*Carlos Drummond de Andrade (1902-1987), pour sa part, est originaire du Minas Gerais ; il a fait une bonne partie de sa carrière dans l'administration brésilienne, en suivant le parcours d'un des principaux ministres de l'Éducation brésiliens, Gustavo Capenema, en parallèle de son activité de poète, commencée très jeune. En 1922, il participe à la semaine d'art moderne de São Paulo, sans doute deux ans après avoir été l'un des premiers acquéreurs du Goncourt de 1919, dans une librairie de Belo Horizonte, lors de la première livraison de 1920 des livres arrivés de France*[***]*. Carlos Drummond de Andrade éprouve lui aussi des difficultés à lire* À l'ombre des jeunes filles en fleurs, *en raison du style de l'auteur. En 1925, au fil d'une note de lecture, il affirme que Proust est probablement « l'auteur le plus difficile du* XX*e* *siècle. Non qu'il soit obscur ou mallarméen [...]. Mais il écrit mal », et lui reproche ses phrases interminables*[****]*.*

*Ironie de l'Histoire : vingt ans après leur découverte de*

* Nicolau Sevcenko, *Orfeu extático na metrópole. São Paulo, sociedade e cultura nos frementes anos 20*, São Paulo, Companhia das Letras, 1992.

** Voir le texte reproduit page suivante.

*** L'écrivain José Nava raconte l'anecdote en 1960 (dans son article « Brasileiros no caminho de Proust », *Revista do Livro*, n° 17, 1960, p. 109-125).

**** Voir le texte reproduit p. 44.

*Proust, ces deux poètes, précurseurs du vers libre dans la poésie brésilienne, qui avaient d'abord eu du mal à le lire, en deviennent les traducteurs pour la Livraria do Globo.*

*Mário Quintana (1906-1994), le plus jeune des trois, est originaire du sud du pays. Longtemps journaliste, il travaille en parallèle pour la Livraria do Globo, avant de publier son premier recueil de poèmes,* Rua dos Cataventos, *en 1940. Durant toute sa carrière pour la Livraria do Globo, Quintana fournit essentiellement des fonctions de traducteur, ce qui en fait probablement, parmi les traducteurs de Proust, le plus rompu et le plus aguerri à la traduction (parmi les auteurs qu'il traduit figurent aussi bien Pearl Buck que Joseph Conrad, André Gide, Graham Greene, André Maurois, Charles Morgan, Georges Simenon, Voltaire ou Virginia Woolf). S'il ne semble pas évoquer Proust avant le moment où il en fait la traduction, c'est cependant lui qui verbalise le mieux sa difficulté à le traduire : un « enfer personnel ».*

É. S.

## Manuel BANDEIRA
## « Initiation à Marcel Proust »

Par deux fois j'ai essayé de lire Proust et j'ai échoué. C'était au temps où le génial romancier était encore vivant, ce qui était finalement plutôt une bonne chose : le mythe Proust n'était pas encore formé, il n'avait pas encore d'admirateurs à la douzaine, les vautours de la consécration posthume. C'était encore au temps où notre grand Graça Aranha écrivait : « Proust ne nous rajeunit pas[1] », considération importante pour qui veut rajeunir. Aujourd'hui, Proust ne nous rajeunit toujours pas. Proust est toujours difficile à lire, mais comme il est mort et qu'on lui reconnaît maintenant du génie, tout le monde doit « avoir lu » Proust, parce que tout le monde sent que l'auteur d'*À la recherche du temps perdu* est un de ces noms qui restent et qui gagnent en importance pour marquer les générations.

Pourtant, que personne n'ait honte de ne pas avoir reconnu par lui-même la puissance que l'écrivain dissimulait dans les replis du style qui se traîne le plus de toute l'histoire de la littérature. André Gide, qui est... André Gide, a aussi eu du mal lors de son premier contact avec Proust. Bien que celui-ci disposât d'un éditeur et qu'il ait publié quelques bonnes feuilles dans le journal, Proust caressait le désir de se faire éditer par *La Nouvelle Revue française*, où il lui semblait que son livre rencontrerait la véritable atmosphère qui lui conviendrait[1]. À *La Nouvelle Revue française*, Gide faisait la pluie et le beau temps. Le manuscrit de Marcel Proust souffrit ainsi la honte de refus répétés. Il ne fut pas édité par *La Nouvelle Revue française*, et ce fut par la faute de Gide, dans les mains duquel étaient passés les originaux. Ce fut quand le roman parut, édité par une autre maison, que Gide comprit son erreur.

J'écris cette chronique dans le même état d'esprit que l'auteur de *L'Immoraliste* lorsqu'il écrivit la noble lettre par laquelle il félicita Proust et s'excusa en déplorant sa légèreté : « Mon cher Proust, depuis quelques jours je ne quitte plus votre livre ; je m'en sursature, avec délices ; je m'y vautre[2]... »

L'erreur de Gide provenait d'une pratique très commune, pardonnable à qui a pour travail de juger des centaines d'originaux : l'habitude de se lancer à vue dans un extrait choisi au hasard. Gide fut malchanceux à deux reprises ; le livre fut jugé.

Les raisons de mon échec furent plus graves parce qu'il ne s'agissait pas de légèreté. J'ai commencé un roman de Proust par le début. Après trente pages, le fameux style compact avait créé pour moi une atmosphère irrespirable. Maintenant, je sais pour quelle raison j'ai échoué et j'aimerais que mon expérience serve aux autres, en ce temps où il faut avoir lu Proust.

Le livre qui m'a découragé deux fois était *À l'ombre des jeunes filles en fleurs*. Celui que je lis maintenant, et que je comprends, est le premier de la série, *Du côté de chez Swann*. Et je suis comme Gide : je ne lâche pas le livre, je m'en sursature, je m'y vautre. Sans doute, il faut toujours vaincre les fils barbelés des constructions proustiennes. Il sera nécessaire de lire deux ou trois fois des périodes comme celle-ci : « Et – de même qu'elle assure invariablement n'avoir pas besoin du bec supplémentaire que le concierge veut allumer pour elle, et reste là, n'entendant plus que les rares propos sur le temps qu'il fait échangés entre le concierge et un chasseur qu'il envoie tout d'un coup, en s'apercevant de l'heure, faire rafraîchir dans la glace la boisson d'un client – ayant décliné l'offre de Françoise de me faire de la tisane ou de rester auprès de moi, je[1]... » OUF ! Cette manière d'écrire et les fréquentes réminiscences font que Proust doit être lu depuis la première ligne du premier tome qui commence le roman unique qui est sa grande œuvre. C'est seulement ainsi que l'on peut s'initier au monde de Proust et, pour employer une expression à lui, sentir dans sa prose le rythme uniforme et tout cet écheveau de conjonctions ou propositions incidentes restrictives ou explicatives, « une espèce de vie sentimentale et continue ». Une fois embrayé dans cette « espèce de vie sentimentale et continue », on va jusqu'à la fin du monde proustien en regrettant qu'un jour, trop tôt, il vienne à se terminer.

*Revista Souza Cruz*, novembre 1930.

## Carlos DRUMMOND DE ANDRADE
## « Proust écrit mal »

Je ne sais pas s'il est encore temps de parler de ce livre de Crémieux, mais j'ai la certitude qu'il est toujours temps de parler de Proust, Larbaud, Romains et Giraudoux. Or, c'est justement sur Proust que Crémieux écrit le plus grand et le plus important chapitre du *XXe siècle*, en nous donnant la première vision d'ensemble de cette œuvre si calomniée et si louée et au final si incomprise. Bon chapitre. Excellent chapitre. L'auteur de *Sodome et Gomorrhe II* est analysé avec lucidité et pénétration – et encore, avec une bonne dose de sympathie intellectuelle. [...] Crémieux en arrive ainsi à trop de sympathie, comme avec le cas de Proust, dont le style est justement l'absence de style, et qui confond, perturbe, désespère le lecteur. [...] Moi aussi, j'ai une opinion sur Proust. Deux points : c'est l'auteur le plus difficile du XXe siècle. Non qu'il soit obscur ou mallarméen, ça non. Mais il écrit mal. Les périodes ne se terminent jamais, elles se traînent à travers un bois de lianes de conjonctions, prépositions, pronoms personnels, c'est l'enfer. Vous avez déjà lu *À l'ombre des jeunes filles en fleurs* ? C'est un sacrifice. Le résultat le récompense, mais en soi, le sacrifice est trop dur. Homme de peu de temps, habitué à la vitesse, je suis bien en train de lire *Le Grand Écart* de Cocteau, où le personnage principal, Jacques Forestier, « se dépêche de pleurer ». Eh bien, le temps pris à lire *Le Grand Écart* ne suffit pas pour lire un chapitre de Proust, qui requiert des dispositions spéciales d'esprit, une attention sans cesse vigilante, etc. [...]

*A Revista*, an I, nº II,
Belo Horizonte, août 1925.

## Mário Quintana
## Entretien avec José Condé

*Avez-vous rencontré des difficultés particulières lors de la traduction ?*

Beaucoup, comme j'y ai déjà fait allusion, à cause du style très particulier de l'auteur. En effet, contrairement à la tradition consacrée en France, sa construction est plus psychologique que logique. Ah ! combien de digressions, parenthèses, traits d'union, raccourcis et détours dans ces périodes qui, pour cette raison, couvrent de temps en temps plus d'une page ! Mais aussi, quelle beauté ! [...]

*Traductions inédites du portugais*
*par Étienne Sauthier.*

« A tradução de Proust – Mário Quintana
(entrevista cedida na integra pelo escritor José Condé) »,
*Revista Branca*, n° 4, Rio de Janeiro,
décembre-janvier 1948-1949.

## ROSA FREIRE D'AGUIAR

Traductrice en portugais du Brésil

# « Quand je traduis, je fais un pacte avec l'auteur » Entretien (2022)

*Le Brésil comptera bientôt sa troisième traduction de Proust. La première, due à Mário Quintana, Manuel Bandeira, Lourdes de Alencar, Carlos Drummond de Andrade et Lúcia Miguel Pereira, date des années 1948-1956 (voir p. 39). La deuxième, qui date de 2001, est le fruit d'un traducteur unique : Fernando Py. Jugeant nécessaire de retraduire Proust quarante ans après, Mario Sergio Conti, journaliste brésilien, fut l'initiateur du projet, et proposa en 2019 à Rosa Freire d'Aguiar de s'associer à lui. Chacun signera la traduction d'un volume entier. Rosa Freire d'Aguiar a achevé la traduction des* Jeunes Filles *(qui paraîtra, avec* Du côté de chez Swann*, au second semestre 2022) et commence celle de* Guermantes *(dont la parution est prévue pour le second semestre 2023). Elle traduira également* Sodome et Gomorrhe *(qu'elle n'avait jamais lu) et certainement* Le Temps retrouvé *(son préféré).*

*Arrivée en France à vingt-trois ans comme journaliste culturelle, correspondante de journaux brésiliens à Paris, Rosa Freire d'Aguiar a lu Proust en français, mais jamais en portugais. Elle connaissait en revanche les travaux des spécialistes brésiliens de Proust qu'on pouvait alors lire dans les journaux. Rentrée au Brésil quand son mari fut nommé ministre de la Culture, dans les années 1980, elle a continué à lire Proust, dans les trois tomes de la Pléiade (édition Pierre Clarac), à Brasilia. Ayant abandonné le journalisme quand son mari est entré au gouvernement, elle est alors devenue traductrice. Sa première traduction fut les* Lettres *de Gobineau, écrites alors qu'il était diplomate au Brésil.*

*Quand la Companhia das Letras (l'équivalent brésilien de Gallimard) s'est associée à Penguin, l'éditeur brésilien a pu accéder au catalogue de son confrère britannique, et Rosa Freire d'Aguiar s'est attelée à la retraduction de classiques : un choix des* Essais *de Montaigne,* Les Cent Vingt Journées de Sodome *de Sade,* L'Éducation sentimentale *de Flaubert,* La Chartreuse de Parme *de Stendhal, plusieurs romans de Balzac. Elle s'est alors interrogée sur la définition d'une retraduction. Pourquoi retraduit-on ?*

ROSA FREIRE D'AGUIAR : Je suis de celles qui pensent que les traductions vieillissent. Les œuvres ne vieillissent pas, les traductions, si. On traduit avec les mots de son époque. Or ce langage évolue (des termes deviennent désuets ; des mots entrent dans les dictionnaires, d'autres en sortent…). La retraduction est toujours une relecture. Nos retraductions évoluent au fil de nos lectures critiques. On enrichit notre compréhension. Borgès affirmait que retraduire c'était « traduire contre ses prédécesseurs ». L'ombre des traducteurs précédents plane toujours sur le traducteur ! Retraduire c'est redonner de la vie aux classiques, c'est garantir leur permanence.

Aurais-je pu traduire Proust à Rio ? Je ne crois pas. Car on traduit des textes mais aussi des contextes. Et le contexte de Proust est français. C'était une bonne chose de traduire Proust à Paris, durant le confinement, en 2020-2021. Il en allait de même quand je traduisais Balzac à Paris : pour faire une pause, j'allais vers seize heures prendre un café en bas de chez moi, et qu'est-ce que je voyais en face de moi, attablés au comptoir ? Des personnages balzaciens ! Et maintenant que je traduis Proust : des personnages proustiens ! Mais, dans cette immersion, il fallait alors retrouver le portugais, et retrouver le Brésil à Paris. Par exemple, dans un passage de *Guermantes*, à un moment où le Narrateur va voir Saint-Loup à Doncières, il est dans une chambre et fait allusion aux sorcières et à leur fricot (terme familier pour « ragoût » ou « cuisine ») ; pour traduire le mot « fricot » en portugais, j'ai voulu utiliser le terme « *gororoba* » (terme familier et régional au Brésil) mais cela ne fonctionnait pas, c'était culturellement trop brésilien ; j'ai fini par mettre « *ensopado* », qui désigne la soupe ou le chaudron. Pour m'aider, j'ai consulté des glossaires et des lexiques de l'époque de Proust disponibles sur Internet (une aide précieuse pour les traducteurs aujourd'hui !).

Mon parti a été celui de la fidélité la plus grande possible. Chaque traduction, chaque retraduction se fonde sur un critère méthodologique différent. Quant à moi, je ne veux pas enjoliver Proust. Proust, ce n'est pas toujours beau. Mais il faut laisser le texte tel qu'il est ! Certaines phrases sont aiguisées comme des couteaux. Parfois, néanmoins, Proust ne parvient pas à aiguiser sa phrase jusqu'au bout. Mais cette dissonance fait partie de son charme. C'est le cas avec les fameuses phrases longues (où est le sujet dans une phrase de 26 lignes !). Si la phrase est inachevée chez Proust, je garde la phrase inachevée dans ma traduction. Je n'embellis pas. Mon objectif est de provoquer chez le lecteur un effet qui soit le plus identique possible à celui du texte en français.

L'une des difficultés du style de Proust réside dans ses phrases tortueuses et torturées… qui torturent le traducteur ! C'est un immense défi que de traduire Proust. Car les proustiens sont une secte, on le sait – entre les *proustologues*, les *proustophiles*, les *proustolâtres*... On m'accusera nécessairement d'hérésie. Le traducteur porte une grosse responsabilité. Il porte sur ses épaules le poids de cet énorme travail, qui se déploie dans le temps, solitaire et monotone. Le temps de la traduction, ma vie se résume à cela : moi, le livre et l'écran. Quand je traduis, je fais un pacte avec l'auteur : je lui promets que je vais faire de mon mieux pour bien le traduire. La traduction est un compromis entre la fidélité et l'indépendance du traducteur, entre la prudence et l'audace, entre la lettre et l'esprit du texte. Il y a des choses non négociables. Le style en est une ; la lisibilité en est une autre. Si j'accepte de perdre une assonance à telle page, je vais m'efforcer de la regagner plus loin (j'en introduis une en portugais, qui n'était pas à cet endroit en français : je déplace l'effet, mais je le conserve).

Mon entreprise de traduction la plus difficile à ce jour n'a pas été Proust : ce fut Céline. La première traduction de *Voyage au bout de la nuit* au Brésil date de 1994, l'année du centenaire de sa naissance. Henri Godard m'a beaucoup aidée à comprendre le texte. Pour le public brésilien, j'ai rédigé une longue introduction. Plus encore que *Voyage*, le roman le plus dur à traduire fut *D'un château l'autre*. Car Céline est alors à l'apogée de sa colère. Il n'écrit pas, il éructe. J'ai tenu à conserver intacte cette colère en portugais. J'ai gardé sa ponctuation si particulière. J'ai conservé les jeux de mots, en les déplaçant quand cela était nécessaire. Après avoir lu ma traduction, une universitaire française a montré que j'avais employé 34 mots différents pour traduire le terme « affaire » ! De même, Proust emploie énormément le mot « chose » : on verra combien de mots je vais employer en portugais pour le traduire !

Une autre difficulté du style de Proust tient aux

dialogues, et aux multiples manières dont il fait parler ses personnages. De manière générale, les parlers populaires sont très difficiles à traduire (j'ai déjà eu ce problème avec Céline). Je ne veux pas donner l'impression d'un pastiche ni d'une caricature. Un seul exemple : j'adore Françoise, mais je ne peux pas traduire son français par un portugais de l'intérieur du Brésil ; ce serait trop typé, trop caricatural. Avec Charlus, c'est plus facile. La plupart des personnages de Proust parlent un français raffiné mais standard, celui du faubourg Saint-Germain. Mais Françoise est un défi pour le traducteur.

*Entretien réalisé à Paris le 6 avril 2022*
*par Blanche Cerquiglini et Étienne Sauthier.*

## JÜRGEN RITTE

Traducteur en allemand

# Entretien

(2022)

S'il n'a pas traduit la *Recherche* en allemand, Jürgen Ritte s'est attelé à une composante majeure de l'œuvre de Proust, et non moins évidente : sa correspondance. Il a sélectionné et traduit un ensemble de 600 lettres – sur environ 4 500 au total – de la correspondance éditée par Philip Kolb (l'édition de référence), en y ajoutant des lettres retrouvées depuis la fin de cette édition, et en donnant une annotation nouvelle (deux volumes de 1 500 pages chacun). Il a également traduit et édité, dans une édition de luxe, le brouillon (appartenant au collectionneur allemand Reiner Speck) du texte de Proust intitulé « Sur la lecture » (la meilleure initiation à Proust !). Professeur à la Sorbonne Nouvelle, Jürgen Ritte est spécialiste des littératures française et allemande du XX^e^ siècle, et de l'histoire et des théories de la traduction. Grand connaisseur de l'Oulipo, il est le traducteur en allemand d'Hervé Le Tellier. Dans l'univers proustien, il traduit actuellement l'édition des *Soixante-Quinze Feuillets*, textes préparatoires à la *Recherche*, retrouvés et publiés par Nathalie Mauriac, avec une préface de Jean-Yves Tadié, chez Gallimard (2021). Il souligne la difficulté d'en traduire l'annotation, qui repose sur une analyse génétique du texte particulièrement approfondie : ce qu'il nomme « la salle des machines » de l'œuvre proustienne. Faut-il traduire les fautes de Proust ? ses hésitations et ses repentirs ? est-ce seulement possible ? s'interroge-t-il. Pour le public allemand, il a pris le parti de simplifier l'annotation (jugeant que les spécialistes liront les brouillons proustiens directement en français). Car une traduction demeure une initiation à l'œuvre.

L'histoire de la traduction de Proust en allemand, sur laquelle il revient pour nous, est riche et mouvementée. Elle épouse les contours de l'histoire politique, intellectuelle et éditoriale de l'Allemagne au XX^e^ siècle.

*

Dès le début des années 1920, Ernst Weiss, médecin, traduit des passages de *Du côté de chez Swann* dans des revues allemandes, afin de faire découvrir le roman à ses compatriotes. La première traduction de *Swann*, due à Rudolf Schottlaender, date de 1924. Gallimard s'était fait payer à prix d'or ce droit de traduction (au sens propre : le Reichsmark allemand étant largement dévalué à cause de l'hyperinflation des années 1923-1924 dans le pays, la NRF exigea d'être payée en franc-or !). La traduction de ce jeune spécialiste de littérature classique, qui connaissait mal la modernité littéraire française, n'est « pas si mauvaise » qu'on a coutume de le dire, pour une première tentative, estime Jürgen Ritte.

Le premier auteur allemand à citer Proust fut Rilke dès 1913 (voir p. 103). C'est le grand philologue Ernst Robert Curtius (1886-1956) qui fut le premier universitaire allemand à s'intéresser véritablement à Proust et, plus largement, à la littérature contemporaine européenne (T. S. Eliot, Gide, Valéry...). Il fut le seul correspondant allemand de Proust. Se sentait-il comme maître et possesseur de l'auteur ? Aurait-il voulu en être le premier traducteur allemand ? Toujours est-il qu'il éreinta la traduction de Rudolf Schottlaender, la condamnant par des expressions définitives (mais non sans humour) telles que : « C'est comme si on avait arrangé Debussy à l'harmonica. » L'éditeur (Die Schmiede) décide d'en arrêter la commercialisation.

Un autre éditeur, Ernst Piper, de Munich, reprend alors le flambeau, et engage Walter Benjamin (voir p. 59) et Franz Hessel (père de Stefan Hessel et protagoniste du fameux ménage à trois raconté dans le roman d'Henri-Pierre Roché puis le film de François Truffaut *Jules et Jim*). Ensemble, ils traduisent les *Jeunes Filles* et *Guermantes*. Leurs archives de travail ont malheureusement disparu, perdues au gré des aléas de l'histoire allemande. Cette traduction est curieusement intégrée aux *Œuvres complètes* de Benjamin, comme s'il en était le seul auteur. Benjamin affirmait d'ailleurs que Proust passait en France pour un auteur allemand (à cause des fameuses phrases longues !), même si les traces de ce jugement sont difficiles à trouver.

En 1933, à l'arrivée des nazis au pouvoir, la traduction de Proust s'interrompt.

Durant la guerre, Gottfried Bermann-Fischer, le patron du fameux S. Fischer Verlag, est contraint d'émigrer aux États-Unis, parce qu'il est juif. C'est à un de ses éditeurs, Peter Suhrkamp, qu'il confie la gestion de la maison. À la sortie de la guerre, Suhrkamp crée sa propre maison d'édition, à laquelle il donne son nom (qui deviendra, selon le mot de George Steiner, le label de toute une culture intellectuelle dans l'Allemagne d'après guerre, la « Suhrkamp

Culture »). C'est le romancier Hermann Hesse (1877-1962), célèbre transfuge de chez Fischer, qui convaincra Peter Suhrkamp de relancer la traduction de Proust. Celle-ci est confiée à Eva Rechel-Mertens, élève d'Ernst Robert Curtius qui avait déjà traduit Balzac, Roger Martin du Gard, Beauvoir et Sartre. Entre 1953 et 1957, seule, elle traduit les sept tomes de la *Recherche* : travail remarquable, selon Jürgen Ritte, qui donne le *son* de Proust en allemand. Grâce à elle, Proust triomphe en Allemagne. Toute une génération d'auteurs commente avec enthousiasme son œuvre (à commencer par Theodor Adorno, voir p. 248). Proust devient alors un classique pour les Allemands : un auteur transnational.

Mais cette traduction avait été faite sur la seule version du texte proustien disponible à l'époque, celle de la collection Blanche de Gallimard. À l'occasion de la nouvelle édition Pléiade par Jean-Yves Tadié, et de l'entrée de Proust dans le domaine public, Suhrkamp décide (comme d'autres éditeurs à travers le monde) de faire réviser cette traduction, pour tenir compte du nouvel état du texte procuré par les manuscrits publiés en Pléiade. Cette considérable entreprise de correction fut confiée à Luzius Keller[1] (professeur à l'Université de Zurich), qui a également redonné de la verdeur, de la crudité au texte, là où elles avaient été, par pudeur, gommées.

La langue allemande compte donc deux traductions intégrales de la *Recherche* : celle d'Eva Rechel-Mertens corrigée par Luzius Keller chez Suhrkamp (cette révision de Luzius Keller a valeur, pour de larges parts de la *Recherche*, de véritable retraduction, estime Jürgen Ritte) et une traduction plus récente, chez Reclam, due au linguiste Bernd-Jürgen Fischer (Jürgen Ritte reste sceptique quant à la nécessité, la qualité et l'originalité de cette retraduction).

On trouve encore d'autres traductions de Proust en allemand : le romancier Michel Kleeberg a retraduit *Du côté de chez Swann* ; les épreuves corrigées par Proust de « Combray[1] » ont été également traduites. Ces entreprises multiples disent bien l'attachement des intellectuels et du public allemands pour l'œuvre de Proust !

Comment expliquer cet engouement ? Jürgen Ritte estime que Proust crée le besoin d'échanger. De fait, depuis 1982 existe à Cologne une Société Marcel Proust[2], qui compte plus de cinq cents membres : c'est la plus grande société littéraire allemande consacrée à un auteur étranger. Elle publie une revue (*Proustiana*), des études sur Proust (collection « Sur la lecture »), organise des colloques (dont elle publie les contributions aux Éditions Suhrkamp-Insel) et des lectures de Proust. Ses membres se définissent comme une association d'« herméneutes et hédonistes » : il s'agit bien d'une « société civile » de lecteurs, qui lisent Proust en français ou en allemand (dans un souci de démocratisation de l'œuvre, toutes les citations sont traduites en allemand en bas de page dans les publications). Cologne est d'ailleurs la seule ville allemande à compter une « promenade Marcel-Proust » ! Cologne est aussi la ville du grand collectionneur Reiner Speck (président de la Marcel-Proust Gesellschaft), dont Jürgen Ritte, alors étudiant, a découvert la bibliothèque et son extraordinaire richesse en éditions originales, manuscrits et lettres.

*

Comment traduire Proust en allemand ? Jürgen Ritte souligne la nécessaire tendance, pour ne pas dire tentation, de tout traducteur à produire une traduction dite philologique. Elle consiste à chercher le mot allemand qui traduise au plus juste ce qui figure, tacitement, derrière le mot français. Traduction explicative, donc, qui déplie le sous-texte… et court le risque de la lourdeur.

La difficulté de la traduction de Proust réside selon lui, notamment pour ce qui est de la correspondance, dans la multiplicité des registres de langue employés, et dans l'humour. Comment traduire l'effet produit sur le lecteur français par les fameuses phrases longues, dont l'allemand serait plus coutumier ? Il faut déplacer le problème, en produisant un autre effet d'étrangeté, estimait jadis Walter Benjamin. Mais la phrase proustienne avait-elle vocation à produire un tel effet ? s'interroge Jürgen Ritte.

Pour son travail de traduction de la correspondance de Proust, il s'est fondé, pour les citations de la *Recherche*, sur la traduction de Luzius Keller. Son entreprise est unique en Allemagne, puisque Suhrkamp n'avait publié qu'un choix de lettres établi à partir des cinq tomes édités par Robert Proust et Paul Brach dans les années 1930. Ici c'est l'édition de référence de Philip Kolb qui sert de base. Mais la difficulté est si grande qu'il aurait préféré retraduire la *Recherche* plutôt que traduire la correspondance ! Car chaque lettre est un nouveau contexte, qui exige une souplesse d'esprit et de nombreuses recherches pour adapter sa traduction au contexte de production de Proust.

Jürgen Ritte a donc fait un choix parmi les vingt et un volumes de l'édition Kolb, en se laissant volontiers guider par la sélection qu'en avait proposée Françoise Leriche, la dernière collaboratrice de Kolb. Pour le public allemand, il n'a pas multiplié les lettres (certes passionnantes) de Proust à Gaston Gallimard (qui témoignent surtout du soin que mettait Proust à la mise en page – et aux stratégies de vente ! – de son œuvre) mais a plutôt retenu, pour les années après 1918, des lettres adressées à des critiques littéraires qui montrent que Proust, convaincu de l'importance de son œuvre, s'intéressait à sa carrière littéraire et à son succès[1]. Ce qui fait la valeur et la complexité de la traduction d'une correspondance, relève Jürgen Ritte, c'est le changement de registre permanent, d'une lettre à l'autre. La correspondance est par ailleurs soumise à bien des aléas : l'écriture de Proust est parfois tremblante quand il écrit sous l'effet des médicaments. La correspondance est pour Proust un laboratoire de création littéraire. Les brouillons publiés par Nathalie Mauriac dans *Les Soixante-Quinze Feuillets* le sont aussi, tout comme le *Jean Santeuil*. Tous ces textes représentent un gigantesque réservoir de scènes qu'il met à l'épreuve de son écriture et de ses premiers lecteurs, et que l'on retrouvera – repris, développés, amplifiés – dans la *Recherche*. Ritte s'intéresse à ce si important « Proust avant Proust », selon l'expression de Bernard de Fallois.

Traduire ces lettres est aussi un défi car Proust y pratique une écriture très rapide – celle du quotidien, celle de l'intime –, avec des aspérités, de l'inachevé dans la phrase. Il faut garder ce rythme et cette syntaxe, juge-t-il. Après avoir publié en 2016 ce volume de lettres (chez Suhrkamp), il s'attelle maintenant, avec une co-traductrice, Andrea Spingler, aux *Soixante-Quinze Feuillets*. La difficulté de la traduction est aussi culturelle : le monde matériel de Proust, son environnement familier, a changé. Comment éviter la note de bas de page explicative ? Ce qui est toujours une difficulté pour tout traducteur l'est encore plus dans le cas de Proust, en raison des nombreux passages descriptifs d'un monde qui a disparu (la décoration intérieure, la mode, les moyens de transport…). L'avenir de la traduction proustienne est-il du côté de la traduction commentée ?

*Entretien réalisé à Paris le 8 avril 2022*
*par Blanche Cerquiglini, Antoine Ginésy*
*et Étienne Sauthier.*

WALTER BENJAMIN

Traducteur en allemand

# Lettres sur la traduction de la *Recherche* (1925-1927)

*Pour Walter Benjamin (1892-1940), la traduction est d'abord un geste philosophique, qu'il expose dans* La Tâche du traducteur. *Le traducteur doit, selon lui, révéler une « pure langue » : non pas une langue abstraite mais au contraire le lieu où les différents idiomes parlés sur terre se complètent. Dans une traduction véritable, le langage n'a plus pour vocation la communication mais la réalisation de cet état de complétude inatteignable. Pour Benjamin, traduire Proust nécessite d'ébranler l'allemand, de franciser sa langue en éprouvant la limite ambiguë qui distingue les langues entre elles.*

*Solidaires de cette conception de la traduction comme salut, les questionnements matériels et concrets qui se posent à l'interprète ne sont pas étrangers au philosophe allemand, qui traduisit Balzac et Baudelaire. Benjamin entreprend ainsi la traduction d'*À la recherche du temps perdu *après l'échec critique retentissant de la première édition allemande de* Du côté de chez Swann *: après l'éviction du traducteur Rudolf Schottlaender, il travaille aux côtés de Franz Hessel sur les deux volumes suivants (voir à ce sujet l'entretien avec Jürgen Ritte, p. 51). Le manuscrit de* Sodome et Gomorrhe *que Benjamin traduisit seul a malheureusement disparu.*

*Voué à une tâche jugée sacrée, le traducteur se risque à un face-à-face avec la langue. Les passages de sa correspondance avec le théologien Gershom Scholem, le poète*

*Hofmannsthal et son amie Jula Radt évoquent chacun les apories sur lesquelles repose le projet de Benjamin, et témoignent d'une incertitude lancinante. Même après la parution d'*À l'ombre des jeunes filles en fleurs, *il ne parvient pas à s'affranchir de ses doutes : « tout travail de traduction [...] conserve nécessairement un air d'absurdité ». Malgré cette hésitation, Benjamin ne peut se dérober : conçue comme une « intime explication » avec l'auteur, la traduction a tout d'un combat. C'est en raison de sa familiarité que Proust peut prendre les allures d'un ennemi (voir à ce sujet* La Paix des profondeurs *d'Aldous Huxley, p. 341). Leur « parenté » est en effet à l'origine de « phénomènes d'empoisonnement intérieur » : traduire consiste à s'approprier un texte mais conduit aussi à une troublante identification avec l'auteur, double sublime et terrifiant qui menace d'avaler celui qui trop s'en approche.*

*Alchimiste du texte, Benjamin engage son intégrité propre dans les métamorphoses que lui impose le face-à-face des langues. Pour être menée à bien, la traduction requiert le secours des « Kobolds », déités gardiennes des métaux, car les hommes ne peuvent suffire à l'accomplissement des sacrifices et des rituels.*

A. G.

À Gerhard Scholem[1]
Berlin, le 21 juillet 1925

Cher Gerhard,

[...]

Tu dois connaître le nom de Marcel Proust. Ces jours-ci j'ai conclu un contrat pour la traduction de l'œuvre principale de son grand cycle romanesque *À la recherche du temps perdu*. J'ai à traduire la partie en trois volumes de *Sodome et Gomorrhe*. La rémunération n'est nullement forte mais elle suffit cependant pour que j'aie cru devoir me charger de cet énorme travail. En plus, si la traduction est un succès, je puis me promettre un solide crédit de traducteur, un peu comme celui dont bénéficie Stefan Zweig. Nous avons peut-être ici ou là parlé de Proust et j'ai dû faire valoir combien m'est proche son style de considération philosophique. Chaque fois que j'ai lu quelque chose de son œuvre, j'ai eu le sentiment d'une très grande parenté. Maintenant je suis curieux de voir comment une intime explication avec l'auteur va vérifier cela.

À Hugo von Hofmannsthal[1]
Berlin, le 23 février 1926

Monsieur von Hofmannsthal,

[...]

Sans faire retour à la difficulté que comporte de manière générale toute traduction, les limites (que naturellement Schottlaender n'a pas aperçues) de la réussite éventuelle me semblent rigoureusement tenir en ceci que les périodes proustiennes longuement soutenues, qui communiquent à l'original une bonne part de son caractère spécifique par toute la tension qu'elles créent dans l'esprit même de la langue française, ne peuvent avoir cet effet en allemand par une trame pareillement serrée et remplie de surprises. De telle sorte que pour le lecteur allemand, cela même qui pourrait compter le plus dans Proust est très difficilement transposable dans sa langue. Reste bien sûr qu'il y a toujours la richesse de la substance. Car il s'agit bien d'une image extrêmement neuve qui donne de la vie en faisant du temps qui passe sa mesure. Et le côté le plus contestable de sa démarche, cette totale élimination de l'élément moral par une très fine subtilité dans l'observation de tout ce qui est d'ordre physique et spirituel, est peut-être à considérer, pour une part, comme « les préparatifs de l'expérience » dans l'immense laboratoire où, par des milliers de déformations réglées par des miroirs concaves et convexes, le temps est constitué en objet des expérimentations. Je ne puis espérer, en cours de traduction, aucune élucidation véritable des impressions profondes et des réticences que Proust inscrit en moi. Mais je songe depuis longtemps à rassembler sous le titre global de « En traduisant Marcel Proust » une série de mes observations, sous mode d'aphorismes, telles qu'elles se forment au rythme du travail.

À Jula Radt
Paris, le 8 avril 1926

Très chère Jula,

[...]

Par ailleurs je suis appliqué tout au moins lorsque je traduis, ce qui, chose très étonnante, me devient très aisé. Pour ce faire, j'ai, à dire vrai, découvert un régime qui attire magiquement les Kobolds[1] à mon aide et qui consiste en ceci que, lorsque je me lève le matin, sans m'habiller, sans me passer sur les mains ou le corps la moindre goutte d'eau, sans même boire, je me mets au travail et avant d'avoir achevé le pensum de la journée entière, ne fais rien, surtout pas un petit déjeuner. Cela produit les effets les plus étranges. L'après-midi, je peux alors entreprendre ce qui me plaît ou vadrouiller. Et souvent je flâne sans émoi le long des quais : là les vraies curiosités sont devenues fort rares et de regarder d'innombrables livres médiocres me porte plutôt à la frugalité. En plus, flâner peut aisément pour quelque temps déshabituer de lire : c'est en tout cas mon impression. Je vois quantité de spectacles au théâtre, au hasard d'un billet gratuit. Ainsi je reviens tout juste de *Kolportage* de (Georg) Kaiser[1], la seule de ses créations que je supporte. Ici à Paris ce fut un échec. D'abord parce que les Français ne peuvent rien y comprendre, ensuite parce que ce n'était pas très bien donné. La première mise en scène au Lessingtheater[2] était meilleure. En matière de théâtre d'avant-garde, j'ai assisté à une soirée surréaliste donnée dans un petit théâtre privé à Montmartre pour un public d'invités, c'était navrant. Par contre rien ne dépasse les foires et ce qu'il y a de plus beau dans toute l'esthétique et toute l'animation de cette ville, c'est qu'elle garde son éclat au peu qu'y subsiste de spontané et de naturel. Ces marchés tombent comme des bombes en tel ou tel quartier de la ville ; chaque semaine si l'on y prête attention, on peut trouver tel ou tel boulevard où sont rangés les uns près des autres, baraques de tir, tentes de soie, étals de boucher, bouquinistes, marchands de tableaux, stands de gaufres. J'ai acheté à *la foire aux jambons et aux ferrailles*[3] la merveilleuse boule de verre où virevolte une neige épaisse et cette semaine j'irai un jour à la foire aux pains d'épice. Là je prendrai un beau pain d'épice qui restera sur mon bureau jusqu'à ce que nous nous revoyions. À vrai dire, ce n'est pas un bureau mais un meuble magnifique et solide, vraisemblablement la seule table authentique qu'on ait pu dénicher dans tout l'hôtel.

À Gerhard Scholem
Agay (Var), le 18 septembre 1926

Cher Gerhard,

[...]

Il devient très vraisemblable que je garde l'année prochaine cette existence elliptique entre Paris et Berlin, parce que selon toute présomption, les choses vont prendre la tournure suivante : la totalité de Proust en allemand reviendra à Hessel (Franz Hessel[1] dont tu dois avoir une petite idée par ses livres ou par mes lettres et qui m'est un collaborateur très cher, agréable et intime) et à moi. Nous retraduirons sans doute le premier volume dont la traduction par un tiers fut un énorme fiasco au plan de la critique ; nous avons fini le second il y a un mois, nous retraduirons le troisième (lui aussi encore en d'autres mains) parce que le texte livré ne peut être publié (il est trop mauvais), le quatrième que j'ai traduit depuis longtemps est en manuscrit chez l'éditeur. Chacun des « volumes » ici évoqués en fait deux parfois trois de bibliothèque. Sur le travail lui-même, il y aurait beaucoup à dire. Ad I, en un certain sens il me rend malade. La confrontation improductive avec un auteur qui poursuit avec autant d'ampleur grandiose des visées qui me sont proches, tout au moins les anciennes, suscite en moi de temps en temps quelque chose qui ressemble à des phénomènes d'empoisonnement intérieur ! Ad II, les avantages extérieurs de la chose sont cependant considérables. On peut discuter des honoraires et le travail proprement dit n'est lié à aucun lieu déterminé (à la rigueur quand même à Paris, bien sûr), mais s'introduire en France comme traducteur de Proust est plein d'agrément.

À Hugo von Hofmannsthal
Pardigon, le 5. 6. 1927

Monsieur von Hofmannsthal,

Cela va faire une année bientôt, je crois, que je ne vous ai pas écrit. Entre-temps je suis allé en Russie et si au cours de mes deux mois à Moscou[1], la force de la première impression venue de cette intense vie étrangère m'empêchait de rien dire, par la suite j'ai tardé, espérant toujours pouvoir joindre à la première lettre pour vous mon essai de décrire ce séjour.

[...]

À mon retour en Allemagne, *À l'ombre des jeunes filles en fleurs* était paru et, comme je m'en suis assuré, l'éditeur vous a, en mon absence, fait parvenir le volume. Si vous y avez jeté les yeux, vous n'aurez pas été, j'espère, trop désagréablement impressionné. La critique lui a fait un accueil favorable. Mais qu'est-ce que cela signifie ? Il est clair pour moi, je crois, que tout travail de traduction, à moins d'être entrepris à des fins pratiques très évidentes et très pressantes (le modèle en est la traduction de la Bible) ou avec l'intention d'études strictement philologiques, conserve nécessairement un air d'absurdité. Je m'estimerais heureux déjà, si dans mon cas la chose ne s'imposait trop nettement.

NATALIA GINZBURG

Première traductrice en italien

# Postface à la réédition (1990) de sa traduction *La Strada di Swann* (1946)

*Natalia Ginzburg (1916-1991) fut la première traductrice de* Du côté de chez Swann *en italien (traduction parue en 1946 chez Einaudi). Près de quarante ans après, l'éditeur publie, en 1990, une nouvelle édition de sa traduction. Natalia Ginzburg y rédige une postface dans laquelle elle revient sur son parcours de traductrice et sur l'histoire de cette traduction. Ce sera l'un de ses derniers textes, un an avant sa mort. Ce texte est présenté par son fils, l'historien Carlo Ginzburg.*

Bl. C.

La postface de Natalia Ginzburg à la nouvelle édition de *La Strada di Swann* – le premier volume de la *Recherche*, qu'elle avait traduit – a été publiée en 1990. Ce fut l'un de ses derniers textes : Natalia Ginzburg, ma mère, est morte l'année suivante. Dans cette postface, elle rappelle qu'elle avait commencé à travailler sur la traduction de Proust en 1940, à Pizzoli, un village des Abruzzes où mon père, Leone Ginzburg, avait été confiné comme « prisonnier de guerre civil ». Il est mort en février 1944, dans la prison Regina Coeli de Rome, après avoir été arrêté et torturé par les nazis. À l'automne de cette année-là, à la fin d'une nouvelle intitulée « L'hiver dans les Abruzzes », Natalia Ginzburg écrivait : « Mais c'était là l'époque la plus heureuse de ma vie, et c'est seulement maintenant, alors qu'elle m'a échappé pour toujours, c'est seulement maintenant que je le sais[1]. »

La nouvelle édition de *La Strada di Swann* est sortie dans une collection intitulée « Scrittori tradotti da scrittori[2] ». C'est dans cette collection qu'est paru *Madame Bovary* en 1983, également traduit par Natalia Ginzburg. La postface du livre de Proust rappelle celle de Flaubert, où elle dit que le travail de la traduction « doit allier la minutie de la fourmi à la fougue du cheval ».

La postface de Flaubert développe cette métaphore en une réflexion sur la traduction. J'en cite un passage :

« L'écrivain ressent, en traduisant un texte aimé, une ardente nostalgie de création. Lorsqu'il n'écrit pas, cela sous-entend une sorte de feu dans ses moments qui sont souvent des cendres. D'ailleurs, lorsqu'il n'écrit pas, il lui arrive souvent d'être plongé soudainement dans un silence aride. Cherchant dans les dictionnaires les mots à traduire, et les cherchant dans le fouillis de son propre esprit, il a suscité un essaim en lui-même et en est tout envahi. Cela le rassérène, et la fécondité de la création lui paraît de nouveau proche et possible. »

Derrière cette imbrication de la traduction et de la création littéraire, on peut voir le nom de Proust en transparence.

Ma mère n'avait pas lu la *Recherche* lorsque mon père lui a proposé de le traduire. Mais dans la famille de ma mère on lisait Proust et on parlait de Proust depuis le milieu des années 1920. La mère de ma mère s'isolait avec sa fille aînée, Paola, et un de ses fils, Mario, pour évoquer à n'en plus finir des passages de la *Recherche*. Mon grand-père Giuseppe Levi, qui n'avait pas lu Proust, le qualifiait avec dédain de « bel empoté ». Ma mère raconte tout cela dans son livre *Lessico famigliare* (*Les Mots de la tribu*). Et elle poursuit :

« Paola était amoureuse d'un de ses camarades de faculté : un jeune homme petit, délicat, gentil, doté d'une voix persuasive. Ils faisaient ensemble de longues promenades sur les bords du Pô et dans les jardins du Valentino ; ils parlaient de Proust car ce jeune homme était un fervent de Proust, c'était lui qui, le premier, en avait parlé en Italie[1]. »

Ce jeune homme qui n'est pas nommé ici, c'est Giacomo Debenedetti, un critique qui devait devenir très célèbre par la suite. Le premier de ses essais proustiens, intitulé « Proust 1925 », parut à l'origine dans *Il Baretti*, la revue fondée à Turin par Piero Gobetti. La même année 1925, Gobetti, détesté de Mussolini pour son intransigeance morale et politique, était agressé par la milice fasciste et sauvagement tabassé. Il quitta l'Italie et se réfugia à Paris où il mourut l'année suivante (il avait vingt-cinq ans). En 1929, Debenedetti fit figurer ses premiers essais proustiens dans un volume – *Saggi critici, serie prima* – publié par *Solaria*, une revue florentine notoirement antifasciste. Les auteurs de la revue *Solaria* étaient tournés en dérision par les fascistes qui les traitaient « d'antifascistes, de Juifs, et d'homosexuels » ; ces termes péjoratifs n'étaient vraisemblablement pas sans rapport avec la publication des essais de Debenedetti sur Proust.

Dans les années 1940 Giacomo Debenedetti se mit lui aussi à traduire Proust. En vertu des lois raciales fascistes de 1938 il était exclu qu'un Juif (que ce soit lui ou Natalia Ginzburg) puisse signer une traduction de son propre nom. C'est pourquoi ces traductions parurent après la fin de la guerre. *La Strada di Swann* fut publié en 1946. Un fragment du même roman, *Un amour de Swann*, traduit par Debenedetti, parut en 1948. Un an auparavant, dans un essai resté inédit de son vivant, mais que l'on peut lire aujourd'hui dans un recueil posthume paru en 2005, Debenedetti commentait certaines traductions partielles de Proust publiées récemment, dont celle de ma mère. Il écrivait à son propos :

« [La traductrice] au lieu d'adapter son ton prosaïque à celui de Proust tente d'obtenir la même "délyricisation", la même saveur, la même tendresse en allant pêcher des équivalents dans sa petite tribu. Bien sûr, nous ne sommes pas en mesure de dire s'il s'agit réellement du dialecte familial de Natalia Ginzburg qui est ici convoqué pour reproduire les fonctions du dialecte de la famille Proust ; en tout cas c'est la saveur d'un autre parler familial qui est spécifique à une maison où il y a une jeune fille : un mélange d'innocence et de malice, une certaine façon de créer des connivences, tout cela appartient à une bourgeoisie différente de celle de la maison Proust, ce sont ces jeunes filles qui se sont formées au contact des diverses bluettes comme *Il Birichino di Papà* et autres romans de la bibliothèque rose[1]. »

Ce n'est pas le ton hostile (et misogyne) du passage qui m'intéresse ici. Ce que je tiens à souligner c'est l'intelligence du critique qui saisit dans la traduction les échos d'un « dialecte familial » d'une « petite tribu » qu'il se trouve bien connaître en raison de circonstances biographiques, et qui annonce d'une façon prophétique un livre qui n'a pas encore été écrit : *Lessico famigliare* (en français, *Les Mots de la tribu*) – un livre dans lequel il sera lui-même destiné à apparaître en tant que personnage, même s'il n'est pas nommé.

En traduisant la *Recherche*, Natalia Ginzburg s'était finalement trouvée en tant qu'écrivain.

Carlo GINZBURG

Ma traduction a vu le jour dans les circonstances suivantes. En 1937, Leone Ginzburg et Giulio Einaudi m'ont proposé de traduire *À la recherche du temps perdu**. J'ai accepté. C'était une folie de m'avoir proposé cela, et c'en était une autre pour moi. C'était aussi, de ma part, un acte d'orgueil extrême. J'avais vingt ans. Je n'avais jamais rien traduit. J'étais alors à la fois pleine d'audace et peu sûre de moi, d'avoir accepté. Étant peu sûre de moi, je recherchais des certitudes. Proust et la *Recherche** m'attiraient grandement (j'en avais entendu parler à la maison) mais j'en avais une idée confuse et n'en avais pas lu une seule ligne. Quant à Giulio Einaudi et Leone Ginzburg, je ne sais ce qui les a poussés à me confier cette tâche immense. C'était une époque où les gens se lançaient parfois dans des projets insensés. Certes, Leone avait l'intention de m'aider. Il l'a fait, aussi longtemps qu'il a pu. Les cinquante ou soixante premières pages du premier volume de *Du côté de chez Swann**, je les ai traduites sous son contrôle. Mais il était très occupé de son côté et il n'avait pas le temps de suivre mon travail. Puis il est mort. Aussi ai-je dû continuer toute seule. D'ailleurs je n'ai pas dépassé les deux volumes de *Du côté de chez Swann**. L'édition Gallimard comprenait en effet deux volumes. Après quoi, j'ai renoncé. Les volumes suivants furent confiés à d'autres.

En 1937, j'ai reçu un contrat : c'était le premier

contrat de ma vie. Il était écrit que je m'engageais à livrer l'intégralité de la traduction de la *Recherche** au plus tard en 1947. Cette année 1947 me paraissait si lointaine. Je n'étais pas payée (la maison d'édition était, à l'époque, très pauvre) et le fait de ne pas être payée me rassurait, car ainsi j'étais libre d'abandonner quand je le voulais.

J'ai épousé Leone Ginzburg en 1938, et Santorre Debenedetti m'a offert, en cadeau de mariage, les seize volumes de la *Recherche** dans l'édition de 1929, revêtue d'une superbe reliure rouge et or. Je les ai toujours, et ils se tiennent encore devant moi aujourd'hui, alignés sur la cheminée de ma maison.

En 1937, après avoir traduit les deux premières pages, je les ai fait lire à Leone Ginzburg et il m'a dit qu'elles étaient très mauvaises. J'ai dû les reprendre plus d'une fois. J'ai alors appris, avec *Du côté de chez Swann**, ce que traduire signifie : ce travail de fourmi et de cheval qu'est une traduction. Ce travail qui doit allier la minutie de la fourmi à la fougue du cheval. Je suis tombée follement amoureuse de la *Recherche**, avec ces deux premières pages, et je n'ai plus rien lu d'autre avant longtemps.

Il est des personnes qui possèdent l'art de traduire : ce n'est pas mon cas. Leone le possédait. Je ne peux traduire que si je suis amoureuse du texte que je traduis.

Leone m'avait dit que je devais chercher tous les mots dans le dictionnaire, même ceux dont je connaissais la signification. Il était toujours possible de trouver un terme meilleur et plus précis. Ce conseil, je l'ai pris au pied de la lettre et j'ai cherché chaque mot, même maison.

J'utilisais le dictionnaire Ghiotti. Leone considérait qu'il n'était pas très riche. En dernier recours, disait-il, je devais consulter le Littré en bibliothèque.

Il me faut avouer que je n'ai jamais consulté le Littré. Je traduisais d'après l'édition Gallimard, la seule disponible à l'époque. Je n'ai pas ouvert ma belle édition reliée, mais j'avais un exemplaire tout disloqué que j'annotais. Je rédigeais ma traduction sur de grandes feuilles d'écolier pliées en deux. La partie laissée en blanc était réservée aux corrections. Leone m'avait dit de faire ainsi. J'aurais voulu lui lire les pages au fur et à mesure que je les traduisais, mais il était occupé et n'avait pas toujours beaucoup de temps à me consacrer.

En 1940 la guerre a éclaté. Leone fut assigné à résidence dans les Abruzzes, à Pizzoli, et je l'ai suivi. Une grande partie de la traduction a été faite à cet endroit. Je crois que j'ai vite pensé que si je réussissais à terminer la traduction des deux premiers volumes, ce serait un vrai miracle : dans ces années-là, ne pas pouvoir finir ce que je commençais était mon cauchemar. Et je crois avoir compris très tôt que si je réussissais miraculeusement à finir ces deux premiers volumes, je m'en tiendrais là. C'était trop difficile pour moi.

Quand j'ai quitté Pizzoli, après l'armistice[1], j'y ai laissé le Ghiotti, les deux volumes de l'édition Gallimard qui servaient à la traduction (la belle édition rouge était restée à Turin) et toutes les feuilles d'écolier sur lesquelles je traduisais. J'étais arrivée aux premières pages d'*Un amour de Swann*. Longtemps je ne pensais plus à ces feuilles d'écolier. Je les croyais perdues. Si j'y pensais parfois, c'était surtout le souvenir de cette époque heureuse qui revenait. Depuis, Leone était mort et le calme de ces après-midi que je passais à traduire appartenait à un temps révolu. Après la guerre, je suis revenue à Pizzoli et j'ai retrouvé les feuilles d'écolier, le Ghiotti et les deux volumes disloqués et couverts de notes. Les

Allemands étaient venus dans notre maison, mais un ami avait eu le temps d'emporter quelques livres et ces papiers. Il avait caché le tout dans sa maison, sous un sac de farine. Je lui dois d'avoir retrouvé mes feuillets. J'ai fini la traduction de *Du côté de chez Swann** à Rome, au siège de la maison d'édition, via Uffici del Vicario. Il m'avait fallu huit ans pour traduire ces deux volumes.

Ma traduction fut publiée à Turin, en 1946, sous le titre *La Strada di Swann*. C'est Leone qui avait trouvé le titre. Les volumes suivants, confiés à d'autres traducteurs, ont suivi assez rapidement.

Bien des années plus tard, la *Recherche** est sorti en France dans l'édition de la Pléiade. Les Éditions Einaudi ont alors décidé que la traduction italienne devait être entièrement revue suivant le texte de la Pléiade. Ma traduction a donc également été révisée. Je n'habitais plus à Turin mais à Rome et j'eus le tort de ne pas m'en inquiéter.

Ma traduction contenait des erreurs, et elles ont été corrigées. Merci pour cela. Mais je pense que les réviseurs auraient pu me soumettre leurs corrections. Ils ne l'ont pas fait.

Si je dois juger ma traduction aujourd'hui, je dirais qu'elle est imparfaite mais passionnée. Je pense que, lorsqu'une traduction est imparfaite mais passionnée, les réviseurs devraient s'en rendre compte, corriger les erreurs mais soumettre les corrections au traducteur. S'ils ne le font pas, ils remanient quelque chose qui ne devrait pas être remanié sans son accord. Il était crucial de corriger les erreurs, mais j'ai trouvé que certaines de ces corrections étaient arbitraires. Je ne vais pas les énumérer. Ce serait ennuyeux et exaspérant. Mais par exemple, pour la petite madeleine, j'avais traduit par « maddalenina » et les réviseurs l'ont corrigé en remplaçant par le mot français madeleine. Pourquoi ? Maddalenina n'est pas mauvais. Un autre exemple : « Nell'entusiasmo gridai brandendo l'ombrello chiuso : *Zut zut zut zut*★[1] », dit ma traduction. À la place de ce « *zut zut*★ », les réviseurs ont corrigé « Nespole[2] ! ». Nespole, pourquoi ?

Ou encore : « Odori naturali ancora, certo, e color del tempo come quelli della campagna vicina... – stagionali, ma mobileschi e domestici[3] », selon ma traduction ; mobilières en français. Ils ont corrigé mobileschi en « mobiliari ». Mobileschi[4] me plaît bien davantage. « E soprattutto, la povera piccina è tanto stupida ![5] », dans ma traduction : la pauvre petite en français, corrigé en « soprattutto, povera piccina, è tanto stupida ! ». Mais je tenais beaucoup à cet article. Cela m'a fait de la peine qu'ils le suppriment. Certains penseront que je suis folle, mais les traducteurs, dans leurs traductions, aiment certaines petites choses que les autres ignorent...

Et aussi, pourquoi, là où j'ai écrit « giovane », les réviseurs ont-ils corrigé ponctuellement en « giovine » ? J'ai voulu écrire « giovane[6] ». C'est mon droit.

Aujourd'hui, ma traduction reparaît telle qu'elle était en 1946, avec quelques rares corrections que j'ai acceptées, et quelques rares corrections personnelles. Je pense que la qualifier d'« imparfaite mais passionnée » la définit avec justesse.

Je ne voudrais pas qu'on pense que mes erreurs furent nombreuses. En vérité, il y en avait peu. Il y a une erreur que je connais désormais mais à laquelle je ne préfère pas toucher. En italien, Geneviève est Genoveffa et non Ginevra. Mais j'ai traduit une fois par « Ginevra di Brabante » et je n'ai pas envie de le corriger maintenant. Leone, qui avait lu et contrôlé les premières pages de ma traduction, n'avait pas repéré cette erreur. C'est curieux, parce qu'il repérait toujours tout. Mais je suis désormais trop attachée au nom Ginevra pour le changer, et je le laisse là où il est. Je me suis souvent demandé si mon ami Paolo Serini faisait partie des réviseurs. C'est possible. Il est mort désormais. Je l'aimais beaucoup et je ne pourrais avoir pour lui ne serait-ce que l'ombre d'une rancune. Mais pourquoi, quand on a écrit giovane, y a-t-il une main qui corrige en giovine ? Serait-ce la main de Paolo Serini ? En tout cas, je suis heureuse que ma traduction sorte maintenant, plus ou moins comme elle était autrefois, et je suis heureuse de la retrouver aujourd'hui devant moi, vieille, imparfaite, passionnée.

*Traduction de l'italien et annotation*
*par Nicolas Ragonneau, avec la collaboration*
*de Thierry Laget, sur le blog « Proustonomics ».*

MICHIHIKO SUZUKI

Traducteur en japonais

# Entretien avec Mathieu Lindon (1997)

*Printemps 1997 : le Japon est l'invité d'honneur du Salon du livre de Paris. Le quotidien* Libération *envoie deux journalistes à Tokyo, Mathieu Lindon et Jean-Baptiste Harang, pour s'informer sur la vie littéraire japonaise. Ils interrogent notamment le troisième traducteur de l'intégralité de la* Recherche *en japonais, Michihiko Suzuki (né en 1928), professeur de français à l'Université de Tokyo. Sa traduction a paru de 1996 à 2007.*

*La traduction de Proust en japonais a une tradition ancienne. Dès 1923, la revue* Myôjô *publie la traduction d'un extrait de* La Prisonnière. *Une première traduction de la* Recherche *a paru en 1955, due à un collectif de six chercheurs et écrivains (et réalisée à partir du texte de l'édition originale, non de celui de la Pléiade). Une deuxième traduction, par Kyûichirô Inoue, fruit de vingt ans de travail, a fini de paraître en 1989. La parution d'une quatrième traduction intégrale, par Kazuyoshi Yoshikawa, s'est achevée en 2019 (voir p. 79).*

Bl. C.

*Pourquoi avoir retraduit la* Recherche *?*

Il m'a semblé que la philosophie de Proust n'était pas rendue par la traduction précédente. Elle essayait de rendre la longueur des phrases telle quelle, de ne pas mettre de point là où il n'y en avait pas en français. En français, il y a des relatives, on peut s'arrêter devant chacune. Il n'y en a pas en japonais. La structure des phrases est complètement différente. Il faut rendre non pas la longueur mais le rythme des phrases de Proust, faire parfois deux phrases là où il n'y en avait qu'une. Il faut rendre le texte clair, compréhensible. La *Recherche* n'est pas un poème ou un texte de philosophie, c'est quand même un roman. Il y a une « école japonaise » pour les manuscrits de Proust. C'est très bien pour faire des thèses, mais c'est un peu lamentable de ne s'intéresser qu'aux manuscrits. Il y a chez Proust des descriptions subtiles, suggérées, des espèces d'odeurs qui s'évaporent, c'est très japonais. À privilégier cela, on néglige la structure et la philosophie de la *Recherche*, on n'en lit que des passages en estimant que tout y est. J'ai voulu rendre le texte clair. J'ai reçu du courrier de lecteurs pour me dire que j'y étais parvenu, qu'ils ne s'attendaient pas à ce que Proust soit si facile. Des gens disent que Proust doit être plus difficile. Ils n'ont qu'à le lire en français.

*Quels sont vos propres liens avec la France et l'œuvre de Proust ?*

J'ai passé trois ans et demi en France à partir de 1954. C'était la guerre d'Algérie, j'ai collaboré au Comité d'action écrivains-étudiants avec Maurice Blanchot, Marguerite Duras et Christiane Rochefort. J'avais 16 ans à la fin de la guerre, j'ai ressenti la lecture de Proust à 18 ans comme une libération. Par Clarac et Ferré, j'ai obtenu de la nièce de Proust de pouvoir consulter moi-même les microfilms des manuscrits chez Gallimard. J'aimais beaucoup Sartre, aussi, et j'ai publié dans *Les Temps modernes*. Il disait de Proust que c'était un « écrivain bourgeois », il n'y avait pas plus opposés. Quand Sartre est venu au Japon en 1966, je lui ai demandé : « Aimez-vous Proust ? » Il m'a répondu : « Oui, passionnément. » Et, de même que Sartre dit de Mallarmé qu'il est le poète le plus engagé du XIX$^e$ siècle, Proust est le romancier le plus engagé du XX$^e$ siècle. Quand je suis rentré au Japon, il y avait le problème algérien d'ici, c'est-à-dire la Corée. Et j'ai eu l'impression que je comprenais de mieux en mieux Proust à travers la Corée, j'ai découvert à travers ce que je faisais pour les Coréens l'importance pour Proust d'être demi-juif, comme ça influe sur la *Recherche*. Proust est le romancier de la libération de soi. On peut croire que sa théorie de la perception est différente de celle de l'imagination de Sartre. Mais ce sont les mêmes : les noms, pour Proust, c'est l'imagination. Sartre m'a donné une autre manière de voir Proust. On peut lire comment il a vécu à travers sa fiction. J'aimerais écrire une vie de Proust de manière très différente de ce qu'ont fait George Painter et Jean-Yves Tadié, comme une psychanalyse existentielle. Je m'y mettrai quand j'aurai fini mon édition de la *Recherche*. Ça me donne encore une raison de vivre.

*Libération*, 13 mars 1997.

## KAZUYOSHI YOSHIKAWA

Traducteur en japonais

# Témoignage

(2020)

*Kazuyoshi Yoshikawa (né en 1948), professeur à l'Université Kyoto, est le quatrième traducteur de Proust en japonais. Outre de corriger des erreurs commises par les traducteurs précédents, il s'est efforcé de replacer Proust dans son contexte d'origine. Sa méthode consiste à « comprendre le texte de Proust d'après des documents contemporains de sa rédaction, et à régler nos choix de traduction à leurs lumières ». Il a ainsi consulté des dictionnaires de l'époque – ceux-là mêmes que Proust pouvait consulter. De plus, il a adjoint à sa traduction un véritable appareil critique : des notes explicitant les allusions historiques, artistiques et sociales (claires pour les lecteurs du temps de Proust, et depuis perdues) ; une postface où il analyse quelques grandes thématiques proustiennes (judaïsme, homosexualité, sadomasochisme*[*]*). Auteur de* Proust et l'art pictural[**]*, Yoshikawa a tenu à reproduire dans son édition une iconographie proustienne, qui n'est pas à ses yeux illustrative mais analytique. Car « beaucoup de personnages retiennent l'attention de Proust par leur ressemblance avec des figures picturales : c'est le cas d'Odette, qui, au départ, ne plaît guère à Swann.*

* Questions qu'il reprend et développe dans des conférences au Collège de France réunies sous le titre *Relire, repenser Proust : leçons tirées d'une nouvelle traduction japonaise de la « Recherche »*, Collège de France éditions, 2021.

** Honoré Champion, 2010.

*Elle l'attirera davantage lorsqu'il découvre en elle des traits de la fille de Jéthro peinte par Botticelli*[*] *». Sa traduction, associée à une édition critique, est ainsi un véritable moyen d'accéder à « une meilleure compréhension interculturelle*[**] *».*

*Il témoigne ici de la manière dont son expérience de traduction a modifié en profondeur sa lecture et sa compréhension du texte de Proust : « Traduire Proust, c'était pour moi la meilleure façon de lire la* Recherche[***]. *» Ce travail de traduction, qui l'a occupé durant neuf ans, est une expérience d'ordre existentiel : « Il m'est déjà difficile de croire avoir fait moi-même cet immense travail, comme si j'étais devenu quelqu'un d'autre », conclut-il.*

*Les Japonais ont une relation particulière à Proust. Comment l'expliquer ? Yoshikawa rappelle que la littérature japonaise a une longue tradition de roman d'analyse, qui remonte à l'œuvre fondatrice qu'est* Le Dit du Genji *(XI*^e^ *siècle) (« écrit souvent avec des phrases longues, où l'on peut retrouver la finesse de l'analyse psychologique proustienne*[****] *»). Outre la proximité esthétique, le traducteur rappelle combien la sensibilité japonaise est proche de celle de Proust : « La notion de temps qui passe, chère à Proust, domine également la littérature japonaise, fortement imprégnée du bouddhisme, qui met l'accent sur le caractère éphémère de toute chose sur la terre. »*

Bl. C.

J'ai découvert *À la recherche du temps perdu* dans sa première traduction intégrale en japonais (1955), issue d'un travail collectif mené par six chercheurs et écrivains. C'était en 1967, et j'avais alors dix-neuf

* Entretien avec Philippe Pons (correspondant du *Monde* au Japon), *Le Monde*, 13 mars 2020.

** *Ibid*.

*** Entretien avec Nicolas Ragonneau publié sur le blog de celui-ci, *Proustonomics*, le 17 mai 2020.

**** Précise-t-il à Nicolas Ragonneau, *ibid*.

ans. De larges pans du texte de Proust m'ont certes échappé à la première lecture, mais j'ai été aussitôt saisi d'admiration devant la profondeur de son analyse psychologique, sans équivalent dans aucune œuvre littéraire. Le choc de cette première rencontre s'est prolongé dans le bonheur que m'a procuré l'exploration insatiable de cette œuvre, à la poursuite, sans cesse recommencée, des secrets de sa gestation, et de l'intimité qu'elle entretient avec les beaux-arts, en son cœur le plus fécond.

Et pourtant, les études que je lui ai consacrées pendant la majeure partie de ma carrière de chercheur sont restées orientées vers l'extérieur de l'œuvre, dont je me suis employé à cerner les contours par le tracé le plus exact de son lieu, de ses conditions, de ses formes d'apparition. Par une sorte de paradoxe, c'est la pratique de la traduction, entreprise depuis une dizaine d'années, qui m'a donné le sentiment d'entrer enfin dans le grand roman de Proust, d'accéder à sa substance même. C'est qu'une traduction procède d'une tension de lecture extraordinairement soutenue, inlassablement remise sur le métier : le projet d'en rendre compte par l'apparat critique le plus fouillé m'a offert une ample moisson de découvertes historiques, sociologiques, artistiques, ethnographiques, qui constituent autant de clés de cette œuvre foisonnante : un conservatoire des us et coutumes révolus, une articulation singulière des discours sur l'homosexualité et sur la judéité, un creuset stylistique sans pareil, où s'élabore le type proustien de la phrase longue – le roman, tel un kaléidoscope, s'est révélé à moi sous toutes ces facettes.

La fréquentation assidue de Proust, qu'exige le travail de traduction, est ainsi devenue toute ma vie, alors qu'elle n'était auparavant qu'une partie de ma vie. Mais cet univers infini, dont il est impossible de faire le tour, continue à sécréter de nouvelles énigmes. Telle est l'inépuisable vitalité de la *Recherche*, qui jette ses innombrables lecteurs, partout dans le monde, dans la quête des insondables mystères de l'esprit humain.

*Bulletin Marcel Proust*, n° 70, Hors-Série
« Proust pour la première fois. 70 souvenirs de lecture »,
2020.

# À LA RECHERCHE DES LECTEURS ET DES TRADUCTEURS CHINOIS

La diffusion chinoise de la *Recherche* est faite d'accélérations et de coups de frein. La transmission de l'œuvre proustienne a connu un premier coup d'arrêt lors de l'arrivée au pouvoir de Mao :

> Sous le régime de Mao (1949-1976), presque toute la littérature occidentale, à l'exception de quelques écrivains « progressistes » ou sympathisants de la cause communiste, était considérée comme « bourgeoise » et « décadente ». [...] En outre, l'œuvre de Proust a aussi beaucoup souffert de fortes accusations lancées par certains critiques soviétiques : elle était considérée comme antiréaliste et antisocialiste. À cette époque, les opinions soviétiques exerçaient un impact majeur sur la réception et la perception de la littérature occidentale en Chine[1].

*Persona non grata* durant cette période, il faudra attendre l'arrivée au pouvoir de Deng Xiaoping pour que son œuvre soit de nouveau diffusée en Chine, en français. Sa réception fut des plus positives, comparant Proust à de grands classiques de la littérature chinoise :

> L'introduction de l'œuvre de Proust s'est avérée une grande source d'inspiration pour de nombreux

écrivains chinois dans les années 1980 et 1990 : notamment sous l'effet de son envergure encyclopédique, de sa représentation de la mondanité, de ses conceptions uniques du temps, de la mémoire et de l'espace psychologique. Très rapidement, on a commencé à associer ces préoccupations romanesques de Proust à celles du grand roman classique chinois *Le Rêve du pavillon rouge* par Cao Xueqing, daté du XVIII^e siècle (qui a d'ailleurs été traduit et publié en France aussi dans les années 1980[1]).

Après une longue période de jachère imposée par l'interdiction de la littérature occidentale sur le sol chinois sous le régime de Mao, les traductions reprennent. Deux traductions sont actuellement en cours, initiées dans les années 2000. Le nombre de langues coexistant en Chine et la difficulté du passage de l'alphabet romain aux sinogrammes conduisent à des différences notables dans les traductions : « Avant la publication de la première traduction intégrale [entre 1989 et 1991], il existait plusieurs versions et variations du titre, évoquées par différents critiques et écrivains chinois dans leurs articles. » L'une des traductions est plus littérale, proche du titre français, tandis que l'autre – la première traduction intégrale – est plus adaptée à l'esthétique du pays de réception, ce qui lui assure sa popularité auprès de la critique et du public chinois[2].

De grands écrivains chinois ont rendu hommage à Proust dans leurs écrits, tel Yu Hua[3] dans *Cris de la bruine* : « La lecture du roman de Proust est employée dans des nouvelles de Wei, écrivaine "francophile" autoproclamée, pour caractériser certains de ses personnages fictionnels dans l'espace urbain et ultramoderne de Shanghai, ancien "Paris de l'Orient[4]". »

Auteur français né en Chine (en 1929), François Cheng a déclaré son amour pour Proust. Avec une approche comparable à la sienne, il crée des ramifications reliant des mondes très éloignés :

> La vraie intention esthétique de Cheng est de réorienter *deux* traditions culturelles l'une vers l'autre. De manière assez extraordinaire, à travers le modèle romanesque proustien, Cheng réussit à créer un récit semi-autobiographique, avec de nombreux mouvements géographiques et des passages de frontières culturelles. Alors, bien au-delà d'un pastiche littéraire, ou même d'une réécriture, la « démarche proustienne » de Cheng a pour but et pour résultat de bâtir un dialogue (comme la cathédrale de Proust ?) que je qualifie de « transculturel[1] ».

Plus qu'une simple proximité de méthode, Proust a eu pour lui l'effet d'une révélation : « [...] la vraie vie est une vie vécue et repensée et recréée par l'écriture. [...] Cette confiance dans l'écriture m'a permis de me réconcilier avec la vie parce qu'avec cette écriture à la manière de Proust, tout d'un coup, je sens que je peux recréer toute cette vie perdue et recommencer à vivre[2] ». L'auteur de la *Recherche* n'est pas seulement un modèle littéraire : il est un véritable guide pour la vie.

Débats entre traducteurs et reprises par de grands romanciers rendent Proust plus vivant que jamais en Chine, un siècle après la publication de la *Recherche*.

N. B.

GUY RÉGIS JR

# « *Tradui* Proust dans une totale jubilation » (2013)

*Comment transmettre Proust dans des pays aussi éloignés du faubourg Saint-Germain que peut l'être l'île caribéenne francophone d'Haïti ? C'est l'extraordinaire entreprise dans laquelle s'est lancé le romancier et dramaturge Guy Régis Jr, né en 1974 à Port-au-Prince. Très engagé dans la vie culturelle haïtienne, il défend le rôle social de la pratique théâtrale, qu'il juge utile pour la vie de la cité. Après le catastrophique séisme de 2010 en Haïti, qui a fait 300 000 morts, son écriture ne sera plus la même : elle se fera plus engagée, dénonçant tout particulièrement l'incurie de la classe politique haïtienne. Ce drame lui inspire notamment la pièce* De toute la terre le grand effarement, *créée au festival d'Avignon en 2011 (et parue, comme la majeure partie de son œuvre théâtrale, aux Éditions Les Solitaires Intempestifs). Auteur d'un roman autobiographique* (Les Cinq Fois où j'ai vu mon père, *Gallimard, 2020), il est pensionnaire de la Villa Médicis en 2021-2022. Traduit en plusieurs langues, il est lui-même traducteur, en créole haïtien, d'auteurs aussi ancrés dans le patrimoine culturel français et francophone que Camus, Maeterlinck ou Bernard-Marie Koltès. Dans un texte paru dans le numéro d'hommage de la* NRF *à Proust, à l'occasion du centenaire de* Du côté de chez Swann *en 2013, il évoque sa traduction de la* Recherche *(*Nan chache tan pèdi*).*

*Reprenant la conception classique du dilemme « traduire-trahir » (déjà présent dans* La Défense et illustration de la langue française *de Du Bellay en 1549, qui évoque le couple « traditeurs / traducteurs »), il affirme que « traduire serait réussir à imiter* infidèlement ». *De cette imitation, de ce nécessaire ressassement de l'œuvre, le traducteur (qui est aussi lecteur) sort grandi, enrichi. « Traduire est un acte de travestissement personnel » : le traducteur s'autorise à « devenir Proust en l'imitant ». En retour, l'œuvre elle-même s'en trouve éclairée d'un jour nouveau, puisqu'il s'agit d'inviter la langue française proustienne à « traverser la frontière créole ». À se métisser, à se créoliser, dans une langue qui n'est pas tout à fait la même, pas tout à fait une autre. Quelle plus belle manière de relire Proust aujourd'hui, par-delà les frontières ?*

Bl. C.

*« Lontan mwen konn kouche bonè. Pafwa, apèn balèn mwen fin etenn, de je mwen te fèmen si vit mwen pa te menm genyen tan pou ta di tèt mwen : "Mwen dòmi" ! [...] »*

*Bò pa kot kay Swann*

« Longtemps, je me suis couché de bonne heure. Parfois, à peine ma bougie éteinte, mes yeux se fermaient si vite que je n'avais pas le temps de me dire : "Je m'endors." [...] »

*Du côté de chez Swann*

Voilà extrait d'un des romans les plus commentés, et sûrement l'un des plus malencontreusement traduits, et dans une langue orthographiquement jeune – le créole haïtien, dont l'orthographie serait fixée dans les années 1980 –, l'un des paragraphes les plus lus de la littérature universelle. C'est exprès que j'ai choisi cet exemple commode, idoine à tout esprit clairvoyant ou fanatique qui pour parler de Proust en aurait commencé par là, claironnant en fanfaron et à l'envi le mythe littéraire que constitue, sans raison aucune, la première phrase de la *Recherche*. La traduction souvent dépasse le transfert sémantique et lexical mais implique imbrication des morceaux. Il ne suffit pas de traduire. Il faut savoir intégrer les parties, suivre le rythme, traquer le style. Loin de s'attarder sur cette phrase éternelle d'un début, ce qui m'importe c'est de fédérer, de lier ces blocs. Alors voilà pour exemple, installé, ce bloc constitutif en tant qu'un socle dynamique pouvant annoncer cet immense travail de traduction, afin de pouvoir trouver le Aux d'ensemble de l'œuvre qui se déploie dans son déroulement intégral. Car il ne s'agit que de trouver ce flux d'ensemble. Et les paragraphes, l'unité de flux le plus sincère dans ce cas-là… L'unité axiale, rythmique, la plus sensible et la plus fiable en traduisant. Tel un patient joueur rassemblant une à une les pièces d'un puzzle, dans le long moment de déchiffrement, de lecture, de relecture, de repérage précédant à l'acte de traverser un texte d'une frontière à une autre, d'une langue à une autre, finalement traduire, on passe les plus sombres, les plus excitantes parties de son temps à réunir ces éléments qui seront soit des écueils, soit d'encourageantes trouvailles, ou des sortes de tours de passe-passe pour se défaire des nœuds, des obstacles à venir, mais surtout en vue de pouvoir mettre la main sur les trésors, pour cela s'entraîner au rythme, s'accommoder du style, de la partition générale imposée par l'auteur. Dans tout ce fouillis, il est clair que la première phrase est un grain de sable perdu dans un désert gigantesque. Ressasser, ressasser encore, jusqu'à se laisser entraîner, pour l'imitation la plus trompeuse donc la plus réussie de l'œuvre – traduire serait réussir à imiter *infidèlement* –, c'est cette récurrence qui finira par nous mettre sur la route. S'il est vrai que par la traduction du livre saint et séculaire des langues parlées ont su être enfin écrites, fixée leur orthographie, prises en compte, pour significativement exister, le créole haïtien compterait donc parmi les dernières qui ont pu être sauvées par la Bible. Tradui *Bò pa kot kay Swann*, traduire Proust logerait pour moi à la même enseigne. Ainsi, cela s'inscrit dans un projet réellement amphigourique, passionné, de vouloir tordre cette langue à cet exercice. Tordre, non, mais plutôt l'inviter à traverser la frontière créole, se naturaliser. L'on pourrait se plaire à dire à tort et à travers, avec une brièveté nonchalante empreinte de fanatisme (le mot n'est pas dur quand il s'agit de la *Recherche*), de véhémence, sentiment que ne s'empêche pas d'accoucher le gotha littéraire : s'attaquer à une œuvre telle que celle de Proust. S'attaquer, oui. Comme s'il était question d'une énigme impénétrable, d'un mastodonte géant. Cela se fait pourtant sans très grande douleur. Pour le moindre lecteur de cette somme littéraire, il est important d'avouer le plaisir auquel on goûte à être le complice privilégié du petit Marcel dans ses intermittences, ses émouvantes flâneries pensives. Être son compagnon dans ses faux sommeils, ses semblants de réveil, de côtoyer Swann sous sa gouverne, de détester Odette, d'admirer Françoise, de s'étonner d'être passionnément, férocement jaloux, d'avoir profondément pitié du victime, d'investir les défauts les plus simples. Traduire dans ce cas est un acte de travestissement personnel. D'imitation. Devenir Proust en l'imitant. Se pavaner à Combray. Être l'hôte de cette mythique famille. De but en blanc se confronter au syndrome du passage, de la traversée d'un monde à un autre.

Parle-t-on jamais d'esprits contrits, engoncés dans des réalités étriquées tournées sur elles-mêmes ? Mais l'on parle à tort et à travers d'auteurs indéchiffrables, d'une langue hermétique, d'une parole inaccessible, alors que Proust se lit encore aujourd'hui et se traduit dans une totale jubilation, j'avoue.

*La Nouvelle Revue française*, n° 603-604,
« D'après Proust », mars 2013.

# LES TRADUCTIONS INATTENDUES DE PROUST

Si Proust a été traduit dans toutes les langues les plus répandues autour du globe (anglais, espagnol, allemand, italien, portugais...), la « Proustomania » va bien au-delà : des traductions d'*À la recherche du temps perdu* existent dans des langues bénéficiant de bien moins de locuteurs. Nous en proposons ici quelques exemples, appuyés sur des entretiens menés par Nicolas Ragonneau sur son blog *Proustonomics*.

## PROUST EN NÉERLANDAIS

Les premières traductions de l'œuvre de Proust en néerlandais fleurissent à partir de la fin des années 1960, et se poursuivent de nos jours. Une histoire faite de continuité mais aussi d'affranchissement, lorsque Désirée Schyns, maître de conférences à l'Université de Gand, et Philippe Noble, traducteur de Cees Nooteboom (voir p. 377) et directeur du domaine néerlandais aux éditions Actes Sud, ont repris la traduction d'*À l'ombre des jeunes filles en fleurs* que Thérèse Cornips n'avait pu achever.

L'histoire de la traduction de la *Recherche* en néerlandais est complexe. *Du côté de chez Swann* a paru

> à la fin des années 1960, en deux fragments, traduits par Nico Lijsen et Miep Veenis (cette dernière s'étant contentée d'*Un amour de Swann*). Le même Nico Lijsen a continué dans les années 1970 avec *À l'ombre des jeunes filles en fleurs*, mais a éprouvé des difficultés croissantes et s'est arrêté aux deux tiers de « Noms de pays : le pays ». Une troisième traductrice, Thérèse Cornips, est alors entrée en scène, qui a terminé le volume, et ensuite traduit (en une vingtaine d'années) tout le reste de la *Recherche.* La traduction des deux premiers tomes, sorte de patchwork jamais retouché, n'était donc pas satisfaisante et Thérèse Cornips, malgré son grand âge, a publié une nouvelle traduction de *Du côté de chez Swann* en 2009. Elle voulait faire de même pour les *Jeunes Filles*, a retraduit une partie en manuscrit mais a dû s'arrêter pour raisons de santé. Elle est décédée en 2016, à 90 ans. Nous connaissions bien Thérèse et l'éditeur nous a confié la mission de reprendre son travail sur ce tome. Nous avons donc disposé de son manuscrit (qui correspondait à « Autour de Mme Swann ») mais nous en sommes finalement affranchis à… 95 pour cent, et avons continué seuls[1].

Un patient travail, à plusieurs mains, fut ensuite accompli pour relire, corriger et annoter la traduction. La traduction est véritablement un travail collectif, en perpétuel mouvement.

## PROUST EN GREC

La fin des années 1960 marque également la première traduction de la *Recherche* en grec, comme l'évoque Georges Séféris dans un article paru en 1971 (voir p. 534). Cette traduction a commencé dans les geôles, puisque son auteur, Pavlos Zannas, emprisonné pour des raisons politiques, découvre la *Recherche* grâce à un autre prisonnier, Stratís Tsírkas, romancier grec connu pour sa trilogie *Cités à la dérive*. Il traduit deux des premiers tomes en prison, et continue son travail jusqu'à sa mort en 1989. Mais cela n'est que le commencement puisqu'en 1986, il fonde avec d'autres chercheurs le Centre de traduction littéraire à l'Institut d'Athènes[1]. Le travail de ce centre a été de respecter au plus près l'essence du texte de Proust, tant par le respect du sens que de la langue d'origine : « La traduction est poursuivie donc par un spécialiste de l'œuvre, fin connaisseur des deux langues qui, se basant sur la nouvelle Pléiade et les annotations détaillées, fait un travail de longue haleine, respecte la ponctuation, cherche le mot juste dans une langue néo-hellénique gardant les subtilités du grec soutenu (de Katharévousa) afin de respecter l'esprit et la langue de l'époque de Proust[2]. » Malgré la fermeture du centre en 2001, la traduction continue avec *Albertine disparue* en 2014, puis *Le Temps retrouvé* en 2018. Ce travail s'est ainsi étendu sur près de cinquante ans.

## PROUST EN MACÉDONIEN

Quelques années plus tard, un voisin de la Grèce, la Macédoine du Nord, connaît sa traduction de la *Recherche*. Elle fut entreprise à l'initiative du gouvernement de Nikola Gruevski[3], dans le cadre d'une politique de traduction des grands classiques de la littérature internationale. Cette traduction a été intégralement réalisée par Gjorgi Marjanovic[4] entre 2006 et 2013, au rythme frénétique d'un tome par an (avec un découpage en 12 volumes pour l'ensemble de la *Recherche*).

## PROUST EN ISLANDAIS

Cette diffusion de Proust touche également l'un des principaux pays du polar nordique : l'Islande. Le pays était baigné par les traductions de Proust en anglais et en danois quand Pétur Gunnarson et Snaebjorn Arngrimsson se sont attelés à la traduction en islandais de *Du côté de chez Swann*. Même s'ils n'ont pu aller au-delà du premier tome[1], cette entreprise démontre que l'œuvre de Proust a inspiré des traductions dans des langues qui disposaient déjà de traductions compréhensibles pour eux.

## PROUST EN CATALAN

Proust est également disponible en langues régionales. Il existera bientôt trois traductions de la *Recherche* en catalan (sans compter bien sûr les traductions en castillan), comme l'explique la traductrice Valèria Gaillard : « En 1986, Joan Casas a traduit *Le Temps retrouvé* (Edicions 62), et dans les années 1990 est apparue la première traduction complète chez Columna, avec la traduction de Jaume Vidal Alcover, un écrivain majorquin [traduction critiquée pour être trop « majorquine »]. La traduction a été achevée par Maria Aurèlia Capmany, qui est aussi écrivaine et activiste culturelle féministe. Actuellement, il y a deux traductions en cours : celle de Josep Maria Pinto, chez Viena Edicions, et la mienne, chez Proa, du Grup 62[2]. » Des traductions concurrentes au sein d'une même langue conduisent nécessairement à se demander : comment se singulariser en tant que traducteur ? C'est la question à laquelle tente de répondre la traductrice catalane : « Pour moi le plus dur a été de respecter la complexité syntaxique du texte original tout en rendant lisible le texte dans la langue d'arrivée. C'est vrai que le catalan est une langue sœur du français, avec plein de mots très similaires. Par exemple, *fromage-formatge* ou *écrire-escriure*, mais il y a aussi les "faux amis[1]". » Respecter le rythme, retranscrire la musicalité du texte, faire apparaître la syntaxe infiniment complexe de Proust tout en essayant de faire entendre sa propre voix de traductrice, telle est la délicate mission que s'est donnée Valèria Gaillard :

> Finalement, pour conserver la musicalité de la prose proustienne, j'ai fait une dernière correction de la traduction catalane tout en écoutant l'audio book du roman [en français] (version des Éditions Thélème). Tout l'incipit de *Du côté de chez Swann*, je l'ai d'ailleurs traduit comme si c'était de la poésie, c'est-à-dire en conservant le même nombre de syllabes pour chaque phrase. Et aussi j'ai mis un temps verbal, « Durant anys he anat a dormir d'hora », qui respectait le présent de la narration proustienne. Pourtant, afin d'avoir le même nombre de syllabes, j'ai sacrifié le mot « temps » (« durant molt de temps he anat... »), qui fait un écho avec la dernière phrase du livre. Traduire c'est ça, finalement, prendre des décisions et donner la priorité au style du traducteur[2].

N. B.

# *Proust,*
# *canon de la modernité littéraire :*
# *ses premiers lecteurs*

*Cent ans après sa mort, la question de la valeur de Proust semble peu pertinente, tant l'auteur est désormais consacré comme un classique : un auteur qu'on ne cesse de* relire, *considéré comme l'un des auteurs essentiels de la littérature non seulement française mais mondiale, et une figure centrale de la littérature du XX^e siècle. Un écrivain dont on se demande comment on pourrait écrire après lui, au-dessus duquel sont passés ce que le poète et traducteur brésilien Manuel Bandeira appelle « les vautours de la consécration posthume ». À l'instar de Hugo ou de Balzac au XIX^e siècle, Proust est devenu un canon de la modernité littéraire au XX^e siècle. Ce statut s'est constitué en plusieurs temps, tout au long du siècle : un moment de notoriété (lié au Goncourt de 1919), un moment de relatif oubli et une brillante redécouverte au tournant des années 1950*. La célébrité de Proust aujourd'hui n'a rien d'une évidence, et il est intéressant d'observer les premières réceptions de l'auteur : celles et ceux qui ont su déceler la modernité de Proust, qui l'ont jugé librement, en lecteurs, sans la pression de la*

* Notamment grâce aux travaux pionniers de Bernard de Fallois et de Jean-Yves Tadié.

*reconnaissance institutionnelle. Ceux qui, comme le remarque Edith Wharton en 1924 (p. 134), l'ont jugé à leurs risques et périls, puisqu'ils ont émis un avis, positif ou négatif, avant que la publication du* Temps retrouvé, *en 1927, ne donne enfin une vision d'ensemble sur l'œuvre proustienne. L'écrivaine féministe Violet Hunt (p. 111), découvrant Proust en 1918 et lui rendant hommage en 1923, ne connaît la* Recherche *que jusqu'à* Sodome et Gomorrhe.

*Ces premiers lecteurs sont sévères, admiratifs ou critiques. Ils sont plus que tout dans une lecture à vif. S'affirme ainsi la position dans le monde littéraire de l'auteur de la* Recherche, *qui passe du statut d'auteur français importé à l'étranger à celui d'un des piliers de la littérature universelle. Ces premières découvertes de Proust sont également teintées d'une fascination assimilable à celle d'une lecture addictive : Violet Hunt compare ainsi la lecture de Proust à de l'opium. Ce qui n'exclut pas une franche critique à connotation morale (comme chez Edith Wharton) ou une ferme critique du style (comme le fait Manuel Bandeira, p. 39).*

*Bien vite, la critique s'organise : on reconnaît en Proust un composé rare de tradition et de modernité (moderne en ce qu'il sait assimiler l'héritage et le mener encore plus loin). Émerge aussi une nette volonté de ramener l'auteur à soi : ainsi, chez Edith Wharton ou Ezra Pound, Proust est-il assimilé à Shakespeare, Henry James ou d'autres grands auteurs britanniques, aussi bien pour se l'approprier que pour le décrire de la manière la plus culturellement proche possible.*

*Dans le même contexte, des auteurs brésiliens comme Graça Aranha*, qui y voit un auteur qui « ne nous rajeunit pas », et Jorge de Lima, qui discerne en*

* Voir son article « Proust ne nous rajeunit pas », note 1 de la p. 41.

*lui une nouveauté absolue*[*]*, se disputent autour de la figure de cet écrivain encore en cours de consécration. Plus que toute chose, les auteurs regroupés dans cette section ont été les premiers à reconnaître en Proust la singularité littéraire qui allait en faire un des auteurs auxquels mesurer la modernité au XX*e* siècle. De Rainer Maria Rilke (p. 103), qui perçoit en Proust des expériences personnelles qu'il vit lui aussi, et qui dès 1914 en conseille la lecture et la traduction en allemand, à Ortega y Gasset (p. 117), qui, en 1920, commande pour la maison d'édition qu'il dirige une traduction espagnole de* Du côté de chez Swann *à Pedro Salinas (p. 25) ; de Virginia Woolf (p. 497), qui se lamente de ne pas écrire comme Proust, à l'Américain Edmund Wilson (p. 286), qui, dès 1928, a l'intuition d'un écrivain majeur et lui consacre un important essai qui introduit Proust aux États-Unis, c'est une myriade d'écrivains et d'intellectuels qui portent l'auteur de la* Recherche. *Proust n'est plus seulement un nom, comme il l'était tout autour du monde depuis l'annonce du Goncourt dans la presse internationale de 1919, mais devient peu à peu une œuvre mondialement lue.*

*Ces premières années sont celles où Proust devient un auteur que toute personne cultivée se doit d'avoir lu*[**]*, et à l'aune duquel les écrivains se retrouvent comparés : un écrivain transnational, qui est un modèle d'écriture.*

É. S.

* Jorge de Lima, *Dois Ensaios*, Maceió, Cass Ramalho, 1929.
** Voir Manuel Bandeira, p. 39.

RAINER MARIA RILKE

# Lettre à Marie Taxis
(1914)

*Allemands ou américains, parfois francophones mais pas toujours francophiles, les grands écrivains étrangers sont toujours parisiens. Né en 1875, Rilke s'installe pour la première fois dans la capitale hexagonale en 1902. Dans cette ville, qui lui sera bientôt arrachée, il découvre l'œuvre de Proust, à la veille de la Grande Guerre.*

*Ce lecteur précoce de* Du côté de chez Swann *s'attache immédiatement à des scènes qui deviendront pour beaucoup archétypales du corpus proustien : la madeleine, la sonate... et surtout « l'attente au soir du baiser maternel », « une* trouvaille *psychanalytique ». En 1910, Rilke avait d'ailleurs, dans les* Cahiers de Malte Laurids Brigge, *décrit une scène d'une proximité signifiante : comme le Narrateur, le personnage de Malte inventait un stratagème pour dérober sa mère aux obligations mondaines ; comme Proust, il chérissait chez elle les stigmates du monde dont il était exclu. Ces scènes similaires interrogent leurs destins partagés d'écrivains : la lecture du soir permet d'éterniser des adieux, de prolonger une noce proscrite. Rilke et Proust, qui ignoraient sans doute tout l'un de l'autre en 1910, ont eu la même intuition : si les histoires du soir sont des parenthèses enchantées, c'est qu'elles sont le lieu d'un deuil. Vouée à disparaître à mesure que les années passent et que les enfants grandissent, la cohorte des personnages ressuscités par le crépuscule ne cesse d'annoncer la mort de ceux qui les invoquent.*

A. G.

À Lautschin.
Paris, 17, rue Campagne-Première, XIV^e^.
Ce 21 janvier 1914 (mercredi).

[...]

[L'autre est] un Marcel Proust, *Du côté de chez Swann*, un livre dont vous aurez peut-être déjà entendu dire du bien, sinon même rien que de très excellent. Je ne sais ce qu'il mérite, mais je vous recommande toute la première partie et toute la troisième et je suis certain que vous y trouverez un multiple plaisir. La longue partie intermédiaire, l'amour de Swann et sa jalousie, pourrait bien n'être ni mieux ni certainement de moindre valeur que ne le sont ordinairement ces sortes de traités français ; il n'en est pas moins étonnant qu'on ne cesse point d'en écrire encore et qu'on destine le talent et le penchant à couper encore davantage ces cheveux en quatre (postiche à mon avis).

En revanche je vous souhaite l'état d'esprit et la sécurité voulus, pour la première partie extraordinairement amusante, et presque trop riche d'analogies psychiques et de suggestions sentimentales : l'événement de l'enfance, qui à lui seul porte le tout (l'attente au soir du baiser maternel, au moment du « bonne nuit »), est remarquablement conçu en tant que *pivot* de cette enfance, et c'est pure merveille, une *trouvaille* psychanalytique, que de l'avoir défini plus loin (p. 226[1]) : *cette angoisse qui plus tard émigre dans l'amour*. Dans ces passages, vers la fin de la première partie, on trouve d'ailleurs quelques morceaux splendides ; le premier jaillissement créateur (juste avant la p. 219 et les suivantes[2]) face au comportement des trois clochers vous réjouira également (je ne pouvais m'empêcher de penser à votre lever de soleil au-dessus de la mer, que vous m'aviez décrit, d'après nature, description qui elle aussi est sans doute née de pareilles obligations intérieures). Très beau aussi le moment où une madeleine trempée dans une tasse de thé suffit à réactualiser tout le passé du héros déjà adulte et lui restitue *tout le temps perdu*. C'est à partir de là qu'intervient le défaut singulier du livre, si bien que les milliers de souvenirs ainsi réveillés ne remontent pas avec celui déjà usé du baiser de « bonne nuit », mais pour ainsi dire comme autant d'objets vieillis sans doute, mais jamais utilisés par le narrateur, en sorte qu'il n'apparaît pas du tout comme leur possesseur au sens profond, mais tout au plus comme leur *collectionneur* ; et c'est là l'impression que produit d'ailleurs l'abondance démesurée du livre, non pas celle d'une vivante abondance mais d'une collection intégrale, dans laquelle chaque objet figure à juste titre, sans qu'aucun n'y soit en somme heureux. Vers le dénouement de la seconde partie m'importent les pages sur la petite phrase musicale dans une certaine sonate, vous les lirez également avec plaisir, puisque vous habitez maintenant souvent dans la musique et vous sentez chez vous dans ce qu'elle a de plus grand. Ce qui ne m'étonne guère. (Que je voudrais vous écouter, assis dans un coin.)

*Traduction de l'allemand par Pierre Klossowski.*

EZRA POUND

# « Lettres de Paris »
# (1921)

*Sans être une école littéraire, le modernisme anglo-saxon désigne un effort multiforme pour réinventer les canons esthétiques hérités du* XIX*e siècle, tout en s'attachant à renouer avec les mythologies effacées par la philosophie des Lumières. De Joyce à Woolf, les modernistes bouleverseront le monde des lettres à l'échelle internationale en accomplissant de nombreuses innovations formelles et se confronteront régulièrement à un Proust tantôt honni (voir Lawrence, p. 338), tantôt adoré (voir Woolf, p. 497).*

*Ezra Pound (1885-1972) s'est affirmé comme un auteur majeur de ce courant, avec son chef-d'œuvre, les* Cantos, *dont la dimension titanesque peut évoquer le gigantisme de la* Recherche. *Parues dans le magazine américain* The Dials, *les « Lettres de Paris » relèvent de la partie critique de l'œuvre du poète américain. Écrits en 1921 et 1922, ces deux articles montrent l'intérêt précoce et ambigu des modernistes pour l'œuvre de Proust. Dès 1922, une autre grande figure du modernisme, T. S. Eliot, l'auteur de* La Terre vaine, *cherchera à publier dans la revue avant-gardiste* The Criterion *des extraits du roman de Proust, « le seul nom qui vaille la peine du dérangement » en France selon lui**.

*La difficulté de Pound à caractériser le travail de Proust*

* Lettre du 9 juillet 1922 à Ezra Pound, dans *The Letters of T. S. Eliot*, vol. 1: 1898-1922, Londres, Faber & Faber, 2011.

*illustre le rapport ambivalent des avant-gardes à l'auteur de la* Recherche *: comparé à Henry James, il incarne l'aboutissement ultime du savoir-faire romanesque ; comparé à la « voltige » de James Joyce, il semble être le tenant d'une tradition qu'il s'agit de surmonter. L'estime dont il est l'objet dès les années 1920 en fait un classique prématuré, une idole à renverser. Roidi par l'excellence, le Maître serait-il toujours déjà trop vieux pour les révolutions présentes et à venir ?*

*Ni « acrobaties » stylistiques ni petite musique : on ne connaît pas de lieu au séjour proustien. La* Recherche *n'est pas une énième découverte mais la lente élaboration d'un sentiment nouveau.*

A. G.

## Septembre 1921

Le nouveau Proust, ou le nouveau morceau de Proust, fin d'un livre et début d'un autre, est bon, c'est-à-dire par le test suprême : on le prend avec l'intention de le lire simplement pour en faire un compte-rendu, et on continue la lecture pour son plaisir. La critique idéale de ceci serait écrite dans un seul paragraphe long de sept pages et ponctué seulement par des points-virgules ; la pâte est plus uniforme ; les éléments hétérogènes tendent à disparaître, ne laissant que la partie « James », et l'on doit peut-être mettre sa fierté nationale dans sa poche et admettre que Proust a dépassé le regretté Henry James dans ce dîner, pages d'un maître et d'un *petit-maître**, certaines presque d'un maître de danse, mais avec une patience et une grâce, un style descriptif plus qu'une présentation, cependant avec des essais interminables entrelardés à intervalles plus rares que dans des séquences précédentes des *Guermantes* :

> « Comment, vous ne connaissez pas cet excellent Gri-gri », s'écria M. de Guermantes et il dit mon nom à M. d'Agrigente. Celui de ce dernier, si souvent cité par Françoise, m'était toujours apparu comme une transparente verrerie, sous laquelle je voyais, frappés au bord de la mer violette par les rayons obliques d'un soleil d'or, les cubes roses d'une cité antique dont je ne doutais pas que le prince – de passage à Paris par un bref miracle – ne fût lui-même, aussi lumineusement sicilien et glorieusement patiné, le souverain effectif. Hélas, le vulgaire hanneton auquel on me présenta, et qui pirouetta pour me dire bonjour avec une lourde désinvolture qu'il croyait élégante, était aussi indépendant de son nom que d'une œuvre d'art qu'il eût possédée, sans porter sur soi aucun reflet d'elle, sans peut-être l'avoir jamais regardée[1] [...].

Et c'est peut-être tout ce qu'on peut attendre d'une Europe, pour reprendre l'expression de Picabia[2], « épuisée par la conquête de l'Alsace-Lorraine ». Mais les pages du bel ennui de Proust s'écoulent l'une après l'autre, lisibles, très lisibles et pour une fois au moins la nuance précise de l'idiotie du gratin y est enregistrée et une génération future saura très bien, si cela lui importe, à quoi ressemble un dîner dans les hautes classes sociales de ces mondes, et saura même comme le cher et regretté Henry James ne leur avait jamais dit tout à fait quel fut le degré d'imprécision de ces gens quant à la littérature et à l'art. Et en même temps que « c'est tout ce qu'y' a, il n'y en a pas plus ». Qu'il y a la société et que l'on n'a pas besoin de soupirer et que la duchesse de Balzac s'est éteinte. Je veux dire qu'un changement dans le *ignis fatuus* doit être enregistré. Le méchant duc reste pour le mélodrame. Le jeune *littérateur** peut retourner à ses amis et à sa machine à écrire. On s'est libéré du complexe. Sous la fable de la conversation polie est écrit FINIS.

> « Mais est-elle même l'aînée ? » avait demandé Mme de Gallardon, non pas positivement comme si ce genre de personnes n'avaient pas d'âge, mais comme si, vraisemblablement dénuées d'état civil et religieux, de traditions certaines, elles fussent plus ou moins jeunes comme les petites chattes d'une même corbeille entre lesquelles un vétérinaire seul pourrait se reconnaître[1].

La touche jamesienne s'accentue de plus en plus, et de plus en plus la lecture de Balzac, Dostoïevski et celle moins nourrissante des symbolistes cessent de l'affecter, et James ou l'élément qui chez Proust s'apparente à notre grand auteur imprègne la narration. Mais James n'a jamais été si minutieux, peut-être l'indignation l'aurait-elle dépassé. Avec un enthousiasme grandissant l'on se demande si les degrés exacts de la stupidité de la princesse de Parme, d'Oriane, de la Courvoisier, de Mme d'Arpajon et de leurs répliques, et l'on pourrait trouver leurs équivalents parmi les nationalités différentes, ont jamais été enregistrés avec autant de précision. Au moins Proust a-t-il « créé » son monde, c'est-à-dire l'a mis sur papier. Jamesien par son style, de tempérament peut-être plus proche de Trollope[2] – du moins n'arrête-t-on pas de penser à Trollope au fur et à mesure qu'on avance dans le dîner, peut-être parce que Proust et Trollope ont le chic pour pénétrer à ce point au cœur de la sphère du monde dont ils font le portrait, pour en voir les périphéries comme les limites, cieux, horizons d'une seule existence ; alors que James est toujours à l'autre bout du studio, peignant avec un pinceau à long manche. La duchesse admire Halévy, mais non, j'exagère, Proust est réellement un portraitiste, la duchesse admire « Mérimée, Meilhac et Halévy[1] ».

Il y a du travail pour un maître styliste désireux de traduire Proust en anglais, un tempérament subtil d'adaptateur pourrait faire une carrière de cette traduction. Nous sommes peut-être moins réceptifs que les Français, et moins modestes.

## Mai 1922

On lit Proust et on le pense très accompli, on lit H. J[2]. et on sait qu'il est très accompli ; on commence *Ulysse* et l'on pense à juste titre que Joyce l'est moins ; qu'il est en tout cas moins gracile ; et on considère la manière excellente selon laquelle à la fois James et Proust « rendent leurs atmosphères », cependant l'atmosphère de l'épisode Gerty-Nausicaa[3] avec ses échos de vêpres est certainement « rendue », et rendue avec une certitude et une efficacité que ni James ni Proust n'ont surpassées.

Et au bout du tunnel, quand notre auteur se sent plus ou moins soulagé de ne plus avoir le poids du livre sur les épaules, nous trouvons sinon des talents graciles, en tout cas de telles acrobaties, rien de moins que de tels jeux de double et de triple voltige qu'il semblerait imprudent de dogmatiser sur ses limites. D'un autre côté il est dans son ensemble, en bloc, hors du rayon et de l'orbite de H. J., et hors du circuit de l'orbite de Proust.

*Traduction de l'anglais par Marie Milési, Jean-Michel Rabaté et François Dominique.*

## VIOLET HUNT

# « Du côté de chez Proust »
(1923)

*Suffragette britannique, romancière, nouvelliste, Violet Hunt (1862-1942) naît dans l'Angleterre victorienne et grandit au sein d'un milieu artistique. Sa famille connaît John Ruskin – ce qui l'a fait s'étonner dans ce texte de la traduction de* La Bible d'Amiens *par Proust**. *Ardente féministe, elle est la cofondatrice de mouvement Women Writers' Suffrage League en 1908.*

*C'est moins pour son œuvre prolifique restée quasiment inédite en France que pour ses réceptions littéraires que Violet Hunt marque la postérité. Elle tient un salon littéraire où sont présents de nombreux écrivains. On y échange, on y débat, on y partage ses lectures. Comment ne pas songer à l'évocation du nom de Marcel Proust au cours de ces réceptions ? Quelle fut sa part dans la transmission de la* Recherche *au sein de la société intellectuelle du temps ? Assurément une place de premier ordre quand on pense qu'elle y recevait Joseph Conrad* *(voir p. 239)**, D. H. Lawrence* *(voir p. 338)* *ou encore Ezra Pound* *(voir p. 106)**. Recueilli en 1923 par C. K. Scott Moncrieff dans un volume d'hommages anglo-saxons à Marcel Proust, le vibrant témoignage de Violet Hunt est ici traduit en français pour la première fois.*

G. L.

* *The Bible of Amiens* (*La Bible d'Amiens*) (1884) de John Ruskin a été traduit en français par Proust en 1904.

La première fois que je me suis aventurée du côté de chez Proust, c'était un soir pluvieux d'hiver, il y a cinq ans. J'attendais alors dans son boudoir chaleureux qu'une femme de la bonne société, assez superficielle, arrive et me présente, à l'heure du thé, au nouveau romancier à la mode. Mais elle n'arrivait pas, et sur une table près de moi, entre un poudrier et des cigarettes, se trouvait un auteur qui n'avait pas encore raflé la mise, comme il l'a fait depuis.

Un exemplaire de *Du côté de chez Swann**[1], relié d'un mauvais cuir – provenant de cet emporium[2] accrédité que Thomas Carlyle a fondé pour la lecture de l'intelligentsia, la London Library[3] –, gisait là, terne et menaçant, parmi les brocarts et le clinquant des bibelots. Surprise, je l'ouvris, avec l'intention, comme peut l'être un oisif pendant ces interludes, de prendre gentiment connaissance de la nature de l'étude choisie par un autre. Aussitôt, je fus prise d'un *enchevêtrement** ; une palette d'humeurs, un amas de complexes et d'excentricités, tout ce qui fait l'homme-Swann. Il n'y avait ni essoufflement, ni hâte ; déjà c'était « bien parti ». Il y avait des échappées bien réelles du bathos[4], d'affreux pâturages étaient évités, des difficultés artistiques arrangées : cet auteur faisait entrer et sortir ses formules des garages comme un pilote de génie.

Et soudain, le grondement d'une voiture retentit. Mon hôtesse et l'auteur à la mode arrivèrent et le thé fut d'un ennui, car Tante Léonie – nous avons tous nos Tantes Léonie – était entrée dans ma vie, et la Dame des Cattleyas commençait tout juste à faire endurer à Swann, que j'aimais déjà, des souffrances qu'endurent tous les hommes qui désirent trop fort quelque chose. Jamais nous ne parlions du livre noir et miteux que j'avais reposé, mais nous discutions, dans ce salon de Kensington[1], de Freud, un peu comme on discutait de musique dans le salon de Mme Verdurin à Paris, et comme si Mme Odette de Crécy y avait participé, et que Swann, aveuglé par l'amour, l'avait écoutée.

Mais moi, moi j'avais fait la connaissance de Proust et j'avais gagné un monde, un de ces mondes dans lesquels, grâce à un livre, on peut aller vivre un moment quand on veut.

Proust ! C'est quoi Proust ? Telle est la jérémiade des non-initiés autour de nous. À ces personnes, qui ne veulent pas être instruites, on répond que Proust est une mode – une maladie – et qu'un proustien, soi-disant, est un mangeur d'opium. Mais, pour ceux qui le connaissent et qui l'aiment, il est un Prospero sage et rusé dont la baguette est le style, et Combray une île enchantée – c'est-à-dire Ferdinand, pas tellement Miranda, mais plutôt Caliban, les marins ivres et tous les autres[2].

La transe de l'opium offre, en effet, une bonne comparaison. Le Dr Hochst nous dit que notre subconscient, rusé, en désaccord avec son environnement terrestre, est capable d'invoquer une attitude de stupeur bénigne devant l'univers et de la maintenir, en le tenant, pour ainsi dire, à distance, et de subsister, sereinement détaché des circonstances froides et détestables de la vie. Et l'on peut facilement imaginer quelque âme triplement désabusée, rejetée par l'amour, par l'ambition et par la source de la vie elle-même, s'engageant dans la voie du maître, contente de vivre, bercée par le léger mouvement comme des feuilles de bois vacillantes, réchauffée par la douce lumière qui tombe sur les murs gris des cathédrales et les routes blanches et poussiéreuses, appréciant l'impassibilité du maître, l'infaillible étalage des complications et des trahisons inconscientes de leur ego par Françoise et Tante Léonie, Odette et la duchesse ; intrigués par son sens aigu des valeurs sociales, qui se manifeste par la mise en perspective des infériorités sociales du *ménage** Verdurin à Paris contre les incroyables aristocraties installées dans leur vieux château, le côté de Guermantes – et ainsi de suite, pendant des mois, voire des années, jusqu'à ce que la stupeur, bénigne, se termine enfin de manière ordinaire, le patient mourant, toujours *en plein Proust**, avec, peut-être, un ou deux volumes non lus – heureusement, car il y en a, ou il y en aura, un bon nombre.

La personne normale, en bonne santé, toujours active, toujours en accord avec la vie, trouve plus qu'apaisant de s'engager dans ce flux d'esprit paisible, un courant de pensée qui a, comme la vie, ses tourbillons, ses transes, mais qui persiste, comme nous tous qui sommes en accord avec nos destins, dans les frontières qui lui sont assignées et qui gagne ainsi quelque chose de la paix de la résignation dont parle Renan : « *Il n'y a rien de suave comme le renoncement de la joie, rien de doux comme l'enchantement du désenchantement**. » Car il n'y a, en effet, nulle joie dans toutes ces myriades de pages : comment pourrait-il en être autrement, puisque la joie est tranchée et fugace et que toutes les valeurs proustiennes s'effacent et se fondent les unes dans les autres sans nulle part la moindre arête ! La pointe aiguë et dramatique dans laquelle excellent les romanciers populaires romprait le charme.

Nous nous abandonnons à ces longueurs envoûtantes, à ces sensations indescriptibles qui perdurent. Lire Proust c'est, pour moi, comme les longues gorgées d'un enfant à qui, bientôt, un aîné plein de sollicitude demande de poser la tasse… un geste que ce maître ne fera jamais. C'est un plaisir suave et sensuel, comme si l'on caressait la longue barbe ondulée d'Ogier le Danois, assis telle une pierre dans son château enchanté[1]. C'est une tâche patiente et monacale, comme celle de soigner avec amour et piété la Sainte Rose d'Hildesheim, qui pousse depuis quatre cents ans[2]. Elle suggère un sentiment de continuité, la promesse d'un avenir qui ne sera peut-être pas si différent, comme celui ressenti lorsque mon infirmière allemande m'a raconté le conte de Grimm sur l'homme qui était tombé à l'eau et s'était noyé, mais qui s'était ensuite retrouvé sous les eaux calmes de la mer, marchant, *langweilig*[3], dans des prés chargés de marguerites et de boutons-d'or et de gros troupeaux en train de paître...

Proust a traduit *La Bible d'Amiens* de Ruskin – voilà le genre de chose inattendue qu'il allait faire – et on pourrait théoriser et suggérer que sa savante appréciation des beautés, qui résident dans la soumission aux règles architecturales, et l'acceptation des limites et des possibilités des pierres façonnées ont contribué à former l'épine dorsale de son style. On y trouve la précision et l'équilibre de l'arc, soutenu par la virilité et l'intégrité du pilier, avec la *fioriture** autorisée par l'utilisation parcimonieuse du pinacle, comme on le voit dans les églises normandes parsemées tout autour de Combray et Balbec. Et je suis sûre que son style est la baguette que le magicien manie avec calme et assurance sans laquelle nous ne l'aurions jamais laissé nous conduire, comme des enfants volontaires, à travers les labyrinthes, sinueux, tortueux, mais toujours planifiés et ordonnés, de son esprit – ou de celui de Swann. Et si Swann – tout distant, renfermé, assez antipathique qu'il est – n'avait pas été un personnage profondément aimable et n'avait pas réussi, en nous disant tout, à être en même temps suggestif, nous n'aurions pas cédé aussi totalement à *son* flux d'idées.

Proust a fait de Swann un financier, un Juif, et lui a donné un nom allemand, parce que je pense qu'il a voulu nous suggérer inconsciemment une explication à la curieuse tolérance raciale de Swann, son attente et sa déférence envers le caprice des autres. Il permet à la vie de le « chevaucher », à Mme Verdurin de le traiter avec condescendance, à Odette de le faire tomber amoureux : comme les arbres laissent les vents fouetter leurs branches et les briser, comme les rivières, aplaties et contredites par les gouttes de pluie, coulent tout de même sous un ciel gris. Swann, aussi bien soigné qu'il est, aussi apte aux salons, connaissant tant les ducs et honteux de l'avouer, est un fragment de la Nature – une Nature que je vois toujours comme un vieil homme travaillant dans un champ, avec un sac sur les épaules, courbé devant les éléments. Car Swann n'agit pas : les choses lui arrivent. Même son affection profonde et tenace est dépréciée par l'objet inférieur de celle-ci. Il est l'homme du juste milieu, pas plus grincheux que nous le serions tous si nous étions riches, avec des faiblesses que nous pourrions, si nous le voulions, traduire en héroïsmes. La plupart des femmes cultivées ont assurément dû aimer Swann – il est donc probablement de l'espèce qui ne trouve à son goût que toutes les Odettes du monde[1].

*Traduction inédite de l'anglais par Guillaume Lefer.*

*Marcel Proust : an English Tribute*,
Chatto and Windus, 1923.

## JOSÉ ORTEGA Y GASSET

# « Le temps, la distance et la forme chez Proust (Simple contribution aux études proustiennes) »
(1923)

*José Ortega y Gasset (1883-1955) est l'un des auteurs étrangers invités à participer au numéro d'hommage de la* NRF *à Marcel Proust de 1923. À la tête de la maison d'édition Calpe de Madrid, il est le commanditaire de la première traduction étrangère d'*À la recherche du temps perdu, *réalisée par Pedro Salinas (**voir p. 25**) et publiée en 1920**. *Professeur de philosophie à l'Université de Madrid, riche d'une profonde proximité avec le monde culturel français, il a étudié en Allemagne et est spécialiste de philosophie allemande (notamment le néokantisme). Il est aussi un important passeur culturel vers l'Amérique latine, où il a amis et contacts. Ainsi, après avoir convaincu Victoria Ocampo de la richesse de la langue espagnole (**voir p. 177**), il a élaboré avec elle l'identité graphique de l'importante revue argentine* Sur.

*De la même manière, dès 1923, il devient un collaborateur régulier du quotidien* La Nación *de Buenos Aires, où il se fait le chroniqueur de l'actualité littéraire européenne. Durant le mois de janvier, il écrit en français un article pour la* NRF, *à la demande probable de Jean Cassou et*

* Voir Ilena Antici, « Traduire et créer, l'expérience proustienne de Pedro Salinas », Société française de littérature générale et comparée, Actes et volumes collectifs, XXXVIIe congrès de la SFLGC, 2011, https://sflgc.org/acte/ilena-antici-traduire-et-creer-lexperience-proustienne-de-pedro-salinas/

*Valery Larbaud, et en donne simultanément une version en espagnol (« Tiempo, distancia y forma en el arte de Proust ») pour le numéro du 14 janvier de* La Nación. *Il est ainsi à la fois un critique proustien publié en France et un passeur transatlantique de l'auteur : l'une des premières voix à en faire une critique dans la presse argentine.*

*Signe sans doute de la position de Ortega y Gasset dans le monde littéraire et culturel européen, entre Espagne, France et Allemagne, sa lecture ne repose pas sur des particularismes régionaux ni sur une revendication liée à ses origines. Cependant, c'est bien lui qui transmet Proust à un lectorat latino-américain qui, dans les années qui suivent, en fera une lecture bien plus identitaire.*

É. S.

Pour cette fois, la mort, en fauchant une vie, a entamé nos plaisirs. Bien des gens, de tous les pays, avaient établi leur budget de futures délices sur les nouveaux volumes de Proust. Que le public *attende* ainsi l'œuvre prochaine d'un auteur, voilà sans doute un phénomène insolite et depuis longtemps inconnu. Il y a, certes, des écrivains très estimables, que nous recevons volontiers chez nous, quand ils viennent frapper à la porte de notre bibliothèque. Mais si nous acceptons leur visite avec correction et même avec respect, cela ne veut pas dire que nous la désirions. Pour ces maîtres, écrire c'est s'obliger à prendre une certaine attitude. Animés d'une vertueuse constance, ils s'obstinent à exécuter devant nous leur bref répertoire de « tableaux vivants » stéréotypés. Et forcément, après quelques représentations, il arrive que nous ne sentons plus un besoin urgent de revoir le spectacle.

Mais il est un autre type d'écrivains. Ce sont ceux qui ont eu la fortune ou le génie de découvrir un filon de « choses ». Leur situation est très semblable à celle du savant qui a fait une découverte. Avec une simplicité et une évidence stupéfiantes, ils ont senti que leurs pieds glissaient sur une aire nouvelle de possibilités esthétiques. Si, pour désigner la première espèce d'écrivains, on emploie d'habitude le mot vague et mystique de « créateurs », il faudra, pour désigner ce second type, employer le mot d'« inventeurs » dans son sens le plus latin. Ce sont en effet des découvreurs qui ont trouvé une nouvelle faune cachée dans des paysages intacts, ou du moins, une nouvelle manière de voir, une simple loi d'optique, la formule d'un indice de réfraction inusité. Leur position est donc beaucoup plus sûre, car leur œuvre, quoique toujours identique à elle-même, est toujours aussi une promesse de choses neuves et de spectacles virginaux ; et il est difficile que le désir de voir nous fasse défaut. Lorsque Platon se met en quête d'une corporation solide pour y inscrire les philosophes, il ne trouve rien de mieux que la classe des φιλοθεαμονες[1], de ceux qui aiment à regarder. Il pensait sans doute que la plus constante vertu de l'homme est un certain enthousiasme visuel.

Marcel Proust est un de ces « inventeurs ». Au milieu de la production contemporaine si capricieuse, si dépourvue de nécessité, son œuvre apparaît au contraire comme une chose qui devait être. Sans elle, l'évolution littéraire du XIXe siècle aurait un grand trou, aux contours nettement définis. On peut même ajouter, pour souligner ce caractère de nécessité, qu'elle a été faite un peu trop tard ; il suffit d'en faire l'analyse pour surprendre dans ses traits un léger anachronisme.

Les « inventions » de Proust sont de tout premier ordre, car elles se rapportent aux composants les plus simples de l'objet littéraire. Il ne s'agit pas moins que d'une nouvelle manière de traiter le temps et de s'installer dans l'espace.

Si, pour donner une idée de ce qu'est Proust à qui ne l'aurait pas lu, nous commencions par énumérer ses sujets – villégiature au village familier, amour de Swann, jeu sentimental d'un petit garçon et d'une fillette sur un fond de jardins, aux Champs-Élysées, un été sur la côte de Normandie, dans un hôtel de luxe, en face de la mer inquiète sur laquelle glissent, figures de néréides, les visages de jeunes filles en fleurs, etc. –, nous comprendrions tout de suite qu'une telle énumération ne mène à rien et que ces sujets, mille fois traités par les romanciers, ne suffisent pas à définir ce que Proust nous apporte. Il y a quelques années, un pauvre bossu avait pris l'habitude d'aller tous les jours à la bibliothèque de Saint-Isidore. Il était de si petite taille, qu'il n'arrivait pas à lire commodément sur le pupitre. Invariablement il s'approchait du bibliothécaire de service et lui demandait un dictionnaire. « Lequel ? disait aimablement l'employé, latin, français, anglais ? » et le petit bossu de répondre : « Oh, cela m'est bien égal, c'est pour m'asseoir dessus. »

On commettrait la même erreur que ce bibliothécaire, si on voulait définir Claude Monet en disant qu'il a peint Notre-Dame de Paris et la gare Saint-Lazare, ou bien Degas en faisant remarquer qu'il a reproduit des repasseuses, des danseuses et des jockeys. En effet, chez ces deux peintres les sujets des tableaux n'en sont que le prétexte ; ils ont peint ces choses comme ils auraient pu en peindre d'autres fort différentes. L'important pour eux, le motif efficient de leurs toiles, c'est la perspective aérienne, le tissu de vibrations chromatiques dont les choses, quelles qu'elles soient, s'entourent, pour y vivre somptueusement.

C'est aussi un peu ce qui arrive chez Proust. Les sujets de roman qui vont et viennent à la surface de son œuvre n'ont pour lui qu'un intérêt adjacent et secondaire ; ce sont comme des bouées flottant à la dérive sur le fluide abyssal des souvenirs. Jusqu'à présent l'écrivain maniait ses souvenirs comme des matériaux avec lesquels il essayait de reconstruire le passé. Mais les données de la mémoire sont insuffisantes et ne retiennent de l'ancienne réalité qu'un extrait bien arbitraire. Le romancier traditionnel complète donc ses souvenirs par l'observation du présent ; il leur ajoute des hypothèses et des idées conventionnelles, mêlant ainsi aux matériaux authentiques de la mémoire d'autres éléments frauduleux. Cette méthode a un sens, lorsqu'il s'agit, comme d'habitude, de restaurer les choses passées, c'est-à-dire de feindre pour elles une nouvelle présence et actualité. Mais le dessein de Proust est l'inverse. Il n'emploie pas ses souvenirs comme des matériaux pour reconstruire les vieilles réalités ; au contraire, ce qu'il veut refaire littérairement ce sont ses souvenirs eux-mêmes et pour cela il emploie toutes sortes de moyens – observations du présent, analyse de la réflexion, explications psychologiques. Ce n'est donc pas les choses dont on se souvient, mais le souvenir même des choses, qui est le thème général de Proust. Ici, pour la première fois, les souvenirs ne sont plus traités comme des matériaux avec lesquels on décrit une chose ; ils sont devenus à présent la chose décrite elle-même. C'est pour cette raison que l'auteur n'ajoute pas, en général, au souvenir les autres parties de la réalité que la mémoire n'a pas retenues ; il laisse le souvenir intact, tel qu'il est, incomplet objectivement, mutilé peut-être, et agitant dans son éloignement spectral les misérables moignons qui lui restent. Il y a une page très suggestive, où Proust nous parle de trois arbres sur une butte, derrière lesquels il y avait quelque chose de très important, mais que le temps a balayé, aboli de la mémoire. L'auteur se débat en vain pour retrouver ce qui lui échappe, pour rendre dans son intégrité ce morceau de paysage décimé, ces trois arbres seuls survivants d'une catastrophe mentale, d'un orageux oubli.

Les sujets de roman sont donc, chez Proust, de simples prétextes, des espèces de *spiracula*, soupirails, petites portes de la ruche par où s'envolent les essaims frissonnants des réminiscences. Ce n'est pas en vain que Proust a donné à son œuvre le titre général de : *À la recherche du temps perdu*. Proust est en effet un investigateur du temps perdu. Comme tel, il renonce scrupuleusement à imposer au passé l'anatomie du présent ; il s'abstient rigoureusement de toute intervention, guidé qu'il est par la volonté décidée d'éviter toute construction. Du fond nocturne de l'âme surgit et monte un souvenir, telle une constellation se détache, pathétique, dans la nuit, sur la ligne de l'horizon. Proust réprime tout désir de restauration et se borne à décrire ce qu'il voit sortir de sa mémoire. Au lieu de restaurer le temps perdu il se complaît à en édifier la ruine. On peut dire que chez lui le genre *mémoires* atteint la dignité d'une méthode littéraire pure.

Voilà pour ce qui a rapport au temps. Mais plus simple encore et plus stupéfiante est son invention dans l'ordre de l'espace.

On a compté le nombre de pages que Proust écrit pour nous dire que la grand'mère s'applique le thermomètre. En effet, il n'est pas possible de parler de Proust sans faire remarquer aussitôt combien il est prolixe et minutieux de petits détails. Mais ici la prolixité et la minutie, loin d'être des défauts, deviennent deux puissantes sources d'inspiration, deux nouvelles muses qu'il faut ajouter à la novénaire communauté. Proust a besoin d'être prolixe et minutieux, par la raison bien simple qu'il s'approche des objets bien plus qu'on ne le fait d'habitude. Il est l'inventeur d'une nouvelle distance entre nous et les choses. Cette simple réforme a eu des résultats – je l'ai déjà dit – si stupéfiants, que presque toute la production littéraire antérieure prend l'aspect d'une littérature à vol d'oiseau, grossièrement panoramique, si on la compare à ce génie délicieusement myope. [...]

Il ne serait pas, je pense, tout à fait sans intérêt de pénétrer plus avant dans cette question et de rechercher comment s'est produite chez Proust cette transformation radicale de la perspective littéraire.

Quand un artiste primitif peint un vase ou un arbre, il commence par supposer que toute chose possède réellement un profil, c'est-à-dire un contour indubitable, une forme extérieure qui, comme une frontière bien définie, la sépare, l'isole de tout le reste. Fixer exactement, soigneusement, ce profil des objets, c'est là le dessin plus aigu du primitif. L'impressionniste, au contraire, croit remarquer que ce profil est illusoire et ne nous est pas donné dans la vision réelle. Si l'on s'en tient à ce que l'on voit d'un arbre, dans le sens le plus rigoureux du mot, on découvrira que son contour n'est pas découpé, que sa silhouette est diffuse et imprécise et qu'il se distingue de ce qui l'entoure non par le profil inexistant, mais par la masse des tons chromatiques qui lui est intérieure. C'est pourquoi l'impressionniste ne dessine pas l'objet ; il l'obtient en mêlant de petites taches de couleur, dont chacune est informe en sol, mais qui, toutes ensemble, par leur combinaison, sont capables d'engendrer devant les yeux à demi fermés la présence vibrante de l'objet. L'impressionniste peint un vase ou un arbre, sans que dans son tableau il y ait rien qui possède la figure d'un arbre ou d'un vase. L'impressionnisme en tant que style de peinture consiste donc à nier la forme extérieure des choses pour en reproduire la forme interne, la masse chromatique intérieure.

Cette sorte d'art a dominé la sensibilité européenne fin-de-siècle. Et il est curieux de remarquer combien elle s'accorde avec la philosophie et la psychologie d'alors. Les philosophes de 1890 soutenaient que la réalité n'est faite que de nos états sensoriels et émotifs. Tandis que l'homme naïf, ainsi que le primitif de la peinture, interprète ce qu'on appelle le monde comme quelque chose d'inébranlable, situé en dehors de nous et doué d'une architecture magnifique et immuable, le philosophe impressionniste pense que l'univers est la simple projection de nos sensations et de nos affections, un flux d'odeurs, de saveurs, de lumières, de peines et de désirs, une incessante procession d'inquiets reflets intimes. [...]

Ces considérations servent à dater les tendances intimes de Proust. La monographie sur un amour de Swann est un cas de pointillisme psychologique. Pour l'auteur médiéval de *Tristan et Iseut*, l'amour est un sentiment qui possède un profil bien net ; pour lui, primitif du roman psychologique, l'amour est de l'amour et rien que de l'amour. Proust, au contraire, nous décrit un amour de Swann, qui n'a absolument pas la forme de l'amour. Il y a de tout en lui : des points de chaude sensualité, des pigments violets de méfiance, bruns d'accoutumance, gris de lassitude vitale. Une seule chose y manque : de l'amour. L'amour est ici une résultante, comme dans la tapisserie la figure résulte de l'intersection des fils, dont aucun n'a la forme de la figure. Sans Proust serait restée inédite une littérature qui veut être lue comme sont regardés les tableaux de Monet, en coulisse.

Voilà pourquoi, lorsqu'on le rapproche de Stendhal, il est bon de s'entourer de précautions. En bien des sens, ce sont deux antagonistes. Stendhal est avant tout un imaginatif : il imagine les trames, les situations et les personnages. Il ne copie jamais : tout chez lui se résout en fantaisie, une fantaisie nerveuse et concentrée. Ses âmes sont aussi « pensées » que peut l'être la ligne d'une madone dans les tableaux de Raphaël. Stendhal croit fermement à la réalité des caractères et il s'efforce par conséquent d'en dessiner le profil sans ambiguïté. Les personnes chez Proust, au contraire, manquent de silhouette ; ce sont bien plutôt de variables condensations atmosphériques, des images spirituelles qu'à toute heure les vents et les lumières transforment. [...]

En somme, Proust apporte à la littérature ce que l'on pourrait appeler une intention générale atmosphérique. Les paysages et les hommes, le monde extérieur et le monde intérieur, tout chez lui se volatilise dans une palpitation aérienne et diffuse. On dirait que l'univers de Proust est fait pour être perçu sous la forme respiratoire, car tout y est ambiance. Dans ces volumes, personne ne fait rien ; il n'arrive rien ; c'est une suite toute passive de situations statiques. Et il ne pouvait pas en être autrement, car pour faire quelque chose il faut d'abord être quelque chose de fixe et déterminé. L'action de l'animal se développe toujours comme une ligne qui part de sa volonté, et se brise en butant aux obstacles, pour y renaître sans cesse, et révéler ainsi qu'il y a un sujet qui s'oppose aux résistances survenues. Cette ligne brisée qu'est l'action de l'animal, homme ou bête, est par cela même chargée d'un dynamisme latent qui donne au développement des secousses dramatiques. Mais l'existence des personnages de Proust a un caractère végétatif. Pour la plante, vivre, c'est être et non pas agir. Plongée dans l'atmosphère, la plante est incapable de s'opposer à elle ; sa passivité élimine tout drame. Pareillement les personnages de Proust vont, comme des végétaux, inertes dans leurs destins atmosphériques et, botaniquement soumise, leur vie semble réduite à la fonction chlorophyllienne, dialogue chimique toujours le même et, en quelque sorte, anonyme, où la plante reçoit, docile, les impératifs du milieu ambiant.

Dans ses livres, les véritables agents des variations vitales sont, plutôt que les personnes, les vents, les climats physiques et moraux qui les entourent successivement. Et la biographie de chacun est dominée par de certains alizés spirituels qui soufflent alternativement et polarisent la sensibilité. Tout dépend du côté d'où la rafale envoie son haleine ; et de même qu'il y a bises et autans, vents du nord et vents du sud, ainsi le personnage de Proust varie selon que le souffle de l'existence vient du côté de Méséglise ou du côté de Guermantes. Et on ne doit pas s'étonner de l'insistance avec laquelle cet écrivain nous parle de « côtés », car, puisque l'univers est pour lui une réalité météorologique, l'essentiel est sans doute le quart de vent.

Ainsi donc un génial abandon de la forme extérieure et conventionnelle des choses oblige Proust à les définir par leur forme interne, par la structure de leurs tissus intérieurs Mais cette structure est de condition microscopique. Voilà pourquoi Proust a été amené à se rapprocher des choses de façon anormale et à faire de l'histologie poétique. Son œuvre ressemble à ces traités d'anatomie que les Allemands appellent par exemple *Uber feinere Bau der Retina des Kanninchens*, « sur la plus fine structure de la rétine du lapin ».

Microscopisme, d'où minutie. Minutie, d'où prolixité.

L'interprétation atmosphérique de la vie humaine et par conséquent la minutie avec laquelle elle est décrite imposent aux livres de Proust irrémédiablement un défaut apparent. Je veux parler d'une fatigue particulière, que la lecture de ces volumes produit même à leurs plus grands amateurs. S'il s'agissait de la fatigue usuelle que sécrètent les livres sots, il n'y aurait rien de plus à en dire. Mais la fatigue du lecteur de Proust jouit de caractères qui lui sont spécifiques, et n'a rien à voir avec l'ennui. Jamais on ne s'ennuie avec Proust. Il est très rare qu'il manque à quelqu'une de ces pages l'intensité suffisante et même la nécessaire. Néanmoins nous sommes prêts, à n'importe quel moment, à abandonner la lecture. D'autre part, tout le long de l'ouvrage nous nous sentons constamment arrêtés, comme si on ne nous laissait pas avancer à notre guise, comme si le rythme de l'auteur était moins léger que le nôtre et mettait un perpétuel *ritardando* à notre hâte.

C'est l'inconvénient et l'avantage de l'impressionnisme, dans les volumes de Proust, comme je l'ai dit, il n'arrive rien, il n'y a point de dramatisme, point de procès. C'est une série de vues extrêmement riches de contenu, mais statiques. Or, nous mortels, nous sommes par nature des êtres dynamiques et rien ne nous intéresse que le mouvement. [...]

Nous éprouvons donc une espèce de supplice en lisant Proust. Son art agit sur notre dynamisme, sur notre appétit d'action, de mouvement, de progrès, à la manière d'un frein continu qui nous retient ; nous souffrons comme la caille qui, en sautant dans sa cage, se heurte à la petite voûte de fil de fer, où finit sa prison. Le fait est que la muse de Proust pourrait s'appeler « morosité » et son style consiste dans l'exploitation littéraire de cette « delectatio morosa » que les Conciles ont si sévèrement punie.

Nous voyons à présent avec une surabondante clarté comment se forme le cycle des « inventions » élémentaires de Proust. Nous voyons à présent comment sa modification de la distance et de la forme habituelles est la conséquence toute naturelle de son attitude première en face du souvenir. Quand nous nous servons du souvenir comme d'une matière, entre autres, pour reconstituer intellectuellement la réalité, nous ne prenons que le morceau de réminiscence qui nous est utile et, sans le laisser croître selon sa loi propre, nous passons outre. Dans le raisonnement et dans la simple association d'idées notre âme exécute une trajectoire, passe d'une chose à une autre et l'attention progresse par les déplacements successifs. Mais si, tournant le dos à la réalité, nous nous plongeons dans la contemplation du souvenir, nous voyons que le souvenir procède par simple dilatation, sans que nous bougions, pour ainsi dire, du point initial. Se souvenir, ce n'est pas, comme raisonner, faire route dans l'espace mental ; c'est la croissance de l'espace lui-même.

J'ignore les pratiques que Proust mettait en œuvre d'habitude pour écrire. Mais ses phrases, à la conduite si sinueuse et si complexe, semblent avoir passé, une fois écrites, par d'internes vicissitudes. On voit qu'elles ont été, peut-être, à l'origine, bien proportionnées ; mais le souvenir qui y était enfermé a eu par la suite des poussées nouvelles spontanées, des sortes d'excroissances qui ont produit d'étranges et – pour mon goût – délicieuses nodosités grammaticales, semblables aux bosses qui se forment dans les pieds des Chinoises, sous la pression de leur étroite chaussure.

Partant de ces remarques sur les dimensions les plus élémentaires et abstraites de l'œuvre de Proust, le moment serait venu maintenant de commencer à parler de cette œuvre et du tempérament de son auteur. Nous découvririons alors les plus surprenantes corrélations entre cette tendance adynamique qui règle son interprétation du temps, de la distance et de la forme et ce qui fait le reste de ses singularités. Car il est curieux de constater qu'un même principe organique de forme très simple suffit à expliquer toutes les facettes de l'œuvre de Proust, par exemple : sa perspicacité peu commune pour décrire les aventures de la circulation sanguine de son personnage, sa fine perception des changements hygrométriques et des sensations musculaires, enfin, son snobisme transcendant et universel. Mais ceci demanderait trop de pages et je n'ai pas le droit d'inonder *La Nouvelle Revue française* d'une espèce de critique littéraire qui n'intéresse peut-être que moi.

*La Nouvelle Revue française*, janvier 1923.

ROBERT DE TRAZ

# « Note sur l'inconscient chez Marcel Proust » (1923)

*Né en France mais de nationalité suisse, Robert de Traz (1884-1951) évolue dans le même milieu littéraire que son compatriote Charles Ferdinand Ramuz. Il fonde en 1920* La Revue de Genève, *dont les membres sont animés d'un fort idéal européiste de rapprochement franco-allemand, celui de la Société des Nations.*

*Robert de Traz souscrit à une théorie qui connaît rapidement un important succès en Suisse : celle de Freud. À cette époque, la Suisse est à la pointe de la lecture de Freud, avant la France, notamment grâce à Jung, psychiatre suisse et l'un de ses premiers disciples. Dans son étude sur l'inconscient chez Proust, parue dans le numéro d'hommage à Proust de la* NRF *en janvier 1923, celui qui était déjà le traducteur français d'une des conférences de Freud (de 1920) voit dans la réminiscence un moyen de communiquer avec l'inconscient. Il met aussi en évidence les temporalités multiples présentes à chaque page de la* Recherche.

É. S.

Marcel Proust disparu, ce qui nous désole ce n'est pas seulement la mort d'un grand artiste du roman, c'est aussi l'incapacité où nous sommes tous de définir avec exactitude la nouveauté essentielle de son œuvre. Aucune n'est plus mystérieuse : le temps seul fera monter de ses profondeurs des significations encore voilées. Ses livres, dans leur abondance, je les vois à l'état de moût, écumeux, chargés : il faut attendre qu'ils déposent pour livrer à nos successeurs leurs puissances secrètes.

C'est qu'aussi bien cette œuvre a été conçue en fonction de la durée. Le principe de Proust est rétrospectif. Entre les événements et lui, il met non seulement une distance historique mais une distance psychologique. Sa vision est échelonnée en perspectives. L'immédiat qui se produisait sous ses yeux l'intéressait-il tout de suite, et autrement que comme réserve d'avenir, à n'utiliser qu'après maturation ? Son génie est une longue mémoire.

Cette surprenante imagination mémorisée, il s'en est servi non seulement pour se rappeler mais pour découvrir. Le premier, il a vu qu'elle était le seul moyen de communiquer avec l'inconscient. Ces zones obscures où se concertent nos volontés et nos passions ont été longtemps des zones interdites : impossible de connaître l'inconscient directement parce que ce serait le rendre rationnel, le faire évanouir dans la lumière, ni de le saisir à l'instant où il travaille parce que ce serait le stériliser en le rendant lucide. Proust, lui, le rejoint après coup, par la réminiscence. Son point de départ est une sensation oubliée qui se réveille, fraîche, active, et soulève, de proche en proche, et jusqu'à l'âme, des émotions. Ce qu'on raconte de ses habitudes bizarres – et qui étaient la méthode de son tempérament – trahit chez ce prodigieux interprète de l'instinct moins un observateur du présent et du plein jour que du souvenir ranimé par en dessous. Immobile dans sa chambre jalousement défendue contre le dehors, et pareil à un patient aux yeux clos qui laisse venir à la surface de son être des aveux endormis, Proust attend des affleurements intérieurs.

D'où la complexité de ses récits. Sa mémoire lui restitue des ensembles entiers, parce qu'elle agit à titre de révélateur. L'intelligence pure choisirait, par goût du bel ordre, mais aux dépens de la variété et surtout de la vérité psychologique. Proust n'invente et n'exclut pas : il assiste à une résurrection. Un univers sous-jacent lui apparaît, complet et inextricable. Ainsi s'explique l'homogénéité, la densité de ses personnages. Aucun n'est « rapporté », tous sont nés d'une même vision intérieure, Proust les a nourris de sa propre substance. Et c'est ici une autre de ses découvertes : on n'observe les autres qu'en soi. Rompant avec le mauvais exemple des naturalistes qui ne voyaient les choses que du dehors et prenaient des notes pittoresques, il a été chercher la réalité là où elle peut être saisie, c'est-à-dire au-dedans du romancier. Voilà pourquoi ses commentaires – solos étonnants où, l'orchestre apaisé, un seul instrument se fait entendre – ne détonnent jamais. Ceux d'un Balzac interrompent le mouvement d'un chapitre, les siens l'accomplissent. Il n'est pas un témoin qui prend soudain la parole, il est le théâtre même, et vivant, de l'action. Ses romans au total – caractères, épisodes, style et commentaires – sont faits « de l'étoffe de ses rêves ».

Constatons qu'il est difficile de continuer, avec plus d'audace et de fidélité à la fois, l'immense enquête sur l'homme qu'a entreprise la littérature française. D'illustres prédécesseurs écrivains de théâtre, psychologues qu'on prend pour des moralistes, romanciers ont décrit la conscience claire : Proust a étendu l'investigation aux points négligés où l'esprit n'est plus rationnel. Les Russes l'ont tenté avant lui, peut-on dire. Oui, mais s'ils nous paraissent parfois arbitraires, immédiats, confus, n'est-ce pas qu'ils n'ont pas su, comme lui, inventer un recul, se ménager un biais ?

La France n'est pas le pays du hasard. Ses artistes, ses écrivains les plus inopinés, et même ses révolutions, corroborent les lois maîtresses de son inépuisable génie. Ailleurs le héros fait parfois figure d'isolé ou de contradicteur. Chez elle, les grands hommes ne s'annulent pas réciproquement, ils se succèdent et s'expliquent les uns les autres, tous légitimes. Et l'idée d'un programme d'ensemble, d'une mission cohérente est imprimée si profond dans la race que toujours elle produit, à l'instant voulu, l'homme, l'œuvre qu'il faut. Marcel Proust est un magnifique exemple de cette nécessité, de ce renouvellement éternels.

*La Nouvelle Revue française*, janvier 1923.

## EDITH WHARTON

# « Marcel Proust » (1925) et *Les Chemins parcourus* (1934)

*Née dans une famille de la haute société new-yorkaise, Edith Wharton (1862-1937) montre très jeune de grandes capacités intellectuelles et littéraires, et commence à écrire à l'adolescence poèmes et nouvelles. Elle rencontre le succès dès la publication de ses premiers romans, notamment en 1905* Chez les heureux du monde. *En 1907, elle s'installe en France et fréquente toute la société littéraire du temps (elle est notamment proche de Paul Bourget et de James Joyce). Elle vivra entre Paris et Hyères, voyageant beaucoup, partant à la découverte de la France (voyages dont elle rend compte dans* La France en automobile, *1908), de l'Italie ou encore du Maroc (*Voyage au Maroc, *1920). Durant la Première Guerre mondiale, elle s'engage en récoltant des fonds et en visitant les hôpitaux du front. Elle en publie le récit dans* Voyages au front, de Dunkerque à Belfort *(*Fighting France, *1915). Elle est la première femme à recevoir le prix Pulitzer du roman, en 1921, pour* Le Temps de l'innocence. *Elle publie ensuite plusieurs autres romans, des nouvelles et des essais. Elle meurt en 1937, après avoir écrit son autobiographie,* Les Chemins parcourus *(1934), dont nous reprenons ici un extrait.*

*En 1925, Edith Wharton publie un recueil d'essais intitulé* Les Règles de la fiction *(*The Writing of Fiction*), qui comprend une importante étude sur Proust, écrite alors même que la* Recherche *n'est pas encore intégralement publiée en français ni, a fortiori, entièrement traduite en* *anglais (voir p. 30). Sans nier les « déficiences » du romancier, elle souligne la position littéraire particulière, à cheval entre deux siècles, de celui qui pratique « un art neuf sans renier le passé, et sans gâcher les richesses héritées de l'expérience », capable en cela de s'abstraire des modes.*

Bl. C.

## « Marcel Proust »

### 1

[...]

Plus on lit Proust, plus on voit que sa force est la force de la tradition. Il est parvenu aux effets les plus neufs et les plus saisissants en appliquant la vieille méthode du plan et de la sélection. Dans la vaste construction de ses conceptions patientes et déterminées, rien n'est placé au hasard, et rien n'est gaspillé. Proust sans doute a d'abord paru révolutionnaire en raison de son style fluctuant, du nombre de ses parenthèses, et surtout du déplacement des valeurs résultant de sa sensibilité extrêmement particulière. Les points sur lesquels Proust met le plus fortement l'accent sont souvent ces tremblements intérieurs, ces hésitations et ces contradictions intimes, que les conventions de la fiction avaient jusqu'alors subordonnés à des vérités plus générales et à des actes plus rapides. Proust se penche dessus avec une inlassable attention. Nul n'a poussé aussi loin l'analyse des états de demi-conscience, des obscures associations d'idées, et de gluantes fluctuations d'humeur ; mais, aussi longtemps et minutieusement qu'il les considère, il ne s'égare jamais dans les fonds sous-marins qu'explore sa lanterne. L'objet qu'il atteint de cette façon si détournée illustre toujours un aspect conscient et délibéré du comportement de ses personnages. À cet égard, il doit être nettement classé parmi ceux qu'un récent jargon philosophique appelle les « comportementalistes », parce qu'ils croient que ce qui définit l'homme est son comportement conscient et délibéré, plutôt que ses sources obscures et insondables. Proust est en vérité l'héritier déclaré et enthousiaste de deux grandes formules : celle de Racine pour les lois psychologiques, et celle de Saint-Simon pour les symptômes anecdotiques et discursifs. Vu sous ces deux angles, il est résolument traditionnel.

2

Les modes en art vont et viennent, et il n'est guère intéressant d'examiner l'œuvre d'un artiste qui ne donne pas le sentiment d'y échapper d'une façon ou d'une autre. Chez un contemporain, il n'est pas toujours facile de déceler en quoi il peut se distinguer des modes ; et la meilleure façon de le déceler est sans doute de le mesurer à une pierre de touche connue.

Du flot d'analyses et de théories qui ont obscurci tout jugement clair sur le roman émerge néanmoins cette vérité constante : les plus grands romanciers ont toujours eu en commun le pouvoir de rendre vivants leurs personnages. Tenter d'expliquer pourquoi ce pouvoir est plus déterminant que tout nous entraînerait dans les plus profonds dédales de l'esthétique ; mais le fait est assez généralement admis pour servir de base de discussion. Il semble que toutes les autres grâces réunies ne parviennent pas à une aussi pure magie. [...]

M. Jusserand, dans son *Histoire littéraire du peuple anglais*[1], dit de Shakespeare qu'il était *un grand distributeur de vie** ; cette formule s'applique exactement à Proust. Sa galerie de personnages vivants est immense, presque innombrable jusqu'à présent, dans cette foule qui ne cesse de grandir, seuls les quelques ratages sont dénombrables. Et le pouvoir d'évocation de Proust s'étend de l'arrière-fond et de la mi-distance (là où de mystérieuses lois d'optique semblent rendre relativement facile au romancier d'animer ses marionnettes), jusqu'à ce « premier plan » fouillé où ses personnages principaux, observés, expliqués, surexpliqués, secoués, pris à part, puis de nouveau ensemble, résistent avec toute leur robuste vitalité à ses incessantes manipulations nerveuses, et poursuivent indolemment leur chemin prédestiné. Swann lui-même, soumis à un examen tellement impitoyable, Swann, dont nous sont précisés avec une impartiale surabondance les jaquettes, les chapeaux, les bottes, les gants, les goûts en peinture, en livres et en femmes, Swann n'est jamais plus vivant que lorsque, dans cette terrible scène du cinquième volume, il déclare tranquillement à la duchesse de Guermantes qu'il ne peut pas lui promettre d'aller avec elle en Italie le printemps suivant parce qu'alors il sera peut-être mort[2]. Tout aussi vivaces sont la tante souffrante dans la pâle pénombre de sa chambre provinciale, et la domestique Françoise qui veille sur elle, et qui à la mort de sa maîtresse passe tout naturellement au service du reste de la famille : étonnant portrait composite de tous les défauts et de toutes les vertus de la servante française traditionnelle. Et puis il y a la grand-mère du héros, pleine d'une vie discrète et pourtant vibrante, depuis sa première apparition où nous la voyons sortir seule pour marcher sous la pluie, jusqu'aux pages où, soignée par Françoise avec obstination et brutalité, elle meurt dans une égale solitude ; il y a le marquis de Saint-Loup impulsif, égoïste et sentimental, avec sa vénération naïve pour les derniers cris en « culture », son snobisme dans le monde bohème, sa simplicité et sa bonne éducation dans son propre monde ; l'actrice juive, sa maîtresse, qui le méprise parce que c'est seulement un « homme du monde » différent de la bande de charlatans intellectuels dont elle s'entoure ; le grand, lamentable, abominable et magnifique M. de Charlus, et la froide et méprisante duchesse de Guermantes, avec son esprit vif et son cœur obtus, sa mondanité frénétique et sa sincère conviction que rien ne l'ennuie autant que les mondanités – cette pauvre duchesse, maîtresse des convenances sociales, et pourtant complètement déconcertée, et fâchée, parce que Swann lui annonce qu'il va mourir, alors qu'elle s'apprête à monter en voiture pour se rendre à un grand dîner, et que rien dans son code ne lui dicte comment agir avec un ami qui a le mauvais goût de vous lancer une pareille nouvelle en un pareil moment ! Ah, comme ils vivent, tous, et abondent en leur propre sens ! Et, lorsqu'ils réapparaissent (parfois après des éclipses étrangement longues), avec quelle assurance, semblables aux musiciens d'un grand orchestre, ils reprennent leur partition personnelle !

Proust, à travers toutes ses digressions, donne toujours l'impression qu'il sait exactement vers où se dirigent ses personnages, et quels sont leurs mots, leurs gestes, leurs pensées, qui valent d'être notés ; l'aisance avec laquelle il poursuit son chemin au milieu de leur foule inspire au lecteur, dès le début, un sentiment de sécurité que seul un grand artiste peut procurer.

[...]

Rien n'est plus éloigné des habiletés mécaniques du tissage d'une « intrigue » que cette faculté de pénétrer dans les profondeurs d'un sujet pour mettre en lumière ses propriétés internes. La hâte d'en finir, ou la crainte que le lecteur ne se perde, n'affecte jamais le mouvement indolent du récit proustien ; et les passages conçus comme déterminants ne sont jamais mis en relief d'une façon artificielle. Une mince « encoche », çà et là, sur l'écorce d'un arbre suffit à montrer le chemin dans la forêt ; et l'explorateur qui n'a pas l'œil assez exercé pour déceler ces indications ferait mieux de s'abstenir de l'aventure.

3

Une des nettes caractéristiques du génie de Proust est sa capacité de combiner à son ampleur de vision une exquise délicatesse de touche, une passion minutieuse pour le détail. Beaucoup de ses pages font songer à ces manuscrits médiévaux où l'imagination vagabonde du scribe encadre la gravité des évangiles ou des épîtres avec des épisodes tirés de la vie des villes et des champs, ou avec des extravagances païennes du Bestiaire. Jane Austen elle-même n'a pas surpassé en ironie concise certaines conversations des tantes du narrateur, ou la description Mme de Cambremer et Mme de Franquetot écoutant de la musique [...].

Mais juste au moment où le lecteur s'enfonce délicieusement dans le lit de plumes de la petite ville, Proust l'arrache du sol avec des serres d'aigle, pour lui faire survoler les plus sombres abîmes de la passion et des intrigues – lui montrant, avec les lentes tortures de l'amour de Swann pour Odette, et de Saint-Loup pour Rachel, les méandres et les profondeurs de l'angoisse morale, ou exhibant les carrières frivoles de deux grandes dames, la duchesse et la princesse de Guermantes, sur une scène plus vaste qu'aucune autre depuis celle de Balzac, et animée d'une comédie humaine tout aussi diverse. Cette foule changeante mais jamais confuse se compose des types les plus marquants d'une société qui conserve encore ses fondements aristocratiques : la vieille noblesse du « Faubourg » et ses satellites ; des Juifs riches et cultivés (comme Swann et Bloch), des peintres, des écrivains, des actrices, des diplomates, des avocats, des médecins, des académiciens ; des hommes à la mode et des hommes de plaisir, des duchesses *déclassées**, des intrigants et des parvenus, des grandes dames médiocres, et tous les personnages qui constituent la plus variée, curieuse et agitée des sociétés modernes.

Sans effort visible, Proust dirige ses troupes et puis s'écarte pour ajouter sereinement de tendres touches à sa description des aubépines de Combray, ou au charmant épisode de la rencontre du narrateur avec Rachel, qui montre le jeune homme marchant vers un poirier en fleur, pendant que Saint-Loup va chercher sa maîtresse. Chaque lecteur amoureux de l'art doit être stupéfait par la façon dont Proust maintient l'équilibre entre ces deux manières : le tableau d'ensemble, et la miniature. Nul sans doute n'a encore égalé son don de conteur, la gamme de sa palette, et la sûreté de sa touche.

Il est sans doute fascinant pour le professionnel de réfléchir sur cette étonnante virtuosité ; mais l'amateur admiratif sent vite que la qualité la plus rare de Proust se situe ailleurs et au-delà : dans son pouvoir de révéler, par une simple allusion, un mot, une image, ces abîmes de l'âme que l'âme elle-même ignore. L'homme qui a pu écrire de la mort d'une grand-mère : « Ces beaux cheveux qui grisonnaient [...] jusqu'ici avaient semblé être moins âgés qu'elle. Mais maintenant, au contraire, ils étaient seuls à imposer la couronne de la vieillesse sur le visage redevenu jeune d'où avaient disparu les rides, les contractions, les empâtements, les tensions, les fléchissements que, depuis tant d'années, lui avait ajoutés la souffrance. [...] La vie en se retirant venait d'emporter les désillusions de la vie. Un sourire semblait posé sur les lèvres de ma grand-mère. Sur ce lit funèbre, la mort, comme le sculpteur du Moyen Âge, l'avait couchée sous l'apparence d'une jeune fille[1]. » L'homme qui a pu trouver des mots pareils pour exprimer cette sorte d'émotion inexprimable dont on est saisi lorsqu'on tombe soudain, dans un paysage apparemment inconnu, sur une scène profondément inscrite dans l'âme (comme cet énigmatique bouquet d'arbres que voit le narrateur lors d'un trajet en voiture avec Mme de Villeparisis) ; l'homme qui a pu porter une main aussi ferme et compatissante sur les mystères internes de l'amour et de la mort ; cet homme peut être placé à côté de Tolstoï décrivant la mort du prince André, et de Shakespeare faisant dire à Lear mourant : « Je vous en prie, défaites ce bouton. »

## 4

Jusque-là, je n'ai fait que des éloges.

Lorsqu'on écrit sur un grand créateur, surtout si son œuvre est achevée, il vaut toujours mieux commenter les beautés que traquer les imperfections. Quand les qualités dominent les défauts, ces derniers n'ont guère d'importance, même quand il s'agit, comme parfois avec Proust, de défaillances dans la sensibilité morale, cette pierre d'achoppement de l'art du romancier.

Il est vain de nier, ou d'essayer d'éluder, cette imperfection particulière, cette déficience, devrait-on plutôt dire, dans l'œuvre de Proust. Il y a sans aucun doute des points aveugles dans ses livres, comme il y en a dans ceux de Balzac, de Stendhal et de Flaubert, mais les points aveugles de Proust sont singulièrement déconcertants, parce qu'ils sont intermittents. On ne peut pas régler l'affaire en disant que toute une catégorie d'émotions humaines lui est invisible, car par moments sa vision est la plus aiguë sous l'angle précis où il était aveugle en d'autres moments.

Un célèbre critique anglais, confondant les scènes dans lesquelles le sens moral de Proust a fait défaut avec celles, bien plus nombreuses, où il décrit objectivement les aspects les plus vils du composé humain, déclare que les lecteurs timorés pourraient prendre un plaisir sans mélange à la lecture d'*À la recherche du temps perdu* en « gommant » M. de Charlus – un peu comme s'il suggérait de « gommer » Falstaff des pièces où il figure ! Il serait en fait presque aussi difficile d'écarter M. de Charlus que d'écarter Falstaff avec un : « Je ne te connais pas, vieillard[1] ! » ; et ce serait très inutile. Ce n'est pas en osant créer « dans la foulée » un personnage mauvais ou corrompu [...] qu'un romancier diminue la valeur de son ouvrage. Au contraire, il l'accroît. Seulement, lorsque la bassesse et la cruauté lui échappent, qu'il ne voit pas la noirceur de l'ombre projetée, et qu'il flatte ainsi inconsciemment ses modèles, alors il appauvrit d'autant son tableau. Et Proust fait trop souvent cela, mais jamais en dessinant Charlus, dont l'ignominie est sans cesse aussi nette pour lui que l'est celle de Iago ou de Goneril pour Shakespeare. Il y a une page déplorable, où le héros et narrateur, de l'hypersensibilité de qui une centaine de copieux et délicieux passages nous ont informés, raconte avec complaisance comment il s'est caché pour épier une scène peu édifiante[1]. Cet épisode et plusieurs autres marqués par le même brutal manque de sensibilité pourraient être « gommés » avec d'autant moins d'inconvénients que, dans de pareils moments, les personnages de Proust perdent invariablement leur vraisemblance et se mettent à patauger dans leur rôle comme de bons acteurs essayant en vain de galvaniser une mauvaise pièce. Dans toute l'œuvre, il y a des pages qui tremblent littéralement d'émotion ; mais chaque fois que la sensibilité morale fait défaut, le tremblement, la vibration cessent. Lorsque Proust ne se rend pas compte de la bassesse d'un acte commis par un de ses personnages, ce personnage se vide de substance vitale ; inversant le geste de Pygmalion, l'auteur ici transforme en pierre des êtres vivants.

Mais quelle importance ont ces défaillances, dans un livre où d'innombrables pages palpitent de tendresse et de pitié, et nous adressent un regard humain ? Le même homme, qui nous choque par moments, nous émeut aussitôt après, dans toutes les fibres du cœur, avec une scène comme celle où le héros, entendant pour la première fois la voix de sa grand-mère au téléphone, est envahi de pensées de séparation et de mort à cause de la déformation de cette voix aimée ; ou celle dans laquelle Saint-Loup vient à Paris pour une permission de vingt-quatre heures, et sa mère qui l'adore exulte à l'idée qu'il passera la soirée avec elle, puis, comprenant qu'il ne le fera pas, tremble à l'idée de gâcher le plaisir égoïste de son fils en laissant paraître son dépit. Et c'est presque toujours à l'instant même où le lecteur pense : « Oh, si seulement il avait pu ne pas écrire cela ! » que Proust engloutit sa scène sordide dans la magie d'une inépuisable poésie, de sorte qu'on pourrait s'écrier comme Sigmund quand le vent ouvre la porte de la hutte : « Personne n'est là... quelqu'un arrive. C'est le printemps[1] ! »

[...]

La peur régit son monde moral : peur de la mort, peur de l'amour, peur des responsabilités, peur de la maladie, peur des courants d'air, peur de la peur. Elle forme l'horizon inexorable de son univers et les dures limites de son tempérament d'artiste.

En disant cela, on se place dans la marge étroite qui sépare le génie d'un être et ses infirmités, et le critique doit se retirer de cette zone, ou ne s'y attarder que pour admirer avec respect la grande œuvre accomplie, le vaste registre couvert, en dépit des limites, et en conflit avec les infirmités.

Tout ce qui vaut la peine, disait Nietzsche, s'accomplit envers et contre tout ; cela pourrait servir d'épitaphe à Marcel Proust.

*Traduction de l'anglais et annotation par Jean Pavans.*



## *Les Chemins parcourus*

Oui, c'était le printemps ; une explosion de milliers de fleurs opalines là où, une semaine auparavant, il n'y avait que des rameaux secs. Et je pense que cette magie fertilisante était l'annonce de notre ultime vision de beauté avant la guerre : les Ballets russes. Tous ceux qui ont vu le ballet impérial à Saint-Pétersbourg, dans son cadre officiel, m'ont affirmé que lorsque Diaghilev a amené ses danseurs à Paris, il leur a insufflé une vie nouvelle, a brisé les vieilles barrières des conventions, a fait couler des pas délicieusement disciplinés en un flot libre et sauvage. Il est difficile de ne pas croire que l'inspiration d'Isadora ait contribué à ce changement[1].

C'était comme si ces années contenaient quelque flamme génératrice qui faisait naître des chefs-d'œuvre ; car, peu après Isadora et les danseurs de Diaghilev, vint le premier volume de Proust. Proust – un nom presque aussi peu familier que celui d'Isadora, et destiné, comme le sien, à emplir nos esprits d'un bouquet de fleurs printanières : la haie d'aubépines de *Du côté de chez Swann*. Sur le moment, il me rappelait simplement quelques considérations pleines d'esprit sur des écrivains contemporains, que j'avais parcourues de temps en temps dans *Le Figaro*. J'ai oublié qui me parla pour la première fois du livre, mais il se peut que ce fût Blanche[2], qui était un des plus anciens amis et admirateurs de Proust. Je commençai à lire avec indolence, puis, au bout de deux pages, je me sentis entre les mains d'un maître, et tremblai bientôt de l'émotion que seul un génie peut susciter.

J'envoyai aussitôt le livre à James, et sa réponse montre à quel point il fut impressionné[3]. James, à cette époque, était déjà un vieil homme et, comme je l'ai dit, ses jugements littéraires étaient depuis longtemps déformés par son obsession croissante de la structure du roman, et son refus d'admettre que le centre vital (quand il y en a un) pouvait se trouver ailleurs. Même au début de notre relation, il lisait rarement des romans contemporains (sauf ceux de Wells, et quelques-uns de Conrad), et le faisait avec une impatience mal dissimulée ; les années passant, les délicats problèmes de forme et de construction le préoccupaient de plus en plus, et il devenait presque impossible de le persuader qu'il pouvait y avoir du mérite dans des œuvres d'écrivains apparemment insensibles à ces sévères exigences de l'art. Je me souviens, par exemple, que lorsqu'il fit paraître ses *Notes sur des romanciers*, un de nos amis, qui avait été vivement frappé par *Amants et Fils* de Lawrence[1], lui reprocha d'avoir sommairement traité d'un nouveau romancier qui avait commencé d'attirer l'attention des lecteurs intelligents. La réponse de James fut évasive et insatisfaisante, et son interlocuteur s'écria enfin : « Allons, avouez-le ! Avez-vous lu le roman de Lawrence – je veux dire vraiment lu ? » Le sourire le plus malicieux de James courut de ses yeux à ses lèvres. « Je... j'ai badiné avec l'exorde. »

Seul un romancier sait combien il est difficile pour quelqu'un du métier de lire les romans des autres ; mais, en présence d'un chef-d'œuvre, tous les préjugés et toutes les réticences de James disparaissaient. Il s'empara de *Du côté de chez Swann* et le dévora dans une passion de curiosité et d'admiration[2]. Là, dans le premier volume d'un roman-fleuve – type même de la tapisserie qui se déroule suivant des principes contraires à sa conception de la forme –, il reconnut aussitôt une nouvelle maîtrise, une nouvelle vision, et une construction qui lui était encore inintelligible, mais qui était manifestement présente, comme un squelette solide sous la chair tendre d'un organisme vivant. Je me demande s'il peut y avoir dans d'autres arts une joie aussi grande que celle du romancier-né qui reconnaît un pair, alors qu'il voit si souvent la forme subtile et protéenne qu'il vénère être malmenée par des mains insensibles. C'est pour moi un plaisir tout particulier de songer que j'ai fait connaître Proust à James, car cette découverte lui procura une de ses dernières, et de ses plus fortes, émotions artistiques.

Ni James ni moi ne rencontrâmes Proust. Dans mon cas, la rencontre aurait pu aisément se faire, car c'était l'ami de plusieurs de mes intimes. Mais ce que j'entendis dire de lui, même par les gens qui l'aimaient le plus, ne me donna pas envie de le voir. J'ignorais alors à quel point il était malade – à cette époque, la plupart de ses proches ne pouvaient même pas le deviner –, et apprendre que les seules personnes qui l'intéressaient vraiment étaient les ducs et les duchesses, et que le seul endroit où l'on pouvait espérer le trouver était le Ritz, après minuit, suffisait à me décourager. Après avoir lu *Du côté de chez Swann*, je fus sur le point de lui exprimer mon admiration dans une lettre ; mais je me dis que de nombreux lecteurs avaient dû céder au même élan, et je gardai le silence. Plus tard, lorsque je lus sa correspondance, et découvris que *Swann* (en somme le volume le plus parfait de la série) n'avait guère eu d'échos même parmi ses intimes, et qu'un mot d'éloge, fût-ce d'une inconnue, lui eût été infiniment précieux, je regrettai amèrement ma discrétion. Cependant, quand je sus enfin qui il était, et par qui j'aurais pu faire sa connaissance, ses livres étaient déjà à la mode dans les cercles les moins capables de les lire ou de les comprendre – et, réflexion faite, je suis contente de ne pas avoir essayé de l'y traquer. Sa grandeur se trouve dans son art, et son incroyable petitesse dans la nature de ses admirations mondaines. Mais en cela, après tout, il ne fait qu'illustrer une tendance fréquente chez les romanciers de mœurs – comme Balzac et

Thackeray –, celle d'être éblouis par la société même qu'ils satirisent. S'il est vrai que *pour comprendre il faut aimer**, il se peut, en fin de compte, que cette incohérence apparente soit une profonde nécessité de l'imagination créatrice.

*Traduction de l'anglais et annotation par Jean Pavans.*

STEFAN ZWEIG

# « La tragique destinée de Marcel Proust » (1925)

## MONDANITÉS D'HIER ET MONDE D'AUJOURD'HUI

*Proust n'a jamais été aussi vivant qu'un siècle après sa mort.*

*On le découvre, on le relit, on le commente. On pourrait en sourire : devenue un label touristique et un objet patrimonial, sa mémoire se retrouve convoquée sans réserve par les salons de thé du Calvados, l'hôtellerie parisienne et les pâtisseries chics du monde entier peuplant leurs vitrines de* French Madeleines. *Mais l'édition n'est pas en reste et son œuvre fourmille. Si Marcel Proust revit, c'est d'abord dans ses textes – réédités ou découverts, comme par magie –, bien plus intensément que dans les prospectus de circonstances. En moins de cinq ans, plusieurs textes inédits (nouvelles, carnets, brouillons) ont resurgi des archives personnelles de Bernard de Fallois, éditeur et pionnier des études proustiennes, dont le décès, en 2018, a rouvert des cartons soigneusement conservés – sept cartons, m'a-t-on dit, et des centaines de pièces manuscrites maintenues par des trombones rouillés – pour être légués à la Bibliothèque nationale de France. Les enchères ont fait le reste et permis d'exhumer de nouvelles lettres inconnues. C'est dans ce contexte qu'il nous a paru opportun de retraduire et de publier ici ce texte lumineux, en dehors du recueil* Hommes et destins *qui en dilue la singularité au milieu d'une galerie de portraits contemporains. Paru initialement le 27 septembre 1925 dans le supplément d'un quotidien autrichien, la* Neue Freie Presse, *trois ans après la mort de Proust, ce texte entend fixer, en quelques pages, l'impression d'un auteur majeur sur un écrivain capital, quasi contemporain, de dix ans son aîné : Stefan Zweig évoquant Marcel Proust, le Viennois de l'Empire évanoui rendant un hommage indirect au Parisien de la III*$^{e}$ *République. Deux figures cardinales du premier XX*$^{e}$ *siècle, époque paradoxale, brillante et mortifère, voguant de guerre en guerre et de salon en salon pour tuer ses tourments, loin des champs de bataille, dans la frivolité des bals et de la conversation.*

## DANDY FRIVOLE OU ARTISTE GÉNIAL

*L'un des premiers mérites de ce portrait, dont la brièveté pleine d'élégance suggère le médaillon, est d'avoir nuancé, à une époque où l'on méjugeait Proust, la théorie d'une vie scindée en deux tableaux contradictoires. Contrairement à l'idée qui domina longtemps, Proust n'est certainement pas ce phénomène binaire, une partition en deux mouvements qui aurait vu le génie succéder au gandin. On a voulu diviser l'homme entre ces deux figures : le salonard neurasthénique et l'artiste absolu, le second n'advenant qu'à l'issue d'une existence tourbillonnante et vaine. Le diptyque paraissait si commode pour simplifier les rythmes d'une vie jalonnée de travaux fragmentaires et de longs tâtonnements tendus vers l'œuvre à accomplir :* À la recherche du temps perdu. *Mais Proust est d'un* *seul bloc. Il n'y a pas succession, mais superposition de ces deux « *moi* » *distincts – le moi mondain et le moi créateur – dont Proust décrira les nuances dans le* Contre Sainte-Beuve.

*Sans conclure à cette unité, Zweig n'en nuance pas moins la thèse admise à son époque, et c'est en cela qu'il voit plus loin, plus loin et plus précisément, que ses contemporains. Zweig hésite. Comme toujours, il décrit, analyse, suggère. Et c'est de cette manière, en psychologue et non en juge, qu'il dresse un portrait moins trompeur que ce portrait de Proust dont on disait alors, avec la certitude de l'erreur soutenue par les docteurs, qu'avant trente-cinq ou quarante ans, il s'était gaspillé dans des dîners en ville sans écrire rien qui vaille. Certes, Zweig distingue deux séquences avec la mort de Jeanne, la mère, comme moment fondateur d'une conversion marquée par le sceau du destin. Mais il récuse l'idée d'une séparation nette. Mieux, il s'interroge sur les ressorts de l'homme et son horlogerie intérieure, hasardant l'hypothèse d'une dualité fondatrice, dont les deux pans seraient inséparables. De fait, l'écriture de la* Recherche, *après le décès de Jeanne, s'inscrit dans la continuité des premiers écrits de l'auteur –* Les Plaisirs et les Jours, *les traductions de Ruskin et une série de textes inachevés comme* Jean Santeuil *– qui, eux aussi, portent la marque de « Maman », à la fois conseillère, confidente, traductrice, lectrice, relectrice et mécène. La publication du* Contre Sainte-Beuve *et du* Jean Santeuil, *menée par Bernard de Fallois au tournant des années 1950, contribuera grandement à mettre au jour cette continuité, brisant du même coup la légende d'un Proust en deux temps. Proust a toujours écrit. La mort, en acte et en puissance, celle de sa mère et la sienne à venir, n'a fait qu'accélérer le mouvement.*

## LA MÉTHODE DE PROUST

*Parmi les questions essentielles soulevées par Stefan Zweig figure celle des premiers instincts, ou des motivations, qui président à l'existence mondaine de Proust. Nous n'ignorons plus aujourd'hui combien l'auteur, sensible aux distinctions et aux vanités du succès, cultivait habilement sa connaissance et sa fréquentation des cercles influents dont l'entremise, le jour venu, pourrait lui être utile*[1]*. Ainsi des dîners ou des réceptions, organisés au Ritz ou rue de Courcelles, pour remercier Gaston Calmette, le directeur du* Figaro, *d'accueillir ses articles en bonne place. Mais la passion du monde et des cercles mondains n'est nullement réductible à un maillage de complaisances qu'il ambitionnerait de tisser tout autour de lui pour favoriser son ascension dans le milieu des lettres. Il y trouve également la matière de son œuvre, un pan de monde où la vie même de l'homme, sous des dehors sociaux en partie contingents, se retrouve condensée. Derrière la soie, le velours, les fauteuils, les pianos, derrière l'univers distingué des salons, s'esquisse l'image de l'homme, quel qu'en soit le milieu, dans ses faiblesses, ses rêves, ses ridicules, ses tentations et ses compromissions C'est en cela que les mondanités d'hier, chez Proust, nous parlent aussi de l'homme et du monde d'aujourd'hui. Proust est mondain, sans doute. Proust intrigue, à coup sûr. Mais il n'en est pas moins cet « analyste » froid, méticuleux, précis, dont Zweig cherche à percer l'énigme en rappelant implicitement les théories de Claude Bernard sur la méthode analytique du savant – à la croisée de l'observation et de l'expérience – que Zola appliquera à la figure du romancier assimilé, selon ses propres mots, à un « observateur doublé d'un expérimentateur ».*

*Dans cet ordre d'idée, la haute société est un écosystème, le salon un observatoire et le dandysme une méthode d'approche et de compréhension. Or c'est précisément ce soin exagéré de lui-même, dandysme quasi religieux qui le desservira et lui vaudra, dans un premier temps, d'être refusé par la* NRF. *L'histoire est connue : consterné par cette décision, André Gide confiera plus tard à l'intéressé dans une lettre de 1914 : « C'est bien insuffisamment expliquer mon erreur que de dire que je m'étais fait de vous une image d'après quelques rencontres dans* le monde, *qui remontent à près de vingt ans. Pour moi, vous étiez resté celui qui fréquente chez Mmes X. et Z. – celui qui écrit dans* Le Figaro. *Je vous croyais – vous l'avouerais-je ?* – du côté de chez Verdurin. *Un snob, un mondain amateur. » Plus de vingt ans après cette lettre, une décennie après la parution de ce portrait, Zweig affirme, dans* Le Monde d'hier, *que Marcel Proust, avec Romain Rolland et Paul Valéry, aura été l'un des trois noms incontournables du XX*[e] *siècle dont les contemporains n'auront pas su mesurer l'importance, assignant le premier à un rôle de « gandin de salons [*Geck der Salons*] ». De ces trois-là, Marcel Proust semble le seul que Zweig n'ait eu la chance de rencontrer de son vivant. L'admiration qu'il lui témoigne n'en est pas moins vive pour autant, dans un éloge sincère où se devine une posture de disciple, sinon de frère, pour cet auteur dont l'œuvre – définition tacite de l'art – parvint à « transformer l'éphémère en éternité ».*

### LE MONDE DANS UN MONOCLE

*À plusieurs moments, on perçoit chez Zweig la tentation bien naturelle d'emprunter au visage ou à l'esprit de Swann des traits qu'il prête à Marcel Proust. On sait ce que ses personnages doivent à l'auteur de la* Recherche *et à son entourage. On sait aussi combien d'essais ont été publiés pour analyser l'œuvre romanesque à la lueur de l'étude biographique, rassemblant anecdotes familiales et détails historiques, dans ce que Proust lui-même a nommé la « méthode de Sainte-Beuve ». Mais les plaisirs artificiels de l'érudition ne valent pas les joies pures d'une sensibilité autonome qui se moque des notes de bas de page et des études annexes (qu'on nous pardonne, ici, d'y avoir eu recours pour éclairer tel ou tel passage de la traduction). Cette méthode de Sainte-Beuve n'est pas seulement inutile, trompeuse ou décevante, elle est potentiellement dévastatrice : c'est Kundera déplorant qu'on ait « tué son Albertine » en évoquant devant lui l'inspiration* réelle *du personnage, un chauffeur moustachu, nommé Alfred (voir p. 530) ! Ici, l'inverse se produit. La littérature devance pour ainsi dire la vie, qui n'en est qu'un miroir, ou une imitation. Dans le portrait qu'esquisse Stefan Zweig, c'est moins l'existence intime et sociale de Proust qui sert à expliquer ses personnages que les personnages de la* Recherche *qui sèment autour de lui autant de grappes d'indices – dates, espérances, émotions – que l'historien, le peintre, le psychologue, en somme tout ce que Stefan Zweig parvient à être en un seul texte, cueille ou ramasse minutieusement pour peindre son sujet.*

*Plusieurs passages de la* Recherche, *en effet, semblent avoir servi de point d'appui à cette peinture de Proust dont le caractère, les goûts, les passions font écho à ceux de Charles Swann. Et Zweig, qui n'a pas connu Proust personnellement, se l'imagine à la lueur des centaines de pages lues et des salons que Swann fréquente assidûment. Swann qui, aimé d'un monde qui aurait pu l'exclure, celui du faubourg Saint-Germain, sait se faire apprécier par « l'art de savoir bien faire une commande » : pour complaire à la princesse de Parme, il confie à une cousine le soin de commander « les raisins chez Crapote, dont c'est la spécialité, les fraises chez Jauret, les poires chez Chevet », comme Proust faisant venir au Ritz une poularde du Carlton et des fruits de la Côte d'Azur. Swann qui, se rendant chez la marquise de Saint-Euverte, peaufine son art de l'observation en examinant un à un les invités, réduits à leur monocle, dont chacun a une forme et une lueur uniques, comme Proust étudiant le monocle du duc de Sagan selon Zweig. Swann, enfin, qui, toujours chez la marquise, se met « dans un coin », où sa discrétion ne l'empêche aucunement d'attirer l'attention de la haute aristocratie, à commencer par la princesse des Laumes, dont il a l'affection. Proust, lui aussi, au dire de Zweig, est un habitué des « coins ». Loin d'être anecdotique, ce concert chez Mme de Saint-Euverte, merveilleusement décrit dans* Un amour de Swann*, est un morceau de bravoure de la littérature proustienne. Zweig y songe certainement quand il rédige ce texte. Et c'est encore à Proust – mis en scène par lui-même dans un* caméo *littéraire – que Zweig a dû penser, en lisant cette saynète si caractéristique :*

« Tiens, vous voilà, mais il y a des éternités qu'on ne vous a vu », dit à Swann le général qui, remarquant ses traits tirés et en concluant que c'était peut-être une maladie grave qui l'éloignait du monde ajouta : « Vous avez bonne mine, vous savez ! » pendant que M. de Bréauté demandait : « Comment, vous, mon cher, qu'est-ce que vous pouvez bien faire ici ? » à un romancier mondain qui venait d'installer au coin de son œil un monocle, son seul organe d'investigation

psychologique et d'impitoyable analyse, et répondit d'un air important et mystérieux, en roulant l'*r* :
« J'observe[1]. »

*Proust est lucide sur sa condition de romancier mondain. Il en joue même avec finesse. Mais ce n'est là qu'un aspect de son œuvre. Voilà en quoi Zweig cerne une vérité fondamentale que Gide, dans son* mea culpa *embarrassé, paraît négliger en séparant le Proust d'*il y a vingt ans *et celui de la* Recherche. *Pourvu de son monocle en guise de télescope, étudiant les constantes et les variations de la galaxie humaine, Proust est bien ce scrutateur en embuscade, à la fois démiurge et dandy, artisan attentif et courtisan frivole, dont la double nature, comme l'envers et l'avers d'une même pièce, forme un tout insécable.*

Jean-François ROSEAU

## LA TRAGIQUE DESTINÉE DE MARCEL PROUST

Fils d'un médecin réputé, il est né à Paris, le 10 juillet 1871, peu après la fin de la guerre, dans une famille somptueusement riche de la bourgeoisie. Pourtant, ni la science de son père, ni les millions de sa mère ne mettent à l'abri ses premières années : à neuf ans, le petit Marcel tombe définitivement malade. À peine s'en retourne-t-il d'une promenade au bois de Boulogne qu'il est saisi d'une crise d'asthme dont les terribles convulsions oppresseront sa poitrine toute son existence, et jusqu'au dernier souffle. On lui interdit presque tout dès sa neuvième année : les voyages, les jeux insouciants, l'effort, l'exubérance, tout ce qu'on désigne par le mot d'enfance. Et c'est ainsi, précocement, qu'il devient un observateur subtil, délicat, émotif, un être d'une sensibilité et d'une nervosité inouïes. Il aime passionnément le monde extérieur, mais on ne lui permet de le contempler qu'avec parcimonie et jamais au printemps, lorsque la fine poussière du pollen et les chaleurs de la nature bourgeonnante éprouvent trop vivement cette constitution inflammable. Il aime passionnément les fleurs, mais on lui interdit de s'en approcher. Il suffit qu'un ami entre dans sa chambre avec un œillet à la boutonnière pour qu'il doive le prier de l'enlever, de même qu'un bouquet sur une table, lors d'une visite mondaine, le cloue au lit pour plusieurs jours. Ainsi se déplace-t-il parfois dans une voiture fermée afin de pouvoir observer, derrière la vitre des fenêtres, le calice des fleurs à l'air libre et les couleurs qu'il affectionne. Et il s'empare de livres, de livres par centaines, qui lui parlent de voyages et de paysages pour lui hors de portée. Un jour, il se rend à Venise, d'autres fois au bord de la mer, mais chacun de ces déplacements lui demande trop d'effort. Alors, la plupart du temps, il se cloître à Paris.

Tout ce qui est humain, il le percevra avec d'autant plus d'acuité. Le fléchissement d'une voix dans une conversation, l'épingle dans la chevelure d'une femme, la manière dont chacun s'installe à une table et la quitte, les moindres fioritures de la sociabilité se logent dans sa mémoire avec une netteté exceptionnelle. Toujours à l'affût, son œil capture le plus infime détail entre deux battements de cils et son oreille retient fidèlement toutes les liaisons, les inflexions, les circonlocutions ou les temps morts d'une discussion dans leurs moindres nuances. Voilà comment, au fil de cent cinquante pages, il saura consigner dans son roman la conversation du comte de Norpois[1] sans qu'il y manque aucun soupir, aucun mouvement fortuit, aucune hésitation ni aucune transition. Son œil veille et s'anime pour le reste du corps épuisé.

Ses parents l'avaient d'abord destiné aux études et au métier de diplomate. Mais toutes leurs ambitions se heurtent à sa santé précaire. Tout bien considéré, il n'y a aucune urgence. Ses parents sont aisés, sa mère l'adore : alors il dilapide sa vie dans le monde des salons et mène jusqu'à ses trente-cinq ans, en flânant çà et là, l'existence la plus ridicule, la plus dérisoire et la plus inepte qu'un grand artiste ait jamais menée, traînant ses airs de snob dans tous les raouts pour fainéants fortunés qu'on appelle le grand monde. Il est de toutes les mondanités et tout le monde le reçoit. Chaque nuit, pendant quinze ans, c'est ce jeune homme frêle et timide que l'on rencontre immanquablement dans tous les salons, même les moins accessibles, éternel courtisan et causeur inlassable, tour à tour enchanté ou blasé, tremblant toujours d'une considération immense pour toute sorte de mondanité. Partout où il va, il se tient appuyé dans un coin, s'immisce dans une conversation et, si étonnant que cela puisse paraître, cet intrus anonyme parvient même à se faire admettre par la haute noblesse du faubourg Saint-Germain. C'est là, au fond, son plus glorieux fait d'armes. Car, à en croire les apparences, le jeune Marcel Proust n'a pas le moindre atout pour lui. Il n'est pas particulièrement beau, ni élégant, n'appartient pas à la noblesse et, de surcroît, sa mère est juive. Son crédit littéraire n'est pas non plus une source de légitimité et se résume à ce petit ouvrage, *Les Plaisirs et les Jeux*[2], qui n'a reçu ni écho ni succès en dépit d'une préface d'Anatole France pleine de bienveillance. Il sait surtout se faire apprécier grâce à sa générosité. Il submerge de fleurs toutes les femmes sans regarder à la dépense, couvre le monde entier d'une montagne de cadeaux dont chacun s'étonne, ne laisse payer personne et se torture l'esprit pour gagner l'amitié et la reconnaissance du gandin de salon le plus insignifiant. Au Ritz, il est connu pour son hospitalité et ses pourboires sensationnels. Les siens sont dix fois plus élevés que ceux des milliardaires américains, et il suffit qu'il franchisse le seuil du hall pour que tous les liftiers se découvrent aussitôt d'un air obséquieux. Ses réceptions mêlent gaspillage extravagant et raffinement gastronomique. Il envoie chercher toutes sortes de spécialités chez une foule de traiteurs de la ville, le raisin vient d'une boutique de la rive gauche, les poulardes du Carlton, il se fait envoyer les fruits et les légumes tout spécialement de Nice. Voilà de quelle manière, en se montrant aimable et obligeant, il s'attache constamment la gratitude du « Tout-Paris » sans jamais réclamer pour lui-même la moindre faveur.

Mais ce qui justifie sa présence au sein d'une telle élite, bien davantage que cet argent dépensé sans compter, et même avec plaisir, c'est bien sa dévotion quasi pathologique pour les rites qui la caractérisent, son culte servile de l'étiquette et l'importance disproportionnée qu'il accorde à tout ce qui est mondain et au moindre artifice de la mode. Il vénère les lois coutumières du *Cortegiano* comme une Bible des usages aristocratiques. Les secrets d'un plan de table peuvent lui occuper l'esprit pendant plusieurs jours. Comment se fait-il que la princesse X. et le comte G. aient été placés à cette extrémité de la table et le baron R. à l'autre extrémité ? Le moindre potin et le plus léger scandale le font entrer en transe aussi vivement qu'un tremblement de terre. Il va s'enquérir auprès d'une quinzaine de personnes de la préséance mystérieuse entre les invités qui se succèdent chez la princesse M. ou des raisons pour lesquelles telle autre grande dame a reçu Monsieur F. dans sa loge. C'est donc à cette étude passionnée de la vacuité, laquelle dominera également ses livres, qu'il doit son rang de maître de cérémonie au sein de cet univers ridicule et futile. Pendant quinze ans, cet esprit supérieur, l'un des créateurs les plus puissants de notre époque, vivra ce genre de vie absurde au milieu des oisifs et des intrigants. Allongé la journée, plein de fièvre et de fatigue, habillé le soir, volant de salon en salon, et gaspillant son temps en invitations, en lettres et en dîners, voilà l'homme le plus superflu du monde dans ce bal quotidien des vanités. Partout, on est ravi de le voir, mais personne ne le remarque vraiment : il n'est rien qu'un costume et une cravate blanche au milieu des costumes et des cravates blanches.

Une seule petite subtilité le distingue de ses pairs. Chaque soir, lorsqu'il regagne ses pénates pour se mettre au lit, peinant à trouver le sommeil, il remplit des feuillets de notes consignant les images et les sons retenus. Peu à peu, ces notes deviennent des liasses entières de feuillets qu'il conserve dans d'épaisses chemises ; et, de même que Saint-Simon, malgré son apparence de banal courtisan dans l'entourage du roi, se fit secrètement juge et peintre de toute une époque, de même Marcel Proust répertorie chaque soir, sous forme d'annotations, de commentaires et de croquis préparatoires, les vanités furtives du « Tout-Paris » en vue de pouvoir transformer, un jour peut-être, l'éphémère en éternité.

Une question subsiste pour le psychologue : par quoi est-il fondamentalement animé ? Est-ce pour son plaisir personnel que Marcel Proust, cet infirme incapable de vivre, mène pendant quinze ans cette existence de snob, grotesque et vide de sens, auquel cas les écrits dont nous avons parlé ne seraient qu'un loisir accessoire, une sorte de joie incidemment puisée dans l'ivresse trop vite éteinte de ces distractions sociales ? Ou bien fréquente-t-il les salons, tel le chimiste en son laboratoire ou le botaniste en pleine nature, dans le seul but d'accumuler en toute discrétion de quoi réaliser une œuvre immense et sans équivalent ? Joue-t-il un rôle ? Ou bien est-ce là sa véritable nature ? Est-il l'un des compagnons d'armes de ces soldats qui gaspillent leurs journées ou n'est-il qu'un espion à la solde d'un autre royaume, plus noble celui-ci ? S'il flâne, est-ce par plaisir ou par calcul ? Cet enthousiasme fantaisiste pour les subtilités psychologiques de l'étiquette, est-ce chez lui un besoin, une affaire de survie, ou s'agit-il seulement d'une faculté grandiose de dissimulation chez l'analyste dénué de la moindre passion ? Il semble que ces deux orientations aient cohabité en lui d'une telle manière, si géniale et si magique, que l'instinct pur du créateur n'aurait jamais percé en lui si la main cruelle du destin ne l'avait subitement arraché aux doux mirages de la conversation pour le plonger dans l'univers sombre et brumeux de son monde intérieur, éclairé par les seules lueurs intermittentes de son âme. Car soudain le décor change. Sa mère meurt en 1903[1] et, peu de temps après, les médecins constatent qu'ils ne pourront soigner son mal, qui ne cesse d'empirer. Tout d'un coup, Marcel Proust donne à sa vie une nouvelle direction. Il s'enferme à double tour dans sa thébaïde du boulevard Haussmann et, du soir au matin, le flâneur las et paresseux cède la place au travailleur infatigable, l'un des plus acharnés que notre siècle ait eu l'honneur de pouvoir admirer sur le plan littéraire ; du soir au matin, il se détourne des divertissements de la société pour se réfugier dans la plus solitaire des solitudes. Tableau tragique de ce poète considérable : toutes ses journées, il les passe alité, la peau sur les os, grinçant des dents, le corps épuisé par la toux et continuellement secoué de convulsions. Depuis son lit, il a mis trois couches de chemises, recouvert sa poitrine d'un plastron molletonné, enfilé ses mains dans des gants rembourrés et, malgré tout cela, il frémit et frissonne de froid. Dans l'âtre, un feu crépite, et jamais il n'ouvre ses fenêtres, car même l'odeur légère des marronniers chétifs, enfouis dans l'asphalte, le mettrait au supplice (cette odeur-là qu'aucun poumon ne sait respirer comme lui à Paris). Continuellement contorsionné, à l'image d'un cadavre, il est constamment étendu sur un lit, tandis qu'il inhale à grand-peine l'air lourd et saturé de remèdes toxiques. Ce n'est que tard dans la soirée qu'il s'extrait de sa torpeur pour aller voir, sous de pâles lueurs et de brefs éclats, sur son terrain favori, celui des élégances, quelques figures de l'aristocratie. Son valet de chambre lui passe son habit, le recouvre d'étoffes et l'enveloppe d'une pelisse de fourrure. Le voici parti pour le Ritz afin de s'entretenir avec quelques personnes et entrevoir ce monde qu'il révère : le monde du luxe. Devant la porte, son fiacre attend, il attend toute la nuit avant de le raccompagner, mort de fatigue, jusqu'à son lit. Marcel Proust ne fréquente plus le monde, ou plutôt si, à titre exceptionnel, lorsqu'il lui faut, pour son roman, le détail d'une attitude chez un aristocrate distingué. Un soir, à la surprise générale, il se traîne jusque dans un salon pour observer de quelle façon le duc de Sagan porte son monocle[1]. Une autre fois, il se fait conduire chez une célèbre cocotte pour lui demander si elle est toujours en possession du chapeau qu'elle portait au bois de Boulogne il y a de cela vingt ans. Il le lui faut pour le portrait d'Odette. Et le voici tout dépité d'apprendre, en proie à ses railleries, qu'elle l'a depuis longtemps offert à sa femme de chambre.

Du Ritz, son cocher le ramène chez lui, harassé. Ses vêtements de nuit et ses plastrons ont été suspendus à un poêle dont la combustion ne s'interrompt jamais : cela fait déjà plusieurs années que son corps ne peut plus supporter aucun linge froid. Son valet de chambre le couvre et le couche. Et là, sur une tablette posée à plat devant lui, il pose les fondations de son roman : *À la recherche du temps perdu*. Il a déjà vingt dossiers bien remplis de brouillons. Devant son lit, tables et fauteuils sont jonchés de feuilles et de bouts de papier[2], le lit lui-même croule sous le poids des feuilles blanches. Et il écrit. Il écrit jour et nuit, chaque heure de veille, il écrit le front brûlant et les mains tremblant de froid sous les gants. Il reçoit quelquefois la visite d'un ami qu'il interroge avec avidité sur toutes les petites choses du monde et, de moins en moins vaillant, continue d'avancer à tâtons, grâce aux antennes de la curiosité, dans le monde évanoui des salons. De toutes parts, comme un chien de chasse, il presse ses amis de lui raconter tel ou tel scandale en vue d'être informé de tout ce qui concerne telle ou telle personnalité jusqu'au menu fretin. Puis, tout ce qu'on lui rapporte, il le met à l'écrit avec une voracité frénétique. La fièvre le dévore de plus en plus. D'une part, ce pauvre lambeau d'humanité fiévreuse, Marcel Proust, décline et dépérit au fil du temps ; d'autre part, cette œuvre ambitieusement construite, ce roman ou, plus exactement, ce cycle de romans, *À la recherche du temps perdu*, s'allonge et s'épaissit de jour en jour.

L'œuvre a été commencée en 1905. Il l'estime achevée en 1912. À en voir l'épaisseur, on imagine trois gros volumes (mais il n'y en aura pas moins de dix du fait d'ajouts au cours de l'impression). Désormais, il s'agit de se faire publier et cette question tourne au supplice. Marcel Proust, du haut de ses quarante ans, demeure totalement inconnu, ou plutôt – ce qui est encore plus cruel que d'être inconnu – il souffre en littérature d'une détestable réputation qui fait dire : Marcel Proust, mais oui, le snob des dîners en ville, l'écrivaillon mondain dont *Le Figaro* publie, de temps à autre, de petites histoires au sujet des salons[1] (anecdotes au bas desquelles les lecteurs, qui lisent toujours de travers, n'auront pu s'empêcher de lire Marcel Prévost au lieu de Marcel Proust). Aucune œuvre de qualité ne peut venir de lui. C'est pourquoi il n'a rien à espérer s'il emprunte les voies classiques. Ses amis essaient donc de le faire publier par le biais de leurs relations mondaines. Un aristocrate de haut rang reçoit chez lui André Gide, le directeur de *La Nouvelle Revue française*, pour lui remettre le manuscrit. Mais *La Nouvelle Revue française* – celle-là même qui, bien des années plus tard, en tirera des centaines de milliers de francs – décline l'œuvre poliment, de même que *Le Mercure de France* et Ollendorf. On finit par trouver un nouvel éditeur courageux[2] prêt à prendre le risque, mais cela prend encore deux ans, jusqu'en 1913, avant que ne paraisse le premier volume de cette œuvre colossale. Et c'est précisément quand le succès s'apprête à déployer ses ailes que la guerre éclate et les lui rabat pour le clouer au sol.

Après la guerre, tandis que cinq volumes ont déjà paru, la France puis l'Europe commencent à voir dans cette épopée l'œuvre la plus singulière de notre temps. Mais, depuis longtemps déjà, celui que la renommée appellera au son des clairons Marcel Proust n'est déjà plus qu'une loque d'humanité nerveuse, fébrile, émaciée, une ombre pantelante, un pauvre infirme qui rassemble tout ce qui lui reste de force pour assister à la parution de son œuvre. Le soir, il continue à se traîner jusqu'au Ritz. Là-bas, sur une table dressée ou dans la loge d'un groom, il peaufine la correction des dernières épreuves, car chez lui, dans sa chambre, sur son lit, il sent déjà la tombe se creuser sous ses pieds. Il n'y a qu'ici, mirant le lustre retrouvé et chéri du grand monde, qu'il ressent encore un dernier élan de vie, tandis qu'il s'en retourne chez lui, abattu, s'apprêtant à dormir grâce à des narcotiques, puis à se stimuler grâce à la caféine qui lui permet de causer brièvement avec des amis ou de s'atteler à de nouvelles tâches. Ses douleurs s'amplifient à une vitesse croissante, mais cet éternel indolent travaille avec d'autant plus de flamme et d'ardeur qu'il entend maintenir la mort derrière lui. Il ne veut plus voir ces médecins qui, trop longtemps, l'ont fait souffrir sans jamais lui avoir été d'aucun secours. Il se débat tout seul et c'est ainsi qu'il finit par mourir, le 18 novembre 1922. Dans les tout derniers jours, déjà bien enlacé par les bras de la mort, il affronte le destin muni de la seule arme de l'artiste : le sens de l'observation. Veillant héroïquement jusqu'à la dernière heure, il analyse son propre état et ces notes doivent servir à rendre encore plus sensible, encore plus vraisemblable, la mort de son héros Bertotte[1] dans le texte corrigé, ces notes doivent permettre d'ajouter des détails, les plus intimes possible, ces détails définitifs que le poète ne pouvait connaître et dont l'agonisant seul a conscience. Son dernier geste est encore un geste d'observateur. Et sur la table de chevet du défunt, souillée de potions renversées, on retrouve, sur un feuillet à peine lisible, les derniers mots griffonnés de sa main déjà à moitié refroidie. Ce sont des notes pour un prochain volume, lequel aurait requis plusieurs années, alors même qu'il ne lui restait que quelques minutes. Voilà comment il soufflette la Faucheuse, geste ultime et sublime de l'artiste qui triomphe de l'angoisse de la mort en la scrutant à son insu.

*Nouvelle traduction de l'allemand et annotation par Jean-François Roseau.*

ALEJO CARPENTIER

# « Marcel Proust et l'Amérique latine » (1971)

*D'origine franco-cubaine, Alejo Carpentier (1904-1980) naît en Suisse mais passe son enfance à Cuba. Après une adolescence à Paris, il commence des études d'architecture à Cuba et une carrière de journaliste. Ses positions de gauche lui valent la prison en 1928 dans un pays sous la dictature de Gerardo Machado. Contraint à l'exil, il rentre à Paris où il se lie au mouvement surréaliste. En 1939, de retour à Cuba, il s'intéresse aux thématiques afro-cubaines, notamment la santería (culte animiste). Exilé dès 1945 au Venezuela, c'est en 1959, au moment de la victoire de la révolution cubaine, qu'il rentre à La Havane. En 1966, il devient conseiller culturel à l'ambassade de France à Paris.*

*Dans ce contexte, Carpentier peut aussi bien exprimer sa vision latino-américaine de Proust qu'analyser son héritage littéraire. On le voit dans la conférence qu'il donne au Collège de France en 1971 dans le cadre d'un hommage à Proust pour le centenaire de sa naissance**. *Inscrivant la réception américaine de Proust dans une tradition plus ancienne de contacts littéraires entre les mondes*

* Conférence publiée dans le numéro de novembre-décembre 1971 de la revue *Casa de las Américas*. La version française, comportant d'importants changements, parut dans le numéro 22 du *Bulletin de la Société des amis de Marcel Proust et des amis de Combray* (1972). Nous la donnons ici dans une traduction revue et corrigée.

*francophone et hispanophone remontant au* XVII*e* *siècle, Carpentier voit le roman proustien comme une rupture majeure qui a concouru à redéfinir le roman et la perception latino-américaine de la littérature, ce qui mène pour lui à l'émergence du* réalisme magique*, *dont il est l'un des principaux théoriciens.*

É. S.

La littérature espagnole exerce une sorte de fascination sur la littérature française, de Corneille à Marmontel (dont *Les Incas* sont inspirés par la somptueuse chronique de l'Inca Garcilaso, né au Pérou), en passant par Molière, qui dans ses comédies-ballets incorporait des chansons et des vers en espagnol, et Lesage influencé par la grande tradition picaresque d'outre-Pyrénées et dont le *Gil Blas* en est le prolongement magistral. (N'oublions pas qu'au XVIIIe siècle il y eut en Espagne une vaste polémique tendant à démontrer que *Gil Blas de Santillane* était en réalité la traduction d'un roman picaresque, d'un auteur inconnu, thèse n'ayant jamais pu être démontrée de façon probante.)

Pour ce qui est de Montaigne, si nous prenons son essai sur les coches, on se rend compte qu'il est probablement le premier écrivain français, recevant ses informations de sources hispaniques, à avoir écrit des pages encore d'une grande actualité sur ce qu'il a été longtemps convenu d'appeler le Nouveau Monde… La littérature française ne trouve en revanche aucun écho en Espagne, aux mêmes

* Conférence du 22 mai 1975 à l'Athenaeum de Caracas, publiée en espagnol dans Alejo Carpentier, *La Novela latinoamericana en vísperas de um nuevo siglo*, Mexico City, Siglo XXI, 1981.

époques, et encore moins dans cette Amérique où la notion de « latinité » n'en est qu'à ses premiers balbutiements.

On y ignore Racine, dont le vers, de par sa perfection même, se refuse à toute transcription idiomatique malgré d'infructeuses tentatives consistant à faire passer l'alexandrin français en hendécasyllabe français ; quant à Molière, il dépeint un monde si différent de celui de l'Espagne et de la sphère hispano-américaine qu'il faudra attendre bien longtemps avant que *Le Bourgeois gentilhomme* ou *Le Malade imaginaire*, par exemple, fassent l'objet de traductions d'un certain cachet, dues à l'intérêt d'écrivains que leurs compatriotes traitaient d'« *afrancesados*[1] », contemporains de la Révolution française comme Moratín[2] ou l'abbé Marchena[3].

Mais, au XVIII^e siècle, la littérature espagnole entre dans une période de franche décadence. Ses poètes se perdent dans le maniérisme et la rhétorique. Le roman est inexistant alors que la France a déjà produit un chef-d'œuvre comme *La Nouvelle Héloïse* ou, en un autre sens, *Manon Lescaut* de l'abbé Prévost qui n'est qu'une portion d'une œuvre de majeure envergure. La pensée espagnole, formulée par des théoriciens médiocres, est en retard de plus d'un siècle sur la pensée française, bien qu'il y ait actuellement sur la Péninsule ibérique des auteurs déterminés à réhabiliter ce pauvre siècle en proposant une imitation extrêmement pauvre des *Lettres persanes* de Montesquieu, avec les *Lettres marocaines* de Caldaso[4]...

C'est le moment où le monde latino-américain se tourne résolument vers la France. Montesquieu, d'abord, et plus tard Voltaire et Rousseau sont dans toutes les consciences. *L'Encyclopédie*, bien que sa diffusion soit interdite par la Couronne espagnole, passe de main en main, clandestinement, du Mexique à l'Argentine. Le singulier personnage du « curé voltairien » naît et se diffuse dans toute l'Amérique latine où Samuel Robinsón[1], maître de Simón Bolívar[2], élabore un enseignement calqué sur l'*Émile* de Jean-Jacques Rousseau… Après les guerres d'Indépendance, une poésie va naître, chez nous, à l'ombre de Victor Hugo. Quant au roman, dont on peut situer la naissance tardive vers la fin du XIX^e^ siècle – si l'on met de côté quelques exceptions argentines, colombiennes et cubaines –, il se place entièrement sous l'égide de Zola et des « naturalistes » français.

En effet, si Zola ne nous dispense pas de leçons de style, il nous offre, en revanche, des formules, des modèles, aptes à la transposition. Sous la plume de romanciers hispano-américains dont l'œuvre s'étale de 1890 à 1930, la mine de *Germinal* devient une mine située de notre côté de l'Océan ; *La Débâcle* se retrouve dans certaines reconstitutions de désastres militaires de notre monde ; on devine, chez certains personnages portant des patronymes comme Fernández ou García, certains héros des Rougon-Macquart.

Parallèlement se développe une littérature de chroniques et de coutumes locales qui, au fond, ne fait qu'imiter des modèles européens, eux-mêmes émanant du Groupe de Médan. Je ne dirais pas que cette littérature ne produise pas un chef-d'œuvre, çà et là, comme *Don Segundo Sombra* de Güiraldes[3], en partie émancipé d'une influence trop criante chez un grand nombre de ses contemporains, et qui, par ses visions de la Pampa, suscita l'admiration sans réserve d'un Valery Larbaud. Mais il était certain que les ressources du naturalisme, chez nous, étaient en train de s'épuiser.

C'est alors qu'un nom nouveau apparut devant nos

yeux émerveillés : celui de Marcel Proust, récemment décédé, auteur d'un immense roman dont seuls avaient été alors publiés les premiers volumes. Ce fut une révélation, un éblouissement… Avec une rapidité fulgurante, ces volumes entrèrent en Amérique latine par les portes de La Havane, dans un premier temps, puis de Buenos Aires*.

Or ici et là beaucoup se rendaient compte que le roman avait changé d'un coup, qu'il devait changer, tant dans sa technique que dans ses implications possibles. De simple récit d'aventure, d'une contingence, d'une révolte, observé depuis l'extérieur, il devenait soudain un moyen de connaissance de l'homme et de son entourage, par des approches successives, des spéculations sur les valeurs et les catégories du Temps – dont les clefs nous seraient données, plus tard, dans les toutes dernières pages d'un *Temps retrouvé* non publié alors – qui menaient leur quête en profondeur, nous révélant ce qu'il y avait bien au-delà des apparences.

Marcel Proust présentait également pour nous un avantage sur les romanciers qui nous avaient jusqu'alors servi de modèles : ses personnages ne permettaient pas de transposition dans notre monde, étant, comme ils l'étaient, trop intimement liés à des contextes irremplaçables, inamovibles, partant des « églantines naïves et paysannes », voisines des aubépines « de style flamboyant », pour

* Dès 1924, c'est-à-dire deux ans après la mort de Proust, un libraire intelligent de La Havane, Georges Morlaon, se chargeait de diffuser avec passion l'œuvre de Proust parmi les écrivains cubains lisant le français. Marcel Proust devint alors un sujet de conversation et engendra nombre de débats et d'articles. Comme bien souvent dans ce genre de cas, on dit que « ce n'était pas un roman », qu'il n'y avait pas de sujet, que cela ressemblait plus à un essai, que la prose employée était d'une lourdeur insoutenable, etc.

atteindre le monde sacré des grands mythes de l'humanité.

Un éclairage nouveau donnait à ce que l'on avait considéré pendant longtemps d'un œil distrait un sens insoupçonné. Car, s'il arrive à Marcel Proust d'être cruel envers certains de ses personnages, son pouvoir de transfiguration, d'élévation est infini en ce qui concerne les choses les plus humbles (aussi bien inanimées qu'en processus de croissance et de déploiement), ou des êtres humains auxquels il accorde le même intérêt, par-delà leur condition sociale et leurs modes d'expression – le « jambon de New York » de Françoise ; la grandiloquente tirade d'Albertine sur les glaces –, les ayant entrevus, souvent, de loin, bien avant de les avoir approchés et d'en avoir surpris les secrets et les faiblesses. Et ceci, toujours, en ouvrant l'angle de vision, en partant de l'élément le plus simple, pour en arriver souvent aux fastes de la littérature d'église.

Au-delà de la ligne de démarcation séparant Marcel Proust du faubourg Saint-Germain* – vu comme un équateur – se trouve le paillasson des Guermantes, frontière d'un monde qui a toute la magie du temple du Graal, pour l'imagination de celui qui connaissait aussi bien Wagner et écoutait le *Parsifal* avec une profonde dévotion. Les colonnes qui soutenaient le *temple* étaient faites d'une manière précieuse. Quant aux dîners de *douze personnes*, offerts par Mme de Guermantes, les convives « étaient comme les statues d'or des apôtres de la Sainte-Chapelle, piliers symboliques et consécrateurs, devant la Sainte Table ».

Les fameuses aubépines que Marcel Proust admire un jour sur l'autel d'une église deviennent, vues sur

* Quartier où vivait l'aristocratie française à son époque.

la haie du *Côté de chez Swann,* les éléments essentiels d'une « suite de chapelles qui disparaissaient sous la jonchée de leurs fleurs amoncelées en reposoir ; au-dessous d'elles, le soleil posait à terre un quadrillage de clarté, comme s'il venait de traverser une verrière ; leur parfum s'étendait, aussi onctueux, aussi délimité en sa forme que si j'eusse été devant l'autel de la Vierge[1] ». Pour lui, la floraison est une véritable fête, bien plus authentique que les fêtes mondaines, du fait que leur inéluctable périodicité peut se comparer à celle des fêtes liturgiques. Et quand il ira dire au revoir à ses chères aubépines, il s'adresse à elles, comme s'il s'agissait d'êtres doués de raison, de vertus surhumaines, leur disant : « Vous ne m'avez jamais fait de peine ! Aussi je vous aimerai toujours...[2] »

Bien que plus brève, mais d'une égale beauté, est la page de *Sodome et Gomorrhe* où, sur une terre détrempée et gluante, Marcel Proust ressent une sorte d'éblouissement en découvrant les pommiers « en pleine floraison, d'un luxe inouï, les pieds dans la boue et en toilette de bal, ne prenant pas de précautions pour ne pas gâter le plus merveilleux satin rose qu'on eût jamais vu et que faisait briller le soleil ; l'horizon lointain de la mer fournissait aux pommiers comme un arrière-plan d'estampe japonaise[*] ; si je levais la tête pour regarder le ciel entre les fleurs, qui faisait paraître son bleu rasséréné, presque violent, elles semblaient s'écarter pour montrer la profondeur de ce *paradis*[3] ».

Le moindre événement suggère à Marcel Proust

* Il ne faut pas oublier qu'à cette époque on appréciait particulièrement les japonaiseries et que peu de temps auparavant les frères Goncourt avaient publié trois gros tomes sur l'art japonais avec des reproductions de Hiroshige, Korin et Hokusai.

des images rejoignant les mondes de la religion et des cosmogonies. L'habitude de Tante Léonie de faire servir, le samedi, le déjeuner habituel avec une heure d'avance, pousse Marcel Proust à dire : « Le visage du ciel même semblait changé. Après le déjeuner, le soleil, conscient que c'était samedi, flânait une heure de plus au haut du ciel...[1] » Et il parle, dans un autre volume, de « certains jours d'été qu'on a trouvés trop chauds quand on les a vécus et dont, après coup seulement, on extrait le titre, sans alliage, d'or fixe et d'indestructible azur[2] ».

Un matin, à une époque où je vivais aux abords de La Havane, m'étant levé très tôt, je m'amusais à suivre attentivement les cris des marchands ambulants et des petits artisans qui passaient sous mes fenêtres. Tout à coup j'entendis une simple mélodie tirée de la flûte de Pan qui, dans tous les pays du monde hispanique, annonce l'arrivée de l'aiguiseur de ciseaux et de couteaux. Et aussitôt j'eus la surprise de constater que cette mélodie était composée sur le mode mixolydien, qui remonte aux origines de la musique grecque. Mis aux aguets, je découvris le même matin qu'une chanson de rue, faisant allusion à des événements d'actualité, dont les paroles changeaient tous les jours, n'était autre que le thème d'une vieille romance espagnole du XVI^e^ siècle : le chant de Gerineldo.

Mais... qui m'avait donné le pouvoir de lire ainsi entre les lignes, ou plutôt, entre les notes ? Marcel Proust, qui dans le chapitre de *La Prisonnière*, encore couché, de bon matin, entend les cris de la rue – hélas disparus depuis – qui, « passaient devant le noble hôtel des Guermantes, faisaient penser par moments à la France ecclésiastique d'autrefois[3] ». Dans le cri : « Les escargots, ils sont frais, ils sont beaux[4] », Marcel Proust pense aux récitatifs de Moussorgsky, et, plus encore, à Debussy. Puis il observe l'élément mélismatique qui enrichit le cri de « Habits, marchand d'habits[1] », dont les inflexions vocales lui font penser au plain-chant du Moyen Âge. Et de rapprocher cela du *Per omnia sæucularum* de l'Église chrétienne. « Et de même – dit-il –, comme les motifs commençaient à s'entrecroiser dès cette heure matinale, une marchande des quatre-saisons, poussant sa voiturette, usait pour sa litanie de la division grégorienne [...], bien qu'elle fût vraisemblablement ignorante de l'antiphonaire et des sept tons qui symbolisent, quatre les sciences du quadrivium, et trois celles du trivium[2]. » Les pages que Marcel Proust consacre à ce sujet illustrent son pouvoir de révélation.

C'est à bon escient que je ne vous ai pas parlé des personnages de Marcel Proust : ils sont entrés dans l'hagiographie du roman, au même titre que les personnages les plus marquants de toutes les littératures anciennes ou modernes. J'ai insisté tout particulièrement sur un mode de voir, de définir, de décrire, de nous faire pénétrer l'essence des choses, qui est à la base d'une véritable révolution dans le monde du roman hispano-américain.

Il n'y a pas, à l'heure actuelle, de romancier d'outre-Atlantique qui ne lui doive quelque chose. Ce romancier, né sur un continent de courte histoire – je ne parle pas ici, naturellement, des civilisations et des littératures précolombiennes –, a une tâche principale à remplir : celle définie par le titre d'une admirable composition de William Blake, *Adam nommant les choses*. Nous avons tout à nommer. Nous avons tout à montrer de ce monde que Montaigne voyait comme un enfant dont la démarche était encore hésitante. Et Marcel Proust nous a aidés, et nous aide encore, dans notre tâche. Nous devons beaucoup de nos réussites à son génie, qui a donné une forme concrète, inépuisable, à ce vœu qu'un de nos maîtres à penser, le grand Miguel de Unamuno[1], qui a eu une profonde influence sur les hommes de ma génération, formulait ainsi : « Nous devons trouver l'universel dans la chair de ce qui est local ; et l'éternel, dans ce qui est limité et circonscrit. »

C'est ainsi qu'agissait Marcel Proust, en édifiant son immense œuvre.

*Traduction de l'espagnol, revue et corrigée,*
*et annotation par Mikaël Gómez Guthart.*

*Bulletin Marcel Proust*, 1971.

## VICTORIA OCAMPO

# « Les mots français »
(1931)

*L'éducation et la jeunesse francophones de cette écrivaine, essayiste, traductrice et mécène argentine font de Victoria Ocampo (1890-1979) un personnage fascinant du monde littéraire aussi bien latino-américain que français. En 1908, lors de son second séjour à Paris, elle étudie la philosophie, la littérature classique, l'anglais et l'histoire de l'Orient à la Sorbonne, tout en suivant les cours du Collège de France. Plus âgée, elle fréquente aussi bien Supervielle que Tagore, Borges, Keyserling, Malraux, Drieu La Rochelle, José Caillois, Waldo Frank et Huxley, entre autres. Dès les années 1920, elle publie des critiques littéraires dans* La Nación *de Buenos Aires et en 1924 sort son premier livre,* De Francesca à Béatrice, *publié en français et traduit en espagnol. Jusqu'en 1930, elle publie tous ses articles en français.*

*En 1931, à la suggestion de Waldo Frank, elle crée la revue et maison d'édition* Sur *à Buenos Aires, maison qui publie dans les années 1930 aussi bien Huxley que Malraux ou la traduction d'*Une chambre à soi *de Virginia Woolf par Jorge Luis Borges. Elle-même participe à la traduction, plus tard, de Graham Greene ou d'Albert Camus chez* Sur. *La revue, distribuée à Buenos Aires, Paris et Madrid, compte dès 1931 pour sa part sur d'importantes collaborations internationales, Waldo Frank, Walter Gropius, Ernest Ansermet ou Pierre Drieu La Rochelle. Rapidement, des critiques émergent pour reprocher à Ocampo de travailler* *pour un public européen, de ne pas être identitairement assez argentine ou américaine et d'aller jusqu'à écrire essentiellement en français, quitte à se faire traduire par d'autres. Dans le troisième numéro de la revue* Sur, *celle-ci explique son rapport à la langue française, aussi bien à travers la référence à ses lectures d'enfance en français et à ce que dit Proust du rapport que l'on a à ces premiers livres qu'en lien avec une relecture latino-américaine et liée à la propriété familiale de la réminiscence et de la mémoire involontaire.*

*Chez Victoria Ocampo, ce lien à la langue française et à une identité francophone appuyée sur Proust est sans doute annonciateur de l'engagement futur de celle qui dès 1940 assiste et finance l'entreprise éditoriale depuis Buenos Aires, pendant la guerre et en langue française, de Roger Caillois. En effet, à un moment où du fait de la Seconde Guerre mondiale les livres en français n'arrivent plus en Amérique, Roger Caillois, à Buenos Aires, financé par celle-ci, crée une maison d'édition qui republie les classiques français et quelques contemporains en langue française,* Les Éditions des lettres françaises, *celui-ci publie aussi la revue* Les Lettres françaises, *financée par Ocampo, défendant ainsi une langue et une culture en exil.*

É. S.

Dans son *Panorama de la littérature hispano-américaine*, publié à Paris chez Kra, M. Max Daireaux déclare qu'à Buenos Aires les écrivains nationaux ne rencontrent ni écho ni soutien. Les « élites », et en particulier les femmes, noyau de cette « élite », qui lisent, paraît-il, avec une ferveur désordonnée, se détournent d'eux, se vantant de les ignorer. Elles affectent de ne pouvoir lire autre chose que le français. L'espagnol les ennuie. « Il en résulte souvent – ajoute Daireaux – que certains écrivains qui vivent à Buenos Aires n'écrivent qu'en français : c'est le cas de Delfina Bunge de Gálvez et de Victoria Ocampo, qui poussent la coquetterie jusqu'à faire traduire par d'autres en espagnol ce qu'elles ont précédemment publié en français. »

Ce que dit M. Daireaux est exact, au moins en partie, quant aux effets et quant aux apparences mais absolument faux quant aux raisons et à l'esprit de la chose, du moins en ce qui me concerne.

Je jugé nécessaire de répondre à ces allégations une fois pour toutes car c'est une erreur fondamentale et que l'auteur du *Panorama de la littérature hispano-américaine* n'est ni le seul ni le premier à la commettre.

Quand M. Daireaux parle poliment de ma coquetterie, on devine au bout de sa plume d'autres termes dont le plus aimable serait celui de snobisme. Il a naturellement, et bien d'autres avec lui, le droit à l'erreur, il ne m'importe que de les avertir d'une chose : ils se trompent sur le genre de pièce, ce qu'ils prennent pour une comédie est bien plutôt un drame, et ce drame a un caractère violemment américain. Son essence est aux racines personnelles de ma vie ; je ne peux, par conséquent, évoquer en profondeur ses raisons de l'extérieur. Pour parler de ce drame, je dois le faire en mon nom propre : à la première personne. Pour tenter de découvrir ce qui a pu se passer en telle ou telle personne ou ce qui a pu se passer de manière générale, je dois mettre au clair ce qui a pu se passer en moi-même. Dans ces cas les explications personnelles dépassent ce qui est purement personnel, notre personne n'est rien de plus qu'un point d'appui, indispensable, pour atteindre à ce qui est aussi vrai au-delà de nous. [...]

Par conséquent ce n'est pas en écrivain que je m'emploierai à répondre aux remarques de M. Daireaux et d'autres qui en font sur moi, mais simplement comme un être humain à la recherche de l'expression.

Il y a longtemps, je lisais Ruskin avec enthousiasme. Je le lisais en anglais. Quelqu'un m'a conseillé une traduction française de *Sesame and Lilies* et j'ai eu la curiosité de la feuilleter. Cette traduction avait une préface qui a attiré mon attention par son sujet et la manière dont il était traité. Le traducteur, un inconnu appelé Marcel Proust, y disait, à propos de nos lectures d'enfance, des choses que jusqu'alors j'avais crues impossibles à exprimer. Inexprimables parce que, si elles appartenaient bien au règne de la sensibilité, ce n'est que dans celui de l'intelligence que nous trouvons un instrument à même de les capter, et durant cette délicate opération, elles sont dans un danger mortel ; nous courons le risque de les changer en les fixant, de la même manière que l'aiguille qui les traverse tue les papillons.

J'ai eu à ce moment le sentiment que ces choses que je pensais impossibles à mesurer pouvaient trouver une balance sensible à leur poids.

« Il n'y a peut-être aucun jour de notre enfance que nous ayons vécu aussi pleinement que ceux que nous pensions ne pas avoir vécus, ceux que nous avons passés avec un livre préféré. »

Cette phrase, la première de la préface au livre de Ruskin, qui a aussi été la première phrase de Proust que j'aie lue, m'a immédiatement fait sentir, comme au printemps, une odeur de fleur sur un chemin. Je l'ai largement respirée sans pouvoir m'en déprendre. Et aujourd'hui cette phrase me revient et je reviens à elle pour mes explications présentes : c'est à Proust que je demande de l'aide et que j'appelle à témoin de ma vérité.

Ce que Proust dit de *François le Champi* et de tout ce que cette nouvelle, lue à l'enfance, la nuit où sa mère l'avait grondé si fort et tout de suite pardonné, lui évoque, c'est plus ou moins l'histoire que je vais raconter.

« Tel nom lu auparavant dans un livre contient en ses syllabes le vent rapide qui soufflait et le soleil qui brillait le jour où nous l'avons lu. »

Tous les livres de mon enfance et de mon adolescence ont été anglais et français, français pour la plupart. J'ai appris l'alphabet en français, dans un hôtel de l'avenue de Friedland. Depuis lors le français s'est tant saisi de moi que je n'ai pu me débarrasser de lui. Mon institutrice était française. J'ai été punie en français. J'ai joué en français, j'ai prié en français. (J'avais d'ailleurs inventé une prière que je rajoutais aux autres avec ferveur : « Mon Dieu, fais que cette nuit ne viennent pas de voleurs, que je ne fasse pas de cauchemars, que nous vivions tous, et en bonne santé, amen. » Ce post-scriptum à l'attention de Dieu fut ma première correspondance.)

J'ai commencé à lire en français : *Peau d'Âne, Les Malheurs de Sophie, Les Aventures du capitaine Hatteras*... C'est dire si j'ai commencé à pleurer en français. Je lisais de manière insatiable. Les fées, les nains et les ogres parlaient pour moi en français. Les explorateurs parcouraient un univers où les lieux avaient des noms français, et plus tard, les beaux vers furent français et les romans où pour la première fois j'ai vu des paroles d'amour aussi. Enfin, tous les mots des livres de mon enfance, ces mots qui contiennent « le vent rapide qui soufflait et le soleil qui brillait le jour où nous [les] avons lu[s] » ont été pour moi des mots français.

Comment me séparer d'eux sans me séparer de cette enfance ? Comment me séparer de mon enfance sans couper tout contact avec l'essence même de mon être ? sans me dépouiller absolument, définitivement, de ma réalité, de sa source ?

Si cela est possible à d'autres tempéraments, je sais par expérience que cela ne l'est pas pour le mien.

Il est parfaitement exact qu'à chaque fois que je veux écrire « *unpack my hearth with words*[1] », je l'écris d'abord en français. Mais je ne le fais pas par un choix délibéré – c'est là que M. Daireaux se trompe –, je m'y vois obligée par une nécessité intérieure, le choix se fait en moi sans que ma volonté puisse intervenir. [...]

Ce que j'ai le plus envie de dire, c'est surtout ici, dans ma patrie, que je dois le dire, et dans une langue connue de tous. Ce que j'écris en français n'est pas français, dans un certain sens, dans l'esprit de la langue française. Et cependant, c'est là le drame, je sens que les mots espagnols ne me viendront jamais en aide de manière spontanée, au moment même où je suis émue, au moment où j'ai besoin d'eux. Je finirai toujours par être prisonnière d'une autre langue, que je le veuille ou non, parce que cette langue est bien le lieu où mon âme s'est acclimatée.

Cette situation a produit des effets étranges. J'ai peur, si j'arrivais à arracher de ma mémoire tous les mots français, d'extirper aussi collées à elles les images que je chéris le plus, les plus authentiques, les plus américaines que je possède.

Qu'importe à l'enfant qu'on lui laisse son album si on lui enlève ses autocollants ?

Les mots français sont les seuls que j'aime coller sur le papier car ce sont les seuls qui pour moi sont pleins d'images.

Tandis que j'étudiais la grammaire dans Larive et Fleury, les sciences dans Paul Bert, l'histoire sacrée dans Duruy, combien de désirs, combien de regards s'évadaient à travers la fenêtre vers nos champs, vers notre fleuve, nos quais. Combien les fables de La Fontaine étaient mêlées aux cris des bonimenteurs :

« bouteilles vides » ou « engrais pour les plantes ». Ah, ces vendeurs ambulants dont j'enviais la liberté. Je me rappelle quelques nuits chaudes où je lisais Poe traduit par Baudelaire à la lumière d'une bougie qu'on m'obligeait à éteindre à l'heure la moins opportune. *La Chute de la maison Usher* était pleine, pour moi, de mugissements de vaches et de bêlements de chèvres. Une odeur de luzerne et de trèfle entrait par la fenêtre, c'était le temps de la tonte. Durant le jour, dans un hangar, on voyait les paysans, employés de mes parents, planter leurs ciseaux dans la laine épaisse. L'un d'entre eux allait et venait parmi eux, portant à la main un seau plein d'une obscure mixture qui empestait le goudron. On l'appelait de toute part à la fois : « Médecin, médecin ! » et il enduisait de ce mystérieux liquide les écorchures que les ciseaux maladroits et hâtifs infligeaient aux animaux. Cela m'impressionnait beaucoup, je ressentais de la pitié pour les chèvres, de la peur face aux écorchures des ciseaux, et pourtant le spectacle me fascinait. Seule la pensée que *Le Scarabée d'or* ou que *Le Diable dans le clocher* m'attendaient à la maison pouvait rompre cet enchantement.

Les mots français, encore et toujours, les voici confondus ici avec l'odeur du goudron, de la laine, le bruit des ciseaux et les cris des employés ruraux. Je percevais ces exclamations comme une sorte de meuglement. *Ce n'étaient pas les mots de la pensée.* Et ma langue, mon espagnol – ça a toujours été difficile à dire –, était, sur un autre plan, presque aussi primitive et sauvage.

Les après-midi d'enfance, inoubliables, où après avoir pataugé dans la boue, dont mes ongles gardaient les restes, rendue vivante par le soleil, je retournais à la course à mes livres, impatiente de retrouver leur atmosphère où mes pensées s'articulaient si vite. Mes chers mots français, ils m'apprenaient qu'on pouvait rompre le silence autrement qu'en criant.

Ces souvenirs, d'autres, bien d'autres encore, toute ma vie passée me paraît comme mise en scène en mots français, tant et si bien que l'usage du français est chez moi le contraire d'une attitude conventionnelle.

D'un autre côté, bien que je sois certaine à ce sujet d'être un cas exemplaire par son exagération et que les choses en soient arrivées en moi à une extrême limite (entre autres, sans doute à cause d'une introversion très marquée), je ne pense pas être une exception. Dans mon milieu et à ma génération, les femmes lisent presque exclusivement en français. Enfant, je me souviens d'avoir reçu et fait de nombreux cadeaux de livres, ils étaient tous français, de *La Princesse de Clèves* à Claudel. Durant ces années quelqu'un m'a fait lire du Ruben Dario, ses poèmes m'ont paru d'un insupportable mauvais goût : une parodie de Verlaine.

Il s'y ajoute que notre société était assez indifférente aux choses de l'esprit et assez ignorante par ailleurs. Beaucoup d'entre nous en étaient venus insensiblement à croire des énormités, par exemple que l'espagnol était une langue impropre à exprimer ce qui n'était pas le côté purement matériel, pratique, de la vie ; une langue dans laquelle il semblait un peu ridicule de s'exprimer de manière exacte, c'est-à-dire avec des nuances. Plus notre vocabulaire nous semblait restreint, plus nous nous sentions à l'aise. Toute recherche d'expression avait une apparence affectée. Employer certains mots ou certaines tournures françaises (qui n'étaient, en réalité, rien d'autre que grammaticalement correctes) nous choquait comme peut choquer une robe du soir sur un terrain de sport ou une main tenant une tasse avec le petit doigt levé.

Beaucoup d'entre nous employaient l'espagnol comme ces voyageurs qui souhaitent apprendre certains mots de la langue de leur pays de voyage, parce que ces mots sont utiles pour être compris à l'hôtel, à la gare ou dans les commerces en cas de besoin, mais ça n'allait pas plus loin que ça.

Cependant, malgré les apparences, nous ne pouvions nous passer de penser, et pour cela, nous avions besoin de mots. Élevés par des institutrices françaises et nourris de littérature française, bon nombre d'entre nous allaient naturellement chercher leurs mots dans la langue française. Mais les institutrices de notre enfance et nos abondantes lectures ne justifient pas totalement notre refuge obstiné dans la langue française, au moins dans la plupart des cas. Il doit ici y avoir un complexe qui justifie un tel phénomène. La preuve en est qu'en Europe, dans des milieux analogues au mien, il est fréquent que les enfants soient éduqués par des institutrices étrangères et lisent tout le temps en langues étrangères, et pourtant ce qui s'est passé ici ne se produit qu'exceptionnellement là-bas. Dans notre cas nous devons prendre en compte, par ailleurs, une sorte de dédain latent pour ce qui vient d'Espagne (je ne discuterai pas ici des raisons et des justifications de ce dédain). En plus, en raison d'un autre phénomène qu'il serait curieux d'analyser, nous revenions au français par répugnance à l'affectation. La pauvreté de l'espagnol que nous acceptions nous le rendait impossible d'usage. Nous rejetions sa richesse ; nous rejetions cette richesse comme quelque chose de kitch. Elle nous dégoûtait comme quelque chose d'ostentatoire fait de paillettes et de faux bijoux. Le français, au contraire, était pour nous la langue dans laquelle on pouvait tout exprimer sans avoir l'air d'un parvenu.

J'imagine que la moitié des cent mots qui composaient notre vocabulaire en espagnol ne figuraient même pas dans le dictionnaire de l'Académie royale espagnole. Jusqu'à mes quinze ans, il n'est aucun pouvoir humain qui aurait pu me faire utiliser les mots « *bello* » ou « *hermoso* » ; « *lindo* » me paraissait le seul terme qui ne soit pas pédant. J'en aurais été malade si quelqu'un m'avait forcée à utiliser le mot « *mecedora*[1] » à la place de l'expression « *sillas de hamaca*[2] ». La propriété était et ne pouvait être pour moi autre chose qu'un océan de terre, où je rêvais toute l'année de me noyer. Que l'on puisse appeler ainsi une chambre[3] me soulevait, m'offensait, comme s'il s'était agi de défigurer, pour me peiner, la photographie d'un être cher, et ainsi de suite.

Il convient peut-être d'ajouter que ma famille et celle de ceux qui m'entouraient, bien qu'installées depuis de nombreuses générations en Argentine, étaient presque exclusivement d'origine espagnole.

À vingt ans, j'étais, concernant l'espagnol, dans une ignorance si solide et si agressive que certains amis, pris de pitié, tentèrent de m'en sortir. Ils se sont efforcés de m'initier aux délices de la littérature castillane, ils m'ont dit de lire *Doña Perfecta*, *Doña Luz*, *El Sombrero de tres Picos*… J'ai à peine pu les avaler. Ma conviction que l'espagnol était une langue « guindée » et ennuyeuse a augmenté. *Toute sonore encore** des classiques français, je demeurais sourde aux autres classiques.

Ce n'est qu'en 1916, lorsque Ortega y Gasset est venu pour la première fois en Argentine, qu'après avoir discuté avec lui je me suis peu à peu rendu compte de ma bêtise, je commençais à découvrir que tout pouvait se dire en langue espagnole sans pour autant en devenir automatiquement lourd, affecté ou grandiloquent. Cette découverte est cependant arrivée trop tard : il y avait longtemps que j'étais prisonnière du français.

La conclusion que je tire de mes réflexions sur le sujet est que rien de cela ne serait arrivé si je n'avais été américaine. Si je n'avais été essentiellement américaine, je n'aurais pas parlé un espagnol appauvri, impropre à exprimer les nuances, et je ne me serais pas refusée à l'espagnol métropolitain. Si je n'avais été essentiellement américaine, le français n'en serait pas venu, qui sait, à être l'unique refuge de ma pensée, et s'il l'avait été, j'y serais restée tranquillement au lieu de courir à la poursuite d'un espagnol que je n'aurai jamais et qui si je l'attrape ne me sera jamais docile. Si je n'avais été profondément américaine, je ne me serais pas débattue face à ce drame, et ce drame serait resté une comédie.

Si je n'avais été américaine, enfin, je ne ressentirais pas aussi cette soif d'expliquer, de nous expliquer et de m'expliquer. En Europe, lorsqu'une chose se produit, on dit qu'elle est expliquée d'avance. Tous les événements nous donnent l'impression de porter, dès leur naissance, un bracelet d'identité. Cela entre dans une case. Ici, au contraire, chaque chose, chaque événement est louche et suspect d'être ce qui n'a pas de trace. Nous devons le regarder de bas en haut pour tenter de l'identifier et des fois, quand nous tentons d'y appliquer les explications qu'une situation analogue a reçues en Europe, nous nous apercevons que cela ne marche pas.

Alors nous voici ici forcés à fermer les yeux et à avancer avec peine, à tâtons, jusqu'à nous-mêmes, à la recherche d'une manière d'accommoder les vieilles explications aux nouveaux problèmes. Nous vacillons, nous nous prenons les pieds, nous nous trompons, nous tremblons, mais nous suivons obstinément notre chemin. Même si les résultats obtenus ont été pour le moment médiocres, qu'importe ? Notre souffrance ne l'est pas et c'est ce qui compte. Il est nécessaire que cette souffrance soit si forte que quelqu'un ressentira un jour l'urgence de la vaincre en l'expliquant.

J'ai dit précédemment que je ne me considère pas comme un écrivain, dont j'ignore totalement le métier, que je suis un simple être humain à la recherche de l'expression. C'est pour cette raison que je ne me libérerai jamais des mots français.

Proust dit qu'il a recherché vainement dans le livre de Bergotte, lu autrefois en entier, un jour d'hiver où il n'avait pu voir Gilberte, les pages qu'il avait tant aimées. « *Mais du volume lui-même – ajoute-t-il – la neige qui couvrait les Champs-Élysées, le jour où je l'ai lu, n'a pas été enlevée** ».

Il y a pour moi dans les mots français, malgré tout, un miracle analogue, de nature subjective et indicible. Peu importe que l'espagnol me paraisse aujourd'hui une langue admirable, resplendissante et concise. Peu importe que prise de remords je m'efforce de lui rendre mon âme, du français *la neige ne sera jamais enlevée**.

*Traduction inédite de l'espagnol par Étienne Sauthier.*

Revue *Sur*, Buenos Aires, n° 3, 1931.

# *Face à l'Histoire*

*Faire face à un processus suppose de ne plus en faire partie. L'œuvre de Proust ressemble à une fuite. Sa* Recherche *tente d'échapper au temps, d'en dénier le cours : pour rattraper le passé, il doit tourner le dos à l'Histoire.*

*Cette échappée illusoire constitue néanmoins une position historique. Proust a pu être considéré comme le représentant d'une classe bourgeoise en bout de course, et son œuvre réduite à la rêverie réactionnaire d'un homme démuni devant les avancées navrantes du progrès (voir Radek, p. 216). Jugement qui peut donner lieu à de nombreuses objections, tant Proust était attentif aux évolutions technologiques et aux bouleversements sociaux*[*]*. La lutte des classes, les intrigues de cour et les révolutions de palais, Proust les découvre et les prolonge dans les soubresauts de la langue qui, sans progrès ni regrets, agrée insouciamment à son propre devenir : « le génie linguistique à l'état vivant, l'avenir et le passé du français, voilà ce qui eût dû m'intéresser dans les fautes de Françoise*[**] ».

* Voir à ce sujet Jean-Yves Tadié, *Proust et la société*, Gallimard, coll. « Blanche », 2021.

** *Sodome et Gomorrhe*, Folio classique, 2022, p. 223.

*Tiraillé entre l'avenir de son œuvre et la méditation de son passé, Proust ne se débarrasse pas de l'Histoire mais se défie des distractions du présent. Sans l'écriture pour l'altérer, son quotidien mondain n'aurait trouvé que les issues morbides frayées par l'ennui**. À la recherche du temps perdu *est une ligne de fuite, un contretemps pour des lecteurs qui tentent d'échapper à une implacable linéarité : un livre ne rendra pas sa liberté au forçat, mais que ne donnerait pas un prisonnier pour être consolé ? Dans l'univers concentrationnaire, un roman comme la* Recherche *promet au déporté accablé par sa sentence le répit d'un asile. Qu'ils sont délicats pourtant ces mondes assemblés dans la fine architecture des pages, à la merci d'une brutalité jamais si violente que lorsqu'elle se déchaîne contre une fragile existence (voir Chalamov, p. 200). Mais, au-delà de son support de papier, l'œuvre poursuit son chemin dans la mémoire des déportés, qui peuvent objecter à l'anéantissement la persistance d'un souvenir (voir Semprún, p. 213).*

*Le roman ne nous émancipe pas de l'Histoire ; mais il nous délivre de son poids en nous précipitant vers les profondeurs d'un outre-monde.*

A. G.

* La gouvernante de Proust rapporte ainsi un propos de son employeur concernant son rapport à la morphine : « Oui, j'aurais pu devenir une épave humaine comme un de mes amis, qui a tourné au bon à rien » (Céleste Albaret, *Monsieur Proust*, Robert Laffont, 2014).

EMMA GERSTEIN

# Souvenirs sur Ossip Mandelstam
## (*Moscow Memoirs*, 1998)

*Arrivée au terme d'une vie riche, à quatre-vingt-quatorze ans, Emma Gerstein (1903-2002), historienne et critique littéraire russe, décide de confier ses souvenirs dans* Moscow Memoirs *(1998). Elle y raconte notamment, dans un portrait irrévérencieux qui fit polémique dès sa parution, son amitié avec l'un des plus grands poètes russes du* XX^e^ *siècle, Ossip Mandelstam (1891-1938). Co-fondateur du mouvement poétique russe acméiste, le « contemporain de personne** *» redoute très tôt les effets pernicieux de la révolution d'Octobre. Étudiant à Paris, il avait eu pour professeur Henri Bergson, qui allait influencer profondément son œuvre. Ainsi Mandelstam et Proust s'étaient abreuvés à la même source****.*

*De l'aveu d'Emma Gerstein, sa rencontre avec Ossip Mandelstam changea le cours de son existence. En dépression, elle avait failli en finir avec la vie en 1925 ; ses parents avaient alors décidé de l'envoyer dans un sanatorium à Ouzkoïe, au sud-est de Moscou. C'est là qu'en 1928, âgée de vingt-cinq ans, elle rencontre le couple Ossip et Nadejda*

* « Non, je ne fus jamais le contemporain de personne », *Tristia et autres poèmes*, Ossip Mandelstam, Gallimard, coll. « Poésie / Gallimard », 1982, p. 124.

** Dans son essai *Matière et Mémoire* (1896), Henri Bergson a distingué la mémoire volontaire de la mémoire involontaire sur laquelle Proust allait plus tard prendre appui pour son œuvre.

*Mandelstam, en vacances. Aussitôt se noue entre eux un lien fort, qui durera jusqu'à la mort de Mandelstam. En 1925, le poète avait écrit* Le Bruit du temps, *essai autobiographique dans lequel il tentait de saisir le tourbillon de l'Histoire à travers ses souvenirs d'enfance. C'est sans doute cette lecture qui poussa Emma Gerstein à offrir à Mandelstam une traduction russe d'*À l'ombre des jeunes filles en fleurs.

*En 1934, Mandelstam est arrêté et torturé pour avoir écrit un poème satirique sur Staline. Libéré mais proscrit, il est de nouveau arrêté en 1938 et meurt en déportation, dans un goulag de transit qui devait l'amener vers la Kolyma. Ces souvenirs sur Ossip Mandelstam, d'une richesse absolue, sont ici traduits en français pour la première fois.*

G. L.

Je suis rentrée chez moi juste après les fêtes de la Révolution[1]. Les Mandelstam sont restés à Ouzkoïe. Je suis revenue leur rendre visite, et à lui j'ai offert une traduction russe d'*À l'ombre des jeunes filles en fleurs* (1920) de Proust. J'ai trouvé Mandelstam sur un canapé du salon, portant un casque d'écoute.

Je ne saurais l'expliquer, mais j'ai soudain ressenti une terrible tristesse. Je sentais chez lui quelque chose d'étranger, comme s'il s'engageait sur des chemins obscurs, fantaisistes et exotiques. Ce sentiment passager de perte et de désespoir n'était qu'une prémonition fugace et tout aussi vite oubliée.

Et nous étions là, à nous promener et à bavarder dans le parc avec Nadejda. De la neige était tombée, et elle était habillée pour ce temps hivernal avec une certaine élégance tout athlétique qu'elle seule possédait. J'ai appris plus tard que sa casquette plate en cuir, avec sa doublure en douce fourrure et ses cache-oreilles, ainsi que son pull brunâtre avaient été achetés dans une coopérative tout à fait quelconque. Aujourd'hui, il est inconcevable de constater à quel point les objets qui y étaient vendus étaient laids, mais Nadejda arrivait toujours à repérer quelque chose d'utilisable dans les rayons. Elle partageait l'œil aiguisé et le bon goût de son frère : il portait des gants en tricot comme s'ils étaient en cuir de veau et était tout à fait fringant dans son imperméable.

Quand nous sommes revenus et sommes entrés dans la chambre, Mandelstam était allongé sur le lit et regardait dans le vide. À côté de lui se trouvait le Proust. Mandelstam marmonnait pour lui-même, puis on pouvait entendre quelques mots isolés, et enfin il cita une phrase complète. « Seul un Français peut dire ça ! » s'exclama-t-il avec dégoût. C'était une description naturaliste de l'éveil du sentiment sexuel chez le jeune héros du roman.

Nous sommes de nouveau sortis nous promener, mais cette fois seulement Mandelstam et moi. Il continuait à penser à Proust, il l'appelait « le pathos de la mémoire ». Le livre a provoqué en lui une vague de souvenirs de sa propre enfance. Il ne s'adressait plus à moi, mais aux étangs. Des aveux francs et douloureux. Des plaintes sur son enfance difficile et sa déplorable éducation : on a continué à l'emmener trop longtemps aux bains des femmes ; il a trouvé très déstabilisant d'être fouetté par sa gouvernante.

Il m'attirait vers les étangs, qui s'étendaient dans la pénombre les uns après les autres. Sur leurs rives, sa voix souple déclamait bruyamment des phrases entières, avec des métaphores et des significations inattendues que je ne parvenais pas à pénétrer. C'était une improvisation irrépressible, dirigée non pas vers moi mais vers le lointain des étangs, et je me rappelais vaguement comment Pouchkine errait au-dessus des mêmes petits lacs, chantant ses vers et effrayant les canards.

J'ai rendu une dernière fois visite aux Mandelstam à Ouzkoïe le jour de leur départ. Nous étions assis avec leur valise dans le taxi. Le moteur vrombissait et, sur le même rythme, Mandelstam frémissait lui aussi d'irritation. Nous ne pouvions pas partir. Nous attendions une femme qui rentrait également chez elle après un traitement. La même personne, en fait, qui avait demandé des nouvelles de Goumilev[1]. Mandelstam a perdu son sang-froid. Il a juré et ne cessait de râler : « Le compteur, le compteur ! » Bien sûr, la femme est vite apparue, mais Mandelstam ne décolérait pas. Lorsque nous l'avons déposée devant son immeuble, elle a invité les Mandelstam à venir la voir. Dès que nous sommes partis, il a fait une remarque caustique : « Elle suppose que nous nous connaissons maintenant. » J'étais exaltée. Notre connaissance, semblait-il, était solidement établie.

À Moscou, Mandelstam m'a fait cadeau de ses livres. *Le Timbre égyptien*[2] portait une dédicace « à l'ancienne », comme il l'a lui-même décrite, datée du « 20 novembre 1928 ». Quelques années plus tard, cependant, Nadejda a repris ses *Poèmes* (1928). Il leur manquait un exemplaire à soumettre pour une éventuelle nouvelle édition chez Khudlit, l'éditeur. Je m'y suis opposée mais lorsque Nadya a observé avec mépris : « Pourquoi en avez-vous besoin ? », je me suis offensée et j'ai rendu le livre. Elle a sans doute déchiré et détruit l'inscription. Mandelstam avait conclu avec les mots : « Merci pour le Proust ».

*Traduction inédite de l'anglais par Guillaume Lefer.*

GEORG LUKÁCS

# Entretien avec Stephen Spender
(1964)

*En interviewant Lukács (1885-1971) à Budapest, l'écrivain britannique Stephen Spender (1909-1995) part à la rencontre de l'un des philosophes les plus importants du XX^e^ siècle : il a d'abord une influence déterminante sur l'existentialisme dans les années 1910, avant de développer en 1923 une importante contribution au marxisme dans* Histoire et conscience de classe. *Loin de se cantonner au domaine métaphysique, l'œuvre de Lukács est fondatrice d'une critique littéraire sociologique qui inspirera notamment le Français Lucien Goldman.*

*Longtemps Lukács a semblé réduire l'écriture de Proust à un prolongement littéraire du bergsonisme, qu'il méprisait comme un irrationalisme. Au moment de cette interview, le philosophe s'apprête à entamer sa dernière décennie (il mourra en 1971) et semble revenir sur ce dédain. Comme le communiste Radek (voir p. 216) trente ans plus tôt, il cite le nom de Proust à la suite de celui de Joyce, mais c'est pour mieux les différencier. Comme souvent, Proust est d'abord requis comme pion dans une stratégie discursive : opposer Proust à Joyce offre à Lukács l'occasion de distinguer l'esthète du petit-maître, l'avant-gardisme de la sophistication. Cette nuance lui permet de se prémunir des accusations de démagogie qu'on intente volontiers aux critiques des avant-gardes. Alors que les caprices formels du romancier irlandais se réduisent finalement à un « photomontage naturaliste », la recherche proustienne se nourrit* *d'une conception du monde structurée par une nostalgie* qui se rapproche de celle de Frédéric Moreau à la fin de* L'Éducation sentimentale.

*L'évocation de ce roman est-elle un lapsus révélateur ? Partisan de l'insurrection de Budapest en 1956, le penseur vieillissant a connu, comme le héros de Flaubert, l'exil et les ellipses qui naissent des révolutions manquées. Comme Frédéric retrouvant son brave Deslauriers dans le dernier chapitre, Lukács peut goûter la compagnie des fantômes qu'il a toute sa vie combattus et s'exclamer : « C'est là ce que nous avons eu de meilleur ! »*

A. G.

« Mais alors, qu'en est-il de Proust ? » « Oh, le cas de Proust est bien différent de celui de Joyce[1]. Dans *À la recherche du temps perdu* il y a une véritable vision du monde, pas un photomontage naturaliste – mais aussi prétentieux et grotesque – d'associations d'idées. Le monde de Proust peut sembler fragmentaire et problématique. Par bien des côtés, ce monde évoque la situation du dernier chapitre de *L'Éducation sentimentale*, quand Frédéric Moreau retourne chez lui après l'écrasement de la révolution de 1848[2] : il n'a plus aucun rapport direct avec la réalité, seulement le regret de son passé perdu. Le fait qu'une situation de même teneur soit la seule à l'œuvre chez Proust est la raison de la nature fragmentaire et problématique de son œuvre. Néanmoins, il décrit avec brio une situation authentique.

« Voyez-vous, ce que je demande à un roman n'est pas de décrire avec naturalisme mes mécanismes

* Le temps perdu ne se limite pourtant pas à un temps dépassé : c'est aussi un temps gaspillé, comme l'explicite Deleuze dans *Proust et les signes*.

intérieurs – Mr. Bloom assis dans les W.C. en train de cogiter – mais d'ajouter quelque chose à la somme de mon expérience vécue. Pour moi, Proust y parvient, pas Joyce. » Il donne en exemple de ce qu'il admire une scène du *Lotte à Weimar* de Thomas Mann, quand Goethe se réveille un matin avec des images de dieux, de déesses et de nymphes issus de ses rêves continuant à planer au-dessus de lui – « une réalité authentiquement humaine et organique ».

Lukács s'identifie lui-même au gamin des rues du conte de Hans Andersen, qui voit que l'empereur ne porte pas d'habits du tout. Tous les critiques faisaient l'éloge de Joyce. Lukács regarda et vit que le roi était nu. Lukács regarda et vit qu'il n'y avait rien à voir chez Samuel Beckett ou dans le *Quartet d'Alexandrie* de Lawrence Durrell, pas plus que dans la soi-disant école de critique sémantique. « Mais bien sûr, je dis peut-être ces choses parce que je suis un très vieil homme, qui va sur ses quatre-vingts ans. »

*Traduction inédite de l'anglais par Antoine Ginésy.*

Stephen Spender, « With Lukács in Budapest »,
*Encounter*, décembre 1964.

## VARLAM CHALAMOV

# « Marcel Proust »
## (*Récits de la Kolyma,* 1966)

*Né en Russie, Varlam Chalamov (1907-1982) est happé dès sa prime jeunesse dans les rouages du totalitarisme soviétique. Après une première arrestation en 1929, il fréquentera de manière discontinue l'univers concentrationnaire jusqu'à la mort de Staline en 1953. Les* Récits de la Kolyma *relatent son expérience de* zéka, *détenu des camps soviétiques (notamment la Kolyma, où il passa quinze ans). La vie au goulag est d'abord une découverte sensible, l'épreuve d'un froid radical qui givre les doigts comme les esprits et entrave la décomposition des cadavres. En Sibérie, le prisonnier qui croit s'échapper est implacablement ramené à sa condition de corps souffrant, et les rapports des hommes entre eux finissent réduits à leur dimension la plus laide.*

*Rivé à cette existence nue, comment Chalamov pouvait-il partager la journée ouatée du Narrateur proustien dans un salon du faubourg Saint-Germain ? Chez Proust, Chalamov chérit justement l'incommensurable, un monde où « toutes les proportions [sont] dérangées, décalées, où il n'y [a] ni grand ni petit ». Cette échappée ne pouvait trop durer : son livre est volé. Ce larcin n'a pas même la force d'un outrage, car le volume du* Côté de Guermantes *n'a sans doute pas été dérobé pour être lu : « pour des cartes, des cartes [à jouer]… Ils le découperaient et voilà tout ». Quoi qu'il en soit, l'ouvrage qui avait pour lui « plus de valeur que le sommeil » sera fatalement ramené à une dimension utile et mesurable, pièce indifférente d'un commerce morbide. Meurtrissure du sens, la vie des camps abîme également l'intégrité de la lettre.*

A. G.

Le livre avait disparu. Le grand et lourd volume in-folio posé sur le banc avait disparu sous l'œil de dizaines de malades. Celui qui avait vu le vol ne le dirait pas. Il n'y a pas au monde de crime sans témoins, animés ou inanimés. Soit, et s'il y en avait malgré tout ? On pouvait se permettre d'oublier le mystère du vol d'un roman de Marcel Proust. On pouvait se taire aussi à cause d'une menace jetée en l'air ; qui ne visait personne en particulier, mais dont l'action était imparable. Celui qui avait vu se tairait au nom du « j'ai peur ». Le bien-fondé d'un tel silence était confirmé par toute la vie au camp, et pas seulement au camp, par toute la vie civile. N'importe quel cave avait pu voler le livre sur l'ordre d'un truand pour montrer son audace et son désir de faire partie du monde criminel, des maîtres de la vie du camp. N'importe quel cave avait pu voler le livre sans motif, juste comme ça, parce que le livre était laissé sans surveillance. En effet, il était posé à l'extrémité du banc, dans la grande cour du grand bâtiment de pierre à deux étages de l'hôpital. Sur le banc, il y avait moi et Nina Bogatyriova. J'avais derrière moi les sommets de la Kolyma, dix ans d'errance dans ces montagnes ; quant à Nina, elle avait l'occupation, le front. Notre conversation, triste et inquiète, était finie depuis longtemps.

Les jours de soleil, on sortait les malades pour la promenade, les femmes à part, et Nina les surveillait en tant qu'aide-soignante.

Je l'accompagnai jusqu'au coin et je revins ; le banc était toujours inoccupé ; les malades qui se promenaient n'osaient pas s'y asseoir, pensant qu'il était réservé aux aides-médecins, aux infirmières, aux surveillants et à l'escorte.

Le livre avait disparu. Qui allait lire cette prose étrange presque impalpable ; comme prête à s'envoler dans le cosmos, et où toutes les proportions étaient dérangées, décalées, où il n'y avait ni grand ni petit ? Tous sont égaux devant la mémoire comme devant la mort, et l'auteur a parfaitement le droit de se rappeler la robe de la servante et d'oublier les bijoux de la maîtresse. Ce roman élargit de façon extraordinaire l'horizon de l'art littéraire. Moi, un homme de la Kolyma, un *zéka*, j'avais été transporté dans un monde perdu depuis longtemps, vers d'autres habitudes oubliées et inutiles. J'avais du temps pour lire. J'étais l'aide-médecin de garde, de nuit. J'avais été terrassé par *Guermantes*. C'est par *Guermantes*, par le quatrième tome[1], que se fit mon initiation à Proust. On avait envoyé le livre à Kalitinski, un aide-médecin de ma connaissance qui jouait les élégants dans la salle, vêtu d'un pantalon de golf en velours, la pipe à la bouche, exhalant partout l'improbable odeur du Capstan. Le Capstan et le pantalon de golf se trouvaient dans le même colis que *Du côté de Guermantes* de Proust. Ah, nos femmes, nos charmantes et naïves amies ! Au lieu d'un pantalon en grosse toile, un pantalon de golf en velours ; au lieu d'une large écharpe en poil de chameau pure laine de deux mètres de long, quelque chose d'aérien comme un ruban ou un papillon : une somptueuse écharpe de soie qui, lorsqu'on l'avait autour du cou, s'enroulait en une petite ficelle de l'épaisseur d'un crayon !

On avait envoyé le même pantalon en velours, la

même écharpe de soie en 1937 à Fritz David, le communiste hollandais qui était mon voisin à la ROuR (compagnie de régime renforcé). Fritz David ne pouvait pas travailler, il était beaucoup trop épuisé, et au gisement on ne pouvait même pas échanger le pantalon de velours et la somptueuse cravate contre du pain. Et Fritz David mourut : il tomba sur le sol de la baraque et mourut. D'ailleurs, on était tellement à l'étroit – tout le monde dormait debout – que le cadavre n'arriva pas immédiatement au sol. Fritz David mourut d'abord et tomba ensuite.

Tout cela s'était passé dix ans auparavant : quel rapport avec *À la recherche du temps perdu* ? Kalitinski et moi, nous évoquions notre univers à nous, notre temps perdu. Dans mon univers, les pantalons de golf n'existaient pas, mais il y avait Proust et j'étais heureux de lire *Du côté de Guermantes*. Je n'allais pas dormir au dortoir ; Proust avait plus de valeur que le sommeil. Et puis Kalitinski me pressait.

Le livre avait disparu. Kalitinski était fou furieux. Nous nous connaissions mal et il était persuadé que c'était moi qui avais volé le livre pour le vendre. Voler à la moindre occasion est de tradition à la Kolyma, une tradition de famine. Les écharpes, les *chaussettes russes*, les serviettes, les morceaux de pain, le gros gris – en sachet, en boîte – disparaissaient à jamais. Selon Kalitinski, tous savaient voler à la Kolyma. Je pensais de même. On avait volé le livre. Jusqu'au soir, on pouvait encore espérer qu'un volontaire ferait son apparition, un mouchard héroïque, et qu'il cracherait le morceau, qu'il dirait où était le livre et qui était le voleur. Mais la soirée passa, des dizaines de soirées s'écoulèrent et on perdit toute trace de *Guermantes*.

S'il n'avait pas été vendu à un amateur – des

amateurs de Proust parmi les autorités du camp ! on pouvait à la rigueur trouver des admirateurs de Jack London dans leur monde, mais de Proust !... –, s'il n'avait pas été vendu à un amateur, il servirait à faire des cartes à jouer. Le *Côté de Guermantes* était un in-folio de poids. C'était l'une des raisons pour lesquelles je n'avais pas gardé le livre sur les genoux, mais l'avais posé sur le banc. C'était un tome épais. Pour des cartes, des cartes... Ils le découperaient et voilà tout.

Nina Bogatyriova était une beauté, une beauté russe arrivée du continent depuis peu. On l'avait emmenée dans notre hôpital. Trahison de la patrie : 58 1/a ou 1/b[1].

— Tu as connu l'occupation ?

— Non, nous n'avons pas été occupés, on était près du front ; j'ai écopé de vingt-cinq plus cinq[2], et les Allemands n'y sont pour rien. À cause du commandant. On m'a arrêtée. Le commandant voulait coucher avec moi. J'ai refusé. Et voilà, une condamnation. La Kolyma. Je suis sur ce banc. Tout est vrai. Et tout est faux. Je n'ai pas couché avec lui. Autant aller avec un gars d'ici. Avec toi par exemple...

— Je suis pris, Nina.

— Je l'ai entendu dire.

— Ce sera dur pour toi, Nina. À cause de ta beauté.

— Qu'elle soit maudite, cette beauté !

— Que te promettent les autorités ?

— De me laisser à l'hôpital comme aide-soignante. J'étudierai pour devenir infirmière.

— On ne garde pas de femmes ici, Nina, pour le moment.

— Mais, moi, on m'a promis de me garder. J'ai un homme. Il m'aidera.

— Qui est-ce ?

— C'est un secret.

— Méfie-toi. Ici, c'est un hôpital d'État, officiel. Personne ici n'a un tel pouvoir. Parmi les détenus. Médecins ou infirmiers, c'est la même chose. Ce n'est pas un hôpital de gisement.

— Peu importe. J'ai de la veine, moi. Je vais faire des abat-jour. Et puis j'irai aux cours comme toi.

Nina resta à l'hôpital pour fabriquer des abat-jour en papier. Et quand elle eut terminé, on l'expédia de nouveau dans un convoi.

— C'est ta bonne femme qui part avec le convoi ou quoi ?

— Oui.

Je me retournai. Derrière moi, il y avait Volodia, un vieux loup de la taïga, un aide-médecin sans instruction médicale. Activiste de la culture ou secrétaire de soviet dans le passé.

Volodia avait largement dépassé la quarantaine et il connaissait la Kolyma depuis longtemps. La Kolyma le connaissait aussi. Trafics avec les truands, pots-de-vin aux médecins. On l'avait envoyé ici pour suivre les cours, pour acquérir des connaissances nécessaires à sa fonction. Volodia avait bien un nom de famille – Ragouzine, je crois –, mais tous l'appelaient Volodia. Lui, le protecteur de Nina ? C'était trop affreux.

Derrière moi, la voix tranquille de Volodia :

— Autrefois, sur le continent, je me débrouillais très bien dans un camp de femmes. Dès qu'on commençait à moucharder comme quoi je vivais avec une bonne femme, je la mettais sur la liste et hop, bonne pour le convoi. Et j'en appelais une autre. Pour faire des abat-jour. Et tout était de nouveau en ordre.

Nina s'en alla. Sa sœur Tonia resta à l'hôpital. Celle-là vivait avec le coupeur de pain, une amitié avantageuse. C'était Zolotinski, un grand et beau gaillard basané, un droit commun. Zolotinski était venu à l'hôpital assurer la fonction de coupeur de pain dont le profit espéré et tout à fait réel se chiffrait en millions, et ce, en échange d'un énorme pot-de-vin versé, disait-on, au directeur de l'hôpital. Tout était parfait, mais il s'avéra que ce beau gaillard basané de Zolotinski était syphilitique : il dut reprendre un traitement. Il fut démis de ses fonctions et envoyé dans une *ven-zone*, un camp pour les hommes atteints de maladies vénériennes. Zolotinski n'avait passé que quelques mois à l'hôpital et il n'avait eu le temps de contaminer qu'une femme : Tonia Bogatyriova. On emmena Tonia dans une *ven-zone* pour femmes. Tout l'hôpital se trouva en alerte. Tout le personnel médical dut passer un test, le test de Wassermann. L'aide-médecin Volodia Ragouzine eut quatre croix[1]. Volodia le syphilitique disparut de l'hôpital.

Quelques mois plus tard, l'escorte amena des femmes malades à l'hôpital ; parmi elles il y avait Nina Bogatyriova. On la conduisait plus loin, elle ne fit que se reposer à l'hôpital. On l'emmenait dans une *ven-zone* pour femmes.

Je sortis accueillir le convoi.

À part ses grands yeux marron profondément cernés, il ne restait plus rien de celle que j'avais connue.

— Voilà, je vais dans une *ven-zone*.

— Dans une *ven-zone* ? Mais pourquoi ?

— Comment ? Tu es aide-médecin et tu ne sais pas pourquoi on envoie les gens dans des *ven-zones* ? Ce sont les abat-jour de Volodia. J'ai eu des jumeaux. Ils n'étaient pas faits pour vivre. Ils sont morts.

— Tes enfants sont morts ? C'est une chance, Nina.

— Oui. Maintenant, je suis libre comme l'air. Je guérirai. Tu as retrouvé ton livre, là, l'autre fois ?

— Non, je ne l'ai jamais retrouvé.

— C'est moi qui l'avais pris. Volodia m'avait demandé quelque chose à lire.

*Traduction du russe par Catherine Fournier et Luba Jurgenson.*

## JOSEPH CZAPSKI

# *Proust contre la déchéance. Conférences au camp de Griazowietz* (1941)

*Peu d'œuvres auront autant marqué ceux qui souffrent que la* Recherche. *Lors de sa longue convalescence après l'attentat de* Charlie Hebdo, *Philippe Lançon raconte qu'il lisait et relisait les mêmes livres : les* Lettres à Milena *de Kafka,* La Montagne magique *de Thomas Mann, et Proust. Avant chaque opération (il en subira dix-sept), il relit l'épisode de la mort de la grand-mère, dans un état de présent perpétuel, hors du temps, entre vie et mort. Il raconte ainsi dans* Le Lambeau *(Gallimard, 2018) son attachement à l'auteur : « Proust, un auteur que j'avais lu avec passion, à la fois comme une sorte de bible et comme un intense divertissement, à plusieurs époques de ma vie. Je pouvais entrer dans la* Recherche *à n'importe quel endroit, n'importe quand, comme dans un château où j'aurais grandi, pour retrouver les personnages que je connaissais mieux que la plupart de mes amis, puisque Proust me les avait dévoilés peu à peu dans leur solitude et leurs moindres replis, comme si nous étions tous morts, lui, eux et moi, tous morts, tous humains, et tous un peu divins. »*

*Œuvre totalisante, la* Recherche *est ce dont on se souvient quand on a tout perdu. Telle est l'expérience de Joseph Czapski (1896-1993), artiste peintre et critique d'art polonais, qui fut enfermé durant dix-huit mois, en 1940-1941, dans un camp de prisonniers de guerre soviétiques. Seuls soixante-dix-neuf des quatre mille officiers polonais arrêtés avec lui survivront. Dans le camp, « nous avons essayé de reprendre un certain travail intellectuel qui devait nous aider à surmonter notre abattement, notre angoisse, et défendre nos cerveaux de la rouille de l'inactivité », se souvient Czapski en 1944. C'est ainsi qu'il reproduit de mémoire ses toiles peintes avant la guerre, et se lance dans une analyse de la* Recherche, *dont il restitue de tête des passages entiers. D'abord clandestines, ces conférences sont finalement autorisées, après contrôle par la censure du camp, et Czapski peut les dicter. « Dans une petite salle, bondée de camarades, chacun de nous parlait de ce dont il se souvenait le mieux. » Dès 1928, dans l'émotion de sa découverte de Proust, il avait rédigé un essai sur l'auteur, paru dans une revue polonaise. Il faisait alors partie des rares intellectuels polonais à avoir lu Proust. L'auteur l'accompagnera toute sa vie.*

*1940 : prisonnier, passif, privé de toute autonomie, il fait lui-même l'expérience de la mémoire involontaire que décrit Proust. Il rapportera dans son* Journal *que les souvenirs de sa lecture de la* Recherche *lui revenaient bien plus précisément que des événements vécus, tels que son expérience de la guerre. C'est sur cette mémoire qu'il nomme « affective » que porte sa conférence. Coupé de la mémoire volontaire par un trop-plein de souffrance, son inconscient passe le relais à la mémoire involontaire. L'art vient compenser la vie.*

*Ces moments hors du temps, passés à évoquer le monde de la* Recherche, *loin, très loin de la réalité du camp, font pour ses camarades et lui office de viatique pour survivre. « Je pensais alors avec émotion à Proust, dans sa chambre surchauffée aux murs de liège, qui serait bien étonné et touché peut-être de savoir que vingt ans après sa mort des prisonniers polonais, après une journée entière passée dans la neige et le froid qui arrivait souvent à [moins] quarante degrés, écoutaient avec un intérêt intense l'histoire de la duchesse de Guermantes, la mort de Bergotte et tout ce dont je pouvais me souvenir de ce monde de découverte psychologique précieuse et de beauté littéraire. » Quelques années après, dans un autre camp, Jorge Semprún fera la même expérience de salut par la lumière que le monde proustien jette au milieu des ténèbres* *(voir p. 213)**.*

*Œuvre du temps, la* Recherche *offre à tous ses lecteurs une mémoire vive, vivace, vivante.*

Bl. C.

Ce n'est qu'en l'année 1924 qu'un volume de Proust me tomba dans les mains. Fraîchement venu à Paris, connaissant de la littérature française à peine plus que des romans de second ordre dans le genre de Farrère ou Loti, admirant par-dessus tout un écrivain si peu unique du point de vue de son style, si peu typique du point de vue de la langue française, que l'est Romain Rolland, j'essayai de m'orienter dans la littérature moderne du pays.

C'était le temps du grand succès du *Bal du comte d'Orgel* de Radiguet, ce court roman à la *Princesse de Clèves*, le temps de la célébrité montante de Cocteau, Cendrars, Morand, de la phrase télégraphique, de la brièveté et de la sécheresse voulue du style. Voilà ce qu'un étranger voyait alors à la surface des lettres françaises.

Mais c'est alors aussi que Stock rééditait *La Femme pauvre* et les autres romans méconnus de Bloy, et la NRF les œuvres de Charles Péguy. C'était en même temps que paraissaient les gros volumes consécutifs d'*À la recherche du temps perdu*, un immense roman d'un certain Proust – couronné par l'académie Goncourt en 1919 – qui venait de mourir.

Attiré par le classicisme du *Bal*, par cette poésie de prestidigitateur d'un Cocteau, je découvrais en même temps avec tremblement le monde mystérieux de Péguy dans *Jeanne d'Arc*, son style étrange avec ces retours et répétitions infinis, mais je n'arrivais pas à surmonter les obstacles qui me séparaient de Proust. Je m'étais mis à lire dans un des volumes

(*Du côté des Guermantes* ?) une description d'une réception mondaine, la description traînait quelques centaines de pages.

Je connaissais trop peu la langue française pour goûter l'essence même de ce livre, pour apprécier sa forme rare. J'étais habitué à des livres où il se passe quelque chose, où l'action se développe plus prestement, racontée dans un français plus courant, je ne possédais pas de culture littéraire suffisante pour aborder ces livres, si précieux, débordants et tellement en contradiction avec ce qui nous semblait alors l'esprit de l'époque, cet esprit passager, qui dans la naïveté de notre jeunesse représentait une nouvelle loi devant durer jusqu'à la fin des temps. Les phrases immenses de Proust, avec ces « à-côtés » infinis, les associations diverses, lointaines et inattendues, la manière étrange de traiter les thèmes enchevêtrés et comme non hiérarchisés. J'arrivais à peine à pressentir la valeur de ce style, son extrême précision et richesse.

Ce n'est qu'un an après que j'ouvris par hasard *Albertine disparue* (onzième volume d'*À la recherche*[1]), et tout à coup je le lus de la première page jusqu'à la dernière avec un émerveillement croissant. J'avoue que ce n'était pas par sa matière précieuse que Proust m'avait pris au début mais par le thème de ce volume : le désespoir, l'angoisse de l'amant délaissé par Albertine disparue, la description de toutes ces formes de jalousie rétrospective, des souvenirs douloureux, des recherches fiévreuses, toute cette divination psychologique du grand écrivain avec ce fouillis de détails, d'associations, me frappaient droit au cœur, et c'est ensuite seulement que j'y découvris un nouvel appareil d'analyse psychologique d'une précision inconnue, un monde nouveau de poésie, le trésor de sa forme littéraire. Mais comment lire, comment trouver le temps pour assimiler ces milliers de pages serrées ? Ce n'est que grâce à une fièvre typhoïde qui me laissa impotent tout un été que je pus lire son œuvre entière. J'y revenais infiniment de fois, en y trouvant toujours de nouveaux accents et de nouvelles perspectives.

JORGE SEMPRÚN

# *Le Grand Voyage*
(1963)

*Fils de républicains espagnols établis en France depuis 1939, Jorge Semprún (1923-2011) s'engage dans le communisme et dans la Résistance alors qu'il est étudiant en philosophie à la Sorbonne. Sa vie bascule quand il est arrêté en septembre 1943 et déporté au camp de concentration de Buchenwald. Il en sera libéré le 26 avril 1945. Durant près de vingt ans, il sera incapable de raconter son expérience concentrationnaire (victime d'une forme d'amnésie volontaire, reconnaît-il). Jusqu'en 1963 (il a alors quarante ans), date à laquelle il publie* Le Grand Voyage, *son premier livre (écrit en français et paru chez Gallimard, comme la majeure partie de son œuvre). Membre actif du Parti communiste espagnol, il coordonne la résistance communiste à Franco de 1953 à 1962. Exclu du Parti en 1964 (pour divergence de vue), il se consacre alors à l'écriture, dans une œuvre principalement autobiographique, où il retrace tous ses combats. L'écriture de l'indicible, l'impossibilité du récit, la dialectique de la mémoire et de l'oubli, la question du mal radical sont pour lui des enjeux majeurs, qu'il explore de l'extraordinaire* L'Écriture ou la vie *(1994, repris en Pléiade en 2021 dans un volume consacré à « l'écriture des camps ») jusqu'à ses* Exercices de survie, *parus de manière posthume (2012).*

*Jorge Semprún rapporte ici une expérience similaire à celle de Joseph Czapski (voir p. 208) et de tant d'autres pour qui la littérature fut une échappatoire, un réconfort, un moment suspendu. Dans son éloignement radical de l'univers des camps, la* Recherche *apparaît comme une expérience mémorielle salvatrice. Elle relie les presque-morts au monde des vivants.*

Bl. C.

« Elle n'en finira pas, cette nuit », dit le gars de Semur.

Nous sommes debout, brisés, dans la nuit qui n'en finira pas. Nous ne pouvons plus du tout bouger les pieds, à cause de ce vieillard qui est mort en disant : « Vous vous rendez compte ? », nous ne pouvons quand même pas lui marcher dessus. Je ne dirai pas au gars de Semur que toutes les nuits finissent, car il en arrivera à me taper dessus. D'ailleurs, ce ne serait pas vrai. À ce moment précis, cette nuit n'en finira pas. À ce moment précis, cette quatrième nuit de voyage n'en finira pas.

J'ai passé ma première nuit de voyage à reconstruire dans ma mémoire le côté de chez Swann et c'était un excellent exercice d'abstraction. Moi aussi, je me suis longtemps couché de bonne heure, il faut dire. J'ai imaginé ce bruit ferrugineux de la sonnette, dans le jardin, les soirs où Swann venait dîner. J'ai revu dans la mémoire les couleurs du vitrail, dans l'église du village. Et cette haie d'aubépines, Seigneur, cette haie d'aubépines était aussi mon enfance. J'ai passé la première nuit de ce voyage à reconstruire dans ma mémoire le côté de chez Swann et à me rappeler mon enfance. Je me suis demandé s'il n'y avait rien dans mon enfance qui soit comparable à cette phrase de la sonate de Vinteuil. J'étais désolé, mais il n'y avait rien. Aujourd'hui, en forçant un peu les choses, je pense qu'il y aurait quelque chose de comparable à cette phrase de la sonate de Vinteuil, à ce déchirement de *Some of These Days* pour Antoine Roquentin[1]. Aujourd'hui, il y aurait cette phrase de *Summertime*, de Sidney Bechet, tout au début de *Summertime*. Aujourd'hui, il y aurait aussi ce moment incroyable, dans cette vieille chanson de mon pays. C'est une chanson dont les paroles, à peu près traduites, diraient ceci : « Je passe des ponts, passe des rivières toujours je te trouve lavant, les couleurs de ton visage l'eau claire va les emportant. » Et c'est après ces paroles que prend son vol la phrase musicale dont je parle, si pure, si déchirante de pureté. Mais au cours de la première nuit de voyage, je n'ai rien trouvé dans ma mémoire qui puisse se comparer à la sonate de Vinteuil. Plus tard, des années plus tard, Juan m'a ramené de Paris les trois petits volumes de la Pléiade, reliés en peau havane. J'avais dû lui parler de ce livre. « Tu t'es ruiné », lui ai-je dit. « Ce n'est pas ça », a-t-il dit, « mais tu as des goûts décadents. » Nous avons ri ensemble, je me suis moqué de sa rigueur de géomètre. Nous avons ri et il a insisté. « Avoue, que ce sont des goûts décadents. » « Et *Sartoris* ? » lui ai-je demandé, car je savais qu'il aimait bien Faulkner. « Et *Absalom, Absalom* ? » Nous avons tranché la question en décidant que ce n'était pas une question décisive.

## KARL RADEK

# « La littérature contemporaine mondiale et la tâche de l'art prolétarien »

## (discours prononcé en 1934)

*Né en Galicie, Karl Radek (1885-1939) est un produit des confins orientaux de l'Empire austro-hongrois. Polyglotte, sa grande culture a nourri un engagement internationaliste et marxiste : d'abord proche des révolutionnaires polonais, il rejoint ensuite les spartakistes allemands avant de devenir un rouage essentiel de la jeune Union soviétique. De reniements en manœuvres, il parvint à se ménager une place à l'ombre de Staline. Arrêté en 1936, pour ne jamais réapparaître, Radek fut finalement victime d'une trop grande intelligence, qui ne pouvait que susciter la méfiance du petit père des peuples.*

*Présidée par Gorki, l'Union des écrivains soviétiques tient son premier congrès en 1934. L'enjeu n'est pas seulement de mettre en avant les écrivains soviétiques mais d'affirmer l'existence d'une littérature prolétarienne mondiale : le réalisme socialiste. Aux côtés de Pasternak et Babel**, *on trouve donc Malraux et Klaus Mann. Enthousiasmés par le projet communiste, les grands écrivains restent néanmoins dubitatifs devant l'autoritarisme ronflant de Jdanov*** *qui*

* Boris Pasternak recevra le prix Nobel de littérature en 1958, notamment après la publication du *Docteur Jivago*, odyssée contemporaine qui dresse un portrait terrible de l'Union soviétique. – Dans les *Récits d'Odessa*, publiés entre 1921 et 1932, Isaac Babel a immortalisé les bas-fonds du yddishland ukrainien.

** Chargé de la direction de la propagande soviétique à partir *veut mettre au pas ces « ingénieurs de l'âme ». C'est là qu'intervient le rusé Radek. Plus proche des intellectuels que ne pourra jamais l'être le pauvre Jdanov, Radek sait s'en méfier : les romanciers ont délaissé l'action pour la fiction, c'est ce qui rendra toujours suspects les plus communistes d'entre eux. Malraux écrit sur des révoltes lointaines et reçoit le Goncourt pour* La Condition humaine. *C'est pour Radek un rebelle de papier, qui ne chérit que les révolutions de fiction.*

*Proust apparaît comme l'incarnation radicale de cette existence simulée. Prétextant le matérialisme historique, Radek le caractérise par un trait qui semble lui inspirer un véritable dégoût : l'impuissance. Les personnages de Proust ne sont bons qu'à répéter leur propre arrêt de mort. Loin d'être un rêveur, le Narrateur se complaît en voyeur sadique qui observe et dissèque, non pour comprendre mais pour jouir du démembrement de créatures aussi dégénérées que lui.*

*Incapable de s'avouer que, avec ses permanentes mises en scène et sa réécriture incessante de l'Histoire, le totalitarisme stalinien est en train de le réduire, lui aussi, à un être de fiction, Radek passe à côté du cœur battant de la* Recherche. *Loin de s'opposer à l'action, le roman est un accomplissement. Tout écrit a été arraché à un quotidien subi ; et, dans chacune des lignes tracées par Proust, rayonne la joie de ce qui fut sauvé.*

A. G.

Nos écrivains ne sont pas assez familiers de la littérature étrangère. Quand ils entendent parler de quelque nouveauté étrangère, beaucoup de nos écrivains demandent avec un intérêt morbide : « Voilà-t-il la clef de l'art ? » Quand ils entendent dire qu'est paru à l'étranger un livre de huit cents pages sans

---

de 1938, Jdanov devient le principal théoricien du réalisme socialiste.

espaces ni ponctuation, ils s'interrogent : voilà peut-être l'art nouveau émergeant du chaos.

Les camarades Lénine et Staline nous ont enseigné à éviter toute infatuation, toute autosatisfaction. Du point de vue de la forme, l'auteur français moyen n'écrit en tout cas pas moins bien que nos meilleurs auteurs. Rien de surprenant à cela. Un ouvrier français ou anglais est aussi meilleur maître de sa machine que nos jeunes ouvriers qui ne sont à leur établi que depuis trois ou quatre ans. Du point de vue de la forme, nous avons donc beaucoup à apprendre, non seulement des anciens classiques de la littérature, mais aussi de la littérature du capitalisme finissant.

Est-il nécessaire d'apprendre de grands artistes tels que Proust l'art de dessiner, de tracer la plus subtile émotion humaine ? Ce n'est pas le sujet. La question est de savoir si nous devons suivre notre propre voie ou si cette voie est déjà toute tracée par les expérimentations faites à l'étranger.

La littérature du capitalisme finissant est maintenant à court d'idées. Elle est incapable de décrire les puissantes forces qui font trembler le monde : les convulsions du passé, les contractions de l'avenir. L'aspect superficiel de son contenu rencontre donc pleinement le caractère superficiel de sa forme. Toutes les esthétiques qui ont été développées par l'art bourgeois auparavant et dans lesquelles de grands chefs-d'œuvre ont été créés, que ce soit le réalisme, le naturalisme, le romantisme, tout cela a essuyé le délabrement puis la désintégration. Tout cela est réduit à des fragments incapables de produire ne serait-ce qu'une seule scène éloquente.

L'art de la bourgeoisie n'a pas la capacité d'imiter le réalisme d'un Balzac, qui s'efforçait de peindre des scènes à la mesure de l'époque à laquelle il vivait. En effet, une pleine description de la vie telle qu'elle est impliquerait une condamnation du capitalisme moribond. Le naturalisme, durant ses jeunes années, et dans ses meilleures productions, a laissé s'exprimer les indignations de l'art petit-bourgeois contre les ulcères du capitalisme. Mais désormais l'artiste bourgeois ne peut pas poser le doigt sur les ulcères du capitalisme. Les échappées romantiques, telles que s'y livrait l'intelligentsia déçue par l'issue de la révolution, sont impossibles maintenant ; il n'y a plus nulle part où s'échapper, sinon dans les abysses.

La recherche de formes nouvelles a commencé. Deux noms[1] expriment le mieux les nouveaux chemins que les artistes bourgeois tentent d'emprunter pour créer des œuvres d'art majeures. Proust est l'un d'eux. Il tente de représenter la psychologie de ses héros, des héros de salon français, en disposant délicatement leurs âmes sous un microscope, pour disséquer subtilement chacune de leurs cellules et sonder le moindre de leurs mouvements. Le scalpel de son analyse vise à divulguer l'âme de l'être humain, par-delà ce qu'il est ou aspire à être. Dans les pages de Proust, l'ancien monde est comme un chien galeux qui pourlèche continuellement ses plaies en se prélassant au soleil, incapable de la moindre action.

Dostoïevski a atteint les sommets de l'art en analysant quelques-uns des archétypes qui peuplaient la purulente Russie semi-féodale – notamment la population étouffant dans d'étroites mansardes, où croupissait le bas de la classe moyenne, incapable de trouver une issue à sa situation. Mais le plus vil de ces archétypes devient, une fois exposé par le scalpel de Dostoïevski, un titan de souffrance. Tandis que les héros de salon de Proust paraissent gémir qu'ils ne valent pas la peine d'être analysés, que même leur analyse ne saurait produire le moindre résultat.

*Traduction inédite de l'anglais par Antoine Ginésy.*

*Problems of Soviet Literature. Reports and Speeches at the First Soviet Writers' Congress, by A. Zhdanov, M. Gorky, N. Bukharin, K. Radek, A. Stetsky.*

## GERSHOM SCHOLEM

# « À l'ombre de la peur. Sur Proust » (1943)

*Ami intime de Walter Benjamin, Gershom Scholem (1897-1982) fut son principal confident quand celui-ci se mesura aux affres de la traduction de la* Recherche[*]. *Éminent théologien et historien du judaïsme et de la kabbale, il contribua à la couleur messianique de la pensée de Benjamin.*

*Ayant quitté l'Allemagne pour Jérusalem dès 1923, le rapport de Scholem à l'identité juive semble à l'opposé de celui de Proust, juif par sa mère, qui évolua dans un milieu catholique et aristocratique. Bien qu'il en ait été victime, l'accusation d'antisémitisme poursuit Proust et son œuvre jusqu'à aujourd'hui[**]. Celui qui peut passer pour un Juif assimilé est en tout cas hostile au sionisme, qu'il réfute dans la* Recherche *en formulant une analogie entre judéité et homosexualité : « On a voulu provisoirement prévenir l'erreur funeste qui consisterait, de même qu'on a encouragé un mouvement sioniste, à créer un mouvement sodomiste et à rebâtir Sodome. Or, à peine arrivés, les sodomistes quitteraient la ville pour ne pas avoir l'air d'en être, prendraient femme, entretiendraient des maîtresses dans d'autres cités[***]. » Non sioniste, Proust ne saurait être réduit à un assimilationniste. Pour*

* Voir le témoignage de Benjamin, p. 59.

** Antoine Compagnon y répond longuement dans *Proust du côté juif*, Gallimard, 2022.

*** *Sodome et Gomorrhe*, Folio classique, 2022, p. 91.

*lui, les questions qui se posent aux Juifs, au même titre qu'aux homosexuels et aux demi-mondaines, sont exemplaires des questions posées à toute l'humanité, parce qu'ils appartiennent à plusieurs mondes : ils seront toujours accusés d'*en être*, de ne pas pleinement appartenir au cénacle où ils sont admis. Mais ces supputations sont aussi celles que le jaloux rumine en voyant sa fiancée aller dans le monde, constatant qu'elle ne sera jamais tout à fait sienne. Le particularisme que les antisémites reprochent aux Juifs relève en fait de l'expérience la plus universelle.*

*Scholem n'a pas pris les mêmes chemins que Proust, mais prend sa défense quand il est accusé d'antisémitisme. Rendus sublimes par leurs défauts, les personnages juifs comme Bloch et Swann contribuent, par leur existence écrite, à préserver une histoire, à sauver un être au monde.*

A. G.

Dans l'édition de *Davar*[1] du 5 novembre, Shin Shalom[2] a consacré un billet à deux livres, *À l'ombre des jeunes filles en fleurs* de Proust et *La Promesse de mariage* d'Agnon[3]. Je ne m'y arrêterais pas, n'étaient les remarques de l'auteur sur « un certain relent d'antisémitisme (non pas antisémitisme d'idées, mais antisémitisme dans la peinture des personnages, ce qui est encore pire) qu'exhale le livre de Proust » ; à un écrivain de notre génération, poursuit-il, « nous ne pouvons pardonner en aucune manière ». Le livre de Proust, de mère juive – « quel retournement ! » trouve S. Shalom –, renferme un « poison antisémite [qui] fermente au fil des pages, et du coup son goût est vicié et son regard suspect ».

L'heure est peut-être venue de s'exprimer franchement sur l'épidémie de dépistage d'un antisémitisme caché qui se niche partout, sur la disposition à jeter la suspicion et à calomnier en tous sens.

Quel ne fut pas notre étonnement lorsqu'un auteur aussi sérieux que Yehezqel Kaufmann, il y a quelques années, remplit les livraisons de *Moznaïm*[1] de preuves péremptoires de l'« antisémitisme national » de plusieurs écrivains et publicistes du camp sioniste et national, de Berditchevsky à Brenner et de A. D. Gordon à Abraham Schwadron, et les dénonça comme des détracteurs d'Israël ! Cela nous a attristés – parce que nous savions bien en tant que sionistes qu'il y a de la place pour un « antisémitisme sioniste » ; et en particulier lorsqu'il s'agit de dévoiler la vacuité et le mensonge de quelques « figures » et strates juives. On nous a appris dans les mouvements de jeunesse sionistes, il y a trente ans, que le *Mauschel* de Theodor Herzl n'était pas une invention littéraire mais une réalité douloureuse, je dirais presque enracinée[2]. Nous avons appris qu'il est tout à fait permis non seulement de le combattre en toutes ses incarnations mais aussi de le caractériser oralement et par écrit. Combien nous réjouissions-nous s'il se trouvait un auteur capable de dépeindre en artiste ces personnages. Quel n'était pas notre mépris pour la besogne peureuse de ceux qui criaient : « horreur ! antisémitisme ! » à propos de tout livre qui décrivait, et serait-ce même avec une parfaite précision artistique, ces figures qui ne sont nullement absentes de la réalité juive. Combien nous sommes-nous moqués du tableau fallacieusement idyllique que les critiques littéraires des milieux assimilationnistes exigeaient des écrivains qui viennent observer le « peuple éternel » de près. Nous nous réjouissions de toute description profonde, vraie, sans autres calculs qu'offraient des auteurs juifs dans la littérature sérieuse. Est-ce que c'était une consolation pour les coups reçus et une apologie (une « compréhension ») de nos défauts que nous recherchions dans ces livres ? Consolation et apologie nous ont été prodiguées avec largesse, et tout collégien les connaît ; nous, nous recherchions la vérité.

Et maintenant, dans la patrie de la littérature hébraïque contemporaine, il en irait autrement ? Nous sommes revenus à ces rengaines et à ces récriminations ? Apparemment, nous sommes devenus hypersensibles sur ce chapitre de l'antisémitisme. Nous avons été échaudés, nous voilà maintenant des Don Quichotte ; l'antisémitisme réel qui nous guette ne nous suffit pas et nous sommes prêts et disposés à le découvrir en toute facture fine et en toute observation pénétrante. Nous avons été échaudés et sommes devenus obtus au point de perdre la capacité de distinguer un accent d'un autre, une figure d'une autre.

Lorsque parut, il y a quelques années, la traduction hébraïque des *Histoires de Jacob*[1] de Thomas Mann, l'un des critiques sensibles là-dessus dit son mécontentement, dans les colonnes de *Davar*, de ce qu'une œuvre antisémite comme le livre de Thomas Mann ait été traduite en hébreu.

Lorsque s'est engagé, durant cette guerre, un débat sur la question des Juifs aux États-Unis, un écrivain chrétien connu publia un article exprimant, à propos du problème des Juifs américains, un point de vue sincère et raisonnable. Il y gagna de voir dénoncer son antisémitisme par des auteurs juifs, et parmi eux des sionistes – de ces sionistes du genre américain, amateurs de la phraséologie sioniste grandiloquente, à propos desquels l'antisémite bien connu Abraham Schwadron a su dire quelques vérités[2] – qui nous ont informés dans les colonnes de *Davar* qu'ils l'avaient démasqué. Je m'étonnai et allai lire les propos mis en cause. Je puis témoigner que je n'y ai pas trouvé le centième de ce que n'importe quel disciple du sionisme en Europe avait coutume de dire en toutes circonstances sur la question juive aux États-Unis.

Nous voilà maintenant arrivés à Marcel Proust. Trente ans ont passé depuis la publication du livre où « l'antisémitisme fermente », et vingt ans depuis la disparition de l'auteur. Et des monceaux entiers d'articles, de brochures et de livres ont été écrits sur cette grande œuvre jusqu'à ce qu'un écrivain hébraïque découvre l'écharde dans la chair.

J'en fais l'aveu, je compte parmi les fervents de Proust. Je n'ai cessé de le lire, et le temps m'a manqué pour aspirer une goutte de la vapeur d'ennui que S. Shalom a vue flotter au-dessus de cette prose rigoureuse. Le traducteur allemand de ce volume « plein de poison antisémite » était mon ami proche, un grand Juif fier[1]. Combien de nuits avons-nous passées à Paris à spéculer sur la trame juive nouée dans cette immense entreprise du premier tome au dernier, sans y trouver le goût de ce poison. C'est vrai : cette strate de Juifs et de convertis du judaïsme de la première et de la seconde génération, que quelques pages dans des nombreux volumes de l'œuvre de Proust décrivent et analysent avec la sympathie de l'artiste et sans la charité de l'apologiste – cette strate n'est pas faite pour susciter notre affection. Quoi ! Est-ce là notre vocation que de lui manifester de l'affection ? Est-ce que ce Swann, le principal héros « juif » parmi les nombreux Juifs qui traversent l'œuvre de Proust, ne constitue pas l'une des plus merveilleuses figures des descendants de Juifs dans le « monde » qui aient jamais été brossées ?

Ce personnage où toute la délicatesse et toute la capacité d'observation de l'écrivain se sont en quelque sorte concentrées serait imprégné du poison de l'antisémitisme de son créateur ? Le critique plaisante. Et le jeune Bloch – ne l'avons-nous pas connu du temps de notre jeunesse ? N'a-t-il pas été notre camarade de lycée ? Et n'est-ce pas sur lui que nous avons déversé toute notre colère dans les discussions enflammées en ces jours heureux où l'« antisémitisme sioniste » était encore autorisé publiquement ?

Je ne sais ce qu'écrirait Shin Shalom s'il lui tombait entre les mains une traduction en langue étrangère de *Deuil et échec* de Brenner[1] ! Et Agnon, dont l'amour d'Israël est célèbre, et dont le critique loue le sentiment délicat ! Est-ce qu'à lui aussi « son goût est vicié et son regard suspect » ? N'a-t-il pas osé publier sa grande nouvelle *Avec nos jeunes gens et avec nos vieillards*[2] tout entière imprégnée de ce poison de l'« antisémitisme dans les personnages » qui est le pire, et où il donne à voir les sionistes de Galicie, comme Proust a donné à voir les assimilationnistes de France ? Est-il possible qu'Agnon aussi ait été frappé de cette disgrâce ? N'ayons pas deux poids, deux mesures. Chargeons à gauche, accusons à droite – et nous aussi nous répondrons et dirons nettement : critique littéraire, les philistins fondent sur toi !

*Traduction de l'hébreu par Maurice Kriegel.*

Article paru dans le quotidien hébraïque *Davar*
le 12 novembre 1943.

## SAUL FRIEDLÄNDER

# *À la recherche de Proust*
(2020)

*Historien et intellectuel tchèque de confession juive, Saul Friedländer (né en 1932) est spécialiste du nazisme et des Juifs. Son intérêt pour Proust, qu'il avoue lire et relire inlassablement en français (lui qui a vécu son enfance en France, caché durant l'Occupation, de 1940 à 1944), n'est pas surprenant**. *L'affaire Dreyfus, à la racine de l'antisémitisme européen au* XX*e siècle, est en effet au cœur de la* Recherche, *tout comme les questions de la mémoire et de l'identité, fondamentales pour Friedländer.*

*Tout au long du roman, le Narrateur cherche à quitter son milieu social bourgeois pour pénétrer le monde de la haute aristocratie. Cette quête sociale lui permettra de forger son identité d'écrivain. Pour Friedländer, tout l'enjeu de l'œuvre de Proust repose sur cette émergence d'une identité d'écrivain, sur la peinture d'un milieu social qui finit par se rider, « se faire une tête » et se dissoudre dans la modernité.*

*Voilà ce qui reste du monde que Proust nous décrit, englouti par la Première Guerre mondiale, emporté par l'Histoire : la naissance d'une vocation littéraire et l'émergence*

* « Je suis presque certain d'avoir lu le premier volume de la *Recherche* en 1947-1948, quand j'étais pensionnaire de première à Henri IV. Ou alors, immédiatement après mon arrivée en Israël, en juin 1948, alors que j'essayais de sauvegarder mon identité culturelle française et alors que j'acquérais l'identité très différente du nouvel Israélien. » Entretien avec Nicolas Ragonneau, *Proustonomics*, publié le 3 juin 2021.

*des intellectuels engagés, qui se réalise précisément pour la première fois autour de l'affaire Dreyfus. Bien que Zola ne soit pas présent dans les pages de la* Recherche, *l'auteur de* J'accuse… ! *traverse le roman à la manière d'un fantôme. Pour l'historien de la Shoah, originaire d'Europe de l'Est, cette identité d'intellectuel engagé, dont Proust fait naître la figure dans son œuvre, est essentielle. Se rejoignent ainsi, d'un bout à l'autre du* XX*e siècle, l'écrivain revendiqué dreyfusard* et l'historien engagé, témoin du pire de l'antisémitisme à « l'âge des extrêmes** ».*

É. S.

« Proust ? » me demanda un ami français quand je lui dis ce que j'avais en tête, « pourquoi Proust ? » Ma réponse resta vague. La question était pourtant pertinente : oui, pourquoi Proust ? Mais le flou de ma réponse n'était pas moins justifié : j'étais incapable de dire avec exactitude pourquoi j'avais décidé de travailler sur Proust – ou peut-être ne *voulais*-je pas le dire. Une chose était certaine : je n'avais ni la compétence, ni à plus forte raison l'intention de devenir un énième « spécialiste » de l'œuvre proustienne. Pourtant, mon désir d'écrire précisément sur la *Recherche* ne venait pas de nulle part ; cela, j'en étais persuadé. Était-ce la beauté du livre ? Sa complexité ?

Nul doute que ces deux aspects avaient leur importance, car c'était avant tout pour eux que je relisais

* Proust signe en 1897 une pétition, portée par des intellectuels, en faveur du capitaine Dreyfus.

** Pour reprendre la formule d'Eric Hobsbawm, *L'Âge des extrêmes : le court* XX*e siècle, 1914-1991* [1994], traduction d'André Versaille, coédition *Le Monde diplomatique* – Éditions Complexe, 1999 ; réédité sous le titre *L'Ère des extrêmes*, Agone, 2020.

inlassablement la *Recherche*. Mais existait-il d'autres raisons ? Si je retournais à ces pages, n'était-ce pas aussi pour répondre à une nécessité, n'y avait-il pas dans ma vie personnelle quelque chose qui exigeait que je me plonge dans ce livre, un élément qui y était intimement lié ? Certains sujets évoqués dans le roman rejoignaient des réflexions que j'avais nourries au fil des décennies, principalement sur la question de l'identité.

Quelle qu'ait pu être ma motivation première, je me suis donc mis à relire la *Recherche* avec une attention toute particulière, remarquant certains aspects qui m'avaient jusqu'alors échappé. Comme j'allais m'en rendre compte au cours de mon enquête, je n'étais pas le seul à être passé à côté de ces détails. Bien entendu, je succombai une fois encore au prodigieux attrait de ce texte qui pour moi comme pour tant d'autres ne constitue pas seulement le plus grand roman de la littérature française, mais sans doute l'un des plus grands livres jamais écrits.

Il est facile de résumer la *Recherche*, dans la mesure où son intrigue est presque inexistante : le livre raconte la vie d'un Narrateur dont le plus grand désir, depuis l'enfance, est de devenir écrivain. Doutant de son talent littéraire, il passe plusieurs décennies de sa vie d'adulte dans une oisiveté consacrée à s'extraire de la classe moyenne dont il est issu pour s'élever jusqu'aux plus hautes sphères de l'aristocratie. Il lui faudra attendre l'âge mûr pour découvrir, par le plus grand des hasards, à la faveur d'une sorte d'épiphanie déclenchée par la résurgence involontaire d'un souvenir, qu'il est doté de ce don littéraire qui lui permettra de réaliser son ambition. C'est alors qu'il entreprend d'écrire l'histoire de sa vie, une histoire qui racontera pour l'essentiel ce dont il se souvient de ses années de désœuvrement, celles-là mêmes qui furent à son insu des années de formation. Dès lors, son écriture devient bel et bien une quête du temps perdu – à la fois le temps oublié qui doit être redécouvert et le temps gaspillé qui doit être retrouvé, ou racheté.

Si le Narrateur nous dit qu'il lui a fallu de longues années avant de se consacrer à l'écriture – sans doute pour accentuer l'effet quasi magique de la mémoire involontaire –, Proust lui-même, bien qu'obnubilé par son ascension sociale et tourmenté par la maladie, écrivit assidûment pendant toutes les années qui précédèrent la rédaction de la *Recherche* : des nouvelles, publiées en 1896 par un auteur de vingt-cinq ans sous le titre *Les Plaisirs et les Jours* ; le roman *Jean Santeuil*, riche de quelque huit cents pages et resté inédit de son vivant ; des articles de critique littéraire contenant également les fragments d'un essai, *Contre Sainte-Beuve*, publié lui aussi à titre posthume ; de nombreux articles plus courts rédigés pour des journaux et des revues, principalement sous la forme de pastiches d'auteurs célèbres. Il est intéressant de noter que tous ces écrits de jeunesse, publiés ou non, recèlent quantité de thèmes qui réapparaîtront dans le grand roman que Proust entamera au cours de l'année 1909, et dont les deux derniers volumes ont été publiés après sa mort, survenue en 1922 à l'âge de cinquante et un ans.

*Traduction de l'anglais par Alexandre Pateau.*

UMBERTO ECO

# « L'identité culturelle européenne, c'est le dialogue » (2013)

*Quelques années avant sa mort, Umberto Eco (1932-2016) se fondait sur* Le Temps retrouvé *et sur les discours germanophiles de Charlus et Saint-Loup pour affirmer que l'identité européenne réside dans « un long dialogue entre les littératures, les philosophies, les œuvres musicales et théâtrales » des divers espaces de l'Europe qui font qu'un Saint-Loup peut fredonner en allemand les premiers vers d'un lied de Schumann quelques jours avant d'aller se faire tuer sur le front de la Marne*[*]*.*

*Cette vision est le fait d'un philosophe, universitaire, intellectuel et érudit italien, connu du grand public pour ses romans (dont le plus célèbre,* Le Nom de la rose, *a été porté à l'écran par Jean-Jacques Annaud en 1986).*

*Si Eco n'a pas écrit plus spécifiquement sur Proust, sa présence au sein de cette anthologie s'impose. Car le sémioticien, qui, avec son ouvrage* Lector in fabula[**]*, a été l'un des premiers à affirmer le rôle de co-création littéraire du lecteur, rend un hommage essentiel à celui qui affirme : « Chaque lecteur est, quand il lit, le propre lecteur de soi-même*[***]*. »*

É. S.

* Umberto Eco, « Proust e i "Boches" », Rome, *L'Espresso*, 22 octobre 2013.

** Umberto Eco, *Lector in fabula ou la coopération interprétative dans les textes narratifs*, Grasset, 1985.

*** *Le Temps retrouvé*, Folio classique, 1990, p. 217.

Ceux qui exercent le même métier que moi déploient des efforts titanesques pour échapper aux congrès, aux symposiums, aux interviews sur le thème obsédant de l'identité européenne. Le problème ne date pas d'hier, mais il est devenu plus brûlant ces dernières années, à l'heure où de nombreuses personnes nient son existence. Il est curieux de constater que bon nombre des gens qui la réfutent et qui voudraient que le continent se morcelle en une multitude de minuscules patries possèdent un bagage culturel limité et, au-delà de leur xénophobie presque congénitale, ignorent que c'est depuis l'an 1088, date de naissance de l'Université de Bologne, que des « clercs vagants » de tous horizons vagabondent d'université en université. D'Uppsala [en Suède] à Salerne [en Italie], communiquant dans la seule langue commune qu'ils connaissaient, le latin. On a l'impression que seuls les gens cultivés perçoivent l'identité européenne. C'est triste, mais c'est déjà un début.

## Discours germanophiles

À ce propos, je voudrais citer quelques pages du *Temps retrouvé*, de Proust. Nous sommes à Paris, pendant la Première Guerre mondiale. La nuit, la ville redoute les incursions de Zeppelins. L'opinion publique impute aux « Boches » abhorrés toutes sortes d'atrocités. Eh bien, ces pages de Proust exhalent un parfum de germanophilie qui transparaît dans les conversations entre les personnages.

Charlus est germanophile, même si son admiration pour les Allemands semble moins liée à des affinités culturelles qu'à ses préférences sexuelles : « "Notre admiration pour les Français ne doit pas nous faire déprécier nos ennemis, ce serait nous diminuer nous-mêmes. Et vous ne savez pas quel soldat est le soldat allemand, vous qui ne l'avez pas vu comme moi défiler au pas de parade, au pas de l'oie, *unter den Linden*[1]." En revenant à l'idéal de virilité qu'il m'avait esquissé à Balbec, [...] : "Voyez-vous, me dit-il, le superbe gaillard qu'est le soldat boche est un être fort, sain, ne pensant qu'à la grandeur de son pays, *Deutschland über alles*[2]." »

Passons sur Charlus, même si l'on retrouve déjà dans ses discours germanophiles quelques réminiscences littéraires, et parlons plutôt de Saint-Loup, vaillant soldat qui perdra la vie au combat. « Pour me faire comprendre certaines oppositions d'ombre et de lumière qui avaient été "l'enchantement de sa matinée", [Saint-Loup] ne craignait pas de faire allusion à une page de Romain Rolland, voire de Nietzsche, avec cette indépendance des gens du front qui n'avaient pas la même peur de prononcer un nom allemand que ceux de l'arrière [...]. Saint-Loup me parlait-il d'une mélodie de Schumann, il n'en donnait le titre qu'en allemand et ne prenait aucune circonlocution pour me dire que quand à l'aube il avait entendu un premier gazouillis à la lisière de cette forêt, il avait été enivré comme si lui avait parlé l'oiseau de ce "sublime *Siegfried*" qu'il espérait bien entendre après la guerre[3]. »

## Rien que ne puisse effacer une guerre

Ou encore : « J'appris, en effet, la mort de Robert de Saint-Loup, tué le surlendemain de son retour au front, en protégeant la retraite de ses hommes. Jamais homme n'avait eu moins que lui la haine d'un peuple. [...] Les derniers mots que j'avais entendus sortir de sa bouche, il y avait six jours, c'étaient ceux qui commencent un lied de Schumann et que sur mon escalier il me fredonnait, en allemand, si bien qu'à cause des voisins je l'avais fait taire[1]. »

Et Proust de s'empresser d'ajouter que toute la culture française ne s'interdisait pas d'étudier, même alors, la culture allemande, quoiqu'en prenant quelques précautions : « Un professeur écrivait un livre remarquable sur Schiller et on en rendait compte dans les journaux. Mais avant de parler de l'auteur du livre, on inscrivait comme un permis d'imprimer qu'il avait été à la Marne, à Verdun, qu'il avait eu cinq citations, deux fils tués. Alors on louait la clarté, la profondeur de son ouvrage sur Schiller, qu'on pouvait qualifier de grand pourvu qu'on dît, au lieu de “ce grand Allemand”, “ce grand Boche[2]”. »

Voilà ce qui constitue le fondement de l'identité culturelle européenne, un long dialogue entre les littératures, les philosophies, les œuvres musicales et théâtrales. Rien que ne puisse effacer une guerre. Et c'est sur cette identité que se fonde une communauté qui résiste à la plus grande des barrières, celle de la langue.

*Voxeurop*, 11 novembre 2013.

# *Du côté des philosophes*

*Face à une œuvre littéraire, le philosophe doit réfréner les pulsions cannibales qui le poursuivent. Dès le titre,* À la recherche du temps perdu *laisse poindre ses dangereux atours : les tribulations épiques d'une abstraction vertigineuse. Le* Temps *et la* Perte... *Avant d'avoir rien goûté, le fier estomac existentialiste a déjà digéré deux beaux concepts. Les angoisses infantiles de « Combray » viendront proroger les extases rubicondes promises au freudien, tandis que l'hégélien, après avoir si longuement salivé, dévoilera de saines dents blanches en avalant* Le Temps retrouvé. *À la lecture des descriptions des Guermantes, le marxiste qui faisait la fine bouche aux hors-d'œuvre joindra son bel embonpoint à la joyeuse tablée des métaphysiciens. Souriantes et repues, voilà ces rondes mines parties pour joliment somnoler...*

*Conçue dans l'urgence de la mort qui s'annonce, la* Recherche *pose la question du passage du temps, mais Proust ne cherche pas à formuler de réponses à la manière d'un philosophe. Chaque personnage est un cadavre en sursis, qui vivra sa petite tragédie, mais tous concourent à leur insu au même chœur discordant. Ces cheminements compliqués ne pourraient pas être résumés par un discours : c'est pourtant* cette incohérence foncière qui attire les philosophes (voir Fondane, p. 261), comme il arrive aux ténèbres d'exciter la lumière (voir Conrad, p. 239). Le roman de Proust n'est pas une réflexion sur la réalité mais une extension de celle-ci, qui gagne dans la fiction une nouvelle profondeur. En compliquant notre monde d'une nouvelle dimension, son écriture découvre un univers incommensurable (voir Campo, p. 268) et disséminé (voir Adorno, p. 248). Un philosophe ne se mesurera véritablement à cette œuvre qu'en y éprouvant les limites de sa propre médiation et de son ambition totalisante.

La Recherche est pourtant la progressive prise de conscience que les routes contraires se rejoignent, que dans les lointains du Temps retrouvé les côtés opposés de Guermantes et de Méséglise finissent par s'épouser, à travers la fille de Saint-Loup et de Gilberte Swann. L'être ne trouve son unité qu'au prix des mésalliances du monde : aucune rationalité ne saurait résumer les fabuleux raccourcis dont est composée l'existence.

Encyclopédiste d'un Tout dont s'est perdue la clef, Proust ne s'attache pas à la multitude des choses pour les réunir sous la législation d'un principe souverain ; il œuvre en vertu d'une amitié envers chaque créature, qui n'épargne pas la plus misérable d'entre elles (voir Benjamin, p. 59).

A. G.

JOSEPH CONRAD

# Lettre à C. K. Scott Moncrieff (traducteur de Proust en anglais) (1922)

*Né en Russie, Conrad (1857-1924) a connu les tourments de l'exil avant d'adopter la nationalité britannique. Son expérience de marin et de globe-trotter a nourri l'une des œuvres les plus importantes de la littérature anglo-saxonne.*

*Les paysages salonniers de Proust, les scrupules et les jalousies de son Narrateur auraient pu répugner à cet auteur de romans d'aventures. Assez éloigné de lui pour ne pas craindre l'ombre du grand auteur*, il peut laisser libre cours à une admiration paradoxale. Francophone, il ne semble pas impressionné par le style de Proust qui a marqué tant d'esprits (voir, par exemple, Woolf, p. 497). Révoquant cet aspect formel, Conrad attribue à l'esthétique si particulière de la* Recherche *une autre source : l'analyse. L'écriture proustienne est belle car elle ne cesse de penser ; elle ne se déploie pas en extension mais en intention : Proust ne décrit pas, il déplie. Pourtant l'écrivain n'est pas philosophe : sa « prose […] gagne notre adhésion par sa grandeur voilée ». Loin d'éclairer le monde, Proust en libère les ténèbres.*

A. G.

* Contrairement à Gombrowicz (voir p. 327)

Oswalds[1], 17 décembre 1922

Mon cher Moncrieff,

Je vous pardonne votre « horrible » lettre[2] (remarquons au passage à quel point il est caractéristique de Conrad de répondre aux lettres en commençant par la fin. C'est là le défaut que les critiques ont relevé dans mes romans. Ils appellent ça « la méthode indirecte ». Drôles de gens, les critiques).

Je me trouve brillant, ce matin. Quelque jour, je commencerai un roman de cette manière : par une expression entre guillemets suivie d'une longue parenthèse.

Le peu de réaction du public ne me surprend pas. Et je ne crois pas que cela surprenne beaucoup Messieurs Chatto et Windus[3]. Il est d'autant plus à leur honneur d'avoir risqué ce coup qui ne leur apportera pas une grande récompense. Quant à vous, il est clair que c'est par amour que vous avez agi – et il n'y a rien à dire de plus.

Dans le volume que vous m'avez envoyé, j'ai été beaucoup plus intéressé et fasciné par votre traduction que par l'œuvre de Proust. Votre rendu m'a révélé quelque chose, alors que je ne trouve aucune révélation chez Proust. Je parle ici de la pure maîtrise de la langue – du point jusqu'auquel on peut la pousser, je veux dire – et dans votre cas il s'agit de deux langues – par une faculté suprême qui s'apparente au génie. Car il serait trop déprimant de penser qu'un tel résultat puisse être obtenu simplement par l'étude et l'industrie. Et c'est là la révélation. Dans la mesure où l'on s'en tient à la « maîtrise de la langue », il n'y a aucune révélation chez Proust.

Bien entendu, je dis cela pour vous. Ce n'est pas là une déclaration à publier dans un prospectus.

Quant à Proust, le *créateur**, je ne crois pas qu'on ait beaucoup écrit sur lui en anglais, et ce que j'en ai lu était assez superficiel. J'ai constaté qu'on le louait pour ses « merveilleux » tableaux de la vie parisienne et de la vie provinciale. Mais, pour nous, d'autres l'ont fait de façon admirable avant lui, que ce soit par amour, par haine ou par simple ironie. Un critique va jusqu'à dire que le grand art de Proust touche à l'universel et qu'en dépeignant son propre passé il reproduit pour nous l'expérience générale de l'humanité. J'en doute. Je l'admire plutôt parce qu'il dévoile le passé comme personne ne l'a fait avant lui, parce qu'il étend, pour ainsi dire, l'expérience générale de l'homme en lui apportant quelque chose qui n'a jamais été noté avant lui. Cependant, tout cela n'a pas beaucoup d'importance. L'important, c'est que tandis qu'auparavant l'analyse était associée à un art créatif dont la grandeur tenait à sa conception poétique, à l'observation ou au style, son art créatif à lui se fonde de façon absolue sur l'analyse. En fait, c'est même plus que cela. C'est un écrivain qui a poussé l'analyse à un tel point qu'elle en devient créatrice. Toute cette foule de personnages, dans leur infinie variété, à travers tous les degrés de l'échelle sociale, existe, vit et nous est rendue visible par la seule force de l'analyse. Je ne dis pas que Proust n'a aucun don pour la description ou la peinture des personnages, mais, si nous prenons un exemple aux deux extrémités de l'échelle sociale : Françoise, la servante dévouée, et le baron de Charlus – un portrait achevé –, combien de lignes de description leur sont consacrées dans tout l'ensemble de cet immense ouvrage ? Peut-être, si l'on compte toutes les lignes, une demi-page chacun. Et pourtant aucune personne d'esprit ne peut douter un instant de leur vérité plastique et colorée. On croirait que cette méthode (et

Proust n'en a pas d'autre, parce que sa méthode est l'expression même de son tempérament) court le risque d'être menée trop loin, mais en fait elle ne lasse jamais. Il se peut qu'il y ait, ici ou là, dans ces milliers de pages, un paragraphe que l'on aurait tendance à trouver trop subtil, une analyse tellement poussée qu'elle s'évanouit dans le néant. Mais ce sont là des occasions très rares et tout à fait mineures. L'intérêt ne faiblit jamais, parce qu'on a le sentiment d'entendre le dernier mot sur un sujet que l'on a beaucoup étudié, sur lequel on a beaucoup écrit et qui intéresse toujours – le dernier mot de son époque. Ceux qui trouvent de la beauté chez Proust ont tout à fait raison. Il y en a. Ce qui émerveille, c'est son caractère inexplicable. Dans une prose si vivante, il n'y a ni rêverie, ni émotion, ni ironie appuyée, ni chaleur de conviction, pas même un rythme marqué qui viendrait charmer notre imagination. Cette prose en appelle à notre sens de l'émerveillement et gagne notre adhésion par sa grandeur voilée. Je ne crois pas qu'il y ait jamais eu, dans toute la littérature, un tel exemple de la puissance de l'analyse et je ne crois pas m'aventurer beaucoup en déclarant qu'il n'y en aura jamais d'autre.

Voilà plus ou moins ce que je pense ou imagine que je pense. Mais ce n'est même pas la moitié de ce que j'imagine penser. Si cela vous sert à quelque chose, vous pouvez modifier, couper, étendre, entortiller, renverser et faire tout ce que vous voulez de ce que je viens d'écrire pour le rendre approprié. Il est indubitable que vous en savez beaucoup plus que moi sur Proust ; n'hésitez pas à supprimer (vous me rendrez service) tout ce qui vous paraîtra absurde dans cet écrit qui n'a même pas de nom. Je suis sérieux !

J'espère que votre santé s'améliore. Vous travaillez

donc toujours pour le *Times* ? Est-ce que cela vous absorbe beaucoup ? Ne pourriez-vous pas trouver une journée pour descendre nous voir – et passer la nuit chez nous, si possible ?

Bientôt, je veux dire. Ma femme vous envoie ses meilleures pensées.

Toujours cordialement vôtre, mon cher Moncrieff.

*Traduction de l'anglais par Georges Roiron.*

## SAMUEL BECKETT

# *Proust*
(1931)

*Le mythique auteur d'*En attendant Godot *(1952) doit beaucoup à Proust. Malgré la différence radicale de leur style – l'un tout en retenue, dans un rythme parfois saccadé, l'autre tout en lenteur et digressions –, Beckett (1906-1989) se rapproche sensiblement de ce qu'a réalisé Proust avec la* Recherche. *Un lien soutenu par sa découverte précoce de Proust, en français, à Paris, à partir de 1928, alors que le jeune Irlandais est lecteur d'anglais à l'École normale supérieure de la rue d'Ulm (où il compte parmi ses condisciples Sartre et Raymond Aron). C'est en 1930, à son retour en Irlande, qu'il répond à une commande de l'éditeur londonien Chatto & Windus qui lui propose d'écrire une monographie sur Proust. Il a vingt-quatre ans, et il vient d'offrir l'un des essais les plus novateurs sur le romancier français. Son texte est écrit en anglais, accompagné de sa propre traduction de certains passages de la* Recherche *(dédaignant donc la traduction de Scott Moncrieff). Rejetant l'idée de critique biographique ou de critique universitaire, il fait œuvre de philosophe**. *À travers*

* Son essai est bien éloigné d'un panégyrique, lui qui exprime des sentiments mélangés sur Proust. Dans une lettre de 1929, il écrit avec humour : « J'ai lu le premier volume de *Du côté de chez Swann*, et je le trouve étrangement inégal. Il y a des choses incomparables – Bloch, Françoise, tante Léonie, Legrandin – et puis des passages qui sont d'une méticulosité pénible, artificiels et presque malhonnêtes. Il est difficile de savoir quoi en penser.

*Proust, il questionne l'identité, la permanence, la mort, l'amitié et la mémoire.*

*Plus tard, son œuvre théâtrale restera marquée par sa lecture de Proust. Ce sera notamment le cas de* La Dernière Bande *(représentée en 1958 à Londres et l'année suivante à Paris). Cette pièce met en scène un homme qui se remémore ses souvenirs à travers une cassette enregistrée qui le replonge dans son passé. La conclusion rejoint celle du* Temps retrouvé *: le temps du bonheur appartient au passé. Mais il faut continuer, encore et toujours.*

N. B.

La tragédie de la relation Marcel-Albertine est le type même de la tragédie propre à toute relation humaine : son échec est prédéterminé. Mon analyse de cette catastrophe fondamentale précisera l'aspect trop abstrait ou trop arbitraire que peut avoir cette description du pessimisme de Proust, car à chaque tumeur son scalpel et son pansement. La mémoire et l'habitude appartiennent à ce cancer qu'est le temps. Elles gouvernent jusqu'au plus simple des épisodes proustiens et il nous faut comprendre leur mécanisme avant de pouvoir analyser en détail leur mode d'application.

[...]

Les lois de la mémoire dépendent des lois plus générales qui régissent l'habitude. L'habitude est un pacte signé entre l'individu et son environnement, ou bien entre l'individu et les excentricités de son propre corps. C'est la garantie d'une inviolabilité tacite, le paratonnerre de son existence. L'habitude

---

[...] Et quand je pense qu'il faut que je le contemple sur son siège de cabinet pendant 16 volumes ! » (*Lettres*, t. I, Gallimard, coll. « Blanche », 2014, p. 105.)

est l'ancre qui enchaîne le chien à son vomi. Le souffle est habitude. La vie est habitude. Ou plutôt la vie est une succession d'habitudes dans la mesure où l'individu est une succession d'individus.

[…]

Le vieux moi n'accepte pas de mourir. Pourvoyeur d'ennui, il ne valait pas grand-chose, mais il était aussi facteur de sécurité. Dès qu'il ne remplit plus cette deuxième fonction, dès qu'il doit faire face à un phénomène qu'il ne parvient pas à réduire aux normes d'un concept douillet et familier, en un mot dès qu'il manque à son office d'écran protecteur entre sa victime et le spectacle de la réalité, le vieux moi disparaît. La victime, maintenant ex-victime, libre pour un moment, se trouve exposée à la réalité, exposition qui a ses avantages et ses inconvénients. Le moi qui disparaît pleure et grince des dents. Le microcosme destiné à mourir reproche au macrocosme sa relative immortalité. Le whisky en veut à la carafe qui le contient. Le narrateur ne parvient pas à s'endormir dans une chambre inconnue, le haut plafond le torture, lui qui a l'habitude d'un plafond plus bas. Que se passe-t-il ? Le vieux pacte est caduc. Il ne comportait aucune clause relative aux plafonds hauts. L'habitude d'être en parfait accord avec les plafonds bas est inefficace et doit mourir afin que naisse une habitude d'être en parfait accord avec les plafonds hauts. Entre cette mort et cette naissance, la conscience, à un point limite d'acuité intense, perçoit fiévreusement la réalité insoutenable.

[…]

Pour échapper à ce monstre agile ou cette divinité, ce Janus à trois faces – le temps, condition essentielle de la résurrection parce qu'il est instrument de mort ; l'habitude, malédiction dans la mesure où elle contrecarre l'exaltation périlleuse de la première, bénédiction dans la mesure où elle atténue la cruauté de la seconde ; la mémoire, laboratoire pharmaceutique où voisinent poisons et remèdes, stimulants et sédatifs –, pour Lui échapper, donc, l'esprit se tourne vers l'unique compensation, la seule évasion miraculeuse que tolèrent Sa tyrannie et Sa vigilance. Ce sauvetage éphémère et inopiné, en pleine tempête de vie, peut survenir uniquement – et encore pas forcément toujours – quand l'action de la mémoire involontaire est stimulée à un moment où l'habitude néglige sa tâche ou bien se meurt. Proust a adopté cette expérience mystique comme leitmotiv de sa symphonie. Récurrent comme la phrase rouge du septuor de Vinteuil, névralgie plutôt que thème, persistant et monotone, le leitmotiv disparaît dans les profondeurs pour émerger, plus subtil et plus nerveux, étrangement, nécessairement enrichi de notes d'agrément incrustées, énoncé de la réalité alors plus sûr et plus essentiel. Puis il s'élève à travers toute une série de précisions et de purifications, jusqu'à la cime d'où il contrôle et éclaire le plus modeste incident de son ascension et d'où il lance son ultimatum triomphal.

*Traduction de l'anglais par Édith Fournier.*

## THEODOR ADORNO

# « Notes sur Marcel Proust »
# (*Notes sur la littérature*, 1958)

*Figure de proue de l'École de Francfort, Theodor Adorno (1903-1969), qui a fui l'Allemagne pour les États-Unis lors de la montée du nazisme, a tenté de repenser sa tâche de philosophe à la lumière de l'épreuve totalitaire.*

*À bien des égards, la* Recherche *proustienne peut évoquer la vision qu'a Hegel de l'*esprit*, long cheminement vers le savoir absolu qui se remémore les stades antérieurs de la conscience. La* Recherche *possède aussi sa dialectique : le temps perdu en mondanités deviendra l'objet même de la quête que le travail d'écriture permet d'entamer. Les frivolités qui détournaient hier encore le Narrateur du grand œuvre sont aujourd'hui la matière qui permet à l'écrivain de composer un nouvel univers. Fin lecteur de Hegel, Adorno reproche justement au philosophe idéaliste une pensée totalisante qui s'affranchit de la dialectique qu'il énonce : les contradictions qui composent le réel seront finalement surmontées. Adorno trouve paradoxalement chez Proust un contrepoint à cette philosophie. Si l'écrivain croit en l'intégrité radicale du monde qu'il décrit, il s'avère toujours illusoire de vouloir embrasser cette totalité : « l'unité n'est pas faite pour le regard humain, mais c'est en étant invisible au milieu de la dispersion, et seulement pour un observateur divin, qu'elle se manifesterait », écrit Adorno en détaillant la cosmologie proustienne.*

*En conséquence, le philosophe entreprend un travail sur la* Recherche *à partir de « notes », révoquant une analyse globale du roman au profit du commentaire de passages choisis. Méthode qui ne lui interdit pas de méditer les notions qui traversent le roman, comme ici le « snobisme » : en décrivant l'aristocratie, Proust ne s'attache pas à son pouvoir de caste privilégiée mais reste fasciné par l'échec d'une classe condamnée par l'Histoire : « les puissants adorés n'ont plus de glaive, ils sont eux-mêmes devenus des images anachroniques ». En snob, Proust chérit le désuet et l'inutile, complétant pour Adorno le portrait d'un artiste à l'origine d'une œuvre souveraine, affranchie des finalités que fixe l'Histoire.*

A. G.

On pourrait objecter à de petits commentaires de quelques passages de la *Recherche du temps perdu* que le lecteur aurait besoin, dans cette configuration embrouillée et d'une richesse déroutante, d'être orienté à l'aide d'une vue d'ensemble plutôt que d'être encore plus empêtré dans le détail ; de plus, en partant de là, la voie qui mène au tout ne peut être tracée qu'avec difficulté. Cette objection ne me paraît pas pertinente. On dispose déjà de grandes vues d'ensemble. Mais, chez Proust, le rapport du tout au détail n'est pas celui d'un projet architectural global à sa réalisation spécifique : c'est justement contre cela, contre le mensonge autoritaire d'une forme subsumante[1], venant coiffer le tout, que Proust s'est révolté. De même que la pensée inhérente à son œuvre défie les idées traditionnelles du général et du particulier et accrédite, sur le plan de l'esthétique, avec la théorie tirée de la *Logique* de Hegel, l'idée que le particulier est le général et inversement, qu'ils se déterminent mutuellement, de même le tout se cristallise, dépouillé de tout contour abstrait, à partir de présentations isolées imbriquées les unes dans les autres[1]. Chacune renferme en elle-même des constellations de ce qui finit par apparaître comme l'idée du roman. Certains grands musiciens de l'époque, comme par exemple Alban Berg[2], savaient que la totalité vivante n'est produite qu'à travers une prolifération végétale semblable à celle des plantes grimpantes. La force qui produit l'unité est identique à l'aptitude passive à se perdre dans le détail, infiniment, absolument. Mais la composition formelle de l'œuvre de Proust, qui semblait si allemande aux Français de l'époque, et pas seulement à cause de ses longues phrases obscures, possède, malgré ses qualités essentiellement visuelles, et sans aucune analogie facile avec le travail du compositeur, une impulsion musicale. La preuve la plus frappante en est ce paradoxe, que le grand projet de sauver l'éphémère passe par l'éphémère lui-même, par le temps. La durée, sur laquelle l'œuvre s'interroge, se concentre dans d'innombrables instants, isolés les uns des autres de bien des manières. Il arrive à Proust de célébrer les maîtres du Moyen Âge, qui auraient placé des ornements dans leurs cathédrales à des endroits si cachés qu'ils devaient forcément savoir que personne ne les verrait jamais. L'unité n'est pas faite pour le regard humain, mais c'est en étant invisible au milieu de la dispersion, et seulement pour un observateur divin, qu'elle se manifesterait. C'est en songeant à ces cathédrales qu'il faut lire Proust, en restant obstinément attaché au concret et sans vouloir saisir trop vite ce qui ne se donne qu'à travers ses mille facettes, et non pas immédiatement. C'est pourquoi je ne veux ni simplement renvoyer à de prétendus sommets ni présenter une interprétation de l'ensemble, qui dans le meilleur des cas se contenterait de répéter les intentions que l'auteur a mises de lui-même dans son œuvre. Mais j'espère, en me plongeant dans le fragment, faire apparaître un peu de l'éclat de ce contenu qui ne tire son caractère incomparable de rien d'autre que de la couleur du *hic et nunc*. En procédant ainsi, je crois être plus fidèle à l'intention de Proust que si j'essayais d'en tirer la substance.

## *Le Côté de Guermantes* (p. 87-88[1])

Une des formulations qui peuvent servir à caractériser Proust pourrait bien se trouver dans son œuvre, qui se reflète elle-même comme une galerie des glaces : né en 1871, il voyait déjà le monde par les yeux d'un homme né trente ou cinquante ans plus tôt ; et donc, se trouvant à une étape nouvelle de la forme romanesque, il représenterait aussi celle d'un mode nouveau d'expérience du réel. Voilà qui place son œuvre, qui joue avec tant de modèles de la tradition française, comme par exemple les *Mémoires* de Saint-Simon ou *La Comédie humaine* de Balzac, à proximité immédiate d'un mouvement antitraditionnel dont il devait connaître tout juste les débuts, le surréalisme. Cette affinité contient toute la modernité de Proust. Pour lui comme pour Joyce, le contemporain devient mythique. Des actions subversives surréalistes, comme celle de Dalì qui se rendit à une soirée en costume de scaphandrier, auraient pu parfaitement trouver leur place, sous le couvert de la métaphore, dans une description comme celle de la grande soirée de la princesse de Guermantes dans *Sodome et Gomorrhe*. Toutefois, le caractère mythologisant de Proust ne veut pas réduire le présent à du très ancien ou à de l'éternellement semblable ; ce n'est certainement pas la quête avide d'archétypes psychologiques qui le produit. Mais il est surréaliste dans la mesure où il arrache des images mythiques à la modernité dans ce qu'elle a de plus moderne ; il est proche en cela de la philosophie de Walter Benjamin, qui fut son premier grand traducteur. Dans la partie « Guermantes », on trouve la description d'une soirée au théâtre. La salle remplie d'un public en grande toilette se transforme en une sorte de paysage marin ionien, elle va jusqu'à ressembler vaguement au monde sous-marin des divinités naturelles de la mer. Mais le narrateur lui-même raconte que « les formes des monstres » marins, les images mythiques s'agencent « suivant les seules lois de l'optique et selon l'angle d'incidence » – obéissant par conséquent à une nécessité extérieure à la conscience et de l'ordre des sciences de la nature. Ce que nous voyons autour de nous nous renvoie notre regard d'une manière énigmatique, chargée de sens multiples, parce que nous ne percevons plus du tout ces objets comme nos semblables : Proust parle de « minéraux et [de] personnes avec qui nous ne sommes pas en relations ». L'isolement mondain des personnes dans la société bourgeoise à l'apogée du libéralisme, telle qu'elle se donnait en spectacle et jouissait d'elle-même au théâtre, un monde désensorcelé, qui donna les choses aux hommes et fit de ceux-ci de simples choses, confère à l'incompréhensible un deuxième sens. Proust rappelle que celui-ci est une illusion, en écrivant qu'en de tels instants « nous nous jugerions insensés ». Et pourtant, il est la vérité. Au travers de l'aliénation parachevée le rapport social se dévoile comme aveuglément naturel, comme l'était le paysage mythique, dont l'image allégorique concentre l'inaccessible et l'intouchable ; et la beauté que prennent les choses dans ces descriptions, c'est la beauté désespérée de leur paraître.

Elles expriment dans l'immobilité historique la soumission de l'histoire de la nature.

## *Le Côté de Guermantes* (p. 88-90)

La description du théâtre comme paysage méditerranéen préhistorique introduit quelques pages sur la princesse de Guermantes-Bavière qui, grâce à cette description, peut être présentée comme une grande déesse[1]. Ce qui est dit d'elle et de l'effet qu'elle exerce sur l'assistance est un exemple de ces passages dispersés dans l'œuvre tout entière, qui poussent les personnes dépourvues de sympathie à tonner contre le snobisme de Proust et suscitent la niaiserie des progressistes médiocres qui se demandent pourquoi il faudrait s'intéresser à une haute aristocratie déjà privée de toute fonction réelle à l'époque et sans aucune représentativité statistique. Même André Gide, qui par ses origines appartenait plus que Proust, en un certain sens, à ce milieu, semble d'abord agacé par les princesses proustiennes, et André Maurois[2], dont le livre dépasse par la subtilité de certains détails la sphère de la vulgarisation dont il est issu, signale encore le danger du snobisme, qu'il dit avoir surmonté. Au lieu de cela, il conviendrait d'appliquer à Proust la phrase de Hofmannsthal, qui préférait donner une interprétation favorable de la faiblesse reprochée plutôt que de la nier. Car il est si manifeste qu'il a lui-même été impressionné par son Swann, parce que celui-ci, comme le narrateur ne se lasse pas de le répéter, faisait effectivement partie du Jockey-Club et était *reçu** dans le grand monde en tant que fils d'un agent de change, que Proust a dû juger extrêmement important de mettre en avant son propre penchant à la provocation. Mais c'est en cédant à cette provocation qu'on aura des chances de repérer sa signification. Le snobisme, en tant que concept dominant dans la *Recherche* de Proust, est l'investissement érotique de faits sociaux. C'est pourquoi il brise un tabou social, et celui qui en vient à parler de cette chose scabreuse en est puni. Si l'antithèse du snob, le proxénète, manifeste par son métier les rapports étroits entre le sexe et le profit, le snob démontre, à l'inverse, une chose qui n'est pas moins universelle : que l'amour est détourné de l'immédiateté de la personne vers les relations sociales. Le proxénète socialise le sexe, le snob sexualise la société. C'est précisément parce qu'elle ne tolère pas l'amour, mais au contraire parce qu'elle le soumet à l'empire de ses fins propres, que la société veille farouchement à ce qu'il n'ait rien à faire avec elle, qu'il soit nature, pure immédiateté. Le snob méprise le mariage d'inclination socialement approuvé, mais il tombe amoureux de l'ordre hiérarchique lui-même, qui exorcise l'amour en lui et ne peut tout simplement pas tolérer un sentiment réciproque de ce genre. Il réveille le chat qui dort, à qui l'œuvre de Proust attache ensuite le grelot : ce n'est pas pour rien qu'on lui reproche automatiquement, comme à Carl Sternheim quarante ans plus tôt, d'avoir succombé, tout en critiquant le snobisme[1], à ce vice qu'il qualifie d'ailleurs d'anodin, alors que le seul à pouvoir jouer sa musique personnelle devant la société est bien celui qui s'y soumet de manière idiosyncrasique, au lieu de la nier avec la rancœur de l'exclu. Mais ce qu'il a décelé dans ces existences de luxe prétendument superflues justifie qu'il s'en soit entiché. Pour cet amoureux passionné, l'ordre social est transfiguré en image de conte de fées, comme la bien-aimée aux yeux du véritable amant. Le snobisme proustien supprime le péché dont la moyenne bourgeoisie lui fait grief instinctivement : les archanges et les puissants adorés n'ont plus de glaive, ils sont eux-mêmes devenus des images anachroniques, désarmés de leur passé liquidé. Comme n'importe quel amour, le snobisme cherche à se libérer des entraves des liens bourgeois pour rejoindre un monde qui ne masque plus, par une utilité généralisée, le fait qu'elle ne satisfait plus que par accident les besoins des hommes. La régression de Proust est un morceau d'utopie. Comme l'amour, il échoue, mais il dénonce par son échec la société qui lui interdit d'exister. Cette impossibilité de l'amour qu'il a représentée dans ses personnages mondains, et principalement dans la vraie figure centrale de la *Recherche*, le baron de Charlus, qui ne conserve plus à la fin que l'amitié d'un proxénète, s'est répandue entre-temps comme un froid mortel sur l'ensemble de la société, où le fonctionnement global étouffe l'amour désintéressé partout où il se manifeste encore. C'est en cela que Proust est prophétique, comme il le dit un jour des Juifs. Il s'est humilié à briguer les faveurs de gens foncièrement réactionnaires comme Gaston Calmette et Léon Daudet[1] ; mais il y a quelqu'un qui portait le monocle certains jours : il s'appelait Karl Marx.

*Traduction de l'allemand par Sibylle Muller.*

WALTER BENJAMIN

# « Notes pour un essai sur Proust »
(1929)

*Fortement marquée par les lettres françaises, la philosophie de Walter Benjamin tente de concilier une réflexion marxiste et une perspective messianique sur l'Histoire.*

*Proust, dont il a traduit une partie de l'œuvre (voir p. 59), est pour Benjamin à la croisée de cette réflexion : il est malgré lui le porte-voix d'une classe, la bourgeoisie de plus en plus menacée par l'émancipation ouvrière. Les marxistes se détourneront souvent de Proust en raison d'un apolitisme jugé confortable (voir Radek, p. 216, et Lukács, p. 197). Benjamin voit au contraire dans les complications de la* Recherche, *dans les scrupules et les réserves qui allongent indéfiniment la phrase proustienne, le signe d'une conscience insatisfaite et torturée. Proust n'est pas un révolté : il acquiesce au monde tel qu'il est. Il accepte si bien toute chose qu'il embrasse tout et que tout l'embarrasse. À l'image de son asthme, son style témoigne d'une conscience qui croule sous les contradictions ; sa syntaxe est à bout de souffle.*

*Proust est pour Benjamin prisonnier d'une compassion cannibale à laquelle rien n'échappe ; toutes les hiérarchies sont abolies (voir Fondane, p. 261). La* Recherche *exprime l'exigence d'une justice absolue, d'une justice par-delà tout jugement, qui peut faire d'un baron l'identique d'un bourdon** *: des deux clochers de Martinville aux catt-*

* Voir les métaphores animalières et florales lors de la

*leyas enfouies dans un corsage, tous les êtres sont dignes de la même considération. Le proustisme est un communisme des perceptions.*

*Le texte que nous reproduisons provient de notes préparatoires (publiées de manière posthume en 1992) pour un article paru en 1929.*

A. G.

Il mourut, peu après avoir achevé son roman, de son asthme nerveux. Les médecins, pendant toute sa vie, s'étaient trouvés impuissants face à ce mal. Mais pas l'écrivain, qui semble s'en être servi de manière très planifiée. Il était, pour commencer par le plus évident, un véritable metteur en scène de sa maladie. Pendant des mois il associe, par une ironie destructrice, l'image d'un adorateur qui lui avait envoyé des fleurs et leur insupportable parfum, il harcèle avec les tempi[1] et les pauses de son mal ses relations comme le ferait un tsar avec ses boyards, et les amis attendaient et craignaient le moment où, subitement, bien après minuit, l'écrivain apparaîtrait dans un salon – *brisé de fatigue** – et seulement pour cinq minutes, annonçait-il, pour ensuite rester jusqu'à l'aube, trop fatigué pour se lever, trop fatigué aussi pour interrompre sa causerie. L'épistolier est intarissable et ne cesse d'utiliser ce mal à d'impensables fins : « Le crépitement de ma respiration couvre le bruit de ma plume et celui d'un bain que l'on fait couler à l'étage d'en dessous. » Mais cela n'est pas tout. Il n'est pas vrai non plus que la maladie l'a privé d'une existence mondaine. Non, cet asthme a pénétré son art, à moins que ce ne soit plutôt son

---

rencontre entre Charlus et Jupien dans *Sodome et Gomorrhe*, Folio classique, 2022, p. 58.

art qui l'ait provoqué. Sa syntaxe reproduit rythmiquement toutes les variations de cette angoisse d'étouffement. C'est ainsi, précisément, que l'on peut interpréter des traits de style que Leo Spitzer (*Stilstudien*, Munich, 1928, p. 365-497[1]), dans une intéressante étude consacrée à la langue de Proust, a définis comme des « éléments retardateurs ». Et sa réflexion ironique, philosophique, didactique, est toujours l'inspiration, grâce à laquelle le poids cauchemardesque du souvenir lui tombe de la poitrine. Mais, à plus grande échelle, la mort, qu'il rend présente continuellement en ses dernières années, et surtout dans le travail, est l'ultime, étouffante crise d'asthme. Une enquête stylistico-physiologique[2] mènerait au cœur même de cette œuvre (ainsi, aucun de ceux qui connaîtraient la prégnance avec laquelle les souvenirs sont conservés par l'odorat ne pourrait prendre pour un hasard l'hypersensibilité proustienne aux odeurs). Certes, la plupart des souvenirs que nous recherchons nous apparaissent sous la forme d'images mentales. Et même les formations en voie d'autonomie de la *mémoire involontaire** sont encore, pour une grande part, des images mentales isolées, présentes de manière énigmatique. C'est pourquoi il faut s'approprier, si l'on veut consciemment capter le mouvement langagier profond de cet écrivain, une couche particulièrement profonde de cette mémoire involontaire, couche dans laquelle les moments du souvenir n'apparaissent plus isolés, en tant qu'images, mais non imagés et informes, nous informant confusément et lourdement d'une totalité comme le poids de son filet renseigne le pêcheur sur sa prise. L'odorat : c'est le sens pondéral du passé pour le pêcheur sur l'océan du *Temps perdu*. Et ces phrases sont toute la musculature du corps intelligible, contiennent tout son indicible effort pour remonter cette prise. À quel point il y eut symbiose entre cette création particulière et cette souffrance particulière, c'est ce que prouve, du reste, le fait que chez lui on ne tombe jamais sur l'héroïque « Et pourtant ! » par lequel d'autres créateurs se rebellent contre leur mal. C'est pourquoi l'on peut dire, à l'inverse, qu'une complicité si profonde avec le monde, telle que la fut celle de Proust, aurait dû infailliblement aboutir à un vulgaire et paresseux contentement, s'il n'y avait eu une souffrance si profonde, si intime. Car il n'y a aucune souffrance de l'individu, si révoltante fût-elle, aucune injustice sociale si criante, que cette œuvre affronterait avec un « Et pourtant » ou un « Non ». Au contraire, une acceptation passionnée de l'existence, même et y compris sous sa forme la plus triste et bestiale, et, en même temps, indissociable, un regard qui trouve dans le cours des choses d'ici-bas une justice qu'aucun ciel ne pourrait surpasser. Ce n'est que par l'arc ainsi douloureusement tendu de la justice qu'est décochée la compassion de Proust pour les êtres de son « temps perdu » et ce mécanisme hystérique, qui, parfois, pendant la lecture à voix haute du manuscrit, le faisait éclater d'un rire perçant, frénétique, le parcourt alors tout entier.

Marx a montré que la conscience de classe de la bourgeoisie à l'apogée de son développement est acculée à une insoluble contradiction interne. C'est sur cette remarque que s'appuie Georg Lukács (*Geschichte und Klassenbewusstsein*, Berlin, 1923, p. 73[1]) lorsqu'il écrit : « Cette situation de la bourgeoisie se reflète historiquement en ceci, qu'elle n'a pas encore triomphé de son prédécesseur, le féodalisme, alors que le nouvel ennemi, le prolétariat, s'annonce déjà. » Mais l'apparition du prolétariat change aussi la situation stratégique sur la ligne de front contre le féodalisme. La bourgeoisie doit trouver là un arrangement à tout prix, pour se réfugier derrière les positions du féodalisme, moins contre la montée du prolétariat que contre la voix de sa propre conscience de classe. Telle est la position de l'œuvre proustienne. Ses problèmes proviennent d'une société saturée, mais les solutions auxquelles il parvient sont subversives.

*Traduction de l'allemand par Robert Kahn.*

BENJAMIN FONDANE

# « L'art de Marcel Proust (Notes) »
# (*Images et livres de France*, 2002)

*Fin connaisseur des lettres françaises (ces Notes sont d'ailleurs rédigées en français), le philosophe roumain Benjamin Fondane (1898-1944, naturalisé français en 1938) a côtoyé dans le Paris d'avant guerre les penseurs Chestov et Cioran, tout en se mêlant aux milieux du cinéma et du surréalisme, avant de mourir assassiné par les nazis à Auschwitz en 1944.*

*À rebours de certaines délectations œdipiennes d'écrivains aimant détester chez Proust le goût de leurs propres chairs malades (voir la section « Anti-Proust », p. 321), Fondane s'étonne de l'incommensurable écart régnant entre son esprit et celui d'un écrivain qu'il lit pourtant « avec joie ». Le génie de Proust est contenu dans sa maladie : esprit défaillant, il ne parvient pas à hiérarchiser ses souvenirs. À l'opposé du gouvernement raisonné des facultés caractérisant l'esprit philosophique, l'anarchiste vision proustienne n'en finit plus de digresser ; le contenu n'appartient plus au contenant, les détails se sont affranchis du tableau. Ce n'est plus là une pensée mais un carnaval : Proust est une fête. C'est pourtant dans ces labyrinthes buissonnants que le philosophe aime parfois à s'égarer.*

A. G.

Je me refuse encore à aimer Proust : mais je le lis avec joie. Qui pourrait dire quel important événement représente, dans la vie d'un lecteur attentif, la découverte d'une préférence, d'un auteur ? Parfois, l'admiration est soudaine et le passage d'une sensibilité à l'autre se fait spontanément, de façon inexplicable, comme une mutation observée chez les plantes par le botaniste De Vries : les feuilles de ma sensibilité ont une autre forme, une autre couleur ? Cela se passe d'habitude à l'époque de l'incertitude mentale, à l'époque de la construction de soi, de la formation de soi. La terre est grasse, et les semences poussent, parfois monstrueusement vite, sans labour, sans pluie, comme l'herbe ou comme la chenille. C'est l'époque des grandes admirations : de ceux qui t'ont révélé à toi-même et qui s'ajoutent, à intervalles de plus en plus éloignés, pour que tu puisses monter en toi-même. Car il faut un long détour au-dehors – les voyageurs le savent – pour pouvoir enfin se trouver soi-même. L'art de Proust serait-il venu trop tard – trop tard pour moi ? Ou peut-être que la distance entre nous fait la différence, la distinction véhémente entre nous ? Dans le livre de conférences de Ruskin, on peut lire, à la page 34, cette phrase traduite par Marcel Proust : « Nous sommes très prêts à dire d'un livre : "Comme ceci est bien, c'est exactement ce que je pense !" Mais le sentiment juste est : "Comme ceci est étrange ! Je n'avais jamais songé à cela avant, et cependant je vois que c'est vrai ; ou si je ne le vois pas maintenant, j'espère que je le verrai quelque jour[1]." »

Dans la préface, Marcel Proust, en s'expliquant, note ceci : « Pour moi, je ne me sens vivre et penser que dans une chambre où tout est la création et le langage de vies profondément différentes de la mienne, où je ne retrouve rien de ma pensée consciente [...][1]. »

Je l'avoue – je suis de ces lecteurs qui goûtent Ruskin : j'aime à me retrouver dans les livres que je lis, et – peut-être est-ce une illusion absurde et agréable – je me suis retrouvé, jusqu'à aujourd'hui, dans presque toute la littérature que l'on aime et célèbre.

Vivre, n'est-ce pas varier, varier sans le vouloir, contre sa volonté ? Je choisirais la bonne méthode de lecture de Ruskin si, par hasard, je ne me retrouvais aussi dans Marcel Proust. Mais trêve de digressions. Pour moi, pas pour le lecteur. Le lecteur, qui trébuche là et ne peut continuer, qu'il arrête de lire mon article : il ne pourra pas lire Proust. La digression : n'est-ce pas là tout l'art des romans de Proust ?

Les naturalistes avaient la mauvaise habitude – qui leur a valu des railleries – de prendre leur lecteur par la main, de le conduire dans la forêt de l'anecdote la plus contradictoire. Là, ils s'arrêtaient un instant et semaient quelques cailloux par terre, comme le Petit Poucet du conte, pour pouvoir retrouver leur route. Puis ils reprenaient le lecteur, le conduisaient dans une autre forêt, semaient de nouveau des cailloux, le conduisaient dans une troisième et, quand le lecteur oubliait complètement la première, le romancier, à l'aide des cailloux, retrouvait le chemin et le ramenait.

Parfois, le romancier, dans sa poche, ne trouvait pas de cailloux : alors, il jetait de la brioche ou autre chose. On sait que les oiseaux du ciel aiment la brioche.

Marcel Proust te conduit dans l'anecdote, sur un chemin unique : il t'arrête à chaque pierre, à chaque seconde, à chaque souche : il te raconte l'histoire de la pierre, celle de la seconde, celle de la souche.

Pourquoi ne pas le dire ? C'est l'histoire psychique de Proust. Mais, tandis que le matériau du roman, chez Balzac par exemple, le livre achevé, grandit sur place, comme le sanglier du Val-Hall – lorsqu'on a achevé *Du côté de chez Swann* ou *Le Côté de Guermantes*, on rencontre, au bord du chemin, le corps vacillant et phtysique de Proust. Vous rappelez-vous la petite histoire d'Oscar Wilde ? Proust a voulu nous apporter des roses rouges uniquement, dans une contrée où l'on ne trouve que des jaunes[1].

Mme B. me racontait hier qu'elle a toujours eu la vue basse ; ses parents ne l'ont pas remarqué tout de suite et ce n'est qu'à l'âge de douze ans qu'elle a commencé à porter des lunettes.

« Je me rappelle si bien ma joie, me disait-elle, quand, pour la première fois, j'ai vu tous les cailloux de la cour. »

André Gide, qui raconte cela, poursuit : « Quand nous lisons Proust, nous commençons à voir brusquement des détails là où nous ne voyions qu'une table[2]. »

En vérité, en lisant Proust, on ne pourrait dire que ses romans sont des poèmes – comme le sont presque tous les bons romans depuis un quart de siècle –, ni non plus que ce sont des romans. Quand on lit Dostoïevski, on rencontre une foule de détails, peut-être autant que chez Proust. Chez Dostoïevski, les détails se soumettent à un projet : ils ne surgissent à la lumière, dans sa terrible vie, que la seconde nécessaire à la progression, dans la mémoire, de l'anecdote ou du héros.

Chez Proust, il y a autant de petits détails que de fourmis le matin dans la terre fraîche et pleine de trous. Les deviner – c'est une image agréable. Mais me mettre à plat ventre pour les compter serait véritablement hallucinant. Quand on lit Proust, on rencontre presque à chaque phrase, abondante et lourde, une fourmilière. Je crains que Proust n'ait acquis l'amour du détail dans les mêmes conditions que Mme B. Quand on ne voit rien de loin, mais le détail de près, n'est-ce pas cela que l'on appelle myopie ?

Voici, dans la vie intime des romans au titre générique d'*À la recherche du temps perdu*, la figure de la servante Françoise. Autrefois, enfant, Proust l'écoutait, attentif et réfléchi. Aujourd'hui, penché sur le souvenir, Proust l'écoute, attentif : mais son attention n'est que grammaticale.

« — *Ah ! Combray, Combray, s'écriait-elle. (Et le ton presque chanté sur lequel elle déclamait cette invocation eût pu, chez Françoise, autant que l'arlésienne pureté de son visage, faire soupçonner une origine méridionale et que la patrie perdue qu'elle pleurait n'était qu'une patrie d'adoption. Mais peut-être se fût-on trompé, car il semble bien qu'il n'y ait pas de province qui n'ait son "Midi", et combien ne rencontre-t-on pas de Savoyards et de Bretons chez qui l'on trouve toutes les douces transpositions de longues et de brèves qui caractérisent le méridional**.) »

Il a suffi d'une exclamation, d'un souhait de la pauvre Françoise, et la parenthèse s'est ouverte, comme on ouvrirait le poulailler pour que les oies de l'association d'idées puissent se promener. Deux pages plus loin : « *Si elle tenait tant d'ailleurs à ce que l'on sût que nous avions "d'argent" (car elle ignorait l'usage de ce que Saint-Loup appelait les articles partitifs et disait : "avoir d'argent", "apporter d'eau**"). »

Et Françoise est suivie pas à pas, mot à mot. « *Françoise qui disait "faire réponse" comme Mme de Sévigné**. » Une page plus loin, une parenthèse : « *Françoise employait le verbe plaindre dans le même sens que fait La Bruyère**. »

Ai-je dit que la digression est tout l'art de Proust ? Dans ces citations, la parenthèse est courte, elle est conventionnelle et aussi collée au sujet que la gomme sur les prunes. Mais il y en a d'autres, innombrables, que l'on ne peut citer, car il y faudrait des pages. Dans un article sur « Le style de Flaubert », Marcel Proust note que Flaubert a accompli la même révolution dans la grammaire de la langue française que Descartes en métaphysique. Descartes et la métaphysique servent ici – n'est-ce pas ? – de simple comparaison. Mais Proust met là un astérisque. Une demi-page de « petit corps » traite de la philosophie de Descartes, et du bien-fondé ou non de ce que M. Reinach en dit.

Ce style de la digression peut se décomposer aisément – il met ainsi en évidence de façon stupéfiante le trait caractéristique des romans à venir de Proust – dans le livre des deux conférences de Ruskin, que Marcel Proust a traduites dans *Le Mercure de France*[1], voici une quinzaine d'années. Ces deux conférences, dont le texte couvre à peine cent pages, atteignent les trois cent cinquante dans l'édition de Proust. Les conférences sont annotées et commentées. Ruskin écrit les « passions », et Proust de remplir une demi-page avec ce qu'a écrit Anatole France sur les passions. Ruskin parle des « lys », et Proust cite les paroles de Jésus, de Mallarmé, de Maeterlinck. Je l'avoue, j'ai lu les notes de Proust ; mais je n'ai pas encore réussi à lire les conférences de Ruskin.

Je ne voudrais pas cependant qu'on croie que le style de Proust est toujours pédant et désagréable, comme il le semblerait ici.

Nous avons pris, peut-être pour l'exemple, les éléments les plus faciles. Proust vit parmi les sentiments, comme un jardinier qui peut les maîtriser avec le râteau, le sécateur ou l'engrais. Et, cependant, les sentiments l'accablent. C'est une évocation constante. La boîte de la mémoire s'est brisée, et voici les sourires oubliés, les souvenirs qui dorment en soi comme dans un coffre, les émotions qui ont vieilli en soi, comme un vin en bouteille. C'est l'indécis obscur comme une émotion, que Bain[1] appelle « sensation volumineuse ». Le dessin est alors remplacé par la couleur, la vision par l'émotion, la plasticité par la musique. De l'éboulis du terme propre naît le vague. L'image est peu claire et peu matérielle : elle se diffuse en soi comme une heure de crépuscule. L'attention fait des économies et l'imagination réalise. Une lettre dans un tiroir avec des araignées et de la poussière n'évoque-t-elle pas mieux le passé que le passé lui-même ?

Mais peut-être nous sommes-nous trompés. Proust n'est pas de ces écrivains qui donnent des « sensations volumineuses ». C'est quelqu'un qui semble avoir souffert d'un contact énorme avec des sensations de cet ordre, et son œuvre n'est qu'une résultante, son émotion diffuse, l'heure du crépuscule. Ce n'est pas l'image qui suggère : mais l'émotion qui est suggérée par l'image probable. Quand je lis Marcel Proust, j'ai l'impression de me trouver dans un cerveau où les notions préfèrent ne pas s'étager l'une au-dessus de l'autre, mais s'éloigner du centre, dans l'oubli. Qui oxygène, à chaque seconde, toutes ses notions et les renouvelle ? J'ai l'impression aujourd'hui, comme à la première lecture, que la mémoire de Proust n'a jamais connu la fonction élémentaire du tri des notions. Chez nous autres, cette heureuse fonction de la mémoire s'appelle inhibition.

*Traduction du roumain par Odile Serre.*

## CRISTINA CAMPO

# « Les sources de la Vivonne » (*Les Impardonnables*, 1987)

*L'écriture altière de l'Italienne Cristina Campo (1923-1977) constitue encore un domaine secret de la littérature où s'épanouissent de troublantes liturgies. Lectrice de Simone Weil, la poète a développé au travers de nombreux essais un questionnement sur les croisements de la littérature et de la foi. Attachée à la magie des rituels, elle perçoit les secrets du divin dans les ferveurs inavouées plutôt que dans le ronflement des discours prêchés. Campo trouve dans l'œuvre proustienne cette pudeur favorable aux épanchements du sacré : Proust évoque, il n'invoque pas. Paradoxalement, Campo décèle dans l'une des désillusions du Narrateur, sa découverte des sources de la Vivonne, une véritable mystique. Comme Chalamov (voir p. 200), elle perçoit dans l'univers de la* Recherche *un monde hors de toutes proportions ; mais c'est par modestie qu'il passe la mesure : « Proust semble vouloir contenir, réprimer, comme un géant dans une fiole, son grand rêve fluvial. » En ramenant le fleuve à sa source et le monde à une phrase, il mène l'univers à sa limite et parvient, peut-être, à embrasser l'infini qui l'excède.*

A. G.

Parmi les innombrables déceptions qui marquent de leurs fils sombres la trame de son poème, Marcel

Proust, comme on le sait, fait figurer un but : *les sources de la Vivonne**. Il y accède avec son amie Gilberte (ils ont la quarantaine) après toute une vie de rêveries autour de ces eaux, et au lieu d'une chose surnaturellc, le seuil des Enfers, que voit-il ? « Une espèce de lavoir carré où montaient des bulles. »

Cette phrase glacée dans laquelle Proust semble vouloir contenir, réprimer, comme un géant dans une fiole, son grand rêve fluvial, peut frapper au contraire d'une sorte de terreur sacrée. Bien plus subtile, plus terrifiante que la dilatation du petit dans le grand est la présence du grand dans le petit, et Leopardi ne devait pas penser autrement, lui que firent frissonner les proportions réduites de la tombe du Tasse[1].

[...]

Typique d'un poète moderne est, chez Proust, l'impossibilité douloureuse d'apprécier le vrai visage de la stupeur, ce chemin à rebours qui va de l'infini au fini, des déserts que le vent efface sans trêve à la petite Pierre Noire dans l'enceinte interdite de La Mecque. Il codifie les lois (en usage depuis plus d'un siècle déjà) de la *rêverie** : la contemplation maladroite et coupable qui « voit plus grand que le vrai ». Mais seule la vérité est plus grande que le vrai, et pourtant le vrai fait trembler quand il apparaît : si petit, si accessible, si fragile. Il est d'ailleurs le seul horizon accordé à la vision. Entre toutes choses, la vision est la seule qui ne se laisse pas rêver, mais seulement adorer avec des larmes de joie quand elle daigne se manifester. (Comme dut sembler étrange et menu, intense et imparfait, le visage de la comtesse de Tripoli pour que Jaufré Rudel mourût en souriant[2] !)

Nous ouvrons le livre de Dante, nous cherchons ce passage qui, dans notre mémoire, est une table de la Loi et qui explique et scelle certaines destinées, sur cette terre comme dans l'au-delà : et nous le découvrons enfermé dans un tercet. Après avoir lentement édifié sur le clavier une de ses cités de Dieu, il n'est pas rare que Bach nous en révèle à nouveau la pierre angulaire : quatre petites notes.

Aujourd'hui on entend sans cesse la phrase naïve : « Je ne puis te dire combien c'est grand ! » Et en effet on ne peut le dire ; l'esprit peut-il comprendre le gigantesque ? Cela a-t-il un sens pour l'imagination (cette fleur endormie qui ouvre brusquement sa corolle impitoyable) que le périmètre du centre atomique de X. mesure vingt kilomètres, que le missile lancé de la base de Y. pèse quatre-vingt-dix tonnes, que le stade de Z. soit capable d'accueillir cinq cent mille spectateurs ?

Haut de quelques pouces, l'expression sévère et sage, le roi Laurin effraie et bouleverse ; le destin de Goliath, celui de Polyphème provoquent le rire[1].

« Je ne puis te dire combien c'est petit ! » déclarait, extasié, haussant les sourcils, un ami qui revenait du rivage de Cumes, décrit avec tant de précision par Virgile jusqu'à cette bouche « pleine d'odeurs fétides[2] ».

« Je ne puis te dire combien c'est grand », entendait-il par là. Il faisait allusion à toute l'éternité contenue dans cette petite quantité de sable, dans ce peu de matière nauséabonde : l'Entrée des Enfers, précisément, matrice de la poésie et racine originelle d'une race.

Proust inaugure la chronique d'une époque malheureuse, celle du « plus grand, encore plus grand, mais de combien ? Je l'ignore... ». Et sans aucun doute son poème ne serait pas ce qu'il est sans cette complainte sur l'étonnement perdu. (Complainte qu'un vrai maître de l'infortune, Le Tasse, par exemple, n'aurait jamais pu comprendre, lui qui, dans l'asile de fous, réécoutait l'innocent, le merveilleux concert du *Dialogue de la famille*.)

Comment un chef-d'œuvre a-t-il pu prendre racine

et se développer sur une mesure aussi illusoire de l'univers, sur ce préalable d'un deuil aveugle du cœur ?

Et pourtant Proust, homme déjà mutilé, continue à être implacablement poète. Comme tous les poètes, il comprit (comme l'avait compris avant lui Leopardi, homme mutilé d'une façon différente) que le chemin de la poésie est un et ne peut être fait en sens inverse. Que la poésie n'est pas autre chose que le respect pour la signification théologique de la limite : le précepte qui commande d'agir à l'imitation de Dieu : du Sinaï au buisson ardent du Thabor à un petit morceau de Pain.

(Qu'est-ce finalement qu'un dogme, sinon un cercle tracé, comme par la pointe d'un diamant par la parole sept fois purifiée autour d'une mesure de l'indicible ?)

La seule garantie du mystère est l'éclat unique de l'objet réel dans lequel un esprit a provisoirement établi sa demeure. Et une fois de plus qu'est-ce que la poésie de Proust, sinon le retour infiniment obstiné de l'analyse en réseau, de la pensée galactique à l'objet singulier et concret : la *métaphore*, la précise et lumineuse similitude ? « Il n'y eut jamais autant de grandeur chez les Guermantes », rappelait un écrivain, « que dans ce simple *G* rouge sur le drap noir dans lequel Robert de Saint-Loup disparaît à la fin, pareil au dieu païen qui s'enroule dans son nuage... »

En repoussant les limites de l'objet, en cassant le fil de soie qui entourait le royaume, l'homme a fait fuir les hôtes sublimes. Mais il s'agit là d'une autre violence dont on ne parle pas volontiers.

*Traduction de l'italien par Francine de Martinoir.*

*Grandeur et longueur de Proust :*
*lecture esthétique*

*Sept tomes façonnent* À la recherche du temps perdu *: Marcel Proust est un asthmatique qui ne manque pas de souffle. L'œuvre n'est pas grande, elle est immense. C'est un monument : par sa capacité à être un miroir du lecteur comme le voulait son auteur*, par son caractère foisonnant, entre satire sociale et digressions sur le temps et la mémoire, par son esthétique. Elle ne se laisse pas aisément résumer.*

*« Proust est un prisme. » Nabokov enseignait à ses étudiants américains à « lire les livres pour leur forme, pour leurs visions, pour leur art** ». Au programme : les chefs-d'œuvre de la littérature dont* Du côté de chez Swann *(voir p. 279). Une introduction à l'œuvre de Proust pour ces jeunes personnes. Comme eux, avons-nous gardé nos premières impressions de notre lecture de Proust ? Pas Mishima qui, tout en affirmant que pour lui aucun écrivain n'a surpassé l'auteur de la* Recherche, *« n'apprécie plus comme*

* *Le Temps retrouvé*, Folio classique, 1990, p. 217.

** Vladimir Nabokov, *Littératures I, II et III*, Fayard, 1983-1986 ; réédités dans la collection « Bouquins », 2010.

*auparavant l'incontournable fatalisme de Proust en matière de perception humaine » (voir p. 304).*

*Qui peut affirmer être parvenu au bout de sa lecture sans avoir pensé à un moment : « c'est tout de même un peu long » ? Nombreux sont ceux à avoir été rebutés par l'épaisseur de la* Recherche, *nombreux sont ceux à l'être encore. Nous ne les blâmerons pas, ils ne sont pas les seuls. « J'avoue que j'ai eu du mal à terminer* À la recherche du temps perdu *», reconnaît Mario Vargas Llosa (voir p. 314). « Un couloir long comme du Marcel Proust ? » se demande un personnage de Murakami (voir p. 465).*

*Mais la longueur est essentielle pour ce roman, comme il est essentiel de prendre le temps pour le lire. Comment ? L'éditeur Guy Schoeller se souvient de la leçon de Gaston Gallimard pour lire la* Recherche *: « Il me disait "Commencez par lire dix pages. Puis onze, puis douze, jusqu'à vingt. Et puis de me tenir à vingt pour les jours suivants, et de le lire tous les jours de la semaine sauf le dimanche". Je l'ai lu entièrement comme ça ![*] »*

*À la fin du film de Raoul Ruiz,* Le Temps retrouvé *(1999), l'Ange de la Mort répond à l'artiste qui vient de mourir : « Dans cette œuvre, il y a toute ta vie et la vie de tous les hommes [...]. Pour la parcourir, il t'aurait fallu une éternité[**]. » Les auteurs affirment*

* Extrait de *Lire Proust*, Paris, FR3, coll. « Océaniques. Des idées, des hommes, des œuvres », 1988.

** « Le jour où le sculpteur Salvini mourut, il lui fut accordé, comme au reste des mortels, le temps de parcourir tous les lieux et les instants de sa vie sur terre. Le sculpteur refusa cette grâce : "Ma vie n'est qu'une succession d'aventures extraordinaires et leur rendre visite ne ferait que m'attrister davantage", dit-il. "Je préfère me servir du temps que l'on m'a accordé pour parcourir ma dernière œuvre, némésis divine que tout le monde connaît *ici que, si la* Recherche *est longue, elle est d'autant plus admirable.*

G. L.

---

sous le nom de *Triomphe de la Mort*." Ainsi fit-il. Peu de temps après, l'Ange de la Mort apparut pour lui annoncer que le temps de grâce est dépassé. "Il y a un paradoxe dans tout cela !" s'exclama Salvini. "J'avais assez de temps pour visiter tous les instants de ma vie, qui dura soixante-trois ans, et ce même temps n'a pas suffi pour parcourir une œuvre que j'ai faite en trois mois. — Dans cette œuvre, il y a toute ta vie et la vie de tous les hommes, répondit l'Ange de la Mort. Pour la parcourir, il t'aurait fallu une éternité." » Raoul Ruiz, *Le Temps retrouvé*, 1999.

## VLADIMIR NABOKOV

# Conférences à Cornell University
## (1948-1958)
## et *Feu pâle*
## (1962)

*Qu'ils furent chanceux les étudiants qui assistèrent aux leçons du professeur Nabokov ! Né en Russie en 1899, il émigre en Europe avec sa famille dès le début de la révolution de 1917, vit en Grande-Bretagne puis en France avant de rejoindre les États-Unis au début de la Seconde Guerre mondiale. Dix romans écrits en russe, dix en anglais, des poèmes et des nouvelles : voilà ce qui façonne l'œuvre de Vladimir Nabokov (1899-1977) dont le joyau est* Lolita *(1955). Il semble découvrir Proust assez tôt, car en 1930 il affirme déjà : « Je ne l'aime pas, je l'adore. J'ai lu deux fois ses douze volumes d'un bout à l'autre.*[*] *» Pour lui, la* Recherche *est comme « une sorte de chasse au trésor, où le trésor est le temps, et le passé la cachette*[**] *». Le temps, la mémoire : deux thématiques qui rapprochent Proust et Nabokov. C'est à Cornell University (de 1948 à 1958) que Vladimir Nabokov dispense ses cours de littérature : une étude des œuvres « du point de vue de la structure et du style, en portant une attention toute particulière aux détails techniques et aux caractéristiques factuelles spécifiques*[***] *». Nous devons à Fredson Bowers, aidé par Véra*

* Cité par Brian Boyd, dans *Vladimir Nabokov. Les années russes*, Gallimard, coll. « NRF Biographies », 1992, p. 411.

** Vladimir Nabokov, *Littératures I*, Fayard, 1983, p. 307.

*** Description du cours dispensé par le professeur Nabokov à Cornell University, 1958.

*et Dmitri Nabokov, la publication de ces séminaires à partir de notes manuscrites et dactylographiées laissées par l'auteur*. On découvre ici la lecture attentive et détaillée de* Du côté de chez Swann *(1913) au regard de l'ensemble de la* Recherche. *La modernité de Nabokov dans l'étude des textes détonne par rapport à l'enseignement pratiqué dans l'Amérique des années 1950. Faire découvrir dans leur traduction anglaise des chefs-d'œuvre de la littérature, former les jeunes étudiants à être de « bons lecteurs** », telle était l'ambition du professeur Nabokov. Silence, le cours commence.*

G. L.

Il y a une chose dont vos esprits doivent bien se pénétrer : l'œuvre n'est pas autobiographique, le narrateur n'est pas Proust en tant qu'individu, et les personnages n'ont jamais existé ailleurs que dans l'esprit de l'auteur[1]. Inutile, par conséquent, de nous attarder sur la vie de l'auteur. Cela est sans importance dans le cas présent et ne ferait qu'embrouiller la question, d'autant que le narrateur et l'auteur ont plus d'un point en commun et évoluent dans des milieux très semblables.

Proust est un prisme. Son seul objet est de réfracter, et, par réfraction, de recréer rétrospectivement un monde. Ce monde lui-même, les habitants de ce monde n'ont aucune espèce d'importance historique ou sociale. Il se trouve qu'ils sont ce que les échotiers

* Fredson Bowers semble s'excuser : « Sur le plan du style, la majeure partie de ces textes ne correspond en aucune manière à ce qu'auraient pu être la langue et la syntaxe de Nabokov s'il les avait retravaillés lui-même pour en faire un livre. »

** Nabokov inaugure son séminaire ainsi : « "L'art d'être un bon lecteur" […], voilà à peu près qui pourrait servir de sous-titre à ces différentes études consacrées à différents auteurs. »

appellent des représentants du Tout-Paris, des messieurs et des dames qui ne font rien, de riches oisifs. Les seules professions que l'on nous montre en action, ou à travers leurs résultats, relèvent de l'art ou de l'érudition. Les créatures prismatiques de Proust n'ont pas d'emploi, leur emploi est d'amuser l'auteur[1]. Elles sont aussi libres de s'adonner au plaisir et à la conversation que ces légendaires personnages de l'Antiquité que nous nous représentons si clairement allongés autour de tables chargées de fruits, ou foulant des sols décorés tout en échangeant de hautes théories, mais que nous ne nous représentons jamais à la comptabilité ou dans un chantier naval.

*À la recherche du temps perdu* est une évocation, et non pas une description, du passé, comme l'a observé un critique français, Arnaud Dandieu[2]. Cette évocation du passé, poursuit-il, est rendue possible par la mise en relief d'un certain nombre de moments exquisement choisis qui sont une série d'illustrations, d'images. En fait, toute cette œuvre énorme, conclut-il, n'est qu'une vaste comparaison, tournant autour des mots « comme si ». La clef de la reconstruction du passé se révèle être la clef de l'art. La chasse au trésor se termine bien, dans une grotte pleine de musique, dans un temple enrichi de vitraux. Les dieux des religions traditionnelles sont absents, ou peut-être serait-il mieux de dire qu'ils se sont dissous dans l'art.

Un lecteur superficiel de l'œuvre de Proust – si tant est que l'on puisse associer les deux mots, car un lecteur superficiel sera la proie d'un tel ennui, sera si absorbé par ses propres bâillements, qu'il n'arrivera jamais au bout du livre –, un lecteur inexpérimenté, disons, pourrait avoir l'impression que l'un des principaux soucis de l'auteur est d'explorer les ramifications et les alliances qui relient entre elles diverses familles de l'aristocratie, et qu'il éprouve un étrange plaisir lorsqu'il découvre qu'une personne qu'il a eu l'habitude de considérer comme un modeste homme d'affaires évolue dans le « grand monde », ou lorsqu'il découvre que quelque grand mariage a créé entre deux familles un lien tel qu'il n'aurait pu lui-même l'imaginer en rêve. Le lecteur terre à terre conclura probablement que l'action du livre tourne principalement autour d'une série de réceptions ; un dîner, par exemple, occupe cent cinquante pages, une soirée, un demi-volume[1]. Dans la première partie de l'œuvre, on découvre le très philistin[2] salon de Mme Verdurin, à l'époque où il était fréquenté par Swann, et l'on assiste à une soirée chez Mme de Saint-Euverte, au moment où Swann prend pour la première fois conscience du caractère désespéré de sa passion pour Odette ; puis, dans les livres suivants, on rencontre d'autres salons, d'autres réceptions, un dîner chez Mme de Guermantes, un concert chez Mme Verdurin, et un après-midi dans la même maison de la même dame, mais qui est entre-temps devenue, par alliance, princesse de Guermantes ; c'est au cours de cette réception finale, dans le dernier volume, *Le Temps retrouvé*, que le narrateur prend conscience des changements que le temps a opérés sur tous ses amis et reçoit le choc de l'inspiration – ou plutôt une série de chocs – qui le décide à se mettre sans plus de délai à son œuvre, à la reconstruction du passé.

Arrivé à ce point de l'œuvre, on peut être tenté de dire que Proust est le narrateur, qu'il est, lui personnellement, les yeux et les oreilles du livre. Mais la réponse reste non. Le livre que le narrateur du livre de Proust est censé écrire est toujours un-livre-à-l'intérieur-du-livre et n'est pas exactement *À la recherche du temps perdu*, de même que le narrateur n'est pas exactement Proust. Il y a là une variation focale qui produit un effet d'arc-en-ciel ; c'est à travers cette boule de cristal si particulière à Proust qu'il faut lire son livre. Ce n'est pas un miroir des mœurs, pas une autobiographie, pas un récit historique. Ce n'est que pure imagination de la part de Proust, tout comme *Anna Karénine* est un produit de l'imagination, tout comme *La Métamorphose*[1] est un produit de l'imagination – tout comme l'université où nous sommes sera un produit de l'imagination si jamais il se trouve qu'un jour j'écrive, rétrospectivement, quelque chose à son sujet. Le narrateur, dans l'œuvre, est l'un des personnages de l'œuvre, qui se nomme Marcel. Autrement dit, il y a Marcel l'indiscret, et il y a Proust l'auteur. À l'intérieur du roman, le narrateur Marcel songe, dans le dernier volume, au roman idéal qu'il va écrire. L'œuvre de Proust n'est qu'une copie de ce roman idéal – mais quelle copie !

[…]

Le style, je vous le rappelle, est la manière d'un auteur, sa manière particulière, qui le distingue de tout autre auteur. Si je choisis pour vous trois passages de trois auteurs différents que vous connaissez, si je les choisis de telle sorte que rien dans leur sujet ne puisse fournir le moindre indice, et si vous vous exclamez avec une charmante assurance : « C'est du Gogol ! C'est du Stevenson ! Bon sang, c'est du Proust ! », vous fondez votre choix sur de frappantes différences de style. Le style de Proust renferme trois éléments particulièrement distinctifs[2] :

1. Une grande richesse d'images métaphoriques, comparaison sur comparaison. C'est à travers ce prisme que nous découvrons la beauté de l'œuvre de

Proust. Pour Proust, le terme « métaphore » est souvent pris au sens large, comme synonyme de « forme hybride[1] » ou de comparaison en général, parce que, pour lui, la comparaison évolue constamment vers la métaphore et vice versa, avec prédominance de la métaphore.

2. Une tendance à charger et à étirer la phrase jusqu'à la limite de sa longueur et de sa largeur, à bourrer le petit soulier qu'est la phrase d'un nombre miraculeux d'incidentes, de parenthèses, de subordonnées et de sub-subordonnées. En matière de générosité verbale, c'est un véritable père Noël.

3. Chez les romanciers qui l'ont précédé, il y avait une distinction très nette entre passage descriptif et partie dialoguée : un passage de nature descriptive, puis l'on passe à la conversation, et ainsi de suite. Notez qu'il s'agit là d'une méthode encore en usage aujourd'hui dans la littérature conventionnelle, la littérature de série B et de série C, qu'on sert en bouteilles, et une littérature non cotée qu'on débite à pleins seaux. Mais, chez Proust, conversations et descriptions s'entremêlent, créant une nouvelle unité où fleur et feuille et insecte appartiennent à un seul et même arbre en fleur.

*Traduction de l'anglais par Hélène Pasquier.*



## Feu pâle

« À propos de romans, dis-je, vous vous rappelez qu'un jour, vous, votre mari et moi, nous avions décidé que le chef-d'œuvre mal dégrossi de Proust était un énorme conte de fées démoniaque, un rêve de mangeur d'asperges[1], sans aucune relation avec des gens possibles dans une France historique, un travestissement sexuel et une farce colossale, un vocabulaire et une poésie de génie, mais rien de plus, des hôtesses impossiblement mal élevées, je vous en prie, laissez-moi parler, des invités encore plus mal élevés, des bagarres mécaniquement dostoïevskiennes et des nuances tolstoïennes de snobisme répétées et étirées jusqu'à une longueur intolérable, d'adorables marines, des avenues fondantes, non, ne m'interrompez pas, des effets d'ombre et de lumière rivalisant avec ceux des plus grands poètes anglais, une flore de métaphores qualifiées – par Cocteau, je crois – “mirage de jardins suspendus[2]”, et, je n'ai pas encore fini, une absurde histoire d'amour entre un jeune et blond vaurien (le fictif Marcel) et une invraisemblable jeune fille qui a une poitrine postiche, le cou épais de Vronski (et de Lyovine[3]) et pour joues des fesses de Cupidon ; mais – et maintenant, laissez-moi finir en douceur, nous avions tort, Sybil, nous avions tort de refuser à notre petit *beau ténébreux* le pouvoir d'évoquer l'“intérêt humain” : il est là, il est là – peut-être sous une forme quelque peu XVIII^e^ siècle, ou même XVII^e^, mais il est là. Je vous en prie, plongez-vous, ou replongez-vous dans ce livre [...]. »

*Traduction de l'anglais par Raymond Girard*
*et Maurice-Edgard Cointreau.*

## EDMUND WILSON

# *Axel's Castle*
(1931)

*Publié en 1931,* Axel's Castle *(sous-titré* Étude sur la littérature de fiction des années 1870-1930*) constitue une tentative précoce de penser la nouvelle modernité littéraire qui se dessine, à travers l'étude d'auteurs aussi différents que Proust, Joyce ou Yeats. Influencé par le vitalisme d'Alfred North Whitehead, Edmund Wilson (1895-1972) a publié un article sur Proust dès 1928*[*]*. Il est l'un des premiers passeurs de Proust aux États-Unis. Sa lecture métaphysique de la* Recherche *est pionnière outre-Atlantique.*

*Exigeant et assidu, ce correspondant de Nabokov élabore une conception de l'œuvre proustienne qui sort des canevas dans lesquels l'enferment volontiers les lecteurs impatients : il souligne l'importance de l'humour dans le travail de Proust. À l'opposé d'une ironie dégradante, cet humour est un regard affable jeté sur chacun. Comme Walter Benjamin (**voir* p. 256*), Wilson découvre chez Proust une empathie si radicale qu'elle ignore comment se détourner du monstrueux. Pour révéler la bonhomie qui rayonne derrière les afflictions du Narrateur, Wilson inscrit donc l'auteur français dans une filiation anglo-saxonne étonnante, qui n'est pas tant celle des stylistes comme Henry James que celle des portraitistes, dont Dickens est le maître incontesté.*

*Tout lecteur ayant assisté aux métamorphoses du baron de Charlus et aux manèges cancaniers de la tante Léonie*

* « A Short View of Proust », *The New Republic*, 21 mars 1928.

*aura reconnu en Proust un membre de l'internationale secrète du rire.*

A. G.

Au fil de ces volumes nous avons été submergés – bien trop longuement, pour la plupart des gens – dans les rêvasseries d'un adolescent. Mais ceux qui ont abandonné leur lecture après les *Jeunes filles en fleurs**, et ne connaissent de ce fait que le Proust subjectif, développent une conception tronquée de la nature de son génie. Après cette période, on s'apprête en effet à être violemment jeté dans l'agitation du monde extérieur. Le contraste entre les rêves, les ruminations et les lamentations que le héros neurasthénique nous a infligés si longtemps d'une part, et la société riche et vivante si puissamment mise en scène par l'imagination de Proust d'autre part, est l'un des traits les plus intrigants du livre. Il est stupéfiant de voir figurés dans un roman français moderne un humour si franc et une satire si extravagante. Proust était d'ailleurs un grand consommateur de littérature anglaise : « c'est curieux », écrit-il dans une lettre, « que dans tous les genres les plus différents, de George Eliot à Hardy, de Stevenson à Emerson, il n'y a pas de littérature qui ait sur moi un pouvoir comparable à la littérature anglaise et américaine[1] ». Dans les parties contemplatives des premiers volumes nous avons déjà reconnu un rythme emprunté à Ruskin. Proust a été injustement comparé à Henry James, qui manque précisément de cette vivacité humoristique dans laquelle il brille d'une façon si étonnante ; nous ne pourrons en fait trouver ailleurs que chez Dickens une description des mœurs semblable à celle qui nous occupe. Nous avons déjà été frappés dans *Du côté de chez Swann* par l'étrange manière avec laquelle les personnages sont mis en relief dès lors qu'ils prennent la parole ou qu'ils agissent. Il paraît évident que Proust a lu Dickens et qu'il tient en partie de lui ses portraits exacerbés, parfois jusqu'au grotesque. Proust, pareil à Dickens, était un imitateur remarquable : tout comme Dickens enchantait son audience en faisant des lectures incarnées de ses romans, Proust, nous dit-on, était réputé pour les imitations qu'il faisait de ses amis ; tous deux excellent si bien dans la caricature de personnages capables de tenir les propos les plus outrageants, sans jamais déroger au vraisemblable, que les deux écrivains ne peuvent être comparés que l'un à l'autre. De plus, comme on a pu dire que les méchants de Dickens ont un aspect si amusant et une vigueur si enthousiasmante que l'on est réticent à s'en débarrasser, on développe une curieuse affection pour les personnages les plus discutables chez Proust : Morel[1] est par exemple l'un des personnages les plus odieux de l'histoire littéraire ; nous ne sommes pourtant jamais fâchés au point de le haïr ou de souhaiter ne plus en entendre parler, et on ressent un véritable regret quand on doit se séparer du personnage de Mme Verdurin, avec ses fausses dents et son monocle. Cette généreuse empathie, cette compréhension à l'égard des plus monstrueuses productions de l'humanité, ajoutées à la capacité de Proust à révéler l'énergique vitalité de ces monstruosités, sont à la base du succès extraordinaire du héros tragicomique de la Sodome de Proust, M. de Charlus. Mais Charlus surpasse les héros de Dickens ; il est, comme on a pu le dire, presque comparable à Falstaff. Dans une lettre où Proust explique qu'il a emprunté certains traits de Charlus à une personne réelle[2], il ajoute néanmoins que le personnage livresque devait être « beaucoup plus large » et « [contenir] beaucoup plus d'humanité »[1] que celle-ci. Ce n'est pas le moindre paradoxe du génie proustien que d'avoir su donner des proportions héroïques à un personnage si particulier.

*Traduction inédite de l'anglais par Antoine Ginésy.*

## GIOVANNI MACCHIA

# *L'Ange de la nuit. Sur Proust* (1979)

*Écrivain et critique italien, Giovanni Macchia (1912-2001) est spécialiste de littérature française ; il a été maître de conférences à l'Université de Rome. Contrairement à de nombreux chercheurs – au premier rang desquels Jean Starobinski –, il ne suit pas l'approche positiviste. Il a voué son œuvre critique et littéraire à Baudelaire, sur lequel il a écrit plusieurs essais, ainsi qu'à Molière ou encore aux moralistes du* XVII*e* *siècle tels que La Bruyère.*

L'Ange de la nuit, *qui lui a valu le prestigieux prix Bagutta, est entièrement consacré à Proust, et à une figure centrale qui habite l'œuvre de l'écrivain français : l'ange. Macchia imagine Proust en ange reclus, qui ne voit pas la lumière du jour, un être à la fragile condition. La comparaison est poussée jusqu'à mettre sur le même plan Proust et Shéhérazade, le romancier continuant à écrire en espérant échapper à la mort qui l'attend. L'un des passages marquants de son analyse de Proust – des conditions d'écriture et de la rédaction de ses manuscrits – concerne sa maladie, et la manière dont celle-ci a redessiné l'espace dans lequel il vit, sa chambre. Par extension, la maladie conduit à son corollaire : la mort. À travers ce topos proustien, Macchia met le doigt sur le véritable sens d'une certaine frivolité et d'une joie de vivre, qui transparaissent notamment dans la correspondance de l'auteur français.*

N. B.

La *Recherche* est la grande œuvre d'un malade. C'est l'œuvre d'un écrivain qui a confié à la maladie quelques-unes des scènes les plus déchirantes de son livre, qui nous a présenté des images de malades graves et sans défense, qui parle de maladies avec un langage également technique ; comme quelqu'un qui sait, qui a éprouvé ce qu'est l'habitude de la souffrance et qui, avec tranquillité et ironie, a peuplé l'immense cité créée par son imagination de figures de médecins, de thérapeutes impassibles ou jaloux, entourés du snobisme de la société mondaine et de la vénération auxquels ont droit ceux qu'on appelle les princes de la science. C'est l'œuvre d'un écrivain qui a perçu le lien indissoluble qui existe entre la maladie et la mort et qui a épié avec une tendresse sublime le jour où la maladie élit domicile dans le pauvre corps fragile de la personne que nous aimons avant de la tuer. C'est celui qui a senti la présence de la mort au moment où la maladie impose à la vie l'étrange nouveauté des restrictions définitives : ainsi nous nous voyons mourir, non pas au moment où nous mourons, mais plusieurs mois et parfois des années auparavant, lorsque la mort est venue habiter chez nous d'une façon immonde, comme un étranger qui va et vient et qui donne l'impression d'être parti un soir avant de revenir le lendemain.

Mais combien d'œuvres d'écrivains modernes, de Rousseau à Kafka, ne sont-elles pas des œuvres de malades ? Dans combien d'œuvres, depuis *Les Frères Karamazov* jusqu'à *La Conscience de Zeno*[1], la maladie ne s'est-elle pas imposée dans la structure de l'ouvrage pour devenir objet de représentation ? Mais, chez Proust, ce rapport doux et terrifiant de l'homme avec la maladie a des connotations différentes. Beaucoup de ces écrivains avaient réussi à travailler malgré leur maladie, la combattant comme une force négative qu'ils devaient expulser de leur travail, dépasser et vaincre. Chez Proust, la maladie a été admise dans l'organisation même de sa vie de créateur. Il ne s'agit pas de se demander, en face de la maladie : « Comment en sortir ? comment guérir ? », ce que fait justement le patient avec son ennemi. Il faut éloigner l'idée de la guérison, l'espoir de la guérison. La tentation de la guérison fausse le temps de notre vie et en crée un autre fictif. Proust arrivera à dire que le médecin, et pour certaines affections, le chirurgien le plus audacieux, doivent se demander si priver un malade de son vice et le libérer de son mal est vraiment une décision raisonnable. Lorsque dans l'organisation de notre vie spirituelle le corps emprisonne l'esprit comme dans une forteresse, il faut que la maladie, au lieu de le resserrer, élargisse l'horizon où le protagoniste est obligé de vivre. De même que les accès de folie de Nerval – dit-il – devenaient le point de départ et la matière même de l'œuvre et signifiaient le développement de son originalité littéraire en ce qu'elle avait d'essentiel, l'artiste pouvant les décrire tant que cette folie demeurait descriptible (comme celui qui note en s'endormant les étapes de sa conscience qui mènent de la veille au sommeil jusqu'au moment où le sommeil rend le dédoublement impossible), de même ses crises de malade entraient dans la substance de l'œuvre et en étaient pour ainsi dire le prolongement, et il s'évadait de ces crises pour recommencer à écrire.

Durant toute sa vie d'écrivain, Proust fut celui qui transforma sa maison, son bureau, l'endroit où il travaillait en une petite et gigantesque clinique comme protection, où celui qui travaille connaît aussi la valeur thérapeutique, apaisante, presque consolatrice de l'habitude, opération qui consiste à placer sur les choses l'âme qui nous est familière à la place de la leur qui nous fait peur. Mais comment Proust parvient-il à cette thérapeutique absolue ? Il y est arrivé par paliers. Et le chemin si difficile vers cette chambre de malade, cette métamorphose de la maison en une clinique *sui generis* où le malade qui commence à s'organiser est tout attentif non pas à sauver ses jours comme dans une clinique normale, mais à élaborer de toutes ses forces les fondements d'une œuvre qui sera « une église ou une espèce de monument druidique au sommet d'une île », ce chemin constitue le sujet des pages qui suivent. Ce sera un itinéraire qui part de loin, car Proust partit de très loin lorsqu'il commença à penser à son livre.

[...]

Il n'y a rien de plus mystérieux que les derniers jours de vie d'un grand homme. Thomas de Quincey ne l'ignorait certes pas quand il consacra un essai fameux à Emmanuel Kant et à son agonie[1].

Mais Proust représente un cas particulier. Sa position en face de la mort a un sens exceptionnel, peut-être unique. Il a continué à écrire jusqu'à la fin, il a continué à communiquer jusqu'à la fin, en écrivant même aux personnes avec lesquelles il vivait. Il a écrit des lettres où il a parlé de ses souffrances ; de sa maladie, sans pudeur, sans aucune retenue, en sentant toujours peser sur lui, prête pour l'étreinte finale, l'ombre effrayante de la « vieille dame ». Mais la suivre, la reconnaître, dans ses mille métamorphoses, ce fut presque une façon de la tenir en respect, pour ne pas se laisser frapper dans le dos. Et l'on chercherait en vain chez lui, à la différence d'autres moribonds célèbres, de grandes déclarations solennelles à confier à l'histoire. Cela doit être aussi pour cette raison que, afin de détourner l'attention de cette « dame » affairée, et la convaincre de s'éloigner pour suivre d'autres souffles, il a défendu pendant ses dernières semaines de vie un sentiment qui s'accordait assez peu avec la majesté traditionnelle de quelqu'un qui se sent près de la mort : la frivolité. Et, dans une phrase fameuse, il réussit à parler de la « frivolité des moribonds ».

Ce terme apparaît plus d'une fois jusque dans ses dernières lettres, et il en a expliqué la raison. Dans l'état où il se trouvait, il voyait la frivolité dans la conversation ou dans la correspondance épistolaire comme une manifestation de vie spirituelle. Nous parlons trop de choses sérieuses, disait-il. Mais les conversations sérieuses conviennent à des personnes qui n'ont pas de vie spirituelle. Celui qui a une vraie vie spirituelle, quand il sort de lui-même, de son travail intérieur, a besoin d'une vie frivole. Et il n'y a donc pas de quoi s'étonner si, au cours de ces derniers mois, sa vie fut tout à fait à l'opposé de celle de Kant, telle qu'elle est racontée par Wasianski et par De Quincey.

Il lui arrivait facilement de commettre des péchés de vanité. Entre les douleurs que lui infligeait sa maladie, il réussissait à tirer satisfaction du fait que des directeurs de revue ou d'étranges figures de collectionneurs lui proposaient de fortes sommes pour acquérir ses manuscrits ou que d'importantes universités consacraient des cours à son œuvre. Il était déjà complètement tourné vers la postérité, avec les satisfactions et les périls que cela comportait. Il cherchait à détruire dans son souvenir les choses les plus douloureuses de son passé, de sa vie sentimentale, des amitiés tronquées qui l'avaient tant fait souffrir. Et quand, une fois, un ami lui écrivit qu'une amitié ne devait pas se réaliser matériellement afin qu'on n'eût pas à en supporter la fin, cette phrase, qui dans sa vérité le ramenait en arrière vers un monde défunt, le plongea dans le plus profond désespoir.

C'est uniquement dans ces moments qu'il réalisait l'horreur de sa propre condition. Ne voyant plus, disait-il, sa famille depuis des années, ne pouvant ni lire, ni écrire, ni manger, ni se lever, sortant seulement de temps en temps, fort rarement, il se rendait compte qu'il ne pouvait persister dans une existence aussi épouvantable que grâce à l'illusion, chaque jour déçue et renouvelée chaque matin, que tout changerait. Il vivait depuis quinze ans dans une réalité qu'il ne voulait pas voir, et quand elle lui apparaissait à l'improviste, elle le plongeait pour quelques instants dans un vertige de tristesse. Mais la vérité était toujours salutaire. Et la seule raison pour laquelle on ne voyait plus Proust, c'était son travail.

Il était en train de remettre une dernière main à une œuvre consacrée à la recherche du temps perdu, mais il semblait que la seule façon pour qu'il pût continuer à vivre était une sorte de répulsion envers son « moi » physique et un espoir serein dans un avenir presque désincarné. Il avait banni de sa vie tout ce qui lui était apparu comme « fausse création ».

*Traduction de l'italien par Marie-France Merger, Paul Bédarida et Mario Fusco.*

FRANÇOIS FOSCA

# « La couleur temporelle chez Marcel Proust » (1923)

*François Fosca, de son vrai nom Georges de Traz (1881-1980), est né comme son frère Robert à Paris (voir p. 130), et suisse comme lui. Il est aussi bien romancier réaliste (sous le nom de François Fosca) que romancier policier (sous le nom de Peter Coram), mais aussi peintre et critique d'art. En 1923, il fait partie des auteurs invités à collaborer au numéro d'hommage à Proust de la* NRF. *Dans son article, soulignant l'importance que Proust donne au passé, il note que cette importance n'est pas la même que celle que lui donnerait un mémorialiste qui ne se concentrerait que sur le passé. Il voit chez Proust une volonté de ressusciter ce passé, de le faire renaître à la manière d'un spirite. Cette restitution passe selon lui par le détail, par une « couleur temporale », la description d'un air du temps. Il remarque aussi l'originalité absolue de cette démarche par rapport aux romanciers de son époque.*

É. S.

Que le roman de Proust, je veux dire la série des volumes qui constituent *À la recherche du temps perdu*, tienne presque autant des mémoires que du roman, je ne crois pas que le reconnaître en diminue le mérite. Il diffère des mémoires parce qu'il ne reproduit pas textuellement la vie réelle de Proust, et ne contient pas les portraits authentiques des individus que Proust fréquenta ou rencontra. Mais, même si pour un instant, négligeant sa part de romanesque, on ne veut le considérer que comme des mémoires, il me semble qu'il représente un type de mémoires assez particulier. Selon l'usage habituel, l'homme qui écrit ses mémoires, qu'il soit Saint-Simon, Casanova, ou Léon Daudet, nous relate des événements passés, en leur laissant leur qualité d'événements passés ; il les considère avec le recul que leur donne le temps, leur conserve leur place chronologique. Proust, au contraire, nous raconte bien des événements qui sont du passé, mais tous ses efforts vont à ce qu'ils n'appartiennent plus au passé, à ce qu'ils redeviennent du présent. Le mémorialiste traite les faits – et sous ce terme je rassemble les personnages, les lieux, ses propres sensations – en historien ; Proust les traite comme le spirite voudrait traiter les morts, avec l'espoir qu'il arrivera à les vivifier de nouveau.

Parmi les moyens qu'il emploie pour atteindre ce but, il y en a un où il est incomparable ; et qu'il ne me semble pas qu'on ait relevé : j'entends la façon dont il nous restitue l'atmosphère de certaines époques, ce que j'appellerai la couleur temporale, qui est au temps ce que la couleur locale est à l'espace. Voyez dans les dernières pages de *Du côté de chez Swann* la description du bois de Boulogne et de Mme Swann s'y promenant. Le tableau est daté 1890-1895, et pour mieux en faire ressortir les caractères temporels, Proust le contraste avec une description du Bois, vers 1910 environ. De même qu'un historien d'art compare un portrait de Winterhalter à un portrait de Van Dongen ; Proust oppose la victoria d'Odette Swann aux automobiles qu'il rencontre ; aux chapeaux « immenses », « couverts de fruits, de fleurs, et d'oiseaux variés », aux robes de « chiffons liberty semés de fleurs comme un papier peint », les petites toques et les belles robes de son héroïne. Tout cela est précisé avec une modération extraordinaire, et il lui suffit d'évoquer une « capote mauve » pour nous reconstituer toute cette époque. Il va plus loin encore dans ces premières pages d'*À l'ombre des jeunes filles en fleurs* où il raconte ses visites de tout jeune homme chez les Swann. Ce ne sont pas seulement les décors d'intérieurs, les robes d'Odette, les mœurs mondaines, de petites touches comme les allusions au comte de Paris ou la rencontre de la princesse Mathilde, mais le ton des conversations et la langue qui y est employée qui nous restituent la couleur temporelle de 1890. Je signale notamment la conversation entre Mme Swann, Mme Cottard et Mme Bontemps.

Je ne crains qu'une chose, je l'avoue, sans être tout à fait sûr que j'aie raison de la craindre ; c'est que ce soient là des nuances si fugaces que seuls ceux qui ont vécu à cette époque puissent les sentir. Les jeunes gens qui ont vingt-cinq ans aujourd'hui y sont-ils sensibles ? Je serais curieux de le savoir. Peut-être le sont-ils pourtant, mais moins immédiatement que les hommes d'au moins quarante ans. Peut-être leur est-il nécessaire, pour se rendre compte de cela, de se plonger plus profondément dans l'œuvre de Proust. Aujourd'hui, une simple lecture de Balzac ne suffit pas pour nous faire toucher la différence d'atmosphère qu'il y a entre ses romans « Restauration » et ses romans « Louis-Philippe ». Je suis persuadé que ses lecteurs de 1845 l'éprouvaient bien plus aisément que nous. Aujourd'hui, il faut, non seulement que nous nous imbibions de Balzac, que nous nous l'incorporions, mais que nous inventorions ces nuances subtiles pour les apercevoir.

Il est d'ailleurs assez remarquable que Proust ait repris une tradition balzacienne ? L'obligation qu'il existe un délai assez long entre l'époque où se passe un roman et celle où il est écrit. Depuis le naturalisme, Zola excepté, un sujet de roman est presque toujours contemporain, en ce sens que l'auteur nous raconte des événements qui ont pu se passer au moment même où il écrivait son livre*. Au contraire, la plupart des romans de Balzac se passent assez longtemps avant la date où ils sont écrits. *La Cousine Bette*, huit ans avant ; *Le Père Goriot*, quatorze ans avant ; *Splendeurs et Misères*, treize ans avant. L'avantage, c'est que, en donnant au romancier plus de recul, cela lui permet d'avoir des mœurs une vue plus nette et plus déblayée. N'est-ce pas d'ailleurs ce qui est arrivé à Barrès lorsqu'il écrivit *Les Déracinés* et *Leurs figures* ?

Ce don qu'avait Proust de nous donner, si exactement et avec si peu de chose, la couleur temporelle d'une époque me paraît un des éléments qui composent chez lui le peintre de mœurs. Or le peintre de mœurs n'est pas une des faces les moins remarquables de son talent. Il est même assez curieux que parmi les romanciers d'aujourd'hui, c'est la génération la plus ancienne qui fait dans ses livres la plus grande place aux mœurs : Hermant avant tout, Boylesve, Bourget, Beaunier. Les plus jeunes me paraissent plutôt séduits par l'énigme individuelle : voyez Jaloux, Mauriac, Chardonne, Colette. Carco se spécialise dans un monde particulier, Dorgelès est surtout un descriptif, et Duvernois préfère le pittoresque. La différence est nettement marquée, si, dans le domaine restreint de l'exotisme, on compare les Tharaud à Paul Morand. Valery Larbaud

* La guerre a quelque peu modifié cela.

demeure une merveilleuse et inimitable exception. En mettant à part certains romans nés de la guerre, et si l'on peut se permettre de comparer la société à une émulsion, il semble qu'en général les jeunes romanciers, captivés par les *grains* que sont les individus, s'intéressent moins que leurs aînés au liquide intergranulaire, les mœurs. Seul, Marcel Proust sut se montrer aussi pénétrant observateur, qu'il étudiât les âmes, ou ces rapports qui souvent sont si fugitifs.

*La Nouvelle Revue française*, janvier 1923.

ADOLFO BIOY CASARES

# Entretien avec Borges
(1955)

*Écrivain argentin d'origine française, issu d'une famille aisée, Adolfo Bioy Casares (1914-1999) voyage beaucoup dans sa jeunesse et s'exprime en plusieurs langues, dont le français qu'il maîtrise parfaitement*[*]*. De sa rencontre en 1932 avec Borges, chez Victoria Ocampo, naît une profonde amitié marquée par une importante collaboration littéraire, dont des romans à quatre mains publiés sous le pseudonyme de H. Bustos Domecq en 1967 et en 1977*[**]*. C'est en 1940, l'année de son mariage avec la sœur de Victoria Ocampo, Silvina Ocampo, que Bioy Casares publie son roman le plus connu,* L'Invention de Morel, *dans la préface duquel Borges (voir p. 333) exprime un avis sévère sur Proust.*

*Parallèlement à sa carrière littéraire, Bioy Casares tient un journal de ses échanges avec Borges, dans lequel les deux écrivains parlent de littérature. Même si Borges se montre parfois critique à l'égard de Proust, cet échange tempère son regard sur l'auteur de la* Recherche. *Les deux romanciers y évoquent « l'insécurité sociale » qui guette les personnages de Proust. Ils remarquent que les personnages*

* Sur le rapport des élites argentines à la langue française, voir Victoria Ocampo, p. 177.

** Borges – Bioy Casares, *Cronicas de Bustos Domecq*, Buenos Aires, Losada, 1967 ; Borges – Bioy Casares, *Nuevos cuentos de Bustos Domecq*, Buenos Aires, Libreria de la Ciudad, 1977.

*y sont représentés dans leur force et leur puissance, ce qui n'exclut pas une peinture de leur déchéance (*Le Temps retrouvé *nous présente ainsi un portrait de la déchéance sociale de Charlus et des Guermantes pendant la guerre, redoublée par leur déchéance physique décrite dans les pages du « bal des têtes* * *»). Bioy Casares et Borges s'entendent à considérer que la littérature comme la langue française permettent des nuances que l'on ne trouve pas dans la langue espagnole ni la littérature argentine.*

*En 1990, Adolfo Bioy Casares remporte les prestigieux prix Cervantes et Alfonso Reyes pour l'ensemble de son œuvre.*

É. S.

*14 juin 1955.*

Nous parlons de Proust.

BIOY : La grande réussite de Proust est l'insécurité – sociale, économique – des personnages qu'il met en scène. Dans la première partie d'une phrase – j'exagère peut-être – il insiste sur la force d'un individu ; dans la seconde, il montre le précipice dans lequel celui-ci peut s'abîmer. Il montre la fragilité des fortunes et des rangs sociaux.

BORGES : Oui, c'est exactement ça. Il montre les êtres dépendant les uns des autres. Il décrit une société dans laquelle tout est important et dans laquelle les êtres peuvent aussi bien progresser que s'effondrer pour des raisons en apparence insignifiantes. Mais il la décrit avec perspicacité.

* Voir *Le Temps retrouvé*, Folio classique, 1990, p. 224-353.

Bioy : Les romanciers français actuels prennent souvent pour sujet une société horrible, or ces livres modernes donnent une impression sordide ; Proust, en revanche, non.

Borges : Chez Proust il y a toujours du soleil, de la lumière, des nuances, un sens esthétique, une joie de vivre.

Après en avoir fait un éloge éloquent, il ajoute que les Français observent les nuances de tout, des lieux, des couleurs, des saisons, des repas : « ils parlent de *la mi-saison dans la mi-montagne**. Ici tout n'est qu'un seul bloc : l'été à Mar del Plata ».

*Traduction inédite de l'espagnol*
*par Mikaël Gómez Guthart.*

## YUKIO MISHIMA

# *Les Vacances d'un romancier*
# (1955)

*Mishima (1925-1970) est l'un des auteurs japonais qui ont le plus marqué de leur empreinte le XX^e siècle. Véritable caméléon, capable de s'intégrer au sein de la littérature gay avec le mythique* Confessions d'un masque *(1949) tout en soutenant des idées ultranationalistes, Mishima fut un provocateur de génie. Nourri par une fascination pour le nihilisme, il fut toute sa vie tiraillé par ses différentes identités, irréconciliables, jusqu'à son suicide à quarante-cinq ans**.

*Dans son essai* Les Vacances d'un romancier *(1955, non traduit en français), qui prend la forme d'un journal intime, Mishima se confie sur son rapport à l'écriture, et convoque notamment Proust.*

*Dans le premier passage retenu, il définit le roman comme un art toujours en mouvement, grâce au regard du romancier en perpétuelle évolution. Proust incarne pour lui l'exemple même de l'écrivain de la vie, malgré son confinement dans sa fameuse chambre.*

*Un peu plus loin, il exprime son rapport complexe à Proust : s'il loue son talent d'écriture, il pointe les contradictions qui existent selon lui dans la* Recherche *quant au rapport à la mort.*

N. B.

* Voir Thierry Hoquet, *Mystère Mishima*, Gallimard, coll. « Arcades », 2021.

Ce qu'aujourd'hui je considère comme rouge, celui que j'étais à vingt-cinq ans l'écrivait blanc. Celui que je serai à quarante ans, quant à lui, le trouvera peut-être vert. Cela pourrait nous persuader d'écrire des romans jusqu'à atteindre un point culminant dans le discernement. Mais ce moment où le réel se fixe définitivement, n'est-ce pas la mort même pour le romancier ? C'est à cause de l'incertitude que l'on saisit la plume. Si un écrivain commence à écrire à quarante ans, c'est en raison de l'angoisse inexprimable qu'il découvre dans cette réalité de ses quarante ans. En revanche il ne semble pas qu'un roman puisse naître d'un éveil véritable, ni d'un véritable renoncement.

Proust est entré dans sa chambre tapissée de liège pour écrire *À la recherche du temps perdu*. Il ne faut pas regarder son geste comme une sorte de renoncement, ou comme une façon de tourner définitivement le dos à la vie.

Certes, écrire un roman revient plus ou moins à endiguer la vie ou à la laisser stagner. Personnellement, je ne regrette pas d'avoir aussi souvent, lorsque j'étais âgé d'une vingtaine d'années, endigué ou laissé stagner la mienne. Récemment, j'en suis toutefois venu à considérer que ni les questions d'ordre purement artistique, ni celles purement liées à la vie, n'étaient spécifiques au roman. *Le problème spécifique du roman*, c'est celui de l'art contre la vie, et de l'artiste contre le vivant. Si Thomas Mann est un auteur représentatif de notre siècle, c'est parce qu'il a poursuivi ses recherches aussi loin que possible dans cette direction. C'est aussi le cas de Proust.

Quant aux auteurs du XIXe siècle, tout en dissimulant la question en ses revers, ils en font – Balzac comme Stendhal – la source d'inspiration du roman. Mais seul Flaubert avait une conscience aiguë de la nature du problème.

*Le problème spécifique du roman* se ramène donc à la question suivante : pourquoi et comment, alors que nous sommes vivants, écrivons-nous des romans ? Ou pour exprimer les choses de façon plus générale : pourquoi et comment, alors que nous sommes vivants, s'en rapporter à l'Art ? Dans les arts d'autrefois, une telle question n'avait pas lieu d'être.

Prenons un autre point de vue : on dira que le roman est, essentiellement, un art qui tâtonne en quête de méthodologie. C'est à cet égard qu'il se différencie d'un art comme le théâtre, intrinsèquement loti d'un modèle et d'une méthodologie. *Le temps perdu* de Proust s'achève au moment où le narrateur découvre cette méthodologie[1].

[…]

Je n'apprécie plus comme auparavant l'incontournable fatalisme de Proust en matière de perception humaine, son fatalisme maladif si je puis me permettre. Tout fatalisme semble s'apparenter à du réalisme, mais le vrai réalisme est par définition incompatible avec le fatalisme […] on considère volontiers Proust comme un disciple de Bergson. Toutefois, le seul personnage qui s'éveille à la vraie liberté est le narrateur ; or tous les personnages remarquables, à commencer par le baron de Charlus, sont privés de liberté, les amours de ces personnes sont vouées sans exception à l'illusion. Proust, en s'acharnant à observer objectivement les êtres humains, s'est empêtré dans les doctrines du XIX^e^ siècle.

Aucun écrivain n'a surpassé Proust dans le sourire

soigneusement méprisant esquissé à l'endroit de la possibilité pour un être de devenir un autre. Charlus reste Charlus malgré toutes ses métamorphoses, Albertine reste Albertine par-delà la mort. Cependant, vers la fin du deuxième chapitre du *Temps retrouvé,* à la description de la mort de Robert de Saint-Loup sur le champ de bataille, dans les pensées endeuillées que le narrateur adresse à ce noble blond, se faufile la possibilité de la métamorphose d'un être sans la trace d'aucune ironie. [...]

Que Proust, pourtant convaincu du malheur humain, ait eu même l'espace d'un instant le pouvoir d'imaginer une mort volontaire si heureuse relève du miracle. La possibilité d'une mort si belle pour Saint-Loup contredit absolument sa théorie générale[1].

*Traduction du japonais par Thomas Garcin et Misako Nemoto.*

NADINE GORDIMER

# « Mon Proust à moi »
# (« Personal Proust », 2001)

*Couronnée du prix Nobel de littérature en 1991, Nadine Gordimer (1923-2014), née à Springs en Afrique du Sud, s'est battue contre le régime de l'apartheid, malgré la censure et les intimidations. Sa plume interroge le fonctionnement – et les dysfonctionnements – de l'État sud-africain. Pour raconter cette histoire nationale, elle en passe par sa propre histoire, dans une œuvre largement autobiographique.*

*Dans un court essai personnel, publié dans la prestigieuse revue universitaire américaine* Salmagundi *à l'automne 2001, elle évoque sa découverte de Proust et la manière dont il a bouleversé ses conceptions littéraires autant que sa vie personnelle. Une œuvre qui, depuis l'adolescence, l'a suivie tout au long de sa vie. Sa première rencontre avec la* Recherche *a été concomitante de l'éveil de sa vie sexuelle, à une période où elle n'était plus en contact avec les enfants de son âge**. *Dans son récit, Gordimer porte un regard introspectif sur la lectrice qu'elle était à cette époque, et sur l'écrivaine qu'elle est devenue. Elle dresse le portrait d'un Proust dont les ressources narratives, inépuisables, lui offrent une nouvelle expérience de lecture, dans les dernières années de sa vie.*

N. B.

* Nadine Gordimer a été retirée de l'école par sa mère qui lui a fait croire qu'elle avait un souffle au cœur ; cet éloignement a duré cinq ans.

La grande littérature peut frapper la société de deux manières. La première est culturelle, d'après la définition étroite de la culture comme pratique des arts : l'écrivain brise les traditionnels scellés du Mot, part à la découverte de nouveaux moyens d'expression, défie et change la nature de la fiction. Après Proust, après Joyce, oui, le roman ne pourra jamais plus être le même.

La manière dont Marcel Proust a changé la conception du roman telle que je la connais a été souvent exposée par d'éminents spécialistes et je n'aurai pas la prétention d'entrer dans ces débats, ou du moins pas maintenant.

L'autre impact de la grande littérature est sa capacité à transformer la conscience des lecteurs – même si le lecteur profane ne remarque pas ce processus ni les techniques littéraires ni les outils que l'écrivain a repris, réinventés ou inventés. En tant que romancière, j'ai été instruite avec attention des innovations littéraires de Marcel Proust et j'ai appris d'elles, sans aucun doute. Mais un écrivain doit trouver sa propre voix, sans quoi il n'est pas écrivain. Mais ce qui demeure en moi, pour le restant de mes jours, c'est l'influence des perceptions sensibles et esthétiques de Proust. C'est de cet impact que j'ai envie de parler. Du Proust qui influence la persona[1]. Du Proust dont la lecture nous transforme à jamais.

Il s'agit d'une affaire sérieuse ; merveilleuse. Dangereuse, peut-être. Car il y a des lecteurs parmi nous dont l'épiphanie ne vient pas des croyances religieuses, philosophiques ou politiques, mais de l'imagination de l'écrivain qui illumine les passages secrets de la vie.

J'étais à un âge relativement avancé – fin de

l'adolescence – pour quelqu'un qui avait vécu au milieu des livres depuis sa plus tendre enfance, quand, bien longtemps après Tolstoï, Dostoïevski, Balzac, Flaubert, j'en suis venue au mal nommé *Remembrance of Things Past*[1] traduit par Scott Moncrieff chez Modern Library. J'avais surmonté une enfance dominée par l'amour maternel et ma première réaction fut donc une prise de conscience ; voilà qu'apparaissait un auteur qui comprenait cette enfance mieux que moi : une révélation. Mais plus tard, en relisant ce livre, son effet donnait quelque chose de différent, exégétique, prophétique quant à l'ensemble des moments et des étapes de ma vie que j'avais entre-temps traversés.

Lovée dans un fauteuil dans la maison en toit de tôle d'une ville minière du *veld*[2] sud-africain, loin, très loin, on ne peut plus loin du côté de Méséglise, du côté de chez Swann, de Combray, Balbec et du boulevard Haussmann, je découvrais que l'intime conviction que j'avais sur la beauté naturelle, sur les fleurs, les arbres et la mer, que je voyais une fois par an, n'était pas condamnée à disparaître de notre vue. Je luttais avec ma sexualité naissante, l'amalgame entre la formation physique et émotionnelle, qu'une part de ma sensualité façonne. Chaque fois, toutes les fois qu'on se tourne vers le Roman, on trouve le délice de quelque chose relevant d'une perception du passé qu'on avait manquée jusqu'ici… Par exemple, dans ma dernière relecture d'*À la recherche du temps perdu* (pour la troisième fois en français), j'ai remarqué la récurrence du pollen : combien ce produit naturel devient une métaphore – la fécondation transmise par le vent dans l'air que nous respirons –, d'abord dans le regard de la jeune fille accompagnée de Mme de Villeparisis que le Narrateur suit des yeux, dans *À l'ombre des jeunes filles en fleurs*.

Puis dans la métaphore du bourdon qui entre dans la cour avec du pollen, qui montre l'attraction palpable entre le noble baron de Charlus et le modeste tailleur Jupien. Proust lui-même produit en nous, comme par pollinisation, d'ineffables connexions entre nos besoins et nos émotions, stimulées par différentes causes.

Dans ce cadre où je projette ma propre existence, j'en suis venue à Proust par D. H. Lawrence et Blake ; la sexualité constituait la meilleure route vers l'effronterie, pour qui voudrait défier les interdictions et être libre de désirer :

*L'abstinence ensemence partout de sable*
*Les membres rougeâtres et les cheveux de flamme,*
*Mais le Désir satisfaisait ici même*
*Les arbres fruitiers de la vie et de la beauté*[1].

Et ce plaisir entre hommes et femmes me fait penser à Fred Astaire et Ginger Rogers dansant sur des nuages artificiels ; comme pour Italo Calvino, les films du temps passé avaient inspiré l'idée que je me faisais de ma future vie amoureuse, de manière innocente et mensongère. Les processus amoureux, incarnés par le pèlerinage désespéré de Swann – quel chemin extatique, frustrant, dont il est impossible de se détourner ; suivant sa bien-aimée de son terrible regard suspicieux, perdant l'envie de continuer, rattrapé par la volonté d'avancer ; et avançant toujours à ses côtés, jusqu'au moment où l'on veut le secouer et lui dire : stop ! Et il voit qu'il ne peut pas s'arrêter, qu'il ne pourra pas. Peut-être est-ce le principe même de l'amour… Et pour finir, cette conclusion ravageuse : cette femme, pour qui il a gâché plusieurs années de sa vie, n'était vraiment pas son genre du tout.

Proust a corrigé et enrichi la compréhension que j'avais, étant jeune, des attentes de l'amour charnel et m'en a montré l'immense complexité, le fait qu'elle repose nécessairement sur l'impossibilité de connaître l'être aimé – le véritable échec de la possession amoureuse – et le processus concomitant de connaissance de soi, qui se révèle souvent consternant.

Le duo de nuages que formaient Fred et Ginger s'est dispersé à jamais. Dans la vie pleine de passions dans laquelle j'étais embarquée, mes attentes étaient guidées par la plus grande exploration possible du mystère divin de la vie sexuelle, dans son environnement chargé de sensualité. Je n'ai pas le temps de discuter du prolongement de ce thème avec Albertine ; mais je remarque qu'on se fiche de savoir qu'une Albertine est en fait un Albert transformé par la magie de l'imagination plutôt que par une opération de réassignation sexuelle – lui-même homosexuel, Proust était inégalable pour ce qui était de décrire des relations hétérosexuelles. Peut-être le génie littéraire peut-il être défini à nouveau ainsi : une créativité qui s'étend à toute chose, qui connaît tout, en chaque être humain.

Bien évidemment, après ma lecture de jeunesse du Livre, je ne suis jamais retournée aux *Plaisirs et les Jours* ni à *Jean Santeuil* ni au *Contre Sainte-Beuve*. Comme beaucoup d'entre nous, j'avais plus ou moins une connaissance scolaire de Proust en anglais et en français. Mais tout a changé, pour moi, avec la publication cette année de *Proust's Way* de Roger Shattuck[1], un incroyable chef-d'œuvre d'originalité qui nous amène à penser qu'une mine d'or aurait été remontée à la surface. Ma lecture actuelle du Livre en est devenue tout autre, accompagnée d'une nouvelle compréhension, de nouvelles possibilités, de nouvelles joies, grâce à la variété de focales offertes par les lumières de Roger Shattuck.

Marcel Proust est un écrivain avec qui on avance tout au long de sa vie ; on lit et relit son œuvre sans jamais en épuiser les sources ; il les révèle seulement quand on y est prêt. Lors du grand et poignant final du plus grand rassemblement mondain, le Narrateur Marcel trouve que ses vieux amis et ses connaissances sont devenus méconnaissables sous l'effet de l'âge[1], alors qu'il a toujours la sensation d'être le même, comme dans les yeux de sa mère. Il répond à l'invitation à dîner d'une jeune femme[2] : « Si vous ne trouvez pas compromettant de venir dîner seule avec un jeune homme » et, juste quand il entend tout le monde rire, ajoute précipitamment « ou plutôt avec un vieil homme[3] ». Plus tard, il réalise qu'il n'a pas seulement traversé le laps de temps incarné par le rassemblement mondain mais que ce moment est véritablement sa vie, qui lui est présentée.

Une fois vieille, je me suis sentie prête pour cette révélation. Dans ce Temps Retrouvé, dans cette expérience proustienne où, avec de vieux amis face auxquels j'étais toujours la plus jeune du groupe, je réalise que nous voilà désormais, tous autant que nous sommes, déguisés avec les habits du vieillissement. Comme tout le monde, j'ai besoin qu'on me présente à moi-même. Proust fait de cette expérience une épiphanie.

*Traduction inédite de l'anglais par Nicolas Bailly.*

Article paru dans la revue *Salmagundi*, 2001.

# MARIO VARGAS LLOSA

## « Proust en photos »
## (1965)

*« Je n'aime pas Marcel Proust, et pendant de nombreuses années je l'ai caché. Plus maintenant. J'avoue que j'ai eu du mal à terminer* À la recherche du temps perdu*, un ouvrage sans fin que j'ai lu avec beaucoup de difficultés, dégoûté par ses très longues phrases, par la frivolité de son auteur, par son monde minuscule et égoïste, et, surtout, par ses murs de liège, construits pour que l'auteur ne soit pas distrait en entendant les bruits du monde (que j'aime tellement). » Ainsi s'exprime le romancier hispano-péruvien (né en 1936), prix Nobel de littérature en 2010, dans le quotidien espagnol* El País *en avril 2020. Il est vrai que, alors confiné par la pandémie qui ravage le monde depuis plusieurs mois, il ne peut comprendre la réclusion volontaire de Proust et ses murs du silence, lui qui n'a qu'une envie : sortir dans la rue, replonger dans cette effervescence humaine qui n'a jamais cessé de l'éblouir et d'inspirer son œuvre.*

*Ce jugement radical cacherait-il une secrète admiration ? Il marque en tout cas l'oubli d'une lecture de jeunesse, dont témoigne ce texte écrit plus d'un demi-siècle auparavant, quand Vargas Llosa, jeune trentenaire, vivait à Paris en gagnant sa vie comme journaliste à l'agence France-Presse et à la Radiodiffusion-télévision française. Ses affinités électives quant à la littérature française le portent vers Flaubert – dont il lit* Madame Bovary *en français en débarquant à Paris en 1957 –, Hugo – il découvre* Les Misérables *dans son adolescence –, Dumas, Balzac, Maupassant, qu'il lit dans le texte, bien plus que vers Stendhal ou Proust, dont les tours et détours psychologiques le laissent indifférent. C'est décidé : son art du roman sera réaliste, mais sans jamais oblitérer la part de l'imaginaire et des « monstres engendrés par le sommeil de la raison » (selon l'expression du peintre Goya).*

*Dans ce texte de 1965, écrit à l'occasion d'une exposition Proust à la Bibliothèque nationale à Paris, Vargas Llosa exprime un rejet du fond au profit d'une pure admiration de la forme, de la technique littéraire. Il ne critique pas tant Proust le romancier que la haute société décadente fin-de-siècle. Que pourtant Proust critique lui-même ! C'est sans compter l'extraordinaire retournement final : Vargas Llosa célèbre la capacité de Proust à transfigurer le réel, en parvenant à dépasser la société dont il est issu. « Il brise les étroites limites du réel et accède à ce domaine universel où les œuvres littéraires vivent d'une vie propre. » Magnifique hommage d'un jeune écrivain à son aîné, d'un hispanophone à un francophone, dans une véritable communion littéraire.*

Bl. C.

À lire Proust nous sommes presque convaincus que tout était mieux avant. Princes, barons, grands bourgeois, illustres aristocrates, tous étaient *objectivement* responsables et bénéficiaires d'un système plus injuste que celui de nos jours, mais d'un point de vue subjectif on peut aisément leur témoigner quelque indulgence. Car ces gens-là, au moins, profitaient de leur pouvoir et de leur fortune pour s'entourer de belles œuvres, professant et cultivant – certes, égoïstement – la culture. Les privilèges démesurés dont ils jouissaient ont servi, en tout cas, au développement des arts et des lettres. Quelle différence, dira-t-on, entre ces mécènes inquiets, décadents, raffinés, qui – fût-ce par snobisme – avaient fait de la « beauté » une religion et un style de vie, et nos modernes princes de l'industrie, de la banque et du commerce, ignares, dédaigneux de toute activité intellectuelle ou artistique, résolument futiles et pas plus sensibles aux plaisirs élevés que les végétaux ou les animaux !

Et tout cela, pourtant, ne paraît plus aussi sûr après avoir parcouru l'impressionnante exposition organisée par la Bibliothèque nationale à Paris sur la vie et l'œuvre de Marcel Proust. On voit là reconstituée, en petit mais avec luxe de détails, cette société de la *Belle Époque,* « dans les plaisirs frivoles, dans la paresse, dans la tendresse, dans la douleur[1] » qui ont constitué la matière de ce monument du roman moderne que fut *À la recherche du temps perdu*. Bien que Proust ait nié avoir écrit un roman à clé – « un livre, dit-il, est un grand cimetière où sur la plupart des tombes on ne peut plus lire les noms effacés[2] » –, nous avons là tous les modèles de ses personnages, ressuscités en lettres, tableaux, témoignages, photos et objets, ainsi que quelques décors qui les inspirent, ces salons où se déroula leur vie mondaine, et toutes les nourritures terrestres et spirituelles de ce petit monde qui fut le leur et qui apparaît miraculeusement conservé dans son œuvre. Quel contraste ! Est-ce bien là le caractère exquis, le bon goût, la sensibilité et l'élégance de cette époque dorée ? La réalité se dresse ici comme une caricature grotesque de sa transposition littéraire, comme une lamentable parodie. La *Belle Époque* était incarnée par un personnage, le comte Robert de Montesquiou, avec toutes ses excentricités, ses magnificences, ses subtilités ou ses sortilèges. Cet individu singulier servit de modèle à Huysmans pour le diabolique Jean des Esseintes. Proust l'a personnifié dans le célèbre baron de Charlus tout en étant, en outre, un admirateur sincère de ses épouvantables poèmes. Comment pourrions-nous prendre au sérieux le titre de « professeur de beauté » que décerna son époque à Robert de Montesquiou, ce petit homme ridicule, croulant sous les bagues, les broches et les écharpes, qui se représente caressant des roses et dont les ouvrages s'intitulent *Le Chef des odeurs suaves*, *Professionnelles Beautés* et *Les Hortensias bleus* ? Les images des fastueuses fêtes néoclassiques qu'offrait Montesquiou dans son Pavillon des Roses montrent qu'il s'agissait, en réalité, de modestes bals masqués, bien pauvres en regard de ceux que célèbre aujourd'hui n'importe quel millionnaire sous-développé.

On est pareillement déçu lorsqu'on confronte le monde des Guermantes campé par Proust à la réalité qu'il évoque. On sait qu'à l'instar du narrateur ébloui par la célèbre duchesse de Guermantes, Proust se postait chaque matin devant la porte de la comtesse Adhéaume de Chevigné, un des modèles de la Guermantes, et il l'admirait en silence. Qu'est-ce qui l'attirait chez cette femme aux lèvres absentes et aux puissantes mâchoires qui, à en juger par ses carnets de bal, ignorait la syntaxe et l'orthographe ? La comtesse Greffulhe, au moins, l'autre inspiratrice de la duchesse de Guermantes, apparaît dans les peintures de Philip de László comme une femme très belle, mais les lettres de Proust nous indiquent que ce qu'il adorait chez elle c'étaient surtout ses manières, ses goûts et son élégance. Curieuse élégance que celle de garnir ses cheveux de plantes tropicales, de porter des robes d'orchidées mauves et de cacher son visage sous un emplâtre élaboré avec une demi-douzaine d'ingrédients, importé chacun d'un pays lointain ! Sur une photographie, la superbe comtesse a noté d'une main hésitante sa reconnaissance au photographe : « Seuls le soleil et vous me comprenez. »

Les commissaires de l'exposition, avec un admirable scrupule, ont rassemblé dans une salle consacrée à l'« Esthétique de Marcel Proust » la majeure partie des tableaux loués dans l'œuvre et la correspondance de l'auteur de *Sodome et Gomorrhe*. Sans crainte d'erreur, on peut affirmer que, non seulement le monde de Proust, mais lui-même, ignorait ou méprisait les peintres les plus importants de l'époque[1] pour, en revanche, porter au pinacle une impressionnante collection de médiocres créateurs. On peut apprécier là ce que valait réellement Paul-César Helleu, que Proust a décrit dans le personnage d'Elstir et à qui il vouait une admiration sans bornes. À première vue, il semble impossible de reconnaître, dans les fulgurantes évocations de Proust, des œuvres aussi affligeantes que *L'Automne à Versailles* et *Madame Helleu à l'ombrelle sur un yacht*. Comment est-il possible que ces toiles insipides aient inspiré de si belles pages ? Mais l'on pourrait dire la même chose de la fameuse lanterne magique de Combray, des biscuits, de la tasse de thé, de la canne, toutes choses qui acquièrent dans l'œuvre de Proust une présence si riche et si fascinante, et qui nous semblent bien plus réelles, à travers les mots, qu'exposées comme des corps morts dans les vitrines de la Bibliothèque nationale. Ce qui se comprend à la lumière de ce mécanisme énigmatique qui régit les rapports entre la littérature et la réalité. Le réalisme d'une œuvre artistique ne signifie jamais une reconstruction du monde digne de foi, mais une évocation transfigurée de la réalité. Le précieux Montesquiou n'a probablement pas exprimé dans ses poèmes affectés, dans sa sensiblerie baroque et superficielle, le monde qui a servi de matière première à Proust, et d'une façon bien plus fidèle. Les minauderies, les afféteries, la vacuité de la *Belle Époque* peuplent les pages de ce prétendu « professeur de beauté » et déterminent leur matière et leur forme. Alors qu'usant des mêmes éléments, Proust va infiniment plus loin. Pour ce faire, il lui faut altérer cette part de la réalité qui lui importe, la déformer même, la transformer. C'est seulement ainsi qu'il brise les étroites limites du réel et accède à ce domaine universel où les œuvres littéraires vivent d'une vie propre. À travers les banalités et les niaiseries de la vie mondaine, Proust découvre une forme de l'aliénation humaine à un moment déterminé de l'Histoire. À travers la conduite fantasque d'Albertine – dont on peut voir le modèle sur une photo, son chauffeur Agostinelli, moustachu et rondouillard –, ce qui surgit, dans toute sa complexité et sa richesse, c'est le comportement de l'homme.

Paris, juillet 1965

*Traduction inédite de l'espagnol*
*par Albert Bensoussan.*

Article paru dans le quotidien péruvien de Lima
*Expreso* du 1er août 1965.

*Anti-Proust*

*Comment un auteur peut-il devenir un « ennemi personnel* [*] *» malgré les mers qui nous en séparent et les siècles qui nous en éloignent ? L'importance d'une œuvre peut aussi se mesurer à la détestation qu'elle suscite et ne cesse d'engendrer.*

*Pour comprendre le malaise qu'elle a pu provoquer dans le reste du monde, il faut mesurer la violence avec laquelle l'œuvre de Proust a été accueillie dans son propre pays. D'abord méprisé comme un auteur mondain* [**]*, il a été haï quand son travail s'est avéré incontournable. Juif et homosexuel, Proust devient bien malgré lui synonyme d'une altérité intolérable pour une partie de ses contemporains. On l'accuse de se ménager parmi les classiques de la littérature française une place qui n'est pas la sienne ; à ce titre, les attaques sur sa personne portent aussi sur son style : la virtuosité de la phrase proustienne serait le signe de son artificialité. Proust maîtrise une langue*

* Voir le texte d'Aldous Huxley, p. 341.

** Le refus du manuscrit de la *Recherche* par la NRF est célèbre : contrairement à la légende, c'est Jean Schlumberger, et non Gide, qui aurait ironisé sur ce roman « plein de duchesses » (voir Michel Erman, *Les 100 mots de Proust*, Que sais-je, 2022). Voir également p. 282, note 1.

*qu'il ne peut connaître car il l'aurait usurpée. « Un conteur arabe dans la loge de la portière ! Peu importe le canevas sur lequel Proust brode ses arabesques, tout ressemble aux fleurs, aux oiseaux des boîtes de rahat-loukhoum*[*] *» : la vulgarité de Barrès résume à elle seule son sentiment de dépossession face à la simple idée d'un écrivain juif de langue française. Proust parle un français trop châtié, il agit avec trop de courtoisie... L'Orient proustien fantasmé par Barrès et son école ne se révèle pas dans les stigmates d'un ailleurs : il est inquiétant car trop proche, si proche qu'il en devient indiscernable, insupportable.*

*Ce sentiment d'inquiétante étrangeté accompagne Proust dans sa réception à l'étranger. Nous n'avons pas retenu des invectives antisémites ou homophobes équivalentes à celle de Barrès, ce qui n'exclut pas qu'un ressentiment de cette nature soit secrètement à l'œuvre dans le dégoût de certains auteurs. La haine suscitée par Proust reste en tout cas viscérale, et se change en répulsion physique quand son asthme est attaqué.*

*Contrairement aux insultes antisémites des petites frappes littéraires, la violence des textes retenus ici n'est pourtant jamais complaisante ou aveugle quant à sa propre nature : Proust est haï comme un alter ego. En cela, cette haine concerne tout lecteur de Proust osant confesser les discrets dégoûts qu'inspirent à certaines heures les plus tendres complicités. Huxley sait ce qu'il lui doit, et Gombrowicz le considère comme un frère* *(p. 327)* *: « de l'air », semblent réclamer ces adeptes fuyant loin du maître, si longtemps adoré comme un reflet trop parfait.*

* Propos de Barrès rapporté par Jacques-Émile Blanche dans *Mes modèles. Barrès, Hardy, Proust, James, Gide, Moore*, Stock, 1928, p. 117.

*L'œuvre de Proust soutient l'exigence d'un monde : le quotidien est soudain saturé de cette psyché compliquée qui décompose et recompose nos univers. Lecteurs, sommes-nous complices ou jouets de la machine remémorante qu'invente Proust avec la* Recherche *? On regarde d'abord le Narrateur comme un autre soi-même, puis notre propre subjectivité s'égare dans la foule des personnages détaillés par la minutie proustienne. Quand les barreaux se font jour derrière la persienne, il faut se résoudre à quitter la chambre : abandonner Proust et l'oublier. Pas si simple. Comme la Constance de D. H. Lawrence (**p. 338**), on peut se laisser gagner par l'oubli qu'offre la nature agreste, opposer les délices d'une promesse printanière au labeur du ressouvenir. Mais l'hôte pâle que nous avons délaissé viendra nous retrouver en frôlant un jour délicatement notre épaule. Amical ou énervé, le salut que nous lui adresserons alors sera toujours accompagné d'un regard tendre et tragique.*

A. G.

WITOLD GOMBROWICZ

# *Journal*
(1958)

*Diariste et romancier, Gombrowicz (1904-1969) a imprégné l'histoire littéraire mondiale d'une entêtante odeur. L'œuvre de cet écrivain polonais, qui se qualifiait lui-même d'« État à part », compose un ethos d'auteur : un personnage décadent qui méprise la foule, sans manquer d'autodérision. Étonnamment, cet individualiste forcené semble partager avec Radek* (*voir p. 216*) *un même dégoût pour un Proust dont l'œuvre perverse révoque le primat de la nature sur l'artifice et du modèle sur l'œuvre : dans cette écriture aux languissantes phrases sans terme, tout est verbe, tout est beauté, et Gombrowicz étouffe !*

*L'auteur de* Pornographie *reconnaît pourtant en Proust un « frère » dont il partage l'attrait pour le monstrueux issu de la grâce. La lecture de la* Recherche *lui permet d'échapper à son exil. Lire c'est partager une solitude : aux côtés de Proust, Gombrowicz est en bonne compagnie. Mais cette connivence aristocratique est grosse de périls pour un lecteur qui veut lui aussi produire une œuvre : « ce cousin m'écrase ». Parti à la recherche d'un frère, il doit l'abandonner comme on quitte un père.*

A. G.

*Mardi.*

*Tilos, pinos, platanos, naranjos, palmeras, glicinas, mimbres, alamos, cipreses*[1]... Petit déjeuner dans véranda du café, au milieu de ce bouquet avec, au loin, les amphithéâtres et les bastions antiques, les vastes éboulis, les cirques étincelants sous le soleil.

Je flâne et me heurte à Tandil[2]. Leur va-et-vient monotone. Le caractère purement littéral et assommant de leurs activités, leur affairement de fourmis, leur patience de cheval, leur lourdeur de vache, tandis que moi... moi... Je ne peux m'en prendre à personne car ils sont plongés dans leurs propres affaires et d'ailleurs leur solitude est insondable, chacun court après ce qui le concerne, c'est une solitude animale, une solitude de chevaux, de grenouilles, de poissons ! Ils sont ce qu'ils font, rien d'autre. Toute la ville est un grand va-et-vient. Que faire ?! *À la recherche du temps perdu*. J'ai trouvé le livre à la bibliothèque, je l'ai emporté chez moi et je lis. Je lis pour me plonger dans un élément qui soit davantage le mien, pour être avec mon frère, Proust !

*Mercredi.*

Est-il vraiment de la famille ? Oui, nous sommes tous les deux de la même famille distinguée. Je devrais me jeter dans ses bras. Œuvre subtile et efficace comme une lame, comme elle vibrante, fine et dure. Quel contraste délicieux avec la grossière, lourde et massive existence tandilienne. Nous sommes tous deux aristocrates, tous deux distingués ! Mais non ! Qu'il aille au diable ! il m'agace, il me dégoûte, il ressemble trop à ma propre caricature !

Il m'a toujours agacé. Je n'ai jamais pu me joindre aux louanges dithyrambiques qu'on lui a adressées. Ce monstre... d'une délicatesse excessive à force de rester toujours au lit à étouffer, moite et visqueux, épuisé et emmitouflé, nageant dans les potions, voué à toutes les saletés du corps, muré dans sa chambre tapissée de liège... Ma nature simple et rurale de Polonais a horreur de cette décadence française. On pourrait admirer et même vénérer l'énergie inspirée d'en haut à cette vie emmaillotée dans les plis de la robe maternelle, choyée, tout entière inscrite entre le lit, les livres, les tableaux, les conversations, les salons et le snobisme, grâce à quoi justement il a pu produire une œuvre dure et cruelle, touchant les nerfs les plus secrets de la réalité. On pourrait voir dans cette métamorphose de la mollesse en dureté, de l'excès de délicatesse en acuité, le secret bénéfique de l'aristocratie. On pourrait même risquer la thèse que la maladie se transforme ici en santé. Ce qui est conforme d'ailleurs à l'essence de l'art. En art, quelqu'un de sain ne créera pas une œuvre saine ni un fort une œuvre forte ; c'est justement le contraire ! un malade, un faible, saisira mieux l'essence même de la santé, de la force...

*Précieuse santé*
*Nul ne connaît*
*Ton goût vraiment*
*Qu'en te perdant*[1] *!*

Rien d'étonnant donc à ce que lui, le malade, ait très bien connu le goût de la santé ; à ce que, emprisonné entre les quatre murs de sa chambre, il ait atteint les horizons les plus lointains, et à ce que l'artifice l'ait conduit à une merveilleuse authenticité.

Mais... Quel dommage ! Il n'est pas allé jusqu'au

bout de cette récupération. C'est comme un bifteck à moitié cuit : dans ces pages, je découvre des morceaux entiers de sa chair, mais à moitié crue, chair malheureuse, chair malade…

Les défauts de ses livres sont immenses et innombrables, une mine de défauts. Sa lutte essentielle contre le Temps est fondée sur une confiance naïve et exagérée dans le pouvoir de l'art. Voilà un mysticisme bien professionnel de bel esprit et d'artiste. Ses analyses psychologiques pourraient se multiplier à l'infini car elles ne sont qu'une broderie d'observations, sans invention ; ce qui leur manque c'est la révélation fondamentale de l'univers ; elles ne sont pas le résultat d'un seul coup d'œil pénétrant, elles ne sont pas nées d'une vision, mais seulement d'un travail minutieux de l'intelligence (sans inspiration). Ses phrases, dans leur richesse, frôlent à chaque pas le maniérisme[1] ; il y a un moment, presque impossible à saisir, où leur beauté imposante se transforme en un complexe laborieux et artificiel. Son type de métaphores trahit ses faiblesses : ce ne sont pas, en général, des métaphores qui ramènent des phénomènes secondaires à une forme plus élémentaire mais le contraire ; il est toujours enclin à traduire l'essence de l'univers par sa réalité secondaire, le langage de sa « sphère » ; il interprétera la nature par son image et non pas l'image par la nature. Il y a là une perversion, un manque voulu de loyauté devant la vie. Quant au monde auquel il a donné l'existence dans son œuvre, rien de plus étroit : ses personnages sont tous du même modèle, c'est la même famille avec, dans des combinaisons différentes, les mêmes caractères héréditaires. Charlus, Norpois, Mme de Guermantes sont faits de la même matière, à vrai dire ils disent tous la même chose. La monotonie de trame caractérise cette œuvre pauvre en invention et en imagination mais imposante par la culture laborieuse du détail. Rien pourtant ne trahit plus le caractère « ni cuit ni à cuire[1] » de Proust que son intelligence, qui est parfois lumineuse, mais qui dégringole combien de fois, on ne sait pourquoi ni comment, dans l'impuissance et la naïveté. Il y a en lui les restes d'une naïveté mal surmontée, d'un excès de délicatesse dont il n'a pas su faire un moyen de connaissance, et qui est resté de l'excès de délicatesse.

Pourquoi l'admirons-nous ? Nous l'admirons d'abord parce qu'il a osé cet abandon et n'a pas hésité à se montrer tel qu'il était, tantôt en frac et tantôt en robe de chambre, avec un flacon de potion, un soupçon de fard homosexuel et hystérique, avec ses phobies, ses névroses, ses faiblesses, ses -ismes, avec toute sa misère de Français déliquescent. Nous l'admirons car, au-delà de ce Proust corrompu, excentrique, nous découvrons sa nudité d'être humain, la réalité de ses souffrances et sa sincérité. Hélas ! À le contempler mieux encore, nous retrouvons au-delà de sa nudité un Proust en robe de chambre, en frac, en chemise de nuit, avec tous ses accessoires : lit, potions, bibelots. C'est un jeu de colin-maillard. On ne sait plus ce qui est décisif : la nudité ou l'habit, le salon ou la vie, la maladie ou la santé, l'hystérie ou la force. C'est pourquoi Proust est un peu tout cela à la fois : profondeur et platitude, originalité et banalité, perspicacité et naïveté… cynique et candide, raffiné et de mauvais goût, habile et maladroit, plaisant et ennuyeux, léger et pesant…

Pesant ! Ce cousin m'écrase. Je suis pourtant de la famille, moi, avec ma subtilité… Je suis du même milieu.

Mais sans Paris. Paris m'a manqué. Et sur ma peau délicate que ne protège pas l'onguent parisien la rugosité tandilienne trouve prise !

*Traduction du polonais par Dominique Autrand, Christophe Jezewski et Allan Kosko.*

# JORGE LUIS BORGES

## « La mort vécue »
## (1928)

*Le rapport de Jorge Luis Borges (1889-1986) à Marcel Proust est aussi complexe qu'intime. Sans doute est-il lié au moment de sa découverte de l'auteur, au sortir de l'adolescence : l'écrivain argentin a nécessairement dû se positionner face à cet écrivain qui, comme lui, fut un auteur de la mémoire, réfléchissant sur l'objet livre et la pratique littéraire. Borges semble découvrir Proust en langue française à Genève** *: était-ce avant son départ de la ville en 1918 ou lors d'un passage en 1920, alors qu'il vit en Espagne, avant de rentrer en Argentine ? Ce qui est certain, c'est que la découverte de Proust est liée à cette ville où il vécut adolescent et dont il voulut retrouver le souvenir à la fin de sa vie. Sa découverte de Proust est ainsi teintée par cette ville qui « de toutes les patries intimes qu'un homme cherche à mériter au cours de ses voyages [...] [lui] semblait la plus propice au bonheur*** *».*

*Son jugement sur Proust, qu'il cite cependant peu, est mitigé. Preuve en est sa remarque, lourde d'incompréhension, sur les goûts littéraires de Victoria Ocampo dans* Discussión *: « Il est des auteurs d'indiscutable valeur*

* Herbert E. Craig, *Marcel Proust and Spanish America, From Critical Response to Narrative Dialogue*, Lewisburg, Bucknell University Press / London, Associated University Presses, 2002, p. 349.

** Borges, *Atlas,* Gallimard, 1988.

*– Marcel Proust, D. H. Lawrence, Virginia Woolf – qui ont tendance à plaire plus aux femmes qu'aux hommes*[*] *», l'assimilation qu'il fait de Proust à des « potins*[**] *», sous-entendant une dimension essentiellement mondaine de la* Recherche, *ou, plus explicite encore, l'avis qu'il exprime dans la préface à* La Invención de Morel *de Bioy Casares en 1940 : « Il y a des pages, il y a des chapitres de Marcel Proust qui sont inacceptables comme produit de l'imagination, auxquels sans nous en rendre compte nous nous résignons comme aux détails insipides et oiseux du quotidien*[***]*. »*

*Cependant, si l'on s'intéresse aux écrits de jeunesse de Borges, on découvre un extrait d'*El Idioma de los argentinos, *volume publié en 1928 et renié par son auteur, mais dont cet extrait a semble-t-il été repêché par lui au moment de réaliser le sommaire de l'édition de ses œuvres dans la Bibliothèque de la Pléiade. Il apparaît que, s'il ne cite pas nommément l'auteur de la* Recherche, *Borges cherche à faire un sort à la mémoire involontaire et à une forme de « temps retrouvé*[****] *».*

É. S.

« Je désire noter ici une expérience qui m'est arrivée il y a quelques jours ; impression trop évanescente et extatique pour que je l'appelle aventure ; trop irrationnelle et sentimentale pour que je l'appelle pensée. Il s'agit d'une scène et d'une réplique ; réplique que j'avais déjà dite, mais que je n'avais pas vécue jusqu'alors en m'y donnant pleinement. J'en

* Borges, *Œuvres complètes*, Gallimard, « Bibliothèque de la Pléiade », t. I, 2010, p. 192.

** « *La Vuelta de Martin Fierro* », Buenos Aires, la Prensa, 1935.

*** Adolfo Bioy Casares, *La Invención de Morel*, Buenos Aires, Emécé Editores, 1953, préface, p. 11-15.

**** Sur cette question, voir H. Craig, *op. cit.*, p. 85.

viens maintenant à l'illustrer avec les accidents de temps et de lieu qui la caractérisent.

« Je me la remémore ainsi : l'après-midi qui précéda cette nuit-là, j'étais allé à Barracas[1], où je n'avais pas coutume d'aller, endroit si éloigné de ceux que je parcourus ensuite, que ce jour en reçut une bien étrange saveur. La nuit de ce jour n'avait pas d'emploi précis ; comme elle était sereine, je sortis après dîner me promener et me souvenir. Je ne voulus pas fixer de but à cette promenade ; je lui ménageai la plus grande marge de possibilités pour ne pas décourager l'attente par l'anticipation inévitable d'une seule d'entre elles. Je réalisai dans la faible mesure du possible ce que l'on appelle marcher à l'aventure. J'acceptai, sans autre préjugé conscient que celui d'éviter les avenues et les grandes rues, les plus obscures invitations du hasard ; malgré tout, une espèce de gravitation familière m'éloigna vers des quartiers dont je veux me rappeler le nom[2] et qui inspirent du respect à mon cœur. Ce n'est pas de mon quartier que je parle, du cadre précis de mon enfance, mais de ses abords encore mystérieux : confins que j'ai pleinement possédés en paroles, mais peu en réalité, confins à la fois proches et mythologiques. Pour moi, ces rues avant-dernières, presque aussi effectivement ignorées que les fondations de ciment de notre maison ou notre squelette invisible représente l'envers, l'autre côté des choses connues. Mes pas m'amenèrent à un coin de rue[3]. Merveilleusement libre de pensée, je respirai la nuit. Ma fatigue paraissait simplifier encore le spectacle, très simple, certes, qui s'offrait à ma vue ; son aspect typique le rendait irréel. C'était une rue bordée de maisons basses ; à première vue, elle évoquait la pauvreté mais il s'en dégageait aussi une impression de bonheur. Très pauvre et très belle. Aucune maison ne donnait directement sur la rue. Un figuier faisait une tache noire au coin du mur. Les portes – plus hautes que le faîte étiré des enceintes – semblaient faites de la substance infinie de la nuit ; le trottoir tombait abrupt sur la chaussée ; celle-ci était de terre primitive, une boue d'Amérique pas encore conquise ; plus loin, la ruelle devenait piste de campagne et s'enfonçait en direction du Maldonado. Sur la terre chaotique, un mur rose semblait non pas accueillir la lumière de la lune, mais diffuser une lumière intérieure ; rien ne pourra nommer la tendresse mieux que ce rose.

« Je restai en contemplation devant cette simplicité. Je pensai, certainement à voix haute : "C'est comme il y a trente ans..." J'imaginai cette date ; époque récente en d'autres pays, mais déjà lointaine de ce côté du monde où tout change. Peut-être un oiseau a-t-il chanté et ai-je ressenti pour lui une jeune tendresse, pas plus grande qu'un oiseau ; mais il est plus probable que dans ce silence qui devenait vertigineux, il n'y ait eu d'autre bruit que le chant, intemporel lui aussi, des grillons. Cette pensée facile : "Je suis en mille huit cents et quelque", cessa d'être quelques mots approximatifs pour devenir réalité profonde. Je me sentis mort, je sentis que je percevais ce monde en spectateur abstrait ; peur indéfinissable pénétrée de savoir, qui est la plus sûre clarté sur la métaphysique. Je ne crus pas un instant avoir remonté les eaux présumées du temps ; je pensai plutôt que j'étais en possession du sens caché ou absent de l'inconcevable mot "éternité". Je ne parvins qu'ensuite à définir cette impression.

« À présent, je la définis ainsi : cette pure représentation de faits homogènes – nuit sereine, mur limpide, odeur champêtre de chèvrefeuille, terre primitive – n'est pas seulement identique à celle qu'il y eut à ce même coin de rue voici tant d'années ; elle est, sans ressemblance ni répétition, la même. Le temps, pour peu que nous puissions percevoir une telle identité, est une illusion : le fait qu'on ne puisse ni distinguer ni séparer un moment de l'apparent hier et un autre de l'apparent aujourd'hui suffit à l'anéantir.

« Il est évident que le nombre de ces moments humains n'est pas infini. Les moments élémentaires – de souffrance physique ou de jouissance, de l'approche du sommeil, de l'audition d'une musique, de grande intensité ou de grand dégoût – sont plus impersonnels encore. D'avance, j'en tire cette conclusion : la vie est trop pauvre pour ne pas être, aussi, immortelle. Mais nous ne possédons même pas la certitude de cette pauvreté, car le temps, facilement réfutable dans le domaine de la sensation, ne l'est pas dans celui de l'intelligence, de l'essence de laquelle le concept de succession paraît inséparable. Qu'il reste donc cette idée entraperçue, à la faveur d'une anecdote émotionnelle, et dans l'incertitude avouée de cette page, un moment d'extase véritable et cette insinuation possible d'éternité dont cette nuit ne me fut pas avare. »

*Traduction de l'espagnol par Roger Caillois et Laure Guille.*

## D. H. LAWRENCE

# *L'Amant de Lady Chatterley*
(1928)

*Avant de raconter l'amour sensuel d'une aristocrate pour un garde-chasse,* L'Amant de Lady Chatterley *est le roman d'un dégoût : le mépris croissant qu'éprouve Constance pour le corps paralysé de son mari. Blessé durant la Grande Guerre, Clifford mène, dans son fauteuil motorisé, une existence asexuée, qui conforte son appétence pour le progrès et la technique. L'ascétisme du baron Chatterley suscite pourtant chez son épouse une révulsion physique. L'homme moderne croit s'affranchir de son corps ; mais cette chair reniée laisse dans son sillage une odeur douteuse où se fait jour une origine inavouable, organique : Clifford est littéralement jaune, et sa maladie rénale laisse deviner des effluves d'urine… L'homme, bien sûr, lit Proust.*

*L'œuvre de Lawrence (1885-1930) repose sur un vitalisme païen que Constance semble ici défendre intuitivement. Chez Proust comme chez Joyce, l'écrivain britannique rejette une affectation cérébrale qui arrache le sujet à ses sentiments. « [Proust] n'a que des flots de paroles à propos de sentiments. Je suis lasse de ces mentalités qui s'admirent elles-mêmes », déplore Constance. À force d'être désincarnée, l'écriture prend les couleurs d'un vice : trop poli pour être honnête, le maniérisme proustien serait discret comme l'exigerait l'onanisme.*

A. G.

Constance monta chez elle, furieuse. Elle se disait : « Lui ! Il achète donc les gens ! Eh bien, il ne m'achète pas, et je n'ai donc aucun besoin de rester avec lui[1]. Poisson mort de gentleman, avec son âme de celluloïd ! Et comme ils font illusion, avec leurs belles manières et leurs faux airs de gentillesse ! Ils ont à peu près autant de sentiment que du celluloïd. »

Elle fit son plan pour la nuit, et décida de ne plus penser à Clifford. Elle ne voulait pas le haïr. Elle ne voulait se sentir trop intimement unie à lui d'aucune façon, même par la haine. Elle ne voulait pas qu'il sût quoi que ce fût d'elle ; et surtout quoi que ce fût de ses sentiments pour le garde[2]. Cette dispute sur son attitude envers les domestiques ne datait pas d'aujourd'hui. Il la trouvait trop familière ; elle le trouvait stupidement insensible, et dur comme du caoutchouc, quand il s'agissait des autres.

Elle descendit calmement, avec son petit air modeste, à l'heure du dîner. Il était encore jaune ; il commençait une de ces crises de reins qui le rendaient si étrange et absurde. Il était en train de lire un livre français.

— Avez-vous jamais lu du Proust ? dit-il.

— J'ai essayé, mais il m'assomme.

— Il est vraiment très extraordinaire.

— C'est bien possible ! Mais il m'assomme : toutes ces complications ! Il n'a pas de sentiments ; il n'a que des flots de paroles à propos de sentiments. Je suis lasse de ces mentalités qui s'admirent elles-mêmes.

— Préférez-vous des animalités qui s'admirent ?

— Peut-être ! Mais ne pourrait-on pas trouver quelque chose qui ne s'admire pas soi-même ?

— Enfin, j'aime la subtilité de Proust, son anarchie bien élevée.

— Oh ! cela enlève toute vie !

— Voilà bien ma petite femme évangélique[1] !

Ainsi ils recommençaient leurs éternelles discussions. Mais elle ne pouvait s'empêcher de le combattre. Il était assis là comme un squelette, émettant contre elle une volonté grise et froide de squelette. Il lui semblait presque qu'elle sentait le squelette la saisir et la serrer contre sa cage de côtes. Le squelette aussi était prêt au combat : et elle en avait un peu peur.

*Traduction de l'anglais par Frédéric Roger-Cornaz.*

## ALDOUS HUXLEY

# *La Paix des profondeurs*
(1937)

*D'abord reconnue en France pour l'ouvrage dystopique* Le Meilleur des mondes *(1932), l'œuvre entière d'Aldous Huxley (1894-1964) emprunte les chemins du romanesque et de la philosophie pour tenter d'établir un contrepoint mystique à une modernité désenchantée.*

*Co-signataire d'un hommage à Proust paru au moment de sa mort, l'écrivain de science-fiction nourrit à l'égard du français une attitude ambivalente. De son vivant Proust remarque coquettement qu'Huxley « ne fait jamais un article sans y glisser une subtile allusion aux* Jeunes filles en fleurs* », mais dès 1937 le romancier britannique attaque violemment l'« indigence morale » de ce « voluptueux scientifique des émotions** ».*

*À rebours de l'approche prospective qu'il avait adoptée cinq ans plus tôt dans son célèbre roman d'anticipation, où il imaginait l'avenir eugéniste de la société industrielle, Huxley prouve à nouveau sa fascination ambiguë pour l'auteur de la* Recherche *en élaborant le principe narratif de* La Paix des profondeurs *: le jour de ses quarante-deux ans, Anthony Beavis, un mondain séducteur, tombe sur*

* Lettre de Proust à Vandérem du 16 juin 1921, citée par André Benhaim dans « Proust lecteur d'H. G. Wells », dans le *Bulletin Marcel Proust*, n° 53, 2003.

** Aldous Huxley, *Proper Studies*, Londres, Chatto & Windus, 1927, p. 247.

*de vieilles photographies et se remémore sa vie passée par bribes décousues. Le héros a le même âge que Proust à la parution de* Du côté de chez Swann... *Il invoque d'ailleurs dès les premières pages le spectre de l'« asthmatique chercheur du temps perdu ». Questionné par sa maîtresse à propos d'une vieille photographie de sa mère, il se lance dans une tirade dont la violence rare parle d'elle-même. Sous les traits de Proust, Beavis décrit un être qui ne connaît pas l'oubli, une créature que sa mémoire disproportionnée condamne au croupissement moral et physiologique. Mais cette répugnance succède au dégoût d'abord suscité par le portrait « hideux et repoussant » de sa propre mère, une femme pourtant « languidement belle » et familière, peut-être trop proche pour ne pas susciter l'inconfort de son fils longtemps après sa mort. C'est sans doute là le meilleur indice sur la nature de la haine dont Proust peut être l'objet : durant les longues heures de lecture où l'on épouse son point de vue, le Narrateur de la* Recherche *partage notre intimité comme nul autre, mais l'ami qui trop s'attarde a tôt fait de se révéler le plus inquiétant des intrus. Proust est parfois le prochain que l'on hait comme soi-même.*

A. G.

*30 août 1933*

Les photographies étaient devenues presque aussi floues que des souvenirs. Cette jeune femme, debout dans un jardin au début du siècle, ressemblait à un fantôme surpris par le chant du coq. Anthony Beavis reconnut sa mère. Un an ou deux, peut-être seulement un mois ou deux avant qu'elle meure. Mais la mode, se dit-il en contemplant le fantôme brun, la mode est le plus gratuit des arts ornementaux. Ces flancs en forme de cygne ! Cette longue poitrine en cascade – sans aucun rapport apparent avec le corps nu ! Et cette masse de cheveux, pareille à une difformité sur le crâne ! Curieusement hideux et repoussant en 1933. Et pourtant, en fermant les yeux (ce qu'il ne put s'empêcher de faire), il voyait sa mère languidement belle dans sa *chaise longue** ; ou, agile, jouant au tennis ; ou planant comme un oiseau sur les glaces d'hivers révolus.

[...]

« C'est ta mère ? »

Anthony fit oui de la tête. « Et ça, c'est la tienne », dit-il, poussant vers elle l'image de Mary Amberley sous ses plumes funéraires. Puis, d'un ton de dégoût : « Tout ce fardeau d'expérience passée qu'on traîne avec soi ! Il devrait y avoir un moyen de se débarrasser de ses souvenirs superflus. Comme je hais le vieux Proust ! Vraiment je le hais ! » Et, avec une éloquence comique, il se mit à évoquer cet asthmatique chercheur du temps perdu, accroupi, affreusement blanc et les chairs molles, avec des mamelles presque féminines mais garnies de longs poils noirs, accroupi à jamais dans le bain tiède de son passé. Et toutes les eaux de savon rances de ses innombrables récurages flottaient autour de lui, toute la crasse accumulée des ans collait en croûte aux parois de la baignoire, ou en suspensions visqueuses dans l'eau. Et lui, pâle invalide répugnant, ramassant à pleines éponges sa propre soupe épaisse, se les pressant sur la figure, puisant à pleine tasse et roulant dans sa bouche, en connaisseur, la liqueur grise et pleine de sédiment, s'en gargarisant, s'en rinçant les narines, comme un pieux Hindou dans le Gange...

« Tu parles de lui, dit Helen, comme si c'était un ennemi personnel. »

Anthony se contenta de rire.

Dans le silence qui suivit, Helen ramassa le portrait pâli de sa mère et se mit à le contempler intensément, comme si c'était quelque hiéroglyphe mystérieux qui, interprété, pourrait résoudre une énigme.

Anthony la regarda quelques instants, puis plongea dans le tas de photographies et en tira son oncle James en tenue de tennis 1906. Mort à présent – d'un cancer, le pauvre vieux, avec toutes les consolations de la religion catholique. Il laissa tomber cette photographie et en prit une autre. Elle représentait un groupe devant de vagues montagnes suisses – son père, sa belle-mère, ses deux demi-sœurs. « Grindelwald, 1912 », était inscrit au dos, de l'écriture soignée de Mr. Beavis. Tous les quatre portaient un alpenstock.

« Et je voudrais, dit-il à haute voix en reposant l'image, je voudrais que mes jours fussent séparés les uns des autres par une impiété contre nature. »

Helen leva les yeux de son hiéroglyphe indéchiffrable. « Alors pourquoi passes-tu ton temps à regarder de vieilles photos ?

— Je rangeais mon armoire. Elles ont été mises au jour. Comme Toutankhamon. Je n'ai pas pu résister à la tentation de les regarder. De plus, c'est mon anniversaire.

— Ton anniversaire ?

— Quarante-deux ans aujourd'hui. Comme c'est déprimant ! Et puisqu'on se plaît toujours à rendre l'ombre plus noire… »

*Traduction de l'anglais par Brigitte Veraldi.*

# *Pastiches et réécritures*

*Écrivain classique en raison des lectures diverses et opposées qu'il ne cesse de susciter, Proust est aussi devenu un auteur culte. Son nom s'est progressivement arraché à son œuvre pour être accolé à des scènes devenues archétypales : sans avoir jamais lu Proust, beaucoup parleront de ses madeleines. Multipliés à l'infini, les expressions figées et les symboles creux menacent pourtant de s'interposer radicalement entre l'œuvre et ses lecteurs. Le livre devenu signe de reconnaissance ne peut plus être découvert par personne : que reste-t-il d'une œuvre qui a perdu sa qualité d'exil ?*

*Réécrire une œuvre exige au contraire d'affirmer à nouveau son irréductible étrangeté : il ne s'agit pas de décliner le monde de la* Recherche *sous d'autres latitudes mais de ressusciter le geste proustien. En décrivant les cris des marchands ambulants dans* La Prisonnière, *Proust n'a pas trempé un pinceau distrait dans la vasque des couleurs locales pour peindre une carte postale ; il a décrit une expérience qui n'a jamais cessé de le tourmenter : le déferlement d'un monde dans un autre*[*]*. La rue et son vacarme font irruption*

[*] Cette préoccupation quotidienne apparaît sous un jour amusant dans les rapports compliqués de Proust avec ses voisins.

*dans la chambre de deux amoureux. Proust n'a pas inventé des scènes ou des intrigues mais découvert une nouvelle manière de les voir. En prenant son œuvre pour promontoire, les écrivains qui lui succèdent cherchent à scruter de nouveaux lointains. Ce sont par exemple les échos de La Havane qui s'immiscent dans la chambre parisienne d'un dictateur exilé (voir Carpentier, p. 364) : des journaux réactionnaires au domestique, les éléments attendus du séjour de l'autocrate sont couvés par un regard proustien qui leur découvre une nouvelle syntaxe.*

*De l'épisode des histoires du soir (voir Kateb Yacine, p. 361) à celui de la madeleine (voir Nooteboom, p. 377), le souvenir de Proust est une perspective mystérieuse qui offre aux romans qu'il habite un nouvel Orient.*

A. G.

---

Voir les mésaventures de l'auteur dans les intrigantes *Lettres à sa voisine* (Gallimard, 2013).

## VLADIMIR NABOKOV

# *Chambre obscure*
(1932)

*Bien avant ses fameux cours à Cornell University (1948-1958) (voir p. 279) et son roman* Feu pâle *(1962) (voir p. 279), Vladimir Nabokov (1899-1977) avait montré son admiration pour la* Recherche *qu'il découvre en français. Dès 1930, il affirme « adorer » Proust, et tout au long de sa vie émaille son œuvre de références proustiennes*[*]*, comme dans* Lolita *(1955), où Humbert Humbert est tenté d'appeler une section de son roman «* Dolorès disparue *(si un autre martyr de combustion interne ne [l]'avait devancé)*[**] ».

*Dans* Chambre obscure *(1932), sixième roman écrit en russe, les deux protagonistes du roman semblent être une caricature de Swann et Odette. Ici, Segelkranz, un ami du héros Kretschmar, évoque un livre, « ni un roman, ni une nouvelle », qu'il est en train d'écrire. Digressions autour de la mémoire, du temps et de l'espace, chambre obscure où l'on s'éveille, phrases longues : la construction proustienne est ici pastichée, caricaturée.*

G. L.

* Voir *Nabokov ou la tentation française* de Maurice Couturier, Gallimard, coll. « Arcades », 2011, p. 177 à 190.

** *Lolita*, Nabokov, Gallimard, coll. « Folio », 2005, p. 427.

« Ce n'est ni un roman, ni une nouvelle, dit-il. J'ai peine à le définir… Voici le sujet : un homme d'une impressionnabilité maladive va chez le dentiste. Voilà, en somme, c'est tout !

— C'est long ?

— Il y en aura trois cents pages, je n'ai pas encore terminé.

— Ah, ah ! » fit Kretschmar.

Segelkranz trouva la page dans son cahier et s'éclaircit la gorge.

« Je commence au milieu, le début a besoin d'être repris. Et ceci, je l'ai écrit hier : c'est encore frais et me paraît très bon ; naturellement, dès demain je regretterai de te l'avoir lu, je découvrirai mille fautes, des tas d'idées mal développées… »

Il toussota encore et se mit à lire :

« Hermann remarquait que quel que fût le cours de ses pensées, s'il songeait par exemple que le dentiste qu'il allait voir avait les cheveux blancs et les allures d'un maître et sans doute un sentiment d'artiste pour les ruines tragiques, violemment éclairées par la coupole pourpre du palais humain, pour ces Érechthéions, ces Parthénons d'émail qui lui apparaissent là où le profane ne voit qu'une dent cariée ; ou encore que, dans la confiserie du coin où le rideau de perles tenait lieu de porte, la vendeuse replète, mais légère comme une pâte feuilletée (qui habitait un enfer de mousseline blanche toute brodée de cadavres noirs de mouche), et qui lui avait souri hier, fondrait en crème fouettée pour peu qu'on la pressât dans ses bras ; ou enfin que dans “Le Bateau ivre” dont il s'était rappelé un vers en apercevant une réclame – le mot *Léviathan*[1] sur un mur entre les troncs velus de deux palmiers –, on ne cessait d'entendre les intonations, l'accent d'un gavroche parisien ; partout donc où se portait son esprit, Hermann constatait que la rage de dents était continuellement présente, comme l'enveloppe de chacune de ses pensées qui semblait ainsi reposer dans le berceau de la douleur et qui vivait et rampait, soudée à elle comme l'escargot à sa coquille. Quand il dirigeait toute sa force consciente sur cette douleur pour essayer de tuer le nerf malade par le rayon ultraviolet de la raison, il éprouvait durant quelques secondes un semblant de soulagement, mais bientôt il remarquait qu'au lieu de continuer à se servir du rayon il ne songeait qu'à son action et se trouvait ainsi séparé par sa propre pensée de l'objet qu'il lui avait assigné. La douleur reprenait donc sourde, mais triomphante, car elle comportait justement quelque chose de durable, quelque chose qui tenait à l'essence même du temps ou plutôt y était lié comme le bourdonnement d'une mouche d'automne ou le grincement du réveil qu'autrefois Henriette n'arrivait jamais à trouver ni à arrêter dans l'obscurité complète de sa chambre d'étudiant. Ainsi Hermann en méditant sur les objets qui à d'autres instants… »

« Oh ! là là ! » songea Kretschmar, et sa pensée se mit à vagabonder.

*Traduction du russe par Doussia Ergaz.*

## CURZIO MALAPARTE

# *Kaputt*
(chapitre « Le côté de Guermantes », 1944)

*Baudelaire, par boutade, voulait ajouter à la Déclaration des droits de l'homme le droit de se contredire. Reporter, diplomate, romancier, homme de théâtre, Curzio Malaparte (1898-1957) en a usé abondamment. En 1922, il adhère au fascisme et en devient l'un des grands théoriciens. Mais le pouvoir autoritaire installé, il se lève contre le régime. Dans l'essai* Technique du coup d'État *(1931), il rappelle notamment l'« expérience marxiste » de Mussolini comme levier révolutionnaire. Envoyé en reporter sur le front de l'Est pendant la Seconde Guerre mondiale pour le journal* Corriere della Serra, *il est contraint de cacher ses écrits à cause du ton polémique que désapprouve vivement la censure. Il a désormais la matière pour écrire* Kaputt. *Il quitte l'Italie jusqu'à la chute de Mussolini en 1945. Dès lors, il tente de se rapprocher du Parti communiste, il n'en aura la carte qu'à la veille de sa mort, au moment où il renie certains de ses textes pour se convertir au catholicisme.*

*Entre autobiographie et fiction, dans* Kaputt *(1944), il retrace son expérience de reporter de guerre sur le front de l'Est*. Le premier chapitre, intitulé « Le côté de Guermantes », témoigne d'une influence proustienne, notamment*

* « *Kaputt* est un livre horriblement cruel et gai. Sa gaieté cruelle est la plus extraordinaire expérience que j'aie tirée du spectacle de l'Europe au cours de ces années de guerre. » *Kaputt*, Gallimard, coll. « Folio », p. 9.

*par les nombreuses reprises du troisième tome de la* Recherche, *annonçant sa pièce* Du côté de chez Proust *(1948) (voir p. 389). Le calque se mêle à la fiction. Comme Proust, Malaparte se livre à une critique d'une aristocratie excentrique. Dans le chaos de l'Histoire, il peut lier son ami le prince Eugène au baron de Charlus et à Swann. Leur monde n'est pas si éloigné. La phrase proustienne est imitée à s'y méprendre.*

G. L.

J'aurais voulu interrompre le prince Eugène pour lui demander s'il avait jamais vu le duc de Guermantes entrer dans une loge et, d'un geste, commander de se rasseoir aux monstres marins et sacrés[1] flottant au fond de l'antre, pour le prier de me parler des femmes belles et légères comme Diane[2], des élégants qui discouraient dans le jargon ambigu de Swann et de M. de Charlus[3], et j'allais déjà lui poser la question qui, depuis un moment, me brûlait les lèvres, et lui demander d'une voix tremblante :

— Vous avez sans doute connu Mme de Guermantes ?

Quand le prince Eugène se retourna, offrant son visage à la lumière lasse du coucher de soleil, il s'éloigna de la toile, et parut sortir de l'ombre tiède et dorée de ce « côté de Guermantes » où lui aussi semblait se cacher, émerger de l'autre côté d'une vitre d'aquarium, semblable, lui aussi, à quelque monstre marin et sacré. S'étant assis dans un fauteuil au fond de la salle, au point le plus éloigné de la Friherrina Celsing, il se mit à parler de Paris, comme si Paris, à ses yeux de peintre, était seulement une couleur, le souvenir, la nostalgie d'une couleur (ces roses, ces gris, ces verts, ces bleus passés). Peut-être bien Paris n'était-il pour lui qu'une couleur muette, une couleur privée de résonance : ses souvenirs visuels, les images de ses jeunes années parisiennes, dépouillées de toute qualité sonore, vivaient dans sa mémoire d'une vie propre, se mouvaient, illuminaient, s'envolaient comme les monstres ailés de la préhistoire. Les muettes images de son jeune et lointain Paris s'écroulaient devant ses yeux sans bruit, sans que l'écroulement de ce monde heureux de sa jeunesse ternît, de la vulgarité d'aucun bruit, la chasteté du silence[1].

Pour me soustraire au charme triste de cette voix et des images évoquées par cette voix, je levai les yeux et regardai au travers des arbres du parc, les maisons de Stockholm couleur de cendre dans la lueur affaiblie du couchant. Je vis au loin, sur le Palais Royal, sur les églises de la Hamle Stade, s'étendre un ciel bleu que, lentement, le soir assombrissait, semblable au ciel de Paris : ce ciel proustien de papier gros-bleu que, des fenêtres de ma maison parisienne de la place Dauphine, je voyais s'étendre par-dessus les toits de la rive gauche, la flèche de la Sainte-Chapelle, les ponts de la Seine, le Louvre : et ces vermeils éteints, ces roses enflammés, ces gris-bleus des nuages et leur accord délicat avec le noir estompé des toits d'ardoises, me serraient doucement le cœur. À ce moment, je pensai que le prince Eugène était, lui aussi, un personnage du côté de Guermantes, qui sait ? Peut-être un de ces personnages qu'évoque le nom d'Elstir. Et, déjà, j'allais lui poser la question qui me brûlait les lèvres, déjà j'allais le prier, d'une voix tremblante, de me parler d'elle, de Mme de Guermantes, quand le prince Eugène se tut, et après un long silence au cours duquel il sembla rassembler, comme pour les protéger, les images de sa jeunesse derrière l'écran de ses paupières closes, il me demanda si je n'étais jamais revenu à Paris pendant la guerre.

Je n'aurais pas voulu lui répondre. J'éprouvais une espèce de douloureuse pudeur ; je n'aurais pas voulu lui parler de Paris, de mon jeune Paris, et je hochais la tête en le regardant fixement, puis je lui dis :

— Non, je n'ai jamais été à Paris pendant la guerre ; je ne veux pas retourner à Paris tant que la guerre durera.

Par-dessus les images du lointain Paris de Mme de Guermantes se superposaient peu à peu devant mes yeux les chères, les douloureuses images d'un Paris plus jeune, plus inquiet, plus triste peut-être. Comme des visages de passants affleurant de la brume derrière les vitres d'un café, je voyais se présenter à ma mémoire les visages d'Albertine, d'Odette, de Saint-Loup, les ombres d'adolescents qu'on entrevoit derrière le dos de Swann et de M. de Charlus, les fronts marqués par l'alcool, l'insomnie, la sensualité des personnages d'Apollinaire, de Matisse, de Picasso, d'Hemingway, les spectres bleus et gris de Paul Éluard.

— J'ai vu les soldats allemands dans toutes les villes d'Europe, dis-je, mais je ne veux pas les voir à Paris.

Le prince Eugène inclina la tête sur sa poitrine, et dit d'une voix lointaine : « Paris, hélas ! »

*Traduction de l'italien par Juliette Bertrand.*

## JORGE DE LIMA

# « Le monde de l'enfant turbulent »
(poème, 1925)
et
# *La Femme obscure*
(roman, 1939)

*Né dans un milieu commerçant de Rio de Janeiro, Jorge de Lima (1893-1953) s'installe avec sa mère et son frère en 1902 à Maceió, dans l'État d'Alagoas (nord-est du Brésil). Dès 1909, il entame des études de médecine entre Salvador et Rio ; en 1915, il retourne à Maceió pour commencer sa carrière de médecin, tout en s'impliquant dans la politique locale (il est député régional de 1918 à 1922) et en se passionnant pour la littérature Ces années sont d'une importance capitale pour lui. Il devient le médecin de la base Latécoère de la ville. Maceió, dès 1924, était en effet une importante ville de relais de la compagnie aéropostale française sur le trajet entre Natal et Rio de Janeiro. C'est dans ce contexte qu'il entre en contact avec l'œuvre proustienne.*

*Un aviateur de sa base lui remet un exemplaire de la première édition de* Du côté de chez Swann, *que celui-ci qualifiait d'un peu « somnifère ». Jorge de Lima avait sans le savoir reçu l'exemplaire d'Henri Rochat, l'un des derniers secrétaires de Proust, que l'auteur de la* Recherche *avait voulu éloigner (car il lui coûtait trop d'argent) ; par l'entremise d'Horace Finaly, directeur général de la BNP et ami d'enfance, Proust l'avait fait nommer à la succursale de Recife. Rochat dépensait sans compter ; il avait quitté Recife et la pension où il logeait en 1922, en laissant ses valises et une ardoise, pour mourir quelque temps plus tard dans l'État de la Paraíba. Ce livre appartenant à Rochat* *était ainsi tombé entre les mains d'un aviateur et, de là, dans celles d'un médecin de base aéronautique. Jorge de Lima avait aimé l'ouvrage et fait ensuite venir, comme il l'avait pu, les autres volumes au fur et à mesure de leur publication**.

*Il est intéressant que dès 1925 on trouve sous la plume de Jorge de Lima un poème mettant en scène un enfant qui, comme le Narrateur, dans l'attente d'un baiser du soir, détruit tous ses jouets venus d'Europe, métaphore du refus de l'importation culturelle étrangère. Mais il le fait dans une chambre qu'il « peuple de son imagination », face à une lumière vacillant sur le mur comme la lampe merveilleuse du Narrateur de « Combray ». En 1929, Jorge de Lima écrit l'un des premiers essais brésiliens sur Proust****, pour l'obtention d'un poste au Liceu Alagoano (principal établissement d'enseignement secondaire de la ville). Si cet essai aux larges orientations régionalistes et à la vive critique homophobe contre Proust n'est pas d'un grand intérêt, Jorge de Lima écrit plus tard un roman où la violence politique des années 1930 est associée à la scène des réveils du début de* Du côté de chez Swann *et à la mémoire involontaire. Cette perception de la violence politique du gouvernement brésilien de l'époque n'est pas innocente. Jorge de Lima échappe en 1930 à un attentat fomenté contre lui par les milieux favorables à Getúlio Vargas (le militaire et chef de gouvernement populiste qui avait pris le pouvoir au Brésil en 1930 au gré d'un coup d'État). Dès lors, il quitte Maceió, s'installe à Rio de Janeiro et ne se mêle plus de politique. Pressenti pour la traduction brésilienne de Proust, il meurt à Rio de Janeiro en 1953.*

É. S.

* Au sujet d'Henri Rochat, voir : Tadeu Rocha, « Le dernier prisonnier de Marcel Proust », trad. Étienne Sauthier, dans Jean-Yves Tadié (dir.), *Cahier de l'Herne Proust*, Éditions de l'Herne, 2021, p. 101-103 ; Pyra Wise, « Henri Rochat : des nouvelles du dernier prisonnier de Marcel Proust », dans Jean-Yves Tadié (dir.), *Le Cercle de Marcel Proust*, Honoré Champion, 2021.

** *Dois ensaios*, Maceió, Casa Ramalho, 1929.

## Le monde de l'enfant turbulent

Fin d'après-midi, embouchure de la nuit
Avec les premières étoiles
Et les derniers tintements de cloche.

À travers les étoiles : là, derrière l'église,
Surgit la pleine lune,
Pour pleurer avec les poètes.

Et les deux jeunes choses de ce monde vont dormir :
Le soleil et les enfants.

Mais l'enfant turbulent veille, là, de côté,
Tandis que tous les autres enfants dorment,
Bercés par mère nègre nuit.

L'enfant turbulent qui a détruit les jouets parfaits que ses grands-parents lui ont offerts :
L'ours de Nuremberg, le vieux barbare yougoslave,
Les poupées de Paris aux cheveux crêpés,
La petite voiture portugaise, faite de feuilles de Flandres,
La boîte à musique tchécoslovaque,
Le polichinelle italien « made in England »
Et le macaque brésilien de Buenos Aires,
« Moviendo la cola y la cabeza[1] »,
L'enfant turbulent qui a même détruit les soldats de plomb de Moscou
Et a crevé les yeux d'un Papa Noël
Joue avec des trognons de maïs,
Des boîtes vides et des morceaux de bois,
Des galets blancs du fleuve.

Et il fait comme si les trognons étaient des bœufs...
Il fait comme si...
Il fait comme si...

Et les trognons de maïs mugissent comme de vrais bœufs
Et les morceaux de bois qui auraient pu être des soldats de plomb sont des bouviers, bandits au chapeau de cuir.

Les galets bêlent, pauvres agneaux éloignés de leur mère et enfermés dans leur enclos de carton.

C'est l'embouchure de la nuit dans le monde que l'enfant turbulent a peuplé tout seul.
La mère somnole, le père hoche la tête,
La pendule bat les secondes,
Et voilà que tombe une nuit enchantée,
Celle de la lampe qui expire lentement sur le mur du salon.
L'enfant repose sa tête et rêve dans la nuit tranquille de la lampe éteinte
Au monde merveilleux qu'il a tiré de rien.
Oust ! File ! Paon, quitte le toit,
Laisse l'enfant dormir de son calme sommeil.

*Traduction inédite du portugais (Brésil)*
*par Étienne Sauthier.*

## La Femme obscure

De nombreuses années se sont passées, et voilà à nouveau que je dors à Madalena, après avoir dormi dans les milliers de chambres du monde. Dans toutes, des chambres accolées à des grandes avenues mouvementées, à des cabarets, en cabine sur les eaux de l'océan, près d'églises, de forêts, des quais, des couvents, des hôpitaux, des casernes, dans toutes, les rumeurs ambiantes ont toujours altéré mes sommeils. Dans toutes, si par hasard il m'arrivait de dormir la fenêtre ouverte sur un jardin ou si le domestique oubliait un petit vase de fleurs dans la chambre, me voici dans un clair sommeil avec Constance, qui a rempli de suavité les jours de mon enfance. Une fois, durant une période de persécution politique qui suivit une de nos révolutions, nous fûmes arrêtés, moi et trois camarades étudiants, pour subversion : la police avait trouvé sur nos tables de travail quelque roman russe. Au poste, après nous avoir bastonnés méthodiquement, ils nous laissèrent dans une cellule grillagée qui donnait sur un toit obscur. Malgré toute la tragicomédie qui venait d'arriver, je me suis réveillé au matin en rêvant de Constance : le parfum d'un jasmin en fleur était venu, par-dessus les toits, de quelque balcon distant ou du petit jardin des modestes maisons du quartier.

*Traduction inédite du portugais (Brésil)*
*par Étienne Sauthier.*

## KATEB YACINE

### *Le Polygone étoilé*
(1966)

*Topos littéraire, l'émoi enfantin suscité par les « infidélités » maternelles a trouvé chez Proust une incarnation telle qu'il ne semble plus possible d'évoquer le sujet sans répondre aux premiers souvenirs du Narrateur d'*À la recherche du temps perdu *: ces soirées où l'enfant inconsolable se languissait des baisers dont le privait sa mère accaparée par ses devoirs d'hôtesse. Tout en s'inscrivant dans cette tradition, l'Algérien Kateb Yacine (1929-1989) en renverse le motif dans cette scène qui conclut* Le Polygone étoilé, *roman fondateur de la littérature algérienne francophone.*

*Profitant de l'indulgence momentanée de son père, le Narrateur de la* Recherche *parvient finalement à passer la nuit aux côtés de sa mère. Résignée à le consoler, celle-ci prolonge l'inceste symbolique en lisant à son fils une œuvre de George Sand : incarnant un verbe muet auquel elle donne « une sorte de vie sentimentale* * *», l'histoire vespérale agit comme un sursis retardant le vaste silence qu'augure chacune de nos nuits. Pour Kateb Yacine, cette connivence de la maternité et de la langue fut brisée par l'irruption d'un second langage, le français. Né dans un empire où « la langue française domine », il apprend un idiome que sa mère ignore. Peu à peu, le silence s'insinue entre eux ; c'est la mère qui réclame alors l'attention du fils, mais*

* *Du côté de chez Swann*, Folio classique, 2019, p. 98.

*cette « seconde rupture du lien ombilical » est définitive : parler français, c'est trahir l'arabe, c'est tromper sa mère. La langue était pour Proust un secours que son écriture perpétuait ; légataire de la blessure coloniale, Kateb Yacine écrit en français comme s'il caressait une cicatrice.*

A. G.

[...] Quand j'eus sept ans, dans un autre village (on voyageait beaucoup dans la famille, du fait des mutations de la justice musulmane), mon père prit soudain la décision irrévocable de me fourrer sans plus tarder dans la « gueule du loup », c'est-à-dire à l'école française. Il le faisait le cœur serré :

— Laisse l'arabe pour l'instant. Je ne veux pas que, comme moi, tu sois assis entre deux chaises. Non, par ma volonté, tu ne seras jamais une victime de Médersa[1]. En temps normal, j'aurais pu être moi-même ton professeur de lettres, et ta mère aurait fait le reste. Mais où pourrait conduire une pareille éducation ? La langue française domine. Il te faudra la dominer, et laisser en arrière tout ce que nous t'avons inculqué dans ta plus tendre enfance. Mais une fois passé maître dans la langue française, tu pourras sans danger revenir avec nous à ton point de départ.

Tel était à peu près le discours paternel.

Y croyait-il lui-même ?

Ma mère soupirait ; et lorsque je me plongeais dans mes nouvelles études, que je faisais, seul, mes devoirs, je la voyais errer, ainsi qu'une âme en peine. Adieu notre théâtre intime et enfantin, adieu le quotidien complot ourdi contre mon père, pour répliquer, en vers, à ses pointes satiriques... Et le drame se nouait.

Après de laborieux et peu brillants débuts, je

prenais goût rapidement à la langue étrangère, et puis, fort amoureux d'une sémillante institutrice, j'allais jusqu'à rêver de résoudre, pour elle, à son insu, tous les problèmes proposés dans mon volume d'arithmétique !

Ma mère était trop fine pour ne pas s'émouvoir de l'infidélité qui lui fut ainsi faite. Et je la vois encore, toute froissée, m'arrachant à mes livres – tu vas tomber malade ! – puis un soir, d'une voix candide, non sans tristesse, me disant : « Puisque je ne dois plus te distraire de ton autre monde, apprends-moi donc la langue française... » Ainsi se refermera le piège des Temps Modernes sur mes frêles racines, et j'enrage à présent de ma stupide fierté, le jour où, un journal français à la main, ma mère s'installa devant ma table de travail, lointaine comme jamais, pâle et silencieuse, comme si la petite main du cruel écolier lui faisait un devoir, puisqu'il était son fils, de s'imposer pour lui la camisole du silence, et même de le suivre au bout de son effort et de sa solitude – dans la gueule du loup.

Jamais je n'ai cessé, même aux jours de succès auprès de l'institutrice, de ressentir au fond de moi cette seconde rupture du lien ombilical, cet exil intérieur qui ne rapprochait plus l'écolier de sa mère que pour les arracher, chaque fois un peu plus, au murmure du sang, aux frémissements réprobateurs d'une langue bannie, secrètement, d'un même accord, aussitôt brisé que conclu... Ainsi avais-je perdu tout à la fois ma mère et son langage, les seuls trésors inaliénables et pourtant aliénés !

ALEJO CARPENTIER

# *Le Recours de la méthode*
(1974)

*Dans son roman* Le Recours de la méthode, *l'écrivain cubain Alejo Carpentier (1904-1980) (voir p. 167) dresse un portrait politique de l'Amérique latine, avec ses différents types (rêveurs, intellectuels, généraux séditieux, politiciens corrompus…), il oppose ces modèles – notamment celui du dictateur militaire, largement inspiré de Gerardo Machado (homme politique autoritaire et président cubain soutenu par les États-Unis de 1925 à 1933) – à des personnages proustiens dans un espace parisien luxueux et raffiné, en rupture avec cette société latino-américaine. L'incipit de l'ouvrage comprend de nombreuses références au Paris proustien d'avant la Première Guerre mondiale : la scène où le narrateur se réveille dans une chambre parisienne sans avoir vu le temps passer et perçoit à travers la fenêtre la lumière du jour lui indiquant l'heure (écho aussi bien de l'incipit de la* Recherche *que du passage sur les « bruits de Paris » dans* La Prisonnière*) ; la scène où il lit la chronique de Léon Daudet dans* L'Action française*. Si Alejo Carpentier juge le monde de Proust impossible à transposer en Amérique, celui-ci lui sert de contrepoint au monde qu'il décrit. Enfin, comme le fait le Brésilien Jorge de Lima (p. 356), Carpentier lit l'univers proustien à l'aune de la situation politique qui est la sienne.

É. S.

* Frère de son ami Lucien et écrivain nationaliste convaincu.

... mais, je viens de me coucher ! Et déjà le réveil sonne. Six heures et quart. C'est impossible. Sept heures et quart, sans doute. Plus que ça. Huit heures et quart. Ce réveil est peut-être une merveille d'horlogerie suisse, mais ses aiguilles sont si minces qu'on les voit à peine. Neuf heures et quart. Non plus. Mon pince-nez. Dix heures et quart. Exact. D'ailleurs, d'après la lumière du jour sur le jaune des rideaux, nous sommes en pleine matinée. C'est toujours pareil quand je reviens ici : j'ouvre les yeux avec la sensation d'être encore *là-bas*, à cause de ce hamac qui me suit partout – maison, hôtel, château anglais, palais de chez nous... –, car jamais je n'ai pu reposer sur un lit rigide avec un matelas et un traversin. Il me faut le souple nid du hamac où me pelotonner, ses cordes pour me bercer. Encore un balancement ; un bâillement ; un autre balancement avant de sortir mes jambes et poser mes pieds à la recherche de mes pantoufles qui se perdent dans les couleurs du tapis persan. (*Là-bas*, toujours attentive à mon réveil, la gouvernante Elmira me les aurait déjà chaussées ; elle doit dormir à cette heure sur son lit de camp – elle aussi a ses manies –, seins nus et jupes retroussées, dans la nuit de l'autre continent.) J'avance vers la clarté et tire le cordon de droite : dans un glissement d'anneaux surgit la scène qu'encadre la fenêtre. Mais au lieu d'un volcan couvert de neige, majestueux, lointain, antique demeure des dieux, se présente à mes yeux l'Arc de Triomphe derrière lequel est situé l'hôtel particulier de mon grand ami Limantour, ex-ministre de Don Porfirio, dont la conversation est si instructive quand il aborde l'économie ou parle des emmerdements de nos pays. Léger bruit de porte. Et Sylvestre apparaît, avec son gilet rayé, portant le plateau en argent, ce bel argent lourd de mes mines : *Le café de Monsieur. Bien fort comme il l'aime. À la façon de là-bas... Monsieur a bien dormi ?...* Les rideaux de brocart sont écartés l'un après l'autre, et un soleil éclatant, digne d'une journée hippique, éclaire les sculptures de Rude. L'enfant-héros, ses petites couilles à l'air, mené au combat par un guerrier échevelé à l'air farouche, de ceux qui – j'en sais quelque chose ! – tout en vociférant des chants de victoire désertent les avant-gardes et filent à l'arrière dès que les choses tournent mal. *Le Journal*, à présent. *L'Excelsior*, dont les nombreuses photos donnent en quelque sorte le film de l'actualité. *L'Action française*, avec les recettes de cuisine de Pampille que ma fille signale tous les jours, au crayon rouge, à l'intention de notre excellent cuisinier, et l'éditorial cinglant de Léon Daudet, dont les injures géniales, apocalyptiques, expression suprême de la liberté de la presse, provoqueraient dans mon pays duels, rapts, assassinats et fusillades quotidiennes. *Le Petit Parisien* : la révolte de l'Ulster se poursuit, orchestrée par le crépitement des mitrailleuses et les accords des harpes irlandaises ; le monde entier s'indigne contre le ramassage, pour la seconde fois, de tous les chiens perdus de Constantinople condamnés à s'entre-dévorer sur une île déserte ; pagaille encore dans les Balkans, éternel guêpier, baril de poudre permanent, qui me font beaucoup penser à nos provinces andines. Je me souviens encore – c'était lors de mon dernier séjour – des réceptions en l'honneur du roi des Bulgares. Sa Majesté passa ici, aux côtés du président Fallières, exhibant ses panaches et ses galons (je pensai un instant au colonel Hoffmann) dans un superbe landau d'apparat, tandis que la fanfare de la Garde républicaine, rangée au pied du monument de Napoléon, jouait *Chumi Maritza, Platcha Divitza*, dans un grand concours de trompettes, de clarinettes et de saxhorns, rehaussé par une sonorité un peu canaille de flageolets et de triangles. Vive le roi ! Vive le roi ! criait une foule républicaine qui avait au fond la nostalgie des trônes, des couronnes, des sceptres et des massiers, auxquels on avait substitué, médiocre spectacle, des présidents en jaquette, le gilet barré d'une écharpe écarlate, qui saluent bien bas avec leur huit-reflets, en un geste qui fait penser assez aux aveugles demandant l'aumône après avoir cherché la rengaine de *La Jambe de bois* dans les profondeurs d'un ocarina[1]. Onze heures moins vingt. Ô bonheur de voir mon agenda fermé, jeté sur le guéridon à côté du hamac. Plus d'audiences ni de visites officielles, ni de présentations de lettres de créance ; fini l'outrecuidante irruption de militaires qui vous arrivent à l'improviste, dans un grand cliquetis de bottes et d'éperons. Mais j'ai dormi plus que d'habitude. En effet, très tard dans la nuit, je m'en souviens, je me suis envoyé une petite sœur de Saint-Vincent-de-Paul, vêtue de bleu indigo, avec sa cornette amidonnée, un scapulaire entre les tétons, et une discipline en cuir de Russie à la ceinture.

*Traduction de l'espagnol par René L.-F. Durand.*

## ORHAN PAMUK

# *Le Livre noir*
(1990)

*Né en 1952 à Istanbul, Orhan Pamuk place l'histoire de la Turquie, entre traditions musulmanes et modernité occidentale, au cœur de son œuvre littéraire, couronnée par le prix Nobel en 2006. Contestant le tournant islamiste de son pays et le manque de liberté d'expression, il devient rapidement un opposant politique scruté par les autorités. Istanbul est pour lui le creuset d'une culture mondiale. Il découvre Proust à l'adolescence, au début des années 1970 – la première traduction complète de la* Recherche *en turc ne datant que des années 2000.*

*Paru en 1990,* Le Livre noir* *se présente, de manière assez explicite, comme une réécriture d'*Albertine disparue *et de* La Prisonnière. *La référence est rendue visible par la mention récurrente du prénom Albertine et par la figure du narrateur (Galip), qui se présente comme « un vieux lecteur de Proust », obsédé par l'histoire du Narrateur. Son histoire à lui est simple : quitté par sa femme (Ruya) sans explication, il part à sa recherche pour tenter de la comprendre. Le début du roman réécrit deux passages célèbres de* La Prisonnière *: l'amant regardant la femme aimée endormie, et le réveil au son des « bruits de Paris ». Mais le narrateur du romancier turc ne se contente pas*

* Nous retenons deux passages du roman : le premier figure au milieu du roman (chapitre 15 de la 1re partie), le second en est la dernière page.

*de s'immerger dans l'univers proustien : il reproche à ses compatriotes de ne pas en faire de même. Il cherche un lecteur idéal, à même de comprendre et de s'émouvoir à son histoire d'amour malheureux. Il jette son dévolu sur un jeune journaliste, doté d'un charme qui lui rappelle aussi bien celui de Proust que celui d'Albertine. Auteur et personnage se retrouvent confondus, homme et femme mêlés (quand on sait qu'Albertine a notamment pour modèle le chauffeur de Proust, Alfred Agostinelli) : « un beau garçon costaud, à la moustache en amande, un corps classique avec de belles hanches, des cils très longs, brun et pas très grand, comme Proust et Albertine ».*

*Orhan Pamuk travaille sur la thématique de l'original et de la copie, qu'il décline dans l'opposition Orient / Occident. Le détour par Proust lui permet de revenir à Istanbul, dans la construction d'une identité littéraire nationale qui se révèle plurielle**. *Il rend aussi hommage à un Proust oriental, puisque* Les Mille et Une Nuits *sont une lecture d'enfant du Narrateur et de sa mère***. *L'image du sérail*

* « Pas de concurrence des mémoires ; il s'agit d'adopter une mémoire intertextuelle, qui se refuserait à distinguer entre la copie et l'original, en une sorte d'idéal borgésien de littérature sans auteur identifiable », selon l'analyse de Karen Haddad-Wotling dans son article « Les eaux du Bosphore : Orhan Pamuk lecteur de Proust » (dans l'ouvrage collectif *Proust, l'étranger*, Brill, 2010). Voir aussi Élise Duclos, « Proust en derviche soufi : métamorphoses de l'intertexte proustien dans *Le Livre noir* d'Orhan Pamuk » (revue *Relief*, n° 7, 2013).

** *Les Mille et Une Nuits* sont, tout comme *François le Champi* de George Sand, des souvenirs de lecture qui deviennent modèles d'écriture pour le Narrateur. Dans *Sodome et Gomorrhe*, il souhaite relire *Les Mille et Une Nuits* qu'il lisait enfant à Combray : « Nous reparlions de Combray. Ma mère me dit que là-bas du moins je lisais et qu'à Balbec je devrais bien faire de même, si je ne travaillais pas. Je répondis que pour m'entourer justement des souvenirs de Combray et des jolies assiettes peintes j'aimerais relire *Les Mille et Une Nuits*. Comme jadis à Combray quand elle me donnait des livres pour ma fête, c'est en cachette, pour me faire une surprise, que ma mère me fit venir à la fois *Les Mille et Une Nuits* de Galland et *Les Mille Nuits et Une Nuit* de Mardrus. » (Folio classique, p. 347-348.)

*où le Narrateur emprisonne Albertine renvoie à l'histoire de Shéhérazade. Et le Narrateur exprime son rêve d'écrire une œuvre qui serait, à l'instar du conte arabe, mystérieuse et immémoriale*.*

Bl. C.

Quand ce fut à son tour de prendre la parole, Galip décida de leur raconter l'histoire d'amour d'un vieux journaliste solitaire, en ajoutant qu'il la tenait d'un autre journaliste. Le vieux journaliste avait passé sa vie à faire des traductions pour les magazines, à écrire des articles sur les pièces de théâtre et les films nouveaux. Il ne s'était jamais marié car il s'intéressait moins aux femmes qu'à leurs vêtements et leurs parures. Il vivait seul dans un deux-pièces, dans une ruelle de Beyoglou, seul avec un chat qui paraissait encore plus âgé et plus solitaire que lui. Le seul bouleversement qu'il ait connu dans une vie où rien ne s'était jamais passé fut causé par la lecture qu'il entreprit dans ses dernières années de l'interminable roman où Marcel Proust se lance à la recherche du temps perdu.

Le vieux journaliste avait tellement aimé cette œuvre que, pendant un certain temps, il en parla à tout venant, mais il ne tomba jamais sur quelqu'un capable de lire tous ces tomes en français, comme il

* « Un livre aussi long que *Les Mille et Une Nuits* peut-être, mais tout autre. Sans doute, quand on est amoureux d'une œuvre, on voudrait faire quelque chose de tout pareil, mais il faut sacrifier son amour du moment et ne pas penser à son goût, mais à une vérité qui ne nous demande pas nos préférences et nous défend d'y songer. Et c'est seulement si on la suit qu'on se trouve parfois rencontrer ce qu'on a abandonné, et avoir écrit, en les oubliant, les "Contes arabes" ou les "Mémoires de Saint-Simon" d'une autre époque. » *Le Temps retrouvé*, Folio classique, 1990, p. 349.

l'avait fait lui-même en se donnant bien du mal, et de les apprécier, ni même de partager son enthousiasme. Si bien que, se repliant encore plus sur lui-même, il prit l'habitude de se raconter toutes les histoires et tous les détails de ces romans qu'il avait lus et relus Dieu sait combien de fois. Tout au long du jour, à chaque fois qu'il lui arrivait quelque ennui, ou qu'il se retrouvait obligé de subir la grossièreté, l'insensibilité des gens aussi ambitieux qu'incultes – car ces individus le sont toujours – qui l'entouraient, il se répétait : « De toute façon, je ne suis pas là, moi, en cet instant, je suis chez moi, dans ma chambre à coucher et j'imagine ce que fait mon Albertine à moi, qui dort encore dans la pièce voisine, et qui est sur le point de se réveiller, j'entends avec joie, avec ravissement, le doux bruit de ses pas quand elle va et vient dans la maison ! » Quand il marchait, mélancolique, dans une rue, il se répétait, tout comme le fait le narrateur chez Proust, qu'une femme jeune et belle l'attendait chez lui, une femme du nom d'Albertine, dont la seule idée de faire la connaissance lui aurait semblé autrefois le comble du bonheur ; et il se plaisait à imaginer ce qu'elle faisait en l'attendant. Et quand il retrouvait son deux-pièces dont le poêle tirait si mal, le vieux journaliste se remémorait avec tristesse les pages du tome suivant, celles qui suivent le départ d'Albertine, il ressentait dans son cœur la mélancolie de la maison déserte, il se rappelait leurs conversations et leurs rires ; les visites d'Albertine qui attendait qu'il eut sonné pour venir le retrouver ; les petits déjeuners pris avec elle, ses crises de jalousie continuelles, les détails de leur voyage à Venise ; il était tout à la fois Proust et Albertine, jusqu'au moment où ses yeux débordaient de larmes de douleur et de bonheur. Le dimanche matin, qu'il passait chez lui avec son chat tigré, quand la grossièreté de tout ce que racontait le journal le rendait furieux, ou quand il pensait aux railleries des voisins trop curieux, des cousins éloignés et dépourvus de toute compréhension, et des enfants mal élevés à la langue bien pendue, il faisait mine de retrouver une bague dans l'un des tiroirs de sa vieille commode, il se persuadait qu'il s'agissait de celle qu'Albertine oublie dans le tiroir d'une table de bois de rose, puis, se tournant vers le fantôme de la bonne, il lui disait à voix assez haute pour être entendue par le chat : « Non, Françoise, Albertine ne l'a pas oubliée, et il serait inutile de la lui renvoyer ; de toute façon, elle va revenir très bientôt. »

Si notre pays est si misérable et si pitoyable, c'est parce que personne n'y a connu Albertine, parce que personne n'a lu Proust, se disait le vieux journaliste ; le jour où il s'y trouvera des lecteurs capables de comprendre Proust et Albertine, alors peut-être tous ces pauvres bougres moustachus qui emplissent nos rues pourront-ils connaître une vie meilleure ; alors seulement, au lieu de jouer du couteau par jalousie au moindre soupçon, se mettront-ils à rêver en évoquant comme Proust le visage de leur bien-aimée. C'est parce qu'ils n'ont pas lu Proust, parce qu'ils n'ont pas connu Albertine, parce qu'ils ne savent pas que le vieux journaliste a lu Proust, parce qu'ils n'ont pas compris qu'il est tout à la fois et Proust et Albertine, que ces rédacteurs, ces traducteurs, qui trouvent du travail dans leur journal parce qu'ils sont supposés avoir une certaine culture, sont si obtus et si lamentables.

Ce qui était le plus étonnant dans cette histoire, ce n'était pas le fait que le vieux journaliste se prenait pour un romancier et pour un personnage de roman ; car tout Turc qui se prend d'amour pour le livre d'un écrivain occidental que personne n'a lu dans le pays se persuade au bout d'un certain temps qu'il ne s'est pas contenté de lire et d'aimer le livre en question, mais il s'imagine sincèrement qu'il l'a écrit lui-même et, plus tard, se met à mépriser les gens autour de lui, non plus seulement parce qu'ils ne l'ont pas lu, mais parce qu'ils sont incapables d'écrire un roman comme le sien ! Oui, ce qui était le plus étrange dans cette histoire, ce n'était pas que le vieil homme se fût pris des années durant pour Proust ou pour Albertine, mais qu'il ait avoué à un jeune journaliste chargé d'une chronique ce secret qu'il dissimulait à tous depuis des années.

S'il le fit, ce fut peut-être parce qu'il ressentait pour lui une affection particulière ; ce chroniqueur avait un charme qui lui rappelait celui de Proust et d'Albertine ; un beau garçon costaud à la moustache en amande, un corps classique avec de belles hanches, des cils très longs, brun et pas très grand, comme Proust et Albertine ; sa peau douce, satinée, lumineuse, rappelait celle des Pakistanais. Mais toute ressemblance avec Proust s'arrêtait là : le jeune chroniqueur, dont les connaissances et les goûts dans le domaine de la littérature européenne se bornaient aux romans de Paul de Kock et de Pitigrilli, avait éclaté de rire au récit que lui avait fait le vieux journaliste de ses amours et de ses secrets, puis il lui avait annoncé qu'il utiliserait cette étonnante histoire dans l'une de ses chroniques.

Réalisant son erreur, le vieux journaliste l'avait supplié de tout oublier, mais en vain ; l'autre continuait à rire aux éclats. Rentré chez lui, le vieil homme avait compris que son univers s'était brusquement écroulé. Dans cette maison déserte, il était devenu incapable de penser à la jalousie de Proust ou aux beaux jours vécus avec Albertine ; il ne pouvait même plus se demander où Albertine était allée.

Cette passion extraordinaire, envoûtante, qu'il était le seul à connaître dans cette ville, le seul à avoir vécue, cet amour si noble, qui était la seule fierté de sa vie et que personne n'avait pu souiller, allait être grossièrement révélé, livré en pâture à des centaines de milliers de lecteurs bornés et stupides, c'était comme si Albertine qu'il chérissait depuis tant d'années allait être violée par ces brutes. Quand il se répétait que ces lecteurs imbéciles, qui ne s'intéressaient plus dans les journaux qu'aux détournements de l'ancien Premier ministre ou aux défauts des programmes de Madio, allaient découvrir, dans des journaux qu'ils utiliseraient par la suite pour leur poubelle ou pour nettoyer du poisson, le doux nom d'Albertine, qu'il avait tellement aimée, jalousée à en mourir, dont le départ l'avait fait sombrer dans le malheur, et dont il n'avait jamais, mais jamais oublié la façon de monter à bicyclette depuis le jour où il l'avait vue pour la première fois à Balbec ; il ne souhaitait plus que la mort.

C'est pourquoi dans un dernier sursaut de courage, il avait téléphoné au jeune chroniqueur à la peau satinée et à la moustache en amande, en lui déclarant qu'il l'avait estimé le seul, « vraiment le seul », à pouvoir comprendre cette passion inguérissable, son « cas humain » si exceptionnel, cette jalousie sans bornes et sans espoir ; il l'avait supplié de ne jamais parler de Proust ou d'Albertine dans l'une de ses chroniques. Et dans une ultime audace, il avait ajouté : « D'ailleurs, vous n'avez même pas lu l'œuvre de Marcel Proust. » « De qui ? Quel livre ? Pourquoi ? » lui avait alors demandé l'autre, qui avait depuis longtemps oublié l'histoire et les amours du vieux journaliste. Celui-ci lui avait à nouveau tout raconté, et le chroniqueur avait à nouveau ri aux éclats, impitoyable : « Oh oui ! Il faudra que j'écrive cette histoire ! » avait-il dit avec bonne humeur. Il se figurait sans doute que c'était là ce que le vieil homme attendait de lui.

Et il en avait fait une chronique, qui ressemblait à une nouvelle. Le vieux journaliste y était décrit comme dans l'histoire que vous venez d'entendre : un vieillard d'Istanbul, solitaire, pitoyable, qui tombait amoureux du personnage principal d'un drôle de roman, écrit par un Européen, et qui se prenait à la fois pour le personnage et pour le romancier. Tout comme le vrai, le vieux journaliste de la chronique avait un chat tigré. Et il était bouleversé en voyant qu'on se moquait de lui dans une chronique de journal. Le vieux journaliste de la chronique tirée de l'histoire du vieux journaliste, lui aussi, souhaitait mourir en découvrant dans le journal les noms de Proust et d'Albertine. Et dans l'histoire tirée de l'histoire tirée de l'histoire, les journalistes solitaires et les Proust et les Albertine venaient hanter l'un après l'autre les cauchemars des dernières nuits sans joie du vieux journaliste. Et quand il se réveillait de ces cauchemars, il ne lui restait même plus cet amour, qui, par ses illusions, l'avait rendu heureux, parce que secret. Quand on enfonça sa porte trois jours après la parution de cette chronique si cruelle, on découvrit que le vieux journaliste était mort silencieusement dans son sommeil, asphyxié par les émanations du poêle qui tirait si mal. Le chat tigré n'avait rien mangé depuis deux jours, mais il n'avait pas osé dévorer son maître.

Comme toutes celles qui l'avaient précédée, l'histoire de Galip, bien que triste, avait rempli de bonne humeur ses auditeurs grâce aux liens qu'elle avait créés entre eux. Certains – les journalistes étrangers entre autres – se levèrent pour danser avec les entraîneuses sur la musique d'une radio invisible, ils dansèrent, ils rirent beaucoup, ils prirent du bon temps, jusqu'à la fermeture du cabaret.

[…]

Le seul moyen d'être soi-même, c'était d'être un autre, ou alors de se perdre dans les histoires racontées par un autre ; et ces histoires, que j'ai tenté de disposer côte à côte dans un livre noir, m'émeuvent en me rappelant une autre histoire, puis une autre encore, exactement comme cela se passe dans notre mémoire ou dans les histoires d'amour des contes de chez nous, qui s'emboîtent les unes dans les autres ; celle de l'amant perdu dans les rues d'Istanbul, et qui en devint un autre homme ; ou celle de l'homme qui se lança à la recherche du secret et du sens perdus de son visage ; si bien que je me plonge avec plus de plaisir encore dans mon nouveau travail, qui consiste à récrire de vieilles histoires, très, très anciennes, et que j'arrive à la fin de mon livre si noir. Dans cette fin, Galip est en train d'écrire la dernière chronique de Djélâl, qui, à vrai dire, n'intéresse presque plus personne. Puis, un peu avant l'aube, il pense à Ruya, avec douleur ; il quitte sa table de travail, il contemple Istanbul qui s'éveille dans le noir. Je pense à Ruya, je quitte ma table de travail, et je contemple la ville plongée dans le noir. Nous pensons à Ruya, et nous contemplons la ville encore plongée dans le noir, et nous sommes tous envahis par l'émoi, la tristesse qui s'emparent de moi quand, dans un demi-sommeil, je m'imagine en pleine nuit retrouver la trace de Ruya sur la couette à damiers bleus et blancs. Car rien ne saurait être aussi surprenant que la vie. Sauf l'écriture. Sauf l'écriture, oui, bien sûr, sauf l'écriture qui est l'unique consolation.

*Traduction du turc par Münevver Andaç.*

## CEES NOOTEBOOM

# *Rituels*

(1980)

*Né en 1933, le Néerlandais Cees Nooteboom décrit dans* Rituels* *le cours d'une vie qu'interrompt sans cesse l'idée de la mort.*

*En restituant à rebours l'épisode de la madeleine, Nooteboom anéantit l'optimisme proustien. Le ressouvenir suscité par la madeleine permettait à Proust d'apercevoir la puissance du romanesque capable de ressaisir les mondes perdus gravitant autour d'un simple biscuit. Dans* Rituels, *le jeune Inni se trouve devant sa madeleine inaugurale : son premier whisky. Mais, avant même d'être bu, le whisky est toujours déjà perdu. Ce qui compte n'est pas la boisson mais son souvenir, ce souvenir si prégnant qu'il étouffera toutes les ivresses à venir. On ne recouvre pas la mémoire, c'est elle qui nous enfouit.*

A. G.

— Comment s'appelle-t-il ?

— Inni.

— Inni… » L'homme laissa un instant ce nom idiot diffuser dans l'atmosphère, puis le chassa

* Le traducteur Philippe Noble a aussi traduit *À l'ombre des jeunes filles en fleurs* en néerlandais (en collaboration avec Désirée Schyns).

d'un revers de main. Inni expliqua d'où venait son prénom.

« Tout le monde est fou dans ta famille », dit Arnold Taads. « Entrez. »

Il régnait dans la pièce un ordre angoissant. Le seul élément aléatoire était le chien, parce qu'il bougeait. Ce salon, pensa Inni, ressemblait à un problème d'arithmétique. Toutes ses composantes s'équilibraient mutuellement, le résultat tombait juste. Un bouquet de fleurs, un enfant, un chien désobéissant ou un visiteur en avance de dix minutes auraient déclenché ici une catastrophe inimaginable. Les meubles étincelaient de laque blanche et d'une modernité calviniste et haineuse. Le soleil, dans son irresponsabilité, dessinait leurs ombres géométriques sur le linoléum. Pour la seconde fois de l'après-midi, il eut peur. Quelle impression cela faisait ? L'impression, pendant quelques instants, d'être un autre, un autre qui ne s'habituerait jamais à votre corps et vous meurtrissait de partout.

« Asseyez-vous. Toi, Thérèse, tu veux du manzanilla. Et que prendra ton neveu ? »

Et, s'adressant cette fois directement à Inni : « Veux-tu un whisky ?

— Je n'en ai encore jamais bu.

— Bien. Alors je te sers un whisky. Tu le goûteras avec attention, et tu me diras ensuite ce que tu en penses. »

Souvenir. (Les voies impénétrables du.) Que n'arriva-t-il pas, en effet, dans les cinq minutes suivantes ? Il avait devant lui, tout d'abord, littéralement et matériellement, son premier whisky, le verre de whisky qu'il ne boirait jamais plus. En second lieu, l'homme à qui il penserait si souvent dans sa vie lorsqu'il verrait, boirait, goûterait du whisky. À cet homme, et à travers lui à sa tante, donc à lui-même.

Cela faisait du whisky sa madeleine, la poignée de la trappe qu'il suffisait de soulever pour entamer la grande descente au royaume des ombres. Et, chaque fois, il les retrouverait tels qu'ils étaient : l'homme très droit, son œil unique et terrible braqué sur Inni, la main qui vient de verser le soda immobilisée dans son mouvement vers un point d'appui au voisinage immédiat de son propriétaire. Sa tante, la tête en arrière, le regard absent, errant, les jambes tour à tour étendues, ouvertes, croisées, péniblement juchée sur une chaise trop raide, trop dure. Une Dolorosa. Quant à lui, il ne pouvait se voir.

« Alors, quel goût cela a-t-il ? » On exigeait de lui une définition, un procès-verbal que ses sens devaient dresser avant d'être distraits par toute autre perception.

« Un goût de fumée, et de noisette. »

Depuis, il avait bu des milliers de whiskies, des malts, des bourbons, des ryes, les meilleurs et les pires, secs, à l'eau, avec du soda, du ginger ale, et parfois, inopinément, cette sensation était revenue – un goût de fumée, oui, et de noisette.

À chaque moment important de l'existence, pensait-il plus tard, on devrait avoir près de soi un Arnold Taads pour vous demander une description exacte de vos perceptions tactiles, olfactives, gustatives, de vos réactions à la première peur, la première humiliation, la première femme de votre vie – mais toujours en posant la question à l'instant même, pour que le procès-verbal restât valable et que la pensée, l'expérience ne fussent pas décolorées par des femmes, des peurs, des humiliations ultérieures. Cette formulation de la première fois, fumée et noisette, allait justement donner le ton de toutes les expériences futures, car celles-ci se définiraient par opposition plus ou moins marquée à cette première sensation fixée et étalonnée pour toujours, par leur supériorité ou leur infériorité, par l'absence de goût de fumée ou de noisette. Revivre encore une fois sa découverte d'Amsterdam, pénétrer encore une fois pour la première fois l'amante avec qui l'on a passé des années, tenir encore une fois le premier sein de femme dans sa main, lui donner la première caresse et conserver intactes au-delà des ans les pensées de ce moment, empêchant toutes les autres fois, les autres formes, de trahir, de nier, de recouvrir la première impression. Arnold Taads avait au moins fixé pour lui une expérience sensuelle, toutes les autres ayant disparu irrémédiablement dans les couches postérieures de sa mémoire, mêlées et corrompues. Et sa main qui avait caressé le premier sein, fermé les yeux du premier mort, avait trahi sa mémoire, trahi ce premier sein et s'était trahie elle-même en vieillissant, en se déformant, en se mouchetant des premières tavelures brunes de l'âge, en se nervurant de veines plus épaisses, en devenant une main de quarante-cinq ans, polluée, gâtée, expérimentée, précoce messagère de la mort qui avait absorbé, rendu méconnaissable, introuvable, la main d'autrefois, plus fine, plus blanche, hésitante – alors que lui disait toujours « ma main » et continuerait à le dire jusqu'au jour où une main future, vivante, la placerait, inerte, sur son corps, en croix sur l'autre main sa jumelle.

*Traduction du néerlandais par Philippe Noble.*

## NAGUIB MAHFOUZ

# *Échos d'une autobiographie*
(1994)

*Prix Nobel en 1988, Naguib Mahfouz (1911-2006) a connu Proust bien plus tôt, à la faveur des rencontres permises par l'oisiveté. Mahfouz gagna longtemps sa vie en tant que fonctionnaire : il était à ce titre à la merci de l'arbitraire bureaucratique qui régnait dans l'Égypte des années 1940. Affecté en 1948 à la conservation du dôme du sultan Ghouri, il découvre au sein du monument islamique du* XVI*e siècle une riche bibliothèque. Il y lit Proust en anglais*[*]. *La* Recherche *ne bénéficiera d'une traduction arabe qu'à partir des années 1970 (*Du côté de chez Swann *est traduit en Syrie en 1977).*

*Cette lecture aura une influence déterminante sur toute l'œuvre de Mahfouz*[**]. *La forme fragmentaire de ces* Échos *contraste avec l'unité du cheminement proustien. On distingue pourtant nettement le terreau de la* Recherche *dans le travail autobiographique de l'auteur égyptien. Cette ancienne maîtresse qui regarde Mahfouz devenu vieux pourrait provenir du « bal des têtes » où le Narrateur détaille la déchéance de ses anciennes connaissances*[***]. *L'âge est irrémédiable, la mort revient nous hanter : après*

* Voir *Mahfouz par Mahfouz*, Entretiens avec Gamal Ghitany, Actes Sud, 1995.

** *Ibid*.

*** Référence à l'épisode du « bal des têtes » dans *Le Temps retrouvé*, Folio classique, 1990, p. 224-353.

*le décès de la grand-mère revient son spectre*. État d'exception, qui dans l'enfance permit de nouer avec la mère de tendres complicités, la maladie offre la solitude nécessaire pour bâtir une œuvre, un répit au cours navrant du temps.*

A. G.

## Le fleuve du temps

Le courant invincible de la vie nous réunit, à l'occasion d'une fête, dans un établissement public.

Mais quelle était donc cette vieille dame qui me fixait en souriant ? Peut-être sommes-nous venus au monde en même temps ?

Comme son sourire s'élargissait, je lui souris moi-même à mon tour.

Elle me demanda :

— Vous ne vous souvenez pas ?

Mon sourire se fit plus large. Elle me dit, avec l'aplomb propre aux vieilles dames :

— Vous avez été ma première expérience amoureuse, quand vous étiez étudiant.

Le silence régna un moment entre nous, puis elle ajouta :

— Nous étions près de franchir le pas !

Ahuri, je me demandai où cette belle vie s'était perdue !

* Voir, dans *Sodome et Gomorrhe* : « ma poitrine s'enfla, remplie d'une présence inconnue, divine », Folio classique, 2022, p. 247.

## Tristesse

La mort nous rendit sa première visite le jour où elle nous enleva ma grand-mère. Jusque-là, je n'avais jamais rencontré la mort ; je ne connaissais, pour en avoir entendu parler, que son caractère inéluctable, je savais qu'on ne pouvait lui échapper, mais je la percevais comme une éventualité lointaine. Un jour, des pleurs et des lamentations m'arrachèrent à ma sérénité et je compris que la visiteuse sinistre avait profité d'un moment d'inattention de notre part pour s'infiltrer dans cette pièce où des histoires merveilleuses m'avaient été contées.

Je me sentis tout petit devant une géante dont le souffle puissant avait envahi toutes les pièces de la maison. Un à un, les membres de la famille évoquèrent le rôle macabre qu'elle tenait dans leurs souvenirs. En plein désarroi, je m'échappai du cercle familial pour aller m'isoler dans ma chambre, goûter un moment de calme. Soudain la porte s'ouvrit et je vis entrer une belle femme à la longue tresse noire. Elle me murmura avec tendresse : « Ne reste pas tout seul. »

Je sentis brusquement une révolte violente se déchaîner en moi et, dans une soif effrénée de passion et de folie, j'agrippai sa main et la posai contre ma poitrine que la douleur et la peur agitaient.

## Une dette ancienne

Dans ma jeunesse, je fus atteint d'une maladie qui me fit longtemps garder le lit. Autour de moi, je vis subitement le climat changer du tout au tout. La sévérité ou la volonté d'intimidation de mes parents se transforma en une sollicitude pleine de tendresse. Ma mère ne me quittait plus, et mon père passait me voir avant d'aller au travail et à son retour. Mes frères et sœurs venaient me rendre visite, chargés de cadeaux. Plus de réprimandes ou de reproches pour mon échec aux examens.

Quand j'entrai en convalescence, je craignis de retourner à l'enfer que j'avais connu avant ma maladie. En même temps, je sentis un être nouveau naître en moi, décidé à sauvegarder ce climat d'affection et de prestige. Puisque l'application aux études était la clef du bonheur, j'allais devenir un élève studieux, quoi qu'il pût m'en coûter. Je me mis alors à franchir d'un pas alerte les étapes de la réussite et tous, autour de moi, me témoignèrent leur tendresse ou leur amitié.

Il est rare qu'une maladie laisse le souvenir d'un tel accomplissement !

*Traduction de l'arabe (Égypte) par Marie Francis-Saad.*

*Proust en scène*

*Si le théâtre a son importance dans la* Recherche, *Proust étant lui-même un grand amateur de théâtre et d'opéra, la scène a longtemps boudé Proust. Comment adapter au cinéma ou au théâtre une telle œuvre ? Quelle est cette malédiction qui a longtemps poursuivi les projets de son adaptation ? Scepticisme ou découragement ? Transposer le roman à la scène est un défi de taille. La matière ne manque pas et pourtant les plus ambitieux projets n'ont pas vu le jour et sont restés en l'état. En 1962, Nicole Stéphane (1924-2007), productrice et réalisatrice française, achète les droits d'adaptation de la* Recherche. *Après avoir essuyé plusieurs refus, elle propose la réalisation à Luchino Visconti, qui accepte puis finalement abandonne le projet en 1972 (voir p. 404). Elle pense ensuite à Joseph Losey qui, enthousiaste, commande un scénario à Harold Pinter. Cela n'ira pas plus loin (voir p. 400). La première adaptation cinématographique de la* Recherche *voit le jour grâce à Volker Schlöndorff, avec* Un amour de Swann *en 1984 (voir p. 411), avant* Le Temps retrouvé *de Raoul Ruiz en 1999 (voir p. 416). Les projets abondent, mais peu aboutissent.*

*Moins une adaptation qu'une réécriture, la mise en scène de Curzio Malaparte en 1948 ne représente pas le Narrateur mais l'auteur lui-même, présent lors de la rencontre entre Saint-Loup et Rachel (voir p. 389). Sans madeleine ni clochers de Martinville, en 2016, Krzysztof Warlikowski a adapté la* Recherche *au théâtre, où seuls comptent les enjeux politiques et sociaux (voir p. 425).*

*Un « dialogue avec l'œuvre », comme le considère Warlikowski, une « adoption » pour Raoul Ruiz qui ajoute qu'« il est sans doute plus facile à un étranger de prétendre adapter un tel monument littéraire* * », *chaque adaptation est une issue possible d'une lecture personnelle et sensible, une essentielle trahison : traduire l'œuvre dans son propre langage artistique – théâtral ou cinématographique –, voilà ce qui semble être la clé de la réussite.*

G. L.

* Entretien de Raoul Ruiz accordé au journal *Le Monde*, 18 mai 1999.

## CURZIO MALAPARTE

# *Du côté de chez Proust. Impromptu en un acte* (1948)

*L'un des plus grands motifs de la littérature est la rencontre de deux personnages et la naissance de leur amour.* À la recherche du temps perdu *est composé de plusieurs variations de ce motif dont le plus célèbre est la rencontre entre Swann et Odette**. *Dans sa pièce* Du côté de chez Proust *(écrite en français et créée à Paris en 1948), l'Italien Curzio Malaparte (1898-1957) s'est approprié une autre rencontre, une autre histoire d'amour : celle de Robert de Saint-Loup et l'actrice Rachel.*

*Représenté pour la première fois en novembre 1948 au théâtre de La Michodière à Paris,* Du côté de chez Proust *fit scandale. Malaparte n'en était pas à son premier coup d'essai : il avait déjà écrit un recueil de nouvelles intitulé* Sodome et Gomorrhe *(1931), et le roman* Kaputt *(1944) dont le premier chapitre s'inspire allègrement du* Côté de Guermantes *(voir p. 352).*

*Dans la* Recherche, *Saint-Loup, amoureux, invite le Narrateur à la rencontrer, mais celui-ci ne peut que la reconnaître : il l'a connue dans une maison de passe longtemps auparavant et la surnommait « Rachel Quand du Seigneur*** *». Cette relation n'est pas sans choquer et déplaire aux proches de Saint-Loup. « C'est la première grue*

* Voir *Un amour de Swann*, Folio classique, 2018.

** En référence aux paroles de l'opéra *La Juive* (1835) de Fromental Halévy (1799-1862) : « Rachel, quand du Seigneur / La grâce tutélaire / À mes tremblantes mains confia ton *prolétarienne qui, dans la littérature française, apparaît comme telle dans le grand monde », affirme Malaparte dans une longue, très longue didascalie en forme de commentaire qui suit l'arrivée du personnage de Rachel.*

*Ce n'est donc pas une adaptation mais une véritable réécriture d'un épisode de la* Recherche*, *un portrait irrévérencieux d'un Proust craintif des courants d'air, emmitouflé dans son grand manteau de fourrure, qui n'est plus le Narrateur mais bien Marcel Proust lui-même. Que fait-il ici ? Robert de Saint-Loup avait oublié sa présence. Nous ne l'attendions pas davantage. Les digressions sont aussi désopilantes que les répliques.*

G. L.

RACHEL QUAND DU SEIGNEUR, *entre chantant de sa voix gaie, légèrement rauque.*

*C'est une jeune fille, grande, maigre, brune, aux traits accentués : aux yeux intelligents et courageux, à la bouche sensuelle, au visage à la fois insolent et triste. Elle est habillée d'une robe d'après-midi très simple, de bonne coupe (non encore d'une robe de Fortuny, mais seulement de Callot, Doucet ou Paquin[1]), de ce bleu gris dont la mode, probablement apportée à Paris par la duchesse de Manchester, Mme de Warwick ou Mme Malborough, n'avait pas encore pénétré du côté de Guermantes[2]. Bien que sa façon de s'habiller ne soit plus celle des midinettes de la rue de la Paix, ni des jeunes modèles qui fréquentent les ateliers des artistes pauvres et encore inconnus, Rachel garde les manières empreintes de simplicité native qu'ont à leur début les jeunes comédiennes arrivées au théâtre par l'apprentissage de la misère. Cette*

berceau, / J'avais à ton bonheur / Voué ma vie entière. / Et c'est moi qui te livre au bourreau ! »

* *Le Côté de Guermantes*, Folio classique, 2020, à partir de la page 238.

*Rachel qui entre en riant et en chantant chez le beau, jeune et riche marquis de Saint-Loup n'est pas la « Rachel Quand du Seigneur » que Marcel Proust et Robert sont allés « chercher[1] » dans la banlieue de Paris, et que Proust appelle méchamment, et injustement, « une simple petite grue[2] », se souvenant de l'avoir connue, quelques années auparavant, dans une maison de passe. On remarque constamment chez Proust une maligne complaisance à avilir, à humilier Rachel. Il est jaloux d'elle ; il est jaloux de Robert. Il en arrive même à se contredire, pour pouvoir se donner le mauvais plaisir d'abaisser la maîtresse de son ami. Lorsque Robert de Saint-Loup la rencontre à la sortie du théâtre où elle travaille, Rachel n'est plus la petite poule, à un louis, avec un collet en fausse loutre, que Proust se complaît à nous décrire : elle est déjà la petite actrice qui se posera plus tard en rivale de la Berma, la grande comédienne, que Rachel supplantera aussi bien dans le grand monde que sur les scènes de Paris, alors que Mme Verdurin, qui, sous certains aspects, n'est que la réplique bourgeoise de Rachel, aura à son tour remplacé la princesse de Guermantes, dans l'hôtel de Guermantes. Il nous a semblé opportun de saisir ici l'occasion de rétablir la vérité quant à la nature du caractère de Rachel, non pas à l'aide d'une arbitraire interprétation des faits, ou à l'aide de notre imagination, mais en nous aidant de ce que Proust lui-même nous dit, laisse sous-entendre ou s'efforce de masquer. Que Proust ait voulu ôter à la rencontre de Rachel et de Robert tout élément sentimental, et lui donner le caractère d'une fatalité intellectuelle et sociale, on ne peut en douter ; c'est en effet la rencontre de deux classes et de deux ambitions dans le sein de la même génération, si toutefois l'on peut donner le nom d'ambition à cette force, plus ou moins consciente, qui pousse la grue prolétarienne et le jeune seigneur homosexuel à briser les cadres traditionnels de la société. Même à nos yeux, du reste, cette rencontre ne saurait être une rencontre sentimentale. Ce n'est pas l'amour qui pousse Robert et Rachel l'un vers l'autre, mais plutôt une fatalité, un hasard inévitable préparé depuis longtemps dans le secret de l'évolution sociale, tout comme la rencontre de M. de Charlus et du giletier Jupien, les deux amants qui font pendant à Rachel et Robert. Et de même qu'un hasard inévitable a fait de Proust le témoin de la rencontre de M. de Charlus et de Jupien, il nous a semblé que c'était rétablir la loi de la fatalité que de faire de Proust le témoin, aussi, de la rencontre de Rachel et de Robert de Saint-Loup. Cette loi est la même loi sociale qui gouverne la décadence de la société capitaliste et les causes profondes de la révolution prolétarienne : Proust n'a dû la briser, dans l'épisode de la rencontre de Rachel et de Robert, que pour pouvoir prendre, à l'égard des deux amants, cette attitude de réprobation et de mépris, qu'il n'aurait pu prendre s'il avait été le témoin, et par là le complice, de leur rencontre et leurs amours. Nous avons pensé aussi, en faisant de Proust le témoin de la rencontre de Rachel et de Robert de Saint-Loup, montrer que ce qui domine toute l'œuvre littéraire proustienne et qui donne son caractère de satire sociale, ou, comme on dirait aujourd'hui, d'œuvre révolutionnaire, c'est la fatalité des lois de l'évolution sociale. On comprendra donc pourquoi nous avons placé la rencontre de Rachel et de Robert non pas à la sortie des artistes du théâtre où Rachel travaille, mais dans l'appartement de Robert : ce qui non seulement nous permet de corriger les contradictions de Proust quant à Rachel, mais nous donne la possibilité de montrer au public pour quelles raisons les rapports des hommes et des femmes entre eux, dans toute l'œuvre proustienne, sont par principe, constamment, et avec une monotonie décevante et déprimante, on ne peut plus grossiers et malpropres. La raison principale en est que l'esprit de la société capitaliste au début du siècle n'est plus dominé par amour, mais par quelque chose de plus profond, de plus secret, de plus objectif, et que les rapports humains et sociaux, réduits à la pure sexualité (toujours l'approche d'une révolution sociale s'annonce, dans les couches supérieures de la société, par l'asservissement des rapports humains et sociaux non seulement entre hommes et hommes, mais entre sexes égaux, à la pure sexualité), n'y apparaissent que comme une conséquence de la lutte des classes qui ébranle les couches inférieures de la société et fait trembler le sommet de l'Olympe. Rachel, de tous les personnages de Proust, est le seul en qui prend conscience la fatalité de la révolution sociale et se révèle avec plus de spontanéité le trouble apporté dans les rapports sociaux par l'intime et secrète pression des masses. L'atmosphère où baignent, grâce à Rachel, tous les personnages proustiens est l'atmosphère même du marxisme : et de même que l'on sent couler dans les veines, à fleur de peau, des personnages de Saint-Simon, les idées qui seront celles de la révolution de 1789, et dont ils n'ont pas encore pris conscience, de même on sent se lever dans les personnages de Proust ce désarroi, cette inquiétude, ce déséquilibre, que les nouveaux problèmes révélés par le marxisme apporteront dans la vie sociale de l'Europe. Cette satire de la société française et européenne, qu'est l'œuvre de Marcel Proust, prend, grâce à Rachel, son véritable caractère d'œuvre sociale : la révolution prolétarienne apparaît en elle sous son vrai visage, qui est celui d'une fille du peuple, de la petite poule à vingt francs marchant, comme la Dulle Griet de Brueghel[1], à travers la foule des monstres dorés du grand monde, vers l'Olympe vert et bleu du « côté de Guermantes ». D'après l'aveu même de Proust, Rachel est « socialiste ». Elle est une « littéraire », dit Robert de Saint-Loup. Assise entre Proust et Robert, au restaurant, Rachel ne s'interrompt pas de parler livres, art nouveau, tolstoïsme*[1]*. Elle pleure en pensant à Dreyfus, au pauvre martyr « qu'ils feront mourir là-bas*[2] *». Elle engage avec Proust une conversation littéraire, à laquelle Robert aussi se mêle. Elle connaît très bien les œuvres que Proust admire, et est à peu près d'accord avec lui dans ses jugements. Elle plaisante finement de mille choses, et serait vraiment agréable si elle n'affectait pas d'une façon agaçante le jargon des cénacles et des ateliers, qu'elle étend d'ailleurs à tout, ayant pris l'habitude de dire d'un tableau, s'il est impressionniste, ou d'un opéra, s'il est wagnérien, « ah ! c'est* bien *!*[3] *». Ce même Proust qui quelques pages avant traitait Rachel de « simple petite grue », de poule à un louis*[4]*, dit maintenant qu'elle parle des artistes les plus connus sur un ton d'ironie et de supériorité, qui irrite Proust parce qu'il croit, faisant erreur en cela, que c'est elle qui leur est inférieure*[5]*. Et il ajoute qu'il y a dans le grand talent non reconnu encore, comme est le sien, si sûr qu'il puisse être de lui-même, une certaine humilité, et que nous proportionnons les égards que nous exigeons, non à nos dons cachés, mais à notre situation acquise. Jamais Rachel n'oublie, ni ne renie son origine prolétarienne. Elle est en cela profondément différente des « grues » du Second Empire et de la III*e *République. Elle ne pose jamais à la bourgeoise, mais garde fidèlement la conscience d'être une fille du peuple, une prolétarienne. Elle n'est jamais, à aucun moment, et ne pourrait pas être, une parvenue : c'est une barbare, une conquérante dans un pays ennemi. C'est la première grue prolétarienne qui, dans la littérature française, apparaît comme telle dans le grand monde. La première aussi, qui soit la sœur des prostituées de Dostoïevski*[6]*. Lorsque Marcel Proust accompagne Robert de Saint-Loup au pavillon que Rachel habite dans la banlieue parisienne, il voit çà et là, dans les prés, les jardins, les potagers, tout le long de* *la route, au cœur d'un paysage qui déjà ressemble plus aux paysages de banlieue d'Utrillo qu'à ceux de Baudelaire, apparaître des poiriers en fleur*[1]*. « Gardiens des souvenirs de l'âge d'or, garants de la promesse que la réalité n'est pas ce qu'on croit, que la splendeur de la poésie, que l'éclat merveilleux de l'innocence peuvent y resplendir et pourront être la récompense que nous nous efforcerons de mériter, les grandes créatures blanches merveilleusement penchées au-dessus de l'ombre propice à la sieste, à la pêche, à la lecture, n'est-ce pas plutôt des anges*[2] *? » Rachel, au début de sa liaison avec Robert de Saint-Loup, est comme ces poiriers en fleur, comme ces créatures blanches, comme ces anges. Quelques pages plus loin, Proust ajoutera qu'il avait compris, ce matin, devant ces poiriers en fleur, l'illusion sur laquelle reposait le sentiment de Robert pour Rachel Quand du Seigneur.*

*Lorsque Rachel entre en chantant chez Robert de Saint-Loup, elle n'est pas encore, aux yeux de Proust, le poirier en fleur. Elle le deviendra quelques mois plus tard, et rien que l'espace d'un matin. Mais il se rend déjà compte du véritable caractère de la rencontre de Rachel et de Robert.*

Ah ! mon Dieu ! J'oubliais que les gens dorment, la nuit. Ai-je réveillé quelqu'un ? Une femme ? Un domestique ? Un chat ?

ROBERT, *allumant les lampes.*

Soyez tranquille. La maison est vide. Le dimanche soir, les rats et les domestiques quittent le bateau qui sombre dans l'ennui.

RACHEL

Nous sommes seuls ?

ROBERT

Seuls[1]. *(Se tournant soudain vers la porte avec un cri.)* Ah ! j'avais oublié.

*(Marcel Proust, debout sur le seuil de la porte, enveloppé dans son manteau de fourrure, son haut-de-forme enfoncé sur le front, les mains gantées, la droite appuyée sur le pommeau de sa canne, la gauche fermant le haut de sa pelisse, l'air imposant et minable, tel qu'il apparaît dans les photos et dans les portraits, tourne vers Rachel et Robert son visage pâle, aux grands yeux obliques d'odalisque, aux fines moustaches tombantes qui lui donnent à la fois l'aspect d'un ancien Gaulois et d'un Grec de Smyrne. Sortant lentement de sa poche un immense mouchoir, il le porte à son nez, et éternue, immobile, sans qu'un seul muscle, un seul pli de son visage remuent.)*

ROBERT

Le courant d'air, mon Dieu ! *(Il se précipite vers la porte, la referme soigneusement et, appuyant ses deux mains dans le dos de Proust, le pousse doucement vers le milieu de la pièce.)* Ne restez pas là, mon ami, vous allez tousser[2] !

RACHEL

Ah ! prenez garde, Monsieur ! *(Elle veut s'approcher de Proust mais n'ose pas et recule.)*

*(Marcel Proust avance lentement, à petits pas, et majestueux.)*

ROBERT

Laissez-vous tomber dans ce fauteuil. Vous y serez à l'abri.

*(Marcel Proust, agitant en l'air son mouchoir en signe de détresse, regarde autour de lui épouvanté.)*

ROBERT, *à Rachel.*

Approchez-vous de la cheminée, Madame. Il reste encore un peu de feu. Je vais m'occuper de cela. *(À Proust.)* Mais asseyez-vous dans ce fauteuil… voilà… vous êtes bien ?

PROUST, *se laisse tomber dans l'immense fauteuil, croise ses deux mains sur sa poitrine pour fermer sa fourrure, et d'une voix enrouée et languissante.*

Merci. C'est parfait. Vous êtes un ange, mon petit.

RACHEL, *à genoux devant la cheminée, attisant le feu.*

Vous n'enlevez pas votre pelisse, Monsieur ? Il fait bon, ici.

PROUST, *comme si ces mots « enlevez votre pelisse » l'avaient frappé en pleine poitrine, enfonce le cou dans ses épaules et balance la tête en se plaignant.*

Ah ! ah ! ah !

ROBERT, *qui se meut avec sa vivacité particulière, remuant dans tous les sens, laissant voler son monocle devant lui, son regard de myope errant çà et là à travers la pièce.*

Quitter sa fourrure ? Ah ! Que dites-vous là, Madame ! Vous voulez donc le tuer ? Ne voyez-vous pas qu'il tremble ? Touchez donc ses mains !

RACHEL, *quittant le feu, s'élance vers Proust et lui prend les deux mains entre les siennes.*

Ah ! mon Dieu ! Il est glacé ! Ôtez vos gants,

Monsieur, je vais vous frotter les mains ! Vite ! On ne peut pas le laisser comme ça ! Venez au moins près du feu, Monsieur !

PROUST, *comme si les mots « venez près du feu » l'avaient frappé dans le dos, se courbe en avant, se plaignant d'une voix d'enfant.*

Ah ! ah ! ah !

ROBERT

Que dites-vous là, Madame ! Vraiment, vous voulez le tuer ! Il a horreur du feu !

RACHEL, *laissant tomber les mains de Proust et reculant d'un air épouvanté et en même temps blessé.*

Oh ! pardon, Monsieur... Je croyais que... Que puis-je donc faire pour vous ?

*(Marcel Proust agite d'une main son mouchoir en l'air, de l'autre il semble caresser de loin les formes de Rachel. Il s'efforce de parler sans y parvenir, suffoqué par une quinte de toux.*

*Rachel se regarde elle-même tout en reculant, pour tâcher de comprendre ce que signifient les gestes de Proust.)*

ROBERT

Il vous fait signe d'ôter vos vêtements, Madame !

RACHEL

Comment ! Déjà ?

*(Marcel Proust, d'un geste scandalisé, se couvre les yeux de son mouchoir.)*

ROBERT, *riant.*

Mais non ! Il ne s'agit pas de cela ! Il vous fait signe de changer de robe... Vous êtes trempée... enlevez au moins votre manteau !

RACHEL

Oh ! ce n'est qu'un peu de pluie !

ROBERT, *l'aidant à enlever son manteau.*

On dirait que nous vous avons repêchée de la Seine... Heureusement que nous sommes arrivés à temps... Une minute de plus et ça aurait été trop tard.

RACHEL, *riant.*

Trop tard ?

*(Marcel Proust, tout en regardant fixement Rachel, pose son haut-de-forme, et après avoir lentement, avec mille gestes précis, méticuleux, mignons, ôté ses gants, il les met dans son chapeau suivant la mode que Mme de Guermantes semblait apprécier au plus haut point.)*

## HAROLD PINTER

# *Le Scénario Proust*
# (1978)

*Le cinéaste Joseph Losey, qui a commandé ce scénario à Pinter, raconte dans l'une de ses interviews une anecdote édifiante. Il se murmurait que le réalisateur de* The Servant *devait adapter la* Recherche *quand il rencontra le président Giscard d'Estaing qui s'adressa vivement au réalisateur : « Quel droit avez-vous d'adapter Proust ? Vous venez du Middle West, vous n'avez pas même appris le français convenablement*[*]*. »*

*Au-delà du chauvinisme vaudevillesque, l'épisode témoigne de la profonde violence qu'implique la transposition d'une œuvre littéraire à l'écran : adapter une œuvre c'est la dérober à son auteur mais aussi à ses lecteurs. Harold Pinter, dramaturge, prix Nobel de littérature en 2005, assume cette violence et refuse les fausses délicatesses : comme Visconti, il veut adapter l'œuvre entière. C'est toute la* Recherche *qu'il faut arracher à elle-même, car une adaptation n'est pas la transposition d'une histoire mais la découverte du principe cinématographique qui habite secrètement chaque ligne du roman. Le travail de scénariste a consisté pour lui à dévoiler « un mouvement, essentiellement narratif, vers la désillusion, et un autre, plus intermittent, vers la révélation ».*

* Propos rapporté par Losey dans Michel Ciment, *Le Livre de Losey*, Stock, 1979, p. 392-393.

*Les scènes de ce scénario n'ont pour l'instant jamais été tournées, laissant vierge d'images un film qui avait trouvé son principe.*

A. G.

Au début de 1972, Nicole Stéphane, qui possédait les droits cinématographiques d'*À la recherche du temps perdu*, demanda à Joseph Losey s'il aimerait s'attaquer à une adaptation filmée du roman. Lui-même me demanda si j'étais intéressé. Nous avions déjà collaboré pour trois films : *The Servant*, *Accident* et *The Go-Between* (*Le Messager*).

Je n'avais lu que le premier volume de l'œuvre, *Du côté de chez Swann*, bien des années plus tôt. Je manifestai un grand intérêt pour ce projet, rencontrai Joe et Nicole Stéphane, et acceptai de me lancer. Je proposai par ailleurs que Barbara Bray, qui était depuis plusieurs années productrice et réalisatrice de radio à la BBC, et qui, je le savais, était une spécialiste de Proust, se joignît à notre aventure, comme conseillère. Joe et Barbara se virent, et furent d'accord.

Je consacrai trois mois à lire chaque jour *À la recherche du temps perdu*. Durant ma lecture, je pris des centaines de notes, mais restai à la fin très perplexe quant à la façon d'aborder une tâche d'une pareille ampleur. La seule chose dont j'étais certain, c'était que ce serait une erreur de chercher à faire un film centré seulement sur un ou deux volumes, *La Prisonnière* ou *Sodome et Gomorrhe*, par exemple. Une adaptation ne serait légitime que si on s'efforçait de distiller la totalité de l'œuvre, d'incorporer tous ses thèmes majeurs dans un ensemble compact. Joe et Barbara partagèrent cette idée. Nous décidâmes de fonder l'architecture du film sur deux principes directeurs et contrastés : un mouvement, essentiellement narratif, vers la désillusion, et un autre, plus intermittent, vers la révélation, s'élevant vers le point où le temps perdu est retrouvé et se fixe à jamais en art.

Proust écrivit d'abord *Du côté de chez Swann*, et ensuite le dernier volume, *Le Temps retrouvé*. Puis il écrivit le reste. Le rapport entre le début et la fin nous parut crucial. Tout le roman est pour ainsi dire contenu dans le dernier volume. Quand Marcel, dans *Le Temps retrouvé*, déclare qu'il est maintenant capable de commencer son œuvre, il l'a déjà écrite. Nous venons justement de la lire. Il fallait trouver un moyen de restituer sous une autre forme cette remarquable conception. Nous savions que nous ne pourrions en aucun cas rivaliser avec le roman. Mais pourrions-nous lui être fidèles ?

Il serait trop long d'entrer dans le détail des raisons de nos choix tels qu'ils apparaissent dans le scénario achevé, en particulier du sacrifice de tant de personnages. Tous furent dictés par la structure sur laquelle nous nous étions fixés. Nous établîmes un plan de travail, et ce fut sur cette base que nous nous lançâmes à fond. Le sujet était le temps. Dans *Le Temps retrouvé*, Marcel, qui a une quarantaine d'années, entend le tintement de la sonnette de son enfance. Son enfance, depuis longtemps oubliée, resurgit soudain en lui, mais sa conscience de l'enfant qu'il était, son souvenir de ses expériences sont plus tangibles, plus aigus que ses impressions d'alors. J'écrivis durant des mois, en soumettant régulièrement à mes amis les résultats auxquels je parvenais.

En été 1972, nous fîmes plusieurs excursions en France ; à Illiers, à Cabourg, à Paris, pour nous immerger dans les lieux proustiens. En novembre, le scénario était achevé. Il était long, et manifestement très cher à réaliser. Je coupai vingt-quatre pages, coupure qui me parut en fait être une bonne chose, et, au début de 1973, la version révisée fut définitivement au point.

Adapter *À la recherche du temps perdu* a été la meilleure année de travail de ma vie.

Puis nous avons tous essayé de trouver de l'argent pour faire le film. À cette date, le film n'a toujours pas été tourné.

*Traduction de l'anglais par Jean Pavans.*

LUCHINO VISCONTI

# Entretien avec Michel Ciment
## (1971)

*Alors que depuis Dziga Vertov le cinéma s'épanouit en s'affranchissant de sa tutelle littéraire, Visconti s'est consacré à honorer les parentés qui unissent secrètement le septième art à la tradition romanesque, du* Guépard *(1963) à* Mort à Venise *(1971).*

*Œuvre immobile consacrée à des personnages absurdement demeurés après l'engloutissement de leur univers, le cinéma de Visconti semblait, plus qu'aucun autre, propre à accueillir le train lancinant de la* Recherche. *Ses films restituent, chacun à sa manière, les visages obscènes, sublimes et ridicules d'hommes contraints d'admettre, au détour d'un incident dérisoire, l'idée simple et intolérable du temps qui passe.*

*L'adaptation de Proust en restera pourtant au stade du scénario. Les obstacles liés à la production se sont multipliés et le temps a manqué à Visconti, mort en 1976. L'entretien avec Michel Ciment laisse avant tout entrevoir les apories d'une telle adaptation… S'identifiant à Proust, le cinéaste italien craint que les décors ne lui fassent défaut : « J'ai trouvé la Normandie très changée et malheureusement des choses que je croyais retrouver intactes n'existent plus. »*

*Les basses œuvres de l'Histoire, qui oppose au cinéma une consistance dont l'écrivain peut s'affranchir, laisseront finalement le réalisateur à la porte du « labyrinthe profond de Proust ».*

A. G.

MICHEL CIMENT : *Dans le débat culturel ou idéologique de la critique marxiste, la position de Lukács par rapport à l'art, la défense d'un certain réalisme critique du* XIX*e siècle, est en opposition à des gens disons comme Brecht qui proposent une rupture. Il semblerait que votre œuvre jusqu'à aujourd'hui tienne à une certaine continuité…*

LUCHINO VISCONTI : C'est vrai, je l'admets. Mais je ne m'en défends pas. C'est ma façon de raconter, d'être un cinéaste, et je continuerai comme ça. Je crois que la *Recherche* aura dans un sens le même matériau de construction, même si Proust est tout à fait autre chose que Mann. Mais justement là c'est encore un autre problème d'adapter un roman comme la *Recherche* pour en faire un film. J'ai mes idées sur ce que le roman doit être pour en faire un film et la construction dans laquelle on doit mettre une grande œuvre comme la *Recherche* ou comme *La Montagne magique* par exemple, pour en faire une œuvre cinématographique, qui est quand même autre chose, qui est sur un autre plan. C'est une divulgation d'un grand roman et qui a de ce point de vue un emploi positif. Lorsqu'on me dit « Comment peux-tu réduire la *Recherche* ? » je réponds « je sais que je dois faire d'énormes sacrifices au point de vue littéraire ». Mais en même temps je sais que je fais une œuvre utile parce qu'un grand public comme le public cinématographique pourra avoir un aperçu du chef-d'œuvre de Proust, et commencer à avoir le désir de le lire peut-être. Ce qui ne viendrait pas si vous ne donniez pas un petit avant-goût. C'est un peu ma conception des réductions littéraires au cinéma.

M. C. : *Comment vous situez-vous justement, par rapport à certains cinéastes, comme Rosi ou comme Fellini, qui voudraient briser la narration traditionnelle… alors que vous, vous continuez ?*

L. V. : Je crois que Rosi ou Fellini sont beaucoup moins influencés que je ne le suis par les œuvres littéraires ; c'est une question de préparation, de culture. Je ne peux pas dire que ce sont des hommes incultes mais je crois qu'ils sont moins préparés. Fellini, c'est un drôle de phénomène, un monstre cinématographique, mais je ne crois pas qu'il ait une énorme préparation cinématographique, mais je ne crois pas qu'il ait une énorme préparation culturelle au point de vue littéraire. Parce que les lectures de Fellini sont des lectures très différentes, et plutôt critiquables à mon point de vue. Ce n'est pas excusable. Moi à l'âge de Rosi j'étais peut-être déjà trop influencé par la littérature. Voilà ma voie qui est très différente de celle de Rosi bien qu'il ait commencé à faire du cinéma avec moi.

M. C. : *Comme eux pourtant, vous racontez des histoires, c'est le point commun. Vous pensez que c'est ça le cinéma ?*

L. V. : Absolument. C'est raconter des histoires. Ce n'est pas tellement de donner des impressions fugitives, mais de mettre le public dans une histoire, de l'entraîner jusqu'à la fin de cette histoire. Il faut qu'on revienne un peu à une espèce de style narratif balzacien. Même Proust il faut le reporter à cette dimension. Et alors on peut en faire un film. Mais si vous commencez à courir après les spéculations intellectuelles et sensitives de Proust, vous n'en ferez jamais un film. Vous ferez un magnifique documentaire sur l'œuvre de Proust, mais c'est autre chose.

M. C. : *Vous savez qu'il y a un livre de Jean-François Revel, intéressant dans la mesure où la grandeur de Proust c'est l'aspect social, la peinture sociale ?*

L. V. : Oui, pour moi aussi. Mon film sera un film qui sera la peinture d'une société, exactement comme dans Balzac la société de la Restauration, ici c'est la société de la fin du siècle. Et en effet ma construction du film de Proust commence aux *Jeunes filles en fleurs* et finit au début de la guerre de 14. Il n'y a même pas *Le Temps retrouvé* ; il y a ce bloc central qui est la peinture d'une société française de cette époque.

M. C. : *Alors vous laissez de côté la décomposition du* Temps retrouvé *?*

L. V. : Non. J'arrive jusqu'au moment de la découverte du *Temps retrouvé*. Mais je devrais faire passer encore six ans pour arriver. Je finirai je crois sur Paris bombardé, l'hôtel louche de Jupien, et cette situation.

M. C. : *Proust, c'est votre préoccupation dominante maintenant ? Est-ce que ça l'était au moment où vous tourniez* Mort... *? Pensez-vous vous servir des recherches que vous avez faites pour* Mort *dans Proust ? L'époque est la même...*

L. V. : Ah non ! Proust commence en 96, 97. On a trois époques dans le film, dans le roman il y en a bien plus que ça. Je commencerai vers 97, un premier séjour à Balbeck et puis on passera au début du siècle, 1903-1904. À la fin nous sommes en 1916, au milieu de la guerre. Donc il y a trois époques différentes dans Proust ; dans *Mort* il n'y a que 1911.

M. C. : *Il y a une dimension supplémentaire qui est le temps ?*

L. V. : Oui. Il y aura aussi des évocations de Combray, en 80, de l'enfant à Combray, du baiser maternel et tout ça. Après je dois abandonner le personnage de Swann, je le retrouverai mourant, les chaussures rouges…

[…]

M. C. : *Est-ce que vous allez dans Proust justement essayer de trouver une équivalence à la phrase proustienne ?*

L. V. : C'est un problème que je ne veux pas me poser, car cela me mènerait trop loin. Je ne dois pas faire une transposition littéraire. Évidemment comme je vous l'ai dit avant il y aura des choses qui se perdront, sûrement une espèce de musicalité proustienne se perdra. Mais en échange je crois pouvoir, avec une image, pénétrer dans cette espèce de labyrinthe profond de Proust pour vous expliquer un sentiment, une position, une attitude, une tristesse, un moment de jalousie. J'espère que le cinéma pourra me consentir ça. Mais je n'ai pas à me lier à un style qui serait de refaire un style proustien. Ce serait prétentieux.

M. C. : *Chez Proust, il y a souvent des effets d'optique, le fondu enchaîné par exemple…*

L. V. : J'userai de tout ce qui est possible pour rester fidèle au sentiment proustien, pas au style. Pas à la phrase comme vous avez justement dit. La phrase proustienne m'amènerait tellement loin au point de vue cinématographique que ce serait une chose dont je ne sortirais plus, ce serait un océan !

M. C. : *Vous allez sur les lieux mêmes ?*

L. V. : Oui, naturellement. J'ai trouvé beaucoup d'éléments, d'autres non parce qu'on détruit beaucoup en France, comme en Italie. Je croyais que les Français étaient un peu plus respectueux du passé mais j'ai trouvé la Normandie très changée et malheureusement des choses que je croyais retrouver intactes n'existent plus. C'était détruit et peuplé de petites maisonnettes. Il y a des situations qui sont claires dans Proust et que je voudrais retrouver, mais il faut que je fasse des escamotages. Pour recréer la situation de Balbec par exemple, l'hôtel est resté heureusement, mais avec beaucoup de constructions autour qui ne sont pas celles du temps de Proust.

[...]

M. C. : *Est-ce que vous pensez, comme Proust le pensait certainement, que raconter une histoire d'amour hétérosexuel et une histoire d'amour homosexuel, c'est la même chose ?*

L. V. : Absolument. Comme Proust le disait, l'amour est le même si c'est un garçon, une fille, une femme mariée ou un homme. Et en effet mon Proust se base au fond sur deux histoires d'amour qui s'entrecroisent tout le temps, c'est Marcel / Albertine, et

Charlus / Morel. Et ce sont les mêmes jalousies, les mêmes anxiétés, les mêmes troubles : ce sont deux histoires d'amour qui pourraient être une seule ; les deux sentiments sont les mêmes.

## VOLKER SCHLÖNDORFF

# Notes de travail sur l'adaptation d'*Un amour de Swann* (1984)

*Sorti en 1984,* Un amour de Swann *est l'une des rares adaptations cinématographiques de Proust qui ont pu voir le jour. Comme Ruiz (voir p. 416) avec* Le Temps retrouvé, *Schlöndorff (né en 1939) n'a pas souhaité adapter toute la* Recherche *mais seulement les mésaventures de Charles Swann, elles-mêmes réduites à une journée dans la vie du héros. Roman dans le roman,* Un amour de Swann *peut apparaître plus classique que le reste de la* Recherche. *Narrée à la troisième personne, la relation de Charles avec Odette peut facilement être résumée, ce qui est une gageure pour le reste de la* Recherche. *Pourtant cette traversée d'une vie, qui anticipe bien des événements à venir dans le récit, est indissociable du mystère qui naît de l'agencement incommensurable du roman.*

*Restituer ce labyrinthe (voir Visconti, p. 404), c'est déjà s'égarer. Peter Brook et Jean-Claude Carrière, les scénaristes, ont compris qu'adapter c'est toujours mutiler. Déroulé sur la bobine, le temps ne peut plus être proustien : il ne reste qu'à s'engager dans une nouvelle recherche.*

A. G.

Lire a toujours été pour moi un besoin quotidien. Souvent, les fictions littéraires m'ont touché plus que la réalité, et c'est un texte de Proust qui m'a fait comprendre pourquoi.

Pour lui, les heures de lecture étaient « plus remplies d'événements dramatiques que ne l'est souvent toute une vie. C'étaient les événements qui survenaient dans le livre que je lisais ; il est vrai que les personnages qu'ils affectaient n'étaient pas "réels". Mais tous les sentiments que nous font éprouver la joie ou l'infortune d'un personnage réel ne se produisent en nous que par l'intermédiaire d'une image de cette joie ou de cette infortune ».

Si ce n'est pas – comme l'écrit Proust – la réalité qui produit l'émotion, s'il faut toujours qu'elle soit réfléchie par « une image », on voit le rapport privilégié que le cinéma peut entretenir avec la littérature.

Comment faire une adaptation ? Faut-il procéder selon la méthode critique de Sainte-Beuve, méthode qui consiste à « s'entourer de tous les renseignements possibles sur un écrivain, à collationner ses correspondances, à interroger les hommes qui l'ont connu, en causant avec eux s'ils vivent encore, en lisant ce qu'ils ont pu écrire sur lui s'ils sont morts » ? Selon Proust, cette méthode méconnaît ce que nous enseigne « une fréquentation un peu profonde d'un autre moi que celui que nous manifestons dans nos habitudes, dans la société, dans nos vices ».

Ce moi-là, si nous voulons le comprendre, « c'est au fond de nous-mêmes, en essayant de le recréer en nous, que nous pouvons y parvenir. Rien ne peut nous dispenser de cet effort de notre cœur ».

Un film peut être aussi fidèle que possible à la lettre d'un texte : sans cet « effort du cœur », il ne sera qu'une illustration, toujours plate.

[...]

## Le scénario du film

Proust aurait bien ri, si on lui avait demandé un « synopsis » du roman.

Il prend ses personnages à un certain moment de leur vie, puis il les fait vivre dans le temps et l'espace sans trop s'occuper de chronologie et de géographie.

On croit toujours s'éveiller d'un rêve en sortant d'une lecture de Proust. Ce texte sans anecdote est situé au cœur du monde intérieur où temps et espace deviennent relatifs au point de se confondre. Peut-être le film devrait-il être un songe. Mais on sait bien qu'un film a besoin d'une structure, d'une histoire qu'on raconte, située dans un lieu et à un moment précis.

*Un amour de Swann* occupe une place particulière dans l'ensemble de la *Recherche* parce que ce récit est une « fiction » et, bien qu'il ne raconte pas à proprement parler une histoire, on peut en deviner la trace à travers les personnages. Fallait-il mettre un peu d'ordre dans ces éléments ?

Je prends un exemple : quelqu'un présente Charles Swann à Odette de Crécy, une femme avec qui quelque chose pourrait arriver, en la donnant pour plus difficile qu'elle n'est. Premiers rendez-vous. Swann la trouve, non pas sans beauté, mais d'une beauté qui ne l'attire pas, qui provoque même en lui une certaine répulsion physique. Un soir elle ne l'attend pas comme convenu. Un grand souffle d'agitation passe sur lui. Il la poursuit, de son amour d'abord, puis de sa jalousie. Différentes phases de son amour se succèdent, que Bernard de Fallois a baptisées : de la présentation à la nuit des cattleyas ou « de la curiosité à l'attachement », puis « de l'attachement à l'amour », « de l'amour à la torture », et finalement « de la torture à l'apaisement »[1].

Un tel procédé réduirait la psychologie à une simple mécanique et le roman à un constat. Il passerait à côté du génie de Proust, qui est aussi dans sa manière de raconter, en entrecroisant les thèmes et les états d'âme, sans aucun esclavage chronologique.

Faire au contraire un film-puzzle, plein de retours en arrière, d'enchaînés et d'autres procédés à combien cinématographiques ? La matière s'y prêtait, c'est peut-être ce que beaucoup attendent, mais ce n'est pas mon genre. Ce qui m'a séduit, c'est l'idée très simple de Peter Brook et de Jean-Claude Carrière (desquels j'ai repris « le projet en cours ») : tout concentrer sur une seule journée de l'amour de Swann.

Une journée et une nuit qui durent jusqu'au petit déjeuner et qui résument une vie. Adopter une unité de temps, comme Proust le fait avec un après-midi chez la princesse de Guermantes dans *Le Temps retrouvé*, c'est restituer au film une notion de durée.

Le scénario, qui suit une seule journée où Swann, d'heure en heure, s'enfonce dans la nuit et le désespoir, fait voler en éclats cette unité de temps par un cruel épilogue, qui se situe quinze ans plus tard. Par la bouche d'un personnage secondaire, nous apprenons qu'Odette de Crécy est maintenant Mme Swann. Et Charles Swann sait qu'il va bientôt mourir.

« D'abord l'emploi de chaque heure de leur vie nous avait été narré, l'auteur les avait suivis jusque-là pas à pas. Puis subitement :

« "Vingt ans après... C'est par une phrase incidente d'un personnage secondaire que nous apprenions que ce mariage avait été célébré, nous ne savions pas au juste quand, dans cet étonnant épilogue écrit, semblait-il, du haut du ciel, par une personne indifférente à nos passions d'un jour." »

Ce texte de Proust, dans *Pastiches et mélanges*, restitue assez bien l'effet que me fit l'épilogue du scénario que Peter Brook devait réaliser avant moi.

La dernière phrase fait apparaître l'amour de Swann comme la passion d'un jour, qu'un homme qui va mourir traque en se demandant, tel Ivan Ilitch : « Qu'ai-je fait de ma vie ? » Et du coup ces vingt-quatre heures qui ont structuré le récit ne sont plus que la durée d'un songe où l'amour de Swann, sa quête désespérée du bonheur nous semblent tragiques.

Paris, le 19 décembre 1983.

RAOUL RUIZ

# Entretien avec Frédéric Bonnaud sur *Le Temps retrouvé* (1999)

*« Le film de Raoul Ruiz […] réconcilie avec le cinéma une œuvre littéraire qui n'avait supporté jusqu'ici que des tentatives sans lendemain ou sans réussite », rend compte* Le Monde *après la projection du* Temps retrouvé *au Festival de Cannes en 1999**. *Comment le réalisateur franco-chilien a-t-il été amené à adapter Proust à l'écran ?*

*Après des études de théologie et de droit, ainsi qu'un intérêt précoce pour le théâtre, Raoul Ruiz (1941-2011) fuit la dictature chilienne et arrive en France. C'est là qu'il commence sa carrière de réalisateur dont les films seront couronnés de nombreuses fois. Il développe son propre langage cinématographique, sa vision de l'image et de l'expérience artistique. Personnages et narration, situations et raccords, couleurs et sons : le cinéaste est aussi un explorateur des formes.*

*Dans sa jeunesse, Ruiz découvre la* Recherche *dans sa traduction espagnole, et plus tard en français, en italien puis en portugais***. *Si Marcel Proust a souffert d'asthme dès l'âge de neuf ans, un début de tuberculose a touché Ruiz à cinq ans. Est-ce ce lien avec l'auteur, ce même sentiment de la fragilité de la vie et du temps qui passe, qui a poussé Ruiz à se passionner pour Proust ? Des sept tomes de la* Recherche, *le cinéaste s'appuie sur le dernier,* Le

* *Le Monde*, 18 mai 1999.

** Entretien de Raoul Ruiz accordé au journal *Le Monde*, 18 mai 1999.

Temps retrouvé, *dont il reprend le titre, roman-synthèse où se retrouvent tous les personnages qui ont traversé l'œuvre, et où le Narrateur constate, lucide, qu'une époque est révolue. Pour Ruiz, son film n'est pas une adaptation mais une « adoption ». Dans cet entretien accordé aux* Inrocks, *il revient sur son rapport à Proust, la genèse du projet et sa réalisation. À la sortie du film, les critiques furent unanimes : chef-d'œuvre !*

G. L.

RAOUL RUIZ : J'ai lu pour la première fois Proust au Chili, dans mon petit village : c'était vers 54-55, j'avais dans les quatorze ou quinze ans, j'étais lycéen. On m'avait fait cadeau d'une *Encyclopædia Universalis* espagnole, et dedans il y avait un article d'un théoricien proustien franquiste… pas particulièrement franquiste en fait, mais très proustien ! C'est ce théoricien catalan qui a inventé la théorie selon laquelle le monde passe par des périodes baroques et des périodes classiques[1]. Aujourd'hui, cette alternance va de soi, c'est une théorie acceptée… et pas très acceptable en France, où elle est moins évidente ! Son article était rédigé dans un style très maniériste. Je me souviens de certaines de ses expressions, par exemple, « pour les vicieux des boissons glacées, le temps a son importance ». Il faut savoir qu'en espagnol, une « boisson du temps » signifie une boisson non glacée. Alors, il parlait de Proust autour de cette idée ; le texte s'intitulait « Proust et le temps ». Je me suis donc intéressé à Proust, et un jour j'ai vu *Le Temps retrouvé* dans une librairie. Officiellement, la traduction était de Pedro Salinas, mais elle avait dû être terminée par quelqu'un d'autre. Car Proust était contagieux et comme plusieurs de ses traducteurs dans le monde, Pedro Salinas a attrapé l'asthme et en est mort pendant sa traduction[1] ! C'est aussi arrivé au traducteur polonais, à un traducteur italien et à un japonais. Ils sont tous morts de l'asthme ! Voilà un bon sujet pour un autre film !

[...]

*Tu as d'abord lu* Le Temps retrouvé, *puis tous les volumes dans l'ordre ?*

J'ai d'abord picoré *Le Temps retrouvé*. J'étais sous le charme et je ne savais pas pourquoi. J'étais ému par des situations qui ne me concernaient pas du tout, par des personnages dont je ne savais quasiment rien.

[...]

*Le projet Proust a commencé à prendre forme au départ avec l'accord de Catherine Deneuve ?*

Elle avait dit : « Ça n'est que justice » (qu'elle incarne Odette). Ce projet a commencé dans la bonne humeur et s'est terminé dans la bonne humeur. Ce qui est un comble pour Proust, qui sombre dans la mélancolie la plus totale. Mais c'est ce qui crée l'équilibre du film. C'est comme quand Stravinsky a écrit un requiem pour lui-même, avant de se raviser ; plutôt que de faire un requiem, une appellation trop triste, il a choisi de faire une « musique pour un requiem[2] »... Dans le film, il y a un côté messe funèbre, mais plutôt joyeuse.

*Est-ce que l'exotisme de Proust, son côté européen ou désuet, te frappait ?*

Non. Ce qui frappe chez Proust, c'est sa manière de raconter les choses : on ne s'y retrouve jamais. Il a quelque chose de très latino-américain, de très hispanique en quelque sorte, c'est son côté coq-à-l'âne, son goût de la digression et de l'esprit d'escalier.

*C'est aussi une de tes caractéristiques.*

Oui, c'est le goût du hors-sujet, qui est absolument interdit au cinéma. Pour moi, c'est une source d'exploration infinie, il y a beaucoup de choses à en tirer dans le cinéma. C'est l'esprit d'escalier et la digression pure : « Ceci me rappelle cela, et cela me rappelle ceci, etc. » Ce sont les parenthèses qui s'ouvrent et ne se ferment jamais. Et puis, finalement, elles se ferment. Quand on a complètement oublié de quel point on était parti, on retombe sur ses pieds[1] !

[...]

*As-tu tout de suite intégré dans ton esprit le côté « défi impossible », du style « On ne touche pas à Proust » ?*

Au contraire, c'était presque plus pratique pour moi. Je me disais que si je suivais la séquentialité des événements dans Proust, je pourrais faire ce que j'ai toujours fait et qu'on m'a toujours reproché. Et personne ne pourra cette fois me le reprocher, parce que c'est Proust ! En fait, Proust me rassurait, me protégeait. Le côté défi, je m'en suis rendu compte très récemment.

*N'étais-tu pas inhibé par le côté malédiction qui pesait sur le projet des versions de Visconti ou Losey qui ne se sont pas faites, le film académique et non proustien de Schlöndorff[2] ?*

Schlöndorff a fait un travail appliqué. Quand j'ai vu son film, j'ai eu la trouille parce que je me suis dit que je ne pourrais pas faire mieux, au sens « appliqué ». Par contre, je pouvais faire mieux dans le sens du dérapage, dans le sens proustien, je pouvais prendre à la lettre la liberté qu'il avait prise par rapport à la narration. Je n'avais pas aimé le Schlöndorff à sa sortie. Puis je l'ai revu et j'étais respectueux : c'est un travail sérieux. Ça m'a appris que parfois, ça ne sert à rien de faire du travail sérieux, ça peut être dangereux ! Proust donne beaucoup de liberté à celui qui veut l'adapter. Il se remet en question, il se fait des réflexions, il passe de la narration à la réflexion théorique… Finalement, *Le Temps retrouvé*, c'est une réflexion théorique sur le métier d'écrivain, mais ça se noie dans une multiplicité d'événements. Quant à Losey, il a reçu le veto de Giscard d'Estaing, sinon il l'aurait fait. Visconti était vieux, fatigué, malade… mais il n'avait pas particulièrement peur de le faire. Il s'intéressait à un aspect particulier du roman : la relation Charlus / Morel.

[…]

*Visconti voulait transformer la* Recherche *en roman « normal », avec une narration externe classique… Quel était ton projet général ?*

Surtout pas un film linéaire normal ! Je tenais beaucoup à l'éclatement de la narration, je tenais à « prendre une douche dans les chutes du Niagara », c'est-à-dire que la douche est disproportionnée par rapport à ce qu'on veut faire. Dans le premier montage, c'était carrément ça : très disproportionné, très ouvert et éclaté. Cet aspect ouvert est resté, mais le montage final est plus resserré.

*Le casting est magnifique. Étais-tu décidé longtemps à l'avance, as-tu procédé à de nombreux remaniements ?*

La première idée générale était qu'avec de nombreux acteurs connus, les spectateurs auront naturellement une première impression proustienne qui ne coûte rien : ils se souviendront de chaque comédien dans un autre film. Catherine [Deneuve] a au moins un film par semaine qui passe sur un écran. L'ensemble du casting est très proche de l'idée de départ, mis à part Charlus, avec qui on a un peu ramé.

*Depardieu voulait faire qui ?*

Charlus. J'étais mitigé sur cette idée. Pour le coup, Depardieu aurait vraiment donné un côté « défilé de têtes célèbres[1] ». Tandis que l'apparition de John Malkovich donne un aspect complètement décalé, inattendu. Avec Malkovich, on a fait un travail de doublage quasiment chimique. Je le ferai mieux la prochaine fois. Parce que sur la fin, je m'occupais du montage, du bruitage, du mixage ; c'était comme un film sur un tournage à Hollywood : tout en même temps et tout en retard ! Donc, Malkovich a fait comme il pouvait avec son accent anglais. Je l'ai fait doubler par un comédien qui avait les mêmes harmoniques. Ensuite, Malkovich s'est doublé lui-même, en écoutant le doublage du comédien français ; inconsciemment, il s'est rapproché du comédien de post-synchronisation. Enfin, ce comédien a doublé une seconde fois Malkovich, en l'imitant un peu. Finalement, on a utilisé les deux voix ; dans une même phrase, un mot appartient à un comédien et un autre mot à Malkovich. Ce doublage, c'est du Proust ! Mais ça a donné quelque chose de plus qu'un doublage normal.

*Le film était-il concevable sans voix off, sans la voix intérieure de l'écrivain ?*

Elle était nécessaire, mais il fallait l'utiliser au minimum. Dans le film, on ne l'entend pas si souvent : au début, quand il parle du clocher ; pendant le commentaire après la séquence de la lecture ; et à la fin, quand ça boucle un peu ses problèmes à lui, c'est-à-dire la religion de l'art, le roman comme antidote à la mort. Créer provoque une intensité qui est en dehors du temps ; après, on n'a plus peur de la mort. Parce qu'on revit en plus intense ce qu'on a déjà vécu.

[...]

*À partir du moment où le Narrateur est présent à l'image, comment as-tu décliné l'écrivain Proust et le Narrateur Marcel ?*

Au début, le Narrateur était un reflet, un modèle qu'on voyait au loin. Il fallait quelqu'un qui ressemble à Proust. On l'a trouvé. La surprise, c'est que cette personne [l'acteur italien Marcello Mazzarella] était en plus un bon comédien. Je l'ai laissé apparaître de plus en plus au fil des scènes. C'est le Narrateur, ce n'est pas l'écrivain. L'écrivain était plus actif. Le Narrateur est un point de vue de l'écrivain. Plus tard, je me suis rendu compte que le Narrateur était un ange de la mort et que le mort était l'écrivain. L'écrivain part vers la mort, le Narrateur reste parmi nous, comme un personnage.

[...]

*Ton film est-il une adaptation ou une lecture de Proust ?*

C'est plutôt une adoption. Vers la moitié du travail, je me suis aperçu que j'étais en train d'appliquer les modèles de Freud sur le « travail du rêve[1] », où il décrit les phénomènes d'anamorphoses, de déplacements et de condensations qui se produisent dans le rêve. En prenant des éléments qui se sont déroulés pendant la journée, le rêve les transforme en un phénomène de conjonction plutôt que de disjonction, et en fait une récapitulation des problèmes du rêveur. C'est un processus thérapeutique. Si on fait ça avec un roman, si on déplace tout consciemment et que ça renvoie quand même au roman, toutes ces anamorphoses peuvent rendre au roman une force supplémentaire et lui apporter un autre éclairage. C'est une hypothèse de travail pour le cinéma, c'est une spéculation.

*As-tu conçu la mise en scène selon la phrase proustienne ?*

La caméra fait beaucoup de plans-séquences, mais sans centre et sans but. Le rythme de la caméra importe plus que les choses qu'elle montre et les plans-séquences renvoient les uns aux autres, ce sont des effets de miroir. L'espace est incertain et les mouvements de caméra sont liés aux mouvements des meubles et des gens dans l'espace, tout bouge et on ne sait plus trop où on est. Dans la scène de la « matinée », tout le monde est sur travelling, les rangées d'invités bougent et la caméra aussi. Dans le plan de travail, on appelait cette séquence « la gare

Saint-Lazare » ! Le monde de Proust est un monde mouvant. Pour la chambre de Proust, on a construit deux chambres, une petite et une autre une fois et demie plus grande, avec des meubles une fois et demie plus grands. C'est un espace caoutchouteux, à l'opposé des Straub ! En revanche, j'ai été straubien[1] en filmant la vraie rivière, la Vivonne, et le vrai clocher de Combray-Illiers[2].

[...]

*Est-ce qu'un jour tu te lanceras dans une autre adaptation de Proust ?*

J'aimerais bien y revenir, plus d'une fois. Mais je veux aussi adapter notre Proust à nous, le Proust chilien, Juan Emar, *Umbral*[3]. J'aimerais bien prendre un personnage, par exemple Charlus, et le suivre avec la liberté que permet Proust.

*Les Inrocks*, 1999.

## KRZYSZTOF WARLIKOWSKI

# Entretien avec Amélie Rouher sur *Proust et les Français* (2016)

*« Proust n'est absolument pas montable au théâtre », affirme Krzysztof Warlikowski en présentant son adaptation du roman de Proust à la scène. Né en Pologne en 1962, metteur en scène de théâtre et d'opéra, également directeur du Nowy Teatr de Varsovie, Warlikowski est une figure majeure du théâtre européen. Il révèle assez vite un goût pour la tragédie aussi bien classique que contemporaine. « Proust a toujours été une référence pour les Polonais. Même à l'époque du communisme, il représentait un repère culturel et un lien jamais rompu entre l'Est et l'Ouest[*] », rappelle-t-il. À dix-neuf ans, il lit la* Recherche *en polonais pour la première fois et la passion qui naît alors ne doit plus cesser[**]. Dès 1994, alors jeune metteur en scène au Piccolo Teatro de Milan, il réalise une adaptation théâtrale d'*À la recherche du temps perdu *: « C'était de la folie[***] », se souviendra-t-il.*

* Entretien avec Patrick Sourd, *Le Monde*, magazine « Le M », 23 janvier 2016.

** « J'ai relu [la *Recherche*] souvent. Avec la maturité, elle s'est enrichie de nouvelles couleurs, plus profondes. » Entretien avec Krzysztof Warlikowski réalisé par Gwénola David, journal *La Terrasse*, 28 mai 2016.

*** L'adaptation avait été réalisée sous la supervision du metteur en scène italien Giorgio Strehler (1921-1997), alors directeur et fondateur du Piccolo Teatro de Milan. Krzysztof Warlikowski témoignait aux *Inrocks* en 2016 : « C'était de la folie, je n'avais

*Metteur en scène expérimenté, c'est donc en 2016 qu'il présente sa nouvelle adaptation de Proust,* Les Français, *sur les scènes européennes. Dans un étrange et luxuriant cabaret, un univers grimaçant prend forme : les personnages se toisent au comptoir, une cage de verre exhibe le salon des Verdurin et leur inébranlable snobisme, un lit se transforme en club échangiste... Par ce chaos électrique, le metteur en scène replace les questions sociales et politiques au cœur de l'œuvre : entre homophobie et affaire Dreyfus, les tensions au sein de la société française s'accentuent. L'antisémitisme en guise de madeleine, ce ne sont plus d'heureux souvenirs qui reviennent au spectateur mais la terrible mémoire des camps de la mort. Auschwitz n'est pas loin*[*]*, ses premières pierres sont bâties sur le terreau du nationalisme. Proust avait vu cela avant l'heure. Warlikowski intensifie la résonance de son écho.*

*À la fin de la pièce, après l'effondrement de cette société en déliquescence, tel que le montre* Le Temps retrouvé, *tous les personnages sont là et las, à l'instar du mondain Charlus travesti en un Karl Lagerfeld perfusé au whisky*[**].

*Dialogue avec l'œuvre*[***] *? Adaptation ? Libre inspiration ? Le spectacle de Warlikowski entend « déployer le temps proustien pour l'amener à tutoyer notre présent*[****] *». Dans cet entretien réalisé en 2016 par Amélie Rouher, il*

---

pas encore de langage théâtral et j'ai fait un spectacle en costumes, le seul que j'aie jamais fait. Il commençait avec une société enterrée sous une couche de sable et le monologue sur Pompéi. Je suis revenu à Proust à 52 ans, à peu près à l'âge de sa mort, conscient qu'on ne peut pas adapter cette somme. C'est mission impossible. »

* Alors que les personnages proféraient des discours antisémites, sous l'œil médusé du narrateur, des images des camps nazis étaient diffusées en arrière-plan.

** Choix de mise en scène dans le spectacle de Krzysztof Warlikowski.

*** « Prétendre monter son œuvre sans le trahir est une tâche impossible. J'ai choisi de dialoguer avec Proust, quitte à entrer en contradiction avec lui » (*Le Monde*, *op. cit.*).

**** *Ibid.*

*revient sur l'importance de monter la* Recherche, *à la fois pour lui et pour le public : une essentielle réactualisation.*

G. L.

AMÉLIE ROUHER : *Pour cette adaptation, quels ont été vos angles d'approche ?*

KRZYSZTOF WARLIKOWSKI : Pour moi il y a deux découvertes sur Proust qui sont essentielles : son homosexualité et le fait qu'il est à moitié juif[1]. Proust n'est pas un écrivain du théâtre, c'est un écrivain du fantasme ; sans doute observe-t-il le monde autour de lui, mais quand il pense à un homme, dans la fiction, il décrit une aventure avec une fille comme si c'était la même chose... La tradition française de lire Proust ou même ce qui a pu être son objectif en écrivant ne m'intéresse pas. Monter la *Recherche* doit être un acte politique aujourd'hui.

A. R. : *Comment appréhendez-vous la question du snobisme dans la* Recherche *?*

K. W. : L'univers de Proust me fait penser à un snobisme des icônes. Il ne s'agit pas de bourgeoisie ni d'aristocratie, c'est quelque chose de presque mythologique. Ce qui dans la vie peut relever du snobisme devient pour lui une aventure intellectuelle, l'aventure intellectuelle de la bêtise, de la manipulation, de la jalousie, etc.

A. R. : *Vous supprimez un grand nombre de personnages pour n'en garder que quelques-uns, comme les Guermantes, les Verdurin, les couples Swann / Odette, Marcel / Albertine. Comment ces choix se sont-ils faits ?*

K. W. : On garde les personnages essentiels. Chaque personnage incarne un clan : Oriane incarne le clan Guermantes, Mme Verdurin le clan Verdurin… Ensuite il y a des couples qui répètent d'autres couples : Swann et Odette, Marcel et Albertine.

A. R. : *Comme dans chacun de vos spectacles, vous travaillez avec tous les arts (la danse, la vidéo, le chant, etc.). Dans cette mise en scène les tableaux apparaissent comme des représentations très suggestives, parfois très poétiques de la* Recherche. *Je pense par exemple aux métaphores florales, au bestiaire…*

K. W. : Je ne sais pas si « poétique » est le bon terme. Quand on pense à ce grand monologue qui ouvre *Sodome et Gomorrhe*[1], les images métaphoriques sont utilisées pour traduire l'homosexualité : l'homme est une partie de la nature, il n'est ni inférieur ni supérieur à un animal. Dans ces métaphores de pollinisation, Proust se donne aussi un alibi. Il n'est pas que poète de ces images, il cherche à expliquer son homosexualité ; il a besoin de ces images parce qu'il se sent coupable. Ou simplement, c'est un homme qui s'émerveille de la nature et qui se comprend à partir d'elle comme faisant partie d'elle… On sait tous que l'histoire du Narrateur et d'Albertine est une mystification[2]. Mais Proust est une nature complexe parce qu'il peut être aussi ironique, méchant envers les homosexuels, comme avec les Juifs. Cela me fait penser à une phrase qu'il écrit dans un journal avec de jeunes écrivains juifs dreyfusistes : « Je ne voulais pas démentir que j'étais juif parce que j'aurais fait du tort à ma mère. »

A. R. : *Qu'est-ce qu'il est impossible de dire avec Proust ? Quelles sont les limites de l'adaptation ?*

K. W. : Tout est impossible. Proust n'est absolument pas montable au théâtre. J'essaie de faire une installation proustienne. Je parle de Proust, mais je fais une installation proustienne.

A. R. : *Les autres personnages d'artistes comme Vinteuil ou Elstir*[1]*, vous les supprimez en remplaçant le musicien par la musique, en remplaçant le peintre par la vidéo... Pourtant, vous placez au premier plan le personnage de Rachel, l'actrice.*

K. W. : Proust est obsédé par les œuvres d'art, pour lui la vie se vit par les œuvres d'art[2]. Moi aussi j'ai besoin des œuvres d'art, mais au théâtre je n'ai pas besoin de décrire, de montrer par exemple que l'action se passe à l'opéra ou dans le salon des Guermantes. J'enlève les éléments réalistes. Pour le personnage de Rachel, c'est différent. Elle incarne le personnage de l'actrice. C'est très important qu'elle soit la maîtresse de Robert de Saint-Loup parce qu'au départ c'est une courtisane, puis une artiste. Parce qu'enfin elle est juive. Elle est révoltée contre la vieille école, elle est excentrique, elle appartient au monde de la provocation. C'est pour cela qu'elle est mon personnage dans cette installation proustienne. Je lui donne une vie, une importance qu'elle n'a pas nécessairement à l'origine dans la *Recherche*.

A. R. : *À quels univers esthétiques ou artistiques avez-vous pensé en construisant ce projet ?*

K. W. : J'ai pensé à des centres d'art, tous ces lieux d'exposition qui deviennent capitaux dans les grandes villes, comme le MoMA ou la Biennale de Venise. J'essaie de faire un spectacle qui sorte du théâtre.

A. R. : *À quel âge avez-vous lu la* Recherche *pour la première fois ? Quel extrait alors vous bouleversait ?*

K. W. : Je l'ai lu à dix-neuf ans. Le passage ? C'est là, c'est ce spectacle.

A. R. : *Est-ce que ce spectacle peut amener les gens à lire Proust ?*

K. W. : Je préfère sincèrement que Proust reste une lecture personnelle, secrète. Je n'aimerais pas que le monde entier connaisse Proust. Je partage le point de vue des jeunes Français à ne pas lire Proust parce qu'on les y oblige ! Je déteste ce système d'éducation où on impose des énormes stars. En Pologne, nous avons Gombrowicz[1], c'est l'auteur obligatoire qu'il faut lire avant le bac, l'auteur essentiel pour un jeune intellectuel polonais. Gombrowicz est pourtant le contraire de l'institution : il se fiche totalement de la littérature romantique, il parle de sexe, d'excréments, pour se laver de cette fausse image de grandeur que la littérature pense donner à la Pologne.

A. R. : *Pourquoi appelez-vous ce spectacle* Les Français *si vous voulez défaire l'image que les Français se font de Proust ?*

K. W. : Ça peut être des Français imaginés, ça peut être des Polonais... des Européens... Adapter Proust est beaucoup plus vivant pour moi que pour les Français. C'est la même chose que monter Shakespeare pour des Anglais qui restent esclaves de la parole[1]. Jamais je n'aurais fait *Phèdre(s)*[2] en tant que Français, parce que ça ne nous laisse aucune liberté. Visconti, lui, pouvait imaginer, il pouvait avoir besoin d'arriver à Proust ; il était sur le point d'y arriver et finalement il ne l'a pas fait[3]. Mais il n'y a pas un Français prédestiné à monter Proust. Pour cela il faudrait créer une grande impression de cinéma, mais avec quel cinéaste ? C'était encore possible dans les années 1960, peut-être avec les derniers grands réalisateurs italiens. Pour moi, l'adaptation ne peut pas être faite par un Français ; il n'y a pas assez de distance, il n'y a pas de regard extérieur. Je n'ai rien à voir avec votre imagination, moi je suis un étranger. Quand je dis « Les Français », ça veut dire autre chose que pour vous. Mais cela veut dire que nos regards entrent en contact, qu'on provoque un rapport. Je vous invite à rentrer dans un univers, je vous provoque…

A. R. : *Qu'attendez-vous du public français ?*

K. W. : D'être concerné. C'est intéressant de voir la confrontation du public français avec cette version de Proust vue par les Polonais. Mais ce n'est pas n'importe quel Polonais qui adapte Proust ; j'ai une place particulière en tant que Polonais en France[4]. C'est une belle confrontation. Une belle invitation.

# *Proustophilie*

*L'épisode de la madeleine, la mort de la grand-mère, la chute sur les pavés disjoints, le « bal des têtes » : tant de passages d'*À la recherche du temps perdu *sont devenus si marquants qu'ils en viennent à éclipser l'ensemble de l'œuvre. Il en va de même de son auteur : l'homme Marcel Proust. Cent ans après sa mort, l'écrivain n'est-il pas enfermé dans son portrait (celui de Jacques-Émile Blanche ou la photographie sur son lit de mort par Man Ray). À tel point que la représentation d'une paire de moustaches ou d'une fleur à la boutonnière suffit à se constituer en métonymie de l'auteur**.

*Proust aurait-il apprécié cette forme de culte ? Rien n'est moins sûr, à en juger par son obsession, dans les derniers mois de sa vie, à faire brûler certains de ses manuscrits. La thèse de la séparation de l'homme et de l'œuvre, défendue dans le* Contre Sainte-Beuve, *nous interdit également d'y croire. Et pourtant : la* proustophilie *existe bel et bien, qu'il s'agisse de l'amour de*

* Le peu de photos conservées de Proust entretiennent cette ferveur. Qu'on pense à l'émotion internationale suscitée par la découverte d'une vidéo de quelques secondes montrant Proust dévalant les marches de l'église de la Madeleine. Mais est-ce vraiment lui ?

*l'œuvre proustienne ou de la fascination pour le personnage de l'écrivain reclus dans sa chambre capitonnée de liège, ou encore pour l'homme visiblement fatigué, emmitouflé dans son pardessus de castor à la sortie du Jeu de Paume, pris sur le vif sur une photo peu avant sa mort. Cet amour inconditionnel serait-il une menace pour la réception de l'œuvre ?*

*Ainsi, à un moment où « il faut avoir lu Proust* », dans une dynamique de « distinction » (selon le terme de Pierre Bourdieu), le nom de l'auteur prend une valeur de slogan**, renvoyant à une véritable identité intellectuelle. Cet état de fait cache trop souvent une absence de lecture effective, lecture que selon Saldanha Coelho la traduction en portugais a enfin rendue possible à bon nombre de « proustiens » revendiqués au Brésil.*

*Dès la redécouverte de l'auteur, au tournant des années 1950, de nombreuses associations voient le jour autour de la lecture et de la célébration de l'auteur. Ces Proust-Clubs (voir p. 439) signent la consécration de l'auteur, même s'ils ne sont pas exempts d'élitisme et de snobisme, reproduisant la mondanité tant reprochée à l'auteur.*

*La notoriété de Proust est telle qu'elle s'étend jusqu'à ses proches qui, eux aussi, sont l'objet de fascination, devenant le sujet de biographies ou l'objet de romans***. Ainsi Céleste Albaret, qui, en 1974, a publié ses mémoires de gouvernante de Proust, a donné lieu, elle aussi, à de nombreux écrits et travaux****.*

* Voir Manuel Bandeira, p. 39.

** Voir Saldanha Coelho, p. 450.

*** Depuis les ouvrages fondateurs de Georges Cattaui, *L'Amitié de Proust* (Gallimard, 1935) et *Les Amis de Marcel Proust* (1956, réédité aux Éditions de l'Herne en 2021), jusqu'aux colloques novateurs de Jean-Yves Tadié sur « Proust et ses amis ».

**** À commencer, dès 1924, par une nouvelle de Stephen Hudson (un inédit retrouvé et publié dans le *Cahier de l'Herne*

*Les romanciers ne sont pas en reste. Roald Dahl met aussi en scène Proust dans* Mon oncle Oswald, *avec un humour acide et passablement homophobe, s'inspirant des images qui collent à l'auteur de la* Recherche *: son homosexualité, la surveillance jalouse de Céleste ou son goût pour la réclusion. Loin de cette mise en scène du personnage de Proust et du* marchandising *de la madeleine, il convient de se demander si cette image d'un Proust confiné entre quatre murs de liège, amateur de tilleul et de fumigations, n'est pas un leurre. En effet, alors que la Première Guerre mondiale bat son plein, 1917 est l'année où Proust sort le plus, pour des dîners au Ritz ou des réceptions mondaines. Les témoignages sur les vins ou les bières livrés chez lui depuis le Ritz ne manquent pas. Il semble bien que le mode de vie de l'auteur ne corresponde pas à l'image à laquelle on l'a réduit*. Cette* proustophilie *peut donner une mauvaise image de l'œuvre, et de nombreux lecteurs s'émerveilleront d'y trouver, non pas l'austérité redoutée, mais de l'humour, de la générosité et de la délicatesse.*

*Au-delà du culte rendu à Proust et à son œuvre, loin des idées reçues, à distance d'un auteur qu'il « faudrait » avoir lu ou que l'on s'obligerait à comprendre, il faut plutôt chercher ce qui, en l'auteur, résonne en nous. En français ou en traduction, à l'adolescence ou aux débuts d'une relation amoureuse : chacun peut faire l'expérience d'une lecture personnelle. Peut-être le plus aimable des Proust est-il celui que nous nous construisons : propre à chaque lecteur, teinté de l'expérience et du contexte*

---

*Proust* en 2021). Voir aussi la biographie de Laure Hillerin, *À la recherche de Céleste Albaret. L'enquête inédite sur la captive de Marcel Proust*, Flammarion, 2021.

* Voir Jean-Yves Tadié, *Marcel Proust. Biographie* [1996], Gallimard, coll. « Folio », t. II, p. 285 (nouvelle édition, 2022).

*de notre lecture. Ce même auteur que la George Sand de* François le Champi *pour le Narrateur*[*]*, qui engage pour nous un rapport affectif au temps de sa découverte.*

É. S.

* *Du côté de chez Swann*, Folio classique, 2019, p. 97.

## LES PROUST-CLUBS DANS LE MONDE

La réception internationale d'un écrivain passe nécessairement par les sociabilités qui peuvent s'exercer autour de lui. Dante, Goethe, Schiller ou Shakespeare ont, tout autour du monde, leurs associations ou leurs « clubs » de lecture, regroupant amateurs et spécialistes. Dès les années 1920 en France, l'œuvre de Proust fait l'objet de réunions informelles, qui donnent l'occasion à des écrivains étrangers d'écrire sur l'auteur. Mais c'est dans les années 1940 que de véritables sociétés proustiennes commencent à émerger.

Ainsi, deux semaines après la Société des amis de Marcel Proust et des amis de Combray en France (qui compte rapidement de nombreux membres étrangers), en 1947, est fondée une société proustienne au Brésil, à Rio, qui regroupe plus d'une cinquantaine de membres et connaît une importante production critique sur l'auteur de la *Recherche*, en entretenant des liens forts avec la société française via l'ambassade du Brésil à Paris. À la même époque se crée à Londres un Proust-Club dont Anthony Eden, ancien ministre des Affaires étrangères de Churchill (1940-1945) et futur Premier ministre britannique (dès 1955), est à de multiples reprises président. En

1972 est fondée aux Pays-Bas une société proustienne qui organise des colloques. En 1982, Cologne voit naître la Marcel Proust Gesellschaft qui, avec plus de cinq cents membres, est devenue la plus importante société littéraire consacrée à un auteur étranger en Allemagne (voir p. 55). En 1998 est fondée à Naples une société qui publie régulièrement des cahiers proustiens. Et la liste est loin d'être exhaustive...

Si ces sociétés constituent d'importants lieux de réception et d'études étrangères de Proust, elles ne sont parfois pas exemptes d'une certaine mondanité, voire d'une forme de snobisme, celui-là même qui fut si souvent reproché à l'auteur...

É. S.

RICHARD ELLMANN

# La rencontre de Marcel Proust et James Joyce en mai 1922

## (*Joyce*, biographie, 1959)

*« Mytho-comique » : c'est ainsi que John Updike qualifie la rencontre entre Marcel Proust et James Joyce qui eut lieu à Paris un soir de mai 1922. L'affiche était prometteuse : deux grands noms de la littérature réunis, au comble de leur gloire. De leur vivant déjà, il n'était pas rare de voir Joyce comparé à Proust, et inversement. Ils le savaient.* Ulysse *était paru depuis trois mois quand son auteur rencontra celui d'*À la recherche du temps perdu *(dont seuls les quatre premiers tomes étaient parus). Que se sont-ils dit ? Rien, ou presque. Aucun n'avait lu l'autre. Enfin, pas tout à fait : on avait présenté à Joyce en 1920 une page de la* Recherche, *qu'il reposa vite : « Je ne vois là aucun talent spécial, mais je suis un mauvais critique**. »*

*On a beaucoup plus écrit sur cette rencontre qu'il ne s'est échangé de mots entre eux. Grâce à un minutieux travail d'enquête, Richard Ellmann (1918-1987), biographe de Joyce, retrace le cours de ce rendez-vous manqué : entretiens, lettres inédites et témoignages sont les preuves à conviction qui nous permettent aujourd'hui de tenter de démêler le vrai du faux, la vérité de la légende.*

G. L.

* Lettres à Frank Budgen, 24 octobre 1920, *Lettres*, t. I, Gallimard, 1962, p. 148.

En mai 1922, Sydney Schiff (Stephen Hudson), le romancier anglais que Joyce avait déjà rencontré, l'invita à un souper en l'honneur de Stravinski et Diaghilev après la première d'un de leurs ballets. Joyce arriva tard et s'excusa de ne pas s'être habillé ; à l'époque il n'avait pas de tenue de soirée. Il but beaucoup pour masquer son embarras ; soudain Proust entra avec sa pelisse, « comme le héros des *Soucis de Satan* », dit plus tard Joyce. Schiff avait parlé de cette soirée à Proust, sans oser l'inviter à cause de la répugnance de Marcel à sortir de chez lui. Joyce accompagna Schiff et Mrs Schiff jusqu'à la porte, fut présenté à Proust, et s'assit à côté de lui. Leur conversation a été diversement rapportée. D'après William Carlos Williams, Joyce dit : « J'ai mal à la tête tous les jours. J'ai de très mauvais yeux. » Proust répondit : « Mon pauvre estomac ! Que vais-je faire ? Cela me tue. Il faut que je m'en aille. – Moi de même, dit Joyce, si je trouve quelqu'un pour me conduire par le bras. Au revoir. – Charmé, dit Proust, oh, mon estomac*. Que vais-je dire ? Il me tue. » D'après Margaret Anderson, Proust a dit : « Je regrette de ne pas connaître l'œuvre de Mr Joyce » et Joyce : « Je n'ai jamais lu M. Proust » et la conversation s'arrêta là**. Joyce a raconté à Arthur Power que Proust lui avait demandé s'il aimait les truffes

* Mrs Schiff a démenti cette conversation qui semble avoir été inventée plus tard.

** Cependant, à la fin d'octobre 1922, Joyce écrivit de Nice à Sylvia Beach : « J'ai pu corriger la première partie d'*Ulysse* pour la troisième édition et lire les deux premiers volumes recommandés par Mr Schiff : "*À la Recherche des Ombrelles Perdues par plusieurs Jeunes Filles en Fleurs du côté de chez Swann et Gomorrhée et Cie*, par Marcelle Proyce et James Joust". » Ce mélange n'exclut pas un respect implicite. Quand on traduisit par « madeleine » le gâteau parfumé à l'anis que Bloom et Molly et Joyce avait répondu : « Oui, bien sûr. » Joyce commenta : « Quand les deux plus grandes personnalités littéraires de notre temps se rencontrent, ils se demandent s'ils aiment les truffes. Proust, dit Joyce à Jacques Mercanton, ne parlait que de duchesses ; moi, leurs femmes de chambre m'intéressaient davantage. » À Budgen il donna une version plus explicite : « Notre conversation fut uniquement constituée par le mot *Non*. Proust me demanda si je connaissais le duc de X. Je dis : Non. Notre hôtesse demanda à Proust s'il avait lu tel passage d'*Ulysse*. Proust dit : Non. Et ainsi de suite. La situation était impossible. La journée de Proust ne faisait que commencer, la mienne était terminée. »

La soirée finit quand Proust suggéra que les Schiff le ramenassent en taxi. Joyce les accompagna. Par malheur le premier geste de Joyce fut d'ouvrir la vitre à grand fracas. Proust redoutant l'air froid, Schiff la referma aussitôt. Quand ils furent arrivés, Proust insista pour que Joyce se fît reconduire par le taxi. Joyce hésitait, un peu gris et désireux d'échanger quelques mots. Proust, dans sa crainte des courants d'air, s'engouffra sous le porche, laissant à Schiff le soin de persuader Joyce. « Si nous avions pu avoir un entretien quelque part… », a dit plus tard Joyce, avec un peu de regret. Mais on ne voit pas très bien pour quel motif ils se seraient rencontrés. Joyce répétait que l'œuvre de Proust n'avait aucune ressemblance avec la sienne, malgré les critiques qui en voyaient une. Le style de Proust ne faisait nullement impression sur Joyce. À un ami qui lui demandait s'il le trouvait bon, il dit : « Les Français le trouvent et ils ont leurs modèles, ils ont

---

partagent au milieu des rhododendrons, à Howth, Joyce insista sur le mot peu proustien de « gâteau au cumin ».

Chateaubriand et Rousseau. Mais ils sont habitués aux phrases courtes et hachées, ils ne le sont pas à cette façon d'écrire. » Dans un carnet il exprimait plus directement la même chose : « Proust, vie analytique et immobile. Le lecteur termine les phrases avant lui. »

Ce qu'il enviait, c'était la situation matérielle de Proust : « Il peut écrire, il a une installation confortable près de l'Étoile, avec des parquets et des murs de liège pour être au calme. Et moi, j'écris dans cette chambre, avec des gens qui entrent et qui sortent. Je me demande comment je pourrai terminer *Ulysse*. »

Proust mourut le 18 novembre et Joyce assista aux funérailles.

*Traduction de l'anglais par André Cœuroy et Marie Tadié.*

## ALFONSO REYES

# « La dernière demeure de Proust »
(1928)

*Fils d'un gouverneur régional du Mexique et ministre de Porfirio Díaz, Bernardo Reyes, Alfonso Reyes (1889-1959) connaît l'habituelle jeunesse des élites latino-américaines, tournée vers l'Europe. Diplomate à Paris de 1913 à 1914, il vit à Madrid de 1914 à 1924 (alors que l'œuvre de Proust vient d'être traduite en Espagne à partir de 1920). Entre 1924 et 1939, il est membre du corps diplomatique en France puis ambassadeur du Mexique à Buenos Aires et à Rio de Janeiro.*

*De retour au Mexique en 1939, son important carnet d'adresse lui assure une position culturelle forte dans toute l'Amérique latine et ses milieux littéraires. Il est ainsi membre du comité de rédaction de la revue argentine* Sur, *dirigée par Victoria Ocampo (voir p. 177), aux côtés de Pierre Drieu La Rochelle, Ernest Ansermet, Waldo Frank et Jorge Luis Borges. Entre 1955 et 1959, il est membre du comité de la revue colombienne* Mito *dont sont également membres Octavio Paz et surtout Carlos Drummond de Andrade, l'un des traducteurs brésiliens de Proust à la même période (voir p. 44).*

*De sa lecture de Proust, il retient notamment la critique sociale que fait le romancier du grand monde parisien. Lui qui prône une littérature engagée signale avec une certaine tristesse que Proust ne pousse pas à changer le monde. Mais il compare cette lecture à une drogue hautement addictive. Il souligne l'affection de Proust pour les gens modestes et simples : des voisins du sixième étage (celui des plus pauvres) aux domestiques et aux garçons de café du Ritz. Il met aussi en évidence le style particulier de Proust et son goût pour le détail : un style où l'on peut entendre le bruit de la mouche qui vole. Enfin, son témoignage de 1928, écrit après la visite du dernier appartement de Proust, trace le portrait mélancolique d'un immeuble où Proust n'est plus, mais où sa présence se perçoit encore chez le concierge, à la manière d'un fantôme réconfortant les plus humbles.*

É. S.

Je suis allé vivre quelques jours à deux pas de l'Hôtel Majestic, au 44 rue Hamelin. C'est ici que Marcel Proust a passé ses dernières années. C'est ici qu'il est mort. Et qu'il a écrit les dernières pages de ce grand témoignage contre la société de son époque, où défilent tant d'hommes et de femmes sans cœur ; où l'on confond si souvent la sensibilité avec la « nervosité » et où les maladies font office d'émotions. Œuvre à la fois douce et asphyxiante et qui s'empare de nous avec le charme d'un vice secret. En refermant l'un de ses tomes, nous sommes régulièrement déçus : après la satiété de la lecture viennent les nausées de la drogue. Grand sujet pour un moraliste que de débattre sur l'honnêteté d'une lecture qui ne fait qu'inciter à lire davantage, et non pas être meilleur ou vivre mieux.

Proust travaillait au cinquième étage, dans une petite chambre intérieure tapissée de liège et dans laquelle, trois années durant, la main profane de la propreté ne put pénétrer. Car le microbe est un condiment essentiel de cette cuisine. Le bruit faisait sursauter Proust, comme Lamartine, Flaubert ou Juan Ramón[1]. Une interruption de son processus d'écriture pouvait lui causer un évanouissement, comme celle d'un processus physiologique vital. Gómez de la Serna[2] affirme que dans le style de Proust on entend jusqu'au bourdonnement de la mouche virevoltant dans une chambre.

Marcel Proust dormait durant les heures de soleil (le soleil à Paris : quel euphémisme), et travaillait toujours la nuit, non pas par crainte de la lumière mais plutôt des bruits de la ville. Mais qui sait ! Il existe une race d'hommes dont la religion est inverse, fondée sur la recherche de l'obscurité. Ils prétendent descendre des véritables civilisateurs, puisque de cette recherche sont nés le toit et la maison, le rideau et les voilages de la fenêtre. Le voisin du sixième étage était tenu de ne pas faire de bruit. Marcel Proust avait doté toute la famille du sixième de pattes de chats, de chaussures en laine sourde neutralisant le bruit des pas.

J'ai obtenu ces détails de son concierge avec lequel j'ai sympathisé lors de ce séjour. Dans cette ruelle étroite et grise, les pigeons volent de balcon en balcon. Le concierge s'en souvient comme d'un homme bienveillant et très populaire au sixième étage, l'étage des gens modestes, pour sa générosité. Peu bavard, mais connu et apprécié de tous ; un homme du voisinage, du quartier, qu'on apercevait en revanche peu ; nyctalope, aveugle de jour et ne s'aventurant à vivre que la nuit. Ramón Fernández[3], un écrivain mexicain formé à Paris et descendant du ministre de Manuel González[4], allait lui rendre visite. Proust a laissé un frère, au 3 avenue Hoche, un chirurgien dont la fille écrit aussi ; et avait eu un secrétaire amateur de peinture qui, un an avant la mort de Proust, est parti s'installer au Mexique, où il semble toujours résider[1].

Le concierge me montre un pardessus en piteux état et me dit :

— Il appartenait à son secrétaire qui l'a oublié ici et n'est jamais venu le récupérer.

Une nuit, déjà très malade, Proust posa sa plume et dit à Mme Albaret, la femme qui s'occupait de lui, l'épouse du *chauffeur** de taxi avec qui Proust se déplaçait de préférence :

— Aujourd'hui j'ai écrit la dernière ligne de mon œuvre. *Demain je ne serai plus**.

Deux jours plus tard, les bouquets funéraires remplissaient l'entrée de l'immeuble, débordant jusque dans la rue.

L'appartement où habitait Proust est aujourd'hui transformé. Car, comme personne ne pouvait entrer dans la fameuse chambre, la toile d'araignée de la négligence l'avait rendue inhabitable et il fallut le refaire entièrement afin de le louer à nouveau.

Le concierge est ému par le fait qu'un homme vienne de l'autre bout du monde pour lui demander ses souvenirs sur Marcel Proust ; il caresse une vieille caisse en bois, et me dit :

— C'est lui qui me l'a donnée. Je la conserve comme une relique. C'était un saint homme. On ne ressentait pas sa présence mais on ressent terriblement son absence désormais…

Je me dis alors que le fantôme de Proust doit accorder une grande importance à l'opinion du concierge, car Proust était toujours soucieux de ce que pouvaient dire les domestiques, les garçons d'ascenseur, les majordomes et ce genre de gens. Dans son œuvre, l'impression que suscite le maître chez le personnel de maison et les médisances émanant des escaliers de service semblent l'avoir véritablement préoccupé. Il lui arrivait parfois de rester dans un coin du Ritz jusqu'au petit matin à attendre que les serveurs du restaurant viennent lui raconter les derniers « *potins** » des gens élégants. Ses personnages se sentent presque déshonorés lorsque le *maître d'hôtel** de la station thermale les ignore.

... Je me concentre alors pour écouter le bourdonnement de la mouche de Proust : la mouche vicieuse de l'écrivain, la mouche réfractaire, qui s'abreuve d'encre dès que la main repose.

*Traduction inédite de l'espagnol*
*et annotation par Mikaël Gómez Guthart.*

« La Ultima Morada de Proust », revue *Atenea*, n° 6,
31 août 1928.

## SALDANHA COELHO

# « Proust slogan »
(1949)

*Saldanha da Gama Coelho Pinto, dit Saldanha Coelho (1926-2006), est un intellectuel et écrivain de Rio de Janeiro. Dès 1947, il est l'un des importants promoteurs du Proust-Club de Rio de Janeiro (voir p. 439). Il fonde et anime la* Revista Branca*, une revue qui, par son nom et son contenu, rend hommage à Proust – lui qui avait fait ses débuts littéraires dans* La Revue blanche *(parue entre Bruxelles et Paris de 1889 à 1903). Le quatrième numéro de la* Revista Branca *(décembre-janvier 1948-1949) est consacré à la* Recherche *et à sa traduction brésilienne. En 1950, il dirige une anthologie de la critique brésilienne de Proust depuis les années 1920 (*Proustiana Brasileira*). Dès 1964, Saldanha Coelho est par ailleurs un important opposant à la dictature civile et militaire qui s'établit alors dans le pays.*

É. S.

L'existence de Marcel Proust parmi nous est un phénomène nouveau, qui découle de l'usage démesuré de son nom, qui a acquis le caractère d'un « slogan », qui allait le tirer de la cachette d'un injuste anonymat, après le quart de siècle passé depuis sa mort, et lui donner une place méritée parmi les plus beaux talents artistiques du monde. Bien que son nom fût tant de fois cité, à propos de tout, la connaissance de Proust était réservée à quelques rares écrivains qui avaient peut-être reconnu son importance mais l'avaient tue, ignorant la nécessité de révéler l'auteur à la jeunesse du pays, pour que, dépassant son incompréhensible indifférence, elle puisse connaître et célébrer *À la recherche du temps perdu*, monument historique édifié à l'aide des images et des caricatures génialement reproduites par la mémoire et recréées par la puissante imagination de Proust.

Peu connaissaient son œuvre, bien que rares aient été ceux qui ne la commentaient pas, l'évoquant au moyen de vagues références et répétant en chœur le triptyque des mots les plus entonnés dans les derniers mois : Proust – proustien – proustianisme. La jeunesse littéraire d'aujourd'hui, liée à un mouvement culturel qui s'accentue jour après jour dans tout le Brésil, se laissant emporter par les références faites à Marcel Proust[1], leur a donné, à lui et à son œuvre, une valeur subjective, faute de posséder les moyens de vérifier de ses propres yeux les mérites d'*À la recherche du temps perdu*, parce qu'elle ne savait pas le français ou parce qu'elle ne trouvait pas les livres de Proust en version originale. Elle a été presque obligée d'admirer la valeur abstraite, ou, pour mieux le dire, cette force de Proust, sortie soudain de l'ombre et transformée en « slogan » littéraire de la plus haute vulgarité dans nos milieux littéraires. C'est ainsi que, en se fondant uniquement sur la popularité du nom de Proust, les jeunes ont imprimé sur *À la recherche du temps perdu* le sceau du dogme respecté ; et, sur son auteur, celui d'un dieu inconnu.

Après la phase de présence irréelle de Proust, et

à cause d'elle, a surgi, se proposant de divulguer l'œuvre du génie français, le Proust Clube [*sic*] qui, à travers son groupe d'études proustiennes, et grâce à la personne d'Octacilio Alecrim, a commencé la publication d'articles sur la personne et l'œuvre du romancier, qui ont mené quelques écrivains à s'intéresser aussi à d'autres aspects d'*À la recherche du temps perdu*. L'entreprise de la maison d'édition Globo, qui a publié, dans une excellente traduction du poète Mario Quintana, le premier volume du cycle romanesque du génie français, *Du côté de chez Swann*, a fourni aux lecteurs un contact direct avec la pensée et les belles images de la sensibilité créatrice de Proust.

Et finalement, en participant à ce mouvement qui commence maintenant et qui vise à la parfaite connaissance des romans de Proust au Brésil, nous, la *Revista Branca*, nous dédions ce numéro au créateur d'*À la recherche du temps perdu*, en lui rendant hommage et en initiant la pénétration réelle de son œuvre dans le pays, si riche d'observations et de portraits du passé, qui nous offre le merveilleux voyage digressif sur les sentiers que Proust a dégagés et parcourus, à la recherche du temps perdu.

*Traduction inédite du portugais (Brésil)*
*par Étienne Sauthier.*

*Revista Branca*, n° 4, Rio de Janeiro,
décembre-janvier 1948-1949.

## ALGOT RUHE

# *Sous la pointe de l'aile de l'amour* (1923)

*Dans la* Recherche, *les personnages croisés ou aperçus par le Narrateur sont autant de continents inexplorés. Ces silhouettes esquissées constituent pourtant toujours la promesse d'un monde. En quelques lignes consacrées à un mystérieux philosophe scandinave, Proust nous entraîne, loin du salon des Verdurin, dans une fugace échappée : « Il se reportait pour chaque mot à une sorte de dictionnaire intérieur [...]. C'était du reste un être délicieux, quoique pareil en apparence à beaucoup d'autres, sauf sur un point. Cet homme au parler si lent (il y avait un silence entre chaque mot) devenait d'une rapidité vertigineuse pour s'échapper dès qu'il avait dit adieu. Sa précipitation faisait croire la première fois qu'il avait la colique ou encore un besoin plus pressant*[*]*. »*

*Dans son propre roman,* Sous la pointe de l'aile de l'amour, *le Suédois Algot Ruhe (1867-1944), qui a inspiré à Proust ce philosophe burlesque, a transformé à son tour Proust en personnage romanesque sous les traits de M. de Laume (clin d'œil aux des Laumes, la famille aristocratique dont sont issus nombre de personnages de la* Recherche*). L'exercice est maladroit mais intéressant car il suppose une retranscription plutôt fidèle des entretiens de Ruhe avec l'écrivain français, qu'il connut par l'intermédiaire de Bergson.*

* *Sodome et Gomorrhe*, Folio classique, 2022, p. 467.

*Véritable « dieu » enseveli sous une « montagne de coussins », M. de Laume campe un génie malade, refusant de se commettre dans des discussions philosophiques ou politiques qui l'éloigneraient de son œuvre. Des pièces confinées au lit molletonné, on devine que Proust créait pour ses hôtes un paysage dont il serait l'évident personnage, leur suggérant d'exécuter un portrait qu'il avait lui-même imaginé.*

A. G.

Note du traducteur : *Ruhe écrit un suédois personnel, peu clair, avec des mots démodés mélangés à d'autres empruntés à des contextes variés, ou bien familier ou bien philosophique ou littéraire. J'ai donc essayé de rester fidèle à sa syntaxe assez défectueuse et à ses comparaisons souvent douteuses, malgré l'effet peu réussi produit dans la traduction. Ruhe utilise aussi, pour son écriture, des phrases et des idées qu'il a trouvées dans Bergson et Proust.*

Vers l'aube, je viens directement au pied de son lit. Pendant des heures j'ai été assis près de lui. Un homme qui vous semblerait plus à son avantage quand il parle n'existe probablement pas de ce côté de l'Himalaya.

J'ai dû attendre dans un petit salon tapissé de gobelins et quelques portraits, dont celui d'un dandy aux petites moustaches insolentes et une fleur à la boutonnière, donc l'homme que je serai à même de voir. Le chauffeur m'avait accompagné et m'avait ouvert l'entrée, la bien-parlante[1] entra avec tout un bouquet de salutations odorantes sur ses lèvres, haute de taille, molle comme une politesse bien dite, pâle, vêtue de blanc, avec des yeux assez sataniques et une bouche rouge poivre comme se lamentant. Elle me conduisit dans un autre salon où se trouvait une épée au manche de nacre placée sur un bol de cristal devant un grand miroir de style Empire. Des ouvertures, des fenêtres doubles, des draperies et cette odeur de lieu non habité qui vous surprend dans des châteaux abandonnés, peu visités. Sur une table d'acajou luit une bougie d'argent sur quelques lignes provisoirement faites par mes mains dans la poussière épaisse, quatre taches luisantes montrent où j'ai mis mes doigts en entrant. Elle soulève comme dans une pose de statue la draperie de la porte et me fait signe d'entrer. « Monsieur se sent exceptionnellement bien ce soir, vous comprenez », a-t-elle chuchoté en passant.

Dans la lumière électrique d'une lampe aux paravents de soie verte il est couché tout habillé, comme pour aller en traîneau tiré par des chiens d'Esquimaux. Deux yeux de la profondeur de l'océan clignèrent à mon intention, il me fit un large sourire, presque glouton, et me donna une main trop molle et énorme dans laquelle la mienne fut comme une pupille bien embarrassée. Au moment même où je me reculai d'un pas du lit, la dame blanche avança une table, telle une barrière contre un autel, au-dessus duquel, sur une montagne de coussins, le dieu s'éleva. Le couvert était mis pour dîner et elle me pria de prendre place et commença sans tarder un service silencieux, qui se développa en bien des tableaux et qui dura tout au long de la nuit.

[...]

Je me livrais, sans doute d'une manière un peu trop juvénile[1], sur la façon dont je courais comme un fou dans sa cellule en oscillant entre foi et désespoir, et sur le fait que mon espoir de trouver la vérité fût repoussé par le ricanement de toutes les froides contradictions. Comme un homme délirant qui lutte contre ses visions, je me bats avec ce que le langage philosophique appelle des antinomies – une sorte d'insécurité vexante, un chancellement entre deux propositions dont l'une me semble aussi admissible et probante que l'autre.

Il soupira en disant : « Heureusement que je ne suis pas né pour réfléchir, du moins pas de cette manière sévère. C'en est assez pour moi de porter le joug de l'artiste et d'interpréter les vivants. Si en plus je me mets à spéculer sur la vie... »

[...]

Je lui disais que je trouvais pauvre d'écrire tant de milliers de pages si pleines d'observations, si embellies par des comparaisons, des thèses, des méditations, enfin d'une qualité littéraire jamais atteinte depuis Saint-Simon, Casanova, Balzac ou Zola, mais que tout cela reste un jeu royal tant qu'il y manque une philosophie, une politique. Sinon l'auteur reste un clown ou un fabriquant de livres.

Il a murmuré un moment des harangues sur ce que la politique pouvait bien être : s'il existait un homme peu doué pour s'occuper de la politique c'était bien lui, un pauvre malade, enveloppé sous ses couvertures, comme s'entraînant pour être couché dans son cercueil. L'art n'a rien à faire avec la politique, qui est surtout en ce moment quelque chose d'abominable.

Chaque fois qu'un auteur commence à regarder vers d'autres côtés que celui des étoiles de l'art, il culbute, et se casse le cou.

[...]

Alors il m'a demandé ce qu'étaient les théories d'Einstein, un fou lui ayant écrit que ses romans étaient des théories d'Einstein mises en littérature[1] : « Dites-moi cela en cinq minutes ! »

Je cachai ma grimace sur cette blague parisienne. Nous étions devenus de si bons amis que je trouvai plus sûr de le quitter à ce moment opportun, et juste un peu plus tard j'étais dans l'auto. Pour lui c'était le matin, il était trois heures.

*Traduction du suédois par Sigbrit Swahn.*

## JOSÉ SARAMAGO

# *Les Intermittences de la mort*
(2005)

*Habitué des hommages littéraires dans ses romans, le romancier portugais (1922-2010), prix Nobel en 1998, avait déjà inventé la biographie d'un des hétéronymes de Fernando Pessoa, le médecin brésilien Ricardo Reis. Dans l'un de ses derniers romans,* As Intermitências da Morte, *Saramago rend, dès le titre, un hommage à Marcel Proust :* Les Intermittences du cœur *qui était le titre initial imaginé par Proust avant de le changer pour y mettre à la place* À la recherche du temps perdu*.

*Dans ce roman, c'est véritablement des intermittences de la mort qu'il s'agit : l'auteur imagine que la mort se met en grève (plus personne ne meurt) puis se met à prévenir les individus de leur prochain décès. La référence intertextuelle du titre semble trop évidente pour ne pas être volontaire, d'autant plus que la faucheuse de Saramago, dans son*

* Il avait envisagé ce titre lors de la présentation de son projet dans une lettre à Gaston Gallimard, en novembre 1912, et cette œuvre aurait été constituée de trois parties : *Le Temps perdu*, *L'Adoration perpétuelle* et *Le Temps retrouvé*. Il avait confié cela à Eugène Fasquelle, quelques semaines avant. Il renonce à ce titre lorsque Binet-Valmer sort *Cœur en désordre* dont le titre semble trop proche de celui envisagé par Proust. « Les Intermittences du cœur » est également le titre de la deuxième partie de *Sodome et Gomorrhe*. Voir Jo Yoshida, « La grand-mère retrouvée : le procédé du montage des “intermittences du cœur” », *Bulletin d'informations proustiennes*, 1992, n° 23, p. 43-64.

*dialogue avec la faux, sa fidèle compagne, fait directement référence à une anecdote sur la mort de Proust. En effet, Céleste Albaret raconte que le jour de son décès, victime d'une hallucination, Proust avait vu, au pied de son lit, une grosse dame noire qui l'attendait. S'agissait-il d'une allégorie de la mort ? Ou bien de sa mère, morte des années auparavant, en tenue de deuil* ? La mort de Saramago, elle, raconte à la faux l'hallucination de Proust, arguant que la dame n'était « ni grosse ni vêtue de noir ». La faux signale que Proust était « un des plus grands [écrivains] qui aient jamais existé » ! Mélancolique, la mort regrette de ne pas avoir eu à s'occuper du cas de Proust, dont s'est occupée son homologue française.*

*Si cet hommage est immédiatement lié à la thématique du roman, dans la mesure où Proust est connu pour avoir tenu la mort à distance le temps de terminer son roman, il y a sans doute chez Saramago un discret hommage à un auteur dont le style est aussi marquant dans la littérature française que le sien peut l'être dans la littérature portugaise et qui, par une sorte de hasard amusant, comme une forme de passage de témoin, est décédé deux jours après sa naissance.*

É. S.

Tu as enfin parlé, s'exclama la mort, Il m'a semblé que j'avais une bonne raison, ce n'est pas tous les jours qu'on voit la mort transformée en un exemplaire de l'espèce dont elle est l'ennemie, Tu veux dire que ce n'est pas parce que tu m'as trouvée belle, Si, ça également, mais j'aurais aussi parlé si tu m'étais apparue sous la forme d'une grosse dame vêtue de noir comme à monsieur marcel proust[1], Je ne suis pas grosse et je ne suis pas vêtue de noir, et tu n'as aucune idée de qui est marcel proust,

* Céleste Albaret, *Monsieur Proust*, Robert Laffont, 1974.

Pour des raisons évidentes, les faux, tant moi-même qui fauche les gens que les autres, les vulgaires, qui fauchent l'herbe, n'ont jamais pu apprendre à lire, mais nous avons toutes été dotées d'une bonne mémoire, les autres de la sève, moi du sang, j'ai parfois entendu mentionner le nom de proust et j'ai réuni les faits, il fut un grand écrivain, un des plus grands qui aient jamais existé, et sa fiche doit figurer dans les anciennes archives, Oui, mais pas dans les miennes, je ne suis pas la mort qui l'a tué, Le monsieur marcel proust en question n'était-il donc pas de ce pays, Non, il était d'un autre pays, appelé france, répondit la mort, et on sentait une certaine tristesse dans ses paroles, Que la beauté que je vois en toi te console du chagrin de ne pas l'avoir tué toi-même, que dieu te bénisse, dit aimablement la faux, Je t'ai toujours tenue pour une amie, mais mon chagrin ne vient pas de ce que ce n'est pas moi qui l'ai tué, Alors, Je ne saurais expliquer. La faux regarda la mort avec étonnement et préféra changer de sujet, Où as-tu déniché les vêtements que tu portes, demanda-t-elle, Il y en a beaucoup parmi lesquels choisir derrière cette porte, c'est comme un entrepôt, un énorme magasin de théâtre, avec des centaines d'armoires, des centaines de mannequins, des milliers de cintres, Emmène-moi là-bas, demanda la faux, Ce serait inutile, tu ne t'y entends pas en modes ni en styles.

*Traduit du portugais (Portugal)*
*par Geneviève Leibrich.*

## ROALD DAHL

### *Mon oncle Oswald*
(1979)

*Rançon du succès : Proust est devenu une icône de la pop-culture. Le portrait de l'homme à la madeleine se décline désormais sur tasses et tee-shirts. Ce fétichisme peut même devenir obsessionnel et morbide, ainsi durant plusieurs années une société américaine d'amateurs de Proust commémorait l'anniversaire de la mort du grand homme lors d'une cérémonie ésotérique : « L'un d'entre eux s'habille en smoking, se blanchit le visage, se met une fausse moustache et s'allonge pour la soirée dans un cercueil ouvert**. » *Parfois loufoques, ces approches idolâtres réduisent leur objet à une série d'amulettes et de mantras, qui lui donnent effectivement une dimension cadavérique. Sous le kitch, la pulsion de mort.*

Mon oncle Oswald *est une satire de ces cultes postmodernes : Oswald a la belle idée de s'enrichir en s'accaparant la semence des hommes de génies afin de la revendre à bon prix. C'est ainsi que Yasmin, sa comparse, déguisée en jeune homme, entreprend de séduire Proust, après l'avoir préalablement drogué afin de le mettre dans un état second. Dans cette scène burlesque, Proust devient un personnage de série Z. Grotesquement homophobe, le récit que fait Yasmin à Oswald caricature un Proust obsédé sexuel, incapable de résister à ses désirs.*

* Emily Eells, « Proust à l'américaine », dans *La Réception de Proust à l'étranger*, Illiers-Combray, Société des amis de Marcel Proust et des amis de Combray, 2002.

*Auteur de livres qui, de* Charlie et la Chocolaterie *à* Matilda, *en passant par* Le Bon Gros Géant, *sont devenus des classiques de la littérature jeunesse, Roald Dahl (1916-1990) signe ici, sous couvert d'humour, un portrait sinistre des adultes et de leur incapacité à admirer sans convoiter. La concupiscence attribuée arbitrairement à Proust paraît plutôt refléter le « petit plaisir » du fan devant son idole souillée.*

A. G.

« Comme il y avait une sonnette à sa porte, j'ai sonné. Céleste[1] est venue m'ouvrir et m'a regardée d'un air furibond. Tu devrais la voir, Oswald, cette Céleste. Elle est maigre comme un coup de trique, avec un nez pointu, une bouche en lame de couteau, et deux petits yeux bruns qui me dévisageaient de la tête aux pieds avec un dégoût extrême.

[...] Céleste m'a lancé un regard terrible et m'a demandé de son ton le plus cassant : "Quel nom ?" Je me suis alors présentée comme étant "M. Bottomley, de Londres". Le nom me plaisait assez, tu comprends.

— Parfaitement approprié, approuvai-je. La servante t'a-t-elle annoncée ?

— Oh oui. Et il est sorti dans le couloir, ce drôle de petit bonhomme aux yeux en boule de loto, le stylo encore à la main.

[...] Il me regardait avec des yeux exorbités, comme si j'étais l'adolescent le plus beau, le plus désirable et le plus polisson qu'il eût jamais rencontré. D'ailleurs je parie que c'était le cas.

[...]

— Il n'arrivait plus à détacher les yeux du spectacle qui s'offrait à lui. En se léchant les lèvres, il a dit : "Je n'ai plus besoin de vous, merci, Céleste." [...]

“Je vous en prie, asseyez-vous, monsieur Bottomley, a-t-il dit. Puis-je vous prendre votre chapeau ? Acceptez toutes mes excuses pour le comportement de ma servante. Elle a une très légère tendancc à me protéger à l'excès.

— De quoi veut-elle vous protéger, monsieur ?”

Il m'a souri, montrant des dents horribles séparées en plusieurs endroits par de larges intervalles. “De vous”, a-t-il murmuré.

Bigre, ai-je pensé, je vais me faire invertir d'un moment à l'autrc ! [...] L'homme bavait littéralement de désir. Si je m'étais seulement penchée pour refaire le nœud d'un lacet, il m'aurait sauté dessus sans hésiter.

[...]

— Pour finir je lui ai demandé : “Est-ce que vous me désirez, monsieur Proust ?”

[...] Je lui ai tourné le dos, j'ai baissé mon pantalon et je me suis mise dans ce que je croyais être la position adéquate, penchée en avant et appuyée sur le dossier du canapé...

[...]

— Il était très brutal, dit-elle. Brutal et vaguement piquant, comme s'il était hérissé de pointes. J'avais l'impression de sentir dans mon dos un homard gigantesque.

— Quelle bestialité répugnante !

— C'était épouvantable, reprit-elle. Il avait une lourde chaîne de montre en or qui pendait en travers de son gilet, et qui frottait sans cesse contre ma colonne vertébrale. Et une grosse montre dans la poche du gilet.

[...] Je me suis dit : c'est lui ou moi. Donc aussitôt que je l'ai senti jouir et livrer la marchandise, j'ai tendu la main vers la poche de ma veste pour en retirer ma fidèle épingle à chapeau.

— Et tu l'as piqué avec ?

— Oui mais n'oublie pas qu'il s'agissait d'un coup à revers cette fois-ci, et ce n'était pas si facile. On est gêné pour prendre un bon élan.

— Je vois tout à fait.

[...]

— L'épingle s'est enfoncée presque entièrement. Bien plus loin que dans le derrière du roi d'Espagne[1]. Un coup formidable !

— Il n'a pas protesté ?

— Oh, que si, grands dieux ! Il a hurlé comme un porc qu'on égorge[2] ! Et il s'est mis à danser en rond dans la pièce, en se tenant les fesses et en criant : "Céleste ! Céleste ! Allez me chercher un médecin ! J'ai été poignardé !" La femme regardait certainement par le trou de la serrure, parce qu'elle est entrée aussitôt et s'est précipitée vers lui en braillant : "Où ça ? Où ça ? Laissez-moi voir !" Et pendant qu'elle examinait son arrière-train, j'ai arraché le précieux objet en caoutchouc et je suis sortie à toute allure, tout en reboutonnant mon pantalon.

— Bravo ! dis-je. Quel triomphe !

— En réalité, ça n'a été pour moi qu'une bonne partie de rigolade. J'y ai trouvé mon petit plaisir.

— Comme toujours, apparemment. »

*Traduction de l'anglais par Alain Delahaye.*

## HARUKI MURAKAMI

### *La Fin des temps*
### (1985)

*Dans l'œuvre de l'écrivain japonais Haruki Murakami (né en 1962), la science-fiction flirte avec l'incongru. L'auteur de* Kafka sur le rivage *(2002) et* 1Q84 *(2009) a façonné un univers hors du commun où le sentiment de perte construit les personnages et les définit.*

La Fin des temps *(1985), récompensé par le prix Tanizaki, est le livre qui a confirmé sa notoriété mondiale. Deux histoires, deux mondes parallèles : dans « le pays des merveilles sans merci », un programmateur participe aux expériences d'un scientifique sur le cerveau et la conscience humaine ; dans la ville de la « fin du monde », il n'est plus de recherche du temps perdu puisque le temps a cessé de s'écouler. Les habitants y sont privés d'ombre et de sentiments. Un monde où la réalité menaçante se brouille, entre le banal et le merveilleux – en somme, un univers où Proust n'aurait pas lieu d'être.*

*À la sortie d'un ascenseur qui pourrait bien monter, descendre ou faire le tour de la terre sans différence, arrivé à un étage ou à un monde inconnu, le narrateur est reçu par une jeune femme. Elle a « un parfum de matin d'été » qui le trouble. Un nom semble sortir de ces limbes grinçantes étonnamment : Marcel Proust. Est-ce en raison de la sensibilité olfactive ou bien de la longueur des couloirs ?*

G. L.

Son cou sentait l'eau de Cologne, un parfum de matin d'été dans un champ de melons. Ça me fit un effet bizarre. Un drôle d'effet, comme deux souvenirs de nature différente liés quelque part à mon insu, à la fois dépareillés et nostalgiques. Ça m'arrive de temps en temps. La plupart du temps c'est une odeur déterminée qui me met dans cet état, mais je serais incapable d'expliquer à quoi c'est dû.

— Il est drôlement long, ce couloir, dis-je, histoire de lancer la conversation.

Elle me regarda tout en continuant à marcher. Vingt, vingt et un ans à vue de nez. Visage bien dessiné, grand front, jolie peau.

— Proust, fit-elle en me regardant.

Elle n'avait pas exactement prononcé « Proust », mais il me semblait que ses lèvres avaient formé ce mot. Je n'entendais toujours rien, même pas le bruit de sa respiration, comme si elle m'avait parlé de l'autre côté d'une épaisse paroi de verre.

Proust ?

— Marcel Proust ? demandai-je.

Elle me jeta un regard étonné avant de répéter :

— Proust.

Je laissai tomber et repris ma place derrière elle. Tout en la suivant, je me creusais la cervelle pour trouver un mot correspondant au mouvement de ses lèvres. « Proust » ? Je prononçai les uns après les autres pour les essayer des mots sans queue ni tête : « ouste », « soude », « pelouse », mais aucun ne correspondait exactement au mouvement de ses lèvres. Pas de doute, elle avait bien dit « Proust ». Mais où se nichait le rapport entre la longueur du couloir et Marcel Proust, je ne voyais pas. Avait-elle cité Marcel Proust comme métaphore pour évoquer la longueur du couloir ? Même en l'admettant, elle avait émis ce son un peu trop brusquement, et ça me semblait plutôt désobligeant comme façon de s'exprimer. À la limite, j'aurais pu comprendre la logique si elle avait cité la longueur du couloir comme métaphore pour les œuvres complètes de Proust, mais l'inverse, non, c'était vraiment tiré par les cheveux.

Un couloir long comme du Marcel Proust ?

*Traduction du japonais par Corinne Atlan.*

UMBERTO ECO

# « Nous sommes au regret de ne pas pouvoir publier votre ouvrage : Marcel Proust, *À la recherche du temps perdu* » (1988)

*Umberto Eco (1932-2016) évoquait la* Recherche *et les discours germanophiles de Charlus et Saint-Loup pour affirmer l'identité européenne (voir p. 231). Mais Umberto Eco est aussi le traducteur de Raymond Queneau en Italie, un pasticheur hors pair (on peut penser à sa réécriture de* Lolita *de Nabokov où il transpose celle-ci sous les traits d'une nonagénaire) et un chroniqueur régulier, plein de drôlerie, de bon nombre de quotidiens indépendants italiens. Au fil de ces chroniques**, *il s'est amusé à dresser son panthéon littéraire – d'auteurs de toutes langues et de tous temps – à travers une série de faux rapports de lecture négatifs d'éditeurs : « Nous sommes au regret de ne pas pouvoir publier votre ouvrage ». Dans cette jouissive liste de chefs-d'œuvre refusés figurent aussi bien la Bible que Sade, Dante ou Proust.*

É. S.

C'est assurément un ouvrage important, peut-être un peu trop long, mais en le débitant en volumes de poche, ça pourra se vendre. Pas tel quel, attention ! Il faut un gros travail d'editing : il y a, par exemple,

* Réunies en volume en 1988 ; voir pour la traduction française : *Pastiches et Postiches*, 10/18, 1997.

toute la ponctuation à revoir. Les phrases sont trop laborieuses ; certaines prennent une page entière. Avec un bon rewriting qui les ramène à la mesure de deux ou trois lignes chacune, en coupant davantage, en allant à la ligne plus souvent, on arriverait sûrement à tirer quelque chose de ce texte. Si l'auteur n'est pas d'accord, il vaut mieux laisser tomber. Sous sa forme actuelle, l'ouvrage est – comment dire ? – trop asthmatique.

*Traduction de l'italien par Bernard Guyader.*

PIETRO CITATI

# *La Colombe poignardée*
(1995)

*Né en 1930 à Florence*, Pietro Citati fait partie des écrivains et critiques qui ont marqué l'Italie de la seconde moitié du XX^e^ siècle. Après des études à l'École normale supérieure de Pise, Citati enseigne la littérature et la langue italiennes à l'Université de Munich, avant de quitter l'enseignement pour devenir critique littéraire pour des quotidiens nationaux italiens (le* Corriere della Serra *et* La Repubblica*). Objets critiques uniques en leur genre, ses livres mêlent une approche universitaire et un travail sur la narration. Il s'est également spécialisé dans le portrait d'auteurs faisant partie du canon littéraire mondial, tels Tolstoï, Goethe, Kafka ou Proust.*

*Dans* La Colombe poignardée *(qui fait référence à l'un des titres envisagés pour la* Recherche*), il raconte l'histoire du romancier, de sa jeunesse jusqu'à la fin d'*À la recherche du temps perdu. *Citati affirme néanmoins : « Bien qu'il comporte des pages sur la vie de Proust,* La Colombe poignardée *n'entend pas être, et n'est pas une biographie**. » La richesse des citations, la précision de certains détails de la vie de l'écrivain, couplées à une approche romanesque, nous permettent de toucher du doigt l'homme qu'a pu être Proust, à travers le regard personnel de Citati. C'est une*

* Même s'il se considère bien plus comme piémontais car il a passé une grande partie de sa jeunesse à Turin.

** Voir la note de remerciements, coll. « Folio », 1998.

*histoire qu'il retrace dans toute son entièreté : de la splendeur de la* Recherche *aux caprices de l'auteur asthmatique, Citati n'omet rien.*

*Dans les passages retenus, nous mettons l'accent sur ce moment charnière où Proust commence à écrire l'œuvre de sa vie. Citati interroge cette dualité entre Proust l'Écrivain et Marcel le Narrateur.*

N. B.

Peu d'êtres humains ont désiré le bonheur avec la véhémence, la douceur, l'ivresse fiévreuse de Marcel Proust adolescent. Seul peut-être le jeune Tolstoï, auquel le liaient de singulières affinités et ressemblances, rechercha le bonheur avec la même ferveur douloureuse et irrépressible ; il voulait que la vie demeurât elle-même, rien de plus qu'un fragment de temps – et cependant franchît d'un bond une limite, devenant un mystérieux *au-delà*, une épiphanie de l'invisible et de l'outre-temps. Le jeune Proust fut heureux, ou du moins il le dit, le raconta, l'imagina en lui-même. Il était heureux parce qu'un rayon de soleil brillait, parce qu'il respirait le parfum d'une fleur, parce qu'il aimait un jeune homme ou une jeune fille, parce qu'il aimait sa mère, parce qu'il lisait un beau livre, parce qu'il découvrait les grandes lois de l'existence – et par-dessus tout parce que « les choses sont si belles d'être ce qu'elles sont, et l'existence est une si calme beauté répandue autour d'elles[1] ! ».

Qu'était-ce que le bonheur ? Rien d'autre que cette ivresse, cette joie, cette euphorie qui animait ses membres juvéniles ? Bien des années plus tard, alors qu'il allait commencer la *Recherche*, il découvrit qu'il était avant tout lumière et musique : « Le bonheur n'est qu'une certaine sonorité des cordes qui vibrent à la moindre chose et qu'un rayon fait chanter.

L'homme heureux est comme la statue de Memnon : un rayon de soleil suffit à le faire chanter[1]. » À cette époque, il avait déjà cessé d'être heureux. Il avait découvert qu'il n'avait pas la force nécessaire pour faire face au *bonheur** : s'il avait le don de supporter toute la masse de douleur qui s'était abattue et s'abattait encore sur lui, si sa joie n'était, en vérité, rien d'autre que cette richesse – un éclair, un petit rayon de bonheur suffisait à la faire vaciller. Il n'avait pas perdu son regard capable de la reconnaître : mais il ne retrouvait son visage impossible et si lointain qu'à travers le miroir déformant du malheur.

Parfois le bonheur survenait – c'était lui, qui pouvait s'y méprendre ; il offrait un visage souriant et radieux, mais environné de lueurs effrayantes : celui-là même qui visitait le prince Mychkine, un instant avant l'explosion d'une crise d'épilepsie. Parfois il était plus doux, plus familier ; mais il ne lui disait plus rien : ironiquement, il arrivait trop tard, quand lui-même avait cessé de le désirer. Aussi Proust disait-il qu'il ne l'espérait plus pour lui-même : il le souhaitait aux autres. Et pourtant, il ne l'oublia jamais. Il continua à le désirer sa vie durant. Même alors qu'il avait cinquante ans, qu'il vivait dans la maladie, dans le silence, dans les ténèbres, et que tout souvenir de la statue de Memnon avait été oublié, il espérait encore que, on ne sait comment, imprévu mais longtemps attendu, le bonheur surviendrait. C'est seulement dans les toutes dernières années qu'il y renonça : du coup, il se prépara à mourir.

[...]

La lecture de la *Recherche* nous laisse, à tout instant, dans le doute, l'incertitude et l'inquiétude : souvent nous ne saisissons pas le point de vue, et le sol oscille sous nos pieds. Nous nous demandons continuellement : « Qui dit *je* ? Qui est cette personne qui veut chaque soir le baiser de sa mère, joue aux Champs-Élysées, s'éprend de Gilberte, est reçue chez les Guermantes, s'éprend d'Albertine et la garde prisonnière, va à Venise, s'enferme dans une maison de santé et enfin reçoit le don de la littérature ? Qui est le Narrateur sans nom, qui deux fois est appelé Marcel ? » La réponse est double. Le Narrateur, cet homme sans nom ni prénom, cet être nul, ce garçon gauche et infantile, n'a rien à voir avec Proust. Personne ne pourrait confondre la vie tragique de Proust avec cette vie amorphe et spectrale, toujours à la limite de l'inexistence ; ni croire que la voix éloquente, sarcastique, imaginative du locataire du boulevard Haussmann ait quoi que ce soit à voir avec la voix timide et silencieuse du Narrateur. Il en existe une preuve évidente. Le Narrateur ne semble jamais écrire : nous ne le surprenons jamais une plume à la main ; comme Charlus l'en accuse, il est coupable de *procrastination*. Alors que Marcel ne faisait rien, Proust avait composé *Les Plaisirs et les Jours*, *Jean Santeuil*, *Contre Sainte-Beuve*, plusieurs essais et articles, et la *Recherche*, que le Narrateur commence à écrire l'année où Proust était déjà mort.

[...]

Tous les lecteurs ont eu l'impression d'un caractère passif, grêle, paresseux, opaque, sans relief, mal défini. Ortega y Gasset parlait d'*aboulie*. Albert Thibaudet aurait voulu Marcel plus « vivant », regrettant une certaine « impression de vague que nous laisse le héros » ; alors que cette impression est une des grandes inventions structurelles de Proust. Marcel est passif, parce qu'il doit être un lac vide qui reçoit toutes sortes d'expériences : un miroir où le monde puisse se refléter ; un témoin omniprésent, capable d'épier derrière les portes tout ce qui se produit et d'entendre toutes les paroles que prononcent les personnages.

[...]

Il n'apprend rien, ou presque rien, de la vie. Il traverse une première phase, dans laquelle il *ne comprend pas*. Il ne comprend rien. Il ne comprend pas que Gilberte, jeune fille, le désire ; il ne comprend pas la beauté de la *Sonate* de Vinteuil ; il ne comprend pas la déclamation de la Berma, ni l'église de Balbec, ni la mer, ni son amour pour Albertine.

[...]

Marcel n'a pas de mérites. Il ne change pas. Et quand, pour lui aussi, viendra la révélation, ce sera le *hasard* qui la lui apportera, grâce à une pierre mal jointe, au tintement d'une cuillère, à une serviette trop empesée.

*Traduction de l'italien par Brigitte Pérol.*

ADAM GOPNIK

# « Le plaisir de la lecture ». Entretien avec Ioanna Kohler (2013)

*Journaliste au prestigieux magazine* The New Yorker *depuis 1986, Adam Gopnik (né en 1956) est un écrivain francophile, auteur de plusieurs essais sur la France (notamment* Paris to the Moon, *2000, où il relate ses cinq années passées dans la capitale, et* The Table Comes First : Family, France, and the Meaning of Food, *2011). Revue cosmopolite, très tournée vers l'Europe – à l'image de la ville elle-même –, le* New Yorker *a souvent parlé de Proust (et ce dès 1934). Gopnik a par exemple salué comme un événement la sortie du* Temps retrouvé *de Raoul Ruiz (voir p. 416). Proust a également fait l'objet d'une douzaine de caricatures, qui moquent le caractère élitiste, pour tout dire snob, de la lecture de Proust par les Américains**. *Adam Gopnik rappelle que Proust fait l'objet d'un culte par de nombreux intellectuels new-yorkais***, *qui s'explique par « une idéalisation sentimentale de la France d'avant la Première Guerre mondiale », cette France « capitale internationale des arts et des lettres », qui est celle de nombreux étrangers, de Picasso à Man Ray, en passant par Gertrude Stein et le Diaghilev des Ballets russes.*

* Voir Emily Eells et Margaret Gray, « Proust à la page dans *The New Yorker* », *Revue des Deux Mondes*, juin 2013.

** L'essai du Suisse Alain de Botton, *Comment Proust peut changer votre vie* (Denoël, 1997), traduit dans de nombreuses langues, fut notamment un best-seller aux États-Unis.

*À l'occasion du centenaire de la parution de* Du côté de chez Swann, *en 2013, la* Revue des Deux Mondes *dirigée par Michel Crépu consacre un dossier à « Proust vu d'Amérique », qui comporte notamment ce passionnant entretien avec Adam Gopnik.*

Bl. C.

REVUE DES DEUX MONDES : « *De tous les écrivains, Proust est celui qui procure à son lecteur le plus de plaisir* », *avez-vous dit un jour. Qu'entendez-vous par là ?*

ADAM GOPNIK : Pour répondre de façon imagée, je dirais que l'expérience de lire Proust s'apparente davantage à une promenade en barque dans un paysage à la Renoir qu'à l'escalade d'une falaise dans un film hollywoodien… Plus sérieusement : certains grands livres peuvent avoir un aspect rébarbatif. Or, ce qui est extraordinaire avec Proust, et ce qui provoque un plaisir immense chez son lecteur, c'est qu'il a réussi à allier la poésie du style à une fresque sociale de grande ampleur : chaque phrase d'*À la recherche du temps perdu* est magnifiquement composée, pleine de poésie. Et en même temps, ce livre possède les qualités d'une grande saga historique et sociale. Avec Proust, vous trouvez en quelque sorte Baudelaire et Balzac sur une même page. Cette combinaison de deux genres littéraires en une seule œuvre, seul Proust l'a réussie. Et puis, cette œuvre est d'une incroyable richesse : en lisant la *Recherche*, vous accédez à une tranche de vie de la société française de la fin du XIX^e^ et du début du XX^e^ siècle – qu'il s'agisse du déclin de l'aristocratie, de la montée en puissance de la bourgeoisie, des codes amoureux, du statut des artistes et des gens de lettres, de l'impact de l'affaire Dreyfus, de la place des Juifs dans la société... Vraiment, je pense que Proust permet de comprendre la complexité de la société française – y compris la société française d'aujourd'hui. Enfin, je crois qu'il existe un malentendu sur Proust, émanant sans doute de ceux qui ne l'ont pas lu : on le perçoit comme un écrivain philosophe, absorbé dans l'élaboration d'une métaphysique du temps... Or Proust est, avant toute chose, un formidable satiriste de la société et de l'être humain. Et, qui plus est, il est drôle. Profondément drôle. Il a un sens de l'humour extraordinaire – une qualité qu'on ne trouve pas chez Balzac, cet autre grand peintre de la société française. C'est pourquoi on ressent un plaisir considérable en lisant Proust, parce qu'au-delà de l'histoire qu'il nous raconte, il y a l'enchantement de son style et son talent comique. J'ajouterais que la traduction réalisée par Charles K. Scott Moncrieff dans les années 1920 est une pure merveille parce qu'elle permet de prolonger le plaisir de la lecture de Proust. C'est quelqu'un qui a su restituer à la perfection la sensibilité et l'esthétique de la fin du XIX^e^ et du début du XX^e^ siècle. Sa traduction de la *Recherche* est extraordinairement poétique.

REVUE DES DEUX MONDES : *Permettez-moi de jouer un instant l'avocat du diable. Henry James, dont vous connaissez bien l'œuvre, a écrit au sujet de la* Recherche *que c'est une œuvre qui allie « un inconcevable ennui au plus grand ravissement que l'on puisse imaginer ». Qu'en pensez-vous ?*

ADAM GOPNIK : Il est vrai que certains passages de la *Recherche* sont plus difficiles à lire... C'est le cas, en ce qui me concerne, avec les deux volumes consacrés au personnage d'Albertine : *La Prisonnière* et

*Albertine disparue*. Je dois dire que j'ai tout de même réussi à les lire en français, ce qui me rend assez fier... Mais au risque de passer pour un hérétique, je crois que la *Recherche* aurait été en réalité plus achevée, plus aboutie, si Proust s'en était tenu à son ambition initiale d'une œuvre en trois volumes : un volume consacré à l'individu (*Du côté de chez Swann*), un volume consacré à la société (*Du côté de Guermantes*), et la conclusion du *Temps retrouvé*. Cela ne veut pas dire, évidemment, que les autres volumes sont mauvais – pas du tout ! Mais il me semble que le matériau thématique du cycle consacré à Albertine, la jalousie, est déjà magnifiquement exploité dans *Un amour de Swann*. Pour moi, il n'y avait rien à ajouter. Bien sûr, on peut faire un parallèle avec une composition de musique de chambre et dire que le même thème est traité selon différentes tonalités, différents rythmes, au cours de la *Recherche*, cependant *Un amour de Swann* est une histoire tellement magnifique, l'amour, le désir et la jalousie y sont traités avec une telle perfection mélancolique que je n'ai pas eu l'impression d'apprendre quoi que ce soit de plus en lisant les affres de la relation du Narrateur avec Albertine. Pour conclure sur ce sujet, je me demande également si ces deux volumes n'auraient pas été meilleurs, en réalité, si Proust avait écrit à propos de la personne qui se cache derrière Albertine, l'homme dont il était amoureux : son chauffeur, Alfred Agostinelli. Peut-être cela aurait-il été une voie à explorer vraiment distincte de celle qu'il avait déjà suivie dans *Un amour de Swann*. On sait que Proust a sublimé beaucoup de traits homosexuels dans le personnage d'Albertine. Même s'il est un pionnier dans le traitement de l'homosexualité en littérature, on sent tout de même qu'il n'est pas complètement à l'aise avec cette question. On le perçoit très bien au début de *Sodome et Gomorrhe*, dans la scène entre le baron de Charlus et le giletier Jupien.

REVUE DES DEUX MONDES : *Il est vrai que Proust adopte un procédé presque balzacien pour introduire cette scène, qui détonne avec le reste de la* Recherche...

ADAM GOPNIK : Oui, de la même façon que le Narrateur épie de loin Charlus et Jupien, Proust semble extérieur à la scène – alors que le reste de l'œuvre paraît beaucoup plus intériorisé, plus sincère... Proust avait certainement besoin de mettre de la distance entre lui et ces deux personnages. Mais de toute façon, et pour conclure sur la citation de Henry James, je suis acquis à l'œuvre de Proust. Quand bien même il y aurait des longueurs ou des imperfections dans la *Recherche* (ce qui est évidemment une notion relative quand on a affaire à un tel chef-d'œuvre !), je suis incroyablement reconnaissant à cet écrivain de m'avoir ouvert son esprit et de m'avoir accueilli dans son univers...

REVUE DES DEUX MONDES : *À quelle époque de votre vie avez-vous découvert Proust ? Qu'est-ce qui vous a le plus frappé pendant cette première lecture de la* Recherche *?*

ADAM GOPNIK : J'ai décidé de lire Proust, un peu comme tout le monde, je crois, parce que la *Recherche* représente un monument de la littérature mondiale. Mais j'ai envisagé cela aussi comme une aventure... À l'époque, je courtisais ma propre Gilberte et je lui ai proposé que nous lisions la *Recherche* en même temps. Nous étions étudiants dans la même université, et cela me paraissait un beau projet à mener à deux... et un projet de longue haleine, surtout. Se plonger dans Proust, ce n'est pas comme lire des poèmes de E. E. Cummings : on s'y investit dans la durée. D'ailleurs, cette Gilberte est devenue ma femme, Martha, et nous sommes justement en train de relire Proust avec un groupe d'amis. Franchement, j'ai été très surpris en lisant la *Recherche* pour la première fois. Ce n'était pas le livre auquel je m'attendais… Je m'imaginais un roman à la Thomas Mann, un monument impressionnant, certes, mais austère et un peu sinistre. Rien ne m'avait préparé à ce livre drôle, généreux, délicat… Pour la première fois, je pouvais m'identifier au narrateur d'un roman : même si nos vies n'avaient rien en commun, son expérience et sa vision des choses étaient si proches des miennes ! C'est un aspect de la *Recherche* que l'on tend à oublier : la voix du Narrateur est l'une des voix les plus attachantes de toute la littérature. On ne se lasse jamais de l'entendre. Une autre pensée me vient à l'esprit. Contrairement à d'autres figures littéraires, le narrateur d'un Tom Wolfe ou d'un Truman Capote, par exemple, celui de la *Recherche* n'est jamais mal intentionné. Parce qu'en tant qu'écrivain, Proust n'est jamais malveillant envers ses personnages. Seul Montaigne me semble avoir le même degré de sincérité, la même bienveillance que Proust.

REVUE DES DEUX MONDES : *Quels sont les personnages de la* Recherche *qui vous ont marqué ?*

ADAM GOPNIK : Le personnage de Swann me touche particulièrement. À mes yeux, Swann est le héros tragique de ce roman. C'est un personnage incompris, perçu comme un homme prétentieux par la famille du Narrateur, en particulier ses grands-tantes ; un homme qui n'est pas à sa place dans le clan des

Verdurin, qui le prennent pour un « poseur » ; un homme qui, étant juif (et Proust le décrit très bien avec l'affaire Dreyfus), n'est pas non plus vraiment à sa place dans le faubourg Saint-Germain – bien qu'il soit, en réalité, le seul véritable noble qui émerge de ce milieu aristocratique. L'épisode où la duchesse de Guermantes congédie Swann sur un trait d'esprit alors qu'il lui annonce être mourant est absolument terrible. On voit là se révéler la nature profonde d'Oriane de Guermantes – et on découvre que c'est Swann, et non Oriane, qui possède une dignité authentiquement aristocratique. Il y a un contraste absolu entre ces deux personnages. En fait, le seul personnage qui estime Swann à sa juste valeur est le Narrateur. De ce point de vue, il me rappelle le personnage de Nick Carraway dans *Gatsby le Magnifique*, qui est le seul capable de comprendre Gatsby. Swann m'apparaît tragique aussi parce qu'il semble marqué par l'échec : il néglige son étude sur la peinture, qui reste inachevée, il fait un mariage qui le déclasse socialement et intellectuellement avec Odette de Crécy, une femme qui, comble de l'ironie, n'est pas « son genre ». Même leur fille Gilberte, une fois mariée avec le marquis de Saint-Loup, ne semble pas honorer la mémoire de son père comme elle devrait le faire. Par ailleurs, le personnage de Gilberte tel qu'il apparaît dans la première partie d'*À l'ombre des jeunes filles en fleurs* me charme complètement. La description de l'attirance du Narrateur pour Gilberte, leurs jeux amoureux aux Champs-Élysées (on ne sait d'ailleurs pas très bien l'âge qu'ils ont – assez jeunes pour jouer aux barres, mais suffisamment grands pour éprouver des émois sensuels), l'apprentissage du désir, de la frustration et de la déception liés à l'amour me paraissent incroyablement justes. C'est un écho parfait de la relation de Swann avec Odette. Et puis, il y a Robert de Saint-Loup. Proust dresse un portrait magnifique de ce jeune aristocrate qui se débat entre la fidélité aux valeurs de sa classe et les idées progressistes de son temps.

REVUE DES DEUX MONDES : *Dans son introduction à* Sésame et les lys, *de John Ruskin, Proust analyse le phénomène de la lecture en décrivant le lecteur qu'il était pendant son enfance. Il écrit, avec une tendresse mêlée d'ironie : « Puis la dernière page était lue, le livre était fini. […] Alors, quoi ? ce livre, ce n'était que cela ? Ces êtres à qui on avait donné plus de son attention et de sa tendresse qu'aux gens de la vie, n'osant pas toujours avouer à quel point on les aimait […] ; ces gens pour qui on avait haleté et sangloté, on ne les verrait plus jamais, on ne saurait plus rien d'eux. » Et vous, qu'avez-vous éprouvé lorsque vous avez tourné la dernière page du* Temps retrouvé *et refermé ce volume ? A-t-il été facile de vous séparer de Proust ?*

ADAM GOPNIK : Une chose que l'on aime rarement avouer, c'est que nous sommes d'une certaine façon attirés par l'aspect « Hollywood » de la littérature : l'atmosphère, le décor, les beaux costumes. Dans la *Recherche* Proust décrit un monde fondamentalement attirant : celui des Champs-Élysées, du bois de Boulogne… C'est un peu le Paris de la MGM, celui du film *Gigi*. Sur le plan de l'imaginaire populaire, le Paris de la Belle Époque fait bien davantage rêver que, disons, le Lisbonne de la fin du XIXe siècle. La *Recherche* reflète aussi l'opulence, le luxe de cette époque. Et quand on termine ce livre tellement riche, on ressent une forme de vide, oui – un sentiment qui est d'ailleurs accentué par la mélancolie du dernier volume, où l'on assiste à l'effondrement de toute une société après la Première Guerre mondiale. Il y a un sens de la tragédie. Avec Scott Fitzgerald, Nabokov ou Salinger – les autres écrivains qui me tiennent vraiment à cœur –, il me faut un certain temps pour surmonter l'écho de leur voix, parce qu'elle résonne si intensément en moi. Avec eux, on ressent une forme d'ensorcellement… […]

*Revue des Deux Mondes*, juin 2013.

## EDMUND WHITE

# « M. Proust fut ma duchesse de Guermantes » (témoignage, 2020) et *Marcel Proust* (biographie, 1999)

*Né en 1940 à Cincinnati (Ohio), Edmund White se lance dans le journalisme et dans l'écriture de fiction. Dès ses premiers romans (dans les années 1970), où la question de l'homosexualité est centrale, il est remarqué par la critique (et loué par Vladimir Nabokov). En 1982, Susan Sontag écrit de lui : « Edmund White est l'un des prosateurs les plus étonnants de l'Amérique d'aujourd'hui ; un écrivain complexe, discipliné, en possession de tous ses moyens. » Menée sur vingt ans (de 1982 à 2000), son œuvre d'autobiographie romancée (ou d'auto-fiction), émouvante, lui donne la reconnaissance du public (*Un jeune Américain, La Tendresse sur la peau, La Symphonie des adieux, L'Homme marié*, complétés par son autobiographie* Mes vies *en 2005). Excellent connaisseur de la culture et de la littérature françaises, il a vécu en France de 1983 à 1990. Essayiste, enseignant dans des universités américaines, il travaille sur la littérature gay. Auteur de la biographie de référence sur Jean Genet (parue en anglais et en français en 1993*[*]*), il publie en 1999 une courte biographie de Proust, où il développe notamment la question de son homosexualité. Nous en donnons ici les premières pages, ainsi qu'un texte plus*

* Traduction de Philippe Delamare, Gallimard, coll. « NRF Biographies ».

*personnel, dans lequel il revient sur son aventure de lecteur de Proust.*

Bl. C.

Adolescent, j'étais snob en matière de littérature – ou plutôt en matière d'art. Je savais préférer Bach à Tchaïkovski, Kafka à Somerset Maugham, Dubuffet à Buffet. Maintenant, mes goûts sont beaucoup plus larges et liés, semble-t-il, davantage au plaisir qu'au rang. Mais, jeune snob, je fus attiré par Proust ; à seize ans, j'ai écrit un texte traitant de l'influence de Madame de Sévigné sur Proust. Cela peut paraître un sujet un peu « recherché » pour un adolescent du Michigan mais, comme Proust le savait fort bien, les noms peuvent ensorceler une jeune personne : M. Proust fut ma duchesse de Guermantes.

Ma première lecture de Proust fut défectueuse ; je pensai que son livre était une glorification plus qu'une critique du snobisme. Vers l'âge de vingt-cinq ans, je dus, à cause d'une jaunisse, faire profil bas pendant un mois que je consacrai à une lecture autrement colorée de Proust (toujours en anglais). Je vis alors que pour Proust le beau monde, et même l'amitié (que je chérissais alors et chéris toujours), était une babiole, une distraction des véritables choses de l'existence. Et je découvris que pour lui (comme pour moi d'ailleurs) c'est l'expérience personnelle qui prime. « ... Ce serait même inexact que de dire en pensant à ceux qui le liraient, à mes lecteurs. Car ils ne seraient pas mes lecteurs, mais les propres lecteurs d'eux-mêmes [...], grâce [à mon livre] je leur fournirais le moyen de lire en eux-mêmes. De sorte que je ne leur demanderais pas de me louer ou de me dénigrer, mais seulement de me dire si c'est bien cela, si les mots qu'ils lisent en eux-mêmes sont bien ceux que j'ai écrits. »

Quand je suis arrivé à maturité en tant qu'écrivain, tout le monde avait l'impression qu'il fallait être expérimental. Bien que j'admire l'innovation formelle, à commencer par *A Boy's Own Story*[1], et s'étendant à presque toutes les œuvres fictionnelles qui suivirent, j'en suis arrivé à souscrire à l'idéal de base de Proust (quelle que soit l'étrangeté de son élaboration) que constitue l'auto-fiction (au risque de paraître anachronique). Proust ne semble jamais certain du genre littéraire qu'il pratiquait, et dans certaines lettres il qualifie son énorme livre d'« autobiographie », mais au bout du compte il semble atterrir du côté du roman psychologique réaliste.

*Bulletin Marcel Proust*, n° 70, Hors-Série
« Proust pour la première fois. 70 souvenirs de lecture »,
2020.

*

## Marcel Proust

En Angleterre, un sondage effectué auprès d'écrivains et de critiques a révélé que Marcel Proust est le romancier du XX^e^ siècle qu'ils admirent le plus ; selon eux, c'est également lui qui exercera la plus forte influence sur la littérature du XXI^e^ siècle. La petite madeleine trempée dans le thé est assurément le symbole le plus célèbre de la littérature française. Des souvenirs font-ils surface chez l'un ou chez l'autre, l'on entend aussitôt parler d'« expérience proustienne ». Les snobs, pour leur part, aiment à souligner que si les Proust avaient eu de meilleures manières à table, la littérature mondiale y aurait beaucoup perdu. Il est même courant d'entendre des gens parler de Proust sans l'avoir lu.

Bien entendu, le fait d'étudier son œuvre peut avoir un effet désastreux sur le jeune écrivain. S'il ne tombe pas sous l'emprise de son style hautement idiosyncratique, il aura l'impression que le traitement proustien de la forme romanesque est insurpassable. Walter Benjamin lui-même, le traducteur allemand de Proust, confia qu'il ne lirait de lui que ce qu'il fallait pour le traduire, pas un mot de plus, au risque d'en devenir dépendant et de mettre en péril sa production personnelle.

De l'avis de Graham Greene, « Proust est le plus grand romancier du XX^e^ siècle, tout comme Tolstoï était celui du XIX^e^ [...]. Pour ceux qui prennent la plume à la fin des années 1920 ou au début des années 1930, il y a deux maîtres : Proust et Freud, qui sont complémentaires. » La renommée de Proust a sans contredit éclipsé celle de bien des écrivains, dont Gide, Valéry et Genet, Joyce, Beckett et Virginia Woolf, Faulkner, Hemingway et Fitzgerald, Thomas Mann et Bertolt Brecht ; car si parmi eux certains jouissent d'une plus grande reconnaissance dans leur propre pays, Proust est le seul dont la réputation ne connaît aucune frontière. Huit ans avant de publier *Le danseur de Manhattan*, roman qui deviendrait un classique de la littérature gay américaine des années 1970, le jeune Andrew Holleran écrivit à un ami : « Robert, il s'est passé bien des choses, dont ceci : j'ai finalement terminé *À la recherche du temps perdu*, et je ne sais que dire – l'idée que Joyce ait signé la mort du roman est complètement absurde. C'est Proust qui l'a fait, tout simplement en créant quelque chose de si exhaustif, de si monumental, de si parfait, que… va voir ce qu'on peut faire après ça ? »

Joyce vit Proust une fois, et quoiqu'ils aient partagé un taxi ils n'échangèrent pas un mot ; aucun des deux n'avait lu l'autre. Beckett rédigea un petit ouvrage critique sur Proust. Virginia Woolf l'admirait tant qu'elle se sentait écrasée par son génie. Gide ne vit d'abord en Proust rien de plus qu'un chroniqueur mondain ; à titre de fondateur des jeunes mais déjà prestigieuses éditions de la NRF, il refusa de publier *Du côté de chez Swann*, erreur de jugement qu'il regretta amèrement par la suite. Genet entreprit son premier roman, *Notre-Dame-des-Fleurs*, après avoir lu quelques pages de Proust. Il était en prison alors, et un jour qu'il était arrivé en retard pour l'échange hebdomadaire de livres, il n'en restait plus qu'un, dont personne ne voulait ; c'était *À l'ombre des jeunes filles en fleurs*. Après en avoir lu les premières pages, il referma l'ouvrage, souhaitant en savourer chaque phrase, étirer le plaisir : « Maintenant, je suis tranquille, se dit-il, je sais que je vais aller de merveille en merveille. » Ainsi se mit-il à écrire, avec l'espoir de devenir le Proust des pauvres.

Proust ne fut cependant pas toujours aussi uniment apprécié, pas même par ses principaux défenseurs, lesquels étaient capables de commentaires narquois à son sujet. Robert de Montesquiou – dont Proust adorait imiter l'air hautain et les effets de voix, et qui servit de modèle au baron de Charlus – assimila l'œuvre de l'écrivain à « un mélange de litanies et de foutre », formule que ce dernier prit paradoxalement comme un compliment. Irrité que Proust n'ait jamais fait état de son homosexualité par écrit, ni jamais dépeint les attirances homosexuelles sous un jour favorable, Gide l'accusa d'avoir fait

« offense à la vérité ». Lucien Daudet, jeune écrivain avec qui Proust eut une liaison – Proust était attiré par les jeunes artistes au regard sombre et portant moustache, pour tout dire, par ceux qui lui ressemblaient –, dit de lui à Cocteau qu'il était « un insecte atroce ». « Marcel Proust, c'est le diable ! » alla jusqu'à déclarer Alphonse Daudet, le père de Lucien. Les sept tomes de la *Recherche* ayant mis dans l'ombre, voire complètement oblitéré, la littérature des vingt années précédentes, la remarque ne nous étonne pas. Qui aujourd'hui lit encore Anatole France, Paul Bourget, Maurice Barrès ou même Alphonse Daudet ? Le très catholique Paul Claudel, pour sa part, qualifia Marcel de « vieille Juive fardée ». Enfin, dans les années 1970 à New York, on voyait même des gens arborer un tee-shirt avec ce slogan : « Proust est une *Yenta* », mot yiddish qui signifie « commère » !

À ces insultes, dont bon nombre provenaient de personnes qui la moitié du temps adoraient Proust, vint couper court un numéro de *La Nouvelle Revue française* entièrement consacré à l'écrivain. Paru en 1923, un an après son décès[1], le volume rassemble des photos du maître sur son lit de mort, des fragments inédits, des articles signés par des critiques français et étrangers, et enfin de touchants témoignages personnels.

[…]

Tous ceux qui le connurent avaient un souvenir à partager. Jean Cocteau évoque sa voix : « Comme la voix des ventriloques sort du torse, on la sentait venir de l'âme. » Léon-Paul Fargue le décrit tel qu'il était à la fin de sa vie, « tout pâle, avec des cheveux jusqu'aux sourcils, une barbe bleue à force d'être noire qui lui mangeait la figure ». Il se rappelle les manches trop longues qui recouvraient des mains glacées, les yeux persans en forme d'amande. « Il avait l'air d'un homme qui ne vit plus à l'air et au jour, l'air d'un ermite qui n'est pas sorti depuis longtemps de son chêne, avec quelque chose d'angoissant sur le visage et comme l'expression d'un chagrin qui commence à s'adoucir. Il dégageait de la bonté amère… » Une aristocrate raconte que, jeune fille, elle lui fut présentée lors d'un bal ; le grand écrivain, « livide et barbu », enfoncé dans le col de son pardessus, la fixa avec une telle intensité qu'elle manqua s'évanouir de frayeur.

[…]

La grande Colette, pour sa part, lorsqu'elle rencontre Proust qui, comme elle, en est à ses débuts littéraires, se forme une piètre opinion de lui. En écrivant *Claudine en ménage*, elle va jusqu'à le qualifier de *youpin*, terme que son mari plus courtois remplacera par *garçon*.

[…]

En 1917, avec la parution de la *Recherche*, elle voit Proust sous un autre jour. Très malade, pesant moins de cinquante kilos, il sort rarement de sa chambre tapissée de liège. Il est devenu un martyr de l'art. Pendant la guerre, elle le croise au Ritz en compagnie de quelques amis, toujours vêtu de sa pelisse : « Il ne cessait de parler avec effort, d'être gai. Il gardait sur sa tête – à cause du froid et s'en excusant – son chapeau haut-de-forme, posé en arrière, et la mèche de cheveux en éventail couvrait ses sourcils. Un uniforme de gala quotidien, en somme, mais dérangé comme par un vent furieux qui, versant sur la nuque le chapeau, froissant le linge et les pans agités de la cravate, comblant d'une cendre noire les sillons de la joue, les cavités de l'orbite et la bouche haletante, eût pourchassé ce chancelant jeune homme, âgé de cinquante ans, jusque dans la mort. »

Ces quelques portraits laissent déjà entrevoir l'extraordinaire personnalité de Proust. Ses attentions le font passer pour un flatteur, alors qu'en réalité il n'accorde à l'amitié aucune valeur et voit dans la conversation la mort de l'esprit ; pour lui, seules la passion et la souffrance aiguisent le sens de l'observation, seul le mot écrit vaut quelque chose. Si Proust possède cette faculté de s'absorber tout entier dans la contemplation d'une rose – ou de quoi que ce soit d'autre, objet ou personne, qui capte son attention –, et s'il est un homme cultivé et avide de lectures, en revanche les idées abstraites l'attirent peu. Ce n'est pas un intellectuel, mais un homme suprêmement intelligent. Il s'intéresse aux fleurs, aux gens, aux tableaux, de préférence à la botanique, à la psychologie ou à l'esthétique. Il ne lira jamais Freud (et Freud ne lira jamais Proust). De compagnie fort divertissante, il dégage néanmoins quelque chose de mystique, sauf bien sûr lorsqu'il cède à un de ses fous rires apparemment sans fin qui le font paraître un peu dérangé à ceux qui ne le connaissent pas. Son charisme est tel que beaucoup le décrivent comme un homme de grande taille, alors qu'il mesure à peine plus de 1 m 65.

*Traduction de l'anglais par Corinne Durin,*
*avec la collaboration de Christiane Mayer.*

# *Écrire après Proust ?*

*Proust est un défi pour les lecteurs. Proust est un défi pour les traducteurs. Mais bien plus, Proust est un défi pour les écrivains. Comment parler encore de souvenirs d'enfance, de jalousies obsédantes, d'amours malheureuses ? Comment trouver des formulations originales (et aussi drôles) pour dépeindre le snobisme de l'entre-soi mondain ? Comment, mieux que lui, écrire le roman autobiographique de l'ambition artistique, du passage à l'âge adulte et de la fin d'un monde ?*

*Entre fascination et découragement, admiration et angoisse, Proust reste pour de nombreux écrivains un modèle, malgré la barrière de la langue. Une figure tutélaire, qui peut aussi se révéler castratrice. Proust a déjà tout dit, et il l'a dit mieux que nous. Tel est le sentiment, parfois inavoué ou inconscient, que partagent bien des écrivains. En 1959, William Faulkner témoigne : « Je me sens très proche de Proust. Après avoir lu* À la recherche du temps perdu, *je me suis dit : "Voilà, c'est ça", et j'aurais voulu l'avoir écrit moi-même. » « Ma grande aventure est assurément Proust. Eh bien, que reste-t-il à écrire après cela ? » se désole Virginia Woolf. « Je prends Proust après le dîner et le repose. C'est le pire moment. Cela me donne des idées de suicide. Il semble qu'il n'y ait plus rien à faire. » Et pourtant, Woolf écrira* Mrs Dalloway *à l'ombre de la* Recherche. *Apprivoisé, Proust devient un ami, un confident, par-delà les frontières. « Je suis sûre que Proust saurait exprimer ce que je veux dire », conclut-elle.*

*Dès lors, la lecture de la* Recherche *peut être un réconfort. Un monde littéraire vers lequel se tourner, se réfugier. On peut « demander l'aide de Swann », comme le dit le Grec Georges Séféris. L'œuvre se prête idéalement à une lecture personnelle, intime. Quand le Franco-Tchèque Milan Kundera découvre que le personnage d'Albertine est inspiré d'Alfred Agostinelli, chauffeur de Marcel, quel drame ! « On m'a tué mon Albertine » !*

*Proust pousse à écrire. Plus qu'une source d'inspiration, plus qu'un modèle, la* Recherche *est un embrayeur d'imaginaires. Un tremplin qui libère les créateurs, bien au-delà de la seule littérature (dramaturges, cinéastes, essayistes, plasticiens…). Par la multitude de ses approches possibles, par la richesse de ses personnages, l'œuvre s'offre aux relectures et aux réécritures, tant les fils à tirer de cette tapisserie sont nombreux.*

*La* Recherche *ne se réduit ni à une lecture biographique, référentielle, ni à une critique universitaire, quelle qu'elle soit. Puissance radicale de la littérature : la lecture personnelle excède toujours les commentaires. Écrire après Proust : oui, encore et toujours.*

Bl. C.

## VIRGINIA WOOLF

# Correspondance et *Journal* (1922-1932) et « Les étapes du roman » (1929)

*Proust eut une influence considérable sur les écrivains d'avant-garde anglais (dits modernistes) des années 1920. Et tout particulièrement sur Virginia Woolf (1882-1941), qui voit en lui un maître d'écriture, qu'elle admire et qui l'intimide tout à la fois. Woolf lit* Du côté de chez Swann *en 1922, d'abord en français puis en anglais (la traduction de Scott Moncrieff paraît en septembre ; voir p. 30). Elle lit la* Recherche *jusqu'en 1934, en croisant l'original et la traduction. Elle témoigne de l'influence de cette lecture sur son activité d'écrivaine dans ses lettres à Roger Fry et dans son* Journal *(dont nous proposons ici un montage d'extraits) ainsi que dans ses essais, notamment en 1929 « Phases of Fiction » (« Les étapes du roman ») (dont nous reproduisons ici un extrait).*

*Woolf voit en Proust un maître mais aussi un frère d'écriture. Tous deux appartiennent à la même génération, partagent un même goût pour l'écriture narrative et pour la critique littéraire, ainsi qu'une même sensibilité, un semblable mal de vivre. Un intérêt pour le passage du temps et l'importance de la mémoire individuelle et collective. Une esthétique et une sensibilité qui se traduisent dans des œuvres novatrices, qui ont marqué leur génération, et bien au-delà.*

Bl. C.

## Correspondance et Journal

[Lire Proust] semble être une expérience extraordinaire, mais je frissonne sur le bord, attendant d'être submergée, ressentant la terrible impression de m'enfoncer de plus en plus profondément sans jamais peut-être pouvoir remonter à la surface.

Lettre à E. M. Forster, 21 janvier 1922.

Proust titille tellement le besoin que j'ai de m'exprimer que c'est à peine si j'arrive à commencer cette phrase. Si seulement je pouvais écrire comme ça ! Et sur le moment, les vibrations, le sentiment de saturation et d'intensification qu'il procure – il y a quelque chose de sexuel là-dedans – sont tels que j'ai l'impression que je vais pouvoir écrire comme ça. Je m'empare de ma plume pour constater que... il n'y a rien à faire : je n'y arrive pas ! Je ne connais quasiment personne pour stimuler ainsi en moi le sens de la langue, jusqu'à l'obsession. Il me faut aller retrouver Swann[1].

Lettre à Roger Fry, 6 mai 1922
(en lisant *À l'ombre des jeunes filles en fleurs*).

Ma grande aventure est assurément Proust. Eh bien, que reste-t-il à écrire après cela ? Je commence seulement le premier volume, et on peut y trouver sûrement quelques défauts, mais je suis totalement stupéfaite, comme si un miracle venait de se produire sous mes yeux. Comment, enfin, quelqu'un a-t-il su rendre solide le fugitif, et le faire dans cette substance si belle et si parfaitement durable ? On est obligé de poser le livre pour reprendre son souffle.

Le plaisir devient physique ; c'est comme si on ressentait un mélange de soleil, de vin, de raisins, d'une sérénité parfaite et d'une vitalité intense.

Lettre à Roger Fry, 3 octobre 1922.

Je me demande si ce nouveau cycle sera influencé par Proust. Le fait que Proust soit de langage, de tradition, etc., françaises devrait, je pense, prévenir cela ; mais sa maîtrise de toutes les ressources est si démesurée que l'on ne peut manquer d'en tirer profit, et qu'il ne faut pas reculer par lâcheté.

*Journal*, samedi 10 février 1923.

Dites-moi comment il faut s'y prendre pour être juste comme il faut en société – ni trop distante, ni trop enthousiaste. [...] Ce qui m'exaspère, c'est de constater que le premier venu [...] possède un bon sens que je n'ai pas. Et je suis convaincue – peut-être ne le serez-vous pas – qu'il s'agit de quelque chose d'essentiel pour l'écrivain. Je crois que Proust l'avait.

Lettre à Roger Fry, 18 mai 1923[1].

Je suis sûre que Proust saurait exprimer ce que je veux dire là – ce grand écrivain que je ne puis lire quand je me corrige tant il est persuasif. Il donne l'impression qu'il est facile de bien écrire, alors qu'en réalité on ne fait que glisser sur des patins empruntés.

*Journal*, 18 novembre 1924
(durant l'écriture de *Mrs Dalloway*).

Ce qu'il y a de remarquable chez Proust, c'est cette combinaison d'extrême sensibilité et d'extrême acharnement. Il scrute le papillonnement des nuances jusque dans leurs plus infimes composantes. Il est aussi solide qu'une corde de violon et aussi subtil que la poussière des ailes du papillon. Et j'imagine qu'il va à la fois m'influencer et me mettre en fureur à chaque phrase que j'écrirai moi-même.

*Journal*, mercredi 8 avril 1925.

Je prends Proust après le dîner et le repose. C'est le pire moment. Cela me donne des idées de suicide. Il semble qu'il n'y ait plus rien à faire.

*Journal*, mercredi 20 juin 1928.

Ce qu'il faut, c'est accéder à un autre univers dans lequel je puisse me sentir libre. Cela Proust me l'offre.

*Journal*, 2 octobre 1932.

*Lettres traduites de l'anglais par Sandra Cheilar.*

*Journal traduit de l'anglais par Marie-Colette Huet et Marie-Ange Dutartre.*



## « Les étapes du roman »

Mais c'est la mesure de la grandeur de Henry James qu'il nous ait donné un monde si précis, une beauté si singulière que nous ne pouvons en rester là et que nous voulons pénétrer plus avant dans ces perceptions extraordinaires, comprendre de mieux en mieux, mais sans être assujettis à cette tutelle constante qu'est la présence de l'auteur avec ses arrangements et ses préoccupations. Et pour satisfaire ce désir nous nous tournons, naturellement, vers l'œuvre de Proust, où nous trouvons tout de suite une si vaste compréhension des êtres qu'elle risque d'annihiler son propre objet. Si nous nous mettons à être conscients de tout, comment nous rendrons-nous compte de quoi que ce soit ? Si le monde de Henry James nous semblait, après les mondes de Dickens et de George Eliot, sans limites matérielles, si tout y était perméable à la pensée et susceptible de vingt nuances de sens, ici l'élucidation et l'analyse sont portées bien au-delà de ces limites. Pour commencer, chez Henry James, l'Américain mal à l'aise malgré toute son exquise urbanité dans une civilisation étrangère était un élément réfractaire jamais parfaitement digéré, même par les sucs de son propre art. Proust, le produit de la civilisation qu'il décrit, est si poreux, si souple, si complètement réceptif que nous ne voyons plus en lui qu'une enveloppe, mince mais élastique, qui s'étire de plus en plus largement, non pour imposer une façon de voir mais pour enfermer un monde. Son univers tout entier plonge dans la lumière de l'intelligence. L'objet le plus commun, un téléphone par exemple, perd sa simplicité, sa solidité, devient vivant, et transparent. Les actions les plus communes – monter en ascenseur, manger un gâteau – au lieu de s'accomplir automatiquement amènent à mesure qu'elles se déroulent toute une série de pensées, de sensations, d'idées, de souvenirs qui dormaient aux frontières de l'esprit.

Qu'allons-nous faire de tout cela ? ne pouvons-nous nous empêcher de penser à mesure que ces trophées s'accumulent autour de nous. L'esprit ne peut se contenter de contenir passivement sensation sur sensation. Il faut en faire quelque chose, donner une forme à cette abondance. Mais on croirait tout d'abord que cette force de vie est devenue si féconde qu'elle encombre la route, qu'elle nous fait trébucher, même quand il nous faut aller très vite, en nous tentant par quelque objet curieux placé en chemin. Il faut que nous nous arrêtions, que nous regardions, bon gré mal gré.

Ainsi, quand sa mère l'appelle au lit de mort de sa grand-mère, l'auteur dit : « Je ne dormais pas, répondis-je en m'éveillant. » Et même en cet instant dramatique il s'arrête pour expliquer soigneusement et subtilement pourquoi au moment de nous éveiller nous pensons si souvent pendant une seconde que nous ne dormions pas. La pause, d'autant plus marquée que la réflexion n'est pas faite par « Je » lui-même mais impersonnellement par le narrateur et donc nous parvient obliquement, impose une forte contrainte à l'esprit forcé par l'urgence de la situation à se concentrer sur la vieille femme qui meurt dans la chambre voisine.

Beaucoup de la difficulté qu'on a à lire Proust vient de cette constante obliquité. Chez Proust, il s'accumule autour de chaque point central une telle masse d'objets, souvent si éloignés, si difficiles à atteindre, à saisir, que le rassemblement en est graduel, tortueux et le rapport final entre eux extrêmement difficile à établir. Ils donnent tellement plus à penser qu'on ne l'avait supposé. On n'a pas affaire seulement à une autre personne, mais au temps qu'il fait, à la nourriture, aux vêtements, aux odeurs, à l'art et à la religion, à la science et à l'histoire et à mille autres influences.

Si l'on se met à analyser la conscience on voit qu'elle est mue par des milliers de petites idées sans consistance, bourrée de petits bouts de connaissance. Quand il nous arrive de dire quelque chose d'aussi banal que « Je l'ai embrassée », nous pouvons aussi bien avoir à expliquer comment une jeune fille a sauté par-dessus un homme assis dans un transat sur la plage, avant d'en venir tortueusement et graduellement à la difficile opération de décrire tout ce qu'un baiser signifie. Dans tous les moments pathétiques – la mort de la grand-mère, l'instant où la duchesse apprend, en montant en voiture, que son vieil ami Swann est mortellement atteint – le nombre d'émotions qui composent la scène est infiniment plus grand et elles sont elles-mêmes beaucoup plus insolites et en apparence étrangères les unes aux autres que dans toute autre scène présentée par un romancier.

En outre, si nous demandons une aide pour trouver notre chemin, elle ne nous vient par aucune des voies ordinaires. On ne nous dit jamais, comme le font si souvent les romanciers anglais, que tel moyen est bon, tel autre mauvais. Tous les moyens sont exposés au grand jour, sans réserve et sans préjugé. Tout ce qui peut être senti peut être dit. Avec la sensibilité d'un poète et le détachement d'un homme de science, l'esprit de Proust s'ouvre à tout ce qu'il a le pouvoir de sentir.

Une orientation, une accentuation pour vous dire que ceci est beau, pour vous avertir de prendre garde à cela tomberait comme une ombre sur cette profonde luminosité et nous en déroberait une partie. Toute la substance du livre, c'est ce réservoir sans fond de perceptions. C'est de ces profondeurs que surgissent les personnages, comme des vagues qui se forment puis se brisent et s'engloutissent à nouveau dans la mer mouvante de pensée, de commentaire et d'analyse qui leur a donné naissance.

Ainsi, quand on y revient, les personnages de Proust, bien qu'aussi puissants que tout autre grand personnage romanesque, semblent faits d'une autre substance. Ils sont en partie faits de pensées, de rêves, de connaissances. Ils ont atteint leur pleine croissance et leurs actions se sont toujours donné libre cours. Si nous cherchons une indication pour nous aider à les situer dans l'univers, nous la trouvons, négativement, dans une absence d'indication – peut-être la sympathie vaut-elle mieux que la discussion, la compréhension que le jugement. À la fois penseur et poète, Proust décoche souvent après une observation d'une précision prodigieuse une vive image, belle, colorée, visuelle, comme si l'esprit, après avoir poussé aussi loin que possible son pouvoir d'analyse, s'élevait soudain dans les airs et de là-haut nous donnait du même objet une vision différente sous forme de métaphore. Cette double vision fait les grands personnages de Proust et donne à l'univers qui les enfante plutôt l'aspect d'un globe, dont une des faces est toujours cachée, que d'une scène plate étalée devant nous et dont nous pourrions embrasser la totalité d'un seul coup d'œil.

*Traduction de l'anglais par Rose Celli.*

## ANAÏS NIN

# *Journal*
(1924-1931)

*« Je sens comme Proust que je dois achever le journal avant de mourir... », écrivait Anaïs Nin (1903-1977), souffrante, vers la fin de sa vie. Franco-américaine, fille de pianiste, elle fréquente dès sa jeunesse un univers artistique tout autour du monde. En 1914, à l'âge de onze ans, elle commence à rédiger (en français jusqu'en 1920 puis en anglais) son* Journal, *qui la rendra célèbre et sera publié à partir de 1966.*

*C'est en 1924, en France et en français, qu'elle découvre Proust. Si sa première lecture la laisse perplexe, son jugement évolue au fil des années, avant de nourrir plus tard une très vive admiration pour l'auteur de la* Recherche. *De cette vie confiée au papier, il ressort une quête effrénée de sa propre identité, de sa vie intime, de ses réflexions, de l'observation du temps qui passe et s'évapore. Elle œuvre ici par confrontation et comparaison, consciente de la même sensibilité de leur regard : « C'est ainsi que je vois les choses – de façon brève, rapide, concise, tout à l'opposé de Proust**. *» Ses réflexions sont également l'occasion de s'interroger sur le travail du temps et la construction romanesque.*

*Comment se transforme notre perception d'une même œuvre au fil des années ? Anaïs Nin livre à vingt et un ans*

* *Journaux de jeunesse. 1914-1931*, trad. Marie-Claire Van Der Elst, Stock, 2010, p. 1144.

*ses premières impressions de la* Recherche. *On la retrouve à soixante-treize ans, consacrant à Proust, quelques mois avant de s'éteindre, les dernières lignes de son* Journal. *Cette page « Sur Marcel Proust » avait été donnée par Anaïs Nin elle-même à Frank Alberti, membre de la Société des amis de Marcel Proust, pour être lue lors du colloque de la société à Combray en 1976 : « Je vous dédie cette page de mon* Journal *que je viens d'écrire. »*

G. L.

*5 juillet 1924*

Quel malheur a voulu que j'emporte avec moi *La Prisonnière* de Marcel Proust ? Les livres – deux volumes – m'ont révoltée, déroutée, ennuyée [...][1].

*14 octobre 1926*

[R.] avait du caractère, de la culture, des manières efféminées qui faisaient penser à Freud, que je n'ai pas lu, et à Proust, que j'espère bien ne jamais relire[2].

*10 avril 1928*

Comme Proust, je ne regarde pas les gens, je les *radiographie**. Mais en même temps leurs tourments me bouleversent. J'ai tant d'estime et tant d'admiration pour Proust. Quelle énergie intellectuelle, quelle patience, quelle lucidité – une littérature de demi-tons, et de quarts de ton, comme dans la musique orientale, et qu'une oreille occidentale peut à peine percevoir. Je vois ces quarts de ton, ces nuances presque intransmissibles et je m'émerveille devant la manière dont il sait les restituer[3].

*11 avril 1928*

Proust m'a révélé à quel point, moi aussi, je vis intensément dans le Passé et hors des frontières ordinaires du temps – comment une odeur, un son, une couleur, un infime détail saura facilement recréer en moi un pan entier de ma vie, avec une parfaite clarté, à laquelle s'ajoute la saveur d'une entière compréhension. Ce que Proust ne possède pas est une intuition de l'avenir, ce pouvoir d'imaginer des lieux jamais vus, la patience d'échafauder des prévisions. Ce travail supplémentaire de l'imagination aide à réunir les trois Temps (passé, présent, futur) si harmonieusement qu'il nous est possible de mieux saisir les liens qui les nouent et leurs moments de véritable accord. Proust trouve très peu d'accord, en dehors de sa grande idée du Temporel et de l'Intemporel, retrouvés et fixés par la mémoire, et par la seule observation. Je crois que je trouverai davantage d'accord et d'unité dans la vie[1].

*12 avril 1928*

La phrase de Proust sur laquelle j'ai médité pendant des heures est celle-ci : « *Une heure n'est pas qu'une heure, c'est un vase rempli de parfums, de sons, de projets, et de climats**. » C'est l'expression la plus simple de cette notion quasi mystique qui l'obsède et irrigue tous ses livres, *À la recherche du temps perdu* et, surtout, *Le Temps retrouvé*. C'est une expérience qui m'est arrivée souvent, aux moments les plus incongrus, quand tout à coup je ne savais plus où j'étais et avais l'impression que les barrières de l'espace et du temps avaient sauté – émotion extatique et terrifiante, que je chéris mais que j'ai rarement essayé de décrire. (Il est vrai que les idées et les sentiments les plus importants ne sont pas souvent abordés dans ce livre, comme dans presque tous les livres et autres formes d'expression.) »

[...]

La notion qui m'a le plus obsédée ces derniers mois et que j'ai cherché à traquer au travers des expériences et par l'analyse, c'est celle de personnalité éclatée, que je retrouve chez Proust et à laquelle il est parvenu par d'autres moyens, essentiellement grâce à la méditation et à l'analyse microscopique.

Lorsque j'en ai parlé à Hugh, il m'a dit : « Je n'aime pas cette idée-là. » Parce qu'il craint ses conséquences sur la vie et l'action. Proust ne craignait rien, parce que ce n'était pas un homme d'action. En outre, fidèle à la philosophie française, il ne se souciait pas d'une quelconque conduite morale, mais d'exprimer des découvertes de l'esprit. Ces derniers mois, ma préoccupation était la même et je suis parvenue à cette notion de manque de cohésion de la personnalité en me bornant à accepter l'évidence : moi-même j'agis sans aucune cohérence, en dépit de mon désir et de mon admiration pour l'unité[1].

*25 avril 1928*

Je suis tout emplie de Proust – sa lenteur, la longueur de ses phrases, le rythme lent de ses pensées, les *sondages** qu'il fait des plus petits détails de l'existence, sa pénétration dans des sphères encore jamais visitées par les mots. Il donne à la vie la juste mesure de temps nécessaire pour qu'elle se déploie, et à la pensée tout le soin que requiert son développement.

Moi qui travaille, qui vis, qui pense par fulgurances, moi qui (malgré la lenteur de mon développement) n'offre à l'écriture qu'un *résumé** de mes combats, je suis déconcertée par une telle précision et je m'émerveille devant sa supériorité[1].

*6 juillet 1929*

Je consolide mes idées sur Proust, dont l'écriture est tellement vraie et si proche du réel que je m'ennuie beaucoup à ses *soirées** et visites !

[...]

Le terrain d'exploration de Proust me décourage, même si j'admets que sa façon de le traiter est unique. Grâce à lui, j'ai l'impression d'avoir vécu dans cette haute société et que je la connais – et je la déteste[2].

*12 décembre 1930*

L'œuvre de Proust était un « journal intime », un journal de souvenirs. Mon journal est un journal de la conscience. N'est-il pas étrange que ma fiction soit intuitive et inconsciente ?

*17 septembre 1931*

Si je n'étais pas obsédée par les idées et par les problèmes, je ne trouverais jamais rien, je n'irais nulle part, je serais quelqu'un de brillant, de gai, et de changeant. Voilà ce que je me disais cet après-midi, si bien que je ne me vois pas comme un Proust maladif mais comme un travailleur de force. (Ce que personne ne comprend c'est que Proust, pauvre Proust, était un travailleur de force, un bâtisseur courageux, et non une mauviette retirée de toute vie active.)

*Traduction de l'anglais par Marie-Claire Van Der Elst.*

## Sur Marcel Proust

L'immortel multidimensionnel peut être lu mille fois, avec tant de significations diverses. Chaque année, je relis entièrement Proust, chaque année je découvre un nouvel aspect, des intentions neuves. Comme s'il avait frappé une corde infiniment sensible, dont les riches résonances ne laissent pas d'émouvoir. Qualité de profondeur inouïe, faisant de chaque lecture un nouvel enrichissement. L'œuvre reste vibrante, toujours plus profondément ; la maturité ajoute encore des perspectives nouvelles. Aucun autre écrivain n'a jamais atteint une telle permanence. C'est parce qu'il a exploré chacun des aspects et des états de l'âme dans leur perpétuel devenir que l'accomplissement se fait chaque fois, comme si chaque mot avait mille sens – les mots de Proust ont mille significations.

Est-ce parce que le tumulte – transformation, mouvement, pensée et sentiment – a été en définitive enregistré et saisi au moment même de l'évolution que cette évolution se prolonge sans cesse ? Il n'a jamais décrit l'immobile, le statique, la pétrification, cœur ou corps figé. Le courant vital n'est jamais interrompu ; dès que vous y entrez, vous êtes pris dans le tourbillon : la vie prend un nouvel aspect.

Je n'ai jamais compris pourquoi Proust est le seul écrivain que je relise chaque année, et qui me laisse désemparée au terme de la lecture.

J'ai été très déroutée par la biographie de Painter[1]. Je sais que Proust n'aurait pas voulu voir son admirable transposition réduite à la banalité des faits. Proust voulait vivre et nous laisser le legs d'une vie transposée.

Du fait qu'il a pénétré le subconscient de ses personnages, ils ne vieillissent ni ne meurent dans notre imagination. Le subconscient est un torrent révélateur, que le temps, la mode ou l'histoire ne peuvent endiguer. L'universalité de Proust : ce qu'il écrit de la musique s'applique à toute la musique, de la jalousie à la jalousie de tous les temps. Il a transcendé le temps. Il n'a jamais attribué de date à quoi que ce soit. Très peu de romanciers ont échappé à la marque du temps, ce qui rend, en général, une seule lecture suffisante.

*Traduction de l'anglais par Maurice Paz.*

*Bulletin Marcel Proust*, 1977.

KAZUO ISHIGURO

# « Ma soirée du XX^e siècle – et autres petites incursions ». Discours de réception du prix Nobel de littérature (2017)

*Né en 1954 à Hiroshima au Japon, Kazuo Ishiguro rejoint en 1960, avec ses parents et sa sœur, le Royaume-Uni, où il sera naturalisé anglais. Ses romans interrogent notre rapport à la mémoire, notamment* Les Vestiges du jour *(1989) à travers l'introspection et* Le Géant enfoui *(2015) via une quête initiatique. « Si l'on mélange Jane Austen et Franz Kafka, alors on a Kazuo Ishiguro – mais il faut ajouter une bonne pincée de Proust à ce mélange et bien remuer, mais pas trop, et là on obtient ses écrits », résume la secrétaire perpétuelle de l'Académie de Suède, Sara Danius, en lui remettant le prix Nobel de littérature en 2017.*

*Le rapport d'Ishiguro à Proust est ambivalent. Il loue des passages inoubliables tout en pointant une écriture et une idéologie qui le gênent : « Pour être tout à fait honnête, excepté le premier volume de Proust, je le trouve profondément ennuyeux. Le problème avec Proust, c'est qu'on découvre parfois un passage absolument formidable mais qu'ensuite on doit subir deux cents pages de pur snobisme à la française, de coups bas dans la haute société et de profonde autocomplaisance. Et cela continue encore et encore, et encore et encore. Mais de temps en temps, sur la question de la mémoire, il peut être magnifique. Je ne suis pas sûr qu'il parle de la mémoire de la même manière que je le fais dans ce livre. Il est vraiment bon dans sa capacité à capturer la nature sensible du* *souvenir. Je suppose qu'il a poussé des gens comme moi à écrire sur la mémoire*.* »

*Lors du discours de réception du prix Nobel en 2017, Ishiguro revient sur sa vocation d'écrivain, éprouvée sur le tard, et sur son parcours. Il évoque notamment l'importance de la musique, source d'émotions fortes, qui lui permet de trouver le rythme de son écriture. C'est pour lui l'occasion d'un retour réflexif sur sa création littéraire et sur son rapport au monde. Il revient sur la manière dont Proust l'a marqué en tant que lecteur et l'a transformé en tant qu'écrivain – à un moment décisif de sa carrière littéraire –, dans sa pratique stylistique et narrative. Le principal talent du romancier français repose selon lui sur sa capacité à saisir l'émotion.*

N. B.

Au printemps 1983, trois ans et demi plus tard, Lorna et moi vivions désormais à Londres dans un logement de deux pièces, sous les combles d'une maison haute et étroite qui se dressait au sommet d'une colline, l'un des points les plus élevés de la ville. Il y avait une antenne de télévision tout près et quand nous essayions d'écouter des disques sur notre platine, des voix fantomatiques retransmises envahissaient nos haut-parleurs. Notre séjour n'avait ni canapé ni fauteuil, mais deux matelas recouverts de coussins, posés à même le sol. Il y avait aussi une grande table sur laquelle j'écrivais pendant la journée, et où nous dînions le soir. Ce n'était pas luxueux, mais nous aimions vivre là. J'avais publié

* Propos tenus au *Huffington Post* en 2015, à l'occasion de la parution de son roman *Le Géant enfoui*, dans un article de Maddie Crum intitulé « Kazuo Ishiguro On Memory, Censorship And Why Proust Is Overrated », en réponse à une question sur la survalorisation de Proust dans le monde littéraire.

mon premier roman l'année précédente, et le court-métrage dont j'avais écrit le scénario serait bientôt diffusé par la télévision britannique.

Pendant quelque temps j'avais été assez fier de mon livre, mais ce printemps-là, un sentiment d'insatisfaction me taraudait. Il y avait un problème. Mon premier roman et mon premier scénario pour la télévision avaient trop de similitudes. Il ne s'agissait pas du sujet, mais de la méthode et du style. Plus j'y réfléchissais, et plus mon roman ressemblait à un scénario – dialogue plus indications. Rien de grave, jusqu'à un certain point, mais je souhaitais à présent écrire une fiction qui ne soit efficace que sur la page. À quoi bon écrire un roman qui ne procure rien de plus au lecteur que ce qu'il peut éprouver en allumant son poste de télévision ? Comment la fiction écrite pouvait-elle espérer de survivre face à la puissance du cinéma et de la télévision si elle n'offrait pas quelque chose d'unique, une œuvre que les autres formes de création n'étaient pas capables de réaliser ?

Vers cette époque, j'attrapai un virus et je dus m'aliter quelques jours. Lorsque je commençai à me sentir mieux, et que l'envie de dormir sans arrêt se dissipa, je découvris que le lourd objet dont la présence dans mes draps m'incommodait depuis quelque temps était en réalité un exemplaire du premier volume d'*À la recherche du temps perdu* de Marcel Proust. J'entamai donc sa lecture. Mon état encore fiévreux a peut-être joué, mais la première partie, « Combray », me captiva totalement. Je la lus et la relus encore. Mis à part la pure beauté de ces passages, la manière dont Proust enchaînait les épisodes me fascina. L'ordre des événements et des scènes ne respectait pas les exigences habituelles de la chronologie, ni celles d'une intrigue linéaire. Au lieu de cela, les associations de pensée décousues, ou les caprices de la mémoire, semblaient entraîner le récit d'un épisode à l'autre. Parfois je me surprenais à me demander : pourquoi ces deux moments sans lien apparent étaient-ils placés côte à côte dans l'esprit du narrateur ? Je vis soudain comment composer mon second roman d'une façon plus libre, très intéressante ; cela créerait une richesse sur la page, et introduirait des mouvements internes impossibles à capter sur un écran. Si je pouvais évoluer d'un passage à l'autre en fonction des associations de pensée du narrateur et de la fluctuation des souvenirs, je réussirais à composer une œuvre à la façon d'un peintre abstrait qui choisit l'emplacement des formes et des couleurs sur une toile. Je pouvais juxtaposer une scène survenue deux jours auparavant à une séquence remontant à vingt ans, et demander au lecteur de méditer le rapport entre les deux. De cette manière, pensais-je, il me serait possible de laisser entrevoir les multiples strates du déni et de l'aveuglement qui brouillent la perception que chacun de nous a de son moi et de son passé.

*Traduction de l'anglais par Anne Rabinovitch.*

V. S. NAIPAUL

# « Deux mondes ». Discours de réception du prix Nobel de littérature (2001)

*Né à Trinité-et-Tobago (république anglophone des Caraïbes), de parents indiens, Vidiadhar Surajprasad Naipaul (1932-2018) a été naturalisé britannique en 1952 puis anobli par la reine Elizabeth en 1990. Le statut des anciens pays colonisés est au cœur de son œuvre, marquée par un réalisme cru et une veine satirique, qui dénonce les ravages de la corruption et du fondamentalisme religieux. Tout au long de sa vie littéraire, couronnée par le prix Nobel en 2001, Naipaul fut loin d'être consensuel. Au-delà des polémiques extralittéraires qu'il a alimentées*[*]*, ses écrits littéraires ou ses documentaires pour la BBC portent un regard désenchanté et profondément cynique sur le monde postcolonial. Ses positions quant aux ex-pays colonisés lui ont valu de nombreuses critiques après l'obtention du Nobel*[**].

* Dans son autobiographie parue en 2008, il se revendique obsédé par les femmes et misogyne ; dans un entretien au *Guardian* en 2011, il affirme que les écrivaines (y compris Jane Austen !) sont inférieures aux écrivains (et à lui le premier). En 2001, il explique mettre sa détestation envers l'économiste John Maynard Keynes et l'écrivain E. M. Forster sur le compte de leur homosexualité.

** Il fut notamment jugé conservateur par Edward Saïd ou Derek Walcott, poète originaire de Sainte-Lucie, prix Nobel de littérature en 1992, porteur d'une vision pleine d'espoir et d'exaltation sur les territoires décolonisés.

*Dans cet extrait tiré de son discours de réception du Nobel, Naipaul s'appuie sur le* Contre Sainte-Beuve. *La critique que fait Proust de l'importance de la biographie pour comprendre l'œuvre d'un auteur permet à Naipaul de balayer les attaques dont il a été la cible. Il voit son œuvre comme un tout, qui ne peut être réduit à une partie – un seul ouvrage, un seul propos – mais doit être considéré dans toute sa complexité.*

N. B.

Dans *Contre Sainte-Beuve*, Proust parle avec une grande pénétration d'esprit de la différence entre l'écrivain et son être social. Sainte-Beuve croyait que pour comprendre un auteur il fallait en savoir le plus possible sur l'homme extérieur et sur les détails de sa vie. Éclairer l'œuvre par l'homme est une démarche séduisante et qui peut paraître inattaquable. Proust la démolit néanmoins de manière très convaincante. « Cette méthode », dit-il, « méconnaît ce qu'une fréquentation un peu profonde avec nous-mêmes nous apprend : qu'un livre est le produit d'un autre *moi* que celui que nous manifestons dans nos habitudes, dans la société, dans nos vices. Ce moi-là, si nous voulons essayer de le comprendre, c'est au fond de nous-mêmes, en essayant de le recréer en nous, que nous pouvons y parvenir[1]. »

Nous devrions avoir ces mots de Proust à l'esprit chaque fois que nous lisons la biographie d'un écrivain, ou de quiconque dépend de ce qu'on peut appeler l'inspiration. On aura beau nous exposer tous les détails de sa vie, ses bizarreries et ses amitiés, le mystère de l'écriture subsistera. Aucune quantité d'information, si passionnante soit-elle, ne saurait nous y conduire. La biographie d'un écrivain – ou même l'autobiographie – présentera toujours cette lacune.

Proust est un maître de l'amplification heureuse, et j'aimerais revenir brièvement à *Contre Sainte-Beuve*. « En réalité », poursuit-il, « ce qu'on donne au public, c'est ce qu'on a écrit seul, pour soi-même, c'est bien l'œuvre de soi. Ce qu'on donne à l'intimité, c'est-à-dire à la conversation [...] et ces productions destinées à l'intimité, c'est-à-dire rapetissées au goût de quelques personnes et qui ne sont guère que de la conversation écrite, c'est l'œuvre d'un soi bien plus extérieur, non pas du moi profond qu'on ne retrouve qu'en faisant abstraction des autres et du moi qui connaît les autres[1] [...]. »

Lorsqu'il écrivait ces mots, Proust n'avait pas encore trouvé le sujet qui allait le conduire au bonheur de son grand travail littéraire. Et vous pouvez conclure de ce que je viens de citer que c'était un homme qui se fiait à son intuition et guettait sa chance. J'ai déjà cité ces phrases en d'autres circonstances. Parce qu'elles définissent la manière dont je procède. Je m'en remets à l'intuition. Je le faisais au début. Je le fais encore aujourd'hui. Je ne sais absolument pas comment les choses vont tourner, où l'écriture va me mener ensuite. Je m'abandonne à l'intuition pour trouver mes sujets et j'écris intuitivement. Sans doute ai-je une idée, une forme, en commençant, mais il me faudra attendre des années avant de comprendre pleinement ce que j'ai écrit. [...]

Je vais finir comme j'ai débuté, par l'un de ces merveilleux essais de Proust dans *Contre Sainte-Beuve* : « Les belles choses que nous écrirons si nous avons du talent sont en nous, indistinctes, comme le souvenir d'un air, qui nous charme sans que nous puissions en retrouver le contour [...]. Ceux qui sont hantés de ce souvenir confus des vérités qu'ils n'ont jamais connues sont les hommes qui sont doués. [...] Le talent est comme une sorte de mémoire qui leur permettra de finir par rapprocher d'eux cette musique confuse, de l'entendre clairement, de la noter[1] […]. »

Le talent, dit Proust. Je dirais la chance, et beaucoup de travail.

*Traduction de l'anglais par Philippe Delamare.*

ANTONIO CANDIDO

# « Réalité et réalisme (via Marcel Proust) » (1983)

*Antonio Candido de Mello e Souza (1918-2017) appartient, aux côtés de Sérgio Buarque de Holanda, Darcy Ribeiro, Florestan Fernandes, Milton Santos et Celso Furtado, à la génération des premiers interprètes modernes de la civilisation brésilienne. Père de la critique sociologique du pays, il est le fondateur de ses principales écoles de théorie littéraire et de littérature comparée.*

*Auteur d'une œuvre abondante et variée, il s'est intéressé aux effets de la modernisation accélérée du Brésil sur la traditionnelle culture des* caipiras[*] *de la campagne de São Paulo (*Os parceiros do Rio Bonito, 1964*) ; a mené des recherches sur le biais scientifique et positiviste des premiers critiques du pays (*Introdução ao método crítico de Sílvio Romero, 1945*) ; et a tenté de théoriser une « critique intégrale », c'est-à-dire la combinaison d'éléments linguistiques et sociologiques au profit de l'interprétation cohérente d'un ouvrage (*Literatura e sociedade, 1965*). Son chef-d'œuvre demeure la monumentale* Formação da literatura brasileira *(1975), immense entreprise linguistique,*

* L'on appelle *caipira* le paysan descendant du mélange d'Européens blancs et d'autochtones amérindiens, lors du premier cycle de colonisation du Brésil. Souvent rassemblés en petites propriétés isolées, les *caipiras* ont établi entre eux une économie agricole de partenariat, et ont créé une riche culture musicale fondée sur la guitare.

*sociologique et historiographique de systématisation des lettres brésiliennes et de mise en valeur de ses modestes rameaux dans le grand jardin des muses de la culture occidentale.*

*Proust a été l'une des lectures formatrices de Candido durant sa jeunesse. À la fin des années 1920, lors d'un séjour à Paris, son père, médecin, fait entrer dans la bibliothèque de la famille* Du côté de chez Swann *et l'*Essai sur Proust *de Georges Gabory. Au début des années 1940, avec trois amis, il crée la revue* Clima, *important carrefour de la critique à São Paulo, où Proust est souvent évoqué.*

*L'enthousiasme de Candido pour la* Recherche *est néanmoins tempéré par les événements politiques et militaires qui, à partir de 1942, conduisent à l'entrée en guerre du Brésil*[*]. *En mars 1943, dans le contexte d'un tournant à gauche du groupe de la revue* Clima, *Candido publie dans le journal* Folha de S. Paulo *(l'équivalent brésilien du* Monde*) un article polémique où il évalue la pertinence de l'œuvre de Proust vingt ans après sa mort. Il conclut : « Proust a vieilli ; Proust est passé ; Proust n'a pas de raison d'être ; Proust, c'est une survivance de musée. » Ce n'est qu'après la guerre, dans le cadre de la redécouverte progressive de Proust en France – avec la parution de ses lettres, de ses manuscrits et de nouvelles biographies –, que Candido se réconcilie avec la* Recherche.

*« Réalité et réalisme (via Marcel Proust) » appartient à cette deuxième phase, beaucoup plus mature, de la lecture de la* Recherche *par Antonio Candido. Publié pour la première fois en 1983, dans un volume d'hommage de l'Université de São Paulo au géographe Eurípedes Simões de Paula, ce texte serait inclus ultérieurement à l'anthologie* Recortes *(1993), où le critique a recueilli plusieurs « écrits de circonstance ». Plus narratologique que politique, plus*

* En 1942, des sous-marins allemands et italiens torpillent des navires brésiliens ; les Américains implantent des bases aéronautiques dans le Nord-Est brésilien et, après une révolte populaire, la dictature de Getúlio Vargas déclare la guerre aux forces de l'Axe.

*stylistique que sociologique, cet essai compare l'esthétique de Proust à celle de ses prédécesseurs réalistes et naturalistes du XIX*[e] *siècle. Le lecteur y trouvera une réflexion sur le sens du fameux pastiche du* Journal *des frères Goncourt et une synthèse des arguments du Narrateur du* Temps retrouvé *contre le style moraliste, en faveur d'une conception renouvelée, dynamique – et, par là même, plus réelle – des êtres et de leurs incarnations fictionnelles.*

Fillipe MAURO

Le Réalisme a pour base quelques présupposés, dont le traitement privilégié des détails, par le biais de leur accumulation ou de leur contextualisation appropriée. Mon but est de réfléchir à cette question, en rappelant tout d'abord que la vision réaliste présuppose (1) la multiplication du détail, (2) sa spécification progressive et (3) l'enregistrement de ses changements dans le temps.

L'emploi du détail a une fonction référentielle et une fonction structurelle. La première consiste à renforcer l'apparence de réalité (vraisemblance) et, donc, à accorder de la crédibilité à l'existence de l'objet fictionnel – comme lorsqu'on décrit la verrue sur le nez d'un personnage ou le déroulé des pensées dans sa tête. La deuxième est plutôt le produit de l'aménagement et de la qualification des éléments particuliers qui, dans le texte, assurent la formation de leur sens spécifique et l'adéquation réciproque des parties (cohérence). Dans le Réalisme, les deux gardent un rapport indissoluble entre elles, car l'efficacité de l'une dépend de l'efficacité de l'autre. [...]

La vision réaliste ne se complète que grâce à l'enregistrement des changements apportés dans le détail par le temps – ce qui peut durer quelques heures ou même un siècle – et, en introduisant la durée, elle introduit aussi l'histoire au cœur de la représentation de la réalité. Les choses, les êtres, les rapports existent dans la mesure où ils durent ; c'est pourquoi une bonne partie de la spécification réaliste consiste à montrer l'effet du temps sur les détails, d'autant plus que la spécification suprême peut être cette marque temporelle. Comme le dit Auerbach : « L'imitation de la réalité est l'imitation de l'expérience sensorielle de la vie sur terre, dont une des caractéristiques essentielles est indubitablement de posséder une histoire, de changer, de se développer ; quelque liberté qu'on accorde à l'art d'*imitatio*, l'artiste n'a pas le droit, dans son œuvre, de priver la réalité de cette caractéristique, qui appartient à son essence même[1]. »

Le réalisme est donc lié à la présence du détail, à sa spécification et à son changement. Lorsque les trois forment une combinaison appropriée, peu importe si l'enregistrement est intérieur ou extérieur à l'homme, si l'auteur est un idéaliste ou un matérialiste : le résultat est une vision construite qui peut ne pas être réaliste dans le sens des courants littéraires, mais qui est réelle dans le sens le plus élevé, celui de l'œuvre de Proust, qui n'accordait aucun sens réaliste au torrent de détails élaboré dans son grand livre. Il avait une théorie non réaliste de la réalité, qui s'avère être une sorte de transréalisme, bien plus convaincant que le Réalisme référentiel, puisqu'il permet le libre recours à la fantaisie et surtout l'usage transformateur du détail, comme s'il *créait* une réalité au-delà de celle qu'on éprouve. Par le biais de ses textes, on comprend que la vision littéraire du monde intérieur ou extérieur prend sens lorsque la spécificité du détail s'intègre à une généralisation qui la transfigure. Le détail fonctionne donc comme une touche qui, à côté des autres, permet de moduler la ligne expressive de la représentation fictionnelle.

L'œuvre de Proust, d'ailleurs, délimite une théorie qui présuppose en elle-même le traitement simultané de la structure et du processus ou, pour reprendre les mots de cette discussion, du détail intégré à des aspects expressifs et son changement dans le temps en tant que *loi* de la signification[1]. Le résultat est un paradoxe apparent, car il décrit le changement inépuisable des êtres, des rapports et des choses dans un flux temporel, mais il capture aussi leur signification dans les permanences que ce même changement dévoile – ce qui est défini dans le dernier volume d'*À la recherche du temps perdu*, rempli de théorie de l'art et de la littérature.

Dès le début, le narrateur raconte qu'il a lu au hasard, lors de son séjour dans le château de quelques amis, un passage inédit du fameux *Journal* des frères Goncourt. Il le transcrit. Il s'agit en fait d'un pastiche admirable, une fiction au deuxième degré à l'intérieur de la fiction, dans laquelle Edmond de Goncourt parle de certains personnages de Proust comme s'il s'agissait d'êtres vivants, le couple Verdurin et les habitués de son salon.

Le pastiche surprend quant à la reproduction des particularités du style et de la conception de la vie et de l'art d'Edmond de Goncourt. Mais son but est de rétablir de façon ironique l'opinion négative de Proust sur le Réalisme en tant qu'*école*, dans sa perspective la plus extrême, le Naturalisme. Pour ce faire, il emploie une méthode très efficace : il montre les personnages, qu'on connaît depuis le début de l'ouvrage sous l'angle proustien, selon le point de vue de Goncourt lui-même, comme une vision alternative qu'on peut comparer à la sienne. La comparaison dévoile un désaccord fondamental, que le narrateur souligne avec une fausse modestie et plusieurs sous-entendus ironiques, en se montrant stratégiquement mortifié de n'avoir pas su voir ce que le célèbre naturaliste avait vu.

La différence entre les deux c'est que Goncourt (dans le pastiche aussi bien que dans l'œuvre réelle) ne voit que les détails extérieurs, qui lui suffisent comme fondement de l'interprétation et comme image du monde. Son regard s'arrête à la surface. Le narrateur, bien au contraire, voit au-delà des détails extérieurs, une « demi-profondeur » (comme il le dit), qui ne se caractérise pas par l'addition, mais plutôt par l'unification des détails. À ce niveau-là, les détails ne sont plus partiels et isolés : ils expriment plutôt une totalité unie et cohérente, qui est la véritable base de l'interprétation. Ironiquement, le narrateur se plaint de ne voir, au contraire de Goncourt, que les choses qui n'intéressent pas l'« observation » (la perspective documentaire réaliste). Mais plus loin sa fausse modestie cesse lorsqu'il indique clairement que cela est dû au fait qu'il va plus profond, à la recherche de ce qu'on pourrait appeler une *vision*.

Le nœud de la différence c'est que le Goncourt du pastiche voyait dans tous les détails un moment déterminé du salon Verdurin, alors que le narrateur veut chercher son identité fondamentale dans les différents lieux et moments dans lesquels il a existé. C'est à ce niveau-là que les détails disparaissent en tant que notation documentaire pour former le point d'ancrage d'une vision unificatrice que l'on atteint grâce à la suppression des accessoires, ce qu'il compare au travail d'un géomètre à la recherche du « substratum linéaire ». Afin de le trouver, il dépouille « les choses de leurs qualités sensibles » :

> Il me donnait un plaisir spécifique, le point qui était commun à un être et à un autre. Ce n'était que quand je l'apercevais que mon esprit – jusque-là sommeillant, même derrière l'activité apparente de ma conversation, dont l'animation masquait pour les autres un total engourdissement spirituel – se mettait tout à coup joyeusement en chasse, mais ce qu'il poursuivait alors – par exemple l'identité du salon Verdurin dans divers lieux et divers temps – était situé à mi-profondeur, au-delà de l'apparence elle-même, dans une zone un peu plus en retrait.
> (*Le Temps retrouvé*, Folio classique, 1990, p. 24)

Cette prise de position explique pourquoi Marcel Proust, souvent vu comme collectionneur de détails, ne se considérait pas comme un artiste du détail, et pouvait affirmer ceci, dans une lettre à son ami Louis de Robert :

> Vous me parlez de mon art minutieux du détail, de l'imperceptible, etc. Ce que je fais, je l'ignore, mais je sais ce que je veux faire ; or, j'omets (sauf dans les parties que je n'aime pas) tout détail, tout fait, je ne m'attache qu'à ce qui me semble (d'après un sens analogue à celui des pigeons voyageurs qui se dirigent ; je vous dirai cela mieux un jour où je souffrirai moins) déceler quelque loi générale. Or comme cela ne nous est jamais révélé par l'intelligence, que nous devons le pêcher en quelque sorte dans les profondeurs de notre inconscient, c'est en effet imperceptible, parce que c'est éloigné, c'est difficile à percevoir, mais ce n'est nullement un détail minutieux. Une cime dans les nuages peut cependant, quoique toute petite, être plus haute qu'une usine voisine. Par exemple, c'est une chose imperceptible si vous voulez que cette saveur de thé que je ne reconnais pas d'abord et dans laquelle je retrouve les jardins de Combray. Mais ce n'est nullement un détail minutieusement observé, c'est toute une théorie de la mémoire et de la connaissance[1].

Nous voyons donc que le but du pastiche de Goncourt est de montrer comment la laborieuse description réaliste construit une image colorée et vivante, mais n'est plus, au fond, qu'une accumulation de détails qui valent très peu en tant que possibilité de compréhension effective. Elle pare les êtres de la même vision extérieure qu'elle consacre aux objets, et les présente comme des unités autonomes de même sens, qui ne produisent qu'une simple apparence de sens. En comparant les impressions de Goncourt avec ce qu'on connaît déjà des personnages, on se rend compte qu'il s'est trompé, terriblement trompé, car il s'est fondé sur l'effet immédiat qu'ils causent, en fonction de critères aussi trompeurs que la prédisposition favorable de l'écrivain envers ceux qui le flattent, etc. Le regard d'un tel écrivain s'arrête à la surface, ne distingue pas en perspective, et ne met pas en corrélation les impressions selon un principe d'intégration. C'est pour cela que chaque personne ou objet prend une valeur pour ainsi dire absolue, qui s'épuise dans la description ou le jugement. Bien au contraire, l'art du narrateur (Proust) cherche à décrire de diverses manières, recommence à partir de divers angles, voit l'objet ou la personne de diverses façons, à plusieurs niveaux, endroits et moments, et n'accepte l'impression que comme indice ou signal. Il s'agit d'une vision dynamique et polyédrique, qui s'oppose à une vision statique et plate.

Dans d'autres parties de ce livre, il est encore plus clair, en théorie comme en pratique, que la vision révélatrice de la réalité s'incline vers une synthèse basée sur l'analogie entre les détails et ce que dévoile leur signification unitaire. Le détail n'intéresse pas en soi. Il intéresse en tant que motivation pour partir à la recherche de son affinité avec d'autres détails, au moyen de l'analogie. D'où l'importance de la métaphore par rapport à la description : parce qu'elle montre les analogies et associe une pléiade de détails. Leur liaison en profondeur détermine la signification réelle – ce réseau inatteignable par la topographie réaliste *positive*, qui est celle de Goncourt. Ce qui explique qu'il mentionne une « certaine profondeur » :

> M. de Charlus était arrivé aussi loin qu'il était possible de soi-même, ou plutôt il était lui-même si parfaitement masqué par ce qu'il était devenu et qui n'appartenait pas à lui seul, mais à beaucoup d'autres invertis, qu'à la première minute je l'avais pris pour un autre d'entre eux, derrière ces zouaves, en plein boulevard, pour un autre d'entre eux qui n'était pas M. de Charlus, qui n'était pas un grand seigneur, qui n'était pas un homme d'imagination et d'esprit et qui n'avait pour toute ressemblance avec le baron que cet air commun à eux tous, et qui maintenant chez lui, au moins avant qu'on se fût appliqué à bien regarder, couvrait tout.
> (*Le Temps retrouvé*, Folio classique, 1990, p. 71)

Pour la même raison, le neveu du baron, Saint-Loup, d'abord complètement différent, commence à présenter avec lui des analogies spirituelles en se révélant également comme un inverti ; il commence à ressembler à « un successeur », « à une autre génération, sur une autre tige » (*Le Temps retrouvé*, Folio classique, 1990, p. 67). De sorte qu'on peut conclure que (paradoxalement), lorsque le personnage est aperçu à la lumière de sa classe, les traits de sa singularité sont mieux soulignés, car ils renvoient à une *loi* qui les régit.

C'est donc dans ce rapport dynamique entre le temps et le modèle que les détails acquièrent un sens véritable. En montrant le lien entre eux, la spécification articule le discours, tisse le réseau des significations, qui est aussi sous-jacent que le général sous le particulier et qui peut être (ou non) capturé par le regard de l'écrivain s'il s'arrête à la surface (Goncourt) ou s'il va en profondeur (narrateur). En tout cela, il faut souligner la dimension temporelle, qui laisse entrevoir la permanence du genre sous le changement des choses, des actions, des personnes ; et qui démontre aussi que le récit fictionnel est capable de fixer simultanément la structure et le processus.

*Traduction inédite du portugais (Brésil)*
*et annotation par Fillipe Mauro.*

MILAN KUNDERA

# « On m'a tué mon Albertine » et « Le verdict de Marcel Proust » (*Le Rideau*, 2005)

*« Qu'est-ce qu'un romancier ? » s'interroge Milan Kundera en titre d'un des chapitres de son essai littéraire* Le Rideau*. *Né en 1929 en Tchécoslovaquie, Kundera est l'héritier du grand roman européen. Partisan d'une littérature mondiale exigeante, Kundera est l'auteur d'une œuvre en tchèque et en français récompensée par de nombreux prix et une reconnaissance internationale. Arrivé en France en 1975, naturalisé français en 1981, il écrit ce court texte en langue française en 2005. Mais c'est bien dans un contexte tchèque qu'il découvre Proust.*

*Sa première introduction à Marcel Proust passe par un poème du poète tchèque Ivan Blatný (1909-1990). Écrit en pleine Seconde Guerre mondiale, en mars 1945, ce poème évoque l'oppression subie par les habitants d'une ville assiégée ; des décombres sort une lettre, « Albertine, toi ». Sous les bombes, la jeune fille devient symbole d'espoir. À la lecture du poème, l'imaginaire de Kundera se développe : Albertine lui apparaît comme « le plus envoûtant de tous les prénoms féminins ». Mais il déchante en découvrant les sources du personnage : « On m'a tué mon Albertine ».*

*Qu'est-ce qu'un romancier ? Quelle est la portée de la fiction ? « Les fameuses questions métaphysiques : d'où*

* Milan Kundera, *Le Rideau*, Gallimard, coll. « Folio », p. 107.

*venons-nous ? où allons-nous ? ont, en art, un sens concret et clair, et ne sont pas du tout sans réponses*[*]*. » Pour Kundera, Proust éclaire la voie.*

G. L.

## On m'a tué mon Albertine

De dix ans plus âgé que moi, Ivan Blatný (mort depuis des années) est le poète que j'ai admiré dès mes quatorze ans. Dans un de ses recueils, un vers revenait souvent, avec un nom de femme : « Albertinko, ty[1] », ce qui veut dire : « Albertine, toi ». C'était une allusion à l'Albertine de Proust, bien sûr. Ce prénom est devenu pour moi, adolescent, le plus envoûtant de tous les prénoms féminins.

De Proust, je ne connaissais alors que les dos d'une vingtaine de volumes d'*À la recherche du temps perdu* en traduction tchèque, rangés dans la bibliothèque d'un ami. Grâce à Blatný, grâce à son « Albertinko, ty », je m'y suis un jour plongé. Quand je suis arrivé aux *Jeunes filles en fleurs*, l'Albertine de Proust s'est confondue, imperceptiblement, avec l'Albertine de mon poète[2].

Les poètes tchèques adoraient l'œuvre de Proust mais ne connaissaient pas sa biographie. Ivan Blatný non plus ne la connaissait pas. Et c'est d'ailleurs assez tard que moi-même j'ai perdu le privilège de cette belle ignorance en entendant dire qu'Albertine avait été inspirée par un homme, un amour de Proust[3].

Mais qu'est-ce qu'on me raconte ! Inspirée par celui-ci ou par celle-là, Albertine est Albertine, et

* *Ibid.*, p. 14.

basta ! Un roman est le fruit d'une alchimie qui transforme une femme en homme, un homme en femme, la boue en or, une anecdote en drame !

C'est cette divine alchimie qui fait la force de tout romancier, le secret, la splendeur de son art !

Rien à faire ; j'ai beau tenir Albertine pour une femme des plus inoubliables, dès qu'on m'a soufflé que son modèle était un homme, cette information inutile s'est installée dans ma tête comme un virus envoyé dans le logiciel d'un ordinateur. Un mâle s'est faufilé entre moi et Albertine, il brouille son image, sabote sa féminité, un instant je la vois avec de beaux seins, puis avec une poitrine plate, et une moustache apparaît par moments sur la tendre peau de son visage.

On m'a tué mon Albertine. Et je pense aux mots de Flaubert : « L'artiste doit faire croire à la postérité qu'il n'a pas vécu[1]. » Il faut bien comprendre le sens de cette phrase : ce que le romancier veut protéger en premier lieu, ce n'est pas lui, c'est Albertine et Mme Arnoux.

## Le verdict de Marcel Proust

Dans *À la recherche du temps perdu*, Proust est on ne peut plus clair : « Dans ce roman… il n'y a pas un seul fait qui ne soit fictif,… il n'y a pas un seul personnage "à clefs"[2]. » Si étroitement lié qu'il soit à la vie de son auteur, le roman de Proust se trouve, sans équivoque, de l'autre côté de l'autobiographie ; il n'y a en lui aucune *intentionnalité autobiographique* ; il ne l'a pas écrit pour parler de sa vie, mais pour éclairer aux yeux des lecteurs leur vie à eux : « … chaque lecteur est quand il lit le propre lecteur de soi-même. L'ouvrage de l'écrivain n'est qu'une espèce d'instrument optique qu'il offre au lecteur afin de lui permettre de discerner ce que sans ce livre il n'eût peut-être pas vu en soi-même. La reconnaissance en soi-même, par le lecteur, de ce que dit le livre, est la preuve de la vérité de celui-ci[1]... » Ces phrases de Proust ne définissent pas que le sens du roman proustien ; elles définissent le sens de l'art du roman tout court.

## GEORGES SÉFÉRIS

# « Quand on est seul on peut demander l'aide de Swann » (1971)

*Yorgos Seferiádis, connu sous le nom de plume Georges Séféris (1900-1971), a marqué la littérature de son pays, la Grèce. Poète, il a été récompensé du prix Nobel de littérature en 1953. Diplomate, il a beaucoup voyagé, naviguant de poste en poste en Europe comme en Asie. Son enfance a été marquée par la guerre gréco-turque (1919-1922), obligeant sa famille à quitter sa ville natale de Smyrne pour s'installer en Grèce, tandis que la fin de sa vie coïncide avec le coup d'État militaire de 1967 qui a fait basculer le pays sous le régime de la dictature des colonels (1967-1974).*

*Séféris découvre Proust lors de ses années d'études en France, entre 1918 et 1926. Il lit d'abord, en français,* À l'ombre des jeunes filles en fleurs, *quand il reçoit le prix Goncourt en 1919. Il assiste donc à la fameuse « émeute littéraire* » qui déchire alors le monde des lettres, qui attendait que soit couronné l'ancien combattant Roland Dorgelès avec* Les Croix de bois. *Dans cet article, paru dans* Le Figaro *en 1971, cent ans après la naissance de Proust et deux mois avant la mort de Séféris, il revient sur les années parisiennes de sa jeunesse, et dresse le constat que sa lecture de Proust a influencé certaines décisions de sa vie, de sa carrière littéraire et même de son œuvre (à l'image de son*

* Que relate Thierry Laget dans *Proust, prix Goncourt. Une émeute littéraire*, Gallimard, 2019 ; coll. « Folio », 2022.

*poème « Piazza San Nicolò* » ). Proust l'a accompagné tout au long de sa vie : de ses jeunes années d'adulte jusqu'à la publication du premier volume de la* Recherche *en grec par Pavlos Zannas, en 1969.*

N. B.

Automne 1919 ! Je me vois jeune étudiant, devant une librairie du quartier Montparnasse ; je regardais, un peu ahuri, un titre qui paraissait inaccoutumé ! *À l'ombre des jeunes filles en fleurs*. Il portait la bande du prix Goncourt. Je sentais dans mon dos l'humidité du jardin du Luxembourg. Un camarade, que je croyais plus informé, s'arrêta à mon côté : — Ah ! le nouveau prix Goncourt, dit-il. Pas fameux !...

Il s'en alla dédaigneux. Je ne le blâme pas. À cette époque, ou quelques années plus tard, des critiques reconnus parleraient de l'incapacité où nous étions de définir la nouveauté de l'œuvre de Proust.

Depuis les « vivantes échasses[1] » que les années nous font porter ont grandi et je n'étonne plus personne quand je relis toujours quelques pages du *Temps perdu*. D'ailleurs l'enquête de Raymond Queneau[2], si ma mémoire ne me trompe pas, a érigé le livre de Proust à la troisième place de la littérature mondiale, les deux premières étant celle de la Bible et celle de Shakespeare[3].

Quant à moi, si j'essayais d'exprimer mon sentiment en deux mots, je dirais que c'est la poétique qui me charme surtout dans l'art de Proust ; sa capacité particulière de se servir des harmoniques des faits grands ou petits, avec toutes leurs racines vivantes, que sa mémoire touche le long de son

* Qui, avec cet article du *Figaro*, constitue les rares traces écrites de Séféris sur Proust.

grand livre ; cet art qui évoque le comportement d'un vrai poète.

Avant que la publication de l'œuvre entière de Proust ne fût achevée, j'avais décidé de rentrer en Grèce. Je m'étais rendu compte que si je voulais vraiment être un écrivain, je ne devais pas vivre plus longtemps loin de ma langue. Je pense maintenant que très probablement la lecture de Proust a dû contribuer pour beaucoup à me faire réaliser combien son monde était différent du nôtre. Mais en ce moment, je voudrais simplement ajouter quelques lignes sur la situation de Marcel Proust en Grèce. En langue grecque devrais-je dire. Je ne compte pas les lecteurs grecs qui pouvaient lire le *Temps perdu* en français. Il en est d'assez nombreux et, parmi eux, j'ai observé des cas touchants ; ils font partie d'un public international.

C'est vers 1930 que les premières pages de traduction paraissent dans une revue d'Athènes (*Nea Hestia*, 1933). C'est un sérieux effort ; elles sont signées par Nassos Dedjordjis[1].

Ici je voudrais m'arrêter un moment pour noter que nous avons une langue tenace avec des possibilités exceptionnelles, si toutefois nous ne la maltraitons pas trop. Mais en étudiant les détails nous observerons que dans notre proche passé nous n'avons rien d'équivalent aux *Lettres* de Madame de Sévigné, aux *Mémoires* de Saint-Simon ou aux *Liaisons dangereuses*. (J'ai choisi des auteurs cités dans le livre de Proust.) Nous n'avons rien que la domination ottomane. La Grèce célèbre en ces jours les cent cinquante années de son indépendance, une indépendance en somme plus récente que le 18 Brumaire[2]. Et si nous songeons aux plus belles années de nos pères, nous noterons que les catleyas d'Odette Swann ou les ballets de Diaghilev sont, en général, des choses abstraites dans leurs vies. Cependant… « … Plus tard je fus souvent malade[1] », nous dit Proust dans la préface des *Plaisirs et les Jours*. « Je compris que jamais Noé ne put si bien voir le monde que de l'Arche, malgré qu'elle fût close et qu'il fît nuit sur la terre[2]. »

Et la même idée est reprise au moment où le temps retrouvé va clore son livre. « … Les vrais livres doivent être les enfants non du grand jour et de causerie mais de l'obscurité et du silence. »

Les vrais livres comme les vraies paroles ont leur propre destin indépendant, non déterminé, dirai-je, par la volonté de leur auteur ; un destin fait de hasard et de clairvoyance. Ce destin a voulu que le livre du temps fût placé, il y a trois ans, entre les mains d'un condamné politique à une peine de prison ridiculement longue, si l'on pense au délit pour lequel on dit l'avoir puni. Cette fois, pour lui, l'Arche de Noé fut la prison. Un homme de quarante ans, parmi mes jeunes amis un des meilleurs, Pavlos Zannas[3]. Nous le connaissions avant le régime actuel par quelques rares essais. Mais je crois que ses capacités se sont réellement déployées au cours de cette dernière année. Là il fait preuve d'un très riche registre d'expression. *Du côté de chez Swann*, en grec, en trois volumes, vient de paraître à Athènes[4]. Et il continue de travailler. Ses notes, ses préfaces et ses éclaircissements montrent à quel point il est maître de son sujet. Il termine un texte d'introduction ainsi :

« … Je sais que quand on se trouve tout seul (même avec cinq ou six camarades autour de soi) on peut demander l'aide de Swann… et Swann aidera à retrouver le temps perdu en recherchant le renouveau. »

*Le Figaro littéraire*, vendredi 9 juillet 1971.

# NOTES

TRADUIRE PROUST

**Lydia Davis**

« Lire Proust pour la première fois »

*Page 35*

1. Il s'agit des volumes publiés dans la collection Blanche.

*Page 36*

1. Qui inspire le dégoût. « Ce n'est pas de la colère, pourtant, se disait-il à lui-même, que j'éprouve en voyant l'envie qu'elle a d'aller picorer dans cette musique stercoraire. C'est du chagrin, non pas certes pour moi, mais pour elle ; du chagrin de voir qu'après avoir vécu plus de six mois en contact quotidien avec moi, elle n'a pas su devenir assez une autre pour éliminer spontanément Victor Massé ! » *Du côté de chez Swann*, Folio classique, 2019, p. 404.

2. Le premier tome de l'édition Pléiade dirigée par Jean-Yves Tadié.

*Page 37*

1. Cette « writing lesson » revient à plusieurs reprises dans le texte de Lydia Davis : elle renvoie à son

enseignement de « creative writing », ateliers d'écriture à l'Université d'Albany.

## Manuel Bandeira
## Carlos Drummond de Andrade
## Mário Quintana

*Page 41*

1. José Pereira da Graça Aranha (1868-1931), diplomate, écrivain et dramaturge, est l'un des membres fondateurs de l'Académie brésilienne de lettres. Il est en 1925 l'un des premiers critiques littéraires à écrire sur Proust ; très sévère, son article a pour titre « Proust ne nous rajeunit pas ». « Proust ne nous rajeunit pas ; les racines de son art sont lointaines. En lui, le vieil esprit français se complaît dans l'analyse des causes, dans la narration des événements, l'association des idées et des sensations. Une infiltration par la sève humoristique et déformatrice des Anglais donne l'apparence de nouveauté. Cette analyse va jusqu'à son paroxysme et, à travers l'exaspération de la sensibilité de Proust, elle est de notre temps, bien que son art soit ancien. Un art de l'intelligence, où la pensée se fait instinct et qu'elle semble tisser inconsciemment. Art procédural, dans lequel se reflète la culture de la volonté. Art de tradition, qui s'achève en décadence. Son puissant don de représentation se limite à fragmenter la vie. Proust nous transmet la sensation des objets comme il les perçoit. Les êtres ne s'expriment pas par eux-mêmes. Tout émane de la conscience de l'artiste, qui ne possède pas assez de sens philosophique pour lier les fragments et composer avec eux l'illusion de l'unité. C'est une décomposition de l'Univers à laquelle il manque la recomposition esthétique. » (*Espirito Moderno*, São Paulo, Editora Monteiro Lobato, 1925, p. 99-100, traduction inédite d'Etienne Sauthier.)

*Page 42*

1. Il semble que Manuel Bandeira fait erreur en plaçant les échanges entre Proust et la NRF à un moment où

l'auteur avait déjà décidé de publier son roman à compte d'auteur chez Grasset.

2. Voir la lettre d'André Gide à Marcel Proust, janvier 1914, reproduite dans *Du côté de chez Swann*, Folio classique, 2019, p. 623.

*Page 43*

1. *Du côté de chez Swann*, Folio classique, 2019, p. 85.

**Jürgen Ritte**
Entretien

*Page 54*

1. Voir notamment son article « Regards sur la fortune de Proust en Allemagne, en Autriche et en Suisse », *La NRF*, n° 603-604, « D'après Proust », mars 2013.

*Page 55*

1. Publiées chez Gallimard en édition de luxe (tirage limité), avec fac-similé et transcription des passages manuscrits. Ce sont les « placards Grasset » de 1913 de la première partie de *Du côté de chez Swann*, conservés à la Fondation Bodmer à Genève, comportant les fameuses « paperoles » qui permettent à Proust de corriger son texte au-delà des marges de la page.

2. https://www.marcel-proust-gesellschaft.de

*Page 57*

1. Comme le montre Thierry Laget dans *Proust, prix Goncourt. Une émeute littéraire*, Gallimard, 2019 ; coll. « Folio », 2022.

**Walter Benjamin**
Lettres sur la traduction de la *Recherche*

*Page 60*

1. Voir la présentation de Scholem, p. 221 (Gerhard est son second prénom).

*Page 61*

1. Écrivain autrichien marquant du début du XXe siècle, Hugo von Hofmannsthal (1874-1929) s'est notamment illustré dans le domaine du théâtre (*Le Chevalier à la rose*) et du récit (*La Lettre de Lord Chandos*).

*Page 62*

1. Les Kobolds sont des créatures du folklore germanique : génies familiers ou protecteurs des métaux. Comme l'a remarqué Robert Kahn (Voir « "Au pays des Kobolds" : Walter Benjamin traducteur de Marcel Proust », dans *Littérature*, n° 107, 1997), Proust évoque lui aussi la figure des Kobolds dans un passage du *Côté de Guermantes* à propos du prince de Faffenheim : « Une nationalité a des traits particuliers plus forts qu'une caste. Or ils se traduisirent devant moi, non par un discours où je croyais d'avance que j'entendrais le frôlement des elfes et la danse des Kobolds, mais par une transposition qui ne certifiait pas moins cette poétique origine : le fait qu'en s'inclinant, petit, rouge et ventru, devant Mme de Villeparisis, le Rhingrave lui dit : "Ponchour, matame la marquise" avec le même accent qu'un concierge alsacien », dans *Le Côté de Guermantes*, Folio classique, 2020, p. 374.

*Page 63*

1. Georg Kaiser est un dramaturge expressionniste.
2. Le Lessingtheater est un théâtre berlinois aujourd'hui disparu.
3. Cette foire qui avait lieu sur le boulevard Richard-Lenoir était une vaste brocante.

*Page 64*

1. Intellectuel prolifique, Franz Hessel est reconnu pour son travail de traducteur. Le père de Stéphane Hessel a aussi inspiré le roman *Jules et Jim* d'Henri-Pierre Roché. Voir p. 53.

*Page 65*

1. Le voyage de Benjamin en Russie communiste entre

décembre 1926 et janvier 1927 a fait l'objet d'un journal paru de manière posthume (*Journal de Moscou*, L'Arche, 1983).

### Natalia Ginzburg
Postface à la réédition de sa traduction de *La Strada di Swann*

*Page 67*

1. Natalia Ginzburg, *Les Petites Vertus*, trad. Adriana R. Salem, Paris, Ypsilon éditeur, 2018, p. 18.

2. « Les écrivains traduits par des écrivains ».

*Page 68*

1. Natalia Ginzburg, *Les Mots de la tribu*, trad. Michèle Causse, Grasset, 1966, p. 72 et p. 81.

*Page 69*

1. Giacomo Debenedetti, « Proust in Italia II », dans *Proust*, introduction M. Lavagetto, publié par V. Pietrantonio, Turin, Bollati Boringhieri, 2005, p. 219-220. Il s'agit d'une version plus longue d'un autre texte inédit, « Proust in Italia I ».

*Page 72*

1. Natalia Ginzburg parle ici de l'armistice de Cassibile entre les Alliés et l'Italie, signé le 3 septembre 1943.

*Page 74*

1. « [...] je m'écriai dans mon enthousiasme, en brandissant mon parapluie refermé : "Zut, zut, zut, zut" » (*Du côté de chez Swann*, Folio classique, 2019, p. 238).

2. Une expression tombée en désuétude, qui se traduit littéralement par « nèfles ».

3. « [...] odeurs naturelles encore, certes, et couleur du temps comme celles de la campagne voisine, mais déjà casanières, humaines et renfermées, gelée exquise industrieuse et limpide de tous les fruits de l'année qui ont quitté

le verger pour l'armoire ; saisonnières, mais mobilières et domestiques » (*Du côté de chez Swann*, *ibid.*, p. 106).

4. *Mobileschi* est vraisemblablement un néologisme forgé par Natalia Ginzburg.

5. « "[...] et surtout, la pauvre petite, elle est tellement bête !!!" » (*Du côté de chez Swann*, *ibid.*, p. 400).

6. *Giovine* est une forme vieillie de *giovane*.

## À la recherche des lecteurs et des traducteurs chinois

*Page 83*

1. Nicolas Ragonneau, « Proust en Chine : entretien avec Shuangyi Li », sur le blog *Proustonomics*, publié le 27 mai 2020.

*Page 84*

1. *Ibid.*

2. « Il est vrai que ce titre, "poursuivre la mémoire du temps comme l'eau écoulée", a atteint un statut emblématique et semblait être "fixé" pour toujours. Toutefois, l'une de ces deux nouvelles traductions en cours [...] a décidé d'adopter un titre qui correspond plus littéralement – donc plus "fidèlement" ? – au titre français [...]. En effet, pour justifier cette proposition, M. Zhou, dans la préface, n'hésite pas à citer l'exemple de la nouvelle traduction anglaise de la *Recherche*, qui a changé *Remembrance of Things Past* (qui s'inspire du sonnet shakespearien) en *In Search of Lost Time* » (*ibid.*).

3. Écrivain chinois dont les derniers romans, parmi lesquels *Cri dans la bruine*, ont été traduits chez Actes Sud. *Brothers*, traduit en français en 2008, a reçu le prix du Meilleur Livre étranger décerné par le magazine *Courrier international*.

4. *Ibid.*

*Page 85*

1. *Ibid.*

2. Propos tenus par François Cheng dans l'émission télévisée de François Busnel *La Grande Librairie* le 22 juin 2016.

**Guy Régis Jr**

« *Tradui* Proust dans une totale jubilation »

*Page 87*

1. *Du côté de chez Swann*, Folio classique, 2019, p. 49.

**Les traductions inattendues de Proust**

*Page 92*

1. Nicolas Ragonneau, « Proust en néerlandais : entretien avec Désirée Schyns et Philippe Noble », *Proustonomics*, publié le 29 novembre 2019.

*Page 93*

1. Nicolas Ragonneau, « La *Recherche* en grec : une première traduction », *Proustonomics*, publié le 18 décembre 2019.

2. *Ibid.*

3. Premier ministre macédonien de 2006 à 2016, en fuite depuis 2018 pour des affaires de corruption, fraude électorale et abus de pouvoir.

4. Décédé en avril 2022.

*Page 94*

1. Snaebjorn Arngrimsson a déménagé au Danemark et vendu sa maison d'édition, qui publiait la traduction islandaise de *Du côté de chez Swann*.

2. Elle qui a découvert la *Recherche* en français : « J'ai lu la *Recherche* dans l'édition Folio et je n'ai pas pu arrêter la lecture jusqu'au *Temps retrouvé*. J'étais complètement absorbée par le roman : tout un voyage après lequel je n'étais plus la même, j'étais devenue proustienne ! » Pour ne pas être influencée, elle n'a pas lu les autres

traductions catalanes, mais les versions en anglais, en allemand et en espagnol, en évitant que le castillan ne vienne précisément « contaminer » son catalan. Voir Nicolas Ragonneau, « Proust en catalan : entretien avec Valèria Gaillard », *Proustonomics*, publié le 25 janvier 2020.

*Page 95*

1. *Ibid.*
2. *Ibid.*

## PROUST, CANON DE LA MODERNITÉ LITTÉRAIRE : SES PREMIERS LECTEURS

### Rainer Maria Rilke
Lettre à Marie Taxis

*Page 104*

1. Voir *Du côté de chez Swann*, Folio classique, 2019, p. 274.
2. *Ibid.*, p. 270, pour l'évocation des trois clochers.

### Ezra Pound
« Lettres de Paris »

*Page 108*

1. *Le Côté de Guermantes*, Folio classique, 2020, p. 591. Nous réduisons la citation de Proust, que Pound a sans doute voulue « interminable », et restituons le texte d'origine de Proust (que l'auteur citait de manière inexacte).
2. Le peintre dadaïste Francis Picabia (1879-1953).

*Page 109*

1. *Le Côté de Guermantes*, Folio classique, 2020, p. 603.
2. Romancier prolifique, Anthony Trollope (1815-1882)

est reconnu dans le monde anglo-saxon pour la finesse de ses portraits psychologiques.

*Page 110*

1. *Le Côté de Guermantes*, Folio classique, 2020, p. 669. Les librettistes Henri Meilhac et Ludovic Halévy ont adapté *Carmen* de Prosper Mérimée pour l'opéra de Georges Bizet créé en 1875. Autant dire que les écrivains favoris de la duchesse de Guermantes tiennent commodément dans un mouchoir de poche.

2. *H. J.* : Henry James.

3. La princesse Nausicaa, qui recueillit le héros de l'*Odyssée*, est représentée sous les traits de la jeune Gerty dans *Ulysse* de Joyce.

## Violet Hunt
« Du côté de chez Proust »

*Page 112*

1. Violet Hunt fait remonter sa première lecture de Proust à 1918 sur un volume titré en français. Les premières traductions de *Du côté de chez Swann* par C. K. Scott Moncrieff ne paraissent en Grande-Bretagne qu'en 1922. Au début 1923, lorsqu'elle écrit son hommage à l'auteur de la *Recherche*, Violet Hunt ne peut connaître que les quatre premiers volumes, en français : le cinquième, *La Prisonnière*, paraît en France dans le courant de la même année. Il lui restera à en découvrir encore deux autres, *Albertine disparue* (1925) et *Le Temps retrouvé* (1927).

2. Dans l'Antiquité, comptoir commercial établi en pays étranger. Le sens d'« emporium » s'est perdu, mais il était encore assez clair du temps de Violet Hunt.

3. La London Library, fondée par Thomas Carlyle en 1841, est la plus grande bibliothèque indépendante du monde. Avant sa création, il n'existait pas de bibliothèque de prêt dans la capitale britannique. Son histoire est associée aux grands noms de la littérature anglaise.

4. Du grec ancien βάθος (*bathos*), « profondeur ».

*Page 113*

1. Kensington, quartier résidentiel de Londres, habité essentiellement par la haute bourgeoisie et l'aristocratie.

2. Prospero est un personnage de *La Tempête* (1623) de William Shakespeare. Duc de Milan, Prospero est détrôné par son frère qui l'accuse de trop lire et de ne pas assez diriger. Exilé sur une île et devenu un puissant sorcier, Prospero déclenche une tempête lorsqu'approchent trop près de son rivage les bateaux de son frère. Il est entouré de sa fille Miranda, qui tombe amoureuse de Ferdinand, le fils du roi de Naples, et Caliban, l'esclave mi-homme mi-bête.

*Page 115*

1. Ogier le Danois est un chevalier légendaire de Charlemagne. Casque, épée et bouclier, longue barbe de sage et bras croisés, la statue en bronze d'Ogier, réalisée en 1907 par Hans Peder Pedersen-Dan, s'élève dans les souterrains du château de Kronborg au Danemark.

2. La légende raconte qu'en 815, l'empereur Louis le Pieux aurait fait dire une messe à Hildesheim en Allemagne et accroché une relique de la Vierge Marie à un rosier. Devant l'impossibilité de l'en décrocher, l'empereur décida d'y bâtir une cathédrale. D'une hauteur de quinze mètres, le rosier existe toujours aujourd'hui. Sans assurance d'être véritablement millénaire, sa présence est toutefois attestée depuis quatre siècles sans discontinuer.

3. En français, « nonchalamment ».

*Page 116*

1. À la fin d'*Un amour de Swann*, Swann s'écrie en lui-même : « Dire que j'ai gâché des années de ma vie, que j'ai voulu mourir, que j'ai eu mon plus grand amour, pour une femme qui ne me plaisait pas, qui n'était même pas mon genre ! »

**José Ortega y Gasset**
« Le temps, la distance et la forme chez Proust (Simple contribution aux études proustiennes) »

*Page 119*

1. « Ceux pour qui la vérité est un spectacle dont ils sont amateurs » (Platon, *La République*, *Œuvres complètes*, trad. L. Robin, Gallimard, coll. « Bibliothèque de la Pléiade », 1940, t. I, 5, 475, p. 1055).

**Edith Wharton**
« Marcel Proust »

*Page 137*

1. Publiée en 1898 par Jean Jusserand (1855-1932).
2. Dans *Le Côté de Guermantes*, dont la deuxième partie était parue en 1921 dans un volume où figurait aussi le début de *Sodome et Gomorrhe*.

*Page 141*

1. *Le Côté de Guermantes*, Folio classique, 2020, p. 480-481.

*Page 142*

1. « *I know thee not, old man* » : réplique d'Henry IV aux flagorneries de Falstaff, dans *Henry IV*, deuxième partie, acte V, scène 5.

*Page 143*

1. La scène de voyeurisme, dans *Du côté de chez Swann*, où le Narrateur épie à leur fenêtre Mlle Vinteuil et son amante, qui profane le portrait de Vinteuil.

*Page 144*

1. Dans l'acte I, scène 3, de *La Walkyrie* de Richard Wagner.

« Les Chemins parcourus »

*Page 145*

1. L'Américaine Isadora Duncan (1877-1927) s'était rendue célèbre par la nouveauté de sa danse fluide drapée de voiles.

2. Le peintre Jacques-Émile Blanche (1861-1942), auteur du fameux portrait de Proust à l'œillet (1892).

3. Cette réponse n'a pas été retrouvée dans les papiers d'Edith Wharton, qui pourtant conservait et classait scrupuleusement toutes les lettres qu'elle recevait de Henry James. Leon Edel (1907-1997) était convaincu que James, dont il a été le plus grand biographe, n'avait même pas ouvert l'exemplaire de *Du côté de chez Swann* envoyé par Wharton. Nous partageons cette conviction. Il s'agirait donc d'un pieux mensonge. Pour quelle raison ? Sans doute parce que la gloire de Proust était alors bien établie, dans le monde anglo-saxon également, tandis que l'œuvre de James, en 1934, dix-huit ans après sa mort, était relativement oubliée, du moins négligée. En laissant croire que c'est James qui lui a fait découvrir Proust, elle souhaite que la gloire posthume du romancier français rejaillisse sur son compatriote britannique.

*Page 146*

1. *Sons and Lovers* (1913) de David Herbert Lawrence (1885-1930). Traduction française de Jeanne Fournier-Pargoire, Gallimard, 1936.

2. Henry James aurait donc lu *Du côté de chez Swann* en français (1913) (comme Edith Wharton elle-même), puisque Scott Moncrieff en a publié la traduction en 1922, six ans après la mort de James.

**Stefan Zweig**
« La tragique destinée de Marcel Proust »

*Page 152*

1. C'est de manière très lucide que Proust emploie cet adjectif pour qualifier les dîners qu'il organise afin de servir sa carrière et caractériser les convives qu'il s'efforce d'y réunir, à l'image d'Alfred Vallette, le fondateur, avec sa femme, la romancière Rachilde, de la revue puis de la maison d'édition le Mercure de France. Voir sa lettre du 9 mars 1903, dans Marcel Proust, *Correspondance avec sa mère*, Paris, 10/18, 2019, p. 221-225.

*Page 156*

1. *Du côté de chez Swann*, Folio classique, 2019, p. 450.

*Page 158*

1. Contrairement à ce qu'écrit ici Stefan Zweig, la *Recherche* met en scène le marquis de Norpois, et non le « comte [Graf] ».

2. Zweig écorche le titre véritable – *Les Plaisirs et les Jours*, paru en 1896 chez Calmann-Lévy –, occultant au passage une connotation moins frivole dans le titre initial, qui joue sur la proximité avec le poème d'Hésiode, *Les Travaux et les Jours*. La préface d'Anatole France saluera « un merveilleux esprit d'observation » chez le jeune Marcel Proust, dans des pages principalement écrites entre sa vingtième et sa vingt-troisième année.

*Page 161*

1. La mère de Marcel Proust, née Jeanne Weil, s'éteindra en réalité deux ans plus tard, à Paris, le 26 septembre 1905. L'année 1903, en revanche, correspond à l'année de la mort de son père, Adrien Proust, le « médecin réputé » mentionné dans les premières lignes du texte.

*Page 163*

1. Boson de Talleyrand-Périgord (1832-1910), prince

de Sagan et duc de Talleyrand, figure du Paris aristocratique et fameux dandy, inspira à Proust les personnages du duc de Guermantes (dont le prénom est Basin) et du baron de Charlus.

2. *Bouts de papier* : qui serviront à corriger les épreuves de ses livres, selon la fameuse technique des « paperoles ».

*Page 164*

1. Entre 1903 et 1904, Marcel Proust a fait paraître dans *Le Figaro* une série de « salons parisiens », signés de son nom ou de divers pseudonymes comme Dominique ou Horatio.

2. *Un nouvel éditeur courageux* : Bernard Grasset, qui publiera *Du côté de chez Swann*, aux frais de Proust.

*Page 165*

1. Maladresse ou erreur typographique, Stefan Zweig pense à Bergotte – et non Bertotte –, le personnage de l'écrivain dans la *Recherche*, dont Anatole France fut l'un des modèles. La mort de Bergotte sera en effet décrite dans *La Prisonnière*, publié en 1923 à titre posthume, ce qui explique peut-être l'hypothèse de Zweig selon laquelle il existe une forme de coïncidence entre l'agonie de l'auteur et celle de son personnage. Par ailleurs, la métaphore du « succès ailé » dans les lignes qui précèdent n'est peut-être pas étrangère à l'évocation proustienne de la mort et des funérailles de Bergotte, que « ses livres, disposés trois par trois, veillaient comme des anges aux ailes éployées ».

## Alejo Carpentier
« Marcel Proust et l'Amérique latine »

*Page 169*

1. Francisés ou francophiles. Terme péjoratif désignant, au XVIII^e^ siècle, les Espagnols ayant collaboré avec les Français lors de la guerre d'Indépendance entre 1808 et 1814.

2. Leandro Fernández de Moratín (1760-1828) : poète et dramaturge espagnol.

3. José Marchena Ruiz de Cueto, dit l'abbé Marchena, (1768-1821) : écrivain, traducteur et homme politique espagnol.

4. José Caldaso y Vázquez de Andrade (1741-1782) : écrivain et dramaturge espagnol.

*Page 170*

1. Simón Narciso de Jesús Rodríguez, dit Samuel Robinsón (1769-1854) : pédagogue vénézuélien.

2. Simón José Antonio de la Santísima Trinidad Bolívar y Palacios (1783-1830) : général et homme d'État vénézuélien.

3. Ricardo Güiraldes (1866-1927) : romancier argentin.

*Page 173*

1. *Du côté de chez Swann*, Folio classique, 2019, p. 216.

2. *Ibid.*, p. 225.

3. *Sodome et Gomorrhe*, Folio classique, 2022, p. 279.

*Page 174*

1. *Du côté de chez Swann, op. cit.*, p. 183.

2. *Albertine disparue*, Folio classique, 1990, p. 69.

3. *La Prisonnière*, Folio classique, 1989, p. 165.

4. *Ibid.*, p. 166.

*Page 175*

1. *Ibid.*, p. 167.

2. *Ibid.*, p. 168.

*Page 176*

1. Miguel de Unamuno (1864-1936) : romancier, dramaturge et philosophe espagnol.

### Victoria Ocampo
Réponse à un anti-proustien

*Page 182*

1. « Mettre mon cœur à nu par des mots » (en anglais dans le texte).

*Page 186*

1. Fauteuil à bascule.
2. Fauteuil-hamac.
3. Usage de la polysémie du mot « *estancia* » qui, en Argentine, au Paraguay et au Chili, désigne la « *hacienda* », la propriété terrienne, et qui dans un espagnol plus commun désigne le séjour quelque part ainsi que le séjour d'un logement, le salon.

## FACE À L'HISTOIRE

### Emma Gerstein
Souvenirs sur Ossip Mandelstam

*Page 194*

1. Célébrations en mémoire de la révolution russe de 1917, le « jour de la grande révolution socialiste d'Octobre » avait lieu le 7 novembre et était férié dans l'ensemble des pays du bloc de l'Est. Ces célébrations donnant lieu à un grand défilé à Moscou, Emma Gerstein s'y était rendue.

*Page 196*

1. Nikolaï Stepanovitch Goumilev (1886-1921), poète acméiste russe, ami de Mandelstam.
2. Dans *Le Timbre égyptien* (1928), où est repris son essai autobiograhique *Le Bruit du temps* (1925), Mandelstam mêle fiction et souvenirs d'enfance pour tenter

de mieux saisir l'époque dans laquelle il vit – démarche tout à fait proustienne.

## Georg Lukács
Entretien avec Stephen Spender

*Page 198*

1. Quelques lignes plus haut, Lukács refuse à Joyce la paternité du monologue intérieur.

2. Si, dans un premier temps, la révolution de 1848 renverse la monarchie de Juillet, les manifestations des ouvriers des ateliers nationaux sont réprimées dans le sang par la nouvelle République durant les journées de juin. Cette révolution à demi accomplie sera définitivement enterrée par l'élection au suffrage universel de Louis-Napoléon Bonaparte en décembre 1848, son coup d'État de décembre 1851 et la proclamation du Second Empire en décembre 1852.

## Varlam Chalamov
« Marcel Proust »

*Page 202*

1. Référence à *Guermantes II*.

*Page 204*

1. Les articles 58 1/a et 58 1/b établissaient de sévères punitions pour les crimes relevant de la « trahison de la patrie ».

2. Vingt-cinq ans de camp auxquels s'ajoutent cinq ans de privation des droits civiques.

*Page 206*

1. Le test de Wasserman permet de diagnostiquer la syphilis ; les quatre croix indiquent les infections les plus graves.

**Joseph Czapski**
*Proust contre la déchéance.*
*Conférences au camp de Griazowietz*

*Page 211*

1. En fait le treizième, dans l'édition originale de la NRF.

**Jorge Semprún**
*Le Grand Voyage*

*Page 215*

1. Antoine Roquentin est le héros de *La Nausée* de Sartre, paru en 1938.

**Karl Radek**
« La littérature contemporaine mondiale
et la tâche de l'art prolétarien »

*Page 219*

1. Le second des deux noms, qui n'apparaît pas dans cet extrait, est celui de James Joyce. Ezra Pound procède lui aussi à cette association (voir p. 106). Les différentes identités de Proust se révèlent toujours à la faveur des noms d'écrivains aux côtés desquels il est cité : que son nom apparaisse auprès de celui de Joyce et il est considéré comme un écrivain d'avant-garde ; s'il est cité dans la foulée de Kafka et de Musil, il apparaît plutôt comme un illustre représentant d'une modernité mondiale. Associé à ceux de Racine et de Baudelaire, le nom de Proust est alors sollicité comme l'un des parangons des lettres françaises. À la fois classique et avant-gardiste, français par excellence mais aussi radicalement cosmopolite, Proust est, dans son nom même, le lieu d'une ambivalence qui le laisse inassignable.

## Gershom Scholem
« À l'ombre de la peur. Sur Proust »

*Page 222*

1. *Davar* : quotidien hébraïque fondé en 1925, proche du sionisme de gauche.

2. Shin Shalom, nom de plume de Shalom-Yosef Shapira (1904-1990), est un poète israélien.

3. *La Promesse de mariage* de Samuel Joseph Agnon, prix Nobel de littérature en 1966, venait d'être publié.

*Page 223*

1. *Moznaïm* : périodique de l'Association des écrivains hébraïques.

2. Theodor Herzl, fondateur du mouvement sioniste, a publié le 15 octobre 1897 dans *Die Welt*, l'hebdomadaire qu'il avait récemment fondé, un article intitulé « Mauschel » : il y oppose deux figures selon lui typiques dans le monde juif, celle du Juif, qui est « un homme comme les autres », et celle de Mauschel, « défiguration de l'humanité, [personnage] inexprimablement bas et répugnant ».

*Page 224*

1. *Les Histoires de Jacob* : premier tome du cycle romanesque *Joseph et ses frères* de Thomas Mann.

2. La qualification « l'antisémite bien connu » est utilisée ici par antiphrase. – Abraham Schwadron (1878-1957) a défendu un sionisme radical opposé aux conceptions de Scholem.

*Page 225*

1. *Mon ami* : Walter Benjamin, traducteur de Proust en allemand (voir p. 59).

*Page 226*

1. Le roman de Y.-H. Brenner *Deuil et échec* parut en 1920.

2. *Avec nos jeunes gens et avec nos vieillards* a été publié en revue, partiellement en 1920, puis dans son intégralité en 1931.

## Umberto Eco
« L'identité culturelle européenne, c'est le dialogue »

*Page 233*

1. « Sous les tilleuls », célèbre avenue de Berlin.
2. « Allemagne au-dessus de tout », l'hymne national allemand. *Le Temps retrouvé*, Folio classique, 1990, p. 114.
3. *Ibid.*, p. 61. L'épisode de l'oiseau magique qu'écoute et suit Siegfried se situe au deuxième acte du drame musical, *Siegfried*.

*Page 234*

1. *Ibid.*, p. 153.
2. *Ibid.*, p. 144.

# DU CÔTÉ DES PHILOSOPHES

## Joseph Conrad
Lettre à C. K. Scott Moncrieff

*Page 240*

1. *Oswalds* : nom de la maison où Conrad a fini ses jours, dans le village de Bishopsbourne en Angleterre.
2. Conrad a été sollicité par Moncrieff (voir p. 239) à la suite de la mort de Proust, pour apporter sa contribution à l'ouvrage *Marcel Proust, an English Tribute* qui sera publié en 1923. C'est tout l'objet de cette lettre.
3. Chatto & Windus est le premier éditeur de Proust en langue anglaise.

## Theodor Adorno
## « Notes sur Marcel Proust »

*Page 249*

1. Subsumer consiste à ranger un individu sous un ensemble.

*Page 250*

1. La philosophie de Hegel, dont il expose les principes dans *La Science de la logique*, affirme l'identité du réel et du rationnel, donc l'identité du concept (le général, les idées) et du particulier (le monde concret). Il s'oppose ainsi à l'idéalisme traditionnel qui depuis Platon perçoit un gouffre entre l'idéal et la contingence de notre monde.

2. Adorno a consacré une étude au compositeur de *Wozzek* (opéra créé pour la première fois en 1925) : *Alban Berg : le maître de la transition infime* (1968 ; trad. Rainer Rochlitz, Gallimard, 1989).

*Page 251*

1. Référence à l'édition Folio classique, 2021.

*Page 253*

1. « Comme une grande déesse qui préside de loin aux jeux des divinités inférieures, la princesse était restée volontairement un peu au fond sur un canapé latéral [...] dans le cristal ébloui des eaux » (*Le Côté de Guermantes*, Folio classique, 2020, p. 88).

2. André Maurois est l'auteur d'une biographie de Proust : *À la recherche de Marcel Proust* (1949).

*Page 254*

1. Auteur d'une pièce intitulée *Le Snob*, Carl Sternheim (1878-1942) développe une âpre satire des milieux bourgeois tout en revendiquant un individualisme exacerbé qui le mène à un violent rejet du marxisme et des velléités d'émancipation collective.

*Page 255*

1. Proust a dédié *Du côté de chez Swann* à *Gaston Calmette*, directeur du *Figaro*. – Fils aîné d'Alphonse, Léon Daudet était un ami intime de Proust malgré son anti-dreyfusisme.

## Walter Benjamin
« Notes pour un essai sur Proust »

*Page 257*

1. *Tempi* : pluriel de tempo.

*Page 258*

1. Leo Spitzer (1887-1960) est considéré comme l'un des fondateurs de la stylistique moderne. – Traduction française : *Études de style*, Gallimard, coll. « Tel », 1980.

2. L'approche physiologique de Benjamin est clairement nietzschéenne (voir par exemple *Le Crépuscule des idoles* où Nietzsche développe cette conception de l'art).

*Page 259*

1. Traduction française : *Histoire et conscience de classe*, Minuit, 1960.

## Benjamin Fondane
« L'art de Marcel Proust (Notes) »

*Page 262*

1. John Ruskin, *Sésame et les lys*, précédé de *Sur la lecture* de Marcel Proust, Éditions Complexe, coll. « Le regard littéraire », 1987, traduction et notes de Marcel Proust. Page 134, dans cette édition, établie par Antoine Compagnon. *[Note du traducteur]*

*Page 263*

1. *Ibid.*, p. 50. *[N.d.T.]*

*Page 264*

1. Fondane fait référence au conte de Wilde *Le Rossignol et la rose.*

2. Fondane tronque légèrement la phrase de Gide : « Lorsque nous lisons Proust, nous commençons de percevoir brusquement du détail où ne nous apparaissait jusqu'alors qu'une masse. » Billet à Angèle, dans Marcel Proust, *Lettres à André Gide*, Ides et Calende, 1949.

*Page 266*

1. Cette édition date de 1906. *[N.d.T.]*

*Page 267*

1. Le philosophe utilitariste Alexander Bain (1818-1903).

## Cristina Campo
### « Les sources de la Vivonne »

*Page 269*

1. Leopardi s'est rendu sur la tombe du poète de la Renaissance en 1823.

2. Le troubadour Jaufré Rudel (vers 1130-1170) est à l'origine d'une poésie amoureuse et mystique qui inspira Pétrarque. La légende raconte que sur son lit de mort le poète a retrouvé sa sérénité à la vue de sa dame.

*Page 270*

1. Roi des nains, Laurin vivait, selon une légende allemande, dans un jardin de roses qu'il transforma en pierres sous le coup du chagrin. Le digne déclin du nain contraste avec la mort du géant Goliath, abattu par la modeste fronde de David, et le sort du cyclope Polyphème éborgné par Ulysse armé d'un simple pieu.

2. Dans *L'Énéide*, le héros de Virgile consulte la Sibylle de Cumes. Le passage donne lieu à une description saisissante de l'oracle d'Apollon.

## GRANDEUR ET LONGUEUR DE PROUST : LECTURE ESTHÉTIQUE

**Vladimir Nabokov**
Conférences à Cornell University et *Feu pâle*

*Page 280*

1. Si aujourd'hui séparer le narrateur et l'auteur est admis, la thèse était encore très moderne dans les années 1950. L'essai de Proust *Contre Sainte-Beuve*, où l'auteur de la *Recherche* se lève contre la confusion de l'auteur et du narrateur et de l'œuvre, n'est paru qu'en 1954.

*Page 281*

1. Nabokov exagère quelque peu. Il ne pense pas à Françoise, la servante de la *Recherche*, qui est loin d'être oisive.

2. Arnaud Dandieu (1897-1933) fut l'un des premiers commentateurs de la *Recherche* avec son livre *Marcel Proust : sa révélation psychologique*, Éditions Firmin-Didot, 1930.

*Page 282*

1. Selon une légende qu'il a lui-même édifiée, Gide aurait refusé de son propre chef le manuscrit pour les raisons qu'évoque Nabokov. En réalité, la responsabilité du refus est davantage collective puisque les membres du comité de la NRF n'en ont lu que des extraits et s'en sont tenus à la réputation mondaine de l'auteur.

2. Dans son cours sur *Madame Bovary* de Flaubert, Nabokov donne la définition de ce qu'il appelle « philistin » : « personne qui ne se préoccupe que de l'aspect matériel des choses et n'adhère qu'aux valeurs conventionnelles ».

*Page 283*

1. Le roman de Léon Tolstoï parut en 1878 ; celui de Franz Kafka, en 1915.

2. Cette attention portée à la construction de la phrase proustienne, Nabokov l'utilisera pour l'écriture de pastiches de Proust, notamment dans *Ada ou l'ardeur* (1969) (voir p. 349).

*Page 284*

1. Nabokov illustre une simple comparaison par : « Le brouillard était comme un voile », une simple métaphore par : « Il y avait un voile de brouillard », et comme une comparaison hybride par : « Le voile de brouillard était comme le sommeil du silence », comblant à la fois comparaison et métaphore. *[Note de Fredson Bowers.]*

*Page 285*

1. Dans *Du côté de chez Swann*, le Narrateur se montre friand d'asperges.

2. Dans l'*Excelsior* du 23 novembre 1913, Cocteau qualifie le premier tome de la *Recherche* de « miniature géante, pleine de mirages, de jardins superposés, de jeu entre l'espace et le temps ».

3. Vronski et Lyovine (plus communément Lévine) sont des personnages du roman de Tolstoï, *Anna Karénine*.

**Edmund Wilson**
*Axel's Castle*

*Page 287*

1. Lettre de mars 1910 à Robert de Billy. – Comme Thomas Hardy, George Eliot est anglaise, Ralph Waldo Emerson est américain tandis que Robert-Louis Stevenson est écossais. On remarquera que Proust ne cite que des auteurs du XIX^e^ siècle.

*Page 288*

1. Musicien talentueux, Morel est un fameux personnage de parvenu, rendu cruel par son ambition et méchant par la honte qu'il éprouve de ses basses origines.

2. *Une personne réelle* : le baron Doäzan (1840-1907) qui s'est épris d'un jeune violoniste comme Charlus.

*Page 289*

1. Lettre de mai 1921 à Robert de Montesquiou.

## Giovanni Macchia
### *L'Ange de la nuit. Sur Proust*

*Page 291*

1. Le roman de Dostoïevski est paru en 1880 ; celui d'Italo Svevo, centré sur un héros velléitaire qui tente de se faire soigner par la psychanalyse, en 1923.

*Page 293*

1. Thomas de Quincey est l'auteur d'une importante biographie romancée de Kant, *Les Derniers Jours d'Emmanuel Kant* (1827-1854), qui s'appuie notamment sur le témoignage du secrétaire particulier et exécuteur testamentaire du philosophe, Ehregott Andreas Wasianski (*Emmanuel Kant dans les dernières années de sa vie*, 1804).

## Yukio Mishima
### *Les Vacances d'un romancier*

*Page 306*

1. Passage traduit par Thomas Garcin dans la revue *L'Argilète* en 2011.

*Page 307*

1. Passage traduit par Misako Nemoto dans son article « Mishima, lecteur de Proust », dans Christine Choltier (dir.), *Approche interdisciplinaire de la lecture*, n° 11, « La langue du lecteur », Éditions de l'Épure, 2017.

## Nadine Gordimer
« Mon Proust à moi »

*Page 309*

1. La *persona* désignait dans le théâtre antique le masque porté par les acteurs lorsqu'ils interprètent leurs rôles. Ici, il s'agit du sens figuré désignant la conception du personnage comme masque.

*Page 310*

1. Titre de la première traduction anglaise d'*À la recherche du temps perdu* (voir p. 31). Aujourd'hui, l'œuvre de Proust est connue sous le titre : *In Search of Lost Time*.

2. Ce mot provenant du néerlandais désigne des prairies composées d'arbustes et d'herbes faiblement arrosés, en Afrique du Sud. Il renvoie au lieu de naissance de Nadine Gordimer puisque Springs se situe sur le Highveld, un haut plateau dont la ville principale est Johannesburg.

*Page 311*

1. Poème de William Blake (1757-1827), « Abstinence Sows Sand All Over », dans *Blake Notebook*.

*Page 312*

1. Ce livre, non traduit en français à ce jour, a été publié en 2000 aux États-Unis. Roger Shattuck a remporté le National Book Award pour son livre intitulé *Marcel Proust* (1975). Il est connu pour son travail universitaire sur la littérature du XX^e^ siècle.

*Page 313*

1. C'est le fameux épisode du « bal des têtes » à la fin du *Temps retrouvé* (Folio classique, 1990, p. 224-353), notamment la description du vieillissement de Bloch que le Narrateur a connu jeune.

2. Gilberte de Saint-Loup.
3. *Le Temps retrouvé, op. cit.*, p. 237.

### Mario Vargas Llosa
« Proust en photos »

*Page 316*

1. *Le Temps retrouvé, op. cit.*, p. 206.
2. *Ibid.*, p. 210.

*Page 318*

1. En réalité, Proust ne se contentait pas de fréquenter avec passion le Louvre : c'était aussi un bon connaisseur des peintres de son temps. Il fut le témoin de la naissance de l'art moderne. On renverra à ses analyses pertinentes de Gauguin, George Grosz, Egon Schiele, Frida Kahlo ou Botero.

## ANTI-PROUST

### Witold Gombrowicz
*Journal*

*Page 328*

1. Tilleuls, pins, platanes, orangers, palmiers, glycines, osiers, peupliers, cyprès (en espagnol dans le texte).
2. En 1939 Gombrowicz se rend en Argentine pour un bref séjour. Après l'invasion de la Pologne par l'armée allemande, sa villégiature devient un exil. Il vivra une vingtaine d'années en Argentine entre Buenos Aires et la petite ville de Tandil.

*Page 329*

1. Fragment d'un poème de Jan Kochanowski (1530-1584).

*Page 330*

1. Dans ce contexte, le maniérisme se réfère sans doute autant à l'excès de raffinement qu'à la tendance artistique du XVI^e siècle qui vit le jour en Italie. Des peintres comme Pontormo ou le Parmesan explorèrent si radicalement le raffinement permis par la Renaissance que leurs œuvres pouvaient prendre un aspect dérangeant, voire monstrueux.

*Page 331*

1. *Ni cuit ni à cuire* : seconde occurrence culinaire dans le texte, après la comparaison de Proust avec « un bifteck à moitié cru ». Cette crudité contraste avec l'excès de raffinement qui est reproché à Proust. Pour Radek, Proust lèche ses propres plaies ; pour Huxley (p. 341), il n'en finit pas de croupir dans sa propre soupe. Il y aurait toute une grammaire anthropologique à dégager des insultes adressées à Proust. Trop civilisée, la figure de Proust évoque les affinités secrètes et inquiétantes entre le bouilli et le pourri, entre ce qui relève du plus haut degré de culture et ce qui tient de la plus stricte sauvagerie. (Sur les liens structuraux entre gastronomie et culture, voir notamment Claude Lévi-Strauss, *Le Cru et le Cuit*.)

## Jorge Luis Borges
« La mort vécue »

*Page 335*

1. Quartier populaire de Buenos Aires situé entre la Boca et Avellaneda, près du Riachuelo, et associé au tango.
2. Parodie au tour positif de la première phrase de *Don Quichotte*.
3. « Coin de rue » se traduit *esquina* (carrefour).

### D. H. Lawrence
*L'Amant de Lady Chatterley*

*Page 339*

1. *Il achète donc les gens*… : Constance vient de reprocher à son mari son manque de considération pour la domesticité, en particulier pour son amant. Clifford lui a rétorqué qu'il ne leur devait que l'argent qu'il leur donnait.
2. *Le garde* : Mellors, le garde-chasse, son amant.

*Page 340*

1. Clifford n'entend probablement pas rapprocher sa femme du courant religieux évangéliste. Le sens d'*évangélique* serait sans doute à rapprocher ici de ce qu'on entend aujourd'hui par angélisme.

## PASTICHES ET RÉÉCRITURES

### Vladimir Nabokov
*Chambre obscure*

*Page 350*

1. Dans « Le Bateau ivre » de Rimbaud : « J'ai vu fermenter les marais énormes, nasses / Où pourrit dans les joncs tout un Léviathan ! », *Poésies*, Folio classique, 1999, p. 124.

### Curzio Malaparte
*Kaputt*

*Page 353*

1. *Le Côté de Guermantes*, Folio classique, 2020, p. 103.
2. *Ibid.*, p. 107.
3. *Ibid.*, p. 108.

*Page 354*

1. *Ibid.*, p. 135.

**Jorge de Lima**
« Le monde de l'enfant turbulent »
et *La Femme obscure*

*Page 358*

1. « Agitant le cou et la tête » (en espagnol).

**Kateb Yacine**
*Le Polygone étoilé*

*Page 362*

1. *Médersa* : école coranique.

**Alejo Carpentier**
*Le Recours de la méthode*

*Page 367*

1. *Ocarina* : petit instrument de musique à vent, de forme ovale, dont l'embouchure rappelle un bec d'oie.

PROUST EN SCÈNE

**Curzio Malaparte**
*Du côté de chez Proust.*
Impromptu en un acte

*Page 390*

1. Les robes de Doucet, Paquin et Callot (dont les maisons sont situées rue de la Paix) sont le chic de la Parisienne de cette époque, bien que les robes de Fortuny,

dont il sera question dans *La Prisonnière*, les surpassent toutes.

2. La duchesse Consuelo de Manchester, Mme de Warwick et Mme Malborough sont des amies anglaises de la duchesse de Guermantes (voir *La Prisonnière*, Folio classique, 2022, p. 73).

*Page 391*

1. « Nous devions aller la chercher le matin, aux environs de Paris où elle habitait. » *Le Côté de Guermantes*, Folio classique, 2020, p. 232.
2. *Ibid.*, p. 243.

*Page 393*

1. Le tableau *Dulle Griet* (*Margot la folle*) (1563) de Pieter Brueghel (1525-1569).

*Page 394*

1. *Guermantes*, p. 243 et 246. La dernière phrase est mot pour mot celle de Proust.
2. *Ibid.*, p. 247.
3. *Ibid.*, p. 250. La phrase est là aussi reprise de Proust.
4. *Ibid.*, p. 244.
5. *Ibid.*, p. 251.
6. Dans *Crime et Châtiment* (1866) de Dostoïevski, le personnage principal Raskolnikov tombe amoureux de la prostituée Sofia Semionovna.

*Page 395*

1. *Guermantes*, p. 259.
2. *Ibid.*, p. 242.

*Page 396*

1. Dans *Guermantes*, p. 243, Saint-Loup s'excuse auprès du Narrateur de la présence de Rachel pour déjeuner et de ne pouvoir rester seul avec lui.
2. Proust craint les courants d'air durant sa rencontre avec James Joyce (voir p. 441).

## Volker Schlöndorff
Notes de travail sur l'adaptation
d'*Un amour de Swann*

*Page 414*

1. Bernard de Fallois, « Univers de Proust », *Le Point*, 1959.

## Raoul Ruiz
Entretien sur *Le Temps retrouvé*

*Page 417*

1. Eugenio d'Ors (1881-1954), écrivain catalan, auteur de l'essai *Du baroque*, trad. d'Agathe Rouart-Valéry, Gallimard, coll. « Idées », 1936 ; rééd. 2000.

*Page 418*

1. Pedro Salinas est en effet mort pendant la traduction de la *Recherche* (voir p. 25). Du reste, mensonge romantique ou vérité romanesque, Raoul Ruiz exagère quelque peu : Tadeusz Boy-Żeleński (1874-1941) a traduit en polonais les cinq premiers tomes de la *Recherche* (publiés de 1937 à 1939), avant la Seconde Guerre mondiale, les deux derniers tomes ne purent pas être publiés et furent détruits par les nazis en 1941. La traduction italienne fut réalisée par Natalia Ginzburg (qui en explique la genèse p. 66). Aucun des nombreux traducteurs japonais n'est mort en traduisant Proust.

2. *Requiem Canticles* (1966) d'Igor Stravinsky (1882-1971).

*Page 419*

1. Dans la *Recherche*, il n'est pas rare de trouver des phrases inachevées.

2. Voir la genèse du projet d'adaptation cinématographique dans l'introduction à la section « Proust en scène », p. 385.

*Page 421*

1. Gérard Depardieu ne fait finalement pas partie de la distribution, qui compte notamment Catherine Deneuve (Odette de Crécy), Emmanuelle Béart (Gilberte), Marie-France Pisier (Mme Verdurin), Vincent Pérez (Morel), Pascal Greggory (Saint-Loup), Chiara Mastroianni (Albertine)…

*Page 423*

1. Dans *L'Interprétation du rêve*, Sigmund Freud théorise le « travail du rêve » (*Traumarbeit*).

*Page 424*

1. Jean-Marie Straub et Danièle Huillet, couple de réalisateurs, connus pour leurs adaptations d'œuvres littéraires.

2. *Le Temps retrouvé* s'ouvre avec une vue sur le clocher d'Illiers-Combray, le plan suivant est l'écoulement de la Vivonne, qui borde le village.

3. Juan Emar, nom de plume d'Álvaro Yáñez Bianchi (1893-1964), a écrit *Umbral* de 1941 à sa mort (publié à titre posthume en 1996). Pablo Neruda le comparait à Kafka.

## **Krzysztof Warlikowski**
### Entretien sur *Proust et les Français*

*Page 427*

1. Marcel Proust a des origines juives par sa mère, Jeanne Proust, née Weil. Voir à ce sujet la biographie de référence par Jean-Yves Tadié (*Marcel Proust*, Gallimard, 1996 ; coll. « Folio », 1999 ; nouvelle édition revue et actualisée, coll. « Folio », 2022) et l'ouvrage d'Antoine Compagnon, *Proust du côté juif* (Gallimard, 2022).

*Page 428*

1. Dans ce « grand monologue » au début de *Sodome et*

*Gomorrhe*, le Narrateur révèle l'homosexualité du baron de Charlus.

2. Le personnage d'Albertine est issu de modèles masculins, notamment Alfred Agostinelli, chauffeur et secrétaire de Proust, dont l'auteur était épris. En apprenant l'inspiration du personnage d'Albertine, Milan Kundera éprouve un profond désarroi (voir p. 530)

*Page 429*

1. Le compositeur Vinteuil et le peintre Elstir sont tous deux célèbres dans la haute société parisienne de la *Recherche*.

2. « La vérité suprême de la vie est dans l'art », écrit Proust dans *Le Temps retrouvé*.

*Page 430*

1. Witold Gombrowicz (1904-1969), écrivain et dramaturge polonais, est considéré comme l'un des plus grands auteurs du XXe siècle. Dans son *Journal*, il parle lui aussi de son rapport à Proust (voir p. 327).

*Page 431*

1. Warlikowski a réalisé onze mises en scène de pièces de William Shakespeare.

2. Inspiré du *Phèdre* de Racine, modernisé par les textes *Une chienne* de Wajdi Mouawad, *L'Amour de Phèdre* de Sarah Kane et *Elizabeth Costello* de J. M. Coetzee, le spectacle *Phèdre(s)* de Warlikowski, en langue française, était également joué en 2016 avec Isabelle Huppert dans le rôle principal.

3. Luchino Visconti (1906-1976), réalisateur italien, grand admirateur de Proust, a voulu adapter la *Recherche*, projet resté inabouti (voir p. 404).

4. Régulièrement présent sur les scènes de France, Warlikowski a notamment coproduit de nombreux spectacles avec la comédie de Clermont-Ferrand.

## PROUSTOPHILIE

### Alfonso Reyes
« La dernière demeure de Proust »

*Page 447*

1. Juan Ramón Jiménez (1881-1958) : écrivain espagnol.
2. Ramón Gómez de la Serna (1888-1963) : écrivain espagnol.
3. Ramón María Gabriel Adeodato Fernández (1894-1944) : écrivain et journaliste franco-méxicain.
4. Manuel del Refugio González Flores (1833-1893) : président du Mexique de 1880 à 1884.

*Page 448*

1. Il est possible que cet hypothétique ancien secrétaire de Proust vivant au Mexique soit en fait Henri Rochat, l'un de ses derniers secrétaires, éloigné par Proust à l'autre bout du monde et finalement mort au Brésil en 1922. Ce secrétaire dont on avait perdu la trace était amateur de peinture et avait pris des cours à Paris durant ses années au service de Proust. À son sujet, voir Tadeu Rocha, « Le dernier prisonnier de Marcel Proust », dans le *Cahier de l'Herne Proust* (2021, p. 101-103). *[Note d'É. S.]*

### Saldanha Coelho
« Proust slogan »

*Page 451*

1. Depuis le milieu des années 1920, de nombreux écrivains et critiques littéraires brésiliens se sont réclamés de Proust.

### Algot Ruhe
*Sous la pointe de l'aile de l'amour*

*Page 454*

1. *La bien-parlante* : il s'agit de Céleste, la servante de Proust.

*Page 455*

1. Ruhe se rajeunit par rapport à Proust.

*Page 456*

1. Un correspondant de Proust, Camille Vettard, avait effectivement osé le rapprochement entre la physique d'Einstein et l'œuvre de Proust (voir *Du côté de chez… (Valéry, Péguy, Romain Rolland, Proust, Gide […])*), Éditions de la Tête noire, 1946).

### José Saramago
*Les Intermittences de la mort*

*Page 459*

1. Saramago se démarque par son usage erratique de la ponctuation, supprimant toute ponctuation autre que le point ou la virgule. Par ailleurs, dans les dialogues, il supprime les tirets ainsi que les majuscules.

### Roald Dahl
*Mon oncle Oswald*

*Page 462*

1. Célèbre servante de Proust, Céleste Albaret est une figure bien connue des amateurs de Proust.

*Page 464*

1. Alfonso XIII, roi d'Espagne, a été l'une des victimes du tandem.

2. L'antisémitisme connu de Roald Dalh n'encourage pas à une interprétation charitable de cette phrase. L'homophobie latente de ces lignes est par ailleurs clairement formulée dans des passages que nous n'avons pas retenus.

## Pietro Citati
### *La Colombe poignardée*

*Page 471*

1. *Jean Santeuil*, dans *Jean Santeuil* précédé de *Les Plaisirs et les Jours*, Gallimard, coll. « Bibliothèque de la Pléiade », 1971, p. 320.

*Page 472*

1. Proust, *Carnets*, Gallimard, coll. « Blanche », 2002, p. 71.

## Edmund White
### « M. Proust fut ma duchesse de Guermantes » et *Marcel Proust*

*Page 486*

1. Paru en 1982 et traduit en français en 1984 sous le titre *Un jeune Américain*.

*Page 489*

1. Ce numéro a en fait paru le 1er janvier 1923, moins de deux mois après la mort de Proust le 18 novembre 1922. La rédaction a réussi, en si peu de temps, à réunir 340 pages de témoignages.

ÉCRIRE APRÈS PROUST ?

## Virginia Woolf
Correspondance, *Journal*
et « Les étapes du roman »

*Page 498*

1. Traduction de Claude Demanuelli (Woolf, *Lettres*, Seuil, 1993). Sauf exception signalée, les extraits de la correspondance de Woolf sont traduits par Sandra Cheilan dans son article « Mr Proust's Way : des lectures woolfiennes de la *Recherche* » (revue *Relief*, 7 (2), 2013, p. 82-96). Les extraits de son *Journal* sont traduits par Marie-Colette Huet et Marie-Ange Dutartre (*Journal intégral. 1915-1941*, Stock, 2002).

*Page 499*

1. Traduction de Julie Wolkenstein dans son article « Proust, Woolf, la lecture et son souvenir : deux évocations comparées », dans Karen Haddad-Wotling et Vincent Ferré, *Proust, l'étranger*, Brill, 2010.

## Anaïs Nin
Journal

*Page 506*

1. *Journaux de jeunesse. 1914-1931*, trad. Marie-Claire Van Der Elst, Stock, 2010, p. 824.
2. *Ibid.*, p. 960.
3. *Ibid.*, p. 1065.

*Page 507*

1. *Ibid.*, p. 1065-1066.

*Page 508*

1. *Ibid.*, p. 1067.

*Page 509*

1. *Ibid.*, p. 1072.
2. *Ibid.*, p. 1162.

*Page 510*

1. La biographie *Marcel Proust* de George D. Painter, en deux volumes, a paru au Mercure de France en 1966 et 1968.

**V. S. Naipaul**
« Deux mondes » Discours de réception du prix Nobel de littérature

*Page 517*

1. Proust, *Contre Sainte-Beuve*, Gallimard, coll. « Folio essais », 1954, p. 127.

*Page 518*

1. *Ibid.*

*Page 519*

1. *Ibid.*, p. 307.

**Antonio Candido**
« Réalité et réalisme (via Marcel Proust) »

*Page 523*

1. Erich Auerbach, *Mimésis. La représentation de la réalité dans la littérature occidentale*, Gallimard, traduit de l'allemand par Cornélius Heim, 1968, p. 200.

*Page 524*

1. Dans ce passage peut-être un peu abstrait, Candido affirme que le traitement proustien des personnages repose sur la combinaison d'éléments particuliers et généraux. Chez Proust, la perception de détails du moment présent (connaissance synchronique) révèle des

essences profondes et durables (connaissance diachronique). Ce qui crée l'illusion, typiquement proustienne, d'êtres fictionnels qui sont et qui ne sont plus les mêmes au cours du temps.

*Page 526*

1. Antonio Candido cite ce passage de la lettre de Proust à partir du témoignage de Louis de Robert, paru chez Gallimard en 1969 (*Comment débuta Marcel Proust*, p. 60-61) (voir aussi *Correspondance*, éd. Philip Kolb, Plon, t. XII, p. 230-231).

**Milan Kundera**
« On m'a tué mon Albertine »
et « Le verdict de Marcel Proust »

*Page 531*

1. Ivan Blatný, « Druhá » [1945], sb. *Tento večer* [1945], in : *Verše 1933-1953*, Éditions Brno, 1995, p. 153-154.

2. Si Albertine apparaît pour la première fois dans *Du côté de chez Swann*, c'est à partir d'*À l'ombre des jeunes filles en fleurs* que son personnage prend un rôle d'importance dans la *Recherche*. Le Narrateur en tombe amoureux et voit naître ses premiers désirs.

3. Alfred Agostinelli (1888-1914) fut chauffeur et secrétaire de Marcel Proust, et l'un des modèles d'Albertine. Proust en était épris. Inscrit sous le pseudonyme de « Marcel Swann » à l'école de pilotage d'Antibes, Agostinelli meurt dans un accident d'avion à l'âge de vingt-cinq ans.

*Page 532*

1. Lettre à Louise Colet, 27 mars 1852 : « L'Artiste doit s'arranger de façon à faire croire à la postérité qu'il n'a pas vécu. » Voir Flaubert, *Correspondance*, t. II, Gallimard, coll. « Bibliothèque de la Pléiade », p. 62.

2. *Le Temps retrouvé*, Folio classique, 1990, p. 145.

*Page 533*

1. *Ibid.*, p. 217.

## Georges Séféris
## « Quand on est seul on peut demander l'aide de Swann »

*Page 535*

1. *Le Temps retrouvé, op. cit.*, p. 353.

2. Séféris fait référence à *Pour une bibliothèque idéale* de Raymond Queneau, publié chez Gallimard en 1956.

3. Shakespeare est en fait classé premier, et la Bible occupe la seconde place.

*Page 536*

1. Nassos Dedjordjis (1911-2003) a été le secrétaire de rédaction de la revue littéraire *Nea Hestia* entre 1932 et 1943.

2. Il s'agit du coup d'État du 9 novembre 1799 mettant fin au Consulat et conduisant à l'arrivée au pouvoir de Napoléon Bonaparte.

*Page 537*

1. *Les Plaisirs et les Jours*, Folio classique, 1993, p. 41.

2. *Ibid.*

3. En 1968, Pavlos Zannas, qui a notamment été le fondateur du festival de cinéma de Thessalonique, a été arrêté et condamné par le régime au pouvoir à dix ans et demi de prison pour sa participation à la résistance contre le pouvoir en place. Comme le souligne Séféris, sa participation était relativement mineure – principalement la traduction d'émissions en langue étrangère – mais sa solidarité envers les autres condamnés, pour des motifs plus graves, lui a valu cette lourde peine.

4. Parus entre 1969 et décembre 1970.

## PROUST-MONDE

### TRADUIRE PROUST

PROUST,
CANON DE LA MODERNITÉ LITTÉRAIRE :
SES PREMIERS LECTEURS

FACE À L'HISTOIRE



DU CÔTÉ DES PHILOSOPHES

GRANDEUR ET LONGUEUR DE PROUST :
LECTURE ESTHÉTIQUE



ANTI-PROUST



PASTICHES ET RÉÉCRITURES

PROUST EN SCÈNE



PROUSTOPHILIE

## DE MARCEL PROUST

*Dans la même collection*

À LA RECHERCHE DU TEMPS PERDU. *Édition établie sous la direction de Jean-Yves Tadié.*

I. DU CÔTÉ DE CHEZ SWANN. *Édition d'Antoine Compagnon.*

II. À L'OMBRE DES JEUNES FILLES EN FLEURS. *Édition de Pierre-Louis Rey.*

III. LE CÔTÉ DE GUERMANTES. *Édition de Thierry Laget et Brian G. Rogers.*

IV. SODOME ET GOMORRHE. *Édition d'Antoine Compagnon.*

V. LA PRISONNIÈRE. *Édition de Pierre-Edmond Robert.*

VI. ALBERTINE DISPARUE (LA FUGITIVE). *Édition d'Anne Chevalier.*

VII. LE TEMPS RETROUVÉ. *Édition de Pierre-Louis Rey, Pierre-Edmond Robert et Jacques Robichez, avec la collaboration de Brian G. Rogers.*

LES PLAISIRS ET LES JOURS. *Édition de Thierry Laget.*

UN AMOUR DE SWANN. *Édition nouvelle, présentée et établie par Jean-Yves Tadié.*

LE MYSTÉRIEUX CORRESPONDANT ET AUTRES NOUVELLES RETROUVÉES. Avec huit pages manuscrites en fac-similé. *Édition de Luc Fraisse.*

*Tous les papiers utilisés pour les ouvrages
des collections Folio sont certifiés
et proviennent de forêts gérées durablement.*

*Composition Nord Compo
Impression Novoprint
à Barcelone, le 18 août 2022
Dépôt légal : août 2022*

ISBN 978-2-07-298912-4 / Imprimé en Espagne

**541003**